MEIN EHEMANN KAYOG

Match Maker Agentur

REGINE ABEL

COVERGESTALTUNG
Regine Abel

ILLUSTRATIONEN VON
Hojolabor
Invidious
Tommy
Vvevelur
Lau Isa San
Niklas Cloister
AriesRedLo

HERAUSGEBER
Die Autorenflüsterin

INHALT

MEIN EHEMANN KAYOG

Sie war sein Frieden und seine Erlösung.

Sein ganzes Leben lang hat Kayog es sich zur Aufgabe gemacht, das Bild eines Mannes zu vermitteln, der alles hat. Aber tief in seinem Inneren ist er von den endlosen Qualen, die ihn plagen, gebrochen. Bis Linsea auftaucht. Sein unerreichbarer Traum. Seine friedliche Taube. Der bezaubernde Gesang ihrer Seele fasziniert ihn und lässt ihn nach einer Zukunft verlangen, von der er weiß, dass er sie nicht haben kann. Er sollte sie nicht umwerben, aber wie könnte er das nicht tun, wenn sie seine Seelenverwandte ist?

In dem Moment, in dem Linsea Kayog erblickt, ist sie von ihm überwältigt. Klug, charismatisch, talentiert und gutaussehend ist er ein echter Rockstar, um dessen Aufmerksamkeit sich alle bemühen. Und doch hat er nur Augen für sie. Als sie das dunkle Geheimnis entdeckt, das er verzweifelt hinter seiner Maske der Perfektion zu verbergen versucht, sollte sie eigentlich davonlaufen. Stattdessen will sie für ihn kämpfen ... für sie beide.

Können sie trotz der widrigen Umstände die unüberwindbaren Hindernisse beseitigen, die sich ihnen in den Weg stellen, oder werden ihre unermüdlichen Bemühungen, sein Leben zu retten, stattdessen sein Schicksal besiegeln?

WIDMUNG

An diejenigen, die die Welt anders wahrnehmen und erleben.
Engstirnige Menschen werden dies als Defekt oder Anomalie
bezeichnen. Weise Menschen werden es als Chance und Segen
betrachten. Du bist kein Freak, du bist ein Geschenk. Und die
Welt braucht die Schönheit, die nur du sehen und bieten kannst.

An diejenigen, die dir in stürmischen Zeiten zur Seite stehen, die
dich aufrichten, wenn du fällst, und die für dich kämpfen, wenn
du es nicht kannst. Egal wie dunkel die Zeiten auch sein mögen,
wahre Freunde und Familie werden immer ein Licht auf deinen
Weg werfen, so schwach es auch sein mag.

An Seelenverwandte.

TRIGGER-WARNUNG

Dieses Buch enthält einige Verweise auf – oder Szenen mit –
einigen sensiblen Themen, darunter psychische Erkrankungen,
Drogenmissbrauch, Risikoschwangerschaften,
Selbstmordgedanken und Säuglingssterblichkeit.

Bitte gehen Sie vorsichtig mit diesem Buch um, wenn diese
Themen bei Ihnen Trigger auslösen können.

KAPITEL 1

LINSEA

Die glänzenden Kuppeln der intergalaktischen Universität Acadia lockten mich an, als ich den Weg zum Haupteingang entlangschlenderte. Meine Augen huschten hin und her, während ich die vielfältige Menge von Außerirdischen beobachtete, die sich dort tummelten, lebhafte Gespräche führten oder versuchten, einen Freund oder Bekannten zu finden. Ich erkannte viele Gesichter, einige davon nur, weil sie zu einer berühmten Familie gehörten, andere, weil ich mit ihnen in den höheren Kreisen der galaktischen Politik oder Friedenssicherung zu tun hatte.

Es hatte lange gedauert, bis ich endlich diese renommierte Einrichtung besuchen konnte. Und zu wissen, dass meine liebste Freundin ebenfalls anwesend sein würde, machte es umso aufregender.

Lange bevor ich die ersten Stufen der zehn Meter breiten Treppe erreichte, die zur großen Terrasse vor dem Eingang führte, entdeckte ich meine geliebte Tala. Dank ihrer farbenfrohen Kleidung war sie bei großen Ansammlungen immer leicht zu finden. Ihr langer, fließender, leuchtend orangefarbener Rock gab durch einen Schlitz, der knapp über ihrem rechten Knie endete, einen neckischen Blick auf ihre endlos langen Beine frei. Ein hellgelbes, ärmelloses, enganliegendes Oberteil umschmeichelte die sanften Kurven ihrer schmalen Taille. Eine perlenbesetzte Tribal-Halskette hing um ihren langen, schlanken Hals bis hinunter zu ihrem Bauchnabel, dazu trug sie passende Ohrringe. Die gleichen bunten Perlen schmückten die engen Locken ihres schwarzen Haares. Das Ensemble ließ ihre dunkle Haut strahlen und unterstrich ihre fröhliche Persönlichkeit und ihren Stolz auf ihr Erbe.

Sie strahlte, ihre obsidianfarbenen Augen leuchteten, als sie mir zuwinkte. Ich winkte zurück, ein Lächeln huschte über mein Gesicht, und mein Herz wurde warm bei dem Gedanken, Tala nach acht Monaten, die mir wie acht Jahre vorkamen, wiederzusehen.

Als ich die Treppe hinaufeilte, kam sie mir auf der halben Strecke entgegen und zog mich in eine überraschend feste Umarmung, die ihren zierlichen Körperbau, der so zerbrechlich wirkte, Lügen strafte. Ich schlang meine Arme um sie, erwiderte ihre Umarmung und schloss dann meine Flügel hinter ihr. Sie schnurrte und rieb ihr Gesicht an meiner Halsbeuge, wo meine Daunenfedern am flauschigsten waren, und zwar auf eine Weise, von der sie wusste, dass sie mich kitzelte.

Ich lachte leise und ließ sie los.

„Verdammt, ich habe gar nicht gemerkt, wie sehr ich diese geflügelten Umarmungen vermisst habe!", rief Tala auf übertrieben dramatische Weise, was mich zum Lachen brachte.

„Ich schätze, ich muss das in den nächsten Tagen wieder gutmachen", sagte ich neckisch.

„Das solltest du auch", antwortete Tala mit gespielter Empörung. „Es wurde Zeit, dass du deinen flauschigen Schwanz hierherbringst. Wie kannst du es wagen, mich so lange allein an diesem beängstigenden Ort zurückzulassen?"

Ich verdrehte die Augen, als sie ihren Arm unter meinen hakte und mich die Treppe hinaufzog.

„Erstens bist du nicht allein", entgegnete ich in einem wenig beeindruckten Tonfall. „Zweitens war ich bei dem Praktikum aller Praktika. Du hättest mir die Federn gerupft, wenn ich es nicht angenommen hätte."

„Ja, ja, Miss Ich-bin-so-gut-vernetzt. Immer sind es dieselben Leute, die alle Vorteile bekommen", antwortete sie mit einem theatralischen Schmollmund.

Ich schnaubte und stieß sie spielerisch mit dem Ellbogen an. „Sei nicht neidisch, du Diva. Bleib weiter mit mir zusammen, dann bekommst du vielleicht auch gute Beziehungen!"

„Warum glaubst du, bin ich mit dir befreundet?", fragte Tala, als wäre die Antwort offensichtlich.

Ich presste eine Handfläche auf meine Brust und tat so, als wäre ich zutiefst verletzt. „Was?! Ich dachte, es wäre wegen meiner geflügelten Umarmungen?"

„Nun, das auch", fügte sie hinzu und winkte ab.

„Das freut mich zu hören", antwortete ich und schnitt ihr eine Grimasse.

„Hast du dich schon eingelebt?", fragte sie, als wir uns durch die Besuchermenge schlängelten, um die Haupthalle des riesigen Gebäudes zu betreten.

„Ich muss noch ein paar Kisten auspacken. Das mache ich heute Abend, wenn ich in mein Zimmer zurückkomme."

„Nein, nein! Heute Abend auf keinen Fall. Das kannst du morgen erledigen", antwortete Tala in einem Ton, der keinen Widerspruch duldete.

„Warum? Was ist los?", fragte ich neugierig.

„Echoes of Madness spielt", sagte sie, als sie mir den Campus zeigte.

Ich verzog das Gesicht. „Das klingt nach einer menschlichen Hardrock-Band. Das ist nicht so mein Ding."

„Das ist kein Hardrock!", entgegnete sie schnell. „Ihr Stil ist eher Grunge, Alternative Metal und Softrock. Und Mädchen, ich sage dir, wenn Kai anfängt, eine Ballade zu singen, werden sich deine Zehen heftig krümmen ... Nun, in deinem Fall deine Krallen."

Ich schnaubte erneut und öffnete den Mund, um zu antworten, aber sie fuhr fort, die Band – oder besser gesagt ihren Leadsänger – zu loben.

„Wenn er anfängt, einen Rockteil zu schmettern, explodieren deine Eierstöcke regelrecht. Und dieser Körper ...! Die Art, wie er sich bewegt, sollte absolut illegal sein. Diese Hüftbewegungen ..."

„Tala, das ist *viel* zu viel Information!", unterbrach ich sie, eher amüsiert als empört. „Ehrlich gesagt klingt es für mich so, als wolltest du ein Date mit ihm, ohne dass ich dir dabei im Weg stehe."

„Auf keinen Fall", sagte sie mit einem vorgetäuscht niedergeschlagenen Gesichtsausdruck. „Er mag keine Frauen."

„Oh, Kai ist schwul?", fragte ich neugierig.

„Ich wünschte, er wäre es", sagte eine sexy Männerstimme hinter mir.

Ich drehte mich um und sah einen sehr gutaussehenden Edocit-Mann an uns vorbeigehen. Er zwinkerte mir zu, woraufhin wir beide kicherten, während er weiterging.

„Ist er dann asexuell?", fragte ich Tala, als wir an den Verwaltungsbüros vorbei zur Bibliothek gingen.

Sie zuckte mit den Schultern. „Das sagt zumindest das Gerücht. Er ist seit zwei Jahren hier und ist noch nie mit jemandem ausgegangen, obwohl ihm alle möglichen galaktischen Muschis an den Hals geworfen wurden."

„TALA!", rief ich entsetzt aus, und meine Wangen wurden heiß.

Sie grinste mich an, ein verschmitztes Funkeln in den Augen, während sie mich weiter neckte und sich sichtlich an meiner Verlegenheit erfreute.

„Federartig, schuppig, behaart, fleischig", zählte sie auf und kniff sich dabei in die braune Haut ihres Unterarms, als sie das letzte Wort aussprach. „Herr Kai will nichts davon."

„Oookay", entgegnete ich, unsicher, wie ich darauf reagieren sollte.

„Ist das normal?", fragte Tala, diesmal mit aufrichtiger Neugier.

„Was soll normal sein?", fragte ich verwirrt.

„Dass Temern asexuell sind? Du scheinst dich auch nie für jemanden zu interessieren", fügte sie hinzu und musterte mich dabei.

Ich hob überrascht die Augenbrauen. „Kai ist ein Temern?"

„Ja."

„Oh wow, das hätte ich nicht erwartet. Aber nein, mein Volk neigt nicht dazu, asexuell zu sein, zumindest nicht in einem anderen Verhältnis als andere Spezies. Wir werden zwar erregt, aber wir neigen nicht zu One-Night-Stands oder Affären."

„Warum nicht? Ist das eine kulturelle oder religiöse Sache?"

Ich schüttelte den Kopf und lächelte sie nachsichtig an. „Weder noch. Aber wir sind Empathen. Wir fühlen, was unser Partner fühlt. Es kann ziemlich unangenehm und unbehaglich sein, wenn die andere Person große Erwartungen hat oder eine tiefe Zuneigung entwickelt, die man nicht erwidern kann. Das schlechte Gewissen, dem anderen Schmerz, Kummer oder Unbehagen zu bereiten, kann ziemlich abschreckend sein."

„Verdammt! Dann waren wohl niemand von uns gut genug, um ihn dazu zu bringen, diese Grenze zu überschreiten", sagte Tala mit traurigem Gesichtsausdruck.

Ich runzelte die Stirn, obwohl meine Belustigung immer noch sichtbar war. „Hast du keinen Partner? Bist du nicht immer noch mit dem reizenden und sehr sexy Mares zusammen?", fragte ich.

„Ja!", antwortete Tala selbstgefällig.

„Und du sabberst einem Temern hinterher?", fragte ich in leicht vorwurfsvollem Ton.

Sie schnaubte. „Es ist kein Verbrechen, die Aussicht zu genießen und sein Ego zu streicheln, indem man die Aufmerksamkeit des beliebten Kerls auf sich zieht."

Ich schnaubte. „Ich dachte, du magst keine Schnabelgesichter?"

„Mädchen, dieser Kerl würde *jeden* dazu bringen, *alles* zu tun!", rief sie aus, als wäre das selbstverständlich. „Jede Regel hat eine Ausnahme, und er ist alle Ausnahmen. Ich meine, du weißt doch, wie gerne Menschen küssen. Aber für Kai würden wir das sofort aufgeben."

Ich brach in Gelächter aus. „Nach so vielen Jahrzehnten, ja sogar Jahrhunderten des Zusammenlebens mit Menschen hätte ich erwartet, dass ihr alle inzwischen wisst, dass sogar Spezies mit Schnäbeln wie meiner küssen können."

Sie machte eine verächtliche Geste. „Ihr macht diesen Zungenkuss-Tanz. Das ist nicht dasselbe wie ein richtiger, sanfter, weicher Kuss, den Menschen mit Lippen austauschen können."

„Na gut, na gut", sagte ich und schüttelte den Kopf. „Aber weißt du, sich dafür zu begeistern, dass ein Temern eine schöne Stimme hat, ist ein bisschen albern. Alle Vogelmenschen können singen."

Sie zeigte auf die Cafeteria, als wir daran vorbeigingen, und deutete auf den Flur, der zu den Labors und Forschungsabteilungen führte, bevor sie mich den rechten Korridor entlang zu den Hörsälen führte.

„Das ist mir bewusst. Aber Kayog ist etwas ganz anderes. Abgesehen davon, dass er superheiß ist, ist er ein fantastischer Sänger und Performer, ein Spitzensportler in mehreren Sportarten und ein Genie in der Schule."

„Mensch, klingt, als wäre er Mr. Perfect", sagte ich mit einem Hauch von Sarkasmus. „Aber wie wir beide wissen, gibt es so etwas nicht. Was sind also seine Probleme? Lass mich mal raten. Er ist verwöhnt? Arrogant? Ein Tyrann?"

Sie schüttelte bei jeder meiner Fragen den Kopf und verzog dann seltsam das Gesicht. „Kai ist nichts davon. Sein einziger Fehler – wenn man das überhaupt so nennen kann – ist, dass er ziemlich introvertiert ist."

Ich starrte sie mit offenem Mund an. Von allen Antworten, die sie hätte geben können, war diese nie auf meiner Liste gewesen. „Ein introvertierter Leadsänger?! Das sind doch die größten Aufmerksamkeitshuren im Universum!"

Tala seufzte und runzelte die Stirn, während sie mich zu dem Saal führte, in dem unsere erste Vorlesung stattfinden würde.

„Es ist kompliziert", antwortete meine Freundin schließlich.

„Inwiefern kompliziert?", hakte ich nach.

Sie kaute auf ihrer Unterlippe, während sie über ihre Antwort nachdachte. „Ich weiß nicht genau, wie ich es beschreiben soll. Kai isoliert sich oft zu völlig zufälligen Zeitpunkten. Man sieht ihn mit einer Gruppe von Sportlern zusammen, und dann verschwindet er plötzlich mitten im Gespräch. Ein paar Mal ist er auch aus dem Unterricht gegangen und nicht zurückgekommen. Tatsächlich nimmt er an den meisten Unterrichtsstunden nur aus der Ferne teil."

„Und trotzdem ist er ein Musterschüler?", fragte ich, wobei sich der Verdacht, der sich in meinem Hinterkopf festgesetzt hatte, in meiner Stimme bemerkbar machte.

„Er betrügt nicht, falls du das andeuten willst", bekräftigte Tala in einem Ton, der keinen Widerspruch duldete. „Wenn du ihn kennenlernst, wirst du sehen, dass Kai ein Genie ist. Aber komm jetzt, der Unterricht beginnt gleich. Wir beenden die Führung danach."

Wir betraten den Hörsaal, und mir fielen fast die Augen aus dem Kopf. Ich wusste, dass Acadia einige der größten Unterrichtsräume der Galaxis besaß, aber dieser übertraf alles, was ich je gesehen hatte. Auf den ersten Blick schien er mindestens tausend Plätze zu bieten. Er war wie ein Amphitheater geformt und hatte mehrere Reihen, die sich vor der Bühne wölbten. Drei

Balkone boten noch mehr Sitzplätze mit mehreren riesigen Bildschirmen, die strategisch so positioniert waren, dass man von jedem Platz aus eine hervorragende Sicht hatte. Obwohl ich keine Lautsprecheranlage sehen konnte, zweifelte ich nicht daran, dass der Raum mit den besten Audiosystemen ausgestattet war, die es gab.

Zu meiner Überraschung ging Tala zu den Sitzen, die etwa ein Viertel der zehn vorderen Reihen einnahmen. Das war mir zwar recht, aber ich konnte nicht umhin, meine Freundin fragend anzublicken.

„Die erste Reihe? Ich dachte, du liebst es, dich hinten zu verstecken, um deine Streiche zu verbergen?", fragte ich neckisch.

„Das tue ich auch, aber nicht am ersten Tag", antwortete sie in verschwörerischem Ton.

„Ach ja? Und warum das?", fragte ich, während ich mich auf meinen Platz setzte und dankbar für die verstellbare Rückenlehne war, die meine Flügel und meinen Schwanz nicht behinderte.

„Ja, weil man so alle, die hereinkommen, gut sehen kann und weil wir schnell rauskommen können, wenn sie uns unvermeidlich früher entlassen", sagte sie mit ausdrucksloser Miene.

Ich lächelte und nickte, bevor ich meinen Blick durch den Raum schweifen ließ, um zu sehen, wer alles schon da war und ob ich bekannte Gesichter entdecken konnte. Ich winkte einigen Bekannten zu und merkte mir die Personen, die ich wiedererkannte, aber noch nicht persönlich getroffen habe. Ich würde mich später zu einem geeigneten Zeitpunkt vorstellen. In meinem Berufsfeld war es unerlässlich, Beziehungen zu möglichst vielen Wesen aufzubauen – insbesondere zu den Eliten.

Dann wurde es plötzlich still im Raum. Die meisten der diskreten Gespräche verstummten, als sich viele Köpfe zur Tür drehten.

„Oh mein Gott!", flüsterte Tala mit aufgeregter Stimme.

Diese Reaktion überraschte mich, da ich davon ausgegangen war, dass der Professor hereingekommen war und damit für die plötzliche Stille gesorgt hatte. Ich schaute in die Richtung, in die alle blickten, und erstarrte.

Der atemberaubendste Temern, den ich je gesehen hatte, ging einen der Hauptgänge entlang und unterhielt sich leise mit einem Menschen. Er war groß – für unsere Spezies, die eher schlank war, sehr muskulös –, aber nicht auf eine massige Art und Weise. Sein schlanker Körper zeigte jede einzelne seiner definierten Bauchmuskeln und Bizeps. Ein Paar majestätische Flügel hing an seinem Rücken, die glänzenden Federn hatten dieselbe dunkelrote Farbe wie der größte Teil seines Körpers. Seine Vorderseite war in einem helleren Beigeton gehalten, der die Perfektion seines Oberkörpers zu unterstreichen schien. Die goldenen Daunenfedern seiner Brust erstreckten sich bis zu seinem atemberaubenden Gesicht mit seinem stolzen Schnabel und seinen faszinierenden silbernen Augen. Er bewegte sich mit einer Anmut, die von Kontrolle und einer unterschwelligen Kraft zeugte, die bereit war, im Handumdrehen entfesselt zu werden.

Plötzlich blieb er stehen, runzelte die Stirn und drehte seinen Kopf ruckartig zu mir. Unsere Blicke trafen sich, und es fühlte sich an, als hätte mich ein Felsbrocken direkt in die Brust getroffen. Die Zeit stand still. Das silberne Meer seiner Augen verschlang mich vollständig. Es hypnotisierte mich, während es mich gleichzeitig entblößte und mich verletzlich und ausgesetzt zurückließ.

Trotz des Schocks, der mir jegliches rationale Denken zu rauben schien, entging mir nicht der fassungslose, ungläubige und fast ehrfürchtige Ausdruck auf dem Gesicht des schönen Fremden.

Er zuckte zusammen, wodurch der Zauber gebrochen wurde, und wandte seinen Kopf von mir ab, um seinen Freund anzusehen. Er blinzelte und schien zu begreifen, dass sein Begleiter ihn gerufen hatte, während er mich angestarrt hatte. Nachdem er auf etwas, das sein Freund gesagt hatte, genickt hatte, warf er mir einen weiteren Blick zu, sein Gesicht war unlesbar. Dann wandte er den Blick ab und stieg die restlichen Stufen hinauf, die zum seitlichen Balkon zu meiner Linken führten.

Noch immer benommen zwang ich mich, meinen Blick abzuwenden, während mein Herz wie wild schlug. Ich musste meine ganze Willenskraft aufbringen, um nach vorne zu schauen, anstatt noch einen Blick auf ihn zu werfen.

„Was zum Teufel, Lin! Er hat dich angestarrt!", rief Tala mit gedämpfter Stimme.

„Wer ist das?", fragte ich mit ebenso gedämpfter Stimme, immer noch verunsichert von der starken Wirkung, die er auf mich hatte.

„Mr. Perfect, von dem ich dir erzählt habe! Das ist Kai!", sagte Tala, als wäre es selbstverständlich.

Eine menschliche Frau, die in der Reihe direkt vor uns saß, drehte sich um und sah uns neugierig an, ihr mit Sommersprossen übersätes Elfen-Gesicht strahlte vor Neugier.

„Kennst du ihn?", fragte sie.

Ich schüttelte den Kopf. „Nein."

„Wow! Er hat noch nie jemanden so angestarrt, wie er dich gerade angestarrt hat", antwortete sie mit neidischer Stimme. „Ich schätze, er steht einfach auf Temern."

„Oh bitte!", erwiderte Tala empört. „Es gab viele andere Temern-Frauen in Acadia, und er hat keiner von ihnen auch nur einen einzigen Blick geschenkt."

Die Frau zuckte mit den Schultern, presste die Lippen zusammen und wandte sich von uns ab, um sich dem Lehrer zuzuwenden. Ich konnte mich nicht entscheiden, ob ich Mitleid oder Ärger für sie empfand, als ich die Emotionen, die von ihr ausgingen, überflog. Obwohl Bitterkeit und Eifersucht überwogen, nahm ich auch eine große Resignation, Traurigkeit und diese unangenehme Aura wahr, die Menschen ausstrahlten,

denen es an Selbstwertgefühl mangelte oder die sich in Selbst-
vorwürfen suhlten. Ich hatte keinen Zweifel daran, dass sie etwas
Dummes dachte, wie zum Beispiel, dass sie töricht gewesen sei,
zu glauben, sie hätte jemals eine Chance bei ihm gehabt, weil sie
sich selbst nicht für gut genug hielt.

Als Empathin wollte ich immer Menschen, die sich unge-
wollt mit solchen negativen Gedanken selbst verletzten, die
Hand reichen und ihnen aufhelfen.

„Scheiß drauf, du hast tatsächlich seine Beachtung bekommen! Ich bleibe für immer an deiner Seite", flüsterte Tala.

Ich schnaubte. Tala war etwas Besonderes. Wenn man sie
zum ersten Mal traf, konnte man leicht denken, sie sei steif,
übertrieben korrekt und eine regelrechte nubische Königin. Aber
sobald sie einen kennenlernte und die Maske ablegte, die ihre
strenge Erziehung von ihr verlangte, entdeckte man die lustigste,
schelmischste und respektloseste Gaunerin, die man sich
vorstellen konnte. Und darunter verbarg sich die treueste und
selbstloseste Freundin, die man sich nur wünschen konnte.

Der Lehrer, der auf das Podium trat, lenkte unsere Aufmerksamkeit wieder auf sich. Zum ersten Mal in meinem Leben fiel
es mir wirklich schwer, mich auf einen Vortrag zu konzentrieren.
Ich hasste es, dass wir in einer der vorderen Reihen saßen, da ich
Kai von dieser Position aus nicht sehen konnte, ohne meinen
Kopf deutlich in seine Richtung zu drehen. Und doch spürte ich
den Druck seines Blickes auf mir, der mich vom Balkon aus
verfolgte. Ich ertappte mich unzählige Male dabei, wie ich
versuchte, einen Blick auf ihn zu erhaschen.

Zu meiner großen Enttäuschung konnte ich nicht einmal den
geringsten Einblick in seine Gefühle gewinnen. Es war, als hätte
er eine undurchdringliche Mauer um sich herum errichtet. Alle
Temerns besaßen die Fähigkeit, ihre Gefühle vor ihren Mitmenschen zu verbergen, um ihre Privatsphäre zu schützen. Allerdings war diese Mauer nie vollständig undurchdringlich. Man
konnte immer noch einige oberflächliche Informationen heraus-

lesen. Aber bei Kai gelang mir das nicht. Obwohl die Entfernung unsere Fähigkeit andere zu lesen, beeinträchtigte, war er nicht so weit entfernt, dass ich nicht zumindest etwas hätte wahrnehmen können. Das beunruhigte mich noch mehr und beeinträchtigte meine Konzentrationsfähigkeit zusätzlich.

Glücklicherweise ging der Professor, wie so oft am ersten Tag, lediglich den Lehrplan für das Semester durch und gab uns einen Überblick über die Aufgaben, die wir zu erledigen hatten, die Art der Bücher, Veranstaltungen und Themen, mit denen wir uns beschäftigen sollten, um uns in diesem Kurs weiterzuhelfen.

Als der Professor uns entließ, waren weniger als dreißig Minuten vergangen. Als die Leute langsam aus dem Raum strömten, eilte Tala nicht hinaus, wie sie es zunächst angedeutet hatte. Als ich langsam die Reihe verließ, in der ich gesessen hatte, konnte ich dem Drang nicht länger widerstehen, einen Blick auf den Balkon zu werfen.

Eine heftige Welle aus Eifersucht und Enttäuschung überwältigte mich, als ich ihn von unzähligen Groupies beiderlei Geschlechts umgeben sah. Zu meinem Entsetzen drehte er sich sofort zu mir um, als hätte er meinen Blick gespürt. Ich fühlte mich dumm, als wäre ich auf frischer Tat ertappt worden, wandte meinen Blick ab, nur um wieder aufzublicken und festzustellen, dass er mich immer noch ansah. Er grinste, und in seinen silbernen Augen funkelte etwas, das einem Triumph ähnelte.

Das machte mich wütend, und ich schob Tala beiseite und stürmte aus dem Raum.

„Scheiß auf ihn", murmelte ich leise.

„Warte! Willst du ihn nicht kennenlernen?", fragte Tala und lief mir hinterher.

„Nein", entgegnete ich knapp.

„Warum nicht?", fragte sie, verwirrt über meine plötzliche Verhaltensänderung.

„Weil er ein Arsch ist."

Tala wich zurück, packte mich dann am Arm, um mich aufzuhalten, und zwang mich, mich ihr zuzuwenden.

„Was? Was ist passiert? Was habe ich verpasst?"

„Hast du sein selbstgefälliges Grinsen nicht gesehen?", fragte ich, genervt und gedemütigt zugleich.

Sie zögerte, bevor sie mich entschuldigend ansah. „Äh, mit euren Schnäbeln kann man schwer sehen, wenn ihr lächelt, geschweige denn grinst."

Ich verdrehte die Augen, befreite meinen Arm sanft aus ihrem Griff und ging weiter. „Nun, *ich* habe es gesehen."

Tala machte eine abweisende Geste. „Ich weiß nicht, was du gesehen hast – oder besser gesagt, was du zu sehen *glaubst* –, aber ich kann dir versichern, dass du dich irrst. Und das werden wir heute Abend klären."

„Auf keinen Fall! Ich gehe nicht mit", sagte ich entschieden.

Jetzt war sie es, die mit den Augen rollte. „Ach, komm schon! Seit wann bist du so emotional?"

Ich starrte sie an. „Nenn mich nicht emotional. Und ich habe mich noch nie für Rockbands interessiert."

Sie schnaubte. „Du musst unter Leute kommen, und diese Bar ist der beste Ort dafür."

Ich sah sie ungläubig an. „Bei all dem Lärm?"

„Es ist nicht immer laut", sagte sie in einem Tonfall, der andeutete, dass ich langsam ihre Geduld auf die Probe stellte. „Denk daran, dass alle hier zukünftige Botschafter, Sonderbeauftragte und die intergalaktische politische und wissenschaftliche Elite sind. Du musst Kontakte knüpfen, um deine Karriere voranzubringen. Also zieh den Stock aus deinem flauschigen Hintern und sei nicht so ein hochnäsiger Balg. Du siehst schon snobistisch genug aus."

„Ich sehe nicht snobistisch aus!", rief ich empört.

„Doch, tust du", erwiderte Tala, diesmal ohne den Spott, der zuvor in ihrer Stimme zu hören war. „Du wirkst auf Fremde noch steifer als ich. Was du nicht merkst, ist, dass du mit deinen makellosen weißen Federn, deinem prächtigen Schwanz, der fast wie eine Schleppe aussieht, deiner melodiösen Stimme und deiner anmutigen Art zu gehen, wie eine Königin wirkst. Die Leute kommen nicht auf dich zu, weil sie sich eingeschüchtert oder sich dir unterlegen fühlen."

„Aber das ist nicht der Fall!"

„Das weiß *ich*, aber *sie* tun es nicht. Die anderen müssen sehen, dass du dich tatsächlich entspannst und eine gute Zeit in einer lockeren Atmosphäre genießt. Du musst als zugänglich wahrgenommen werden, um deine Zeit hier optimal zu nutzen und Kontakte zu knüpfen", fuhr Tala in einem großen Schwester-Ton fort. „Wie auch immer, Mr. Perfect mischt sich nie unter die Menge. Daher bist du vor seinem Grinsen sicher."

Ich verzog ihr gegenüber das Gesicht, woraufhin sie kicherte.

„Na gut, du Tyrann", murmelte ich.

Sie lachte, küsste mich auf die Wange, hakte sich bei mir unter und führte mich vor unserer nächsten Vorlesung zu einem anderen Teil des Campus, den ich noch nicht kannte.

KAPITEL 2
LINSEA

Ich landete vor dem Iron Empire Club und faltete meine riesigen Flügel hinter mir zusammen, sobald ich den Boden berührte. Es war ein bemerkenswertes architektonisches Werk im modernen industriellen Gotikstil. Ich ging die Treppe hinauf und nickte einigen Leuten in der Menge zu, von denen einige draußen standen, während andere ebenfalls ihren Weg ins Innere suchten. Als ich durch die offenen schweren Metalltüren trat, war ich von der Innenausstattung beeindruckt.

In meiner Vorstellung hatte ich mir einen dunklen, überfüllten und leicht klaustrophobischen Raum vorgestellt, der Intimität erzwingen sollte. Stattdessen empfing mich eine angenehm elegante Halle mit klaren Linien, freiliegenden Balken, vereinzelten Betonwänden, minimalistischer Einrichtung und riesigen Fenstern, die den Raum atmen ließen. Obwohl er derzeit als Club und Konzertsaal genutzt wurde, konnte er problemlos auch für formellere Veranstaltungen genutzt werden.

Alle Bedenken, die ich zuvor gehabt hatte, verschwanden. Tala hatte Recht gehabt, dass dies der perfekte Ort zum Netzwerken war. Es war stilvoll und dennoch angenehm informell und entspannt. Wie aufgrund der Art der Studenten, die die

Acadia besuchten, zu erwarten war, setzte sich das Publikum aus vielen verschiedenen Spezies zusammen, wobei die meisten Menschen Nachkommen einflussreicher Persönlichkeiten aus Politik, Wissenschaft und Gesellschaft waren. Es gab einen Grund, warum die Acadia einige der strengsten und gründlichsten Anforderungen an die Hintergrundüberprüfung für die Zulassung hatte.

Da meine Familie zu den höchsten Rängen der Politik und Justiz gehörte, kannte ich viele der Anwesenden. Allerdings musste ich diese Bekanntschaften in echte Allianzen und vielleicht sogar Freundschaften umwandeln. Abgesehen davon, dass ich zu stolz war, mich einfach auf meinen guten Namen zu verlassen, um Türen zu öffnen, trugen persönliche Beziehungen wesentlich dazu bei, Ziele zu erreichen, die sonst nur schwer zu bewältigen gewesen wären.

Ich ging zu Tala, die sich angeregt mit Colin Wilson unterhielt. Ich war überrascht, dass er hier war. Als Überflieger hatte Colin im Alter von 35 Jahren bereits eine Position als Senior Director der Enforcers erreicht – der galaktischen Friedenstruppen unter dem Dach der Interstellaren Planetarischen Organisation.

Die IPO fungierte als Vermittler und Beschützer, um das friedliche Zusammenleben ihrer verschiedenen Mitgliedsplaneten zu gewährleisten. Sie half dabei, Verhaltensregeln für fairen Handel, territoriale Souveränität und Richtlinien für den Umgang mit und den Schutz von primitiven Welten festzulegen und durchzusetzen, legte ihr Veto gegen Kolonisierungsbemühungen neuer Planeten ein oder genehmigte diese und half bei der Bewältigung galaktischer Streitigkeiten aller Art. Meine Mutter arbeitete als Verhandlungsführerin für die IPO. Meine Großmutter arbeitete ebenfalls für die UIO, allerdings als leitende Rechtsberaterin. Mein Vater war Strafverteidiger für die Enforcers. Ich hoffte, in die Fußstapfen der beiden wichtigsten

Frauen in meinem Leben zu treten und ebenfalls der IPO beizutreten, allerdings als Botschafterin der Organisation.

Ja, es war also von entscheidender Bedeutung, Freundschaften zu schließen und Allianzen zwischen diesen Menschen zu schmieden, von denen viele meine Amtskollegen oder zukünftigen Kollegen werden würden.

„Gut, dass du da bist!", sagte Tala begeistert, als ich mich ihnen näherte. „Ich habe Mares gesagt, dass ich dich notfalls mit Gewalt hierherschleppen würde."

„Du solltest in Anwesenheit eines Senior Enforcers keine körperlichen Drohungen aussprechen", sagte ich in einem spielerisch vorwurfsvollen Ton, während ich sie umarmte.

Sie schnaubte. „Ich habe auch Beziehungen. Und Colin steht hinter mir, oder?"

Er lachte leise und nickte zustimmend, als ich meine Aufmerksamkeit ihm zuwandte.

„Das tue ich ganz sicher, und außerdem war ich etwas zu abgelenkt, um etwas gehört zu haben", antwortete er auf eine übertrieben unschuldige Art, die mich zum Lächeln brachte.

„Verräter!", sagte ich mit gespielter Empörung. „Schön, dich hier zu sehen. Was führt dich in diese Gegend?"

Bevor er antworten konnte, unterbrach uns Tala, ihr Gesicht von uns abgewandt, als würde sie in der Menge nach jemandem suchen.

„Entschuldigt mich bitte kurz, ich muss meinen Mann dort draußen finden. Ich wette, irgendeine Tussi nimmt ihn gerade in Beschlag oder versucht, ihm ein Blatt aus den Haaren zu zupfen."

Wir schnaubten beide und Colin winkte ihr mit der Hand, sie solle verschwinden. Wir sahen ihr nach, wie sie entschlossen in Richtung Bar marschierte, wo Mares Getränke holen gegangen war.

Ich warf einen Blick zurück auf Colin, einen attraktiven Mann.

Mit 1,88 m war er kaum einen Zentimeter größer als ich. Er trug sein schwarzes Haar kurz, etwas im Militärstil. Durchdringende graue Augen blickten mich aus seinem markanten, gutaussehenden Gesicht mit kantigem Kinn und römischer Nase an. Die leichte Beule auf dem Nasenrücken deutete darauf hin, dass sie wahrscheinlich schon einmal gebrochen war. Das wäre nicht verwunderlich, da er früher Wettkämpfe im Boxen bestritten hatte. Obwohl er muskulös war, hatte er eher den durchtrainierten Körper eines Schwimmers als den eines Bodybuilders. Wie viele der Anwesenden trug er lässig-schicke Kleidung in dunkleren Farbtönen.

Zugegeben, ich habe nie ganz verstanden, warum Spezies, die Kleidung tragen müssen, dazu neigen, dunkle Farben zu wählen. Ich erkenne zwar an, dass Schwarz eine unbestreitbare Aura der Stärke ausstrahlt, aber ich würde mich lieber mit einer fröhlicheren und aufregenderen Farbpalette schmücken, wie es Tala tat.

„Um deine Frage zu beantworten: Ich bin hier, um potenzielle Rekruten zu begutachten", erklärte Colin ruhig.

Überrascht riss ich die Augen auf. „Wen?"

Er lächelte mich nachsichtig an. „Das würde zu viel verraten, meine Liebe."

Ich verzog das Gesicht und sah mich im Raum um, um jemanden zu erkennen, der ein interessanter Kandidat für die ultimative Friedenstruppe der Galaxis sein könnte. Ich presste die Lippen zusammen und warf ihm misstrauisch einen Blick zu.

„Du bist hierhergekommen, um potenzielle Rekruten zu beurteilen? Warum nicht bei einer Sportveranstaltung, einer Wissenschaftsmesse oder einer Debatte? Das scheint mir ein weitaus geeigneterer Ort zu sein, um Kandidaten in der Hitze des Gefechts zu beurteilen."

Diesmal weckte sein geheimnisvoller Gesichtsausdruck meine Neugier noch mehr.

„Du würdest dich wundern, wo wir unsere neuen Mitarbeiter finden. Die besten Kandidaten entdeckt man meist an den ungewöhnlichsten Orten. Allerdings bin ich auch hier, um Nachforschungen anzustellen."

„Welche Nachforschungen?"

Er lächelte auf eine Art und Weise, die mir zu verstehen gab, dass ich besser nicht weiter nachfragen sollte, aber dennoch auf eine freundliche Art und Weise. „Du wirst es bald erfahren."

Gerade als ich den Mund öffnen wollte, um eine weitere Frage zu stellen, stürmte plötzlich eine Menschenmenge herein, während diejenigen, die bereits drinnen waren, zur Bühne eilten.

„Die Hauptveranstaltung beginnt gleich!", sagte Colin in amüsiertem Tonfall.

„Woher wissen du und die anderen das?", fragte ich verwirrt.

Es gab keinen genauen Zeitplan für den Beginn des Konzerts, nur dass der Club um 18 Uhr öffnete.

„Alle sind hereingekommen, weil der singende Herzensbrecher gerade eingeflogen ist", sagte Colin mit einem neckischen Funkeln in seinen grauen Augen. „Viel Spaß bei der Show. Wir sehen uns später."

„Bis dann", antwortete ich abgelenkt, genervt von dem plötzlichen Kribbeln in meinem Inneren.

Eine Welle der Aufregung überrollte mich, und ich erkannte sofort, dass sie von meiner Freundin ausging. Als Empathin konnte ich passiv die Emotionen aller Wesen in einem Umkreis von fünfzig Metern spüren, oder sogar bis zu hundert Metern, wenn ich mich auf ein einzelnes Ziel konzentrierte. Da es jedoch überwältigend wäre, ständig von den Gefühlen anderer Spezies überflutet zu werden, konnten die Temern diese Fähigkeit ausschalten oder sie nur für eine bestimmte Person aktiv lassen. Wenn ich mit Freunden unterwegs war, hielt ich eine dünne Verbindung zu ihnen aufrecht und schloss alle anderen aus. In diesem Fall war es einfacher, mich auf Tala zu konzentrieren, die sich inmitten der Besuchermenge befand.

Tala eilte zu mir, ihr Freund Mares im Schlepptau, mit einem Drink in jeder Hand, von denen er mir einen reichte. Mares war ein umwerfender Mann. Typisch für seine Herkunft aus Edocit – einer dryadenähnlichen Spezies – hatte er eine wunderschöne braune Haut, wenn auch eher am dunkleren Ende des Spektrums, das von hellbraun bis ebenholzfarben reichte. Prägnante Wirbel verzierten seine Arme, Wangen und sichtbaren Stellen auf seiner muskulösen Brust. Diese natürlichen Muster, *Yevins* genannt, kennzeichneten die Abstammung eines Edocit und konnten auch als Fingerabdrücke dienen.

Als Utzac – eine der verschiedenen Rassen der Edocits – besaß Mares ein majestätisches Geweih. Zarte Blätter sprossen aus den dünnen Ranken, die sich mit seinem blaugrünen Haar verflochten. Einige weiße Blüten blühten sogar in seinem Haar, eine unwillkürliche Reaktion, die Glück ausdrückte. Im Gegensatz zu anderen Edocit-Rassen hatten die Utzacs auch natürliche bunte Blätter, die strategisch so wuchsen, dass sie intime Stellen verdeckten, bei den Männchen in Form eines Lendenschurzes und bei den Weibchen in Form eines langen Rocks.

Er lächelte mich an, seine dunkelgrünen Augen ohne Sklera oder Pupillen funkelten vor Aufregung.

Ich mochte Mares wirklich. Mehr als einmal schämte ich mich für den Neid, den ihre liebevolle Beziehung in mir hervorrief. Ich wollte jemanden treffen, der mich so ansah, wie Mares Tala anschaute. Die Emotionen, die von den beiden ausgingen, wenn sie einfach nur beieinander waren, waren ein Geschenk an sich. Sie waren nun schon seit über einem Jahr zusammen, und ihre Liebe schien nur noch zu wachsen. Ich zweifelte nicht daran, dass sie irgendwann heiraten würden.

„Er ist da!", sagte Tala aufgeregt, als ich mich bei Mares für das Getränk bedankte.

„Das habe ich gehört", antwortete ich unbeeindruckt. „Anscheinend will er einen großen Auftritt hinlegen."

„Nein", antwortete Tala mit strengem Blick. „Hör auf, den armen Kerl zu hassen."

„Ich hasse ihn nicht", sagte ich abweisend. „Aber dass so

viele Leute draußen herumstanden und auf seine Ankunft warteten, deutet darauf hin, dass das eine wiederkehrende Sache ist. Er taucht einfach in letzter Minute auf, weil er weiß, dass seine Fans vor Aufregung schäumen und bereit sind, hineinzustürmen, um seine *Perfektion* zu sehen."

Scham brannte in mir angesichts des enttäuschten Blicks, den mir meine Freundin zuwarf. Ich war nie ein hochnäsiger Typ gewesen. Dieses sarkastische Verhalten wegen eines bloßen Grinsens zeigte, wie sehr er mir unter die Haut gegangen war.

Noch während mir diese Gedanken durch den Kopf gingen, sah ich ihn an einem der hinteren Fenster vorbeifliegen und dann hinter einer Wand verschwinden.

„Verdammt, Mädchen, ich habe dich noch nie so abwertend gegenüber jemandem gesehen", sagte Tala in einem vorwurfsvollen Ton, der mich noch mehr in Verlegenheit brachte. „Wie ich bereits erklärte, er ist introvertiert."

„Was hat das denn damit zu tun?", fragte ich verwirrt.

„Wenn er eine Diva wäre und diesen großen Auftritt wollte, von dem du sprichst, wäre er an der Eingangstür gelandet und hätte sich durch die begeisterten Fans geschlängelt, bevor er sich auf den Weg zur Bühne gemacht hätte", erklärte Tala mit ruhiger Stimme. „Stattdessen fliegt er immer kurz vor der Show ein, kommt durch die Hintertür herein, singt und geht dann wieder. Das ist nicht das Verhalten einer Diva oder eines Aufmerksamkeitssuchenden."

Ich konnte dieser Logik nichts entgegensetzen. Das war in der Tat das Verhalten von jemandem, der nicht besonders daran interessiert war, mit anderen und vor allem mit großen Besuchermengen zu interagieren. Wie sollte das Sinn ergeben? Bevor ich weiter über das Thema nachdenken konnte, wurden die Lichter gedimmt, die Opazität der Fenster veränderte sich, um eine intimere Atmosphäre zu schaffen, die Hintergrundmusik verstummte und die Scheinwerfer fluteten die Bühne.

Als die Musiker die Bühne betraten, erfüllten begeisterte

Rufe und Applaus den Raum. Es waren alles gutaussehende Menschen in unserem Alter, Mitte bis Ende zwanzig. Keiner von ihnen kam mir bekannt vor. Die vier Männer nahmen an ihren Instrumenten Platz, dann betrat Kayog die Bühne. Die Rufe wurden noch lauter, als er anmutig zum Mikrofon vorne ging. Zu meiner Bestürzung lief mir ein Schauer über den Rücken, und mein Magen flatterte vor Aufregung, viel mehr, als ich zugeben wollte. Ich fühlte mich noch erbärmlicher, als ich versuchte, mich davon zu überzeugen, dass meine Reaktion auf ihn nur darauf zurückzuführen war, dass meine empathischen Fähigkeiten die Aufregung anderer Menschen aufnahmen.

Sobald er seine Hand auf das Mikrofon auf dem Ständer legte, breitete sich eine elektrisierende Stille unter den Anwesenden aus. Obwohl andere Spezies verständlicherweise Schwierigkeiten zu erkennen hatten, wann Spezies mit Schnäbeln lächelten, war das Lächeln auf Mr. Perfects Mund unbestreitbar perfekt und verdammt verführerisch. Wie viel die Menge davon wahrnahm, spielte eigentlich keine Rolle, denn sie schmolzen alle trotzdem dahin.

Zu meinem Erstaunen richteten sich seine silbernen Augen auf mich. Jeglicher Hass oder jede Abneigung, die ich ihm gegenüber empfand, verschwand augenblicklich. Wie um alles in der Welt konnte er so viel Macht über mich haben? Schlimmer noch, das Lächeln, das er mir schenkte, hatte nichts von der Arroganz, die ich zuvor im Hörsaal wahrgenommen hatte. Es war zärtlich, sanft, aber auch fast traurig. Letzteres ergab keinen Sinn.

Und dann begrüßte er mich, indem er die Augen kurz zusammenkniff.

Das war unter Vogelarten üblich. Unsere Iris weitete sich, während sich unsere Pupillen schnell verkleinerten. Instinktiv erwiderte ich diesen Gruß, der ausdrückte, dass wir uns freuten und sogar geehrt fühlten, diese Person kennenzulernen. Sein

Lächeln wurde breiter, und erst dann wandte er seinen Blick von mir ab.

Ich merkte, dass ich den Atem angehalten hatte, und fühlte mich sowohl verloren als auch ein wenig benommen. Hatte ihn dieser kurze Austausch genauso beeindruckt wie mich? Wie konnte er seine Gefühle so vollständig vor mir verbergen?

Als er das Mikrofon vom Ständer nahm, brandete erneut begeisterter Jubel aus der Menge auf. Glücklicherweise waren die Anwesenden trotz ihrer Begeisterung nicht von der Art, die sich rücksichtslos nach vorne drängten, um näher an die Bühne zu kommen, und dabei die armen Seelen vor ihnen erdrückten.

„Guten Abend, alle zusammen, und vielen Dank, dass ihr am ersten Unterrichtstag so zahlreich erschienen seid. Wir freuen uns sehr, so viele bekannte Gesichter zu sehen, und besonders die neuen", sagte Kayog mit einer sexy Stimme, die mir eine Gänsehaut über den ganzen Körper jagte.

Es war jedoch der bedeutungsvolle Blick, den er mir zuwarf, als er den letzten Teil seines Satzes sagte, der mir Schmetterlinge im Bauch verursachte. Meine Wangen wurden heiß, als sich einige Köpfe zu mir umdrehten, weil mehrere Anwesende merkten, dass er diese Worte speziell an mich gerichtet hatte.

Zumindest schien es so ...

Sogar meine unglückselige Freundin stieß mich diskret mit dem Ellbogen an, ihre Aufregung erreichte durch die empathische Verbindung, die ich zu ihr hatte, ihren Höhepunkt. Zum Glück fuhr Kai fort, zu sprechen und lenkte die Aufmerksamkeit aller wieder auf sich.

„Für diejenigen, die uns noch nicht kennen, möchte ich euch meine wunderbaren Begleiter vorstellen. Benedict Gibson am Schlagzeug, Devin Thomas an der Gitarre, Adam Cole am Keyboard und Carter Fox am Bass. Und ich bin euer demütiger Diener, Kayog Voln. Zusammen sind wir Echoes of Madness. Und heute Abend beginnen wir mit einem brandneuen Stück, das von einer bezaubernden Vision namens Peaceful Dove inspiriert wurde."

Er klemmte das Mikrofon zurück auf den Ständer und umfasste es mit beiden Händen. Eine ohrenbetäubende Stille senkte sich über den Raum. Die Lichter wurden weiter gedimmt, und die Scheinwerfer richteten sich auf ihn. Ein weiterer kräftiger Schauer durchlief mich, als er die Augen schloss. Er begann, eine eindringliche Melodie mit einer gurrenden Stimme zu pfeifen, die an eine Trauertaube erinnerte, aber der Klang war etwas tiefer, kehliger. Nur das Keyboard und der Bass begleiteten ihn mit langgezogenen Akkorden, die die Gesamtmelodie abrundeten, ohne mit ihm zu konkurrieren.

Und dann begann er zu singen.

Du kamst wie ein Wirbelwind in mein Leben gerannt,
ein einziger Blick hat die Hälfte meiner Mauern
verbrannt.
Der heilige Klang deiner Seele zieht mich tiefer hinauf,
deine reine Präsenz lässt Sehnsucht in mir herauf.
Du bist mein Licht, mein Frieden, meine stille Taube –
ach, wär ich nur jemand, den dein Herz je zu lieben
erlaubte.

Sobald er die letzte Zeile dieser sanften Ballade gesungen hatte, sprang ich fast aus meiner Haut, als die Trommeln und die Gitarre mit einem wilden Metal-Riff einsetzten. Kayog riss das Mikrofon aus seiner Halterung, und ein wütender Ausdruck legte sich über sein wunderschönes Gesicht. Er schlug mit den Flügeln und schwebte einen Meter über der Bühne, fast wie ein rachsüchtiger Engel, der im Begriff war, seinen Zorn über die Sünder zu entfesseln.

Doch ich bin wahnsinnig,

26

*ein Blick in meinen Geist führt dich ins Maul der
Finsternis.
Ich bin wahnsinnig,
ein rasender Narr, erfüllt von Albträumen und Schwärze
gewiss.*

Die Gitarre wechselte zu einem langsamen Riff, das Schlagzeug ging zu einem tiefen, gleichmäßigen Roll über, und sowohl
das Keyboard als auch der Bass nahmen einen bedrohlichen
Klang an. Während das Keyboard eine hohe, eindringliche
Melodie spielte, wie man sie aus einem Horrorfilm kannte, ging
der Bass so tief, dass man ihn durch den Boden unter den Füßen
und bis in die Brust hinein vibrieren spüren konnte. Kayogs
Stimme wurde bedrohlich, als er mich direkt anstarrte.

*Flieg fort, du meine friedliche Taube,
flieg fort von hier, so schnell du nur kannst.
Denn keine Macht, sei sie unten oder oben,
befreit dich je, wenn du die Höhle des Ungeheuers
betrittst und versankst.
Denn ich bin wahnsinnig.*

Die Gitarre verstummte, und der Schlagzeuger benutzte nur
noch seine Bassdrum und einzelne Becken, um den Takt anzugeben. Das Keyboard und der Bass kehrten zu ihren unheilvollen,
langanhaltenden Akkorden zurück, während Kayog wieder zu
pfeifen begann.

„Er hat diesen Song über dich geschrieben", flüsterte Tala,
ihre Augen auf die Bühne geheftet.

„Was? Nein, das hat er nicht!", flüsterte ich zurück und ignorierte die kleine Stimme in meinem Hinterkopf, die mich eine
Lügnerin nannte.

„Doch, das hat er", sagte Mares und warf mir einen Seitenblick zu, während er seine Arme fester um Tala schlang, die sich

mit dem Rücken an seine Brust lehnte. „Es wäre ein zu großer Zufall, wenn er heute einen neuen Song über eine friedliche Taube veröffentlichen würde."

„Eine weiße Taube ist das menschliche Symbol für Frieden", erinnerte mich Tala.

„Aber ich bin keine Taube", argumentierte ich schwach, beschämt über diese erbärmliche Antwort.

Mares warf mir unbeeindruckt einen Blick zu. „Nein, aber du bist ein weißer Vogel. Er warnt dich."

„Wovor denn? Wir haben noch nie miteinander gesprochen", widersprach ich.

„Aber er hat dich bemerkt", entgegnete Tala. „Ich wette, er will dich, denkt aber, dass er irgendwie schlecht für dich ist."

„Warum? Weil er verrückt ist?", fragte ich in leicht spöttischem Ton, in Anlehnung an den Songtext. „Was ist denn aus ihm als Mr. Perfect geworden?", fügte ich neckisch hinzu, um die Stimmung aufzulockern.

Anstatt zu schnauben oder mich *böse anzublicken*, runzelte Mares die Stirn und nahm einen ernsten Gesichtsausdruck an.

„Ich glaube, er könnte neurodivergent sein", antwortete er nachdenklich.

Jetzt war ich an der Reihe, die Stirn zu runzeln. „Neurodivergent zu sein bedeutet nicht, dass jemand verrückt ist", argumentierte ich streng. „Viele Menschen mit dieser Eigenschaft führen ein ganz normales Leben und haben ganz normale Beziehungen."

„Ich weiß", antwortete Mares in einem vernünftigen Tonfall. „Aber *er* sieht das vielleicht anders. Schließlich meidet er systematisch andere Menschen und ist, solange wir ihn kennen, Single geblieben. Jemand, der so gut aussieht, charismatisch, intelligent und beliebt ist, wäre nicht aus Mangel an Angeboten, sondern durch eigene Entscheidung Single. Aber ich bezweifle irgendwie, dass er damit glücklich ist."

Zu früh – oder war es nicht früh genug? – endete das Lied

unter tosendem Applaus. Er lächelte, verbeugte sich vor dem Publikum und sah mich dann wieder kurz an. Das schien zu bestätigen, dass es tatsächlich um mich gegangen war.

Das verwirrte mich zutiefst. Mochte er mich wirklich, wollte aber keine Beziehung? War das seine Art zu sagen, dass er gerne mit mir herumalbern würde, ich aber keine feste Beziehung erwarten sollte? Oder sahen wir alle etwas, das gar nicht da war?

Das Konzert dauerte noch weitere vierzig Minuten. Die Art, wie sich sein Körper bewegte, während er über die Bühne schritt und zwischen Balladen und schnelleren Stücken wechselte, brachte mich völlig durcheinander. Nach Tala's früheren Aussagen zu urteilen, war Kayog ein Spitzensportler. Und sein Körper schien dies zweifellos zu bestätigen. Er hatte eine Art, seine Hüften zu schwingen, die seine ausgeprägten Bauchmuskeln geradezu danach schreien ließ, dass man nach ihm greifen und ihn berühren wollte. Das Spiel von Licht und Schatten auf seiner Brust betonte jede einzelne seiner köstlichen Kurven und Wölbungen.

An einer Stelle platzierte er das Mikrofon zurück auf den Ständer und sah mir direkt in die Augen. Seine rechte Hand umklammerte den oberen Teil des Ständers so fest, dass es sich fast so anfühlte, als würde sie meine Kehle auf besitzergreifende und kontrollierende Weise umklammern. Die Finger seiner rechten Hand glitten den Ständer hinunter, und ich konnte fast spüren, wie sie sanft über meinen Rücken strichen. Ein Feuer entflammte in meiner Magengrube, und ich begann an Stellen zu pochen, an denen ich es nicht sollte.

Als er wieder wegschaute, als er in den Refrain überging und die Worte mit einer Intensität herausschrie, die die Menge zum Toben brachte, fühlte ich mich fast verlassen. Doch durch die elektrisierenden Emotionen, die um mich herum funkelten, zog eine noch stärkere meine Aufmerksamkeit auf sich. Es dauerte eine Sekunde, bis mein Blick auf Colin fiel. Er studierte Kayog aufmerksam, sein Gesicht war unlesbar.

Sobald die Show zu Ende war, ging Colin fast zeitgleich mit den Musikern hinter die Bühne. Einer der Türsteher versuchte, ihn aufzuhalten, aber er zückte seinen Enforcer-Ausweis. Obwohl überrascht, neigte der Türsteher den Kopf und ließ ihn durch.

Was in aller Welt könnte er von Kayog wollen?

Will er ihn rekrutieren? Aber wofür?

KAPITEL 3
KAYOG

Als wir die Garderobe betraten, musste ich über die Aufregung meiner Begleiter lächeln. Sie redeten fast alle durcheinander und kommentierten die unglaubliche Resonanz, die wir vom Publikum bekommen hatten. In den zwei Jahren, in denen ich mit ihnen auftrat, war die Popularität der Band stetig gewachsen. Obwohl unsere Auftritte normalerweise gut ankamen, war dieser Abend zweifellos eine neue Dimension.

„Alter, du warst der Hammer!", rief Devin und klopfte mir mit einem breiten Grinsen im Gesicht auf die Schulter.

Ich lächelte selbstzufrieden. „Natürlich war ich das."

Er lachte leise und schüttelte den Kopf.

„Dieser Song mit der Taube war der Knaller!", sagte Benedict, als wir unsere Garderobe betraten.

„Verdammt ja, das war es!", antwortete Devin, während er seine Gitarre zurück auf den Ständer stellte. „Und ich habe dir Vorwürfe gemacht, weil du das in letzter Minute noch reingequetscht hast."

„Ich habe dir doch gesagt, dass es sich lohnt", sagte ich amüsiert und zählte die Minuten, bis ich mich diskret zurückziehen konnte.

„Das hast du wirklich, und ich habe dir sofort zugestimmt, als du es für uns gesungen hast", sagte Adam mit einem Augenzwinkern.

Er griff nach diesem schrecklichen Getränk namens Bier, das die Menschen so sehr mochten, reichte Carter eine Flasche, die dieser gerne annahm, und ließ sich dann auf eine der beiden Couchen in dem geräumigen Raum fallen.

„Woher kam das denn? Die heiße Temern-Tussi hat dich dazu inspiriert, oder?", fragte Devin und zog vielsagend die Augenbrauen hoch. „Ich kann es dir nicht verübeln. Ich würde ihr auch die Federn aufplustern."

Ich merkte gar nicht, wie ich mich bewegte. In einem Moment starrte ich ihn noch an, während blinde Wut mich überkam, und im nächsten packte ich ihn am Kragen und drückte ihn mit dem Rücken gegen die Wand. Der entsetzte und fassungslose Ausdruck auf seinem Gesicht spiegelte meinen eigenen Schock wider. Ich war nie jemand gewesen, der Probleme mit Gewalt löste, schon gar nicht wegen der dummen Kommentare eines geilen Kerls. Aber das hier brachte mich völlig aus der Fassung.

„Whoa, Kai! Bleib cool, Mann! Das war nur ein Witz!", rief Devin und hob seine Handflächen in einer Geste der Kapitulation.

„Respektiere sie", fauchte ich bedrohlich.

„Beruhigt euch alle", ermahnte uns Benedict beschwichtigend. „Kai, lass ihn los, Bruder. Er wollte dich nicht beleidigen. Du weißt, dass er ein Idiot ist. Lass ihn los", wiederholte er und zog sanft an meinem Arm.

Ich fügte mich widerwillig und war überrascht, dass ich das überhaupt so lange hinausgezögert hatte. Da ich eher ein friedlicher Mensch war, ergab mein derzeitiges Verhalten keinen Sinn, zumal ich wusste, dass Devin beleidigende Dinge sagte, ohne dabei tatsächlich böse zu sein, sondern einfach nur einen dummen Sinn für Humor hatte.

Sobald ich ein paar Schritte zurücktrat und meine bedrohliche Haltung aufgab, drehte sich Ben zu Devin um und schlug ihm auf den Hinterkopf.

„Wir respektieren Frauen, weißt du noch?", sagte Ben streng zu ihm.

Devin verzog das Gesicht, rieb sich den Hinterkopf und warf dem Schlagzeuger und dann uns anderen einen bösen Blick zu, als würden wir übertrieben dramatisch reagieren.

„Das war nur ein verdammter Witz!", rief Devin.

„Hör auf mit deinen dummen Witzen", antwortete Ben streng. „Ruinier nicht das beste Konzert, das wir je hatten, nur weil du es nicht lassen kannst, dummes Zeug zu reden."

„Na gut, tut mir leid", murmelte er.

Trotz seiner mürrischen Art, sich zu entschuldigen, zeigten seine Emotionen deutlich, wie aufrichtig seine Verlegenheit und Reue waren. Ich fühlte mich sofort schlecht wegen meiner übertriebenen Reaktion. Devin war wirklich kein schlechter Mensch. Er dachte nur nie nach, bevor er etwas sagte. Bevor er zur Band kam, hatte er immer mit toxischen Männern rumgehangen, die die Anerkennung ihrer Gleichaltrigen suchten, indem sie andere, insbesondere Frauen, herabwürdigten. Seitdem hatte er einen langen Weg zurückgelegt, aber es gab noch viel zu tun.

„Wie auch immer, diese Temern-Frau ist wirklich sehr schön und elegant", sagte Benedict mit einem freundlichen Lächeln, während er mir sanft auf die Schulter klopfte. „Es ist schön zu sehen, dass du dich endlich jemandem öffnest."

Ich schnaubte und schüttelte den Kopf. „Ich mache ihr nicht den Hof."

Alle vier meiner Begleiter zuckten gleichzeitig zurück.

„Warum zum Teufel nicht?", fragte Devin. „Sie mag dich offensichtlich."

„Das tun alle Frauen", warf Adam neckisch ein, woraufhin die anderen grinsten.

„Stimmt!", bestätigte Carter. „Und du hättest kein so schönes

Lied über sie geschrieben, wenn du nicht dasselbe empfinden würdest."

„Wir werden uns gleich unter all die einflussreichen Gören mischen", sagte Benedict. „Das ist die perfekte Gelegenheit für dich, mit ihr zu sprechen."

„Nein, danke", erwiderte ich in einem sanften, aber bestimmten Ton. „Ihr wisst, dass ich keine Massenansammlungen mag."

„Aber du rockst sie!", rief Adam mit derselben Verwirrung, die er jedes Mal zeigte, wenn ich nach einem Konzert floh. „Die Fans verehren dich!"

„Und ein wichtiger Vertreter einer Plattenfirma ist auch da", fügte Benedict hoffnungsvoll hinzu.

Ich runzelte die Stirn und warf ihm einen vorwurfsvollen Blick zu, während ich versuchte, das Schuldgefühl zu unterdrücken, das tief in mir aufstieg.

„Ben, du hast immer gewusst, wie die Abmachung lautet. Ich habe von Anfang an klar gesagt, dass ich nur vorübergehend hier bin. Ich habe kein Interesse an einer Gesangskarriere."

„Aber du bist das Gesicht der Band!", konterte Devin mit niedergeschlagener Miene. „Ohne dich sind wir nichts. Die Leute kommen, um Kayog zu sehen, nicht Echoes of Madness!"

„Das stimmt nicht", sagte ich überzeugt, obwohl ich nicht leugnen konnte, dass seine Aussage teilweise wahr war. „Eure Songs an sich sind magisch. Ihr habt den Großteil unseres Repertoires komponiert. Es gibt unzählige heiße und charismatische Sänger, die zu euch passen würden und die gerne singen würden, was ihr komponiert. Ich mag zwar gerade in Mode sein, aber ich bin sehr leicht zu ersetzen."

„Sie werden nicht du sein", entgegnete Adam hartnäckig.

„Nein, und das ist auch gut so. Sie werden sie selbst sein, mit ihrem eigenen Charme. Denk daran, dass dies mein letztes Semester hier ist. Jetzt ist ein guter Zeitpunkt, um sich wirklich darum zu bemühen, einen neuen Leadsänger zu finden. Sprich mit dem Vertreter des Plattenlabels. Ich bin sicher, er hat viele talentierte Sänger, die er euch vorstellen könnte. Eure Songs und die Tiefe ihrer Botschaften machen diese Band aus, nicht der singende Vogel", erklärte ich mit sanfter Stimme.

Ben öffnete den Mund, um etwas zu sagen. Ich wusste nicht, ob es wieder zu einem Streit kommen würde oder ob er die Diskussion beenden würde, wie er es gewöhnlich tat, wenn es darum ging, den Frieden zu wahren. Ein kräftiges Klopfen an der Tür unterbrach ihn jedoch.

„Herein", rief Ben.

Narok, der zamorische Türsteher, steckte seinen Kopf herein und sah uns mit entschuldigendem Blick an. Es verblüffte mich immer wieder, diese sanfte Seite des Riesen zu sehen, wenn man bedachte, wie einschüchternd sein gesamtes Erscheinungsbild war. Zamorische Männer waren massiv gebaut und durchschnittlich über zwei Meter groß. Ihre Spezies hatte alles doppelt: vier Arme, vier Augen, ein zweites Paar aller lebenswichtigen Organe, einschließlich der Geschlechtsteile. Wenn sie wütend wurden, nahmen ihre Augen eine furchterregende orange Farbe an, die selbst die Mutigsten weniger übermütig werden ließ. Ihre wahnsinnige Kraft, Schnelligkeit und Blutgier machten sie zu den wildesten Kriegern der Galaxis.

„Entschuldigt die Störung, aber Direktor Wilson von den Enforcers ist hier, um Kayog zu sprechen", sagte Narok.

„Was zum Teufel?", murmelte Devin und sprach damit den Gedanken aus, der mir ebenfalls durch den Kopf ging, und spiegelte den Ausdruck auf den Gesichtern unserer Begleiter wider.

„Lass ihn herein", sagte ich, verwirrt und perplex zugleich.

Ein Teil von mir war auch verärgert, dass ich seine Anwesenheit nicht wahrgenommen hatte. Oder vielmehr, dass ich ihn nicht unter den anderen Menschen herausgefunden hatte, die dieselbe Art von eifriger Emotion ausstrahlten wie er. Seine hatte eine andere, berechnendere und entschlossenere Note, die sie hätte hervorstechen lassen müssen.

Das kann ich jetzt wirklich nicht gebrauchen.

Ich musste gehen und konnte nur hoffen, dass es nicht zu lange dauern würde. Wenn ich mich nicht bald zurückziehen würde, würde es schnell unangenehm werden.

„Entschuldigen Sie die Störung, meine Herren", sagte Direktor Wilson in freundlichem Ton zu uns allen, als er den Raum betrat.

„Gibt es ein Problem?", fragte Ben und trat einen Schritt vor, um mich leicht defensiv zu schützen.

Mein Herz schmolz dahin für diesen muskulösen Menschen. Obwohl er etwas kleiner war als ich mit meinen 1,93 m, hatte Ben breite Schultern und kräftige Arme, die andere zweimal überlegen ließen, bevor sie sich mit ihm anlegten. Er würde zwar nicht zögern, bei Bedarf die Fäuste sprechen zu lassen, aber sein süßes Gesicht spiegelte wirklich den knuddeligen Teddybären wider, der in ihm steckte. Trotzdem liebte ich es, wie beschützerisch er mir und allen Personen gegenüber war, die seiner Meinung nach Hilfe brauchten oder in Gefahr waren.

Umso niedlicher war es, dass ich, wenn es wirklich zu Problemen kam, viel besser geeignet war als er, uns zu beschützen.

„Nein, überhaupt kein Problem", versicherte Direktor Wilson. „Ich würde mich nur gerne einmal ganz ungezwungen mit Herrn Voln unterhalten. Es ist nicht leicht, Sie zu erreichen", fuhr er fort und wandte sich mir zu. „Haben Sie jetzt etwas Zeit, oder soll ich Ihnen meine Karte dalassen, damit Sie mich jederzeit anrufen können?"

Wie wäre es mit „nie"?

Natürlich behielt ich diesen unhöflichen Gedanken für mich und lächelte ihn höflich an. Ein Teil von mir überlegte, sein Angebot anzunehmen, ihn später anzurufen, damit ich hier verschwinden konnte, bevor die Schmerzen in meinem Kopf noch schlimmer wurden. Ein anderer Teil hielt es für besser, die Sache sofort hinter mich zu bringen. Wie ich mich kannte, würde ich mich sonst damit beschäftigen, bis ich wusste, was er überhaupt von mir wollte.

„Jetzt passt es gut", sagte ich mit genau dem richtigen Maß
an distanzierter Höflichkeit, um deutlich zu machen, dass ich das
nicht länger als nötig hinauszögern wollte.

„Wunderbar!", erwiderte Wilson mit einer überschwänglichen Begeisterung, die darauf hindeutete, dass er genau wusste,
wo ich stand. „Gibt es einen privaten Ort, an dem wir uns unterhalten können?"

„Du kannst das Zimmer haben, da wir uns unter die Fans
mischen werden", sagte Ben widerwillig, bevor er mich abschätzend ansah. „Wirst du zurechtkommen?"

Wieder einmal schwoll eine Welle der Zuneigung in mir an.
Ich würde ihn am Ende des Semesters, wenn ich weiterziehen
würde, sehr vermissen.

„Ja, Bruder. Mir geht es gut", erwiderte ich mit einem
Lächeln.

Er nickte steif, warf dem Vollstrecker einen letzten misstrauischen Blick zu und ging dann zur Tür hinaus, gefolgt vom Rest
der Band. Der Direktor unterdrückte ein amüsiertes Lächeln.
Seine Emotionen waren ziemlich faszinierend. Sie stellten eine
seltsame Mischung aus Neugier, Vorfreude, Misstrauen und
etwas, das ich nicht genau definieren konnte, dar. „Bösartig"
wäre nicht angemessen, da ich keine Bedrohung oder tatsächliche böse Absichten von ihm spürte. Aber ich hatte auch das
starke Gefühl, dass er sich Ziele gesetzt hatte, die er durchsetzen
wollte, egal wie ich darüber dachte.

Sobald sich die Tür hinter meinen Freunden geschlossen
hatte, deutete ich auf eines der Sofas.

„Bitte nehmen Sie Platz, Direktor Wilson. Möchten Sie etwas
trinken?", fragte ich, als er sich auf dem großen Ecksofa aus
dunkelbraunem Leder niederließ.

Er schüttelte den Kopf. „Nein, danke. Ich werde Ihre Zeit
nicht zu sehr in Anspruch nehmen. Ich bin mir sicher, dass Sie

weitaus interessantere Dinge zu tun haben, als sich mit mir zu unterhalten. Und bitte, nennen Sie mich Colin. Ich bin eher informell."

„Gut, ich auch. Dann können Sie mich Kayog nennen", antwortete ich, während ich mich auf den gepolsterten Hocker ihm gegenübersetzte, der für meine breiten Flügel viel bequemer war.

„Dann also Kayog! Du hast ein unglaubliches Talent! Deine Stimme ist exquisit", sagte er in einem schmeichelnden Ton, der mich völlig kalt ließ.

Er testete meine Reaktionen, um meine Persönlichkeit einzuschätzen, unter anderem, ob ich mich mit Komplimenten kaufen oder manipulieren lassen würde.

Ich zuckte mit den Schultern. „Alle Temern können singen. Im Vergleich zu meinen Altersgenossen würde ich mich als durchschnittlich bezeichnen, keineswegs als außergewöhnlich."

„Ich weiß nicht, ob du durchschnittlich bist, aber dein Charisma ist es ganz sicher nicht. Du hattest das Publikum in deiner Hand."

Ich hob eine Augenbraue und lächelte ihn steif an. „Da hast du recht. Die Leute scheinen im Allgemeinen gut auf mich zu reagieren. Aber was kann ich für dich tun? Warum wolltest du mich sprechen?"

„Ich bin hier, um mir ein besseres Bild von den laufenden Ermittlungen zu möglichen Terroranschlägen und einer steigenden Zahl von Good-Samaritan-Vorfällen zu machen, die sich in letzter Zeit in der Gegend ereignet haben", entgegnete Colin sachlich.

Diesmal hob ich beide Augenbrauen. „Hältst du mich für einen Terroristen?"

Er brach in Gelächter aus. „Nein, überhaupt nicht."

„Dann einen barmherzigen Samariter?", hakte ich nach.

Er lächelte, obwohl sich seine Augen ganz leicht verengten. „Bist du das?"

„Ich weiß es nicht. Ich versuche, so gut es geht, zu helfen, wenn es nötig ist. Warum? Ist es ein Verbrechen, gut zu sein?", fragte ich in derselben nonchalanten Art, wie er mich gefragt hatte.

Er zuckte mit den Schultern. „Natürlich nicht, es sei denn, ein guter Samariter wird zum Selbstjustizler. Dann wird es etwas problematischer."

„Das verstehe ich", antwortete ich unverbindlich. „Aber was hat das mit mir zu tun?"

„Nichts direkt", sagte er geheimnisvoll. „Ich habe nur gesagt, dass ich auf diesen Planeten gekommen bin, um diese beiden Angelegenheiten zu untersuchen, und dachte mir, ich nutze die Gelegenheit, um dir einen Besuch abzustatten. Weißt du, wir halten immer Ausschau nach potenziellen neuen Enforcer-Rekruten. Und wir glauben, dass du ein perfekter Kandidat sein könntest."

Ich starrte ihn mit offenem Mund an, wirklich verblüfft. Von all den Dingen, die er hätte sagen können, war das nie in meiner Liste der Möglichkeiten aufgetaucht.

„Ich? Ein Enforcer?! Warum solltest du einen Sänger rekrutieren wollen?", fragte ich verwirrt.

Er warf mir einen „Sei nicht albern"-Blick zu. „Du bist viel mehr als nur ein Sänger, Kayog. Mit nur 27 Jahren hast du bereits zwei Master-Abschlüsse und bist auf dem besten Weg, in wenigen Monaten einen dritten zu absolvieren. Du bist ein sehr beliebter Sänger und Performer, nimmst an professionellen Sportwettkämpfen teil – darunter auch Kampfsportarten – und sprichst fünf Sprachen fließend, ohne die Hilfe eines Übersetzers. Du bist Single, charismatisch, einfühlsam, selbstsicher und hast sowohl eine makellose Bilanz als auch einen makellosen Ruf. Du könntest alles sein, vom Agenten bis zum Botschafter, und alles dazwischen."

Meine Gedanken rasten, als sich Milliarden von Gedanken drängten und schoben. Dies war kein spontanes Gespräch aus einer Laune heraus. Zugegeben, er erwähnte, dass ich nicht leicht zu erreichen sei, aber dieser Mann hatte mich gründlich recherchiert, um so selbstbewusst so viele meiner Leistungen aufzuzählen.

Was weiß er noch?

Durch welches Wunder auch immer gelang es mir, einen nonchalanten Gesichtsausdruck zu bewahren.

„Du schmeichelst mir, aber ich interessiere mich nicht wirklich für galaktische Politik."

Er schnaubte, als hätte ich etwas gesagt, das seine Intelligenz beleidigte. „Wirklich? Du machst einen Master speziell in diesem Bereich. Dein erster Master war in Xenobiologie. Der zweite war in galaktischer Geschichte mit Schwerpunkt auf primitiven und sich entwickelnden Spezies. Und gerade machst du einen in intergalaktischer Politik mit einer Abschlussarbeit, in der du die Vor- und Nachteile der Obersten Direktive diskutierst. Wenn das kein Interesse an galaktischer Politik ist, dann weiß ich auch nicht."

Ich winkte ab. „Es gibt so etwas wie das reine Streben nach Wissen um des Wissens willen. Dass ich es liebe, Dinge gründlich zu verstehen, bedeutet nicht, dass ich mich an diesem Prozess beteiligen möchte."

„Richtig", erwiderte Colin mit einer Stimme, die vor Zweifel triefte.

„Nun, ich danke dir für dein Interesse. Aber wenn es sonst nichts mehr gibt, werde ich mich auf den Weg machen", erklärte ich und unterdrückte den Drang, mir die Schläfen und den Nacken zu reiben, um den Druck zu verringern, der mir zunehmend stechende Schmerzen im Hinterkopf bereitete.

„Zur Party?", fragte er neugierig.

„Nein, ich gehe weg."

Er zuckte überrascht zurück. „Du verschwindest? Warum?"

„Ich mag keine Massenveranstaltungen", sagte ich, meine

Stimme etwas gekürzt durch den wachsenden Schmerz, den seine Hartnäckigkeit mir zufügte.

„Ein Künstler und Kapitän zweier Sportmannschaften, der keine Massen mag?", rief er ungläubig aus.

„Das ist richtig", erwiderte ich und stand mit einem Gesichtsausdruck auf, der deutlich machte, dass weiteres Beharren nun einfach nur unhöflich wäre.

Er stand ebenfalls auf, seine Augen verengten sich, als eine weitere Welle des Misstrauens in ihm aufstieg.

„Wovor läufst du weg?", fragte Colin, wobei der Vollstrecker in ihm durchschimmerte.

„Vor absolut nichts", antwortete ich mit kühler Stimme. „Wenn du mich jetzt entschuldigen würdest."

Ohne auf seine Antwort zu warten, ging ich zur Tür.

„Warte! Bitte nimm meine Karte", sagte er, holte mich ein und streckte sie mir entgegen.

Ich warf einen Blick auf die Karte und unterdrückte den Drang, ihm zu sagen, er solle sie behalten. Da ich ihm keinen weiteren Vorwand liefern wollte, mich hier weiter festzuhalten, nahm ich sie einfach.

„Du bist wirklich ein faszinierender Kandidat, Kayog Voln", sagte Colin nachdenklich.

„Ich bin kein Kandidat", erwiderte ich streng.

„Die IPO und die Enforcer können dir Türen öffnen, die sonst niemand für dich öffnen kann", sagte er in einem seltsamen Tonfall, der sowohl befehlend als auch einschmeichelnd war. „Ruf mich an, wenn du mehr über die Möglichkeiten erfahren möchtest, die dir in unseren Reihen offenstehen."

„Sicher", sagte ich abwesend, bevor ich fast davonrannte.

Mein Magen rebellierte mit einem Übelkeitsgefühl, das einem schrecklichen Kopfschmerz vorausging. Der fürchterliche Druck hinter meinen Augen brachte mich fast dazu, sie mir aus dem Kopf zu reißen. Ich stürmte aus der Hintertür und rannte davon.

Durch die Fenster, die wieder ihre normale Opazität angenommen hatten, konnte ich die Menge sehen, die sich fröhlich
darin mischte. Meine Brust zog sich vor Neid zusammen bei
dem Gedanken an all diese Anwesenden, seien es Freunde, Lieb-
haber, Bekannte oder sogar zufällige Fremde, die in einem
gemeinsamen Raum zusammenkamen, Spaß hatten und einfach
ihre gegenseitige Gesellschaft genießen konnten, ohne sich um
irgendetwas kümmern zu müssen.

Ich liebte und hasste meine Einsamkeit zugleich.

Eigentlich mochte ich andere sehr. Hätte ich die Wahl, wäre
ich der Mittelpunkt jeder Party. Leider fürchtete ich ihre
Emotionen und die Art, wie sie mich zerstörten.

Warum zum Teufel bin ich so ein kaputter Temern?

Ich schlug mit meinen Flügeln so fest ich konnte, stieg hoch
in den Himmel und flog weg von den bevölkerten Gebieten in
Richtung Wasser. Je weiter ich mich von den Besuchern
entfernte, desto mehr ließ der quälende Druck nach, der mein
Gehirn zum Schmelzen brachte. Das Schmerzhafteste daran war,
den bezaubernden Gesang meiner schönen Taube zu verlieren.
Aber der Rest des Lärms war zu viel für mich.

Erinnerungen an diese atemberaubende Frau erfüllten meinen
Geist und dämpften das anhaltende Unbehagen, das mir im Kopf
herumschwirrte. Mein Auftritt hatte sie erregt. Jede Welle ihrer
köstlichen Emotionen hatte mein Blut in Wallung gebracht und
mich dazu gebracht, noch sexy zu tanzen. Ihr Verlangen hatte
mein eigenes angefacht. Ein Teil von mir schämte sich für mein
Verhalten auf der Bühne. Ich hatte mir immer vorgenommen,
meine Fans zu unterhalten, ohne Sex einzusetzen oder falsche
Signale zu senden, insbesondere an diejenigen, die sich roman-
tisch zu mir hingezogen fühlten.

Aber meine Taube hatte alles verändert.

Ich wollte, dass sie sich genauso nach mir sehnte, wie ich
mich nach ihr sehnte. Eine sadistische Seite von mir, von der ich
nie gewusst hatte, dass sie tief in mir schlummerte, fand große

Freude daran, dass sie sich nicht entscheiden konnte, ob sie mich mochte oder mir misstraute. Meine konkurrierende Seite genoss die Aussicht, ihre Mauern einzureißen und sie dazu zu bringen, sich wahnsinnig in mich zu verlieben. Allerdings war dies eine Herausforderung, die ich nicht annehmen sollte ... nicht annehmen konnte.

Sie war meine Seelenverwandte, ein unmöglicher Traum, von dem ich nie gedacht hätte, dass er wahr werden könnte. Aber ich meinte jedes Wort dieses Liedes, das ich für sie geschrieben hatte. Ich war verrückt.

Sie könnte mein Frieden sein ...

Leider reichte, wie sich heute Abend gezeigt hat, selbst meine Taube nicht aus. Die lauten Geräusche der Menge hätten sie fast übertönt. Als ich den Rückflug nach Hause antrat, verschlang mich der dunkle Schatten, der immer über mir zu schweben schien, und stürzte mich in eine tiefe Verzweiflung. Ich konnte nicht auf dem Campus leben. Tatsächlich konnte ich nirgendwo leben, wo auch nur annähernd fühlende Lebewesen lebten. Selbst der Wald stellte mich vor eine Reihe von Herausforderungen.

Als ich auf der kleinen Insel landete, die weit entfernt im Fluss vor dem Campus lag, dankte ich still den Mächten für ihre Existenz. Es hatte viel Überredungskunst und Überzeugungsarbeit gekostet, um den Bürgermeister dazu zu bringen, mir zu erlauben, mich hier, isoliert von allen anderen, niederzulassen. Meine Hütte, die speziell für meine Bedürfnisse gebaut worden war, war ein Segen. Ich eilte hinein und schloss die Tür. Der Lärm wurde sofort um die Hälfte leiser.

Ich breitete meine Flügel aus, lehnte mich gegen die Tür und legte meinen Hinterkopf auf die spezielle Polsterung, die die meisten Kommunikationssignale blockierte, von Radiofrequenzen bis hin zu psychischen Wellen. Ein zitternder Atemzug entfuhr mir. Ich konnte nicht sagen, ob es Erleichterung, Trauer oder eine Mischung aus beidem war, die ihn ausgelöst hatte.

Ich rutschte an der Tür entlang nach unten und setzte mich auf den Boden. Ich zog meine Beine an die Brust, schlang meine Arme um sie und legte meine Stirn auf meine Knie. Ein dumpfer Schmerz durchzuckte mein Herz, als das schöne Gesicht meiner Taube vor meinem inneren Auge tanzte. Während ich darauf wartete, dass der lähmende Schmerz in meinem Kopf nachließ, summte ich leise das bezaubernde Lied ihrer Seele.

Hier in meinem Zuhause, meinem Zufluchtsort ... meinem Gefängnis, konnte ich ungestört von ihr träumen.

KAPITEL 4

KAYOG

In den folgenden zwei Tagen nahm ich aus der Ferne am Unterricht teil. In letzter Zeit hatte sich meine Fähigkeit, die Anwesenheit anderer zu tolerieren, deutlich verschlechtert. Früher konnte ich mehrere Unterrichtsstunden hintereinander besuchen, bevor ich mich zurückziehen musste, jetzt schaffte ich kaum noch eine einzige. Auch die Schwellung in meinem Gehirn brauchte länger, um wieder abzuklingen. Glücklicherweise hatte mir die Universität, obwohl sie nicht über das gesamte Ausmaß meiner Erkrankung informiert war, die Erlaubnis erteilt, von zu Hause aus am Unterricht teilzunehmen. Mein Fleiß und meine hervorragenden Noten spielten dabei eine wichtige Rolle.

Da ich heute Morgen mein Training für den bevorstehenden Kanuwettbewerb wieder aufnehmen musste – ganz zu schweigen von meinem brennenden Verlangen nach körperlicher Aktivität –, flog ich sehr früh zum Campus zurück, bevor die Massen dort herumtrampelten. Bei dem Gedanken, dass ich ihr begegnen könnte, flatterte mein Magen. Ich hoffte und fürchtete es zugleich, sie zu sehen. Mein Verstand sagte mir, ich solle mich fernhalten, aber mein Herz war ganz anderer Meinung.

Ich ging zum Hangar, um mein Kanu zu holen. Es war ein

schlankes Einpaddelboot, das ich zum Fluss neben der Universität trug. Auf beiden Seiten des Flusses hatten sie mehrere Reihen von Tribünen entlang des Ufers aufgebaut, damit die Öffentlichkeit die verschiedenen Wettkämpfe, die hier stattfanden, verfolgen konnte. Obwohl ich mich auf die kurzen 200-Meter-Rennen spezialisiert hatte, war ich eigentlich in den mittleren und längeren Rennen besonders gut, vor allem im 1000-Meter-Rennen.

Ich setzte das Kanu ins Wasser, machte ein paar Dehnübungen und stieg dann in mein Boot. Es hatte ein großes offenes Cockpit mit einem Schaumstoff-Knieblock, auf den ich mich kniete. Die Fußstütze war modifiziert worden, um sich besser an die Form meiner Vogel-Füße anzupassen. Ich mochte Kajakrennen zwar nicht, aber ich bevorzugte das Kanu, da man es mit dem Paddel steuern konnte, anstatt ein Ruder zu benötigen. Es erforderte viel mehr Kontrolle, Konzentration und oft bestimmte Paddelschläge, um das Boot geradeaus zu halten – genau die Art von Herausforderungen, die ich liebte.

Ich absolvierte eine erste 800-Meter-Runde mit einigen Widerstandsbändern an meinem Boot und paddelte in gemächlichem Tempo, um mich auf meine Form und Technik zu konzentrieren und wirklich eine Verbindung zwischen Körper und Geist herzustellen. Auf der Rückrunde entfernte ich die Widerstandsbänder. Ich machte etwa dreißig Paddelschläge in einem festgelegten Tempo, bevor ich die Geschwindigkeit für einen kurzen Sprint drastisch erhöhte, mich dann ein wenig entspannte und das Ganze wiederholte.

Dann beendete ich eine 1000-Meter-Runde in gemächlichem Tempo. Ich nahm meine Position für die Rückrunde ein, stellte den Timer meines Armbandes ein und bereitete mich während des Countdowns mental auf ein Rennen mit voller Kraft vor. Sobald das Signal ertönte, paddelte ich kräftig, auch wenn ich versuchte, mein Tempo so zu dosieren, dass mir vor dem Ziel nicht die Puste ausging.

Kaum hundert Meter weit, spürte ich sie.

Vor Schreck verlor ich fast meine Konzentration und meinen Rhythmus. Die berauschende Melodie wurde intensiver, als sie näherkam. Der Drang, die Küste nach ihr abzusuchen, brannte tief in meinem Innersten, aber ich zwang mich erneut, meinen Kurs beizubehalten. Allerdings verflog jeder Gedanke daran, mich richtig zu zügeln, sofort aus meinem Kopf. Auch wenn ich sie nicht sehen konnte, hatte meine Taube an den Tribünen an der Ostküste Halt gemacht und beobachtete mich.

Ihre Emotionen zeigten deutlich, wie beeindruckt sie von meiner Leistung war. Sie deuteten auch auf Erregung hin und vor allem auf ihre Aufregung und Nervosität, mich hier zu finden. Das unwiderstehliche Bedürfnis, sie zu beeindrucken, verdrängte jeden rationalen Gedanken. Ich gab alles und zeigte meine Kraft, meine Technik und meine Ausdauer. Meine Muskeln und Lungen begannen zu brennen, aber ich ignorierte sie, zu sehr damit beschäftigt, mich in ihrer Bewunderung zu sonnen. Sie umhüllte mich wie der seidigste Stoff, nahm mir den Schmerz und erfüllte mich mit einem Energieschub, der mich weit über meine normalen Grenzen hinaustrieb.

Ich erreichte den Rand des Flusses und keuchte schwer. Ich stieg mit leicht wackeligen Beinen aus meinem Kanu, plusterte meine Federn auf und flatterte mit den Flügeln, um mehr Luft um meinen Körper zu erzeugen und die durch meine Anstrengung entstandene überschüssige Wärme abzuleiten. Manchmal beneidete ich andere Spezies um ihre Fähigkeit, durch Schwitzen ihre Körpertemperatur zu regulieren.

Für den Bruchteil einer Sekunde befürchtete ich, sie würde weggehen. Ihre Gefühle verrieten lautstark ihre Unentschlossenheit, ob sie ihren Geschäften nachgehen oder mich beachten sollte. Mein Herz schlug höher, als sie plötzlich zu klatschen begann. Ich versuchte, mich unbeeindruckt zu geben, und wandte mich ruhig meiner Taube zu. Als ich sah, wie sie sich mir gemächlich näherte, schlug mein Puls schneller, ohne dass dies etwas mit meiner Anstrengung zu tun hatte. Ich neigte den Kopf und machte eine kleine Verbeugung, um mich zu bedanken, als sie die Distanz zwischen uns überbrückte. Sie kicherte, und ihr Lachen klang zart und musikalisch wie Windspiele, die sich im sanften Wind wogen.

„Beeindruckend", sagte sie und blieb in einiger Entfernung von mir stehen.

„Danke", antwortete ich und fühlte mich unglaublich verunsichert.

Als Sänger und Sportler bekam ich regelmäßig Komplimente. Aber sie von ihr zu bekommen, war etwas ganz anderes. Die aufrichtige Bewunderung, die von ihr ausging, brachte mich völlig aus der Fassung.

„Das ist das erste Mal, dass ich einen Temern-Paddler sehe", sagte sie nachdenklich, während ihre schönen blauen Augen leicht unscharf wurden, als würde sie in ihrem Gedächtnis suchen, um diese Aussage zu bestätigen.

Ich lächelte.

„Unsere Flügel können bei Wind ein ernsthaftes Hindernis sein, ganz zu schweigen vom zusätzlichen Gewicht", erklärte ich sanft. „Das bedeutet nur, dass wir eine perfekte Form halten und mehr Kraft aufwenden müssen als unsere Konkurrenten."

Sie musterte mich langsam von oben bis unten, was mein Herz höherschlagen ließ. Es war nichts Anzügliches oder Suggestives, sondern lediglich eine bewundernde Beurteilung. Trotzdem brachte es mich durcheinander.

„Nun, an Kraft mangelt es dir sicherlich nicht. Ein talentierter Sänger und ein hochbegabter Athlet ... Du stellst uns andere, bloße Sterbliche, in den Schatten", fügte sie neckisch hinzu.

Ich brach in Gelächter aus und senkte den Blick, weil ich mich einerseits über ihre Komplimente freute, mich aber andererseits dumm und peinlich berührt fühlte. Ich musste meine ganze Willenskraft aufbringen, um mich nicht zu winden.

„Ach was, das glaube ich kaum. Ich bin mir sicher, dass du deine eigenen erstaunlichen Talente hast, um die dich andere beneiden", antwortete ich. „Übrigens, mein Name ist Kayog. Kayog Voln."

„Ich weiß", antwortete sie mit einem verschmitzten Lächeln. „Das weiß *jeder*. Und du hast es auch beim Konzert neulich Abend gesagt."

„Stimmt, das habe ich", murmelte ich und kam mir dumm vor.

„Ich bin Linsea Kenna."

Linsea ... Ein wunderschöner Name für eine wunderschöne Taube.

Ich wollte ihren Namen aus voller Kehle singen, ihn auf meiner Zunge rollen lassen und jede Silbe auskosten. Aber ich hielt mich zurück.

„Das ist ein schöner Name. Es freut mich, dich offiziell kennenzulernen", sagte ich.

„Die Freude ist ganz meinerseits", antwortete sie schüchtern.

Verdammt! Alles an dieser Frau hatte eine enorme Wirkung auf mich. Die Emotionen, die sie umgaben, wurden schnell zu einer Sucht. Und dieses Lied ...! Die Melodie ihrer Seele harmonierte mit meiner auf eine Weise, die das Göttliche überstieg. Es fühlte sich fast wie eine körperliche Liebkosung bis ins Innerste meines Wesens an.

Linsea wusste immer noch nicht, wie sehr sie sich erlauben sollte, die Gefühle zu erforschen, die ich in ihr weckte. Und diese Ambivalenz weckte nur den Jäger in mir, der sie erlegen wollte.

Ich sollte sie nicht verfolgen.

Welche Zukunft konnte jemand, der so gebrochen war wie ich, ihr bieten? Und doch waren wir Seelenverwandte. Irgendwie, auf irgendeine Weise, wollte das Schicksal, dass wir zusammenfanden. Außerdem wäre es ein Verbrechen, dem größten Geschenk, das das Universum jemandem machen konnte, den

Rücken zu kehren. Ohnehin war ich schon viel zu sehr süchtig – um nicht zu sagen besessen –, um sie entkommen zu lassen.

Ich drehte das Kanu seitlich von mir weg, beugte leicht die Knie und zog es auf die Ablage, die dadurch durch meinen Schoß entstand. Mit der linken Hand griff ich nach dem Tragegestell und rollte es zu mir heran.

„Brauchst du Hilfe?", rief Linsea und machte einen Schritt nach vorne, wusste aber nicht, was sie tun sollte.

„Nein, ich schaffe das schon. Aber danke", erwiderte ich sanft.

Ich kippte das Kanu und hob es über meinen Kopf, bevor ich es auf meinem Kopf ablegte. Meine Handflächen, die ich gegen die Innenseiten legte, hielten es stabil. Obwohl dies die übliche Art und Weise war, wie ich mein Kanu immer hin und her trug, war ich ein wenig stolz, als ich sah, wie beeindruckt meine Frau davon war, wie leicht ich es hob.

„Wow, du bist wirklich stark!", flüsterte Linsea voller Bewunderung, eher zu sich selbst als zu mir.

„Vielleicht ein bisschen", antwortete ich mit einem Augenzwinkern.

Sie kicherte, ihre Augen funkelten vor Vergnügen.

„Würdest du mit mir spazieren gehen?", fragte ich leise.

„Klar!", antwortete Linsea, bevor sie innerlich zusammenzuckte und sich zweifellos dafür schimpfte, dass sie so übereifrig zugestimmt hatte. „Jemand muss dafür sorgen, dass sich der berühmteste Sänger von Acadia nicht verletzt, wenn er alleine ein riesiges Kanu trägt."

Ich schnaubte, beeindruckt von ihrer schnellen Reaktion. Obwohl nur die klügsten und elitärsten Personen die Schule besuchen durften, schafften es gelegentlich auch privilegierte Gören, sich einzuschleichen. Natürlich konnte meine Seelenverwandte niemals eine solche Person sein. Aber dieser erste Eindruck von der geschickten Art und Weise, mit der sie sich aus einer ihrer Meinung nach peinlichen Situation herausgewunden hatte, weckte meine Neugier. Ich würde es sehr genießen, mich mit ihr geistig zu messen.

„Um ehrlich zu sein, als ich hörte, dass du auch ein Spitzensportler bist, habe ich erwartet, dass du Flugsportarten wie Lazgar betreibst", sinnierte Linsea laut.

Lazgar war ein Spiel, das von einem unserer entfernten Verwandten, den Zelconiern, erfunden worden war. Sie waren Vogelmenschen wie wir, die auf einem primitiven Planeten lebten, der noch immer vielen strengen Richtlinien der Obersten Direktive unterlag. Obwohl die einheimischen Spezies noch keine interstellaren Reisen unternommen hatten, durften Außerirdische auf dem Planeten landen und in begrenztem Umfang mit den Einheimischen interagieren.

Der Sport, der in einer speziellen Arena mit sich im Laufe der Zeit verändernden Hindernissen ausgetragen wurde, umfasste Gruppen von zwölf bis zwanzig Personen. Die Teilnehmer jagten Lazgar – eine Drohne – und versuchten, sie zu fangen, bevor die Zeit ablief. Je schneller man sie fing, desto höher war die Punktzahl. Das Spiel war nach einem zelconischen Jungen namens Lazgar benannt worden, der berühmt geworden war, weil er vor dem Unterricht weglief und von allen Erwachsenen der Stadt durch die ganze Welt gejagt wurde.

Ich lächelte und nickte. „Eine faire und zutreffende Annahme. Ich halte tatsächlich den aktuellen Rekord für die höchste Punktzahl."

Sie brach in Gelächter aus und schüttelte den Kopf, als wäre ich ein hoffnungsloser Fall. „Klar. Gibt es irgendetwas, in dem du nicht brillierst?"

„Oh ja! Viel zu viele Dinge!", rief ich mit einer übertrieben dramatischen Geste der Entmutigung aus.

„Wirklich?", fragte Linsea mit zweifelnder Stimme. „Zum Beispiel?"

„Das würde ich dir gerne verraten", antwortete ich neckisch. „Bleib lang genug hier, dann findest du es vielleicht heraus."

„Vorsicht, ich könnte dich beim Wort nehmen", sagte sie in einem vorgetäuscht bedrohlichen Tonfall.

Zu sagen, dass das verdammt sexy war, wäre eine ziemliche Untertreibung. Die Leichtigkeit, mit der wir miteinander kommunizierten, bestätigte einmal mehr, dass wir füreinander bestimmt waren. Trotz meiner fast nicht vorhandenen persönlichen Erfahrung mit Frauen war ich nicht so ahnungslos, dass ich Flirten nicht erkennen konnte, wenn es passierte.

Wir betraten den Hangar, der nicht weit vom Fluss entfernt lag. Dutzende Kanus, Kajaks, Wasserbretter, Jetskis und verschiedene andere Wasserfahrzeuge und Wassersportgeräte waren in ordentlich organisierten Bereichen des mehr oder weniger H-förmigen Raums untergebracht. Ich ging direkt zu dem Bereich mit den Kanus.

Sie standen jeweils auf Gestellen, die mit digitalen Schlössern gesichert waren. Gegenüber, im mittleren Teil eines der H-förmigen Bereiche, befanden sich zwei Waschstationen, an denen wir unsere Boote reinigen konnten, bevor wir sie wieder verstauten. Ich stellte mein Kanu auf die linke Station.

„Du bist aber früh auf", sagte ich, während ich den Schlauch zog, um mein Kanu abzuspülen.

Sie nickte. „Ich trainiere gerne im Park am Wasser. Als ich einen einsamen Paddler sah, wurde ich neugierig. Also bin ich gekommen, um einen Blick darauf zu werfen."

„Das freut mich", sagte ich.

Zu meiner Überraschung sah sie mich seltsam an und neigte den Kopf zur Seite, während sie über ihre Antwort nachdachte. Ihren Emotionen nach zu urteilen, hatten ihre Gedanken nichts damit zu tun, dass sie gekommen war, um den einsamen Paddler zu beobachten.

„Du hast neulich Abend eine tolle Show hingelegt", fuhr Linsea nachdenklich fort. „Ich stehe nicht wirklich auf Rockbands – auch wenn deine nicht wirklich eine ist. Aber ich kann nicht leugnen, dass es mir sehr gefallen hat."

„Danke. Das freut mich."

„Du bist sehr schnell verschwunden. Der Rest der Band hat sich unter die Leute gemischt, aber du warst nirgends zu sehen", sagte sie mit nonchalantem Tonfall, trotz der Intensität in ihren Augen.

Obwohl ich damit gerechnet hatte, dass diese Frage früher oder später kommen würde, kämpfte ich dennoch gegen den Drang an, mich zu winden.

„Ich mag keine Massenansammlungen", erklärte ich und lächelte über ihren verwirrten Gesichtsausdruck. „Deine Reaktion ist normal. Alle sind davon verwirrt. Während einer Show aufzutreten ist in Ordnung, aber ich bin wirklich nicht scharf darauf, was danach passiert."

„Warum? Zu viele Groupies?", fragte Linsea mit einem spöttischen Funkeln in den Augen.

Ich schnaubte und nickte dann. „Auch wenn es eitel klingt, muss ich mit Ja antworten."

„Das ist der Preis des Ruhmes", witzelte sie, bevor sie einen ernsteren Gesichtsausdruck annahm. „An diesem Abend war ein Plattenlabel anwesend."

Ich verzog sofort das Gesicht. „Das ist für mich ein klares Nein."

Sie runzelte die Stirn, unsicher, wie sie meine Antwort auffassen sollte. „Was ist mit der Band?"

„Ich habe ihnen gesagt, sie sollen sich einen neuen Sänger suchen, wenn sie mit möglichen Angeboten weitermachen wollen", antwortete ich, während ich etwas Reinigungsmittel auf das Kanu auftrug. „Die Jungs wussten von Anfang an, wie die Lage ist. Es ist nicht so, dass ich ihnen das in letzter Minute aufgezwungen und sie damit überrascht hätte."

„Aber sie haben zweifellos gehofft, dass du deine Meinung ändern würdest", beharrte sie.

„Da hast du recht", gab ich zu. „Aber das ist ganz allein ihre Sache. Ich habe ihnen meine Haltung immer wieder klar gemacht. Wenn sie sich entscheiden, das zu ignorieren, kann ich nichts dagegen tun."

„Warum willst du das nicht?", fragte sie mit aufrichtiger Neugier. „Du bist sehr talentiert, hast unglaubliches Charisma und schienst Spaß daran zu haben."

„Ich singe gerne, genau wie jeder andere Temern. Und ich bin sicher, du auch. Aber das bedeutet nicht, dass ich daraus eine Karriere machen möchte", antwortete ich sachlich.

„Verständlich. Welche Karriere reizt dich dann?"

Ich unterdrückte ein Lächeln angesichts dieser subtilen Befragung, um einen potenziellen Partner kennenzulernen.

„Ehrlich gesagt weiß ich es nicht", gab ich aufrichtig Preis.

Wie erwartet runzelte Linsea die Stirn. Es machte keinen guten Eindruck, in meinem Alter noch nicht zu wissen, was man machen wollte, besonders in einer Umgebung wie Acadia, wo alle extrem motiviert und ehrgeizig waren.

„Aber du arbeitest an deinem Master, oder?", fragte sie vorsichtig, wobei ihre Verwirrung deutlich zu hören war.

„Ja", bestätigte ich. „Aber das wird mein dritter sein."

Der Schock, der sich auf ihrem Gesicht widerspiegelte, entlockte mir ein amüsiertes Lächeln. Auch das war eine häufige Reaktion, wenn ich dies anderen Personen erzählte.

Eine Million Gedanken huschten über ihr hübsches Gesicht. Sie wägte ab, welche Frage in den Bereich des Unangemessenen fallen könnte, und überlegte gleichzeitig, wie sie ihre Neugier stillen könnte.

„Das ist ziemlich teuer", sagte sie schließlich.

Ich schnaubte. „Technisch gesehen hast du recht. Aber abgesehen davon, dass ich es mir leisten kann, hatte ich auch das Glück, Stipendien zu erhalten, die die Kosten für alle drei gedeckt haben."

Ihre Augenbrauen schossen hoch, in einer Mischung aus Schock, Ehrfurcht und anhaltender Verwirrung.

„Du bist also eine Art Wunderkind, wie die Menschen gerne

sagen", antwortete sie und umging damit weiterhin die Frage, die sie eigentlich stellen wollte.

Ich zuckte mit den Schultern, während ich begann, die Seife vom Kanu abzuwaschen. „Nicht wirklich. Ich bin einfach sehr neugierig und liebe es zu lernen. Da ich nicht untätig sein kann, bin ich ständig auf der Suche nach einer neuen Leidenschaft, die meine Aufmerksamkeit fesselt und mir gleichzeitig ein besseres Verständnis unserer Welt vermittelt. Da ich ein Überflieger bin, strebe ich immer danach, in allem, was ich tue, herausragende Leistungen zu erbringen. Im Gegenzug hat mir das einige großartige Möglichkeiten eröffnet, wie zum Beispiel diese Stipendien."

„Wenn man bedenkt, wie schwer es ist, sie zu bekommen, finde ich, dass du übertrieben bescheiden bist, was mich angenehm überrascht. Leadsänger und Gitarristen in Bands haben normalerweise den Ruf, sehr aufmerksamkeits- und lobhungrig zu sein", sagte sie in einem leicht neckenden Ton, obwohl ihre Neugierde noch nicht gestillt war.

Unter anderen Umständen hätte sie meiner Meinung nach viel offener nachgehakt. Da dies unsere erste echte Begegnung war, würde Linsea wahrscheinlich noch eine Weile lang die Lage sondieren. Ich wollte, dass sie einfach direkt war. Zu sagen, ich hätte nichts zu verbergen, wäre eine Lüge gewesen. Wenn ich jedoch jemals auf eine gemeinsame Zukunft mit ihr hoffen wollte, musste ich ihr früher oder später die seltsame Seite von mir offenbaren, die mich zu diesem zurückgezogenen und ungeselligen Leben gezwungen hatte.

„Aber um deine Frage zu beantworten: Ich vermute, dass ich irgendwann einen Schreibtischjob haben werde, bei dem ich Gesetze und Artikel rund um die Oberste Direktive und gefährdete Arten entwerfe", sagte ich nonchalant.

„Ein Bürojob?", wiederholte Linsea mit fast entsetztem Gesichtsausdruck. „Du bist viel zu charismatisch, um dich in einem sterilen Raum einzuschließen und Gesetzesartikel zu tippen."

Ich zuckte mit den Schultern. „Die Zeit wird es zeigen, denke ich. Was ist mit dir? Welche spannende Karriere reizt dich?"

Sie schnalzte mit dem Schnabel auf diese typische Art, die bei uns Nachdenklichkeit ausdrückte, ein bisschen in der Art, wie Menschen auf ihre Unterlippe bissen, bevor sie eine heikle Frage beantworteten.

„Anfangs wollte ich mich für wohltätige Zwecke engagieren. Aber ich habe das ernsthaft überdacht", sagte Linsea nachdenklich.

Jetzt war ich an der Reihe, überrascht zu schauen, als ich das Wasser abstellte und die Ventilatoren um die Halterung meines Kanus herum einschaltete, damit es trocknen konnte.

„Warum? Was hat deine Meinung geändert?"

„Kontrolle", antwortete sie selbstverständlich. „Ich habe gerade ein Praktikum beendet, weshalb ich das letzte Semester verpasst habe. Eine der Dinge, die mir schmerzlich bewusst geworden sind, ist, dass Wohltätigkeitsorganisationen ständig betteln und hoffen, dass sie ein paar Krümel erhalten. Sie kommen vor allem dann voran, wenn sie Verbündete und Fürsprecher in hohen Positionen haben. Wenn ich Botschafterin oder politische Gesandte werde, kann ich Druck auf die richtigen Leute ausüben, um Dinge zu bewegen."

Ein fast raubtierhaftes Lächeln huschte über mein Gesicht.

„Na, na. Da ist ja jemand nicht so brav, wie Benedict gerne sagt. Aus irgendeinem Grund habe ich erwartet, dass du jemand bist, der keine Wellen schlägt. Deshalb freue ich mich sehr, dass du eine selbstbewusste Frau und eine Macherin bist, die genau weiß, was sie will, und die Schritte unternimmt, um ihre Ziele zu erreichen."

„Ich versuche es", erwiderte sie mit einem selbstgefälligen und koketten Ausdruck, der mich zum Schmunzeln brachte.

Nachdem die Trockner ihre Arbeit beendet hatten, hob ich

mein Kanu auf, brachte es zu seinem reservierten Platz und schloss es ab. Ich warf Linsea einen Blick zu, deren Gefühle dieselbe Unsicherheit widerspiegelten, die ich empfand. Wir waren noch nicht bereit, uns zu trennen, wussten aber nicht so recht, wie wir den nächsten Schritt machen sollten.

„Möchtest du frühstücken?", fragte Linsea plötzlich.

Trotz der beiläufigen Art, mit der sie diese Worte aussprach, und ihrer entspannten Haltung war jede Faser ihres Wesens angespannt, bereit für eine Ablehnung. Die dumme Frau merkte nicht, dass ich bereits ihr gehörte.

„Das würde ich gerne, aber ich brauche ein paar Minuten, um schnell zu duschen", sagte ich mit verlegenem Tonfall. „Ich rieche muffig."

„Oh! Kein Problem. Ich kann warten ... Es sei denn, du hast andere Pläne?", fragte sie vorsichtig.

„Nein. Ich beeile mich", antwortete ich mit einem Lächeln, bevor ich die Stirn runzelte. „Hmmm, vielleicht sollten wir die Cafeteria meiden?"

Sie zuckte bei dieser unerwarteten Bitte leicht zurück. „Warum?"

Ich scharrte mit den Krallen und fühlte mich etwas unbehaglich. „Ich will nicht angeben, aber wenn wir zusammen gesehen werden, werden die Leute dich wahrscheinlich belästigen."

Linseas Gesicht verschloss sich. Obwohl die meisten Lebewesen dies als neutralen Ausdruck empfinden würden, schrien ihre Emotionen lautstark ihren aufkeimenden Verdacht heraus. Das brachte mich erneut zum Schmunzeln. Ein Teil von mir fühlte sich schuldig, da sie keine Ahnung hatte, dass die angeborene Fähigkeit aller Temern, ihre Emotionen vor anderen zu verbergen, bei mir nicht funktionierte. Für mich war sie ein offenes Buch, während ich für sie völlig verschlossen war ...

... zu ihrem eigenen Wohl.

„Ich verstecke keine heimliche Freundin, falls dir das gerade durch den Kopf geht", sagte ich neckisch. „Ich tue das wirklich nur, um dich zu schützen, denn die Leute können ziemlich aufdringlich sein. Ich bin es gewohnt, dass mich die Leute ständig anstarren, und es stört mich nicht mehr. Wie du gesagt hast, das ist der Preis des Ruhmes. Aber wenn es dir nichts ausmacht, dann ist es kein Problem."

„Ich habe kein Problem damit", antwortete sie entschlossen.

„Dann eben in der Cafeteria", antwortete ich mit einem Lächeln. „Ich bin gleich zurück."

Das wäre natürlich nicht meine Wahl gewesen. Zumindest war es noch früh genug, dass nicht allzu viele Leute da sein würden, sodass die Anzahl der Besucher annehmbar oder zumindest erträglich sein würde. Ich drehte mich um, um zu gehen, aber bevor ich auch nur fünf Schritte machen konnte, rief Linsea mich zurück.

„Warte doch mal! Du hast recht, deine Groupies sind ziemlich hartgesotten. Lass uns irgendwo hingehen, wo wir in Ruhe essen können. Wenn ich darüber nachdenke, wäre es ziemlich unangenehm, wenn mich Leute anstarren, während ich versuche, mein Essen zu genießen", sagte sie und verzog das Gesicht.

Ich lachte. „Das kann ich dir versprechen. Aber wie gesagt, wir können machen, was du willst."

„Dann gehen wir eben irgendwohin, wo wir ungestört sind. Übrigens, ich könnte etwas zu essen für uns holen, während du duschst", bot Linsea an.

„Klar!", stimmte ich zu, begeistert von der Idee, mich nicht früher als nötig der Öffentlichkeit aussetzen zu müssen.

„Was möchtest du?", fragte sie.

„Ich hätte gerne das Sportlerfrühstück Nummer zwei", antwortete ich, während ich nach meinem Armband am linken Unterarm griff, um ihr etwas Geld zu überweisen.

Mit überraschend schneller Geschwindigkeit packte Linsea mein Handgelenk, hielt mich auf und runzelte dann mit etwas empörtem Gesichtsausdruck die Stirn.

„Nein! Ich kümmere mich darum", sagte sie.

„Was zum Teufel?", rief ich mit einem noch empörtereren Gesichtsausdruck aus, zu fassungslos, um das wunderbare Gefühl ihrer Hand auf mir richtig genießen zu können.

Sie ließ mein Handgelenk los, und ich hätte fast gejammert, weil ich ihre Berührung verlor.

„Du kannst mir ein anderes Mal Frühstück kaufen", sagte sie abweisend.

Ich hätte fast widersprochen. Aber abgesehen von ihrem strengen Blick, der mich davon abhielt, garantierte ihr Angebot so gut wie sicher ein zweites Date. Nur ein Idiot würde diese Gelegenheit verstreichen lassen.

„Na gut, aber ich werde dir das Abendessen kaufen", sagte ich in leicht mürrischem Ton.

Sie entspannte sich sofort und kicherte. „Das geht auch."

„Klein Finger Schwur?", beharrte ich.

Diesmal brach sie in Gelächter aus und warf mir einen ungläubigen Blick zu.

„Was?", fragte sie.

„Ich sagte: klein Finger Schwur", wiederholte ich ohne Reue. „Wenn ich mich recht erinnere, ist das ein menschliches Versprechen."

„Ja, das ist es. Und ich bin damit bestens vertraut. Ich hätte nur nie erwartet, es von dir zu hören", sagte sie mit einem amüsierten Gesichtsausdruck.

„Gut. Ich bin froh, dass du damit vertraut bist. Und gehe niemals davon aus, was ich tun oder nicht tun würde. Du wirst von meinem unerwarteten Verhalten einen Schleudertrauma bekommen", sagte ich in einem geheimnisvollen Tonfall, der einen Hauch von Selbstgefälligkeit enthielt. „Jetzt schwöre es."

Sie schüttelte den Kopf, und die freudige Aura, die von ihr ausging, umhüllte mich auf wundersame Weise.

„Na gut, du Tyrann. Ich schwöre es mit meinem kleinen Finger", sagte sie mit vorgetäuschter Verärgerung, während sie ihren kleinen Finger in meine Richtung streckte.

„Braves Mädchen", schnurrte ich, während ich meinen kleinen Finger um ihren schlang, sie für einen Moment miteinander verband und dann meine Hand sinken ließ. „Treffen wir uns am Picknicktisch in der Nähe des Pavillons?"

Sie nickte. „Abgemacht."

Ich lächelte und mein Herz schlug vor Aufregung höher. „Bis bald dann."

„Bis bald", antwortete sie, bevor sie sich umdrehte und den Hangar verließ.

Mein Blick ruhte auf ihrer Perfektion, während sie anmutig davonging. Ja, egal wie verrückt ich war, ich konnte sie niemals gehen lassen. Linsea war meine Seelenverwandte.

KAPITEL 5

LINSEA

Meine Wangen glühten vor Verlegenheit, als ich mich zwang, den Hangar mit Gelassenheit und in gemächlichem Tempo zu verlassen. Ich spürte, wie sein Blick mir Löcher in den Rücken brannte. Was ging ihm wohl durch den Kopf? Er schien völlig von mir eingenommen zu sein, hatte sogar ein paar Mal mit mir geflirtet, wenn auch auf subtile Weise. Aber warum zum Teufel konnte ich nicht einmal den kleinsten Funken Emotion von ihm wahrnehmen? Mit einer Gewissheit, die ich nicht erklären konnte, glaubte ich, dass er es irgendwie schaffte, meine zu lesen. Das sollte eigentlich nicht möglich sein, und doch war es so.

Der Gedanke daran, wie oft ich mich wegen ihm erregt oder von ihm angezogen gefühlt hatte, beschämte mich zutiefst, wenn er tatsächlich alles wahrnehmen konnte, was ich in seiner Gegenwart empfand. Selbst die mächtigsten Temern unter uns ließen immer ein wenig etwas durchblicken.

Als ich zum Hauptgebäude flog, um zur Cafeteria zu gelangen, blieb mein unglückseliger Geist bei Kayog hängen. Zu wissen, dass er gerade duschte, ließ die unanständigsten Fantasien in meinem Kopf spielen. Ich konnte sehen, wie das Wasser über seinen perfekten Körper rann, wie jeder Tropfen über seine breite Brust glitt, zwischen den gemeißelten Rillen seiner Bauchmuskeln hindurch und hinunter zu seinen muskulösen Oberschenkeln.

Ich wollte bei ihm sein und sanft mit meinen Fingernägeln über die kleinen Daunenfedern streichen, die den Übergang zwischen der Basis seiner Flügel und seinem Rücken säumten. Ein dumpfes Pochen breitete sich zwischen meinen Schenkeln aus, als ich mir vorstellte, welche kehligen Laute er von sich geben würde, wenn ich diese empfindliche Stelle neckte.

Während des Konzerts prägte ich mir die sündige Art und Weise ein, wie sich sein Körper bewegte, und den sinnlichen Ausdruck auf seinem Gesicht, wenn er sich zum Mikrofon vorbeugte und mit den Fingern über das Stativ strich. Würde er in der Hitze der Leidenschaft genauso aussehen? Würde sein Körper sich mit einer ähnlichen animalischen Spannung, die kaum zu unterdrücken und begierig darauf war, entfesselt zu werden, über meinem wiegen?

Bei Gott! Reiß dich zusammen!

Ich war noch nie jemand, der sich so leicht von einem hübschen Gesicht, einem heißen Körper oder einem verführerischen Lächeln beeinflussen ließ. Und ich habe mich sicherlich nie von meinen Hormonen von meinem gesunden Menschenverstand abbringen lassen. Aber in diesem Moment konnte ich nicht aufhören, daran zu denken, wie sehr ich mir wünschte, er würde mich auf das Gras neben dem Fluss werfen, seinen instinktiv als massiv erkannten Schwanz herausholen und mich besinnungslos nehmen.

GENUG!

Tala würde mir das ewig vorhalten, wenn sie auch nur einen Bruchteil davon wüsste, wie wahnsinnig ich von Mr. Perfect besessen war. Und bis jetzt erwies er sich wirklich als perfekt.

Wirklich?

Dieser Gedanke ließ mich innehalten. Ja, Kayog war ein

Überflieger, der in allem brillierte und es leicht aussehen ließ. Allein dafür hätte er jedes Recht, sich zu brüsten und aufzutrumpfen. Aber er erwies sich als seltsam bescheiden. Das gefiel mir. Nichts schreckte mich so sehr ab wie Personen mit übersteigertem Ego, Angeber und diejenigen, die sich für besser als andere hielten, aus welchem Grund auch immer.

Allerdings machte ich mir auch Sorgen, dass er möglicherweise unzuverlässig und unberechenbar sein könnte. Sicher, er dominierte in Bereichen, in denen es feste Regeln und Richtlinien gab, wie Sport und Schule. Aber warum hatte er keine klare Vorstellung von seiner beruflichen Laufbahn? War es die Angst vor Verpflichtungen? Vor dem Unbekannten? Vor dem Beweisen seiner Fähigkeiten in einem Bereich, der nicht streng kontrolliert war? Und warum so viele Master-Abschlüsse? Mangelnde Ambitionen? Angst vor dem Erfolg?

Für den Bruchteil einer Sekunde hätte ich mich fast auf diese letzte Spekulation gestürzt. Doch selbst das passte nicht. Seine Wettbewerbsnatur widerlegte diese Möglichkeit. Er gewann gerne. Warum schwankte er dann so sehr?

Dann war da noch die Frage nach seinem aktuellen Fokus auf die Oberste Direktive. Warum konzentrierte er seinen Master in galaktischer Politik auf dieses spezielle Thema? War es altruistisches Interesse, das ihn dazu trieb, die Schwachen und Schutzbedürftigen zu beschützen, oder waren es eher niederträchtige und materialistische Ziele? Jemand mit gründlichen Kenntnissen über die Stärken, Schwächen und Ressourcen primitiver Spezies könnte sich durch Ausnutzung der Lücken in der Obersten Direktive unverschämt bereichern.

So viele Fragen und so wenige Antworten ...

Als ich vor dem Gebäude landete und mich auf den Weg zur Cafeteria machte, spekulierte ich weiter über den Mann, der mich völlig durcheinandergebracht hatte. Ich wollte nicht zu aggressiv wirken, aber ich brauchte Antworten und musste mir ein besseres Bild davon machen, mit wem ich es zu tun hatte.

Nach meinen Reaktionen auf ihn zu urteilen, vermutete ich, dass ich mich schnell Hals über Kopf in ihn verlieben würde. Deshalb musste ich meine Sorgfaltspflicht erfüllen, bevor ich mich zu sehr darauf einließ.

Als ich vor der Theke stand, warf ich einen Blick auf die Speisekarte und konzentrierte mich auf das, was Kayog bestellt hatte. Da ich ein Gewohnheitstier bin, habe ich mir nie die Mühe gemacht, mir die große Auswahl anzusehen, die angeboten wurde, um den Bedürfnissen der verschiedenen Spezies gerecht zu werden, die auf dem Campus lebten. Normalerweise bestand mein Frühstück aus Naturjoghurt mit frischen Früchten und Getreide. Aber seine Wahl gefiel mir tatsächlich.

Das Sportlerfrühstück Nummer zwei bestand zur Hälfte aus Kohlenhydraten und zur anderen Hälfte zu gleichen Teilen aus magerem Eiweiß und Obst. Dieses spezielle Frühstück umfasste gegrillte Hähnchenspieße, Studentenfutter-Cracker, gemischtes Obst, hauptsächlich Beeren, und eine Flasche aromatisiertes Wasser.

Durch meine jahrelange Interaktion mit Menschen hatte ich mich ziemlich gut mit ihrer Ernährung vertraut gemacht, insbesondere mit ihrer Vorliebe für Hähnchen. Wir hatten etwas Ähnliches auf unserer Heimatwelt, aber diese Tiere gediehen nicht so gut und passten sich nicht so leicht an andere Klimazonen und Umgebungen an wie Hähnchen. Ich beschloss, Kayog nachzuahmen, und bestellte zwei Portionen dieses Frühstücks. Gerade als ich nach den Tüten griff, spürte ich die vertrauten Wellen, Sekunden bevor meine Freundin meinen Namen rief.

„Hey, Lin!", rief Tala und klammerte sich an Mares' Arm, als sie mit einem breiten Grinsen auf uns zukam. „Wir haben dich im Park nicht gesehen und dachten, du hättest vielleicht beschlossen, auszuschlafen. Möchtest du mit uns frühstücken?"

Ich drehte mich um. Bevor ich ein Wort sagen konnte, fiel ihr Blick auf die beiden Tüten in meinen Händen.

„Moment mal. Essen für zwei Personen?" Sie ließ Mares'

Arm los und stemmte ihre Fäuste empört in die Hüften, was mir zu verstehen gab, dass ich ihr besser eine gute Erklärung liefern sollte, wenn ich Ärger vermeiden wollte. „Hast du mich schon ersetzt?"

Ich schnaubte und schüttelte den Kopf. „Natürlich nicht, du dumme Frau."

„Für wen ist es dann?", beharrte sie.

Die Grimasse, die ich schnitt, reichte aus, um ihr alles zu verraten. Ihre Augen weiteten sich langsam, während ihr Mund auf fast komische Weise offenstand.

„Nein! Im Ernst?"

Ich zuckte mit den Schultern und fühlte mich ein wenig unbehaglich, während Mares grinste und sowohl amüsiert als auch ein wenig überrascht wirkte.

„Ich bin ihm nur beim Training begegnet", sagte ich etwas zu defensiv.

„Du Schlampe!", flüsterte sie, wobei die Aufregung in ihrer Stimme das ansonsten harte Wort Lügen strafte.

„Hey!", rief ich aus, ohne mich im Geringsten beleidigt zu fühlen, da ich wusste, dass keine böse Absicht dahintersteckte.

„Ich wusste es, du hast dich uninteressiert gegeben, ihn gehasst und so getan, als wäre er unter deinem Niveau. Ich habe dir gesagt, dass du dich in ihn verlieben würdest", sagte Tala selbstgefällig.

„Wir frühstücken nur zusammen. Und ich habe ihn nicht gehasst", murmelte ich.

„Klar, klar. Wie auch immer. Schnapp dir deinen Mann, und dann will ich alle pikanten Details hören!", sagte Tala, während Mares den Kopf schüttelte.

„Auf keinen Fall!", entgegnete ich mit strenger Stimme.

„Du solltest loslaufen, bevor die Menge dich bemerkt", sagte Mares, seine dunkelgrünen Augen funkelten vor Belustigung.

„Ja, guter Punkt", stimmte Tala zu. „Aber ich will trotzdem

Details! Jetzt geh und hab Spaß und vergiss einmal, so verdammt steif und korrekt zu sein."

Ich lachte und eilte nach draußen, bevor ich mich auf den Weg machte. Tatsächlich strömten langsam viele Leute herein, einige holten sich etwas zu essen, andere versammelten sich einfach draußen, und ein paar wenige eilten ihren Geschäften nach.

Als ich auf den Pavillon zuflog, der in respektvoller Entfernung von der Menschenmenge stand, gratulierte ich mir selbst dafür, dass ich zugestimmt hatte, nicht in der Cafeteria zu essen. Die Privatsphäre des Parks würde es uns ermöglichen, wir selbst zu sein, während wir uns kennenlernten. Obwohl sein ursprünglicher Vorschlag mich tatsächlich vermuten ließ, dass er eine heimliche Affäre hatte und jede mögliche Verbindung zu mir verbergen wollte, zerstreute die Aufrichtigkeit, mit der er mir die Wahl überließ, diese Befürchtung. Allerdings schämte ich mich, zugeben zu müssen, dass ich zunächst darauf bestanden hatte, in die Cafeteria zu gehen, weil ich wollte, dass man uns zusammen sah.

Ich hielt mich nicht für einen besitzergreifenden oder unsicheren Typ. Auch hatte es für mich keinen Reiz, meine Beziehungen zur Schau zu stellen. Aber aus irgendeinem Grund wollte ich diesen Mann als meinen markieren, öffentlich von ihm beansprucht werden und allen Groupies klar machen, dass er nicht mehr zu haben war. Wenn man bedachte, dass wir uns erst vor weniger als einer Stunde offiziell kennengelernt hatten und kaum eine halbe Stunde miteinander gesprochen hatten, waren meine Reaktionen beunruhigend. In Wirklichkeit kannte ich ihn überhaupt nicht, abgesehen davon, dass er verdammt heiß, wahnsinnig intelligent und sportlich war und bisher wie jemand wirkte, dessen Gesellschaft ich wirklich genießen konnte.

Zu meinem Erstaunen sah ich Kayog im Gras sitzen und im Lotussitz meditieren. Ich hätte beinahe angehalten und mich gefragt, ob ich diesen Moment der Selbstbesinnung stören sollte.

Doch gerade als mir dieser Gedanke kam, öffnete er plötzlich die Augen und sah mich an. Angesichts der Entfernung, in der ich mich noch befand, konnte er mich unmöglich gespürt haben ... oder? Er stand auf und lächelte mich warm an, was mich dazu veranlasste, weiter auf ihn zuzugehen.

„Entschuldigung, ich wollte dich nicht stören", sagte ich verlegen, als ich neben ihm landete.

„Das hast du nicht", erwiderte er beruhigend, während er mich von den Taschen befreite.

„Du meditierst also?"

Er nickte. „Ich mache das ziemlich oft."

„Das ist schön", antwortete ich, erneut verwirrt von diesem ungewöhnlichen Mann.

Eine Million Fragen drängten sich mir auf die Zunge, aber ich unterdrückte sie, weil ich nicht neugierig sein wollte. Obwohl ich vorhatte, irgendwann darauf zu kommen, wollte ich ihn nicht verschrecken, indem ich ihn wie bei einem Verhör behandelte. Ein Teil von mir wollte auch, dass er sich mir öffnete, weil er wollte, dass ich ihn kennenlernte, und nicht, weil er sich unter Druck gesetzt fühlte, mehr preiszugeben, als er bereit war.

Wir setzten uns an einen Picknicktisch unter einem Baum in der Nähe des Pavillons. Wir öffneten unsere jeweiligen Taschen und begannen zu essen. Beim ersten Bissen der Trail-Mix-Cracker wären mir fast die Augen aus dem Kopf gefallen.

„Oh wow! Diese Cracker sind unglaublich!", rief ich aus, bevor ich mir gierig einen weiteren in den Mund schob.

Kayog grinste. „Das sind sie wirklich. Ich schäme mich fast, zuzugeben, dass ich ein bisschen süchtig danach bin."

Ich lächelte, weil er so bezaubernd aussah, wenn er diesen verlegenen Ausdruck aufsetzte. Alle Annahmen, die ich über diesen Mann getroffen hatte, brachen eine nach der anderen zusammen. Er schien wirklich bescheiden, liebenswert und unprätentiös zu sein. Ganz anders als der arrogante Rockstar, den ich mir vorgestellt hatte. Vielleicht hatte Tala doch recht gehabt, als sie sagte, dass ich sein Lächeln am ersten Tag mit einem widerwärtigen Grinsen verwechselt hatte.

„Erzähl mir etwas über dich", sagte er, während er einen der Hähnchenspieße nahm. „Hast du Geschwister?"

Ich schüttelte den Kopf. „Nein. Man könnte sagen, dass ich die verwöhnte kleine Prinzessin meiner Eltern bin. Obwohl mich eigentlich hauptsächlich meine Oma großgezogen hat."

Seine Augenbrauen schossen nach oben, und in seinen silbernen Augen blitzte eine Mischung aus Mitgefühl und Neugier auf. „Warum das?"

„Meine Eltern sind viel auf Reisen", sagte ich wehmütig. „Mein Vater ist Strafverteidiger bei den Enforcers, während meine Mutter als Verhandlungsführerin für die IPO arbeitet. Sie sind also ständig in der ganzen Galaxis unterwegs, um die ihnen übertragenen Aufgaben zu erledigen."

„Verdammt! Das muss für ihre Ehe ziemlich schwer sein", sagte Kayog mitfühlend.

Ich lächelte. „Eigentlich funktioniert es, weil sie zueinander reisen. Sie sind nie länger als eine Woche voneinander getrennt. In vielerlei Hinsicht ist es vergleichbar mit einer Ehe mit einem Lkw-Fahrer oder einem Handelsvertreter. Man ist ein paar Tage weg, kehrt aber nach kurzer Abwesenheit immer wieder nach Hause zurück."

Er nickte langsam, während er meine Worte abwägte. „Das kann ich mir vorstellen."

„Außerdem telefonieren sie täglich per Video", fuhr ich fort. „Als ich aufwuchs, haben sie regelmäßig mit mir kommuniziert und mich mindestens einmal im Monat für ein paar Tage besucht. Sie waren also aktiv an meinem Leben beteiligt."

Er neigte den Kopf zur Seite und sah mich prüfend an. „Hast du das ihnen übel genommen?"

Ich lächelte und schüttelte den Kopf, bevor ich einen Schluck von dem aromatisierten Wasser nahm. „Überhaupt nicht.

Tatsächlich war es meine Entscheidung, bei meiner Oma zu bleiben und nicht bei ihnen."

Sein verblüffter Gesichtsausdruck brachte mich zum Schmunzeln.

„Um bei meinen Eltern bleiben zu können, wurde ich zu Hause unterrichtet", erklärte ich. „Als kleines Kind machte mir das nicht viel aus. Aber als ich acht Jahre alt wurde, begann ich es zu bedauern, dass ich keine langfristigen Freundschaften schließen konnte, da ich mich nach wenigen Wochen wieder von meinen Freunden verabschieden musste. Der Aufenthalt bei meiner Oma gab mir die Stabilität, nach der ich mich sehnte, mit einer festen Schule, wo ich mit Freunden spielen und Wurzeln schlagen konnte."

„Wie haben deine Eltern darauf reagiert?", fragte Kayog leise.

Ich fand es toll, wie respektvoll er dieses potenziell heikle Thema ansprach. Vor allem berührte mich sein aufrichtiges Interesse daran, zu verstehen, wie ich diesen Teil meines Lebens erlebt hatte. Allzu oft führen Menschen solche Gespräche nur aus Höflichkeit, weil es von ihnen erwartet wird. Bei ihm hatte ich das Gefühl, dass er mich sah und mich faszinierend fand, auch wenn ich seine Gefühle immer noch nicht deuten konnte.

„Sie waren traurig, mich gehen zu lassen, aber sie verstanden auch, dass ihr Lebensstil nicht meinen Bedürfnissen entsprach", sagte ich, und mein Herz füllte sich mit Zuneigung für meine Eltern. „Als empathische Wesen konnten sie natürlich meine wachsende Unzufriedenheit spüren und sprachen offen mit mir darüber. Mein Glück war für sie das Wichtigste. Sie boten mir sogar an, um eine Versetzung in eher sitzende Tätigkeiten zu bitten. Das gab für mich den Ausschlag."

„Wie das? Ich hätte erwartet, dass du die Gelegenheit ergreifst", sagte Kayog neugierig.

„Ich bin auch eine Empathin. Sie hätten nicht gezögert, das zu tun, um mich glücklich zu machen, aber sie wären in ihren Berufen unglücklich geworden. Ich liebte sie dafür, dass sie bereit waren, das, was sie ihr ganzes Leben lang aufgebaut hatten, für mich zu opfern. Aber ihre Arbeit war wichtig. Sie veränderten Leben zum Besseren, und das machte mich unglaublich stolz. Also bestand ich darauf, bei meiner Oma zu leben. Das war die beste Entscheidung."

„Wie hat sie darauf reagiert? Großeltern lieben es normalerweise, ihre Enkelkinder um sich zu haben, aber nur für ein paar Stunden oder ein paar Tage, nicht um die volle Verantwortung für die Erziehung der Kleinen noch einmal zu übernehmen", sagte er in derselben sanften Art und Weise.

„Sie war überglücklich", entgegnete ich amüsiert, und mein Herz schmolz vor Zuneigung für die ältere Dame. „Ihre Kollegen nennen sie den Drachen, auch wenn das nicht viel Sinn ergibt, da wir keine Reptilien sind. Aber sie ist zweifellos eine Kraft, mit der man rechnen muss."

„Was macht sie beruflich?"

Ich bewegte meine Flügel, und die sanfte Brise streichelte die Daunenfedern in meinem Nacken, was langsam zu kitzeln begann.

„Nana Arika ist die leitende Beraterin der Geheimdienstabteilung der IPO", sagte ich, und der Stolz in meiner Stimme war deutlich zu hören.

Kayog zuckte leicht zurück und starrte mich geschockt an. Er fasste sich schnell wieder, starrte mich aber weiterhin voller Ehrfurcht an.

„Wow, deine Familie hat wirklich Verbindungen auf höchster Ebene", sagte er beeindruckt.

Ich zuckte mit den Schultern und versuchte, nonchalant zu wirken. „Genau wie die Familien von mehr als der Hälfte der Schüler hier. Ich bin nichts Besonderes."

Ein seltsamer Ausdruck huschte über sein Gesicht und weckte meine Neugier.

„Was?", fragte ich interessiert.

„Viele Schüler kommen hierher, weil ihre Familien von ihnen erwarten, dass sie ihr Erbe fortsetzen", begann Kayog vorsichtig. „Bist du hierhergekommen, um in die Fußstapfen deiner Eltern oder deiner Großmutter zu treten?"

Ich lächelte. „Ja und nein. Ich bin nicht durch den Einfluss meiner Eltern in die galaktische Politik gegangen, aber definitiv wegen ihnen und meiner Oma. Mein ganzes Leben lang habe ich viele Dinge kennengelernt, die ich verändern kann, wenn ich in diesen Bereich einsteige. Meine Oma wollte, dass ich wie sie Beraterin werde."

„Das glaube ich gern", sagte er mit einem amüsierten Lächeln. „Ehrlich gesagt bin ich überrascht, dass sie dich nicht längst überzeugt hat. Arika Sorek ist als äußerst bekannte, hartnäckige und kompromisslose Anwältin bekannt, mit der man sich besser nicht anlegen sollte. Sie zerlegt dich in Stücke, bevor du überhaupt begreifen kannst, was passiert ist."

„Das könnte nicht zutreffender sein", bestätigte ich lachend. „Aber ich konnte mir nicht vorstellen, mein Leben in Sitzungssälen zu verbringen und mich mit denselben wenigen hochrangigen Idioten und Beratern auseinanderzusetzen. Ich möchte wie meine Eltern die Galaxie bereisen und einen direkten Einfluss auf das Leben der Schwächsten nehmen."

„Ein bewundernswertes Ziel", sagte Kayog, und seine Augen strahlten eine Zustimmung aus, die mich am ganzen Körper kribbeln ließ.

„Das bin ich also in Kurzform. Was ist mit dir?", fragte ich. „Hast du noch andere geniale Geschwister wie dich? Ist deine Familie im gleichen Bereich tätig?"

Ein unlesbarer Ausdruck huschte über sein Gesicht. Für den Bruchteil einer Sekunde glaubte ich, er würde ausweichen und die Frage nicht beantworten. Zu meiner angenehmen Überraschung tat er das nicht.

„Ich weiß es nicht und ich bezweifle es", sagte er mit einem

Achselzucken, bevor er seinen letzten Cracker mit Studenten-
futter in den Mund warf.

„Häh?", fragte ich verwirrt.

Er lächelte. „Meine Eltern haben mich verlassen, als ich noch
ein Säugling war. Ich habe also keine Ahnung, ob ich
Geschwister habe oder in welchem Bereich sie arbeiten."

Ich presste meine Handfläche auf meine Brust, mein Herz
brach für das Baby, das er einmal gewesen war. „Sie haben dich
verlassen?", wiederholte ich niedergeschlagen.

Er nickte, und sein beruhigendes Lächeln machte deutlich,
dass er deswegen kein Trauma oder Leid empfand.

„Ich wurde in einer Notfallkapsel für Kinder in Stasis
versetzt. Diese wurde direkt an ein Waisenhaus in der kleinen
Stadt Voln geschickt", erklärte er sachlich.

Meine Augen weiteten sich. „Voln?", wiederholte ich.

Er lächelte mir zustimmend zu, dass ich es verstanden hatte.

„Ja. Ich wurde nach dem Dorf auf Daelynn benannt, der
Heimatwelt der Darwandir."

„Oh Gott! Ist ihr Schiff abgestürzt? Oder wurden sie von
Piraten angegriffen?", fragte ich und versuchte zu verstehen,
warum Eltern ihr neugeborenes Kind einfach so weggeben
würden.

Wenn sie Zugang zu einer speziell für Kinder entwickelten
Rettungskapsel hatten, dann hatten sie auch Zugang zu allen
Technologien und Dienstleistungen, die Eltern zur Verfügung
standen, die sich entschieden hatten, ihr Kind nicht zu behalten.
Es war keine Schande und kein Stigma, auf seine Rechte an
seinem Nachwuchs zu verzichten. Es war besser, sie in einer
sicheren Umgebung unterzubringen, in der sie aufwachsen konnten, als sie gewaltsam in einer Situation zu halten, in der sie
unerwünscht waren und ihre Erziehungsberechtigten unglücklich
machten.

„Nichts dergleichen. Die Kapsel wurde aus einem 75 Kilo-
meter entfernten Wald gestartet. Sie legten eine Notiz mit

meinem Vornamen bei, in der sie sich entschuldigten, aber erklärten, dass meine Bedürfnisse ihre Möglichkeiten überstiegen."

„Deine Bedürfnisse?", rief ich empört und verwirrt aus. „Welche Bedürfnisse könntest du als Säugling haben, die sie so überfordern würden, dass selbst die übliche familiäre Unterstützung und fortschrittliche Technologie nicht helfen könnten?"

Kayog lächelte mich nachsichtig an. „Ich war ein sehr ... schwieriges Kind."

„Inwiefern schwierig?", hakte ich nach. „Und wie alt warst du?"

„Ich war vier Monate alt."

„Was zum Teufel?", rief ich aus, und meine Stimme verriet meine Wut.

Er lachte leise und lächelte mich beruhigend an. „Es ist okay, Linsea. So schlimm es auch klingt, wenn man das hört, kann ich ihnen keinen Vorwurf machen. Ich hatte einige erhebliche ... gesundheitliche Probleme. Alle Eltern in ihrer Situation hätten wahrscheinlich dasselbe getan."

Meine Zunge brannte vor dem Drang, weiter nachzuhaken und ihn dazu zu bringen, ausführlich zu beschreiben, welche Erkrankung ein Säugling haben könnte, die es rechtfertigen würde, ihn so auszusetzen, wie er es erlebt hatte. Dass er jedoch vage blieb, deutete darauf hin, dass er noch nicht bereit war, seine sehr persönliche Krankengeschichte preiszugeben. Schließlich waren wir noch Fremde.

Der Funke der Dankbarkeit, der in seinen Augen aufblitzte, bestätigte mir, dass ich die richtige Entscheidung getroffen hatte, indem ich nicht weiter nachgehakt hatte. Das Letzte, was ich wollte, war, dass er sich verschloss, weil ich zu neugierig war.

„In den ersten Jahren wurde ich viel herumgereicht", fuhr Kayog fort, während sein Gesicht einen weit entfernten Ausdruck annahm, als er in Erinnerungen schwelgte. „Niemand wollte mich behalten. Ich weinte zu viel, und nichts, was sie taten, konnte mich beruhigen. Alle waren ratlos, was das Problem sein könnte."

„Obwohl Daelynn Mitglied der IPO ist, ist es nicht der fortschrittlichste Planet. Die Ärzte dort waren vielleicht nicht die besten, um ein Temern-Kind zu behandeln", warf ich vorsichtig ein.

„Als Erstes kontaktierten sie einen Temern. Anscheinend verlief das nicht besonders gut, und sie beschlossen, andere Wege zu gehen."

Etwas in der Art, wie er das sagte, ließ bei mir alle Alarmglocken läuten. Was hatte der Temern gesehen oder gesagt, dass sie die Dienste eines unserer Ärzte nicht mehr in Anspruch nehmen wollten?

„Schließlich nahm mich ein Paar bei sich auf. Sie behielten mich, bis ich alt genug war, um zu gehen."

„Das ist wunderbar!", rief ich aus. „Wie haben sie dein Problem gelöst?"

Er starrte mich einige Sekunden lang an. Ich konnte nicht sagen, ob er nach den richtigen Worten suchte oder ob er mir überhaupt antworten wollte.

„Sie brachten mich in einen isolierten Bunker, zweihundert Meter vom Haupthaus entfernt. Er hatte ein eigenes Badezimmer, ein Schlafzimmer und einen kleinen Büroraum. Sie brachten mir Essen und alles andere, was ich brauchte", gab er sachlich Preis.

„WAS?", schrie ich, sprang auf und war voller Entsetzen und Empörung. „Warum und wie lange?"

„Bitte, Linsea, setz dich. Es ist okay", sagte er mit beruhigender Stimme.

Verlegen über meinen Ausbruch setzte ich mich wieder auf die Bank, mein Kopf schwirrte und mein Blut kochte vor Wut, dass er solch einer Misshandlung ausgesetzt gewesen sein sollte.

„Ich blieb dort von meinem dritten bis zu meinem fünfzehnten Lebensjahr", erklärte er ruhig.

„Was zum Teufel?", zischte ich. „Wie bist du da raus-
gekommen?"

Zu meinem Erstaunen blitzte in seinen Augen ein Funken
Belustigung auf.

„Ich habe mich für meinen ersten Master beworben", sagte er
in einem schelmischen Ton und brach dann in Gelächter aus, als
er meinen fassungslosen Gesichtsausdruck sah. „Ich hatte nichts
anderes in diesem Bunker zu tun, also habe ich studiert."

„Und was ist dann passiert?", fragte ich, verblüfft darüber,
wie gelassen und unbeeindruckt er von der ganzen Situation zu
sein schien.

„Als Teil des Verfahrens musste ich zu einem persönlichen
Vorstellungsgespräch und einer Bewertung erscheinen. Leider
hatte ich, während ich darauf wartete, den Besprechungsraum zu
betreten, in der Öffentlichkeit eine schwere Panikattacke", sagte
er grimmig.

„Kein Scheiß!", rief ich aus. „Du warst zwölf verdammte
Jahre lang in Einzelhaft gefangen! Es ist ein Wunder, dass du
nicht verrückt geworden bist. Natürlich hast du einen Nervenzusammenbruch, wenn du plötzlich von so vielen Personen
umgeben bist."

Plötzlich machte seine Abneigung gegen Massenansammlungen vollkommen Sinn. Welche anderen Traumata trug er noch
aus diesen schrecklichen Tagen mit sich herum?

„Die Wahrheit über meine Lebensumstände kam ans Licht,
und es wurde hässlich", fuhr Kayog fort.

„Ich hoffe, die wurden verhaftet!", knurrte ich.

Sein Zögern brachte mich fast wieder aus der Fassung.

„Es ist kompliziert", stellte er vorsichtig fest.

„Inwiefern?", rief ich empört. „Sie haben dich mehr als ein
Jahrzehnt lang eingesperrt und misshandelt. Sie verdienen eine
einfache Fahrt nach Molvi!"

Er schnaubte und schüttelte den Kopf. Molvi war nichts, was
man jemandem außer den übelsten Lebewesen wünschen würde.

Der Gefängnisplanet war die härteste Strafe, die man bekommen konnte. Dort hingeschickt zu werden, kam so ziemlich einem Todesurteil gleich.

„Ich weiß, wie es aussieht, aber sie haben mich nicht schlecht behandelt. Dort aufzuwachsen hat mir geholfen, mit meiner Situation zurechtzukommen", sagte er leise, während ich ihn ungläubig anstarrte. „So schockierend das für dich auch klingen mag, ich hasse sie nicht. In Wahrheit bin ich ihnen dankbar. Sie haben mich nicht geliebt, aber sie wollten mir auch nichts Böses. Die ganze Zeit, die ich bei ihnen lebte, fehlte es mir an nichts. Alles, was ich brauchte oder wollte, haben sie mir gegeben."

„Warum habe ich das Gefühl, dass sie nicht vor Gericht gestellt wurden?", fragte ich und versuchte, seine Worte mit der Tatsache in Einklang zu bringen, dass sie ihn seine gesamte Jugend lang eingesperrt hatten.

„Sie wurden angeklagt, aber ich habe die Anklage gegen sie angefochten", erwiderte Kayog. „Aufgrund meines Zustands und der Tatsache, dass mir ihre Maßnahmen wirklich geholfen haben, eine schwierige Jugend zu überstehen, hat das Gericht zugestimmt, die Anklage fallen zu lassen. Ich habe jedoch eine hohe Entschädigung erhalten, da sie der Meinung waren, dass das Jugendamt mich im Stich gelassen hat."

Meine Augen weiteten sich, als mir plötzlich alles klar wurde. „Du hast angedeutet, dass du finanziell gut gestellt bist. Ist das die Quelle deines Reichtums?"

Er nickte. „Im Wesentlichen ja. Aber was die Schule angeht, habe ich umfangreiche Stipendien erhalten, sodass die Abfindungssumme fast vollständig unangetastet geblieben ist."

„Das ist großartig!", sagte ich, froh darüber, dass er aus dieser ganzen Tortur doch noch etwas Gutes mitgenommen hatte. „Hast du noch Kontakt zu deinen Pflegeeltern?"

„Nein. Wir haben uns im Guten getrennt, aber die Beziehung hatte sich mehr als erschöpft", sagte er mit einem Ausdruck, der deutlich machte, dass dies eine abgeschlossene Sache war, auf die er nicht unbedingt zurückkommen wollte.

Und doch war keine Feindseligkeit von ihm zu spüren. Er schien den Wesen, die ihn „großgezogen" hatten, wirklich nichts Böses zu wollen.

„Ich verstehe, wie du ein Musterschüler geworden bist, aber wie bist du auch ein Spitzensportler geworden?", fragte ich, immer noch mit seiner schwierigen Kindheit beschäftigt.

„Mir fehlte angemessene körperliche Aktivität", sagte er mit einem wehmütigen Lächeln. „Ein Teil meiner ‚Rehabilitation' bestand darin, einen Psychologen und einen Fitnesstrainer aufzusuchen. Ich war nicht dick oder so, aber ich hatte keine Muskeln, wenig Ausdauer und insgesamt wenig Energie."

„Lass mich raten, du hast Gefallen daran gefunden."

„Und ob. Genau wie das Lernen gab es mir etwas, worauf ich mich konzentrieren konnte. Aber es ging noch weiter, denn ich spürte, wie sich mein Körper veränderte und auf eine Weise wuchs, die mir sehr gefiel. Es gab mir ein Gefühl der Kontrolle, das ich zuvor nie gehabt hatte. Meine Arbeit und mein Engagement konnten zu den gewünschten Ergebnissen führen. Zum ersten Mal war ich nicht mehr nur passiver Zuschauer, wenn es um das Verhalten meines eigenen Körpers ging. Dann entdeckte ich, dass ich ziemlich ehrgeizig war, was mich noch mehr anspornte, in den von mir gewählten Disziplinen herausragende Leistungen zu erbringen."

Ich musste schmunzeln, als er sich auf niedliche Weise die schönen goldenen Federn in seinem Nacken kratzte. Das kam mir wie ein nervöser Tick vor, den er immer dann zeigte, wenn er sich verlegen oder verunsichert fühlte.

„Wie hast du es geschafft, mit großen Mengen der Studenten umgehen zu können?", fragte ich leise.

„Es war ... ein langsamer und schrittweiser Prozess", erwiderte er zögernd. „Aber bis heute lebe ich größtenteils isoliert."

Ich runzelte die Stirn und musterte seine Gesichtszüge, als

könnten sie mir die Antworten auf die unzähligen Fragen geben, die mir durch den Kopf gingen.

„Darf ich fragen, was deine Erkrankung war ... oder immer noch ist, falls sie nicht geheilt ist?", fragte ich in einem sanften und etwas entschuldigenden Tonfall.

Er starrte mich mit einem seltsamen Ausdruck an. Ein Gefühl der Unruhe überkam mich, als er seinen Hals reckte, seine rechte Hand leicht zuckte und er sie dann zur Faust ballte.

„Ich bin verrückt", sagte er schließlich.

„Nein, das bist du nicht!", rief ich in einem Ton, der keinen Widerspruch duldete.

„Doch, Linsea, das bin ich", bekräftigte Kayog mit einer Endgültigkeit, die von Resignation durchdrungen war und mich erschütterte.

Ich hielt seinem Blick standhaft stand, während meine Gedanken rasten.

„Handelt dein neues Lied davon?", fragte ich, und meine Stimme klang angespannt.

„Ja", sagte Kayog sachlich, sein Gesicht ohne jede Regung.

„Bin ich die Taube?", hakte ich nach.

Wieder nickte er mit fast roboterhafter Gelassenheit. „Ja."

Allerdings hatte sich etwas in seinem Verhalten verändert. Es hatte sich schon seit einer Weile angebahnt, aber mein Gehirn registrierte es erst jetzt. Ein Nerv zuckte an seiner Schläfe, seine Hände – insbesondere die Zeigefinger – zuckten gelegentlich. Sein Rücken war steif, und seine majestätischen Flügel drückten sich immer näher an seinen Körper, so wie es Vogelwesen oft unwillkürlich tun, wenn sie Angst haben oder Schmerzen empfinden. Es war eine instinktive Reaktion, um unseren Körper vor Schaden zu schützen.

Da ich nicht wusste, ob dies normale Ticks von ihm waren, die ich zuvor nicht bemerkt hatte, weil ich zu sehr damit beschäftigt war, ihm hinterher zu schwärmen und zu fantasieren, beschloss ich, vorerst nichts zu sagen. Wenn dies für ihn normal war, wollte ich ihn nicht auf etwas aufmerksam machen, das ihm vielleicht unangenehm war.

„In dem Lied hieß es, ich solle weit weglaufen", fuhr ich in demselben kontrollierten und nicht konfrontativen Ton fort. „Ist es das, was du willst? Dass ich mich von dir fernhalte?"

„Nein", sagte er entschlossen, und die Aufrichtigkeit in seiner Stimme wirkte wie Balsam auf eine Wunde, von der ich nicht einmal gewusst hatte, dass ich sie hatte, weil ich befürchtet hatte, er wolle nichts mehr mit mir zu tun haben. „Aber du solltest es wahrscheinlich tun."

„Weil du verrückt bist?", fragte ich.

„Ja."

Er reckte erneut den Hals und starrte in Richtung der Universität. Ich folgte seinem Blick und nahm an, dass jemand vorbeiging, den er entweder nicht mochte oder der etwas Unangemessenes tat. Aber wir waren immer noch ziemlich isoliert, obwohl sich nun einige Gruppen von Menschen in der Nähe des Eingangs zum Campus versammelt hatten und auch an verschiedenen Stellen rund um das Gebäude verstreut waren. Nichts und niemand fiel so auf, dass es seine Reaktion hätte erklären können.

Ich warf einen Blick zurück auf Kayog und sah, wie er eine kleine Pille aus einem Geheimfach in seinem Armschutz holte. Er steckte sie sich in den Mund, und Sekunden später weiteten sich seine Pupillen. Die Anspannung in seinen Schultern ließ allmählich nach. Er wirkte immer noch angespannt und öffnete und schloss seine Hände, als wären sie taub geworden.

Ich starrte ihn entsetzt an und weigerte mich, den Gedanken, der sich in meinem Kopf breitmachte, zuzulassen.

„Was war das?", fragte ich in einem viel schärferen Ton, als ich beabsichtigt hatte. „Ist das eine Art Medizin?"

Mein Herz sank, als er nicht sofort mit Ja antwortete.

„Nein, aber für mich schon", sagte er mit verschlossenem Gesicht, während alle Wärme aus seinen Augen verschwand.

„Nein? Was ist es dann? Sind das Drogen? Bist du süchtig? Sagst du deshalb, dass du verrückt bist?", platzte ich heraus, und meine Stimme klang wütend.

Ich hatte nicht vor, ihn mit so vielen Fragen zu bombardieren oder ihn so aggressiv anzugehen. Aber die Enttäuschung, dass er tatsächlich einige der großen Fehler teilen könnte, die oft mit dem Lebensstil von Künstlern in Verbindung gebracht werden, traf mich hart.

„Nein, ich bin kein Drogenabhängiger", sagte er mit schneidender Stimme, sein Gesicht verhärtete sich.

Ja, klar. Genau das würde ein Junkie sagen.

Obwohl ich diesen wenig wohlwollenden Gedanken für mich behielt, ließ ich nicht locker.

„Was ist es dann? Und warum nimmst du es?", forderte ich ihn heraus.

Er schnalzte genervt mit dem Schnabel und warf der Universität einen fast mörderischen Blick zu. Was zum Teufel hatte er gegen die Schule? Nichts an seinem Verhalten ergab Sinn, und meine eigene Verärgerung darüber, dass er mir keine klaren Antworten geben wollte, wuchs immer mehr.

„Was ist es?", wiederholte ich eindringlicher.

Kayog drehte seinen Kopf zu mir zurück, diesmal mit einem wütenden Gesichtsausdruck. Zu meinem Entsetzen schien seine Sklera blutunterlaufen zu sein. Er sagte kein Wort, sein Blick war auf mich gerichtet, seine Hände zu Fäusten geballt, als würde er sich mühsam zurückhalten.

Ich holte tief Luft und schimpfte mich selbst dafür, dass ich die ganze Sache so schlecht gehandhabt hatte. Jemanden, der mit Drogenmissbrauch zu kämpfen hatte, zu provozieren, war der beste Weg, ihn zu vertreiben.

„Bitte, rede einfach mit mir, Kayog", sagte ich mit sanfter, beschwichtigender Stimme.

„Ich sollte gehen", erwiderte er schroff und steckte die leeren Verpackungen seines Essens zurück in die Tüte.

„Nein, warte!", rief ich panisch. „Hör mal, es ist keine Schande, mit einer Sucht zu kämpfen, besonders wenn man bedenkt, wie schwer deine Kindheit war. Es gibt viele Programme, die ..."

„ICH BIN KEIN VERDAMMTER SÜCHTIGER!", schrie er.

Ich wich zurück und starrte ihn geschockt an. Trotz seiner sichtbaren Wut hatte ich keine Angst, dass er mir etwas antun würde, aber es brach mir das Herz, dass er sich so sehr weigerte, seine Sucht anzuerkennen. Man konnte jemandem, der sich weigerte, sein Problem überhaupt anzuerkennen, nicht helfen.

Er schnaubte und warf mir einen angewiderten Blick zu, der mich tief verletzte.

„Weißt du, Linsea, du bist süß, aber du bist verdammt voreingenommen. Du kennst mich nicht."

„Ich tue es nicht, aber ich versuche es", sagte ich mit leiser Stimme.

„Es scheint jetzt klar zu sein, dass du es nicht solltest", knurrte er.

„Aber ..."

„GENUG!!", schrie Kayog und schlug mit der Faust so hart auf die Holzoberfläche des Tisches, dass dieser zerbrach.

Ich schnappte nach Luft, mein Herz sprang mir fast aus der Brust. Diese plötzliche Gewalt war nicht gegen mich gerichtet gewesen. Kayog starrte die Schule mit mörderischem Blick an. Mein Blut gefror zu Eis, als seine Augen zu glühen schienen. Die Augen eines Temern sollten niemals glühen. Dann sprang er mit einem wütenden Knurren auf die Bank, bevor er davonflog.

Ich saß da, wie gelähmt vor Schreck, während er wie ein rachsüchtiger Gott auf einer Mission davonstürmte. Dann schüttelte ich plötzlich meine Benommenheit ab, schnappte mir gedankenverloren unsere leeren Taschen und eilte Kayog hinterher, um herauszufinden, was diese irrationale Reaktion ausgelöst haben könnte. Er schien durch etwas oder jemanden wütend geworden zu sein. Aber wir waren viel zu weit von anderen Menschen entfernt, als dass er ihre Emotionen hätte wahrnehmen können, geschweige denn, dass sie ihn so sehr verärgern konnten.

Auf den ersten Blick hatte ich keine Ohrhörer oder andere Kommunikationsgeräte bemerkt, über die er eine Nachricht hätte empfangen können. Obwohl er wahrscheinlich ein Übersetzungsimplantat hatte – wie die meisten Wesen einer fortgeschrittenen Spezies –, konnten diese Geräte nicht für die Fernkommunikation verwendet werden. Was um alles in der Welt war gerade passiert?

Er hatte ja gesagt, dass er verrückt sei ...

Hörte Kayog Stimmen? Hatte er vielleicht eine Art psychotische Episode? Es gab eine Vielzahl von nicht-medizinischen oder natürlichen Substanzen, von denen bekannt war, dass sie Menschen bei psychischen Problemen halfen, die durch chemische Ungleichgewichte verursacht wurden. Kayog behauptete, die Pille, die er genommen hatte, sei keine Medizin, aber für ihn wirke sie wie eine solche. Könnte es das sein?

Alle weiteren Spekulationen verschwanden aus meinem Kopf, als Kayog nicht zum Haupteingang ging, sondern stattdessen zu einem abgelegenen Teil der Gärten sprintete, die an eines der östlichen Gebäude des Campus grenzten. Ein paar Leute bemerkten ihn. Ihre Emotionen zeigten lautstark ihre Neugier, als sie sich in die Richtung bewegten, in die er ging. Ich konnte nur vermuten, dass sein Gesichtsausdruck sie darauf aufmerksam gemacht hatte, dass etwas Seltsames vor sich ging.

Zu meiner Bestürzung verwandelte sich die verwirrte Neugier der Studenten schnell in eine Mischung aus Wut bei einigen und morbider Aufregung bei anderen. Was auch immer der Grund war, es konnte nichts Gutes bedeuten. Leider konnte ich von diesem Blickwinkel aus nicht sehen, was sich hinter der Ecke des großen Gebäudes befand. Kayog verschwand hinter der Mauer, als er nach rechts abbog, und ein lauter, wütender

Schrei erreichte mich, aber ich konnte die Worte nicht verstehen.

Die Szene tauchte endlich in meinem Blickfeld auf, gerade als Kayog vor einer Gruppe von drei menschlichen Männern landete. Ich brauchte kaum eine Sekunde, um zu verstehen, was passiert war, als ich eine verängstigte Nazhral-Frau entdeckte, die sich mit dem Rücken gegen die Wand drückte.

Wie um alles in der Welt konnte er das vom Pavillon aus spüren?!

„Hey, kümmer dich um deinen eigenen Scheiß!", schrie ein Mann mit kurzen schwarzen Haaren und ging bedrohlich auf Kayog zu.

Ohne sich mit dem Idioten abzugeben, packte Kayog ihn am Kragen und schleuderte ihn mit unglaublicher Kraft wie eine Stoffpuppe über den Rasen. Der dunkelhaarige Mann flog mindestens zehn Meter weit, bevor er hart auf dem Rücken landete. Zu seinem Glück war es Gras und nicht der harte Asphalt, der den Eingangsbereich und die Terrassen rund um den Campus zierte. Aber dennoch schien ihm das die Luft aus den Lungen zu drücken.

Die beiden anderen Männer – einer blond, einer mit dunkelbraunen Haaren und einer Narbe auf der Stirn – standen zusammen vor Kayog.

„Verschwindet und belästigt nie wieder jemanden – geschweige denn eine Frau –, wenn ihr wisst, was gut für euch ist", zischte Kayog.

„Halt dich da raus, Temern!", knurrte der blonde Mann. „Diese diebische Schlampe und ihre verdammten Leute sind der Grund, warum meine Familie fast bankrottgegangen wäre."

Ich landete in sicherer Entfernung, während sich unzählige andere Schüler versammelten, um den Streit mitanzusehen.

„Letzte Warnung!", wiederholte Kayog.

„Fick dich!", schrie der Mann mit den Narben, bevor er vorwärtsstürmte.

Er schlug mit seiner fleischigen Faust auf Kayog ein, der ihr jedoch mühelos auswich. Ich schnappte nach Luft, als er sofort mit seinem linken Flügel nach ihm schlug und ihn so hart traf, dass er mit einem lauten Knall zu Boden fiel. Das war sehr gefährlich, wenn man diese Bewegung nicht perfekt beherrschte, da unsere Flügel ziemlich empfindlich waren. Ein Schlag im falschen Winkel konnte ihn ausrenken, einige Knochen brechen oder unsere Federn so beschädigen, dass wir nicht mehr geradeaus fliegen konnten.

Der vernarbte Mann stöhnte vor Schmerz, als er sich in Embryonalstellung zur Seite rollte. Im Gegensatz zu seinem ersten Kumpel, der auf das Gras geworfen worden war, hatte er nicht so viel Glück gehabt und war stattdessen auf die harten Steinpflastersteine geschleudert worden. Ich bezweifelte, dass er sich etwas gebrochen hatte, aber das konnte nicht angenehm sein.

Der blonde Mann stieß einen wütenden Schrei aus und versuchte ebenfalls, Kayog mit einer Reihe von Schlägen zu treffen. Obwohl Kayog ihnen mühelos auswich oder sie abwehrte, wurde er immer wütender auf den Menschen, weil dieser nicht nachgab. Zwischen zwei Abwehrschlägen rammte er dem Mann mit der flachen Hand einen kräftigen Schlag gegen die Brust, der zurücktaumelte und beinahe auf den Hintern fiel. In letzter Sekunde gelang es dem blonden Mann, sich an der ein paar Meter entfernten Rückwand abzustützen und auf den Beinen zu bleiben.

Ein alarmierter Schrei ging durch die Menge, als der erste Mann mit den kurzen dunklen Haaren wieder aufstand und mit einem fast wahnsinnigen Ausdruck im Gesicht vom Rasen rannte, als wolle er Kayog angreifen. Ich schrie panisch seinen Namen, als er nur dastand und den heranstürmenden Angreifer mit einem furchterregenden Blick anstarrte.

Mein Verstand erstarrte, als er seine linke Hand hob. Sein viel längerer Arm ermöglichte es ihm, seinen Angreifer zu erreichen, lange bevor dieser ihn treffen konnte. Kayog bedeckte das Gesicht des Mannes mit seiner Hand und stieß ihn zurück. Aus irgendeinem verrückten Grund hätte ich schwören können, dass seine Handfläche leuchtete. Das stoppte den Angreifer auf der Stelle, aber aufgrund seiner Wucht flogen seine Füße in die Luft und er schlug mit dem Hinterkopf auf den harten Asphalt.

Ein entsetzter Aufschrei ging durch die Menge. Obwohl sich kein Blut um ihn herum sammelte, rollten die Augen des Mannes nach hinten und er blieb regungslos liegen. Bei dem Gedanken, dass die Wucht des Aufpralls ihm das Genick gebrochen haben könnte, drehte sich mir der Magen um. Aber die schreiende Nazhral-Frau zog unsere gesamte Aufmerksamkeit auf sich.

Als der idiotische Mensch merkte, dass die Dinge nicht nach seinem Willen liefen, stürzte er sich auf die Frau, wahrscheinlich mit der Absicht, sie als lebenden Schutzschild zu benutzen. Aber er kam nie bei ihr an. Sie rannte weg, noch während Kayog auf ihn zustürmte.

„ICH HABE GENUG GESAGT!", brüllte Kayog mit donnernder Stimme.

Er packte das Handgelenk des Menschen, der versuchte, ihm in den Hals zu schlagen. Kayog wich nach rechts aus und versetzte ihm dann einen Rückhandschlag mit solcher Wucht, dass es wie ein Donnerschlag hallte. Blut spritzte aus dem Mundwinkel des Mannes. Seine Knie gaben nach, und er konnte sich kaum noch auf den Beinen halten. Mit einem fast wilden Brüllen sprang Kayog los und hielt den Menschen am Handgelenk fest.

„Kayog, nein!", flüsterte ich, obwohl ich nicht genau wusste, was er vorhatte.

Ein paar Leute rannten zu dem vernarbten Mann, der glücklicherweise wieder zu sich kam. Aber ich hatte nur Augen für Kayog. Mein Blut gefror, als mir plötzlich klar wurde, was er vorhatte. Er flog ein kurzes Stück zu einem hohen, uralten Baum und stieg bis zu dessen Spitze, mindestens zehn Meter hoch, bevor er das Handgelenk des Mannes losließ.

Der arme Mensch schrie, doch der Schrei verstummte schnell, als er auf seinem Weg nach unten auf viele der unzähligen dicken Äste prallte, bis er schwer auf dem Boden aufschlug. Obwohl die Äste seinen Fall so weit verlangsamt hatten, dass er nicht sofort tot war, hatte er dennoch erhebliche Verletzungen davongetragen. Er lag stöhnend auf dem Boden, seine Kleidung war zerrissen und seine Haut wies sichtbare Schnittwunden auf.

Zu meinem Entsetzen landete Kayog vor ihm, mit einem mörderischen Ausdruck im Gesicht. Instinktiv flog ich auf sie zu, voller Angst vor dem, was nun folgen könnte. Als ich näherkam, hörte ich, wie der Mann Kayog unter Tränen und vor Schmerz stöhnend anflehte, ihm nicht noch mehr wehzutun. Einen halben Moment lang befürchtete ich, zu spät zu kommen, als Kayogs Krallen hervortraten.

Ohne nachzudenken, landete ich vor ihm, fast auf dem Menschen, und legte meine Handflächen auf seine Brust.

„Kayog, bitte tu ihm nichts. Es ist vorbei!", flehte ich, während mir vage bewusstwurde, dass ich irgendwann, wahrscheinlich nach Beginn des Kampfes, unsere Taschen fallen gelassen hatte.

Er rollte seinen Nacken, bevor er mich ansah. Ein Gefühl der Angst überkam mich, als ich sein Gesicht betrachtete. Ich konnte ihn kaum wiedererkennen. Seine Augen waren so blutunterlaufen, dass rote Adern wie Tesla-Spulen über seine Augenweiß zickzackförmig verliefen. Tatsächlich sah es fast so aus, als würden blutige Tränen in seinen Augen stehen.

Ich zuckte zurück und zog unbewusst meine Hände von seiner Brust weg, als würde mich schon die bloße Berührung verbrennen. Zum ersten Mal hatte ich wirklich Angst vor ihm. Eine Welle der Wut verzerrte seine Gesichtszüge. Er starrte mich mit einem verletzten, traurigen, beinahe dem Blick eines Verratenen an, bevor er mit einem kräftigen Flügelschlag davonflog.

Benommen, verängstigt und verwirrt sah ich ihm nach, wie er davonflog, während die Studenten um mich herum zu dem verletzten Mann eilten.

Was zum Teufel war gerade passiert?

KAPITEL 6
KAYOG

Ich spürte ihre Ankunft schon lange bevor sie landete. Eine Welle der Dankbarkeit schwoll in mir an, obwohl ich in Trauer versunken war. Das leise Klopfen an der Tür, bevor sie eintrat, entlockte mir ein widerwilliges Lächeln. Sie war immer überaus respektvoll gewesen, obwohl sie wusste, dass ich mir ihrer Anwesenheit voll bewusst war. Ich musste sie nicht hereinbitten, damit sie die Tür öffnete.

Ohne ein Wort ging Isobel in die Mitte des Wohnzimmers, wo ich auf meinem Hintern saß und erfolglos zu meditieren, versuchte. Sie blieb ein paar Schritte vor mir stehen. Ich zog sie einfach näher zu mir heran, stützte mich auf meine Knie, schlang meine Arme um ihre Taille und drückte meine Wange gegen ihren Bauch.

Sie streichelte mir schweigend den Kopf, während mir Tränen über das Gesicht liefen. Nach Jahren, in denen sie versucht hatte, mir zu einem Frieden zu verhelfen, der nie gekommen war, brauchte sie keine Worte, um mich zu verstehen. Ich wusste nicht, wie lange wir so blieben, bevor ich sie schließlich losließ. Ich setzte mich wieder auf meine Fersen und wischte mir die Tränen ab. Im Laufe der Jahre hatte ich oft schwere

Zeiten durchgemacht, aber ich konnte mich nicht erinnern, mich jemals so niedergeschlagen gefühlt zu haben.

Isobel kniete sich vor mich hin und wischte mir mit zwei Fingern die letzten Tränen aus dem Gesicht.

„Geht es dir jetzt etwas besser?", fragte sie schließlich.

Von Verzweiflung überwältigt, schüttelte ich den Kopf. „Ich bin müde, Isobel. So unglaublich müde ... Ich glaube, ich schaffe das nicht mehr."

„Sag so etwas nicht und denk auch nicht so", sagte sie streng. „Du hast zu lange und zu hart gekämpft, um jetzt aufzugeben, wo du doch so viel hast, wofür es sich zu leben lohnt. Du bist stärker als das."

„Ich bekomme jetzt viel zu schnell blaue Flecken", sagte ich. „Wenn das so weitergeht, muss ich mich bald komplett isolieren, um überhaupt noch funktionieren zu können."

Isobel presste die Lippen zusammen, während sie über meine Worte nachdachte, dann nickte sie langsam. „So scheint es."

„Ich glaube, sie ist dafür verantwortlich", antwortete ich mit schmerzhaft zugeschnürter Kehle.

„Deine friedliche Taube?", fragte Isobel mit sanfter Stimme.

Ich nickte. „Ja. Ihr Name ist Linsea. Ihr Gesang ist so unglaublich schön. Ich möchte mich darin einhüllen und mich in ihr verlieren, alles andere als sie ausblenden. Aber in Linseas Nähe zu sein, ist wie eine Flutwelle. Ich fühle und höre zu viel. Es ist, als würde ich aus allen Richtungen bombardiert und mein Gehirn würde ständig aufgerieben."

Isobel runzelte die Stirn, als ich zitternd Luft holte. Selbst jetzt noch pochte es unerbittlich in meinem Kopf, und ein scharfer Schmerz stach mir weiterhin ins Gehirn, besonders hinter den Augen.

„Hast du deine Werte testen lassen?", fragte sie und musterte mein Gesicht.

Ich ließ die Schultern hängen. „Ja. Und sie sind jenseits aller Skalen. Nichts, was ich tue, verbessert meine Situation. In den letzten zwei Jahren ist es stetig schlimmer geworden, aber jetzt ist es völlig außer Kontrolle geraten."

Sie griff nach meiner rechten Hand und drückte sie sanft. Trotz ihrer Bemühungen, positiv zu bleiben, schimmerte die Hilflosigkeit und Verzweiflung in ihr durch und spiegelte meine eigenen Gefühle wider.

„Sie hält mich für eine wilde Bestie und einen Junkie", sagte ich bitter, denn die Abscheu und Enttäuschung, die meine Handlungen in Linsea geweckt hatten, schmerzten mich immer noch zutiefst.

„Das bist du nicht!", rief Isobel empört in meinem Namen.

„Wirklich?", fragte ich mit einem Hauch von Herausforderung.

Sie wich zurück und sah mich schockiert an. „Kayog, wie kannst du so etwas sagen? Du weißt ganz genau, dass du kein Junkie bist. Das ist keine suchterzeugende Droge, und du nimmst sie nur in extremen Fällen, wenn es nötig ist. Ich kann verstehen, warum sie das, was sie gesehen hat, falsch interpretiert haben könnte. Die wichtigste Frage ist, ob du es ihr gesagt hast."

„Dass ich verrückt bin?", fragte ich niedergeschlagen. „Ja, das habe ich."

„Du bist nicht verrückt", antwortete Isobel streng, und die Missbilligung in ihrer Stimme traf mich hart.

Sie war die Einzige, die mich immer als Person gesehen hatte, nicht als kaputten Freak, nicht als Abscheulichkeit, die ausgelöscht werden musste. In den sechs Jahren, seit ich sie kennengelernt hatte, hatte Isobel jeden Stein umgedreht und alle ihr zur Verfügung stehenden Mittel eingesetzt, um mir zu helfen. Sie war mehr als eine Freundin. Für mich war sie die Schwester, die ich nie hatte, und manchmal fast eine Mutterfigur – obwohl wir gleich alt waren.

„Warum kann ich nicht normal sein?", fragte ich mit gebrochener Stimme. „Warum kann ich nicht mit ihr zusammen sein?"

„Das kannst du, Kayog", sagte Isobel mit Nachdruck. „Aber

du *musst* mit ihr reden. Sobald du ihr deine Situation erklärt hast
..."

„Ich kann nicht geheilt werden, Isobel!", fuhr ich sie an.
„Wir haben alles versucht!"

Sie winkte ab. „Millionen Menschen in der ganzen Galaxie
leben mit ihren Behinderungen. Es gibt keinen Grund, warum es
bei dir anders sein sollte. In der Zwischenzeit suchen wir weiter
nach einer Lösung für dich. Aber sprich mit ihr, Kayog."

Ich schüttelte langsam den Kopf, mein Blick wurde unscharf,
als ich die Szene in meinem Kopf noch einmal abspielte.

„Du hast nicht gesehen, wie sie mich angesehen hat oder wie
sie sich gefühlt hat, nachdem ich diesen Menschen vom Baum
gestoßen habe. In diesem Moment hatte Linsea Angst vor mir.
Sie dachte, ich sähe aus wie ein Monster", sagte ich, und ein
stechender Schmerz durchzuckte mein Herz.

Isobel seufzte und streichelte beruhigend meinen Unterarm.

„Ich kann verstehen, warum. An ihrer Stelle hätte ich vielleicht genauso reagiert, wenn ich nicht die Wahrheit über dich
gewusst hätte. Aber du hast gesagt, sie ist deine
Seelenverwandte."

„Das ist sie", sagte ich in einem Ton, der keinen Widerspruch
duldete.

„Dann sprich mit ihr!", rief Isobel, als wollte sie mich für
meine irrationale Sturheit ohrfeigen. „Der Schöpfer hat euch
nicht umsonst zusammengebracht. Linsea ist in dein Leben
getreten, weil ihr irgendwie zusammenfinden sollt. Das
Schicksal wollte, dass ihr euch jetzt begegnet, wo die Dinge
ihren kritischen Punkt erreichen. Ich habe keinen Zweifel, dass
ihr gemeinsam die Lösung finden werdet, die ich dir nicht bieten
konnte."

„Du hast nicht versagt", entgegnete ich leidenschaftlich,
während mich Schuldgefühle quälten, dass ich ihr vielleicht das
Gefühl gegeben hatte, unzulänglich zu sein, oder dass ich für
alles, was sie getan hatte, nicht dankbar war. „Deine Freund-

schaft und Unterstützung haben mir Hoffnung gegeben und mich die ganze Zeit über am Leben gehalten."

„Dann lass mich dich weiterhin unterstützen, indem du meinen Rat befolgst. Sprich mit ihr. Du verdienst es, glücklich zu sein, Kayog. Du bist der freundlichste Mensch, den ich kenne."

Ich schnaubte selbstironisch. „Ja, nun, das ist vielleicht alles müßig. Nach meinem Stunt werde ich wahrscheinlich von der Schule verwiesen."

Isobel schüttelte mit einer Überzeugung den Kopf, die mich überraschte. „Das wirst du nicht. Celeste – die Nazhral-Frau, die du gerettet hast – hat bestätigt, dass du sie gerettet hast. Alle Zeugen stimmen mit ihrer Aussage überein. Sicher, du wirst vielleicht wegen übermäßiger Gewaltanwendung einen Klaps auf die Finger bekommen, aber es waren drei gegen einen."

„Sie sind wahrscheinlich trotzdem die Kinder sehr einflussreicher Eltern", entgegnete ich. „Sie lassen nicht einfach jeden in Acadia rein. Sicherlich werden ihre Eltern irgendeine Form von Gerechtigkeit fordern."

„Nein", widersprach sie mit einer ungewöhnlichen Selbstgefälligkeit, gepaart mit einem harten Glitzern in den Augen. „Diese drei Jungen waren von Anfang an problematisch. Ja, ihre Eltern sind einflussreich, und das ist der einzige Grund, warum sie überhaupt aufgenommen wurden. In Wahrheit hast du der Schule einen Gefallen getan, indem du ihnen den Vorwand geliefert hast, den sie brauchten, um sie möglicherweise von der Schule zu verweisen. Aber dir wird nichts passieren. Ich habe mich vor meiner Ankunft hier vergewissert."

Trotz meiner derzeitigen misslichen Lage überkam mich eine Welle der Erleichterung. Ich wusste nicht, wie es nun weitergehen sollte. Aber mir gefiel, dass mir die Entscheidung nicht aus der Hand genommen worden war, wie es der Fall gewesen wäre, wenn ich von der Schule verwiesen worden wäre.

„Nur zur Info, Direktor Colin hat nach dem Vorfall ziemlich

herumgeschnüffelt und sich eingemischt", sagte Isobel nachdenklich. „Ich glaube, er hat sich für dich eingesetzt."

„Wirklich?", fragte ich verblüfft. „Was hat er ihnen gesagt?"

„Keine Ahnung", antwortete sie entschuldigend. „Aber er ist
extrem neugierig auf dich. Als er die anderen Schüler zu dem
Vorfall befragte, hat er sie auch über dich als Person ausgefragt."

„Scheiße", murmelte ich. „Jetzt wird er mir noch mehr auf
den Fersen sein. Er hält mich für den barmherzigen Samariter."

„Bist du das?", fragte Isobel mit ausdruckslosem Gesicht,
während sie meinen Blick unverwandt hielt.

Jeder andere, der sie so angestarrt hätte, hätte keine Ahnung
gehabt, welche Gedanken ihr durch den Kopf gingen. Mit
meinen empathischen Fähigkeiten konnte ich deutlich erkennen,
dass sie mir glaubte. Obwohl sie Selbstjustiz und Gewalt im
Allgemeinen nicht gutheißen würde, verurteilte sie mich auch
nicht für die Maßnahmen, die ich möglicherweise ergriffen hatte,
um Unschuldige zu schützen.

Ich antwortete nicht, wandte aber meinen Blick nicht ab.

Sie schnaubte. „Klar. Das habe ich schon vermutet, als ich
zum ersten Mal von der rechtzeitigen Rettung hörte."

„Ich fliege nachts viel herum, wenn ich nicht schlafen kann",
sagte ich ausweichend.

„Und deine empathischen Fähigkeiten führen dich prakti-
scherweise zu Damen in Not?", fragte Isobel in neckendem Ton.

Ich lächelte. „Eigentlich sind es eher ‚Jungs‘ in Not, wie die
Menschen gerne sagen. Aber wer zählt das schon?"

Sie kicherte und schüttelte liebevoll den Kopf.

„Ich kann mir nicht alle rechtzeitigen Rettungen als Verdienst
anrechnen. Es gibt noch andere, die es nicht hinnehmen können,
wenn Unschuldigen Schaden zugefügt wird."

Sie neigte den Kopf zur Seite und musterte mich kritisch.
„Die Enforcers sind äußerst einfallsreich und scheuen keine
Kosten für das Wohlergehen ihrer Truppen. Hast du schon
einmal darüber nachgedacht, dich ihnen anzuschließen?"

Ich schüttelte entschlossen den Kopf. „Sobald sie mehr über mich herausfinden, werden sie mich wahrscheinlich einweisen oder zu einer Art Laborratte machen. Ich habe genug von Institutionen."

Sie presste ihre Lippen zu einem enttäuschten, aber resignierten Ausdruck zusammen. „Ja ... ich verstehe."

Isobels Blick verriet mir, dass sie noch etwas sagen wollte, es sich dann aber anders überlegte. Sie fasste mein Gesicht an und schaute mir tief in die Augen, wahrscheinlich um zu beurteilen, wie stark sie gerade gerötet waren. Dann stand meine Freundin wieder auf und führte den Scanner an ihrem Armband über meinen Kopf. Die Falten auf ihrer Stirn, als sie das Ergebnis auf dem Display betrachtete, sagten mir alles, was ich wissen musste.

„Es ist immer noch stark geschwollen. Nimm noch eine Tablette, dann können wir zusammen meditieren", sagte Isobel in befehlendem Ton.

Ich nickte, warf mir eine weitere Tablette in den Mund und nahm die Lotusposition ein, während meine Freundin dasselbe tat. Das würde mich nicht heilen, aber es würde helfen, etwas Ruhe in das endlose Chaos meines Geistes zu bringen.

KAPITEL 7
LINSEA

Scham brannte in mir, als ich mich dabei ertappte, wie ich erneut zur Tür schaute. Es war dumm von mir, da Kayog oft aus der Ferne am Unterricht teilnahm. Aber ich konnte nicht anders, als zu hoffen, dass er trotz aller Widrigkeiten auftauchen würde. Ich wusste immer noch nicht, wie ich mich wegen dem Vorfall gestern fühlen sollte.

„Er wird nicht kommen", sagte Tala mit leiser Stimme, nachdem ich erneut zur Tür geschaut hatte.

Meine Wangen glühten vor Verlegenheit, dass ich so offensichtlich gewesen war, dass sie es bemerkt hatte.

„Ach, ich bin so erbärmlich", murmelte ich.

„Nein, das bist du nicht", sagte Tala bestimmt. „Du fühlst dich sehr zu Kayog hingezogen, und das beruht eindeutig auf Gegenseitigkeit. Es ist etwas Schlimmes passiert, und es ist nur verständlich, dass du darüber verwirrt bist. Aber er ist kein gewalttätiger Mann."

„Was?! Du hast doch gar nicht gesehen, was passiert ist!", rief ich ungläubig.

„Das musste ich auch nicht. Kayog hat Celeste vor einer

Gruppe von Tyrannen beschützt", sagte Tala in einem ruhigen und selbstverständlichen Ton, der mich völlig aus der Bahn warf.

„Indem er diesen Idioten durch einen Baum geworfen hat?!"

Sie zuckte mit den Schultern. „Das hat den Sturz des besagten Idioten abgebremst. Sein Ego ist viel mehr verletzt als sein Körper. Und er hat es verdient."

Ich schüttelte unüberzeugt den Kopf, und ein Schauer lief mir über den Rücken, als ich die ganze Szene in meinem Kopf noch einmal abspielte.

„Da ist noch mehr. Kayogs Augen leuchteten, und ich glaube, seine Hände auch. Er war wie ..." Meine Stimme verstummte, als mir die Worte fehlten.

„Wie was?", fragte Tala leise. „Als wäre er besessen?"

Ich schüttelte den Kopf. „Nein, aber ..."

„Aber was?"

Ich seufzte und zuckte mit den Schultern. „Ehrlich gesagt, ich weiß es nicht. Ich kann nur sagen, dass er mir für einen kurzen Moment wirklich Angst gemacht hat. Ich hatte nicht wirklich Angst *um* mich selbst, aber ich wusste nicht, wen ich da vor mir hatte. Vielleicht ist „besessen" doch kein so schlechtes Wort."

„Sprich mit ihm", sagte Tala bestimmt.

Ich verzog das Gesicht und fühlte mich hin- und hergerissen. „Oder vielleicht sollte ich einfach auf seinen Rat hören und weglaufen, solange ich noch kann. Und doch will ein anderer Teil von mir das nicht. Vor allem möchte ich wirklich verstehen, was passiert ist, was diese Reaktion ausgelöst hat und warum zum Teufel seine Augen geleuchtet haben. Temern haben solche Fähigkeiten nicht. Aber er scheint mir wirklich eine Menge Ärger zu bereiten, sodass es vielleicht klüger wäre, mich von ihm fernzuhalten."

„Mädchen, sprich mit deinem Mann. Ihr seid es euch beiden schuldig, zumindest herauszufinden, was los ist, damit ihr eine fundierte Entscheidung treffen könnt. Niemand schreibt ein solches Lied über eine Frau, die er gerade erst kennengelernt hat, wenn er es nicht ernst mit ihr meint. Gebt euch eine Chance", sagte Tala.

„Ja, vorausgesetzt, er taucht jemals wieder auf", erwiderte ich mürrisch. „Soweit wir wissen, könnte er von der Schule verwiesen worden sein. Acadia hat strenge Regeln in Bezug auf Gewalt."

Sie machte eine abweisende Geste. „Nein, das wird er nicht. Davon hätten wir inzwischen schon gehört. Außerdem haben ihn alle als Helden gefeiert. Die Schule hätte es mit einer Menge verärgerter Leute zu tun, wenn sie ihn dafür bestrafen würde, dass er jemanden in Gefahr beschützt hat."

„Hmmm, okay", sagte ich unverbindlich, genauso verwirrt wie zu Beginn dieses Gesprächs.

Obwohl ich es erwartet hatte, war ich dennoch zutiefst enttäuscht, als Kayog nicht auftauchte. Sich auf die Vorlesung zu konzentrieren, war eine fast ebenso mühsame Aufgabe wie eine olympische Disziplin. Bis zum Ende der Vorlesung hatte ich meine Meinung über mein weiteres Vorgehen mindestens eine Milliarde Mal geändert.

„Entschuldigung! Sind Sie Linsea Kenna?", fragte eine sanfte Frauenstimme, sobald Tala und ich den Hörsaal verlassen hatten.

Ich drehte meinen Kopf in Richtung der Stimme und war überrascht, eine schlanke, junge menschliche Frau zu sehen, die in eine lange Robe mit Runensymbolen gehüllt war, die ich als Symbole der wichtigsten Religionen der verschiedenen Spezies der IPO erkannte. Sie hatte langes, dunkelblondes Haar, olivfarbene Haut und dunkelgrüne Augen, die mich freundlich musterten. Und doch strahlte sie eine intensive Nervosität aus, als fürchte sie meine Reaktion darauf, dass sie mich angesprochen hatte.

„Ja, das bin ich", antwortete ich neugierig.

„Könnten Sie mir einen Moment Ihrer Zeit für ein Gespräch schenken?", fragte sie, wobei ihre Nervosität noch zunahm.

„Sicher", antwortete ich und drehte mich ganz zu ihr um.

„Es ist eine private Angelegenheit", fügte sie hinzu und warf meiner Freundin einen entschuldigenden Blick zu.

Obwohl Tala sichtlich enttäuscht war, ausgeschlossen zu sein, nickte sie und schenkte mir ein freundliches Lächeln. So sehr sie auch schamlos gute Klatschgeschichten liebte, meine beste Freundin war auch die vertrauenswürdigste Person, die ich kannte. Sie würde niemals in privaten Angelegenheiten herumschnüffeln und niemals ein Geheimnis preisgeben, das ihr ohne ausdrückliche Zustimmung anvertraut worden war.

„Ich bin im östlichen Garten, wenn du fertig bist", sagte sie, bevor sie weg ging.

Ich lächelte ihr dankbar zu, bevor ich meine Aufmerksamkeit wieder der Fremden zuwandte. Sie winkte in Richtung einer diskreten Nische, wo wir uns ungehindert unterhalten konnten, und ich folgte ihr.

„Was kann ich für Sie tun?", fragte ich neugierig, als wir stehen blieben.

„Mein Name ist Isobel Biondi. Ich bin Kayogs engste Freundin."

Ich zuckte zurück, Schock und Enttäuschung überkamen mich. „Sie sind seine Freundin?", platzte ich heraus und ärgerte mich sofort über meine dumme Zunge, die mir davorgekommen war.

Sie brach in Gelächter aus und schüttelte den Kopf. Die Aufrichtigkeit ihrer Reaktion und ihrer Gefühle zerstreute augenblicklich alle Zweifel, die ich gehabt haben mochte. Das verstärkte meine Beschämung noch, dass ich sofort an das Schlimmste gedacht hatte, obwohl er mir keinen Grund gegeben hatte, ein falsches Spiel zu vermuten.

„Nein", sagte sie amüsiert und deutete auf ihre Kleidung. „Diese Robe kennzeichnet mich als Doktorandin im galaktischen

Klerikerprogramm. Als Teil unserer Ausbildung müssen wir fünf Jahre lang zölibatär leben. Dies ist erst das zweite Jahr. Also nein, zwischen Kayog und mir gibt es keine romantische Beziehung. Er ist nur ein wirklich guter Freund, den ich fast wie einen Bruder betrachte."

„Ich verstehe", antwortete ich, obwohl ich eigentlich gar nichts verstand. „Hat er Sie geschickt, um mit mir zu sprechen?"

Als ich sah, wie sie zusammenzuckte, war ich überrascht.

„Nein, hat er nicht. Wahrscheinlich wird er mir sogar den Hintern versohlen, wenn er davon erfährt", sagte sie verlegen.

Ich runzelte die Stirn, da ich immer sofort misstrauisch gegenüber jemandem war, der jemanden hinterging oder hinter seinem Rücken handelte, der ihm vertraute.

„Warum sind Sie dann hier?", fragte ich mit etwas kühlerer Stimme.

„Weil er mein Freund ist und unglaublich leidet. In den sechs Jahren, in denen ich ihn kenne, hat er sich nie auch nur eine Sekunde lang für eine Frau interessiert. Seit er dich getroffen hat, kann er nicht aufhören, an dich zu denken. "

Meine Wangen wurden heiß, und ich rutschte auf meinen Krallen hin und her, weil ich mich geschmeichelt und gleichzeitig verlegen fühlte.

„Kayog sagt, du bist die Richtige, seine Seelenverwandte", fuhr Isobel mit einer Überzeugung fort, die mich erschütterte. „Aber er glaubt auch, dass er deiner nicht würdig ist."

„Was?", rief ich aus, fassungslos über ihre beiden Aussagen.

„Er hält sich für verrückt, aber das ist er nicht", sagte die Priesterin in einem Ton, der keinen Widerspruch duldete.

„Das hat er auch gesagt", gab ich nachdenklich zu. „Warum glaubt er das?"

Sie zögerte und warf mir dann einen entschuldigenden Blick zu. „So gerne ich deine Frage auch beantworten würde, es steht mir nicht zu, das zu sagen. Er muss es dir selbst sagen."

Ich schnalzte verärgert mit dem Schnabel, obwohl ich es zu schätzen wusste, dass sie ihm diesen Respekt entgegenbrachte.

„Als Empathin spüre ich, dass du jedes Wort, das du gerade gesagt hast, ernst meinst. Aber Kayog kennt mich nicht. Daher erscheint mir seine Behauptung, dass ich die Auserwählte bin, äußerst weit hergeholt. Schließlich haben wir uns gestern zum ersten Mal gesehen und kaum eine Stunde lang miteinander gesprochen", antwortete ich und wählte meine Worte sorgfältig, um nicht zu sagen, dass es tatsächlich verrückt klang.

Sie lächelte nachsichtig. „Bei jedem anderen würde ich zustimmen, dass eine solche Aussage abwegig wäre. Aber Kayog sieht und hört Dinge auf eine Weise, wie es sonst niemand kann. Ich versichere dir, dass er nicht verrückt ist. Er ist einfach einzigartig."

„Du meinst so, wie autistische Menschen in Sekundenschnelle verrückte mathematische Gleichungen lösen können?", fragte ich.

Sie presste die Lippen zusammen, während sie meine Worte ein paar Sekunden lang abwägte, bevor sie zögernd nickte.

„Es gibt wohl einige Ähnlichkeiten. Aber wie ich schon sagte, Kayog ist in einer Weise einzigartig, wie ich es noch nie zuvor gesehen habe", antwortete Isobel vorsichtig.

„*Ist* er also autistisch oder neurodivergent?", hakte ich nach.

Die Priesterin schüttelte entschieden den Kopf. „Das ist er nicht. Kayog wurde einfach sein ganzes Leben lang falsch diagnostiziert."

Ich nickte langsam. „Wenn man bedenkt, dass er in einer Darwandir-Kolonie aufgewachsen ist, kann ich mir gut vorstellen, wie das passieren konnte."

Isobel zuckte zurück und ihre Augen weiteten sich in einer seltsamen Mischung aus Schock und Hoffnung.

„Du weißt davon?", rief sie aus.

Ich zuckte mit den Schultern. „Ja, er hat es mir erzählt."

„Alles?", hakte sie nach und sah mich eindringlich an.

„Nicht über die Einzelheiten seiner Krankheit", gab ich zu. „Er erwähnte nur, dass es bei seinem einzigen Besuch bei einem temernischen Arzt Grund zu der Annahme gab, dass er versuchen könnte, ihm etwas anzutun."

„Es ging nicht um wehtun, er wollte ihn regelrecht umbringen", korrigierte Isobel, wobei ihre Stimme und ihr Gesichtsausdruck vor anhaltender Wut auf den Arzt härter wurden.

Jetzt war ich an der Reihe, zurückzuschrecken. „Was?! Warum um alles in der Welt sollte jemand, der geschworen hat, Lebewesen zu heilen, ihnen stattdessen Schaden zufügen wollen? Und dann auch noch einem von uns?"

Ich wollte nicht glauben, was sie sagte, aber die Emotionen, die sie umgaben, machten deutlich, dass sie aufgrund der ihr bekannten Fakten vollkommen ehrlich war.

Isobel öffnete und schloss ein paar Mal den Mund, bevor sie frustriert seufzte.

„Ich habe zu diesem Thema alles gesagt, was ich sagen kann. Ich kann dich nur bitten, bitte, bitte sprich mit ihm. Du hast gute Beziehungen. Vielleicht kannst du ihm helfen, die medizinische Hilfe zu bekommen, die er braucht", sagte sie in flehendem Ton.

Ich fuhr mir nervös mit der Hand über die weichen Federn auf meinem Kopf und bewegte meine Flügel, um etwas von der Anspannung in meinem Rücken zu lösen.

„Ich habe ihn seit dem Vorfall gestern nicht mehr gesehen, und er kommt selten zum Unterricht", sagte ich.

„Er wird morgen sein Kanutraining absolvieren", antwortete die Priesterin schnell. „Das hilft ihm, sich zu konzentrieren. Bitte, ich weiß nicht, wie ich ihm sonst helfen kann. Diese ganze Sache bricht ihn sowohl körperlich als auch geistig. Ich glaube von ganzem Herzen, dass der Schöpfer dich hierhergeschickt hat, um ihn zu retten. Ich spüre es in meinen Knochen!"

Überwältigt rieb ich mir den Nacken, zu viele Gedanken schwirrten mir durch den Kopf. Aber selbst da wusste ich bereits, dass ich alles in meiner Macht Stehende tun würde, um ihm zu helfen. Diese Frau glaubte wirklich, dass er in Not war und dass ich den Ausschlag geben könnte. Wie sie so treffend sagte, hatte ich gute Beziehungen. Wenn das, was Kayog beeinträchtigte, medizinischer Natur war, würden wir eine Heilung finden.

„Hast du Kontakt zu ihm oder siehst du ihn?", fragte ich plötzlich.

Sie nickte, und in ihren dunkelgrünen Augen leuchtete Hoffnung. „Ja, das tue ich."

„Dann sag Kayog beim nächsten Mal, dass er mir noch ein Abendessen schuldet."

Sie starrte mich einige Sekunden lang an, bevor sie in Gelächter ausbrach und alle Anspannung von ihren Schultern fiel. Dann strahlte sie mir eine Welle warmer Dankbarkeit entgegen, die mich überwältigte. Alle Zweifel, die ich noch an ihren Gefühlen für ihn gehabt hatte, verschwanden in diesem Moment. Isobel liebte ihn wirklich wie einen Bruder, fast schon wie eine Mutter.

„Ich verstehe, warum er dich liebt. Danke, dass du mir Hoffnung auf seine baldige Erlösung gibst. Der Schöpfer hat dich geschickt."

Sie streichelte sanft meinen Arm in einer Geste, die Freundschaft und Dankbarkeit verband, bevor sie sich umdrehte und davonging.

～

Ich lief unruhig in meinem Wohnzimmer auf und ab und starrte alle paar Sekunden auf meinen Bildschirm, als wäre er dafür verantwortlich, dass meine Oma mich nicht anrief. Meine Ungeduld war ungerechtfertigt, da wir noch vier Minuten von der vereinbarten Zeit entfernt waren. Eine Sache, auf die man sich immer verlassen konnte, war, dass Nana Arika pünktlich war, nicht etwas früher oder später, sondern genau auf die Minute.

Und doch konnte ich nicht anders, als innerlich die Uhr zu verfluchen, weil sie nicht schneller ging.

Pünktlich um 17:30 Uhr erschien eine eingehende Nachricht auf meinem Bildschirm. Ich warf mich fast auf die Couch, als ich den Anruf annahm. Sofort erschien das wunderschöne Gesicht meiner Großmutter. Ich war ihr wie aus dem Gesicht geschnitten, nur dass ich ganz weiß war mit ein paar dunklen Flecken auf den flauschigen Daunenfedern meiner Brust, während meine Oma ganz schwarz mit weißen Flecken war. Wir scherzten oft, dass sie das Ying zu meinem Yang sei. Und doch waren unsere Persönlichkeiten beunruhigend ähnlich.

„Hallo, mein Schatz", sagte sie in diesem liebevollen Tonfall, der sich immer wie eine warme Decke anfühlte.

„Hallo, Nana", antwortete ich liebevoll. „Es tut mir so leid, dass ich dich mitten in dieser wichtigen Aufgabe störe, aber ich brauche wirklich deine Hilfe."

„Gehört das zu Kayog Voln?", fragte sie in einem übertrieben nonchalanten Tonfall, der mich nicht im Geringsten täuschte.

Ich erstarrte, mein Mund stand offen, während mein Verstand rasend versuchte herauszufinden, woher sie schon von ihm wusste. Ich hatte noch kein Wort über Kayog verloren, da wir offiziell keine Beziehung hatten. Und dann wurde mir klar, was los war.

„Hat Colin etwas gesagt?", fragte ich.

Sie zuckte mit der linken Schulter, ihr Gesicht blieb ausdruckslos, während ihr blauer Blick, der meinem glich, intensiv blieb.

„Vielleicht", antwortete sie geheimnisvoll.

Sofort kochte meine Wut hoch. Ich wusste, dass dies ihr professioneller Instinkt war, der sie dazu veranlasste, so viele Informationen wie möglich aus ihrem Gegenüber herauszukitzeln, ohne zu viel von dem preiszugeben, was sie wusste. Aber im Moment brauchte ich eine Verbündete, keine Anklägerin.

„Was hat er gesagt?", fragte ich in scharfem Ton, genervt davon, dass ich ihre Gefühle durch den Bildschirm nicht lesen konnte.

Sie kniff die Augen zusammen, meine Reaktion machte sie noch misstrauischer.

„Du weißt, dass ich niemand bin, der das preisgibt, was mir anvertraut wurde. Allerdings hast du einen interessanten Freund, wenn auch einen etwas gewalttätigen", antwortete sie in neutralem Ton, während sie meine Reaktionen studierte.

Zweifellos wünschte sich auch meine Oma, sie könnte gerade meine Gefühle lesen.

„Er ist nicht gewalttätig", antwortete ich entschlossen, überrascht von meiner eigenen Überzeugung, als ich diese Worte aussprach.

Noch heute Morgen war ich mir unsicher gewesen, wie ich seine brutale Darbietung von gestern einordnen sollte. Aber dieses eine Gespräch mit der Priesterin hatte alles auf den Kopf gestellt.

„Wirklich?", fragte Nana Arika, wobei ihre skeptische Augenbraue die Ungläubigkeit in ihrer Stimme widerspiegelte.

Ich nickte. „Ich weiß, wie es aussieht", räumte ich ein. „Um ehrlich zu sein, hatte ich einige Vorbehalte ihm gegenüber. Aber tatsächlich hat er ein Opfer vor drei Tyrannen beschützt. Er hatte eindeutig die Kraft und die Fähigkeiten, ihnen allen schweren Schaden zuzufügen, aber er hat es nicht getan. Allerdings rufe ich dich nicht wegen dieses Vorfalls an, sondern um medizinische Hilfe zu bitten und um dein Versprechen, dass du mit niemandem darüber sprichst, dem wir nicht voll und ganz vertrauen können."

Diesmal richtete sich meine Oma auf, und der leicht distanzierte Ausdruck, der vorsichtige Zurückhaltung signalisierte, verschwand. Ich hatte noch nie um so etwas gebeten, daher wusste sie, dass etwas Ernstes vor sich ging.

„Natürlich, mein Schatz. Du hast mein Wort."

„Danke", sagte ich mit aufrichtiger Dankbarkeit. „Der Grund für diese Bitte ist, dass Kayog an einer seltenen Krankheit leidet. Ich kenne noch nicht alle Details, außer dass er mir erzählt hat, dass sein Leben und sein Wohlergehen in Gefahr waren, als er einmal einen Arzt in Temern aufgesucht hat."

Meine Großmutter zuckte zurück, und ein besorgter Ausdruck huschte über ihr Gesicht.

„Ein Arzt aus Temern wollte ihm etwas antun?", fragte sie eindringlich, während ihre majestätischen Flügel vor Anspannung steif waren.

Ich nickte und erzählte ihr dann alles, was seit meiner Begegnung mit Kayog passiert war, einschließlich seines Liedes, allem, was er beim Frühstück gesagt hatte, dem Vorfall mit den Tyrannen und Isobels Enthüllungen.

Als ich sah, wie meine Großmutter sich fast gegen die Rückenlehne ihres Stuhls lehnte, als bräuchte sie Halt, waren alle meine Sinne in höchster Alarmbereitschaft. Ihre Augen huschten hin und her, während ihre Gedanken rasten und unzählige widersprüchliche Emotionen sich in ihrem Gesicht drängelten. Ich brannte darauf, sie zu befragen, aber ich wollte ihre Konzentration nicht stören, während sie alles sortierte, was ich ihr anvertraut hatte.

„Wie alt ist dein Freund?", fragte sie plötzlich.

„Kayog ist siebenundzwanzig", antwortete ich, mein Rücken war vor Vorfreude und Nervosität angespannt.

Sie runzelte die Stirn und schüttelte verwirrt den Kopf.

„Was?", fragte ich gereizt. „Was denkst du?"

Sie schüttelte erneut den Kopf, als könne sie sich nicht mit den Gedanken abfinden, die in ihrem Kopf herumschwirrten.

„Ich kenne nur eine einzige Situation, in der die Ärzte von Temern einen von uns töten würden und dies sogar von ihnen erwartet würde", sinnierte sie laut, während sie offenbar immer noch darum rang, ihre Gedanken zu ordnen.

„Erwartet würde?", rief ich empört aus. „Was ist mit ihrem Eid, keinen Schaden anzurichten?"

„Wie ich schon sagte, es gibt eine ganz besondere Situation, die das rechtfertigt. Aber Edals werden niemals so alt."

„Edals?", wiederholte ich. „Was ist das? Und was könnte einen Mord rechtfertigen?"

„Edals sind Temern, die unter einer extrem seltenen Mutation leiden", erklärte Nana Arika vorsichtig. „Es handelt sich um eine Form von Wahnsinn, bei der das Kind tollwütig geboren wird."

Mein Blut gefror zu Eis. „Tollwütig? Aber wie? Warum?"

„Sie haben abnormale Zirbeldrüsen, die unsere empathischen Fähigkeiten steuern", antwortete sie.

„Und das verleiht ihnen Kräfte, wie diese leuchtende Energie um Kayogs Hand?", fragte ich, während mir der Kopf schwirrte.

Sie schüttelte den Kopf. „Ich kann nicht sagen, ob das so ist oder nicht. Nach dem, was ich zu diesem Thema gelesen habe, sind ihre EEG-Werte extrem hoch. Die meisten von ihnen sterben im Mutterleib oder werden in dem Moment abgetrieben, in dem sie als Edals diagnostiziert werden. Die seltenen Ausnahmen, die die Geburt überleben, zeigen während der Schwangerschaft absolut keine sichtbaren Anzeichen. Dann, in dem Moment, in dem die Wehen einsetzen, scheint dies eine Art Aktivierung der Mutation in ihrer Zirbeldrüse auszulösen, und sie kommen einfach schreiend auf die Welt. Sie kratzen an allem und jedem, auch an sich selbst. Sie müssen festgehalten werden, damit sie sich nicht schwer selbst verletzen. In den meisten Fällen sterben sie an einem Aneurysma oder einer schweren Hirnblutung."

Ich verschränkte meine Hände im Schoß, damit sie nicht zitterten, während ich mein Gespräch mit Kayog noch einmal in meinem Kopf durchging. Als er mir zum ersten Mal seine Geschichte erzählte, fragte ich mich, was für monströse Eltern ihr Neugeborenes einfach in Stasis versetzen, es in eine Notkapsel stecken und es zu einer Spezies schicken würden, die nichts über seine Anatomie wusste, nur weil sie mit seinem Weinen nicht zurechtkamen. Jetzt fragte ich mich unweigerlich, ob sie ihn vielleicht tatsächlich weggeschickt hatten, um ihm eine Chance auf Leben zu geben und ihn vor der Euthanasie durch unsere Ärzte zu bewahren.

„Was ist der älteste bekannte Edal?", fragte ich flüsternd.

„Wenn es sich bei deinem Kayog um einen solchen handelt – und bisher klingt es so, als könnte das der Fall sein –, dann ist er zweifellos der älteste. Normalerweise sterben sie innerhalb von vierundzwanzig Stunden. Der älteste bekannte Fall starb nach einer Woche voller Qualen. Sie werden nie älter als siebenundzwanzig."

„Schöpfer!", hauchte ich, presste meine Handflächen gegen meine Wangen und sah meine Oma verwirrt an. „Wie kommt es, dass ich noch nie von Edals gehört habe? Das scheint eine so tragische und extreme Erkrankung zu sein, dass man darüber viel sprechen müsste."

Sie schüttelte den Kopf. „Wie ich schon sagte, es ist eine äußerst seltene Erkrankung, und wir haben nur ein oder zwei Fälle pro Jahrhundert. Da die Lösung ziemlich umstritten ist, hielt man es für besser, sie geheim zu halten und nur mit den Eltern darüber zu sprechen."

„Aber warum? Das Töten des Fötus oder Neugeborenen scheint mir etwas extrem. Bei all unseren technologischen Fortschritten müsste doch sicherlich etwas für sie getan werden können? Wenn ich ein Edal-Kind hätte, würde ich wollen, dass es in Stasis versetzt wird, damit es nicht leiden muss, während Ärzte rund um die Uhr nach einem Heilmittel suchen."

Sie schenkte mir ein nachsichtiges Lächeln. „Wie ich bereits sagte, sind Edals äußerst selten. Ausgehend von unserer Geschichte würde ein solcher Defekt als sehr schädlich für den Ruf eines Hauses angesehen werden. Die Familie würde dies geheim halten wollen, damit nicht die gesamte Blutlinie aus Angst, andere zu kontaminieren, gemieden würde. Diese Richtlinie stammt aus längst vergangenen Zeiten. Sie wurde nie aktualisiert, da niemand Grund zu der Annahme hatte, dass ein solches Kind gerettet werden könnte. Und wir wissen nicht, ob dein Kayog tatsächlich ein Edal ist."

„Wenn er kein Edal ist, warum sollte ein temernischer Arzt ihn dann töten wollen? Und selbst wenn, sollte ein Kind, das sich selbst verletzt, kein Grund für solch extreme Maßnahmen sein. Außerdem war Kayog bereits viel älter und verletzte sich nicht mehr selbst, als ein temernischer Arzt von seiner Existenz erfuhr. Was könnte also noch ein Motiv sein?"

Sie schüttelte den Kopf. „Mir fällt kein anderer Grund dafür ein. Zumindest keiner, der mir bekannt wäre."

„Und was, wenn er ein Edal ist?", fragte ich herausfordernd.

„Dann hätte er im Alleingang alles verändert. Er muss so schnell wie möglich von unseren besten Ärzten untersucht werden", sagte sie in einem befehlenden Ton.

„Ich werde nicht zulassen, dass er zu einer Art Laborratte gemacht wird. Er ist ein Lebewesen, kein Experiment!", erwiderte ich streng.

Sie lachte leise und ihr Blick wurde weicher, auch wenn ich den ernsten Schimmer, der immer noch darin lag, nicht übersehen konnte.

„Bevor wir weiter spekulieren, müssen wir mehr über ihn herausfinden", sagte meine Oma in sachlichem Ton. „Aufgrund der Sicherheitsaufzeichnungen des Campus bestätigt Colin, dass Kayogs Hände und Augen definitiv geleuchtet haben. Außerdem wurde ein erheblicher Anstieg der kinetischen Energie aufgezeichnet. Was auch immer er ist, dein Freund ist etwas, das wir noch nie gesehen haben. Die Frage ist, ob er eine Bedrohung darstellt."

„Nein, das tut er nicht", sagte ich mit einer Endgültigkeit, die meine Oma dazu veranlasste, amüsiert die Augenbrauen zu heben. „Tala sagte, dass er anderen Lebewesen gegenüber äußerst beschützerisch ist."

Zu meiner Überraschung nickte meine Oma. „Das steht tatsächlich in seiner Akte. Aber wir haben auch sehr gute Gründe zu glauben, dass er der Selbstjustizler ist, der in Mazeria zuschlägt, oder zumindest einer von ihnen. In diesem Fall könnte er ein Psychopath sein, der sein Bedürfnis nach Gewalt auf diese Weise auslebt."

Das gab mir zu denken. Obwohl mein Bauchgefühl mir sagte, dass er keine gewalttätige Person oder eine Gefahr für die Gesellschaft war, wäre es völlig unverantwortlich von mir, diese Möglichkeit nicht zumindest in Betracht zu ziehen.

Ich fühlte mich ein wenig niedergeschlagen und warf meiner Großmutter einen fast flehenden Blick zu.

„Ich mag ihn, Nana. Ich mag ihn *wirklich sehr*. Niemand hat mich jemals so fühlen lassen wie er, und jede Faser meines Wesens sagt mir, dass er ein guter Mann ist, der dringend Hilfe braucht. Aber ich habe Angst und bin verwirrt. Ich möchte keine schlechten Entscheidungen treffen, die nur auf meinen Gefühlen basieren."

Sie schenkte mir ein liebevolles Lächeln. „Du warst nie leichtsinnig, mein Schatz, und schon gar nicht der Typ, der sich Hals über Kopf in Jungs verliebt. Ich habe Bedenken wegen diesem Mann, aber deine Zuneigung zu ihm sagt mir, dass er wirklich ein außergewöhnliches Wesen sein muss. Die Enforcer untersuchen ihn intensiv, um festzustellen, ob er eine Gefahr oder eine Bereicherung ist. Ich werde alles in meiner Macht Stehende tun, um ihn zu beschützen, aber er muss sich Tests unterziehen. Wir müssen wissen, ob die Kraft, die er auf dem Campus gezeigt hat, alles ist, was er hat, oder ob es noch viel mehr gibt, das als Massenvernichtungswaffe eingesetzt werden könnte."

„Ich verstehe, aber ich werde nicht zulassen, dass er zu einer Laborratte gemacht wird", wiederholte ich.

„Liebling, wenn er ein Edal ist, wird er keine andere Wahl haben, als sich freiwillig zur Verfügung zu stellen, wenn wir jemals ein Heilmittel finden wollen. Aber das kann auf respektvolle und einfühlsame Weise geschehen. Ich kann dir versprechen, dass ich dafür sorgen werde, dass er die gleiche Wahlfreiheit wie jeder andere Zivilist in Bezug auf seine Gesundheitsversorgung hat, solange er keine Gefahr darstellt."

Das war zwar nicht die Antwort, die ich mir erhofft hatte, aber sie war ehrlich und vernünftig. Ich nickte ihr steif zu.

„Pass auf dich auf, mein Schatz. Ich liebe dich."

„Ich liebe dich auch, Nana. Und ich verspreche dir, dass ich das sein werde."

KAPITEL 8
KAYOG

Ich steckte drei weitere Dipramin-Tabletten in das Geheimfach meines Armschutzes. Es handelte sich um ein trizyklisches Antidepressivum, das auf den meisten Planeten längst nicht mehr erhältlich war. Es war kein ideales Medikament. Aber es war das einzige, das meine Zirbeldrüse einigermaßen verlangsamte – und manchmal sogar stoppte. Wenn es wirkte, half das Medikament, den Lärm und die unerträglichen Kopfschmerzen zu betäuben, die mich in den Wahnsinn trieben.

Ein massiver Zustrom freudiger Emotionen war in Ordnung. Aus diesem Grund hatte ich kein Problem damit, an Sportveranstaltungen teilzunehmen oder ein Konzert zu geben. Ich liebte die körperlichen Schmerzen und die Konzentration, die sportliche Aktivitäten mit sich brachten. Das Gleiche galt für die Jubelrufe, die Aufregung und den Nervenkitzel der Zuschauer, die meine Shows oder Wettkämpfe besuchten. Sobald diese vorbei waren, ging es bergab.

Sobald sich der Staub gelegt hatte, kehrten die Bewohner zu ihren weniger angenehmen Emotionen wie Wut, Eifersucht, Trauer und Hass zurück – die sich alle einzeln anfühlten, als würde man mit einem Dolch erstochen werden. Und wenn sich all diese Emotionen zu einem chaotischen Strudel vermischten, war das für mich die reinste Qual. So oft kämpfte ich mit dem Drang, mir die Augen auszustechen oder die Quelle des Schmerzes zu zerstören – die Personen, die diese widerwärtigen Emotionen verbreiteten. Und das machte große Ansammlungen zu einem wahren Albtraum.

Dennoch könnte ich heute möglicherweise meine Liebe wiedersehen. Jedes Mal, wenn ich über die Möglichkeit nachdachte, dass ich Angst und Abscheu in ihren Augen sehen würde, verkrampfte sich mein Inneres schmerzhaft. Das Einzige, was mir Hoffnung gab, war, dass Isobel mir erzählte, dass Linsea immer noch auf das Abendessen wartete, das ich ihr schuldete.

Die Wut, die ich zunächst empfunden hatte, weil die Priesterin sich in meinem Namen an Linsea gewandt hatte, verflog schnell. Abgesehen davon, dass sie es aus echter Liebe zu mir getan hatte, war es auch der Anstoß gewesen, den ich brauchte, um aufzuhören, mich so erbärmlich zu verhalten, wenn es darum ging, meiner Seelenverwandten gegenüber ehrlich zu sein. Wenn ich ihr gegenüber nicht ehrlich sein konnte, dann waren wir nicht füreinander bestimmt. Durch das Gespräch mit meiner Taube machte Isobel sie empfänglicher für die Enthüllungen, die ich zu machen hatte.

Mit klopfendem Herzen und voller Vorfreude flog ich zum Campus und begann mein Kanutraining. Meine Enttäuschung darüber, dass Linsea überhaupt nicht auftauchte, verwandelte sich in Trauer, als ich fertig war und den Hangar betrat, um mein Kanu zu waschen und zu verstauen. Ich nahm mir doppelt so viel Zeit für diese Aufgabe, in der Hoffnung, dass sie vielleicht verschlafen hatte oder anderweitig aufgehalten worden war. Als sie immer noch nicht auftauchte, war ich untröstlich und ging unter die Dusche, um mir einen rationalen Grund für ihre Abwesenheit auszudenken. Nach Isobels Aussagen zu urteilen, glaubte sie, dass Linsea zu meinem Training kommen würde. Rückblickend hatte meine Freundin jedoch nie behauptet, dass meine Partnerin dies bestätigt hätte.

Und dann spürte ich sie.

Mein Herz schlug mir bis zum Hals, und ich wäre fast ausgerutscht und hätte mir das Genick gebrochen, so sehr beeilte ich mich, mich zu waschen und abzuspülen, aus Angst, sie könnte gehen, weil sie dachte, sie hätte mich verpasst. Andere Temern würden einfach ihre psychischen Barrieren so weit senken, dass ihr Gegenüber ihre Emotionen wahrnehmen und so ihre Anwesenheit bestätigen könnte. Ich konnte das nicht tun, ohne meiner Partnerin erhebliches Leid zuzufügen.

Ich zwang mich, ruhig aus der Dusche zu kommen. Verdammt, war sie schön! Sie stand neben meinem Kanu und fuhr mit den Fingern sanft über den Rand. Eine völlig irrationale Eifersucht überkam mich, als ich mir wünschte, sie würde *mich* so streicheln.

Sie drehte ihren Kopf in meine Richtung, und als sie meinen Gesichtsausdruck sah, huschte ein schüchternes, leicht zögerliches Lächeln über ihr Gesicht. Erst als sie sich ganz zu mir umdrehte, bemerkte ich die beiden Taschen in ihrer Hand. Ich schnaubte und schüttelte den Kopf, während ich die Distanz zwischen uns überbrückte.

„Hey! Ich dachte, *ich* schulde *dir* ein Abendessen?", sagte ich mit gespielter Empörung.

Sie warf einen Blick auf die Tüte in ihrer linken Hand, bevor sie mit einem verschmitzten Ausdruck zu mir aufsah.

„Ups! Da hast du recht", sagte sie mit gespielter Bestürzung, bevor sie mit den Schultern zuckte. „Das bedeutet wohl, dass du mir jetzt *zwei* Abendessen schuldest."

Ich lachte und senkte meinen Kopf in Anerkennung, mein Herz war vor Freude zum Bersten voll. Mein elender Verstand hatte sich eine Milliarde verschiedener albtraumhafter Szenarien ausgemalt, wie unser nächstes Treffen verlaufen könnte. Aber einfach so hatte meine Taube es so einfach und schmerzlos gemacht. Sie war wirklich meine Seelenverwandte.

„Abgemacht", sagte ich mit einem Grinsen.

„Wie geht es dir?", fragte Linsea leise, und ihre Stimme verriet ihre aufrichtige Sorge um mich.

Auch das erfüllte meine Brust mit einer angenehmen Wärme.

„Mir geht es gut. Viel besser, danke", sagte ich mit sanfter Stimme.

Obwohl ich vorhatte, viel detaillierter zu werden, wollte ich das hier nicht tun.

„Das freut mich zu hören. Ich dachte mir schon, dass du nach deinem intensiven Training Hunger haben könntest", sagte Linsea verlegen und zeigte mir die Tüten.

„Ich bin total ausgehungert", antwortete ich aufrichtig.

Seit dem Vorfall hatte ich kaum etwas gegessen, da ich zu aufgewühlt war, um etwas zu mir zu nehmen.

„Möchtest du außerhalb des Campus essen?", fragte Linsea.

„Das wäre toll, wenn es dir nichts ausmacht", sagte ich und mein Herz machte einen Sprung.

„Das macht mir nichts aus. Gibt es einen bestimmten Ort, an dem du dich wohlfühlst?", fragte sie, wobei ihre Gefühle lautstark verrieten, dass sie wirklich wollte, dass ich mich wohlfühlte, und nicht aus einem unangebrachten Pflichtgefühl heraus.

Ich verlagerte mein Gewicht auf meinen Krallen und wählte meine Worte sorgfältig, bevor ich sprach.

„Um ehrlich zu sein, würde ich mich bei mir zu Hause am wohlsten fühlen. Aber ich möchte nicht, dass du mich für einen Spinner hältst, wenn ich dich dorthin einlade", sagte ich mit hörbarer Anspannung in der Stimme.

Zu meiner Überraschung lächelte Linsea und strahlte etwas aus, das wie Erleichterung wirkte, als hätte sie genau diese Antwort erwartet ... was keinen Sinn ergab.

„Dann also dein Haus", bestätigte sie sachlich.

Ich starrte sie mit offenem Mund an, verblüfft darüber, wie leicht sie zugestimmt hatte.

„Bist du dir sicher?", fragte ich unsicher.

„Ja, Kayog", sagte Linsea entschlossen. „Ich vertraue darauf, dass du mir nichts antun wirst."

Eine starke Emotion würgte mich fast, als ich mich in dem göttlichen Licht sonnte, das von ihr ausging.

„Niemals, meine Taube", antwortete ich, schockiert, dass ich überhaupt Worte finden konnte.

Bevor ich innerlich zusammenzucken konnte, weil ich diesen Kosenamen verwendet hatte, beruhigte mich die Welle der Freude, die von Linsea ausging, und peitschte meine Besitzgier ihr gegenüber zu einer Raserei auf. Es kitzelte mich, dass sie immer noch so positiv auf mich reagierte, besonders nachdem ich so sehr befürchtet hatte, dass dieses Wiedersehen schlecht verlaufen könnte.

Nachdem ich ihr die beiden Taschen abgenommen hatte, hob ich ab und war froh, das schmerzhafte Chaos des Campus hinter mir zu lassen, der mit jedem weiteren Studenten, der seinen Tag begann, mehr und mehr zum Leben erwachte. Es hatte etwas Magisches, neben meiner Partnerin zu fliegen. In meinem Kopf schwirrten Bilder von unserem Hochzeitsflug herum, von unzähligen Abenteuern, bei denen wir durch den Himmel schwebten, umgeben von nichts als unberührter Natur, der Liebkosung des Windes, den warmen Strahlen der Sonne und der bezaubernden Aura unserer Liebe, die uns umgab. Ich sehnte mich so sehr danach, dass ich es förmlich schmecken konnte.

Linsea schnappte nach Luft, als wir uns unserem Ziel näherten, und endlich bemerkte sie ein einsames Haus, das allein inmitten einer winzigen Insel im Fluss stand.

„Ist das dein Haus?", rief sie verblüfft aus.

„Ja", antwortete ich selbstgefällig.

„Du besitzt eine ganze Insel?!"

Ich lachte leise. „Technisch gesehen ist sie zu klein, um als

Insel bezeichnet zu werden. Es handelt sich eigentlich um eine kleine Insel mit einer Fläche von etwas mehr als sechzig Quadratmetern. Und leider nein, sie gehört mir nicht. Normalerweise darf man hier keine Wohnhäuser bauen. Aber der Bürgermeister war so freundlich, mir eine Sondergenehmigung zu erteilen, damit ich mich während meiner Ausbildung vorübergehend hier niederlassen kann", sagte ich, als wir mit dem Landeanflug begannen.

Aus der Vogelperspektive sah das Haus aus wie ein Kreuz mit leicht schrägen dunklen Dächern. Es handelte sich dabei um Sonnenkollektoren, dank denen ich den meisten üblichen Komfort genießen konnte, ohne an das städtische Stromnetz angeschlossen zu sein.

„Es ist ein mobiles Haus, das speziell für meine Bedürfnisse entworfen wurde. Daher ist es perfekt für mich, um damit überall hin zu reisen", erklärte ich, als wir landeten.

Obwohl es nicht perfekt war, war dieses Haus mein Zufluchtsort. Im Laufe der Jahre war es das Einzige gewesen, was mich davor bewahrt hatte, völlig verrückt zu werden. Wenn ich die Zeit zurückdrehen könnte, hätte ich ein paar zusätzliche Änderungen vorgenommen, aber so war es mehr als gut genug. Ich liebte die riesigen reflektierenden Fenster rundum, durch die immer Licht hereinströmte und die mir gleichzeitig die Privatsphäre boten, nach der ich mich sehnte ... Nicht, dass jemals jemand hierhergekommen wäre.

Ich öffnete die Tür und winkte sie herein, bevor ich ihr folgte. Selbst bei noch offener Tür hätte mich die beruhigende Wirkung des Hauses fast vor Erleichterung aufstöhnen lassen. Wenn ich mein Zuhause betrat, wurde mir immer bewusst, wie schmerzhaft die letzten Tage gewesen waren. Angesichts der Tatsache, dass die anderen gerade erst aufstanden, beunruhigte es mich, wie unglaublich empfindlich ich in letzter Zeit geworden war.

Obwohl ich mich freute, nach Hause zu kommen, spürte ich

sofort die Veränderung in Linsea. Ich würde es nicht als Unbehagen bezeichnen, aber es wirkte sich nicht gerade positiv auf sie aus. Das war zu erwarten für jemanden, der an diese Art von Umgebung nicht gewöhnt war.

„Wow!", flüsterte Linsea vor sich hin, runzelte leicht die Stirn, während sie sich im Raum umsah und versuchte herauszufinden, was genau sie beunruhigte. „Das fühlt sich seltsam an."

„Ja, das ist normal", antwortete ich in beruhigendem Ton.

Ihre Augen weiteten sich, als sie plötzlich verstand.

„Oh wow! Das fühlt sich wie eine schallfreie Kammer an! Es ist, als gäbe es keinen Hall!", rief sie aus.

Mein Lächeln wurde breiter. „Es ist in etwa das gleiche Prinzip, aber es gilt nicht für normale Geräusche. Dieses Haus ist so konzipiert, dass es psychische Signale blockiert."

Sie zuckte leicht zurück, und Verwirrung breitete sich auf ihrem schönen Gesicht aus. „Psychische Signale?", wiederholte Linsea.

Ich nickte. „Es gibt einiges, was ich dir erklären muss. Aber zuerst möchte ich dir kurz alles zeigen. Dann können wir uns an den Tisch setzen und beim Essen reden."

„Klingt gut", antwortete sie, und die Erleichterung und Aufregung, die sie ausstrahlte, bestätigten mir, dass sie gehofft hatte, ich würde ihr bestimmte Dinge offenbaren.

So sehr ich mich auch davor gefürchtet hatte – und es bis zu einem gewissen Grad immer noch tat –, wurde mir schließlich klar, dass dies das Richtige war. Isobel hatte Recht gehabt, als sie sagte, dass ich mit meiner Seelenverwandten über alles reden können sollte. Es konnte kein Zufall sein, dass das Schicksal sie mir genau in dem Moment geschickt hatte, als ich kurz davor war, das Handtuch zu werfen. Linsea gab mir einen Grund, an einem elenden Leben festzuhalten, das ich nicht mehr ertragen konnte.

Ich führte sie kurz durch das Haus, das aus einem Schlafzimmer mit eigenem Bad, einem zweiten Schlafzimmer, das ich als Büro nutzte, dem Wohnzimmer, das mir auch als Meditationsraum diente, und dem angrenzenden Küchen-Essbereich mit einer kleinen Toilette am Eingang bestand.

„Das ist ein wirklich wunderschönes Haus", sagte Linsea mit aufrichtiger Bewunderung. „Ich liebe die erdigen Farben, die du ausgewählt hast. Aus irgendeinem Grund hatte ich erwartet, dass deine Wohnung entweder ganz in Schwarz und Dunkelgrau gehalten sein würde oder in den typischen Weiß- und Brauntönen, die Männer oft bevorzugen. Aber ich liebe dieses Waldgrün, Mitternachtsblau, Orange und Tiefrot, das du verwendet hast. Es ist warm, fröhlich und einladend, ohne übertrieben oder aggressiv zu wirken. Ich schätze auch sehr, wie du es geschafft hast, die Wohnung gemütlich, aber nicht überladen wirken zu lassen."

Mit jedem ihrer Worte streckte ich meine Brust ein wenig mehr heraus. Da ich außer Isobel nie Gäste empfangen hatte, hatte ich keine Ahnung, wie meine Frau meine Einrichtungsästhetik wahrnehmen würde. Zu sagen, dass mich ihre Reaktion erfreute, wäre eine große Untertreibung.

„Ich freue mich, dass es dir gefällt. Da ich die meiste Zeit hier verbringe, muss es sich warm und einladend anfühlen."

Obwohl ich diese Worte fröhlich aussprach, entging mir nicht die Spur von Traurigkeit, die sie in ihr auslösten. Wie die meisten Individuen würde sie dieses Haus eher als Gefängnis denn als Zufluchtsort betrachten. In vielerlei Hinsicht wäre das eine zutreffende Einschätzung. Aber für mich überwog der Schutz, den es bot, alle negativen Assoziationen, die damit verbunden waren.

„Dieser Ort muss ein Vermögen gekostet haben", sagte Linsea nachdenklich, als ich sie zu dem Esstisch führte, der groß genug für vier Personen war.

„Es war nicht billig", gab ich zu, „aber die Abfindung hat alles gedeckt und es ist noch viel übriggeblieben", sagte ich, als ich direkt neben dem Tisch stehen blieb.

„Das ist unglaublich!", sagte sie mit einem Lächeln, während ihr Blick noch einmal über das Haus wanderte, bevor er auf mir ruhte. „Ich liebe dein Zuhause wirklich. Es spiegelt dich sehr gut wider."

Ich neigte meinen Kopf zur Seite und sah sie fragend an. „Spiegelt mich wider?", wiederholte ich. „Was meinst du damit?"

„Es ist gemütlich, liebenswert, farbenfroh, kraftvoll und dennoch bescheiden, mit genau dem richtigen Maß an Nüchternheit, um einladend statt erdrückend zu wirken. Der dämpfende Effekt ist zwar zunächst beunruhigend, tritt aber schnell in den Hintergrund. Man möchte sich einfach nur in die Wärme deines Zuhauses einhüllen", antwortete Linsea nachdenklich, eher zu sich selbst als zu mir.

Jedes ihrer Worte ließ mich innerlich dahinschmelzen. Instinktiv streichelte ich ihre Wange. Die Weichheit ihrer Federn an meiner Handfläche ließ mich fast in die Knie gehen. Zu meiner Überraschung lehnte sich meine Frau meiner Berührung entgegen und strahlte mich mit einer Welle der Zärtlichkeit an. Unfähig, Widerstand zu leisten, zog ich sie in meine Umarmung. Linsea kam bereitwillig, presste ihren schlanken Körper an meinen und vergrub ihr Gesicht in meiner Halsbeuge.

„Meine Taube", flüsterte ich mit zugeschnürter Kehle.

Ein heftiger Schauer durchlief mich, meine Nervenenden kribbelten und meine Haut wurde heiß. Noch nie hatte ich eine so starke Reaktion auf jemanden gehabt. Es war keine Lust, die diese Reaktion auslöste, sondern ein tiefes Gefühl der Richtigkeit, der Zugehörigkeit, endlich ganz zu sein.

Ich legte meine Arme um ihre Taille und zog sie fest an mich. Sie legte ihre Flügel flach an ihren Rücken, und ich schlang meine um sie. Ein tiefes, grollendes Gurren vibrierte durch meine Brust und meine Kehle hinauf. Ein weiterer Schauer lief mir über den Rücken, als Linsea ihre Stimme mit meiner vereinte, während sie ihr Gesicht an den Daunenfedern rieb, die meinen Hals und meine Brust bedeckten.

In perfekter Synchronität, als hätte eine stille Kommunikation zwischen uns stattgefunden, hörten wir auf zu gurren. Ich lockerte meinen Griff ein wenig, und Linsea hob den Kopf, um meinen Blick zu suchen. Ich versank in dem kristallklaren blauen Meer ihrer Augen, und ein unglaubliches Gefühl des Wohlbefindens und der vollkommenen Verbundenheit überkam mich. Nach ein paar Sekunden – oder unzähligen Minuten – beugte ich mich vor und rieb meinen Schnabel sanft an ihrem, was sie erwiderte.

Ihre Krallen kratzten sanft an den Daunenfedern, die den Ansatz meiner Flügel in der Nähe meiner Wirbelsäule säumten. Unter bestimmten Umständen würde dies als erotische Geste angesehen werden, da diese Stelle für uns – und für Vögel im Allgemeinen – sehr erogen war. Es kann jedoch auch eine beruhigende Geste oder ein Zeichen der Zuneigung sein, insbesondere zwischen Partnern. Dass Linsea dies tat, deutete darauf hin, dass sie glaubte, unsere Beziehung würde sich zu etwas Ernsthafterem und Exklusiverem entwickeln.

Mit großer Zurückhaltung trat ich einen Schritt zurück und befreite sie aus meiner Umarmung. Aber wir hielten noch einen Moment lang unsere Hände, unsere Blicke immer noch aufeinander gerichtet. In diesem Augenblick legte sich etwas in meiner Brust, weiter angefacht durch ihre Gefühle, die mich in einer sanften Liebkosung umgaben, und den bezaubernden Gesang ihrer Seele, der die tiefen Wunden in meinem durcheinandergebrachten Gehirn heilte. Linsea und ich waren füreinander bestimmt. Irgendwie würden wir gemeinsam einen Weg finden.

Ich hielt immer noch eine ihrer Hände und half meiner Partnerin auf ihren Platz, bevor ich mich auf die andere Seite des Tisches setzte. Er stand gegenüber der Laborküche und direkt vor den großen Terrassentüren, die zur rechten Seite des Hauses führten und Zugang zum weniger als zehn Meter entfernten Fluss verschafften. Er bot eine friedliche und atemberaubende

Aussicht, insbesondere auf den üppigen Wald am gegenüberliegenden Ufer mit den sich in der Ferne erhebenden Berggipfeln.

Als wir zu essen begannen, musste ich amüsiert lächeln, als ich bemerkte, dass meine Partnerin sich eine doppelte Portion Getreidecracker genommen hatte. Ich merkte mir diese Information, damit ich ihr eine exklusive Geschenkbox mit einer großen Auswahl an Geschmacksrichtungen und Getreidesorten besorgen konnte, die es in der Cafeteria nicht gab.

Nach ein paar Bissen holte ich tief Luft und begann, ihr alles über meinen Zustand zu erzählen.

„Von Geburt an war klar, dass ich kein normaler Temern war. Trotz intensiven Trainings bin ich nicht in der Lage, andere so auszublenden, wie du es tust. Nur dass ich die Emotionen dieser Personen nicht nur als Empfindungen wahrnehme, wie du. Für mich sind sie auch als Geräusche hörbar."

Linsea erstarrte, als sie gerade dabei war, einen Cracker zu ihrem Schnabel zu führen. Sie starrte mich mit einem verblüfften Gesichtsausdruck an.

„Als Geräusche?", wiederholte sie verwirrt.

Ich nickte. „Seelen haben Lieder, einzigartige Melodien für jeden Einzelnen, so ähnlich wie ein psychischer Fingerabdruck. Aber auch Emotionen haben Klänge. Für mich ist Wut zum Beispiel ein sehr schriller Klang, wie eine laut quietschende Tür. Freude ist wie ein sehr leises Windspiel. Trauer ist hochfrequent und einer der schlimmsten Klänge überhaupt. Je tiefer die Trauer, desto aggressiver wird sie. Sie verwandelt sich in etwas, das einem Kreischen oder Nägeln auf Glas ähnelt", erklärte ich.

Mein Partner sah mich entsetzt an. „Schöpfer! Das muss schrecklich sein."

„Das ist es definitiv", sagte ich mit niedergeschlagener Stimme. „Eifersucht und Neid kommen als anhaltendes Knurren daher. Aber sie haben auch Empfindungen. Wut ist wie ein kriechendes Gefühl. Traurigkeit fühlt sich an, als würde man ersticken oder gewürgt werden. Eifersucht ist einfach schleimig und verursacht Juckreiz auf meiner Haut. Angst hingegen ist eher wie das unangenehme Kribbeln, das man spürt, wenn ein Körperteil taub geworden ist und nun wieder zu sich kommt."

„Wow! Das hätte ich nie erwartet. Aber was ist mit Freude? Wie fühlt sich das an?"

Ich lächelte. „Sie ist warm und beruhigend, wie eine sanfte Sommerbrise. Aber Liebe ist das Beste. Sie ist die Verkörperung von Frieden, dieses benommene Gefühl und das Wohlbefinden, das man bekommt, wenn man sich im Spa massieren lässt."

„Das ist unglaublich!", sagte Linsea mit einem Hauch von Neid. „Wenn ich das erreichen könnte, indem ich einfach nur mit Personen zusammen bin, die verliebt sind oder diese Emotion ausdrücken, würde ich mich rund um die Uhr an sie klammern."

Ich lachte leise. „In der Nähe solcher Wesen zu sein, ist in der Tat wunderbar. Leider kann ich mich nicht nur auf sie konzentrieren. Ich spüre alles von allen gleichzeitig. Immer", sagte ich, und Bitterkeit schwang in meiner Stimme mit.

Meine Partnerin presste mit schockiertem Gesichtsausdruck eine Hand auf ihre Brust. „Was meinst du mit ‚von allen'?", fragte sie vorsichtig.

„Absolut alle. Der gesamte Campus und die Umgebung. Deshalb kann ich mich nur für sehr kurze Zeit in der Nähe von Personenmengen aufhalten, bevor es mir zu viel wird. Es ist besonders schwer, wenn sie extreme Emotionen empfinden."

„Und du sagst, du kannst sie nicht blockieren?", hakte Linsea nach, in ihr kämpften Schock und Mitgefühl gleichermaßen.

„Ich kann es absolut nicht, und das liegt nicht daran, dass ich es nicht versucht hätte", sagte ich resigniert. „Je mehr Personen anwesend und wach sind, desto lauter wird es natürlich. Zwischen ihren verschiedenen Emotionen, den Geräuschen, die sie produzieren, und den Empfindungen, die sie hervorrufen, werde ich in ein tödliches Chaos gestürzt, das mich an den Rand des Wahnsinns treibt."

„Blockierst du deshalb systematisch deine Emotionen vor mir?", fragte sie vorsichtig.

Ich bewegte unruhig meine Flügel, bevor ich nickte. „Es wäre sehr schmerzhaft für dich oder andere Empathen, meine Gefühle zu spüren."

„Zeig es mir", forderte sie.

„Nein! Ich habe dir gerade gesagt, dass ..."

„Ich habe dich gehört", unterbrach Linsea mich mit sanfter, aber entschlossener Stimme. „Aber ich möchte dich vollständig verstehen und kennenlernen. Das bedeutet, dass ich auch einen Einblick in deine Gefühle bekommen muss. Ein bisschen Schmerz macht mir keine Angst. Und wir sind in deinem Haus. Gibt es einen besseren Ort als diesen, an dem du dank der dämpfenden Wirkung am wenigsten von anderen beeinflusst wirst?"

Obwohl meine Frau ein gutes Argument hatte, schrie mein Bauchgefühl, dass dies eine schlechte Idee war. Ja, das Haus dämpfte die Geräusche in meinem Kopf erheblich, aber es unterdrückte sie nicht vollständig. Was, wenn ich ihr wehtat?

Und was, wenn ich das nicht tue, aber ihre Wahrnehmung meiner Emotionen sie abschreckt?

Niemand hatte jemals meine Gefühle gespürt ... zumindest nicht, seit ich alt genug war, um herauszufinden, wie ich meine Schutzmauern errichten konnte. Die Vorstellung, dass jemand anderes mich lesen könnte, war mehr als erschreckend. Ich fühlte mich verletzlich, bloßgestellt und völlig verunsichert. Gleichzeitig wäre es nicht nur respektlos, Linsea das zu verweigern, was ich ihr gierig geraubt hatte, sondern könnte auch als Mangel an Vertrauen ausgelegt werden. Der Sinn dieses ganzen Gesprächs war es, die Wahrheit zu sagen und keine weiteren Geheimnisse vor ihr zu verbergen.

„Na gut", antwortete ich mit großer Zurückhaltung und versuchte, die laute Stimme in meinem Hinterkopf zu ignorieren, die mich anschrie, nicht nachzugeben. „Aber ich werde dir zunächst nur einen kleinen Einblick geben, um zu sehen, wie du damit umgehst. Und wenn alles in Ordnung ist, werde ich meine Mauern weiter senken. Okay?"

Ich bereitete mich darauf vor, dass sie widersprechen würde. Zu meiner großen Erleichterung lächelte sie und nickte. Die Dankbarkeit, die von ihr ausging, ließ mich wie einen Idioten fühlen. Obwohl Linsea diese Bitte ursprünglich aus reiner Neugierde gestellt hatte, hatte sie sich zu etwas Tieferem entwickelt. In diesem Moment wurde mir klar, dass sie nicht weiter darauf bestanden hätte, wenn ich abgelehnt hätte. Aber sie wollte – vielleicht sogar brauchte sie es –, dass ich meine Mauern abbaute, mich ihr bereitwillig öffnete und ihr vertraute.

„In Ordnung", sagte ich, wobei meine Besorgnis immer noch in meiner Stimme zu hören war. „Los geht's."

Mit klopfendem Herzen senkte ich meine Schutzmauer ein wenig.

„Aaah!", schrie Linsea fast sofort.

Sie schlug sich beide Hände an die Seiten ihres Kopfes, schloss die Augen fest und verzog das Gesicht zu einer schmerzerfüllten Grimasse, während sie sich die Schläfen drückte.

„Linsea!", rief ich aus, schlug meine psychischen Barrieren zu und eilte zu ihr hinüber. „Geht es dir gut? Es tut mir leid! Es tut mir so leid!"

Sie blinzelte und atmete ein paar Mal tief durch, bevor sie mich wieder ansah. Ich legte meine Hände auf ihre Wangen und musterte ihr Gesicht, um das Ausmaß ihrer Verzweiflung einzuschätzen. Meine Gefährtin legte ihre Handflächen auf meine Brust. Für den Bruchteil einer Sekunde befürchtete ich, sie würde mich wegstoßen, aber stattdessen lehnte sie sich an mich, um Halt zu finden.

„Mir geht es gut", sagte sie mit leicht zittriger Stimme. „Was um alles in der Welt war das?! Ist es das, was du fühlst?"

„Ja. Es tut mir so leid. Ich hätte es besser wissen müssen ..."

„Entschuldige dich nicht, du Dummkopf", sagte sie in leicht vorwurfsvollem Ton. „Ich habe darauf bestanden, dass du es tust.

Aber ... ich dachte, du hättest gesagt, dass dein Haus die Wirkung deiner Fähigkeiten dämpft?"

„Das tut es auch. Das ist das erträgliche Maß", sagte ich vorsichtig, während ich sie weiterhin untersuchte, um sicherzugehen, dass sie unverletzt war.

Ihre Augen weiteten sich. „Das nennst du erträglich?! Du meinst, normalerweise ist es noch schlimmer?"

Ich nickte grimmig. „Ja. Normalerweise ist es drei- bis viermal schlimmer, wenn ich draußen bin."

Sie starrte mich mit offenem Mund an. Eine Flut von Emotionen huschte über ihr Gesicht, von Schock und Ungläubigkeit über Mitleid und Trauer bis hin zu grimmiger Entschlossenheit, gemischt mit Wut. Es war, als hätte sie einen neuen Feind gefunden, den sie unbedingt besiegen wollte.

„Wie kannst du das ertragen? Das ist die reinste Qual! Wie hast du es geschafft, nicht verrückt zu werden?", fragte sie fassungslos.

„Indem ich im Bunker lebe", sagte ich mit einem Hauch von Selbstironie und lehnte mich in meinem Stuhl zurück, nachdem ich mich vergewissert hatte, dass ihr nichts passiert war. „Eigentlich war es eine zufällige Entdeckung. Evelyn – meine Pflegemutter – war am Ende ihrer Kräfte. Ich hatte ununterbrochen geschrien, weil ich unter den ständigen psychischen Angriffen aller litt, die ich in einem viel zu großen Umkreis außerhalb des Hauses wahrnehmen konnte. Sie hatte vor Erschöpfung geweint, weil ich ihr so viel zugemutet hatte, und brauchte dringend eine Pause. Also steckte sie mich für eine Stunde dort hinein, damit sie sich sammeln konnte."

„Die arme Frau", sagte meine Partnerin mitfühlend. „Ich kann mir nicht vorstellen, wie das gewesen sein muss, vor allem, wenn sie nicht ganz verstanden haben, was mit dir los war."

Ich nickte. „Für sie war es besonders schwer, weil sie auch auf mich aufpassen musste, da ich ziemlich stark war und ständig versuchte, mich selbst zu verletzen, um den Schmerz zu beenden. Sie kam zurück in den Bunker und entschuldigte sich überschwänglich dafür, dass sie mich dort zurückgelassen hatte. Du kannst dir also vorstellen, wie schockiert sie war, als sie mich ruhig vorfand und ich lächelte, bevor ich sie umarmte. Zuerst dachte sie, ich würde versuchen, sie zu besänftigen, um sicherzustellen, dass ich nie wieder so „bestraft" würde. Stattdessen sagte ich ihr, dass es mir dort sehr gut gefallen hätte."

„Was?! Du warst es, der darum gebeten hat, dort langfristig zu leben?!", rief Linsea verblüfft aus.

Ich lachte leise. „Ja, das habe ich ganz sicher. Evelyn hat ziemlich lange mit mir diskutiert, um sicherzugehen, dass es wirklich das war, was ich wollte. Aber ich war noch nie so lange so ruhig gewesen, ohne zu schreien und mich vor Schmerzen zu winden. Es war also offensichtlich, dass mir etwas in diesem Bunker guttat. Also willigte sie ein. Zusammen mit ihrem Mann William haben sie den Ort verbessert, um mir allen Komfort zu bieten, den ich brauchte."

Meine Frau lehnte sich in ihrem Sessel zurück, und auf ihrem wunderschönen Gesicht spiegelte sich eine Mischung aus Ungläubigkeit und Verständnis wider.

„Wow, ich habe die ganze Tortur völlig falsch interpretiert. Kein Wunder, dass du keine Anzeige wegen Misshandlung gegen sie erstattet hast", sinnierte sie laut.

„Richtig", bestätigte ich mit einem Lächeln.

Sie runzelte die Stirn. „Aber warum hast du dann eine so hohe Entschädigung erhalten?"

„Weil der Staat mich im Stich gelassen hat. Meine Pflegeeltern haben viele Male um Hilfe gebeten, wurden aber ignoriert, hingehalten oder von Pontius zu Pilatus geschickt, weil niemand wusste, was zu tun war, oder sich einfach nicht darum kümmern wollte", erklärte ich mit einem Achselzucken. „Letztendlich hat es mir gutgetan, denn dank der Entschädigung konnte ich dieses Haus kaufen und kann nun so ziemlich überall leben, wo ich will, ohne verrückt zu werden."

Sie nickte langsam und ließ ihren blauen Blick hin und her wandern, während sie über die ganze Situation nachdachte. Der Gedanke, der mich jedoch am meisten beschäftigte, war die Tatsache, dass sie nicht ein einziges Mal abgestoßen, angewidert oder abgeneigt von mir oder dem, was ich ihr erzählt hatte, gewirkt hatte. Ich schämte mich dafür, dass ich jemals daran gezweifelt hatte, dass meine Seelenverwandte mich mit all meinen Fehlern akzeptieren würde, so schwerwiegend sie auch waren.

„Die Pille, die du neulich genommen hast, ist die gegen dieses Geräusch?", fragte sie vorsichtig.

„Ja", antwortete ich, ohne zu zögern. „Sie heißt Dipramin. Sie verlangsamt meine Zirbeldrüse, was wiederum einen Teil meiner Fähigkeit, Lebewesen zu spüren, blockiert. Leider funktioniert sie nicht vollständig."

Linsea hielt in der Bewegung inne und starrte mich so intensiv an, dass alle meine Sinne in höchste Alarmbereitschaft versetzt wurden.

„Du hast gesagt, deine Zirbeldrüse, richtig?"

Ich nickte. „Ja."

„Funktioniert sie nicht richtig?", hakte sie nach.

„Nicht ganz. Sie hat sich nicht richtig ausgebildet."

Das scharfe Einatmen meiner Partnerin erschreckte mich, zumal ihre Gefühle völlig durcheinander zu sein schienen.

„Was ist los?", fragte ich.

Sie schüttelte den Kopf. „Ich werde es dir gleich sagen. Aber bitte beantworte mir zuerst noch eine Frage. Hast du schon einmal psychische Störgeräte ausprobiert, um dich vor den Gedanken und Emotionen anderer Menschen zu schützen?"

Ich machte eine abweisende Geste. „Ja, das habe ich. Alle möglichen Modelle, die es gibt, aber keines davon funktioniert. Ich produziere übermäßig viel Melatonin, aber meines ist... ungewöhnlich. Es ist Melatonin und doch auch wieder nicht. Die

Ärzte sagten, es sei abnormal, aber sie konnten nicht genau erklären, warum. Warum fragst du?"

Sie nahm einen langen Schluck von ihrem aromatisierten Wasser, bevor sie antwortete.

„Ich habe meine Oma gefragt, ob sie eine Idee hat, warum ein Arzt aus Temern dir Schaden zufügen wollte."

Sofort versteifte sich mein Rücken, und ein Gefühl der Angst überkam mich. Linsea bemerkte meine Reaktion und streckte sich über den Tisch, um mir beruhigend die Hand zu drücken.

„Keine Sorge, Kayog. Meine Oma ist absolut vertrauenswürdig. Sie glaubt, dass du vielleicht ein Edal bist."

Ich blinzelte. „Was ist das?"

Sie erzählte mir ausführlich alles, was ihre Großmutter ihr erzählt hatte. Obwohl es unbestreitbare Ähnlichkeiten gab, erschienen mir die Unterschiede zu groß, als dass ich mich damit identifizieren konnte.

Ich schüttelte den Kopf. „Das sind faszinierende Enthüllungen. Aber das kann auf mich nicht zutreffen, schon allein deshalb, weil ich so alt geworden bin."

Meine Partnerin nickte. „Das hat sie auch verwirrt. Aber es gibt zu viele Anzeichen, die in diese Richtung weisen. Vielleicht hat die Zeit, die du in dieser Stasis-Kapsel verbracht hast, eine Rolle gespielt. Vielleicht haben deine Eltern etwas unternommen, bevor sie sich dazu entschlossen haben, dich gehen zu lassen, das dir geholfen hat, die ersten kritischen Tage zu überleben. Es gibt zu viele Unbekannte, als dass wir wirklich beurteilen könnten, ob du irgendwie von etwas profitiert hast, das den anderen nicht zugutekam und dich gerettet hat. Würdest du einer medizinischen Untersuchung zustimmen?"

„Nein", sagte ich in einem Ton, der keine Widerrede duldete.

Obwohl sie diese Antwort erwartet hatte, hasste ich die Enttäuschung, die von ihr ausging. Trotzdem machte die hartnäckige Entschlossenheit, die darunter lauerte, deutlich, dass sie nicht bereit war, aufzugeben. Ich wusste nicht so recht, wie ich mich dabei fühlte. Ein Teil von mir fand es toll, dass sie mir offensichtlich helfen wollte, während der andere Teil befürchtete, dass sie versuchen würde, mich zu etwas zu zwingen, mit dem ich mich nicht wohlfühlte.

„Ich verstehe deine berechtigten Bedenken aufgrund deiner bisherigen Erfahrungen", sagte Linsea sanft. „Aber es muss eine Heilung oder eine Möglichkeit geben, dein Leiden zu beheben. Dafür brauchen wir die Hilfe von erstklassigen Medizinern."

„Ich vertraue ihnen nicht", betonte ich mit Nachdruck.

„Das ist fair, aber du kannst spüren, wenn sie böse Absichten hätten", entgegnete sie.

„Das stimmt, aber dann könnte es für mich schon zu spät sein. Sie könnten mich in die Falle locken und ich könnte nicht mehr entkommen, was auch immer sie mit mir vorhaben", argumentierte ich und hasste es, dass ich übertrieben paranoid klang.

Zu meiner Überraschung stand Linsea von ihrem Stuhl auf, umrundete den Tisch und kam zu mir herüber. Ich schob meinen Stuhl zurück und hieß sie willkommen, als sie sich auf meinen Schoß setzte. Sofort wurde mir warm ums Herz, und das Gefühl der Ruhe, das ich in ihrer Gegenwart immer verspürte, verstärkte sich noch.

„Vertraust du mir, Kayog?", fragte sie mit sanfter Stimme.

„Ja", antwortete ich, ohne zu zögern.

„Dann musst du mir vertrauen, dass ich niemals zulassen werde, dass dir jemand etwas antut, geschweige denn ein Arzt. Du sagst, wir seien Seelenverwandte. Auch wenn ich die Dinge nicht so wahrnehmen kann wie du, kann ich nicht leugnen, dass zwischen uns eine starke Verbindung besteht, wie ich sie noch nie zuvor mit jemandem empfunden habe. Wenn du mir gehörst, werde ich diese Welt und jede andere Welt dem Erdboden gleichmachen, bevor ich zulasse, dass dich jemand von mir wegnimmt. Ich weigere mich, dich wegen etwas, das möglicherweise geheilt werden kann, weiterhin am Rande der Existenz leben zu lassen."

Eine starke Emotion schnürte mir die Kehle zu. Ich musste

ein paar Mal schwer schlucken, bevor ich mir selbst genug vertraute, um zu sprechen.

„Es gibt kein Wenn und Aber, meine Taube. Ich *gehöre* dir. Niemand in diesem Universum kann mich so erfüllen wie du."

„Dann lass mich, mich um das kümmern, was mir gehört. Lass mich alle notwendigen Schritte unternehmen, um das in Ordnung zu bringen", sagte sie in einem leicht flehenden Ton.

Jahrelange Angst und Misstrauen drängten mich, standhaft zu bleiben und ihr Angebot abzulehnen. Aber abgesehen davon, dass ich ihr wirklich vertraute, konnte ich dieses Leben im Schatten, voller Schmerz, nicht länger ertragen. Ich war es uns schuldig, alles zu versuchen, um eine Chance auf die Zukunft zu bekommen, die meine schöne Taube verdient hatte.

„Na gut, meine Linsea. Ich vertraue darauf, dass du das tust, was du für richtig hältst."

Die Emotionen, die in ihr als Reaktion auf meine Worte hochkamen, überwältigten mich. Wir waren nicht ineinander verliebt, aber es hätte genauso gut so sein können. Die Lieder unserer Seelen verschmolzen zu einem so wunderschönen Crescendo, dass es mich fast zu Tränen rührte. Was würde ich dafür geben, dass sie hören könnte, wie harmonisch wir miteinander klangen.

Sie beugte sich vor und rieb ihren Schnabel an meinem. Ich erwiderte die Geste und streichelte sanft mit meiner Hand ihren Rücken und ihre schlanke Taille. Ihr Mund öffnete sich, und ich reagierte instinktiv darauf, indem ich meine Zunge zaghaft nach vorne streckte, bevor ich ihre berührte. Ein Feuer entflammte in meinem Inneren, als wir den Kuss vertieften.

Ihre Lust vermischte sich mit meiner und ließ mich schnell auf eine Weise pochen, die ich nicht wollte ... zumindest nicht so früh. Dass ich ihre eigene Erregung deutlich wahrnahm, half mir in meinem inneren Kampf um Zurückhaltung nicht gerade. Da sie zum ersten Mal zu mir nach Hause gekommen war, wollte ich die Dinge nicht zu weit gehen lassen, damit sie sich nicht fragte, ob ich sie hierhergebracht hatte, um sie auszunutzen.

Stattdessen unterbrach ich den Kuss und schob sie sanft von mir weg. Obwohl sie etwas verwirrt war, kam sie meiner Aufforderung nach, während sie mir einen unsicheren Blick zuwarf. Es musste verwirrend für sie sein, nichts von mir spüren zu können, da empathische Fähigkeiten ein wesentlicher Bestandteil des Temern-Sinnesystems waren. Es wäre für sie so, als würde sie die Fähigkeit zu sehen oder zu hören verlieren.

Mit einem Sprachbefehl aktivierte ich leise Musik, die ich oft hörte, um mich zu entspannen. Das glückliche Lächeln, das Linsea mir schenkte, war die Bestätigung, die ich brauchte. Ich zog sie wieder in meine Umarmung. Für die nächste Ewigkeit wiegten wir uns zur Musik, tauschten zärtliche Küsse und sanfte Liebkosungen aus und genossen die Gegenwart des anderen.

Was auch immer es kosten würde, ich würde meine Taube heiraten.

KAPITEL 9
LINSEA

Als ich nach dem Unterricht mit Mares und Tala auf dem Rasen vor der Universität stand, kämpfte ich damit, dass meine Gedanken ständig zu Kayog zurückwanderten. Ich wollte mich schuldig fühlen, weil ich gestern den Unterricht geschwänzt hatte, da ich fast den ganzen Tag mit ihm verbracht hatte. Es beunruhigte mich, wie sehr und wie schnell ich mich in diesen Mann verliebte. Wir hatten uns erst vor ein paar Tagen kennengelernt und viel zu wenig miteinander gesprochen, als dass ich ihn kennen könnte. Und doch wusste ich mit einer nicht zu leugnenden Gewissheit, dass ich mich in ihn verliebte.

Es stand außer Frage, dass ich ihn eines Tages heiraten würde.

Aber zuerst mussten wir ihn wieder gesund machen. Die Tatsache, dass er mir erlaubte, alle notwendigen Maßnahmen zu ergreifen, um ihm die medizinische Hilfe zu verschaffen, die er brauchte, bewegte mich zutiefst. So sehr es mich auch frustrierte, seine Gefühle nicht wahrnehmen zu können, verstand ich doch seine Abneigung gegen eine Behandlung. Seine Angst vor dem medizinischen Personal war während unseres Gesprächs fast greifbar gewesen. Er schenkte mir sein volles Vertrauen, und ich würde mich verdammen, wenn ich ihn enttäuschen würde.

Mit der segensreichen Hilfe meiner Oma hatte ich bereits einige Dinge in die Wege geleitet. Morgen würde ich einen speziellen Scanner erhalten, mit dem wir die Art von erweiterten Daten erhalten konnten, die normale Krankenhäuser nicht liefern konnten. Soweit möglich, würde ich den Spezialisten die benötigten Proben zur Verfügung stellen, ohne meinen Partner ihnen auszusetzen, bis es unbedingt notwendig wurde.

Allerdings wäre es gelogen zu behaupten, dass seine Krankheit meine Gedanken vollständig beherrschte. Die Erinnerung an seine Arme um mich, an seinen muskulösen Körper, der sich an meinen presste, an die sanfte und respektvolle Art, mit der er mich berührte, und an die Zärtlichkeit seiner Küsse ließ mich an den richtigen Stellen pochen.

Mehr als einmal wünschte ich mir, er wäre mutiger geworden und hätte mich in sein wundervolles Schlafzimmer mit dem atemberaubenden Blick auf die Natur und dem riesigen Bett getragen, das die bequemste Matratze des Universums zu haben schien. Gleichzeitig liebte ich die Zurückhaltung, die er an den Tag legte.

Obwohl unsere Männchen ihre Geschlechtsteile in ihren Körper zurückzogen, konnten wir spüren, wenn sie erregt waren, wenn wir sie auf die richtige Weise berührten. In einigen Fällen konnte man sogar die Ausbuchtung unter der dünnen Federdecke an ihrer Leiste sehen. Während wir tanzten, hatte sich sein Erregungszustand lautstark bemerkbar gemacht. Unzählige Male juckte es mich in den Fingern, mich nach Süden zu wagen und sanft diese intime Stelle zu streicheln, um ihn zum Vorschein zu bringen.

Ich wollte mich für die lasziven Gedanken schämen, die er in mir weckte. Bei jedem anderen Mann hätte ich mich wahrscheinlich darüber geärgert, dass ich so kurz nach dem Kennenlernen schon so begierig war. Aber bei Kayog fühlte sich alles richtig und schicksalhaft an. Trotzdem fand ich es toll, dass er mir sowohl mit Worten als auch mit Taten zeigte, dass ich nicht nur eine Affäre oder eine weitere Eroberung war, die er seiner Liste hinzufügen konnte.

„Hör auf, von deinem Mann zu träumen, und erzähl uns, wie das Frühstück mit ihm war – ganz zu schweigen vom Rest des Tages mit Mr. Perfect", forderte Tala und zwinkerte vielsagend mit den Augenbrauen.

„Sie hat nicht mit mir gefrühstückt", warf Mares ein und tat so, als wäre er verwirrt, was uns beide zum Lachen brachte.

„Das sollte sie auch besser nicht", antwortete meine Freundin mit vorgetäuschter Strenge. „So sehr ich sie auch liebe, sollte sie sich dir auch nur annähern, werde ich sie fertigmachen."

Ich brach in Gelächter aus. „Ich würde dir sagen, du sollst es versuchen, aber so sehr ich deinen Mann auch schätze, ich bin bereits vergeben."

„Vergeben?", sagte Tala und riss die Augen weit auf, während sie das Wort mit einem deutlichen anzüglichen Unterton aussprach. „Erzähl mir mehr!"

„Ich habe dir doch schon gesagt, dass ich nicht darüber rede", sagte ich mit ausdrucksloser Miene.

„Oh mein Gott! Du hast ihn also geküsst?!"

Ich hatte es nicht so gemeint, aber meine Wangen wurden heiß, und mein verlegener Gesichtsausdruck, weil ich mich selbst verraten hatte, beseitigte jeden Zweifel, den sie noch gehabt haben mochte.

„Lass uns endlich loslegen!", rief sie und klatschte begeistert in die Hände. „Ich will alle Details wissen!"

„Tala", sagte Mares in einem missbilligenden Ton.

„Aber Schatz!", erwiderte sie mit weinerlicher Stimme.

„Kein Aber, meine Liebe. Wir mischen uns nicht in das Privatleben anderer ein", sagte er mit sanft zurechtweisender Stimme.

„Bah, ihr zwei seid langweilig", sagte sie mit einem übertriebenen Schmollmund, der deutlich zeigte, dass sie nur spielerisch zickig war. „Wann seht ihr euch wieder?"

Ich verzog das Gesicht und zuckte mit den Schultern. „Ich weiß es nicht", entgegnete ich peinlich berührt.

Ihre besorgten Blicke, in denen sich ein Hauch von Mitleid mischte – obwohl sie es schnell verbargen –, taten mir ziemlich weh. Man musste kein Genie sein, um zu erkennen, dass sie sich fragten, ob ich ausgenutzt wurde. Gleichzeitig spürte ich ihren inneren Konflikt, da sie beide fest davon überzeugt waren, dass er es ernst mit mir meinte, schon allein deshalb, weil sie nie gesehen hatten, dass er Interesse an jemand anderem gezeigt hatte.

„Ich glaube, wir sehen uns später heute oder morgen wieder."

Ihre spontane Begeisterung berührte mich zutiefst. Sie wollten mich glücklich sehen.

„Du magst ihn wirklich", sagte Tala mit sanfter Stimme, ohne ihre übliche Verschmitztheit.

„Ja", antwortete ich mit schüchternem Gesichtsausdruck. „Er ist so lieb und respektvoll. Aber er hat einige große Herausforderungen zu bewältigen, bei denen ich ihm hoffentlich helfen kann."

„Ist er neurodivergent, wie wir vermutet haben?", fragte Mares.

Ich lächelte ihn entschuldigend an. „Es steht mir nicht zu, über seine persönlichen Angelegenheiten zu sprechen. Aber wir hatten gestern ein langes Gespräch, das mir vieles erklärt hat. Ehrlich gesagt bin ich zutiefst beeindruckt von ihm. Was er alles überwunden hat, all die Herausforderungen, denen er sich gestellt hat, und dass er nicht nur gesiegt hat, sondern zu einer so guten Person herangewachsen ist, ist einfach bewundernswert."

„Verdammt, da ist jemand schwer verliebt!", sagte Mares in einem sanft neckenden Tonfall.

„Ja, das bin ich", gab ich schüchtern zu.

„Nun, er hätte sich keine bessere Partnerin als dich wünschen können", bekräftigte Tala liebevoll.

„Das stimmt", sagte Mares, streckte die Brust heraus und zog Tala in seine Arme. „Denn ich habe bereits die Beste, die es gibt."

„Ach, warum bist du immer so süß?", fragte Tala und schmiegte sich an ihn.

Mein Herz wurde warm bei dem Anblick meiner Freunde, auch wenn mich ein Hauch von Neid überkam.

„Ihr zwei seid unglaublich süß", sagte ich mit einem Lächeln.

„Natürlich sind wir das", sagte Tala und warf ihr Haar in einer vorgeblichen Diva-Manier zurück, was ihren Partner und mich zum Lachen brachte.

„Wir hatten vor, eine Nordjarimm-Fahrt zu machen", sagte Mares ernst. „Möchtest du mitkommen?"

„Besser noch, könnten wir daraus ein Doppeldate machen?", schlug Tala vor.

Ich zögerte. „Wisst ihr, wir geflügelten Wesen fliegen normalerweise lieber selbst, als auf fliegenden Reittieren zu reiten."

„Angeber", sagte Tala und schnitt mir eine Grimasse.

Ich lachte leise.

„Na gut, aber du könntest neben uns herfliegen", entgegnete Mares. „Die Flugroute soll angeblich absolut atemberaubend sein."

Ich nickte. „Ja, das habe ich gehört. Aber wurde nicht eine Sturmfront für dieses Gebiet angekündigt?"

„Hmmm. Ich werde mal nachsehen", antwortete Mares.

Er ließ seine Partnerin los und ging ein paar Schritte auf den Stammbaum zu, in dessen Schatten wir gestanden hatten. Er legte seine Handfläche gegen den Stamm, und sofort traten seine *Veris* hervor. Diese Ranken verliefen knapp unter oder über der Haut der Edocits an ihren Händen und Füßen und verflochten sich mit ihren Haaren. Sie ermöglichten es seiner Spezies, sich

136

mit jeder Pflanze, jedem Baum und sogar dem Boden selbst zu verbinden. Auf ihrer Heimatwelt besaßen auch Tiere, Fische und Vögel ihre eigenen *Veris,* wodurch die Edocits direkt mit ihnen kommunizieren konnten.

In diesem Fall verband sich Mares mit dem Baum, wodurch er sein Bewusstsein durch jede miteinander verbundene Pflanze übertragen konnte, was ihm einen offenen Zugang zu den entlegensten Regionen des Planeten verschaffte. Je weiter sein Bewusstsein reiste, desto länger dauerte es natürlich, bis es zurückkehrte. Daher wählten die Edocits immer sorgfältig aus, wo sie diese Fähigkeit einsetzten, da ihre Körper während dieser Zeit anfällig für Angriffe blieben.

Sein Gesicht entspannte sich, als sein *Veris* in die Rillen zwischen der Rinde des Stammes einsank. Anders als auf seinem Planeten hatten diese Bäume kein eigenes *Veris*, was die Verbindung etwas schwächer machte.

„Mann, ihr Aliens habt all diese verdammt coolen Kräfte und wahnsinnige Stärke, während wir Menschen einfach nur lahm sind", murmelte Tala.

Obwohl sie es auf spielerische Weise sagte, schwang doch ein Hauch von Neid mit.

„Menschen sind nicht lahm, schon gar nicht du", sagte ich und drückte sanft ihre Schulter.

„Pfft, versuch nicht, mich zu beschwichtigen. Du bist zu cool, um ein fliegendes Reittier zu brauchen, weil du diese unglaublichen, knallharten Flügel hast. Du kannst die Gefühle der Menschen lesen und verdrehst wahrscheinlich innerlich die Augen über all die kleinliche Eifersucht, die ich ausstrahle. Und du könntest mich mit einer Handbewegung quer durch den Garten schleudern."

Ich musste über die übertrieben dramatische Art, mit der sie all das von sich gab, lachen. Dann warf sie ihrem Partner, der immer noch keine Ahnung hatte, was hier vor sich ging, während sein Bewusstsein durch die Welt reiste, einen spielerischen Blick zu.

„Und er könnte monatelang überleben, indem er sich einfach von Photosynthese ernährt. Er kann seine Ranken und Tentakel nutzen, um seine Gedanken über diesen ganzen verdammten Planeten zu projizieren. Mares kann mit der Flora und Fauna seiner Welt kommunizieren. Und um das Ganze noch schlimmer zu machen, kann mein Pflanzenmann in seinem Haar fantastische, sichere und absolut nicht süchtig machende Freizeitdrogen anbauen. Aber wir Menschen werden einfach von allem und jedem herumgeschubst."

Eine Welle der Schuld überkam mich, weil ich gelacht hatte. Aber Tala hatte eine Art, alles absolut urkomisch klingen zu lassen. Ich hoffte, dass wir, wo auch immer uns unsere Karrieren hinführen würden, in engem Kontakt bleiben könnten oder zumindest sicherstellen könnten, dass die Entfernung unsere Freundschaft nicht zerstören würde. Sie war ein Hauch frischer Luft und ein Lichtstrahl, den ich für immer in meinem Leben behalten wollte.

„Auch wenn alles, was du über Edocits und Temern gesagt hast, technisch gesehen stimmt, sind Menschen trotzdem nicht lahm", sagte ich in nachsichtigem Ton. „Menschen sind ohne Zweifel die anpassungsfähigste Spezies in der gesamten Galaxie. Was euch an Kräften und Fähigkeiten fehlt, macht ihr mit Einfallsreichtum wett. Die Menschheit hat unglaubliche Werkzeuge und Technologien entwickelt, mit denen ihr einigen der mächtigsten Rassen da draußen Konkurrenz macht und sie in manchen Fällen sogar übertreffen könnt. Es gibt einen Grund, warum ihr die einzige Spezies seid, die Teil beider galaktischer Allianzen des bekannten Universums ist. Jeder will euch."

Sie presste ihre Lippen zu einem entzückenden Schmollmund zusammen, obwohl meine Worte sie berührt hatten.

„Na gut, aber wir sind trotzdem schwach."

Mares liebevolles Lachen lenkte unsere Aufmerksamkeit auf

uns. Der hinterhältige Mann war während unseres Gesprächs in seinen Körper zurückgekehrt.

„Du bist nicht schwach, meine Liebe. Du bist fantastisch und machst mich glücklich", sagte er, zog sie wieder in seine Arme und küsste sie auf die Stirn.

Sie schmiegte sich an ihn, ihre Liebe strahlte mit der Kraft von tausend Sonnen. Zu meiner Überraschung wandte sich Mares mit einem spöttischen Funkeln in den Augen an mich.

„Und dein sexy Vogelmann ist auch auf dem Weg."

Mein Herz setzte einen Schlag aus. „Wirklich?!"

Er nickte. „Ich habe ihn über den Fluss fliegen sehen, auf dem Weg zum Campus. Ich schätze, er konnte es kaum erwarten, dich zu sehen", sagte er mit einem Augenzwinkern.

„Oh, toll! Dann kann ich ihn ja direkt fragen, da du mir keine Details verraten willst", sagte Tala mit einem unverschämten Grinsen.

Ich schüttelte den Kopf und machte ihr damit deutlich, dass ich sie für hoffnungslos hielt.

„Was den Canyon angeht, so kann es losgehen!", sagte Mares. „Vor uns liegt ein strahlend blauer Himmel und das perfekte Wetter. Wir müssen nur noch deinen Freund davon überzeugen, mitzukommen."

Fast instinktiv hätte ich gesagt, dass er nicht mein Freund ist – eher aus Prinzip als aus tatsächlicher Überzeugung –, aber ich beschloss stattdessen, mich ruhig zu verhalten. Um ehrlich zu sein, wusste ich nicht wirklich, wo wir standen. In meinem Herzen waren wir offiziell ein Paar. Aber da wir das Thema nicht ausdrücklich besprochen hatten, wollte ich nicht zu vermessen sein. Wie peinlich wäre es, wenn ich mich ihm gegenüber besitzergreifend verhalten würde und er mich dann öffentlich zurechtweisen würde.

Augenblicke später sah ich ihn in der Ferne fliegen. Mein Puls beschleunigte sich, als er direkt auf uns zukam, ohne die Unsicherheit, die Personen oft an den Tag legten, wenn sie nicht genau wussten, wohin sie gehen sollten. Kayog flog zielstrebig, seine extrem scharfen Sinne ermöglichten es ihm, meine genaue Position mühelos zu bestimmen.

Ich hasste es, dass ich meine Gefühle nicht vor ihm verbergen konnte, als er seinen Sinkflug begann. Er sah großartig aus, die Sonnenstrahlen trafen jeden einzelnen Muskel seines Körpers im perfekten Winkel, als er wenige Meter vor mir eine elegante Landung hinlegte. Alle Sorgen, dass er sich über meine Schwärmerei für ihn amüsieren könnte, verschwanden in dem Moment, als sich unsere Blicke trafen. Der zärtliche und besitzergreifende Ausdruck in seinen silbernen Augen ließ mein Herz flattern und meine Knie zittern.

Trotzdem wusste ich nicht, wie ich ihn begrüßen sollte. Jede Zelle meines Körpers schrie danach, mich in seine Arme zu werfen. Aber es gab Dutzende – vielleicht sogar ein paar Hundert – andere Studenten, die uns in unterschiedlich großen Gruppen umgaben, die über den Rasen und den großen Weg zum Haupteingang verstreut waren.

Als er die Distanz zwischen uns überbrückte, streckte Kayog mir seine Hand entgegen. Mein Magen machte einen Salto, als ich sofort meine Hand in seine legte. Er zog mich zu sich heran, und ich ging bereitwillig mit und schmolz an seiner Brust dahin. Er hielt mich mit einer Besitzergreifung fest, die mich am ganzen Körper kribbeln ließ. Ich schlang meine Arme um seine Taille und streichelte sanft die Daunenfedern an der Basis seiner Flügel. Er erzitterte an mir, und ich konnte kaum den Drang unterdrücken, vor Freude zu gurren. Es war eine empfindliche Stelle, aber auch eine, die man nur bei jemandem berührte, den man als sein Eigentum betrachtete.

Er hatte gestern gesagt, dass er mir gehörte.

Und diese öffentliche Geste von ihm machte es offiziell. Er beugte sich vor und rieb seinen Schnabel an meinem. Zu meiner Überraschung zog er sich nicht zurück, sondern strich mit der Seite seines Schnabels über meine Wange, dann meinen Hals hinunter und knabberte an meiner Halsbeuge. Es fühlte sich an, als hätte mich ein Blitz in den Rücken getroffen, und meine Knie gaben fast nach. Ich schnappte nach Luft und meine Finger gruben sich leicht in seinen Rücken. Sein selbstgefälliges Grinsen hätte mich eigentlich wütend machen müssen, aber es ließ mich nur heftig pochen. Er rieb sein Gesicht an meinem Hals, atmete meinen Duft ein und erst dann ließ er mich los.

Obwohl er meinen Blick festhielt, während er meine Wange streichelte, wandte er sich plötzlich an meine Freundin.

„Hör auf zu starren, Tala. Sonst verschluckst du noch einen Käfer."

Ich lachte laut auf, unterdrückte es aber sofort.

„Kayog!", rief ich mit missbilligendem Blick.

„Was?", fragte er mit einer äußerst unaufrichtigen Unschuld. „Ich versuche nur, hilfreich zu sein."

„Oh mein Gott, Lin! Lass ihn in Ruhe! Er kennt tatsächlich meinen Namen!", rief Tala aus und klammerte sich an Mares, als könnten ihre Beine sie kaum tragen, während sie sich theatralisch mit der Hand Luft zufächelte.

Ich schlug mir die Hand vor die Stirn, während Kayog in Gelächter ausbrach.

„Natürlich kenne ich ihn. Ich kenne die Personen, die meine Taube liebt", sagte er in amüsiertem Ton, bevor er seine Aufmerksamkeit ihrem Partner zuwandte. „Hallo, Mares."

Zu meiner Bestürzung presste der Edocit seine Handfläche auf seine Brust, als befürchte er einen Herzinfarkt, während sich ein übertrieben schockierter Ausdruck auf seinem Gesicht ausbreitete, der sogar Tala in den Schatten stellte.

„Bei den Göttern! Er kennt auch meinen Namen! Ich werde jetzt über den ganzen Campus stolzieren und mit meinen Ranken wedeln, als wäre ich der Größte."

„Ihr seid hoffnungslos", sagte ich mit entmutigter Stimme zwischen zwei Lachern.

Trotzdem fand ich es toll, dass er ihre Namen kannte. Ich

hatte ihm nichts davon erzählt. Mit seinem Prominentenstatus auf dem Campus musste er wissen, dass diese Anerkennung sie berühren würde. Ich fand es toll, dass er den Personen, die mir am Herzen lagen, diese Aufmerksamkeit schenkte.

„Nun, da wir fertig sind, dir zu schmeicheln, können wir dich dazu überreden, mit uns einen Ausflug zum Xilqen Canyon zu machen? Wir würden so gerne an der Tour teilnehmen und die fliegenden Reittiere ausprobieren", sagte Mares.

Kayog verzog das Gesicht.

„Fliegende Reittiere? Nichts für ungut, aber ich benutze lieber meine eigenen Flügel."

Ich schnaubte und verzog Mares gegenüber spöttisch das Gesicht. „Ich hab's dir doch gesagt!"

„Aber ich würde gerne neben ihren Reittieren fliegen, wenn du dabei sein möchtest", sagte Kayog zu mir.

„Wirklich?", fragte ich überrascht. „Würdest du dich dabei wohlfühlen?"

Die Dankbarkeit, mit der er lächelte, löste seltsame Gefühle in mir aus.

„Ja, meine Taube", antwortete er beruhigend. „Der Xilqen-Canyon ist eigentlich sehr ruhig und abgelegen. Außerdem ist er unglaublich schön. Ich kann dir sogar eine geheime Höhle zeigen, die dich von den Wundern dieser Welt und ihren ursprünglichen Bewohnern begeistern wird."

„Oh, das ist ein Angebot!", sagte ich mit vor Aufregung bebender Stimme.

„Kannst du es uns auch zeigen?", fragte Mares hoffnungsvoll.

Kayog warf ihm einen hochmütigen Blick zu, der mich erneut zum Schnauben brachte. „Ich weiß nicht. Ihr flügellosen Trottel solltet euch wohl besser an den Weg halten."

„Hey! Das ist nicht nett, du Spielverderber!", sagte Tala. „Du weißt, dass du uns mitnehmen willst. Sonst werden wir deiner

Freundin die Ohren vollquatschen, wie ungeliebt und ausgestoßen wir uns gefühlt haben."

Kayog lachte. „Wow, eure Schamlosigkeit verdient Respekt. Na gut, ihr habt gewonnen. Ich kann nicht zulassen, dass die besten Freunde meiner Partnerin sie wegen mir schikanieren."

„Guter Junge!", lobte Tala selbstgefällig.

„Ich möchte euch eine Freude machen", antwortete Kayog mit einer schwungvollen Verbeugung.

Schöpfer, wie sehr ich es liebte, diese entspannte und unbeschwerte Seite von ihm zu sehen. Angesichts der vielen Personen in der Nähe – die kläglich daran scheiterten, uns nicht zu beobachten – befürchtete ich, dass er sich ziemlich unwohl fühlen würde.

„Weißt du, du bist viel cooler, als ich gedacht hätte", sagte Mares nachdenklich.

Kayog hob überrascht die Augenbrauen, seine Neugier spiegelte meine wider.

„Ist das so?", fragte er.

Mares nickte und lächelte ihn verlegen an. „Ich hatte erwartet, dass du ein wenig hochnäsig und etwas kühl sein würdest, um nicht zu sagen fast schon arrogant."

Kayog schnaubte. „Der Schein trügt oft, mein Freund."

„Ich weiß", räumte der Edocit ein. „Es ist nur so, dass du so... unnahbar und distanziert bist, dass ich diese Art von lockerem Humor von dir nicht erwartet hätte. Aber es gefällt mir sehr gut. Wie du sehen kannst, sind Tala und ich zwei Trottel. Und ich muss aufhören, mich von ihr mit ihren seltsamen menschlichen Ausdrücken ruinieren zu lassen."

Wir lachten, als Tala ihn spielerisch mit dem Ellbogen stieß.

„Die meisten Lebewesen haben eine sehr ungenaue Vorstellung davon, wer ich wirklich bin", sagte Kayog in einem ernsteren Tonfall. „Es fällt mir schwer, mit Personen zu scherzen, die eine unangenehme Ausstrahlung haben oder sich gerne in negativen Emotionen suhlen. Aber ihr beide seid großartig."

Tala und Mares erstarrten vor Überraschung, obwohl sie sich durch das Kompliment auch tief berührt fühlten.

„Wirklich?", fragte Tala.

„Mmhmm. Die schönste Emotion der Welt ist die wahre Liebe. Das Lied zweier Seelenverwandter, die wieder vereint sind, ist faszinierend. Es ist wie eine Flut göttlichen Lichts, die auf euch herabstrahlt. Man möchte sich darin einhüllen", sagte Kayog.

Mares runzelte die Stirn, seine Verwirrung spiegelte die von Tala wider.

„Ein Lied?", wiederholte Mares.

Kayog nickte. „Jede Seele hat ein Lied, eine einzigartige Melodie. Die Lieder zweier Seelenverwandter schwingen in perfekter Harmonie, wie eure. Es ist absolut wunderschön und macht es für mich äußerst angenehm, mich in eurer Aura zu sonnen."

„Meinst du, sie sind Seelenverwandte?", fragte ich, während sich mein Herz mit Glück füllte.

„Ja, das sind sie", antwortete Kayog mit Überzeugung.

„Wirklich?", fragte Tala zögerlich.

„Ja, zweifellos. Herzlichen Glückwunsch euch beiden, dass ihr euch gefunden habt", sagte mein Partner mit einem Lächeln.

Mares und Tala tauschten einen unsicheren Blick aus, bevor sie Kayog und mich nacheinander ansahen, wobei ihre Gefühle lautstark ihre Verwirrung zum Ausdruck brachten.

„Ist das ein Witz oder ...?", fragte Mares.

„Darüber mache ich niemals Witze", antwortete Kayog in einem Tonfall, der deutlich machte, dass er es ernst meinte. „Ihr zwei seid definitiv Seelenverwandte. Aber das wisst ihr schon seit einer Weile."

Meine Freunde tauschten erneut einen Blick aus, aber diesmal dominierte Liebe, gemischt mit einem Hauch von Schüchternheit. Sie küssten sich, bevor sie Kayog wieder ansahen.

„Du meinst also, du kannst erkennen, wenn zwei beliebige Personen Seelenverwandte sind?", hakte Mares nach.

„Im Grunde genommen, ja", bestätigte Kayog mit einem Achselzucken.

„Verdammt, mein Freund. Wenn du Personen mit 100 %-iger Trefferquote mit ihren Seelenverwandten zusammenbringen kannst, solltest du eine Art Partnervermittlungsagentur gründen. Die Lebewesen in der ganzen Galaxis haben die Nase voll von beschissenen Dating-Apps und -Websites."

Wir alle brachen in Gelächter aus.

„Kayog, der Heiratsvermittler", sagte mein Partner mit ungläubigem Gesichtsausdruck. „Und du sagst, ich hätte Humor?"

Mares zuckte mit den Schultern. „Ich finde, es wäre großartig, Personen zu ihrem Happy End zu verhelfen. Das wäre viel besser als die unzähligen miesen Jobs da draußen, die niemand haben will."

„Stimmt. Aber ich glaube, ich passe. Trotzdem ein interessanter Vorschlag", sagte Kayog neckisch.

„Ich möchte dir eine Freude machen", erwiderte Mares und ahmte die schwungvolle Verbeugung nach, die Kayog gemacht hatte, als er zuvor dieselben Worte gesagt hatte.

Wir lachten.

„Kommt schon, ihr übermächtigen, albernen Aliens. Lasst uns loslegen. Ich habe ein cooles geflügeltes Reittier!", sagte Tala.

„Geh voran, meine Liebe", antwortete Mares.

Wir stiegen in Mares' persönlichen Shuttle, um die dreißigminütige Fahrt zum Xilqen Canyon zu absolvieren. Es war ein majestätisches, geschütztes Gebiet, in dem die einheimischen Arten von Mazeria jahrhundertelang gediehen, bevor sie ausstarben. Es wurden geführte Touren angeboten, bei denen man auf einem geflügelten Reittier einem bestimmten Pfad durch das große Gebiet folgte, das die Syllens besetzt hatten.

Tala verglich es mit dem Grand Canyon auf der Erde, allerdings mit viel enger beieinander liegenden Felsgräten und schmaleren Passagen dazwischen. Außerdem hatte der Xilqen Canyon nicht die glänzende rote und ockerfarbene Farbe ihrer Heimatwelt. Stattdessen waren die Felsgrate mit grauen Steinen bedeckt, die mit Moos oder üppigen Ranken und anderem Grün bewachsen waren.

Wir gingen, um unsere Tickets zu kaufen, und Tala und Mares suchten sich jeweils das Reittier aus, das sie reiten wollten. Die Nordjarimm waren prächtige Kreaturen, halb Vogel, halb Säugetier. Die vierbeinigen Reittiere hatten gespaltene Hufe an den Hinterbeinen und reptilienartige Krallen an den Vorderpfoten. Laut Tala sahen ihre Vogelköpfe aus wie eine Mischung aus Papageientaucher und Goldfasan, beides Kreaturen aus ihrer Heimatwelt. Die goldene Haarbüschel auf ihren Köpfen und die langen, bartähnlichen Fäden, die an beiden Seiten ihres Schnabels herunterhingen, verliehen ihnen ein weises und älteres Aussehen. Ein weiches braunes Fell bedeckte ihre Körper mit zwei majestätischen, gefiederten Flügeln. Obwohl sie friedliche Wesen waren, verlängerten sich ihre Hinterteile zu einem Paar sehr langer Zwillingsschwänze. Diese endeten in einem blattförmigen, rötlichen Fortsatz mit geriffelten Stacheln, mit denen sie jedes Raubtier, das sie bedrohte, erstechen oder mit Stromschlägen töten konnten.

Der Mitarbeiter am Verleihschalter gab uns jeweils einen Satz virtueller Reiseführer. Die kleinen, tropfenförmigen Magnetgeräte ließen sich mit leichtem Druck an unseren Schläfen befestigen. Sobald wir abhoben, aktivierten sie holografische Displays mit persönlichen Audioerklärungen zu dem, was wir sahen, darunter virtuelle Überlagerungen, die direkt auf die Umgebung projiziert wurden, um uns eine Nachbildung des Alltagslebens der Ureinwohner oder historischer Ereignisse zu zeigen. Da es sich um individuelle Reiseführer handelte, behinderten sie nicht die Sicht der anderen und überlagerten sich auch nicht.

„Kommst du damit zurecht?", fragte ich Kayog besorgt, als er den ersten Pod an seine rechte Schläfe drückte.

Er lächelte beruhigend. „Ja, meine Taube. Die schaden mir nicht. Sie arbeiten mit einer anderen Frequenz und zielen auf einen anderen Bereich meines Gehirns ab."

„Okay, gut", sagte ich erleichtert.

Er rieb seinen Schnabel sanft an meinem. Auch wenn ich seine Gefühle nicht lesen konnte, war es offensichtlich, dass er es liebte, dass mir sein Wohlergehen am Herzen lag.

Nachdem er seiner Partnerin auf den Sattel geholfen und sichergestellt hatte, dass die Sicherheitsvorrichtungen funktionierten, damit kein Gast während des Fluges von seinem Reittier fallen konnte, sprang Mares auf sein eigenes Reittier und wartete geduldig, bis der Angestellte seine eigene Sicherheitsüberprüfung durchgeführt hatte. Es rührte mich zutiefst zu sehen, wie beschützend und aufmerksam Mares immer war, wenn es um Tala ging.

Wir hoben ab und begleiteten unsere Freunde auf der vorgegebenen Route, die die Nordjarimms zu fliegen gelernt hatten. Ein hoher Hügel versperrte die Sicht auf die Schlucht dahinter. Aber sobald wir darüber hinweggeflogen waren, verschlug mir die Schönheit der Landschaft dahinter den Atem. Ich hatte zwar schon Bilder davon gesehen, aber nichts hätte mich auf die Pracht vorbereiten können, die sich vor uns ausbreitete.

Gigantische Statuen, die den längst ausgestorbenen Syllens – einer Dryadenart – nachempfunden waren, waren direkt in die Felswände der Schlucht gemeißelt worden. Sie waren gut zwanzig Meter hoch, ihre Breite variierte je nach Pose oder Frisur der Statue. Jetzt verstand ich, woher Acadia seine Inspiration für die Gestaltung des Campus genommen hatte, denn die Ecken der Gebäude hatten vage die Form von Syllen-Gesichtern.

Ihre einzigartigen Merkmale faszinierten mich. Vor Jahrhunderten hatten die hochentwickelten Sikarianer – eine Meerjungfrauenart – Mazeria kolonisiert. Obwohl sie ihre eigenen Städte weit entfernt von den primitiven Ureinwohnern erbaut hatten, kam es schließlich zu Kreuzungen. Die Merkmale der Meerjungfrauen waren nun in ihren Gesichtern zu erkennen, mit den Flossenohren, Kiemen im Nacken und vereinzelten Schuppen auf der Stirn.

Die starken Emotionen, die von Mares ausgingen, ließen mir eine Gänsehaut über den Rücken laufen. In gewisser Weise könnten die Syllens als entfernte Verwandte der Edocits angesehen werden, auch wenn sie sich in eine andere Richtung entwickelt hatten.

Der virtuelle Reiseführer ging sehr detailliert darauf ein, wie die primitiven Spezies solche phänomenalen architektonischen Meisterleistungen vollbracht hatten. Obwohl sich die Sikarianer ihren Stämmen angeschlossen hatten, hielten sie sich während ihrer Kolonialisierungsphase stets an viele Regeln der Obersten Direktive, indem sie ihre fortschrittlichere Technologie nicht an ihre neuen Mitbewohner weitergaben. Das hinderte sie jedoch nicht daran, Großes zu erreichen.

Allerdings verwandelten die Syllens im Gegensatz zu den Sikarianern ihre Beine nicht in Schwänze, wenn sie ins Wasser gingen. Sie behielten immer ihre Beine, hatten aber Schwimmhäute an Händen und Füßen sowie einen langen, fächerförmigen Schwanz.

Das Tüpfelchen auf dem i? Wie die Mares besaßen auch sie *Veris*.

Komplizierte Pfade schlängelten sich um die breite Schlucht zwischen den felsigen Erhebungen des Canyons. Der Führer erklärte, dass sie leider keine Schriften oder andere Aufzeichnungen über die ausgestorbene Spezies hätten, um zu erklären, warum sie ihre Dörfer im Canyon und in solchen Höhen bauten, obwohl sie hybride Dryaden und Meerwesen waren. Es wäre sinnvoller gewesen, wenn sie sich in einem

Wald in der Nähe eines großen Gewässers niedergelassen hätten.

Dennoch faszinierte es mich zu sehen, wie sie ihre natürliche Umgebung mit den Skulpturen verbanden. Mein Favorit war das riesige Gesicht mit offenem Mund, aus dem ein Wasserfall in seine offenen Hände hinabstürzte und zwei verschiedene Becken und Plateaus bildete, in denen die Bewohner schwimmen konnten.

Leider hat, wie so oft bei untergegangenen Zivilisationen, die Einmischung von Außerirdischen die Zukunft, die sie aufgebaut hatten, völlig zerstört. Die Besucher versuchten, sich hier niederzulassen. Im Gegensatz zu den Sikarianern kamen sie jedoch mit feindseligen Absichten, vor allem mit dem Ziel, die Einheimischen zu ihrem Glauben zu bekehren. Natürlich leisteten die Syllens Widerstand. Als Vergeltungsmaßnahme zerstörten die Siedler ihre Tempel, um sie zur Konversion zu zwingen. Es kam zu massiven Blutvergießen.

Die Siedler, die nicht massakriert wurden, flohen vom Planeten. Aber der Schaden war bereits angerichtet. Die lokale Bevölkerung erkrankte und starb langsam aus. Die Geschichte weiß nicht mit Sicherheit, was die Ursache für die Krankheit war, die die lokale Bevölkerung auslöschte. Einige spekulieren, dass die Siedler eine Art Virus mitbrachten, gegen den die Syllens keine Abwehrkräfte hatten. Andere glauben, dass die Siedler aus Boshaftigkeit das Land, ihre Nahrungsvorräte oder das Wasser vergifteten. Wir werden es wahrscheinlich nie erfahren.

Je tiefer wir jedoch in die Schlucht vordrangen, desto stärker spürte ich etwas Seltsames, als ob die gesamte Gegend lebendig wäre. Das ergab keinen Sinn, da nur noch Steine und Vegetation übrig waren. Und doch gab es einen unbestreitbaren Fluss von Emotionen, fast wie ein diskretes Seufzen im Hintergrund.

Ich warf Kayog, der neben mir schwebte und seine breiten Flügel weit ausgebreitet hatte, um die Luftströmungen zu nutzen, einen besorgten Blick zu. Angesichts seiner erhöhten Sensibilität

REGINE ABEL

befürchtete ich, dass die unerklärlichen Emotionen, die ich wahrnahm, für ihn eine schmerzhafte Kakophonie sein könnten. Aber
er hatte einen friedlichen, fast verträumten Ausdruck auf seinem
Gesicht. Als er meine Besorgnis spürte, drehte er seinen Kopf zu
mir und schenkte mir ein so freudiges Lächeln, dass alle Anspannung, die ich empfunden hatte, verschwand. Er schloss die
Distanz zwischen uns und griff nach meiner Hand.

Aufgrund unserer Spannweite mussten wir beim Fliegen
besonders vorsichtig sein, um nicht miteinander zu kollidieren.
Aber dank unserer jahrzehntelangen Flugerfahrung passten wir
uns sofort aneinander an. Die sanfte Art, wie er meine Hand
drückte, bevor er mit seinem Daumen über meinen Handrücken
strich, ließ mich innerlich dahinschmelzen.

Dieser Mann kümmerte sich wirklich um mich.

In diesem Moment schossen mir Gedanken an unseren Hochzeitsflug durch den Kopf. Es war viel zu früh, um in solchen
Kategorien zu denken. Aber ich zweifelte nicht daran, dass
dieser Tag kommen würde.

Viel zu schnell endete die Tour in einem großen Tal neben
einem riesigen Gewässer. Verschiedene Stämme der Syllen
veranstalteten dort ein jährliches Fest, zu dem benachbarte
Stämme kamen, um gemeinsam zu feiern. Ich war fasziniert
davon, ihnen beim Tanzen und Singen zuzusehen, während die
virtuelle Überlagerung sie begleitete. Natürlich handelte es sich
hierbei nur um Spekulationen, die auf den Funden von Archäologen und Historikern basierten. Aber dennoch gab es einen
faszinierenden Einblick in das Leben dieses erstaunlichen
Volkes.

Der virtuelle Reiseführer teilte uns mit, dass der Syllen-Teil
der Tour beendet sei. Wir würden auf einem etwas anderen Weg
zum Besucherzentrum zurückkehren. Dabei würden allgemei-
nere Themen über die Flora und Fauna von Mazeria behandelt
werden. Kayog ließ meine Hand los und eilte vor unseren
Freunden her. Er deutete uns allen an, ihm zu folgen, und

forderte Tala und Mares auf, die Zügel zu nehmen, um ihre Reittiere vom vorgegebenen Weg abzubringen.

Zuerst befürchtete ich, dass sie den Befehl verweigern würden. Technisch gesehen hatten die Reiter eine gewisse Kontrolle über ihre Reittiere, insbesondere wenn sie einen Teil der Tour noch einmal besuchten oder etwas näher an die Bauwerke herankommen wollten. Sie konnten auch auf verschiedenen sicheren Flächen landen, solange sie nicht versuchten, den Xilqen-Canyon mit ihrem Nordjarimm zu verlassen oder Bereiche zu betreten, die eindeutig als verboten gekennzeichnet waren.

Zu unserer aller Überraschung führte uns Kayog zurück zur Wasserfallstatue. Er flog direkt auf die untere Hand zu und verschwand dann hinter dem herabstürzenden Wasser. Ich rannte ihm hinterher und zu meinem Erstaunen offenbarte sich hinter dem Wasservorhang der Eingang zu etwas, das wie ein Tempel aussah.

Das wunderschöne Tor musste geschnitzt worden sein, und doch wirkten die komplizierten, wirbelnden Muster äußerst organisch. Es war, als wären riesige Holzranken, so dick wie Baumäste, aus dem Boden gewachsen und hätten sich bewusst und kunstvoll um die grauen Steine geschlungen. Üppige Blätter sprossen darüber, und an einigen Stellen hingen kleine grüne Ranken herunter. Es waren jedoch die zarten Blumen mit leuchtenden Stempeln, die mir den Atem raubten. Zu meinem Leidwesen war der virtuelle Reiseführer verstummt und versorgte uns nicht weiterer mit Informationen über diesen geheimen Ort.

Ich landete und ging zu Kayog hinüber, der ein paar Meter weiter stehen geblieben war. Die friedliche Ausstrahlung seines Gesichts spiegelte meine eigenen Gefühle wider. Dieser Ort war heilig und strahlte etwas Göttliches aus. Tala und Mares landeten kurz darauf und zeigten pure Ehrfurcht, als sie von ihren Nordjarimm abstiegen. Die Kreaturen weigerten sich, ihnen ins Innere zu folgen, als sie beide an den Zügeln ihrer Reittiere zogen. Ich spürte keine Angst bei den Kreaturen, nur die feste Entschlossenheit von Haustieren, die richtig darauf trainiert worden waren, bestimmte Dinge nicht zu tun.

„Es ist in Ordnung", sagte Kayog in beruhigendem Ton. „Die Nordjarimms dürfen den Tempel nicht betreten. Aber sie werden geduldig warten, bis wir wieder herauskommen."

„Dürfen *wir* eintreten?", fragte Tala mit leicht vorsichtiger Stimme und sprach damit Mares und mir aus der Seele.

Kayog lächelte. „Der Zugang ist für Fremde nicht verboten, aber er wird nicht beworben, da man die Zahl der Besucher begrenzen möchte. In Kürze werdet ihr verstehen, warum. Aber ihr solltet wissen, dass es zahlreiche Schutzmechanismen gibt, die offen sichtbar sind. Sollte jemand versuchen, diesen Ort zu entweihen, wird er gelähmt und die Wachen werden alarmiert."

„Okay, das freut mich zu hören", entgegnete Mares, wobei Erleichterung und Aufregung in seiner Stimme mitschwangen. „Das ist faszinierend. Ich kann fast spüren, wie dieser Ort zu mir spricht."

„Das ist nicht überraschend", erklärte Kayog mit einem Lächeln. „Die Syllens haben viele Gemeinsamkeiten mit deiner Spezies. Es wird stark spekuliert, dass ihr einen gemeinsamen Vorfahren habt, obwohl unklar ist, wie es dazu gekommen ist. Komm mit, du wirst das sehen wollen."

Die Emotionen, die Mares ausstrahlte, nahmen stetig zu, als wir durch den breiten Korridor auf etwas zugingen, das wie eine riesige Höhle aussah. Eine flache Vertiefung in der Mitte des Korridors – vielleicht zwei Fuß breit und einen Fuß tief – erstreckte sich über seine gesamte Länge und ließ Wasser in die Höhle fließen.

Als wir das Ende des Korridors erreichten, blieb mir der Mund offenstehen. Eine riesige Kammer empfing uns. Die Statue einer Syllen-Frau dominierte den Raum. Sie hatte ihre Arme um die Schultern der beiden Kinder gelegt, die neben ihr standen – ein

Junge und ein Mädchen –, die liebevoll zu ihr aufblickten. Aber während ihre Gesichter Vertrauen und Gelassenheit ausdrückten, jagte mir ihr Blick einen kalten Schauer über den Rücken. Es war nicht ihr Gesichtsausdruck, sondern die Tatsache, dass eine rote, blutähnliche Flüssigkeit in gleichmäßigen Strömen aus ihren Augen floss und in den Teich in der Mitte der Höhle tropfte.

Rundherum verflochten unzählige riesige Bäume ihre Äste zu einem durchgehenden Kreis, fast wie ein keltischer Knoten. Sie hatten keine Blätter, nur ein paar Ranken, die sich in ihre dicken Äste verflochten, ähnlich wie diejenigen, die den Eingang der Höhle schmückten. Es waren jedoch die riesigen Knoten überall an ihren Stämmen, die mir den Atem raubten. Eine goldene Kuppel, die aus Bernstein zu bestehen schien, bedeckte die große Öffnung der Knoten. Und darin schienen Personen in Fötusstellung zu schlafen.

Mumifizierte Syllens ...

„Vorfahren", hauchte Mares, als er fast wie in Trance auf die Bäume zuging.

Es war nicht Entsetzen, das diese Reaktion hervorrief, sondern pure Verwunderung.

„Ist das Blut?", fragte ich zögernd, während ich auf das rote Wasser starrte, das aus den Augen der Statue sprudelte.

„Nein", sagte Tala mit einer Überzeugung, die mich überraschte. „Zumindest bezweifle ich das stark. An den Rändern des Teiches gibt es keine Gerinnung, und es riecht nicht nach Blut. Ich glaube, es handelt sich um dasselbe Phänomen, das auf der Erde bei den Blood Falls auftritt. Das ist ein Wasserfall im Taylor-Gletscher in der Antarktis. Das darunter gefangene Grundwasser ist übermäßig mit Eisen gesättigt. Sobald es austritt, rostet das Eisen bei Kontakt mit Luft sofort, wodurch es diese blutrote Farbe annimmt."

„Du hast Recht, Tala", erwiderte Kayog zustimmend. „Basierend auf wiedergefundenen Texten behauptet eine Prophezeiung der Syllens, dass die Syllens wiedergeboren werden, wenn Etreya aufhört, Blut zu weinen."

„Ich nehme an, diese Statue ist Etreya?", fragte Tala.

Kayog nickte. „Sie ist die Große Mutter, die Göttin des Landes, des Zuhauses, der Familie, der Fruchtbarkeit und der Liebe. Laut den Archäologen könnte diese Legende tatsächlich wahr sein."

„Was?", rief Tala aus.

„Jüngste Untersuchungen der unterirdischen Ströme haben ergeben, dass der Eisengehalt stetig abnimmt", erklärte Kayog mit vor Aufregung bebender Stimme. „Sie glauben, dass er in dreißig bis vierzig Jahren so weit gesunken sein wird, dass stattdessen klares Wasser über ihr Gesicht fließen wird."

„Aber wie werden sie wiedergeboren werden?", fragte Tala.

Ihr Tonfall verriet deutlich, dass sie sich schwertat, seine angedeutete Antwort zu akzeptieren. Der besorgte Blick, den sie auf die Bäume warf, schien dies zu bestätigen.

„Diese Syllens werden wieder auferstehen", flüsterte Mares anstelle von Kayog, bevor er vorsichtig seine Handfläche gegen den Stamm eines der Bäume legte, nur wenige Zentimeter von einem der Astknorren entfernt, in dem ein mumifizierter Syllen lag.

Seine *Veris* drückte sich aus und versank zwischen den Rillen der Rinde, genau wie er es mit dem Baum außerhalb des Campus getan hatte. Innerhalb von Sekunden breitete sich ein Ausdruck purer Glückseligkeit auf seinem hübschen Gesicht aus. Seine Lippen öffneten sich und zitterten leicht, als könne er sich nicht entscheiden, ob er lächeln oder weinen sollte. Die Augen des Edocit glänzten, und dann begannen Tränen über sein Gesicht zu laufen.

„Mares, geht es dir gut?", fragte Tala und machte nervös einen Schritt auf ihren Partner zu.

„Ja, Tala. Es geht ihm gut", sagte ich in beruhigendem Ton.

Obwohl ich nicht sehen oder fühlen konnte, was Mares

gerade empfand, drückten seine Emotionen lautstark tiefe Freude und unendliche Liebe aus.

„Mutter ...", flüsterte Mares schließlich mit zitternder Stimme.

Ich schnappte nach Luft, als plötzlich unzählige blaue Blumen mit leuchtenden Stempeln entlang der Ranken blühten, die die ineinander verschlungenen Äste der Bäume schmückten. Es war wie ein Dominoeffekt, der von dem Baum ausging, den Mares berührte, und sich auf alle anderen ausbreitete. Es erweckte fast den Eindruck, als wäre eine sternenklare Nacht in der schwach beleuchteten Höhle erschienen.

Als Reaktion darauf blühten die Blumen in Mares' eigenem Haar auf. Es war eine instinktive Reaktion, über die Edocits keine Kontrolle hatten und die extreme Freude ausdrückte.

„Sie leben. Alle diese Syllens leben ... sie ruhen nur", sagte Mares voller Staunen. „Diese Bäume sind fast wie unsere Mutterbäume. Aber anstatt die Syllens während ihrer Schwangerschaft nur zu beherbergen, wie es unsere tun, bewahren sie ihre Kinder, bis die Zeit ihrer Wiedergeburt gekommen ist."

„Wirklich?", fragte Tala mit gedämpfter Stimme, völlig verblüfft. „Ist ihre Spezies nicht vor mehr als zweihundert Jahren ausgestorben?"

Kayog nickte. „Richtig. Aber seitdem befinden sie sich in diesem Zustand der Halbstarre. Sie sahen mumifiziert aus, weil sie einfach das gesamte Wasser aus ihren Körpern ausgeschieden hatten. Dadurch wird ihr Stoffwechsel angehalten und sie sind extrem widerstandsfähig gegen Austrocknung, Strahlung und große Temperaturschwankungen, bis ihre Umgebung wieder sicher ist. Es ist ein tiefer Winterschlafzustand, ähnlich wie bei den Bärtierchen auf der Erde."

„Wow, das ist unglaublich!", sagte sie voller Ehrfurcht.

„Das ist es", stimmte ich zu. „Während unseres gesamten Fluges konnte ich ihre Anwesenheit spüren, aber ich konnte nicht herausfinden, wer diese sanften Emotionen ausstrahlte.

Das hätte ich mir in einer Million Jahren nicht vorstellen können."

„Du kannst die schlafenden Syllens spüren?", rief Tala verblüfft aus.

„Ja", antwortete ich, während Kayog nickte.

„Ja", sagte Mares wehmütig. „Sie träumen, während die Mütter über sie wachen."

„Ihr seid echt unglaublich mit euren coolen Kräften", stellte Tala neidisch fest, während sie die Bäume voller Staunen betrachtete.

Mares lachte leise. „Sei nicht traurig, meine Liebe. Komm, ich stelle dir Mutter vor", sagte er und streckte ihr die Hand entgegen.

Obwohl sie von seiner Bitte überrascht war, ging sie bereitwillig zu ihm. Er nahm ihre rechte Hand und drückte sie gegen den Baumstamm. Tala leckte sich nervös die Lippen und warf ihrem Gefährten einen unsicheren Blick zu. Er lächelte sie sanft an.

„Du kannst sie im Moment nicht spüren, aber sie kann dich spüren. Sie liebt dich sehr und hat mich versprechen lassen, dass ich dich, sobald wir uns verbunden haben, zu ihr zurückbringen werde, damit ihr euch richtig kennenlernen könnt. Dann wirst du deine eigene *Veris* haben."

„Das würde mir sehr gefallen", sagte Tala mit vor Emotionen erstickter Stimme, bevor sie mit gerunzelter Stirn durch den Raum blickte. „Dieser Tempel muss um jeden Preis geschützt werden. So dankbar ich dir auch bin, dass du uns hierhergebracht hast, niemand sollte diesen heiligen Ort betreten dürfen. Wir mögen zwar gute Absichten haben, aber das gilt nicht unbedingt für andere zufällige Besucher."

„Da stimme ich zu", sagte ich und warf Kayog einen fragenden Blick zu.

„Die Syllens sind sicher", erklärte er in beruhigendem Ton. „Abgesehen von den Sicherheitssystemen, die ich zuvor erwähnt habe, sind diese Bäume nicht hilflos. Sollte jemand mit bösen Absichten etwas versuchen, können die Bäume einige bösartige Stacheln ausstoßen, die die Narren aufspießen, die es gewagt haben, etwas zu versuchen. Diese hübschen Blumen können auch tödliche Sporen freisetzen, die einen in Sekundenschnelle zerstören und sogar töten können, wenn man ihnen länger als eine Minute ausgesetzt ist."

„Leg dich nicht mit einer Mutter an", sagte Tala beeindruckt und streichelte ein letztes Mal die Rinde des Baumes, bevor sie ihre Hand sinken ließ.

Kayog nickte. „Allerdings sind sie nicht so gut geschützt, wie ich es mir wünschen würde. Ich hasse es, dass diese großartige Nation von Außerirdischen zerstört wurde. Und jetzt will eine andere gierige Gruppe dafür sorgen, dass sie nicht zurückkommen."

„Was?", rief ich aus, und meine Freunde schauten mich ebenso schockiert an. „Was meinst du damit?"

„In ein paar Tagen findet im Kongresszentrum der Hauptstadt eine Konferenz statt", erklärte Kayog.

„Eine Konferenz zu welchem Thema?", fragte Mares, wobei sich Spannung und vorweggenommene Wut in seiner Stimme bemerkbar machten.

„Über Bau- und Tourismusentwicklungsprojekte im Canyon", antwortete Kayog mit Abscheu und Wut. „Der Organisator ist ein Mann namens Connor Harmond. Er vertritt mehrere Immobilienentwicklungsunternehmen. Seit Jahren versuchen sie, Baugenehmigungen zu erhalten und einen Teil des Landes im und um den Canyon herum zu kaufen, indem sie behaupten, dass die Syllens schon lange genug tot sind."

„Natürlich sind sie nicht tot!", rief Mares empört aus.

„Der Konzern argumentiert, dass wir die Lebendigkeit der Bäume mit dem Leben der ausgetrockneten Leichen, die sie beherbergen, verwechseln. Sie behaupten, dass wertvolle

Ressourcen aufgrund von wilden Fantasien und Ammenmärchen verschwendet werden", sagte mein Partner verächtlich.

„Welche Ressourcen haben sie denn im Visier?", fragte Tala mit harter Stimme.

„Das Gebiet ist reich an seltenen Mineralien", erklärte Kayog. „Die Böden sind fruchtbar und die Eisenkonzentration im Grundwasserleiter ermöglicht den Anbau einzigartiger Nutzpflanzen. Seit Jahren versucht der Konzern, die Schutzgesetze aufzuheben. Die Befürworter der Syllens drängen darauf, dass für die Region Gesetze nach der Obersten Direktive eingeführt werden."

„Wie soll das denn möglich sein?", fragte ich mit gerunzelter Stirn. „So sehr ich das auch begrüßen würde, Mazeria ist seit mehr als hundert Jahren von Menschen kolonisiert."

„Ja, aber wir fordern nicht die Vertreibung der Menschen", sagte Kayog mit einem nachsichtigen Lächeln. „Wir müssen lediglich diese Region und alle damit verbundenen Gebiete an ihr Volk zurückgeben und ihnen den Schutz der Obersten Direktive gewähren, bis sie wieder erwachen."

Ich klickte nachdenklich mit meinem Schnabel und nickte langsam. „Wenn die Schätzungen stimmen, sind dreißig bis vierzig Jahre mehr als genug Zeit, um sich auf ihre Rückkehr vorzubereiten und damit die Unternehmen, die ihre Geschäfte in dieser Region aufgebaut haben, langsam ausziehen können. Das Museum und das Besucherzentrum können diese ganze Erfahrung über das Holodeck nachstellen. Es wird nicht schwer sein, die gesamte Region zu scannen und mit einem hohen Maß an Realismus zu reproduzieren."

„Genau!", bestätigte Kayog mit Inbrunst. „Der Besuch dieses Ortes während meines letzten Masterstudiums hat mich motiviert, meinen aktuellen Abschluss zu machen. Wir brauchen eine strengere Durchsetzung der Obersten Direktive, um Welten und Spezies wie diese zu schützen. Sie verdienen eine Chance, zu gedeihen und ihr volles Potenzial auszuschöpfen, ohne von gierigen Unternehmen ausgebeutet zu werden."

Ich lächelte, begeistert davon, endlich zu verstehen, was ihn antrieb. Seine Gespräche darüber, möglicherweise einen Schreibtischjob bei der IPO anzunehmen, um Gesetze zur Obersten Direktive zu verfassen, ergaben nun vollkommen Sinn.

„Wow!", warf Tala ein. „Du bist wirklich mit Leidenschaft dabei."

„Das bin ich auf jeden Fall", bekräftigte Kayog entschlossen, bevor er einen verlegenen Gesichtsausdruck annahm. „Allerdings würde ich, so sehr ich auch verhindern möchte, dass fortgeschrittene Spezies wie die unsere das tägliche Leben und die Evolution primitiver Spezies wie dieser beeinträchtigen, alles dafür geben, sie kennenzulernen. Ich muss mich damit begnügen, ihnen aus dem Hintergrund beim Gedeihen zu helfen."

„Und das ist an sich schon eine große Belohnung", erwiderte Mares mit sanfter Stimme. „Danke, dass wir diese unglaubliche Erfahrung mit dir teilen durften. Solltest du jemals meine Hilfe bei diesem Projekt oder etwas anderem benötigen, zögere nicht, mich zu fragen. Das ist das größte Geschenk, das du mir jemals machen konntest."

„Ihr Damen seid Zeugen!", sagte Kayog neckisch. „Denkt daran, was ihr versprochen habt, um es einzulösen, wenn ich jemals schamlos werden sollte."

Mares schnaubte und murmelte etwas darüber, dass sein elender Mund ihn immer in Schwierigkeiten brachte. Nach einem letzten Abschied von den Mutterbäumen und den schlafenden Syllens verließen wir die geheime Kammer, und die fast göttliche Ruhe des Tempels umgab uns noch immer, als wir die Tour auf dem Weg zurück zum Besucherzentrum beendeten.

KAPITEL 10
KAYOG

Die vergangene Woche war die glücklichste Zeit, an die ich mich in meinem ganzen Leben erinnerte. Ich konnte gar nicht genug von meiner Partnerin bekommen, ihrer beruhigenden Ausstrahlung, ihrem strahlenden Lächeln und dem bezaubernden Gesang ihrer Seele. Ich hätte nie gedacht, dass ich mit jemandem so perfekt harmonieren könnte. Sie brauchte keine langen Erklärungen, um mich zu verstehen. Unsere Ansichten über die Welt und die Ziele, die wir erreichen wollten, hätten nicht besser übereinstimmen können, auch wenn wir sie aus leicht unterschiedlichen Blickwinkeln angehen wollten.

Mit ihr zusammen zu sein, machte mich einfach glücklich.

Aber ihr Geschenk war damit noch nicht zu Ende. Meine Linsea hatte auch Mares und Tala in mein Leben gebracht. Nachdem ich fast drei Jahrzehnte lang größtenteils isoliert gelebt hatte, dachte ich, ich hätte mich damit abgefunden, allein zu sein. Die letzten Tage haben mir gezeigt, wie schmerzhaft einsam ich tatsächlich gewesen war. Sie waren wunderschöne Seelen, die einem systematisch ein Lächeln ins Gesicht zauberten. Ihre Verspieltheit weckte diejenige in mir, die tief in mir schlummerte und nur auf eine Gelegenheit wartete, sich zu entfalten. Ich liebte diese Seite von mir, die nie wirklich die Chance gehabt hatte, sich zu entfalten.

Zu sehen, wie meine Taube auch eine enge Bindung zu meiner Wahlschwester Isobel aufbaute, erfüllte mein Herz bis zum Bersten. Die Priesterin war die einzige Person gewesen, die ich wirklich als Freundin bezeichnen konnte und die mir half, in meiner Isolation auf dem Boden zu bleiben. Allerdings machte es uns ihre kirchliche Berufung schwer, viel Zeit miteinander zu verbringen, da sie oft auf Pilgerreisen war, an spirituellen Retreats teilnahm oder zum Studium in abgelegenen religiösen Gemeinschaften oder Kulten weilte.

Ich konnte mich nicht daran erinnern, jemals Leute zu mir nach Hause zu einem Spieleabend eingeladen zu haben, geschweige denn zu einem Doppeldate. Und doch saßen wir hier und spielten in Teams ein strategisches Brettspiel. Ohne zu sehr ins Detail zu gehen, hatte ich ihnen einen kurzen Überblick über meinen Zustand gegeben, der mich davon abhielt, an überfüllte Orte zu gehen. Die Empathie und der Respekt, mit denen sie diese Information aufnahmen, berührten mich zutiefst. Es tat gut, ehrlich sein zu können und einfach ich selbst zu sein.

Es brachte mich auch dazu, mich zu fragen, ob ich vielleicht in meiner Angst, als Freak und Abscheulichkeit angesehen zu werden, nicht selbst für mein Leid verantwortlich war, indem ich alles so streng geheim hielt. Gleichzeitig glaubte mein Selbster-haltungstrieb weiterhin, dass dies die klügste Vorgehensweise gewesen sei.

Jedenfalls gab es einen Grund, warum wir nicht mit jedem und jeder befreundet waren. Wir fühlten uns zu Wesen hingezo-gen, die unsere Energie teilten, aber auch deren Aura uns ein gutes Gefühl gab. Giftige und negative Personen stießen andere natürlich ab. Während die meisten Spezies oft nicht genau sagen konnten, warum sie nicht gerne mit einer bestimmten Person zusammen waren, nahmen empathische Spezies diese unange-nehme Energie genauer wahr.

Mares und Tala strahlten genau die Art von Emotionen aus, in die ich mich hüllen wollte. Das Paar und meine Partnerin, die gestern Abend wieder mein Konzert besucht hatten, hatten das gesamte Erlebnis viel angenehmer gemacht. Unsere neue Beziehung schuf eine Verbindung. Und ihre Zuneigung zu mir sandte mir während meines Auftritts ein erhöhtes Maß an positiver Energie. Dies wiederum übertönte alle negativen Schwingungen, die auf mich zukamen.

Nachdem wir die letzte Runde beendet hatten – die meine Gefährtin und ich knapp gewonnen hatten –, war ich wirklich traurig, unsere Freunde gehen zu sehen. Gleichzeitig sollte ich mich über die privaten Momente mit meiner Seelenverwandten nicht beklagen.

Während ich das Spiel wegpackte, brachte Linsea eine flache Schachtel mit einem Griff ins Wohnzimmer. Sie hatte sie bei ihrer Ankunft zuvor im Schrank verstaut. Ein Gefühl der Unruhe breitete sich in meiner Magengrube aus. Ich wusste genau, was darin war.

Sie lächelte mich mitfühlend an und bedeutete mir, mich auf die Couch zu setzen. Ich tat es, und sie setzte sich mir gegenüber auf meinen Schoß, die Schachtel lag neben uns auf dem Kissen.

„Vertraust du mir?", fragte sie leise.

„Natürlich, meine Liebe", erwiderte ich mit einer unüberhörbaren Selbstverständlichkeit in der Stimme. „Es sind *die anderen*, die mir Sorgen bereiten."

„Dann sei versichert, dass ich alles, was dich betrifft, nur vertrauenswürdigen Person geben werde", sagte sie mit derselben beruhigenden Stimme.

„Es tut mir leid. Diese ganze Sache macht mich einfach sehr nervös", erklärte ich verlegen.

„Du musst dich nicht entschuldigen. Ich kann mir gar nicht vorstellen, wie schwer das für dich sein muss. Ich bin nur dankbar, dass du trotz deiner berechtigten Vorbehalte damit einverstanden bist."

„Nur für dich, meine Taube."

Linsea rieb ihren Schnabel sanft an meinem und beugte sich dann zur Seite, um eine silberne, hohle Scheibe aus der Schachtel zu nehmen. Sie hielt sie über meinen Kopf und hielt inne, um meinen Blick zu suchen und meine endgültige Zustimmung einzuholen. Ich lächelte – wenn auch etwas steif – und nickte ihr zu, damit sie fortfahren konnte. Sie lächelte zurück und aktivierte das Gerät, bevor sie es losließ.

Es schwebte mit einem leisen Summen und begann zu leuchten. Der Ring teilte sich in zwei Halbkreise, einen auf jeder Seite meines Gesichts, die langsam nach unten glitten, meinen Kopf bis zu meinen Schlüsselbeinen scannten und dann für einen zweiten Durchgang wieder nach oben schwebten. Ich zwang mich, so still wie möglich zu bleiben und meinen Kopf freizumachen, um zu vermeiden, dass extreme Emotionen die Daten verfälschten. Sobald die beiden Hälften wieder miteinander verschmolzen waren, nahm meine Partnerin das Scan-Gerät und tippte ein paar Anweisungen auf dessen kleine Oberfläche.

Ich versuchte, das Unbehagen zu unterdrücken, das sich in mir regte, da ich wusste, dass sie die Daten wahrscheinlich an ihre Großmutter oder einen medizinischen Kontakt weiterleiten würde.

„Siehst du? Schnell und schmerzlos", erklärte Linsea in diesem übertrieben süßen Ton, mit dem Ärzte kleine Kinder ansprechen, die sich gegen ihre Impfungen sträuben.

Ich verzog ihr gegenüber das Gesicht, was sie zum Kichern brachte. Doch dann wurde sie schnell wieder ernst und streichelte mir mit einem sehr ernsten Ausdruck auf ihrem wunderschönen Gesicht über den Kopf.

„Dein Vertrauen bedeutet mir mehr, als du dir jemals vorstellen kannst. Ich mag dich sehr, Kayog. Und ich meine *das* wirklich *ernst*. Was auch immer vor uns liegt – oder mit diesen Ergebnissen –, ich werde niemals zulassen, dass dir unter meiner Obhut jemand wehtut. Lass dich nicht von meinem scheinbar sanften Wesen täuschen. Ich habe Krallen und scheue mich nicht, sie gegen jeden einzusetzen, der mir oder meinen Lieben in die Quere kommt."

Meine Brust wurde warm von der Liebe, die in meinem Herzen für meine Seelenverwandte stetig gewachsen war. Ich wollte etwas Tiefgründiges und Bedeutungsvolles sagen, aber mein dummer Mund entschied sich, die Führung zu übernehmen.

„Dann sorge ich besser dafür, dass du für immer über mich wachst", entgegnete ich neckisch.

Sie schnaubte. „Du bist ziemlich nett anzusehen, also dürfte es dir nicht allzu schwerfallen, mich davon zu überzeugen. Außerdem hat mir ein bestimmter Vogel gesagt, dass wir Seelen-verwandte sind. Wie man es auch dreht und wendet, wir sind aneinandergebunden."

„Das sind wir", bekräftigte ich mit Nachdruck. „Und in dieser Hinsicht irrt sich dieser kleine Vogel nie."

Sie lächelte und spielte mit ihren Fingern mit den Daunenfe-dern auf meinem Kopf und meinen Schläfen, sodass ich am liebsten gegurrt hätte.

„Wie geht es deinem Kopf?", fragte Linsea mit aufrichtiger Besorgnis.

Ich zuckte nonchalant mit den Schultern. „Wie immer. Aber mit dir zusammen zu sein, hilft mir ungemein."

Sie runzelte die Stirn, alles andere als besänftigt. „Bist du sicher, dass du morgen Abend zu dieser Konferenz gehen willst?"

Diese Frage überraschte mich. „Ja. Du weißt, wie sehr mir der Schutz der Syllens und ihres Landes am Herzen liegt. Die Konferenz wird nirgendwo übertragen, daher kann ich mir nur dann ein genaues Bild von den Geschehnissen machen, wenn ich persönlich anwesend bin."

Sie klackerte gedankenverloren mit ihrem Schnabel, so wie Menschen ihre Lippen zusammenpressen, wenn ihnen etwas nicht gefällt.

„Es ist nur so, dass du gestern Abend ein Konzert hattest, heute Abend mit uns dreien verbracht hast und dann morgen diese wichtige Konferenz ansteht, das scheint mir ziemlich viel für dich zu sein, alles hintereinander", sagte Linsea vorsichtig.

Ich zog sie enger an mich und drückte sie ein wenig fester an meinen Körper. Verdammt, es war ein unglaubliches Gefühl, jemanden zu haben, der so wunderbar war und sich aufrichtig um mein Wohlergehen sorgte.

„Das Konzert und der Abend mit euch waren in Ordnung. Ich blühe während einer Aufführung regelrecht auf, wenn ich die positive Energie der Fans spüre. Und ich bin sofort gegangen, bevor mich ihre anderen Emotionen verstören konnten. Und mit euch dreien zusammen zu sein, ist überhaupt keine Belastung, ganz im Gegenteil. Ich wünschte, du könntest hören und fühlen, wie toll es ist, von Personen umgeben zu sein, die pure Liebe ausstrahlen. Du und deine Freunde bringt mir nicht nur Frieden, in vielerlei Hinsicht heilt ihr mich sogar."

„Weißt du, wenn du versuchst, mich dazu zu bringen, dich zu mögen, dann machst du das wirklich sehr gut", sagte Linsea in einem spöttischen Tonfall, um zu verbergen, wie sehr sie meine Worte berührt hatten – nicht, dass sie mich damit täuschen könnte.

„Nein, meine Taube. Ich versuche nicht, dich dazu zu bringen, mich *zu mögen*. Ich möchte, dass du mich wahnsinnig liebst."

„Wenn du so weitermachst, könnte das sehr wohl passieren", erwiderte sie mit ausdrucksloser Miene.

„Nicht *könnte*, sondern wird", entgegnete ich mit einem Hauch von Arroganz.

Sie kicherte und schüttelte den Kopf. „Herausforderung angenommen. Aber das macht mich nicht weniger besorgt um dich wegen morgen."

Ihre Worte berührten mich auf wundersame Weise. „Ich habe nicht vor, mich dort lange aufzuhalten. Ich möchte nur ein

Gefühl dafür bekommen, wie sich die Dinge entwickeln und was seine aktuellen Pläne sind. Und dann werde ich früh gehen."

Linsea nickte langsam, während sie meine Worte abwägte. „Soll ich mitkommen?"

Mein Herz machte einen Sprung, und ich konnte mich nur mit Mühe zurückhalten, nicht laut „Ja!" zu rufen.

„Nur, wenn du willst", antwortete ich vorsichtig.

Sie warf mir unbeeindruckt einen Blick zu. „Das war nicht meine Frage. Willst du, dass ich mitkomme?"

Ich verzog das Gesicht. „Diese Frage solltest du gar nicht stellen müssen. Ich möchte dich *immer* an meiner Seite haben. Wenn du also wirklich mitkommen möchtest – oder zumindest nichts dagegen hast, mich zu begleiten –, dann würde ich mich natürlich sehr freuen, wenn du dabei bist."

„Aus irgendeinem seltsamen Grund scheint es mir auch zu gefallen, mit dir zusammen zu sein", sagte sie mit einem leidenden Seufzer, der mich dazu brachte, ihr den Hintern versohlen zu wollen.

„Dann sind wir uns einig", sagte ich unverschämt grinsend.

„Dann sind wir uns einig", wiederholte sie und sah mir tief in die Augen.

In diesem Moment veränderte sich etwas. Ich konnte nicht sagen, was der Auslöser war. In einem Moment unterhielten wir uns noch. Im nächsten küssten wir uns. Und plötzlich brach zwischen uns ein Vulkan aus.

In der vergangenen Woche hatten wir uns immer intensiveren Liebkosungen hingegeben und uns gerade noch zurückgehalten, bevor unsere Leidenschaft ein überwältigendes Ausmaß erreichte. Heute brachen unsere selbst auferlegten Fesseln zusammen, und wir gaben dem Verlangen nach, das sich stetig zwischen uns aufgebaut hatte.

Linseas Hände glitten mit einer Besitzergreifung an meinen Seiten entlang, die mir einen köstlichen Schauer über den Rücken jagte. Meine Hände legten sich auf ihren Po und streichelten seine üppigen Rundungen. Die weichen Federn ihres Schwanzes flatterten und streiften meine Handrücken, als wollten sie ihre Zustimmung ausdrücken.

Wir vertieften den Kuss, unsere Zungen vermischten sich in einem sinnlichen Tanz, der meine Lenden in Flammen setzte. Linseas Erregung war das größte Turn-on, das man sich vorstellen konnte. Es schrie mich geradezu an, weiterzumachen, sie zu nehmen und all die Dinge mit ihr zu tun, von denen ich heimlich fantasierte. Sie presste ihre Brust gegen meine, die Hitze ihres Körpers drang in mich ein.

Ich unterbrach den Kuss und neigte sie sanft nach hinten, wobei meine linke Hand ihren Nacken stützte, während die andere sie weiterhin fest am Hintern packte. Ich weidete meine Augen gierig an ihrer Schönheit, und mir lief das Wasser im Mund zusammen, als ich auf ihren Beckenbereich starrte, der sich an meinen schmiegte. Ihr Bauch zuckte, und sie überschüttete mich unwillkürlich mit einer weiteren Welle der Lust, die direkt in meinem Unterleib widerhallte. Ich wünschte, ich könnte ihr die Gefühle zeigen, die sie in mir auslöste. Aber nichts würde diesen Moment ruinieren.

Mein Blick wanderte zurück zu ihren Augen. Worte waren überflüssig. Mit einem Lächeln, das von sexueller Spannung durchdrungen war, gab Linsea mir ihren Segen. Ohne ein Wort stand ich auf und hielt sie weiterhin vor mir. Meine Frau schlang ihre Beine um meine Hüfte, während ich sie in mein Schlafzimmer trug, unsere Blicke immer noch aufeinander geheftet.

Sie breitete ihre Flügel aus, als ich sie vorsichtig auf die Matratze legte. Ich legte mich nicht sofort zu ihr, sondern nahm mir einen Moment Zeit, um ihre Schönheit zu bewundern. Die dunkelblaue Decke, die das Bett bedeckte, war die perfekte Leinwand für das Meisterwerk, das meine Frau war.

Ich kniete mich auf das Bett und streifte sanft mit der Spitze meines Schnabels über die winzigen Schuppen ihrer Füße, bevor sie in die weichen Federn ihrer Waden übergingen. Linsea erzitterte und ihre Krallen zuckten, als ich mich nach oben arbeitete und dabei mit meiner rechten Hand ihr anderes Bein streichelte.

Verdammt, sie war so unglaublich weich!

Ich rieb mein Gesicht an ihrem Becken und fuhr mit meinen Fingern durch die zarten Daunenfedern an den Innenseiten ihrer Oberschenkel. Ein heftiger Schauer durchlief sie, als ich meine Krallen teilweise ausfuhr, um sanft an der empfindlichen Haut darunter zu kratzen.

Ein selbstgefälliges Grinsen entfuhr mir. Es war unwillkürlich gewesen, teilweise ausgelöst durch ein Gefühl der Erleichterung. Von dem Moment an, als sich die Dinge zwischen uns zu etwas Ernsthafterem entwickelten, machte ich mir Gedanken darüber, wie unser erstes Mal zusammen sein würde – vorausgesetzt, wir würden so weit kommen. Aufgrund meines Zustands war ich nie eine Beziehung mit jemandem eingegangen und war daher noch nie mit einer Frau intim gewesen. Obwohl ich mir einzureden versuchte, dass sich die Dinge mit meiner Seelenverwandten ganz natürlich entwickeln würden, konnte ich die lästige kleine Stimme nicht zum Schweigen bringen, die mich damit quälte, wie ich auf alle möglichen Arten versagen würde.

Aber ich hatte meine empathischen Fähigkeiten nicht berücksichtigt.

Anfangs versuchte ich, ihre Reaktionen zu analysieren, während ich ihre Perfektion erkundete, nur um festzustellen, dass ich zu viel darüber nachdachte. Meine Partnerin sagte mir, was sie wollte und brauchte, ich musste nur zuhören ... und dann meine eigene kleine Note hinzufügen.

Ich konnte spüren, wie sie sich danach sehnte, dass meine Hand sich ihrem verborgenen Schatz näherte. Und verdammt, ich wollte es auch. Aber ich neckte sie weiter, meine Finger wanderten um ihren Beckenbereich herum, während ich mit meinem Schnabel weiter die Federn ihres Bauches und ihrer Brust aufplusterte und dabei auch vorsichtige Küsschen verteilte.

Linsea flüsterte meinen Namen, und dieser sehnsüchtige

Klang ließ mir das Blut in den Unterleib schießen. Mein Schwanz drückte schmerzhaft gegen meine Schutzhülle und flehte mich an, herauszukommen. Ich brachte ihn zum Schweigen und konzentrierte mich stattdessen auf das wundersame Gefühl ihrer Hände, die meinen Kopf streichelten und zu meinen Schultern hinabglitten. Ich knabberte an ihrer Halsbeuge, nahe ihrem Nacken, an der Stelle, die bei ihr immer eine starke Reaktion hervorrief. Wie erwartet bebte sie und stieß ein äußerst sinnliches Stöhnen aus.

Ich hob meinen Kopf, um sie anzusehen. Verdammt, sie war wunderschön, ihr Schnabel leicht geöffnet, ihre blauen Augen vor Verlangen verdunkelt, als sie meinen Blick erwiderte. Ich hielt ihrem Blick standhaft stand und schob schließlich die Hand, die ihr Beckenbereich neckte, zwischen ihre Schenkel. Linseas Atem stockte. Ich rieb meine Handflächen über ihr Geschlecht, das noch immer vor Blicken verborgen war.

„Öffne dich für deinen Partner", flüsterte ich mit leiser, aber befehlender Stimme.

Ein weiterer Schauer durchlief meine Frau. Sie war nicht unterwürfig, und dieser Befehl steigerte ihre Erregung noch mehr. Für den Bruchteil einer Sekunde glaubte ich, dass sie erwog, mich herauszufordern, wenn auch nur, um zu sehen, wie ich reagieren würde. Aber ihr Bedürfnis, berührt zu werden, überwog ihren Wunsch, mich auf die Probe zu stellen. Ich hatte keinen Zweifel daran, dass wir uns in Zukunft in den erotischsten Machtkämpfen messen würden.

Ihre Schutzklappe öffnete sich und gab den Blick auf die bereits glänzende Naht frei. Der berauschende Duft ihres Moschus strömte zu mir und ließ meinen Schwanz vor Ungeduld pochen. Ich wollte, dass ihre Hitze sich um meine Länge schlang und sie von allen Seiten umklammerte, während ich immer wieder in sie eindrang. Aber auch das unterdrückte ich. Ich würde meine Frau für mich kommen sehen, bevor ich meinen rasenden Hunger stillte.

Linsea atmete scharf ein, als ich einen Finger in sie einführte, dann einen zweiten. Ich konzentrierte mich auf die Rillen, die ihre Innenwände wie Ringe säumten. Jede einzelne wirkte bei Temern-Frauen wie der G-Punkt und war unübersehbar. Sie verschafften ihnen intensive Lust, sowohl beim Ein- als auch beim Ausgleiten ihres Partners. Ein erstickter Schrei entfuhr meiner Frau, als ich sanft die ersten beiden Ringe massierte, die ich erreichen konnte. Sie hob ihr Becken an, als wollte sie mir helfen, tiefer in sie einzudringen. Ich begann, meine Finger in ihr zu bewegen und beschleunigte allmählich meinen Rhythmus.

Bald erfüllte das Geräusch ihres Stöhnens meine Ohren, während sie sich im Tempo meiner Bewegungen wand und dem sich abzeichnenden Höhepunkt entgegenstrebte. Ich nahm ihren Mund wieder in Besitz, schluckte den Klang ihrer Lust und ließ ihn gleichzeitig durch meine empathischen Fähigkeiten in jede Zelle meines Körpers eindringen. Verdammt, ich konnte meinen eigenen Höhepunkt erreichen, indem ich mich einfach von ihrer Lust nährte. Linsea kratzte mit ihren Fingernägeln über meinen Rücken, bevor sie sie fast brutal in die hoch erogene Stelle an der Basis meiner Flügel grub.

Ich glaubte nicht, dass sie vorhatte, das mit solcher Kraft zu tun. Da sie wusste, wie sehr mich das erregte, wollte Linsea wahrscheinlich nur das Vergnügen erwidern, das ich ihr bereitete. Aber in diesem Moment überkam sie ihr Orgasmus.

Wir schrien beide gleichzeitig auf. Ekstase überkam sie, während ihre Krallen auf meinem Rücken mich mit einer wahnsinnigen Mischung aus Lust und Schmerz trafen, die meinen Schwanz fast durch meine Schutzhülle stoßen ließ, als er sich wie durch eigenen Willen herausdrückte. Meine Lenden brannten, und mein Magen zog sich krampfhaft zusammen, als mein Samen vor Verlangen zu explodieren drohte.

Ich legte meine Hand um die Basis meines Schafts und drückte ihn brutal zusammen, um den Fluss zu stoppen, bevor er herausschießen konnte. Ich vergrub mein Gesicht in ihrer

Nackenbeuge und bedeckte sie mit sanften Küssen, während meine Finger sie weiterhin zärtlich penetrierten. Ich konzentrierte mich auf ihren glückseligen Zustand und darauf, sie weiter in die Höhe zu treiben, was mir half, etwas von meiner verlorengegangenen Kontrolle zurückzugewinnen.

Als Linsea sich wieder beruhigte, setzte ich meine Erkundung ihres Körpers fort und erforschte jede ihrer empfindlichen Stellen, indem ich beispielsweise ihre rechte Ellenbeuge kniff, sanft die Haut direkt an der Basis ihrer Wirbelsäule, wo ihr Schwanz begann, kratzte und ihren Bauchnabel leckte, um nur einige Beispiele zu nennen.

Als mein Gesicht wieder zu ihrem Intimbereich wanderte, verkrampfte sich Linsea mit einer seltsamen Mischung aus Vorfreude und Missbilligung. Das verwirrte mich für einen Moment, bevor mir klar wurde, dass sie unzufrieden war, dass ich mich wieder auf ihr Vergnügen konzentrierte, anstatt ihr zu erlauben, sich um mich zu kümmern. Da sie meine Gefühle nicht spüren konnte, wusste sie nicht, wie sehr es auch mich in Hochstimmung versetzte, mich um sie zu kümmern. Und um ehrlich zu sein, war ich immer noch zu gierig darauf, alles über sie herauszufinden.

Bevor sie protestieren oder mir die Köstlichkeit verweigern konnte, die mir das Wasser im Mund zusammenlaufen ließ, tauchte ich wie ein ausgehungerter Mann zwischen ihre Beine. Nach einem langen Lecken ihrer Spalte versenkte ich meine Zunge in ihr. Meine Gefährtin schrie auf und ihre Hände krallten sich mit etwas wie Verzweiflung an meinem Kopf fest.

Hab dich!

Ihre sinnlichen Stöhngeräusche ergossen sich in einem stetigen Strom, während ich sie verschlang. Ich würde niemals genug von ihrem herben Geschmack bekommen und dem wundersamen Gefühl ihrer inneren Rillen, die an meiner Zunge rieben, während ich sie in sie hinein- und herausgleiten ließ. Ich konnte spüren, wie sie wieder ihren Höhepunkt erreichte. Ich beschleunigte meine Bemühungen und wirbelte meine Zunge in ihr herum, um die Reibung an ihren Rillen zu erhöhen. Als meine Gefährtin ihr Becken anhob, um sich auf einen weiteren Höhepunkt vorzubereiten, griff ich um ihren Hinterteil herum und kratzte mit meinen Krallen an der empfindlichen Stelle an der Basis ihres Schwanzes.

Linsea erreichte augenblicklich den Gipfel. Der kraftvolle Orgasmus, der sie überrollte, traf auch mich wie ein Felsbrocken. Ich warf meinen Kopf zurück und stieß einen lauten Schrei aus, während meine Finger sich in die Matratze gruben. Ein paar Tropfen meines Samens spritzten heraus, und ich knirschte mit den Zähnen, während ein fast tierisches Knurren durch meine Brust vibrierte. Mir war schwindelig, mein Körper war angespannt, meine Flügel waren steif, während ich gegen den Höhepunkt ankämpfte, der mich zu verschlingen drohte. Die Wellen der Glückseligkeit, mit denen meine Partnerin mich überschüttete, machten es mir fast unmöglich.

Noch immer halb benommen, klammerte sich Linsea mit beiden Händen an meine Schultern und zog mich zu sich heran. Sie spreizte ihre Beine weit und starrte mich mit einem lasziven Blick an. Ihre Pupillen waren so weit erweitert, dass sie fast ihre Iris verschluckten. Ich legte mich auf sie, mein Schwanz pochte laut im Takt meines Pulses. Meine Frau legte ihre Handflächen auf meinen Hintern und drückte jede Pobacke fest.

Ich rieb meinen Schnabel an ihrem, bevor ich sie innig küsste. Die zärtlichen Gefühle, die von ihr ausgingen, machten mich fertig.

„Akzeptierst du mich, Linsea?", fragte ich mit einer Stimme, die vor unterdrücktem Verlangen fast schmerzte.

„Ja", flüsterte sie mit rauer Stimme.

„Gehörst du mir?", fragte ich aus einem Grund, den ich nicht erklären konnte.

„Ja", hauchte sie erneut.

„Meine Gefährtin", sagte ich wie ein Gebet, voller Liebe und Hingabe, als ich begann, mich in sie zu drängen.

Ich war kaum ein paar Zentimeter eingedrungen, als ich schon wieder aufhören musste. Mit fest geschlossenen Augen und zusammengebissenen Zähnen kämpfte ich erneut gegen den Drang an, mich gehen zu lassen. Die brennende Hitze ihrer inneren Wände, die gegen meine hoch erogenen *Ganacs* drückten, brachte mich fast zum Höhepunkt. Ihre enge Scheide drückte diese empfindlichen Noppen an der Spitze meines Penis und schickte elektrische Schocks purer Lust durch meine Adern.

Angesichts meines Umfangs hätte ich eigentlich derjenige sein müssen, der ihr die Unannehmlichkeiten meiner Penetration erleichterte. Stattdessen war es Linsea, die mich beruhigend und ermutigend liebkoste und küsste, während ich darum kämpfte, die Kontrolle nicht zu verlieren. Zentimeter für Zentimeter drang ich in den glückseligen Hafen meiner Frau ein. Als ich vollständig in ihr war, wäre ich fast auf meiner Partnerin zusammengebrochen, mein Körper zitterte vor Anstrengung und überwältigenden Empfindungen, die mein Blut in Wallung brachten.

Die Selbstgefälligkeit, die von ihr ausging, ärgerte und amüsierte mich zugleich. Es war nur fair, dass sie mich völlig erschöpft zurückließ, nachdem ich ihr bereits zwei Orgasmen entrissen hatte, ohne ihr die Möglichkeit zu geben, sich zu revanchieren.

Nach einer schändlichen Ewigkeit hatte ich mich wieder so weit gefasst, dass ich mich wieder bewegen konnte. Der Schöpfer sollte mich holen! Jeder Stoß trieb mich mit Glückseligkeit in den Wahnsinn. Als ob die Reibung an meinen *Ganacs* nicht schon genug gewesen wäre, streichelten und drückten mich die ringförmigen Rillen an ihren Innenwänden bei jeder Schaukelbewegung.

Ich konnte mich nicht einmal daran erinnern, das Tempo erhöht zu haben. In einem Moment presste ich meine Kiefer zusammen, um meinen Samen nicht zu vergießen, während ich meine Frau mit langsamen und vorsichtigen Stößen nahm. Im nächsten Moment hämmerte ich mit rücksichtsloser Hingabe in sie hinein.

Linsea wand sich unter mir, ihre Hände wanderten fieberhaft über meinen Körper, während Seufzer der Lust aus ihrer Kehle drangen. In mir tobte ein Inferno. Ich brannte innerlich, brauchte mehr, wollte mehr, selbst als mein Verstand zu zerbrechen drohte. Nichts zählte mehr außer dem Gefühl des weichen Körpers meiner Frau unter mir, ihrer engen Scheide um meinen Schwanz und ihren zarten Armen, die mich in einem besitzergreifenden und leidenschaftlichen Griff umschlangen. Ich wollte, dass dies für immer so blieb, dass ich mich in ihr verlor und nie wieder in die Welt der Sterblichen zurückkehrte.

Linseas Orgasmus überrollte sie mit der Geschwindigkeit, Plötzlichkeit und vernichtenden Kraft einer Flutwelle. Ich versuchte nicht, mich dagegen zu wehren, denn er riss auch mich mit, ihr unermessliches Vergnügen prallte auf mich und verstärkte mein eigenes.

Wie ein Lebewesen schrien wir auf. Ihr Rücken bog sich über dem Bett, ihre Flügel breiteten sich noch weiter über der Matratze aus, ihre Spitzen waren steif. Ich stieß mich selbst in Ekstase brüllend hinein, warf den Kopf zurück und zuckte mit dem Schwanz. Mein Samen schoss in einer fast schmerzhaften Flut aus mir heraus, jeden Spritzer empfand ich wie unzählige Blitze, die in meiner Leiste einschlugen.

Ich fühlte mich schwach, der Raum drehte sich um mich herum, während mein Körper instinktiv wieder begann, in meiner Gefährtin zu stoßen, bis mein Samen verbraucht war. Noch immer tief in Linsea versenkt, sank ich auf sie herab, während mich Wellen der Glückseligkeit von Kopf bis zu den Krallen erschütterten. Halb benommen rollte ich mich zur Seite, wobei ich darauf achtete, ihren rechten Flügel nicht zu zerquetschen, bevor ich sie auf mich zog. Sie zitterte leicht, atmete schwer, als sie ihre Arme um mich schlang und sich festhielt, als hätte sie Angst, ich könnte verschwinden.

Ich wiegte sie in meinen Armen, mein Körper vibrierte vor unendlicher Lust, mein Herz war zum Bersten voll und mein Geist war hingerissen von dem göttlichen Gesang unserer Seelen, die in einem endlosen Crescendo emporstiegen. Linsea besaß mich ... mich ganz und gar. Was auch immer die Zukunft für uns bereithielt ... für mich ... dieser Moment, genau hier, genau jetzt, machte mein Leben voller Elend lebenswert.

KAPITEL 11
KAYOG

Zum millionsten Mal stellte ich mir die Frage, ob es wirklich klug war, an dieser Konferenz teilzunehmen. Ich wollte unbedingt in der Gegenwart dieses Mannes sein und seine Worte hören, um ein besseres Gefühl dafür zu bekommen, welche Bedrohung er für die Syllens darstellte. Außerdem musste ich herausfinden, wer seine stillen Partner und Verbündeten waren. In den letzten drei Jahren hatte ich mich zunehmend für den Schutz primitiver Welten engagiert. Dabei entdeckte ich die Identität der geheimen Drahtzieher, die im Verborgenen die Fäden zogen, indem ich einfach bei solchen Veranstaltungen auftauchte.

Widersacher konnten auf überzeugende Weise lügen und ihre Spuren perfekt verwischen. Aber ihre Emotionen logen nicht. Mehr als einmal ermöglichten mir meine Fähigkeiten, diese reichen Manipulatoren anonym zu entlarven. Die öffentliche Gegenreaktion reichte aus, um sie entweder zum Rückzug zu zwingen oder die schädlicheren Aspekte der von ihnen vorangetriebenen oder finanzierten Politik zu streichen. Ich hoffte, in diesem Fall etwas Ähnliches erreichen zu können.

Und doch wuchs mein Unbehagen über die ganze Sache den

ganzen Tag über stetig. Selbst jetzt, als Linsea und ich zum Kongresszentrum flogen, hatte ich ein flaues Gefühl im Magen. Ich hätte stattdessen zu Hause bei meiner Frau bleiben können, mich in ihrer Zuneigung sonnen und vielleicht sogar wieder mit ihr herumtollen können. Es beschämte mich, dass ich immer noch so hungrig nach ihr war, wenn man bedachte, wie unersättlich ich die ganze Nacht über gewesen war, und vor weniger als einer halben Stunde noch einmal.

Meine Partnerin hatte mich in jeder Hinsicht in ihrer Hand. Ich konnte immer noch nicht glauben, dass sie freiwillig zu mir gehörte, obwohl ich so kaputt war.

Der Druck, der sich bereits in meinem Hinterkopf aufbaute, obwohl wir noch zehn Minuten vom Veranstaltungsort entfernt waren, ließ mich ernsthaft darüber nachdenken, alles abzublasen. In den Nachrichten wurde vor zahlreichen Protesten gewarnt, die den ganzen Tag über in der Hauptstadt stattfinden sollten. Ein großer, wütender Bewohnerauflauf marschierte durch die Straßen und erreichte dreißig Minuten vor Beginn der Versammlung ihren Sammelpunkt am Eingang des Kongresszentrums.

Ich holte ein Dipramin aus dem Geheimfach meines Armschutzes und warf es mir in den Mund. Obwohl ich Linsea immer noch daran hinderte, meine Gefühle wahrzunehmen, bemerkte sie meine Geste und machte sich sofort Sorgen. Ich lächelte ihr beruhigend zu und flog weiter. Da wir fast da waren, machte es für mich keinen Sinn, jetzt noch umzukehren. Außerdem brauchte ich nur ein paar Minuten, um die meisten Antworten zu bekommen, die ich suchte.

Als wir über die unglaubliche Menge lauter und wütender Protestanten hinwegglitten, gratulierte ich uns insgeheim zu unserer Entscheidung, zu fliegen, statt mit dem Shuttle zu fahren. Der Parkplatz wäre in nicht unerheblicher Entfernung gewesen und hätte uns gezwungen, uns durch die Massenansammlung zu schlängeln. Stattdessen flogen wir schamlos direkt zum Eingang und landeten in der Nähe der Wachen. Zwei von ihnen kamen sofort mit feindseligen Blicken auf uns zu, ihre Hände schwebten etwas zu nah an ihren Blastern, als dass ich mich wohlgefühlt hätte. Zugegeben, ihre Waffen waren auf Betäubung eingestellt, aber angeschossen zu werden gehörte nicht zu meinen Plänen für den Abend.

Bevor sie ein Wort sagen konnten, zeigten meine Partnerin und ich den Anwesenden unsere Tickets. Die Wachen entspannten sich sofort, und nachdem sie unsere Tickets gescannt und deren Gültigkeit überprüft hatten, fiel die Anspannung weiter von ihren Schultern ab. Mit einem steifen Nicken bedeuteten sie uns, einzutreten.

Das mussten sie uns nicht zweimal sagen.

Mein Kopf pochte bereits heftig, als wir die mittelhohe Treppe hinaufstiegen und das riesige Gebäude betraten. Es verband den modernen und industriellen Stil, der die menschlichen Städte auf Mazeria dominierte. Ironischerweise enthielt es, genau wie der Campus, auch einige Elemente der Syllen-Architektur, mit riesigen Gesichtern, die in einige der Wände gemeißelt waren, und großen Säulen, deren organische Form vage an einen Baum erinnerte.

Zu meiner Bestürzung verlangsamten ein halbes Dutzend Wachen, sobald wir die Tür passiert hatten, unseren Weg in den Veranstaltungsort durch strenge Sicherheitskontrollen, darunter Scans, Abtasten der Personen und sogar das Durchsuchen der Handtaschen oder Taschen. Als wir den langen Korridor zur Haupthalle durchquert hatten, wurde mir klar, dass es ein großer Fehler gewesen war, hierher zu kommen. Scharfe Nadeln stachen mir in die Augen, während mein Gehirn entschlossen schien, sich aus meinem Schädel zu befreien.

Auf einem großen Tisch nahe dem Eingang des rautenförmigen Raums lagen mehrere Holokarten. Sie dienten als Informationsmaterial für die Teilnehmer. Ich nahm mir eine und steckte sie in die Tasche, die diagonal über meiner Brust hing, um persönliche Gegenstände zu transportieren, dann wandte ich mich meiner Partnerin zu. Sie brauchte keine Worte von mir, um zu verstehen, worum es ging. Seit Beginn unseres Abstiegs waren ihre besorgten Gefühle mir gegenüber exponentiell gestiegen.

„Okay, das war eine schlechte Idee", sagte ich, wobei der Schmerz, den ich empfand, trotz meiner Bemühungen in meiner Stimme mitschwang.

„Geh nach Hause, Kayog. Ich kann hierbleiben, die Konferenz aufzeichnen und sie dir bringen", bot Linsea an.

„Aufnahmen sind nicht erlaubt", widersprach ich.

Sie warf mir einen Blick zu, der „Interessiert mich das etwa?" zu sagen schien, bevor sie mir über die Wange strich.

„Erstens müssen sie mich erst einmal erwischen. Und zweitens, wenn sie das tun und mir das Leben schwer machen, werde ich einfach so tun, als hätte ich es nicht besser gewusst. Bis dahin werde ich dir schon das meiste davon gestreamt haben", erklärte sie mit einem eigensinnigen Gesichtsausdruck.

Unter anderen Umständen hätte ich gelacht und sie wahrscheinlich sogar geküsst. Aber mein Magen begann sich vor Schmerz und Übelkeit zu drehen. Ich wusste nicht, welchen Ausdruck meine Partnerin auf meinem Gesicht sah, aber diesmal schien sie fast Angst um mich zu haben.

„Vielleicht ist es am besten, wenn ich dich einfach zurückbegleite", sagte Linsea und legte ihren Arm um meinen, als würde sie sich stützen wollen.

Ich lächelte und tätschelte ihre Hand, die meinen Oberarm umfasste. „Nein, meine Liebe. Du kannst bleiben. Ich werde sowieso nur schnell nach Hause fliegen und mich entweder ins Bett legen oder meditieren. Ich bin dir sehr dankbar für alle Informationen, die du hier sammeln kannst."

„Bist du sicher?", fragte sie beharrlich und sah mir dabei in die Augen.

„Ja, meine Gefährtin. Ich bin mir sicher."

Ich beugte mich vor und küsste sie. Sie erwiderte meinen

Kuss und sah mir mit großer Zurückhaltung nach, als ich einen Schritt zurücktrat. Als sie sich auf den Weg zum Konferenzraum machte, drehte ich mich um und ging zurück zum Eingang. Die Besucher, die aus der entgegengesetzten Richtung kamen, bremsten mich ein wenig, was mir fast das Gefühl gab, zu ersticken.

Zu meiner Bestürzung versperrten mir nur wenige Meter vor meiner Rettung zwei Wachleute den Weg.

„Falsche Richtung, Sir!", sagte der Wachmann mit strenger Stimme. „Bitte stören Sie den Verkehrsfluss nicht und begeben Sie sich in die Halle."

„Ich möchte gehen", erklärte ich.

Der Mann schüttelte den Kopf und zeigte mit unnachgiebigem Gesichtsausdruck in Richtung Haupthalle. „Der Ausgang ist dort, am anderen Ende. Der Eingang ist bereits überfüllt, und wir haben alle Hände voll zu tun, die Sicherheit aller zu gewährleisten, um uns nicht um die Personen hinter uns kümmern zu können. Bitte gehen Sie weiter."

Meine Faust brannte vor dem Drang, ihm an die Kehle zu schlagen. Ich musste weg von diesem elenden Ort, und er verwehrte mir den schnellsten Weg hinaus. Natürlich verstand ich seine Logik. Zu jedem anderen Zeitpunkt hätte ich mich bei ihm bedankt und mich vielleicht sogar dafür entschuldigt, dass ich ihn überhaupt belästigt hatte, bevor ich seinen Anweisungen gefolgt wäre. Heute gehorchte ich zwar, murmelte dabei aber eine Reihe höchst unpassender Schimpfwörter.

Ich hätte mich mit Gewalt durchdrängen können und habe das auch ernsthaft in Betracht gezogen. Aber trotz des Chaos, das mir den Kopf zerriss, war mir klar, dass er nicht nachgeben würde und dass jeder Versuch meinerseits auf extreme Vorurteile stoßen würde.

Als wolle man mich böswillig daran hindern, schnell zu entkommen, schien sich die Besuchermenge um mich herum zu schließen. Zufällige Gruppen von Personen blieben direkt vor mir stehen, um sich zu begrüßen oder wahllos Gespräche zu beginnen. Andere versuchten, sich vor mich zu drängeln, was mich weiter ausbremste.

Während die Anwesenden einen Großteil meines Unbehagens verursachten, waren es die Wut der Demonstranten und die zunehmend überwältigenden Wachen draußen, die mir wirklich zu schaffen machten. Der anhaltende, schrille Klang ihrer Wut fühlte sich wie eine gezackte Klinge an, die sich in meinen Kopf bohrte.

Ich war so verdammt dumm gewesen. Ich wusste es besser, aber meine fast glückselige Woche mit meiner Partnerin hatte mich leichtsinnig gemacht und mich davon überzeugt, dass ich ein einigermaßen normales Leben führen könnte. Wie konnte ich nur so dumm sein?

Ich spähte durch eines der großen Fenster mit Schutzgittern, die geschickt so gestaltet waren, dass sie wie Fenstertüren aussahen. Die Unruhen vor dem Gebäude erreichten einen kritischen Punkt. Einige der Demonstranten hatten begonnen, die Sicherheitskräfte zu schubsen und zu drängen, wahrscheinlich um sich gewaltsam Zutritt zu verschaffen. Ich vertraute zwar darauf, dass die Sicherheitskräfte die Situation unter Kontrolle halten würden, fragte mich aber dennoch, ob ich nicht hätte darauf bestehen sollen, dass Linsea mit mir ging. Angesichts der Emotionen, die von den Protestanten draußen ausgingen, würde sich die Lage wahrscheinlich weiter zuspitzen, bis es richtig hässlich werden würde.

Aber ich verdrängte diesen Gedanken. Das Gebäude verfügte über einige Sicherheitsräume, die unmöglich zu stürmen waren, sollte die Lage wirklich außer Kontrolle geraten. Außerdem zweifelte ich nicht daran, dass die Wachleute die Gäste im Inneren schützen würden, ganz zu schweigen von der Verstärkung, die ihnen zur Verfügung stand.

Mein Magen rebellierte erneut vor Schmerz und Übelkeit. Ich drängte mich durch die Gäste, die mir im Weg standen, und erreichte schließlich den Wachposten am Ausgang auf der Ostseite des Gebäudes. Zu meinem Entsetzen trat einer der Wachleute vor mich, sobald er mich kommen sah.

„Es tut mir leid, Sir. Sie können dort nicht hingehen", sagte der Mann in entschuldigendem Ton.

„Ich versuche hinauszugehen", knurrte ich und kämpfte gegen den Drang an, ihn quer durch den Raum zu schleudern und aus dem Weg zu räumen.

Sichtlich verärgert über meinen Tonfall verhärtete sich sein Gesichtsausdruck, und er hob trotzig das Kinn. „Zu Ihrer eigenen Sicherheit dürfen Sie jetzt nicht gehen. Demonstranten versuchen einzudringen. Wir können keine Verantwortung übernehmen, wenn Sie angegriffen werden. Deshalb müssen Sie warten."

Die wilde Wut, die sich langsam in mir aufgebaut hatte, zusammen mit der Qual, die meinen Verstand zerfetzte, stieg noch einmal um eine Stufe an.

„ICH MUSS JETZT VERDAMMT NOCH MAL HIER WEG!", schrie ich, meine Krallen fuhren aus und meine Finger zuckten vor dem brennenden Verlangen, ihm das Gesicht zu zerfleischen.

Diesmal legte er seine Hand auf seinen Blaster, und ein bedrohlicher Ausdruck huschte über sein Gesicht. Zwei seiner vier Kollegen, die an der Tür Wache standen, kamen ein paar Schritte auf uns zu, bereit einzugreifen, falls die Situation außer Kontrolle geraten sollte.

„Letzte Warnung, Temern", warnte der Wachmann. „Treten Sie zurück, bis sich die Lage beruhigt hat. Zwingen Sie uns nicht, ..."

Er beendete seinen Satz nicht. Eine gewaltige Explosion erschütterte das Gebäude. In meinem letzten Moment der Klarheit wurde mir vage bewusst, dass die Explosion direkt vor der Ausgangstür stattgefunden hatte. Ich wusste nicht, was für ein Sprengkörper detoniert war. Aber angesichts der Art und Weise, wie einige Fenster zerbrochen waren, musste es sich um etwas

Schwerwiegendes gehandelt haben. Hätte der Wachmann mich hinausgelassen, als ich es wollte, wäre ich wahrscheinlich schwer von der Explosion getroffen worden.

Linseas Gesicht blitzte vor meinen Augen auf, als die Angst um meine Frau in mir hochkam. Aber selbst das verblasste in dem Bruchteil einer Sekunde, in dem mir diese beiden Gedanken nach der Explosion durch den Kopf gingen. Der schlimmste Schmerz, den ich je empfunden hatte, durchzuckte mein Gehirn und lief mir den Rücken hinunter. Meine Knie gaben fast nach, als ich trocken würgte und sich mein Magen grausam zusammenzog. Um mich herum schrien die Besucher und stießen in ihrer Panik, vor der unbekannten Bedrohung Zuflucht zu suchen, gegeneinander.

Ihre Angst war wie unzählige Messer, die mich wiederholt stachen und dann Säure in die Wunden gossen. Ich würgte erneut, stolperte vorwärts, schlug mit den Händen gegen die Wand, kurz bevor ich zusammengebrochen wäre. Mein Gehirn fühlte sich an, als würde es explodieren, während eine dämonische Hand mir das Rückgrat aus dem Körper riss.

Ich wollte, dass sie aufhörten, dass sie nur für eine Sekunde still waren, eine einzige gesegnete Sekunde, bevor sie mich umbrachten. Aber sie hörten nicht auf. Stattdessen schürte die Menge gegenseitig ihre Angst, und die Panik wurde immer größer, besonders als einige Menschen zu fallen begannen und von denen, die noch standen und verzweifelt versuchten, in Deckung zu laufen, niedergetrampelt wurden.

Etwas in meinem Kopf zerbrach.

„HÖRT AUF!", schrie ich mit solcher Kraft, dass meine Stimmbänder schmerzten.

Aber nichts konnte auch nur annähernd mit den Qualen in meinem Kopf mithalten. Während ich sinnlos dieses Wort schrie, versuchte ich mit aller Kraft, den lähmenden Lärm aus meinem Kopf zu verdrängen. Ich konnte es nicht erklären, aber es fühlte sich an, als wäre um mich herum eine gewaltige Explosion detoniert.

Und dann wurde es still.

Nein, nicht still. Der Lärm attackierte mich immer noch, aber er hatte deutlich nachgelassen, als wäre die Hälfte der Menschen, die mich mit ihren elenden Emotionen bombardierten, plötzlich verschwunden. Ich lehnte mich an die Wand, mein Inneres drehte sich immer noch schrecklich, und versuchte blindlings, meinen Weg zurück zum Haupteingang zu finden. Nach nur ein paar Schritten wäre ich fast gestürzt, als mein Fuß gegen etwas Weiches stieß. Instinktiv krallte ich mich mit den Fingern in die Wand und zog mich wieder in eine aufrechte Position.

Ich blinzelte, mein Kopf pochte, und ich versuchte zu verstehen, was mir mein verschwommener Blick zu zeigen versuchte. Das konnte nicht stimmen. Und doch konnte man es nicht leugnen. Dutzende von Leichen lagen zu meinen Füßen. Alle um mich herum, bis zum Ende des Korridors, lagen bewusstlos auf dem Boden. Ich konnte nicht sagen, ob sie tot waren. Einer schien zu atmen, aber ich konnte es nicht mit Sicherheit sagen. Selbst wenn ich hätte helfen wollen, war ich dazu nicht in der Lage. Der qualvolle Schmerz, der meinen Schädel zermalmte, brachte mich ebenfalls an den Rand des Zusammenbruchs.

Während ich mich ungeschickt zwischen den Bewusstlosen hindurchbewegte, schwand die kurze Atempause, die mir die Ohnmacht all dieser Menschen verschafft hatte, schnell dahin. Vor mir drangen weitere panische Stimmen und ängstliche Schreie zu mir, die mich wie eine rasende Schar kreischender Todesfeen überfielen. Ich krümmte mich und würgte erneut. Jeder Muskel meines Körpers schrie, als würde er mit Stachelknüppeln geschlagen.

Eine warme Flüssigkeit begann aus meinen beiden Ohren zu tropfen. Ein Teil von mir wusste, was das war, und verstand, dass dies darauf hindeutete, dass mein Körper kurz vor dem Zusammenbruch stand. Ich wusste nicht, ob ich es rechtzeitig schaffen würde. Ich konnte mich nur darauf konzentrieren, einen Fuß vor den anderen zu setzen, solange ich noch Kraft hatte.

Zu meinem Entsetzen konnte ich, als ich die Haupthalle erreichte, vage die Silhouetten der Teilnehmer erkennen, die auf dem Balkon kauerten und Schutz suchten, während andere versuchten, in eines der Zimmer zu kriechen, in denen sie sich verstecken konnten. Die Personen auf der mir gegenüberliegenden Seite der Halle waren bei Bewusstsein und hatten Angst. Mein Verstand konnte nicht begreifen, warum sie auf dem Boden lagen, die meisten von ihnen kniend mit erhobenen Händen.

Aber das war mir auch egal. Die dicke Flüssigkeit, die aus meinen Augen floss, machte mich fast blind. Gerade als ich den Mund öffnete, um die knienden Menschen anzuschreien, sie sollten mir verdammt noch mal aus dem Weg gehen, stürmten zwei maskierte Männer vom Eingang aus in die Haupthalle.

„Was zum Teufel ist hier los?! Was ist passiert?", rief einer der Männer, als er einen Blick auf all die bewusstlosen Menschen hinter mir warf. „Warum bluten deine Augen?"

„Sei still", flüsterte ich, wobei mir der Klang meiner eigenen Stimme in den Ohren wehtat.

„Was zum Teufel?", rief der Mann und richtete seinen Blaster auf mich. „Runter auf den Boden, du Freak. Mach keinen weiteren Schritt!"

„Sei still!", wiederholte ich, diesmal lauter, während mörderische Wut in mir aufstieg.

„Ich habe dich verdammt noch mal gebeten, ...!"

„RUHE!", schrie ich und unterbrach ihn.

Meine Hände erhoben sich wie von selbst vor mir. Meine Handflächen kribbelten, und intensive Hitze strahlte um sie herum, bevor ein blendendes Licht aufleuchtete. Beide Männer sahen aus, als wären sie von einem Widder getroffen worden, und sie flogen zurück, prallten brutal gegen die Wand und rutschten dann bewusstlos zu Boden.

Wie aus einem Munde begannen die Menschen auf der

anderen Seite des Raumes zu kreischen und versuchten, sich in Sicherheit zu bringen. Es fühlte sich an, als würden tausend Hämmer gleichzeitig auf meinen Schädel einschlagen. Etwas in mir zerbrach, als ich versuchte, sie wegzustoßen. Die Luft um mich herum veränderte sich, als hätte ein mächtiger Unterdruck den Sauerstoff aus dem Raum gesaugt.

Alle wurden still. Aber das war mir egal. Der Boden kam auf mich zugerast. Ich spürte nicht, wie ich auf ihm aufschlug, denn die selige Bewusstlosigkeit übermannte mich zuvor.

KAPITEL 12
LINSEA

Ich erwachte zu Sirenen, schmerzerfüllten Wimmern und panischen Stimmen. Geschockt stellte ich fest, dass ich auf dem Boden im Gang zwischen den Sitzen des Konferenzraums lag. Mein Kopf schmerzte ein wenig, wie nach einem leichten Kater. Als ich jedoch sah, dass alle anderen um mich herum ebenfalls auf dem Boden lagen und benommen versuchten, wieder auf die Beine zu kommen, lief mir ein Schauer des Grauens über den Rücken.

Ein Blick in den Raum zeigte, dass es keine strukturellen Schäden gab, die ein Erdbeben oder etwas Ähnliches verursacht haben könnte. Das hätte erklärt, warum alle hingefallen waren, einige von uns sich den Kopf gestoßen hatten, was meine Kopfschmerzen und die Tatsache, dass ich bewusstlos gewesen war, erklärt hätte. Aber offensichtlich war etwas anderes passiert.

Und dann erinnerte ich mich an das Geräusch einer Explosion. Das Gebäude war angegriffen worden.

„Kayog!", flüsterte ich mit angstvoller Stimme.

Ich hob meinen linken Unterarm vor mich und tippte ein paar Befehle auf meinen Armschutz, während ich versuchte, aus dem Raum zu stürmen. Zu meiner Bestürzung antwortete Kayog nicht auf meinen Ruf. Ich versuchte erneut, ihn über sein Funkgerät zu erreichen, während ich mich mit den Ellbogen den Weg nach draußen bahnte, doch es klingelte nur, ohne dass jemand antwortete. Vor Sorge schwindelig werdend, versuchte ich, sein Funkgerät zu orten.

Mein Blut gefror zu Eis, als es anzeigte, dass er nur wenige Meter entfernt war.

Er hätte längst weg sein und schon auf halbem Weg zu seinem Haus sein müssen. Warum war er noch hier? Warum antwortete er nicht? Meine blühende Fantasie malte mir alle möglichen schrecklichen Szenarien aus, insbesondere nach den beiden Explosionen. Als ich jedoch endlich in die Haupthalle gelangte, erwartete mich ein noch schrecklicheres Bild.

„KAYOG!", schrie ich entsetzt.

Ich rannte zu ihm, meine Brust schnürte sich zusammen und mein Magen verkrampfte sich vor Angst, als ich ihn auf dem Boden liegend vorfand. Er hatte sich den rechten Flügel gebrochen, als er in einem ungünstigen Winkel darauf gefallen war. Aber das Blut, das ihm aus den Augen und Ohren über das Gesicht lief, machte mich fertig. Unwillkürliche Krämpfe schüttelten seinen Körper, während er flache, pfeifende Atemzüge nahm.

„MEDIZINER!", schrie ich, während ich meinen Armschutz über seinen Kopf führte.

Es verfügte nur über die üblichen grundlegenden Scanfunktionen, die die meisten persönlichen Armbänder boten. Aber es war fortschrittlich genug, um eine kritische Schwellung und eine Hirnblutung festzustellen.

„MEDIZINER!", schrie ich erneut und kämpfte gegen die Tränen in meinen Augen an.

Zu meiner Erleichterung kamen zwei Wachen herbeigeeilt. Ein einziger Blick auf meinen Partner genügte ihnen, um zu verstehen, dass er sofort ins Krankenhaus gebracht werden musste. Mit Hilfe einiger weiterer Wachen, die den Weg frei machten, trugen sie Kayog nach draußen in die Nähe des medizinischen Shuttles, wo die Sanitäter herumliefen und sich um die Verletzten in der Menge kümmerten.

Während wir rannten, rief ich meine Großmutter an.

„Liebling, wie geht es ...?"

„Er stirbt, Nana!", rief ich und unterbrach sie. „Kayog stirbt. Wir sind in der Hemlock Conference Hall."

„Wo der Angriff stattfand?", rief sie aus.

„Ja. Kayog ist zusammengebrochen. Aus seinen Augen und Ohren fließt Blut, und mein Scan bestätigt, dass er eine schwere Hirnblutung hat. Wir brauchen Hilfe!"

„Verstanden. Ich stelle sofort ein Ärzteteam zusammen. Sag mir, wohin sie ihn bringen, dann schicke ich sie dorthin", erwiderte Nana Arika mit entschlossener Stimme.

„Danke, Nana", antwortete ich, während mein Herz vor Angst um meinen Partner schmerzte und sich gleichzeitig mit Dankbarkeit für meine Großmutter füllte.

Draußen herrschte völliges Chaos. Waren die Wachen zuvor schon überfordert gewesen, so hatten sie es nun mit einem regelrechten Tumult zu tun. Trotz des Chaos, das der Angriff hinterlassen hatte, versuchten einige Idioten immer noch zu protestieren, zu hetzen oder die ohnehin schon nervöse Menge weiter aufzuheizen. Man sah Besucher, die verzweifelt nach Freunden oder Angehörigen suchten, von denen sie zu Beginn des Angriffs getrennt worden waren. Andere suchten Hilfe für ihre Verletzungen oder leisteten Hilfe, wo immer sie konnten.

Sobald die Sanitäter bemerkten, dass die Wachen mit Kayog näherkamen, ließen sie alles stehen und liegen, um sich um meinen Partner zu kümmern. Jeder, der Augen im Kopf hatte, konnte sehen, dass er oberste Priorität hatte. Die Ersthelfer begannen, ihn in den Sanitätswagen zu laden. Zu meinem Entsetzen hob eine der Sanitäterinnen, als ich näherkam, ihre Handfläche in einer abwehrenden Geste.

„Es tut mir leid, Ma'am, aber Sie können nicht mitkommen",

sagte sie in entschuldigendem Ton.

„Was?", rief ich empört.

„Es ist kein Platz mehr. Wir müssen ihn für die anderen Patienten freihalten. Viele Personen wurden in der Panik verletzt", erklärte die Frau.

„Aber ich bin seine Partnerin!", argumentierte ich und versuchte, um sie herumzugehen, um hineinzukommen.

„Es tut mir leid, Ma'am. Wir können Sie nicht hereinlassen. Wir bringen ihn ins Danmere Hospital. Sie können uns gerne dort treffen", sagte die Sanitäterin in einem Ton, der keine Widerrede duldete.

Als ich versuchte, ihre Haltung weiter in Frage zu stellen, griffen zwei Wachleute ein und schoben mich beiseite, damit sie zwei weitere Patienten einladen konnten, bevor sie losfuhren. Ich musste meine ganze Willenskraft aufbringen, um nicht wütend zu werden und zu verlangen, dass sie mich mitnehmen. Ein Teil von mir schämte sich für mein Verhalten. Natürlich mussten sie den Verletzten Vorrang geben. Aber Kayog in einem so schrecklichen Zustand zu sehen, raubte mir jegliche rationale Denkfähigkeit.

Ich flog sofort hinter ihnen her und rief meine Oma an, um ihr das Ziel mitzuteilen. Zu meiner Erleichterung bestätigte sie, dass ihr medizinisches Team sofort dorthin fahren würde.

Zu meiner Bestürzung konnte ich trotz der hohen Geschwindigkeit, die ich beim Fliegen erreichen konnte, nicht mit dem Shuttle mithalten, das mit der für Rettungsfahrzeuge zulässigen Höchstgeschwindigkeit an mir vorbeirauschte. Dennoch war es an sich schon ein großer Segen, dass ich fliegen konnte. Wäre ich eine Spezies ohne Flügel gewesen, wer weiß, wie ich es geschafft hätte, ihm zu folgen.

In meinem Kopf schwirrten zu viele Gedanken herum, als dass ich sie rational ordnen konnte. Der größte Teil meiner Aufmerksamkeit galt Kayog und der Frage, wie schwer er durch die vielen extremen Emotionen möglicherweise verletzt worden war. Der andere Teil musste verstehen, was passiert war. Was konnte so viele Teilnehmer – mich eingeschlossen – außer Gefecht gesetzt haben, ohne dass es zu erkennbaren strukturellen Schäden gekommen war? Was für ein Angriff war auf uns verübt worden? Und wer hätte das getan?

Schlimmer noch, hatte ich mir eine Verletzung zugezogen, die ich gerade verschlimmerte, indem ich so schnell wie möglich flog, bevor ich mich von einem Fachmann untersuchen lassen konnte?

Ich schrie auf und mein Herz sprang mir fast aus der Brust, als mein Com plötzlich losging. Mit rasendem Puls nahm ich den Anruf entgegen und sah Isobels Namen auf dem Display.

„Linsea, bist du okay? Ich habe den Angriff in den Nachrichten gesehen, aber ich kann Kai nicht erreichen!", sagte Isobel mit leicht panischer Stimme.

„Es sieht schlecht aus, Isobel", antwortete ich mit zittriger Stimme, voller Sorge und Trauer. „Ich bin auf dem Weg zum Danmere Hospital. Sie bringen Kayog dorthin. Er ist zusammengebrochen und blutet aus Augen und Ohren."

„Nein!", stieß Isobel entsetzt hervor. „Ich komme!"

„Danke", entgegnete ich mit aufrichtiger Dankbarkeit. „Wir sehen uns dort."

Wir beendeten das Gespräch, und ich gab mein Bestes, um mein Ziel zu erreichen. Es dauerte gut zwölf Minuten – eine verdammte Ewigkeit –, bis das Krankenhaus endlich vor mir auftauchte. Als ich mit dem Landeanflug begann, blickte ich auf das totale Chaos, das auch hier herrschte. Unzählige Shuttles rangelten um die Vorfahrt und versuchten, einen Parkplatz zu finden. Sofort zog sich mein Herz für Isobel zusammen. Sie würde ziemlich weit entfernt landen müssen, da sie hier unmöglich einen Platz finden würde.

Normalerweise war dieser Ort leicht zugänglich. Aber heute Abend eilten zweifellos auch Freunde und Verwandte hierher, um sich über den Zustand ihrer Angehörigen zu informieren. Das

Schlimmste daran war, dass viele der Personen, die diesen unnötigen Verkehr verursachten, gar nicht hier sein mussten. Wie so oft handelten die Leute zuerst und dachten erst danach nach. Sie hatten gehört, dass Verletzte hierhergebracht worden waren, und kamen sofort, bevor sie die Bestätigung hatten, dass ihre Angehörigen darunter waren. Und doch konnte ich ihnen keinen Vorwurf machen. An ihrer Stelle hätte ich, wenn ich meinen Partner nicht erreichen konnte, ebenfalls angenommen, dass er zu den Opfern gehörte, die ins Krankenhaus gebracht worden waren. Und man konnte mir glauben, dass ich hierher gerannt wäre.

Wieder einmal dankte ich allen Mächten des Universums, dass ich ein Temern war. Ich landete mühelos in der Nähe des Eingangs und rannte hinein. Dort erwartete mich das totale Chaos. Zu meinem großen Ärger waren es nicht die Opfer, die schrien und um Aufmerksamkeit bettelten, sondern die Familien, die sich mit den Empfangsmitarbeitern und Krankenschwestern stritten und ihnen vorwarfen, zu lügen, als sie sagten, dass ihre Angehörigen nicht in ihrem System erfasst seien.

Als mir klar wurde, dass ich hier nicht viel Hilfe bekommen würde, da so viele andere das ohnehin schon überforderte Personal in Beschlag nahmen, machte ich mich auf den Weg zur Notaufnahme im vierten Stock. Auch hier rannten alle herum. Diejenigen, die ich um Hilfe bat, ignorierten mich oder schüttelten nur abwesend den Kopf, als ich sie fragte, ob Kayog hier sei.

In meiner Verzweiflung packte ich schließlich einen männlichen Krankenpfleger, der an mir vorbeirannte, um ihn zum Anhalten und Reden zu zwingen. Er warf mir einen genervten Blick zu.

„Es tut mir leid, aber ich brauche jemanden, der mir antwortet!", sagte ich in einem wütenden Ton, der sogar mir selbst Angst machte. „Mein Partner wurde mit Blutungen aus Augen und Ohren in dieses Krankenhaus gebracht."

„Ich weiß nicht, wo er ist, und ich werde dringend im Operationssaal gebraucht. Fragen Sie die Rezeptionistin am Ende dieses Flurs auf der linken Seite", antwortete er in knappem Ton, bevor er seinen Arm losriss und davoneilte.

Trotz meiner Wut – nicht auf den Krankenpfleger, sondern auf das Gefühl der Hilflosigkeit, das ich empfand – lief ich in die von ihm angegebene Richtung. Auf halbem Weg durch den breiten Korridor fiel mein Blick auf schwarze Uniformen in einem Verbindungsgang. Ich blieb stehen, als ich erkannte, dass es sich um Enforcer handelte.

Sie sind wegen Kayog hier.

Ich konnte nicht sagen, warum mich dieser Gedanke so stark traf, aber alles in mir schrie, dass es wahr war. Ohne zu zögern, rannte ich ihnen hinterher. Sie bogen in einen anderen Korridor ein. Eine Schwebetrage, die mir den Weg versperrte, zwang mich, langsamer zu werden. Ich fluchte innerlich und kämpfte gegen den Drang an, sie zu drängen, schneller zu gehen, um den Weg freizumachen. Was, wenn diese Enforcer einen Raum oder einen Aufzug betraten, bevor ich sie sehen konnte? Was, wenn ...?

Mein Blut gefror zu Eis, und all diese Fragen verschwanden aus meinem Kopf, als ich endlich die Ecke erreichte und in den Flur blickte. Zehn Meter vor mir standen zwei Temern-Ärzte vor einem Raum und unterhielten sich mit den Enforcern. Der eine hatte staubblaue Federn mit schwarzen Flecken auf der Brust und schwarze Federn an den Rändern seiner Flügel. Der andere war dunkelgrün mit weißer Brust und weißem Kopf. Ein kurzer empathischer Scan der Ärzte bestätigte meine schlimmsten Befürchtungen.

Sie waren bereit zu töten.

Ich rannte auf sie zu und errichtete meine psychischen Mauern, um zu verhindern, dass sie meine Gedanken lesen konnten. Der blaue Arzt bemerkte mich, als ich mich ihnen näherte. Er verkrampfte sich augenblicklich, sein Gesichtsausdruck verhärtete sich, während er mich mit zusammengekniffenen Augen anstarrte. Seine Emotionen schrien nach Misstrauen und einer defensiven Haltung, die leicht in eine kämpferische übergehen konnte.

Er hatte einen Kurs eingeschlagen, den er um jeden Preis durchziehen wollte. Aber warum? Warum löste der Zustand meines Partners solche gewalttätigen Impulse bei Wesen aus, die sich der Rettung und dem Schutz von Leben verschrieben hatten?

„Ich muss Kayog sehen", sagte ich in einem gebieterischen Tonfall.

„Besucher sind hier nicht erlaubt", sagte der blaue Arzt kühl.

Die Enforcer drehten sich zu mir um, ihre Gesichter waren unlesbar, obwohl ihre Gefühle eine Mischung aus Zurückhaltung und Neugierde ausdrückten. Im Moment stellten sie keine Bedrohung dar. Ich hasste es nur, dass ich diese speziellen Enforcer nicht kannte.

„Ich bin kein Besucher", erwiderte ich in hochmütigem Ton. „Ich bin seine Partnerin. Wie ist sein Zustand?"

Die Temern wichen zurück und warfen sich einen besorgten Blick zu, bevor sie mich mit gerunzelter Stirn ansahen.

„Ich habe eine Frage gestellt", knurrte ich, als sie still blieben und ihre Räder sich drehten, während sie über die Antwort nachdachten, die sie geben würden... falls überhaupt.

„Er hat keine Partnerin", antwortete der grüne Arzt mit einer Art Verachtung, die mich dazu brachte, ihm ins Gesicht schlagen zu wollen.

„Wir sind noch nicht verheiratet", räumte ich mit einer genervten Geste ein, „aber das werden wir bald sein."

„Es tut mir leid, aber in seiner Akte gibt es keine Hinweise darauf", sagte der blaue Arzt mit einem siegreichen Glitzern in seinen schwarzen Augen, während er trotzig sein Kinn hob. „In seinen Unterlagen sind auch keine Lebensgefährten oder nächsten Angehörigen aufgeführt."

„Kayog hat außer mir niemanden, der dafür sorgt, dass er die richtige Pflege für seine speziellen Bedürfnisse erhält", beharrte ich und zwang mich, mit fester, aber vernünftiger Stimme zu sprechen.

„Wir haben bereits besprochen, was in Bezug auf Herrn Voln zu tun ist", sagte der grüne Arzt in einer Weise, die deutlich machte, dass ihre Entscheidung nicht zur Diskussion stand und ich mich zurückziehen musste. „Er ist ein ganz besonderer Fall, der sofort behandelt werden muss, bevor es zu einer unglücklichen Eskalation kommt."

„Ich lasse nicht zu, dass Sie ihn töten!", knurrte ich, zeigte mit einem anklagenden Finger auf ihn und machte einen bedrohlichen Schritt nach vorne.

Die Vollstrecker versteiften sich sichtlich bei meiner Aussage, dann drehten sie ihre Köpfe zu den Ärzten und starrten sie mit einer Mischung aus Schock und Misstrauen an. Diese unwillkürliche Reaktion gab mir Hoffnung. Sie waren nicht hierhergeschickt worden, um Kayog hinzurichten oder Zeugen seines Mordes zu werden.

Warum waren sie dann hier?

„Was für eine unerhörte Behauptung! Wir sind Heiler!", rief der grüne Arzt aus.

„Halten Sie mich nicht für einen Idioten", zischte ich. „Ich bin ein verdammter Temern. Ich weiß, was Sie ‚Heiler' mit Edals machen."

Diesmal zuckten beide zusammen, ihre Rücken versteiften sich, während sie mich schockiert anstarrten. Der blaue Arzt erholte sich als Erster. Er legte alle Zurückhaltung ab, sein Gesicht verhärtete sich, und ein fast grausamer Glanz blitzte in seinen obsidianfarbenen Augen auf.

„Ich werde nicht fragen, woher Sie Edals kennen. Aber das bedeutet, dass Sie wissen, dass er eine Gefahr für alle hier ist", sagte er mit harter Stimme. „Nach der letzten Zählung wurden in

der letzten Stunde mehr als 426 Menschen wegen ihm einge-
liefert."

Jetzt war ich an der Reihe, zurückzuschrecken, als ich sie
verwirrt und empört anstarrte.

„Was zum Teufel redet ihr da? Was dort passiert ist, ist nicht
seine Schuld. Es sind Sprengsätze explodiert und ..."

„Ich bitte Sie, sofort zu gehen. Mit Ihrer Einmischung
bringen Sie alle in diesem Krankenhaus in weitere Gefahr", sagte
der grüne Arzt drohend.

Ein kalter Schauer lief mir über den Rücken. Nach meiner
letzten Bemerkung hatte sich etwas verändert. Als ich zum ersten
Mal erwähnt hatte, dass Kayog ein Edal war, waren ihre Gefühle
vorsichtig und zurückhaltend geworden, so als hätten sie erkannt,
dass sie es mit einem potenziell größeren Raubtier zu tun hatten
als sie selbst. Aber etwas, das ich gesagt hatte, überzeugte sie
davon, dass ich weit weniger wusste, als sie zunächst angenommen hatten, oder dass ich tatsächlich keine Bedrohung für
das darstellte, was sie vorhatten. Was hatte ich übersehen? Sie
konnten doch unmöglich andeuten, dass Kayog diese Bomben
gezündet hatte?

„Ich werde nicht gehen!", fuhr ich sie an.

„Gibt es hier ein Problem?", fragte die weibliche Vollstreckerin und blickte abwechselnd zu den Ärzten und zu mir.

„Officer, bitte entfernen Sie diese Frau", forderte der blaue
Temern in befehlendem Ton.

„Sie werden ihn umbringen!", rief ich flehentlich.

Die Frau runzelte die Stirn und blinzelte zweimal schnell,
während sie die Situation verarbeitete. Ihre Emotionen deuteten
darauf hin, dass sie den Ärzten gegenüber einen gewissen
Verdacht hegte, aber dass sie mich vor allem für irrational hielt.
Zum Glück hielt sie sich mit ihrem Urteil noch zurück und gab
sich etwas mehr Zeit, um die Situation weiter einzuschätzen.

„Das sind Ärzte. Sie heilen Lebewesen", sagte sie vorsichtig
mit sanfter Stimme. „Angesichts seines ernsten Zustands, in dem

er hierhergebracht wurde, möchten Sie doch sicher, dass sie sich um ihn kümmern."

„Ich bin seine Partnerin", beharrte ich stur. „Ich bin auch eine Temern, daher kann ich ihre Gefühle lesen. Auch wenn Sie das für übertrieben halten mögen, versichere ich Ihnen, dass sie ihm Schaden zufügen wollen. Als seine Partnerin bitte ich darum, dass ihm ein anderer Arzt zugewiesen wird."

„Er ist nicht verheiratet", schnauzte der grüne Arzt.

Ich ignorierte ihn und sah dem Vollstrecker in die Augen. „Ich bin Linsea Kenna, Enkelin von Arika Sorek, Senior Rechtsberater der IPO, Tochter von Karis Kenna, Chefunterhändler der IPO, und von Randel Kenna, leitendem Strafverteidiger der Enforcers, Abteilung Ulthor. Arika Sorek hat bereits ein Spezialteam von Ärzten geschickt, um sich um Kayog zu kümmern. Sie sollten jeden Moment hier sein."

„Sie haben hier keine Zuständigkeit", zischte der grüne Arzt, obwohl nun ein Hauch von Angst in seiner Stimme mitschwang.

„Als ob Sie das hätten!", knurrte ich. „Halten Sie sich von ihm fern, oder ich werde Ihnen Ihre Lizenz entziehen und dieses ganze verdammte Krankenhaus zu Fall bringen. Ich habe gerade ein Praktikum bei Botschafter Olmek über Geiselverhandlungen und Geiselnahmen absolviert. Ich weiß genau, mit welchen Mitteln man eine Organisation und sogar eine ganze Regierung zerschlagen kann. Ich habe die richtigen Verbindungen, um Sie, Ihre ganze verdammte Familie und diesen ganzen Ort zu zerstören. Also provozieren Sie mich nicht!"

„Sie haben gerade gehört, wie sie uns bedroht hat, oder?", sagte die blaue Temern empört zu den Enforcern.

Ich wandte mich an die weibliche Vollstreckerin, während ihr männlicher Kollege sich anspannte, bereit, einzugreifen, falls die Situation weiter eskalieren sollte.

„Rufen Sie meine Großmutter an", sagte ich zu ihr. „Rufen Sie Arika Sorek an, um meine Aussagen zu bestätigen."

Sie kniff die Augen zusammen. „Warum rufen *Sie* sie nicht

selbst an?"

Ich lächelte auf eine Weise, die „Herausforderung angenommen" bedeutete. Das war clever von ihr und eindeutig ein Test. Wenn sie wirklich meine Großmutter wäre, dann müsste ich ihre Direktnummer haben.

„Gerne", antwortete ich. „Und während ich das mache, holen Sie bitte Colin Wilson her. Er kennt mich und interessiert sich auch sehr für meinen Partner."

Ohne auf ihre Antwort zu warten, benutzte ich das Kommunikationsgerät an meinem Armschutz und schaltete es auf Lautsprecher, sobald es zu klingeln begann. Meine Oma nahm fast sofort ab.

„Linsea, sind sie angekommen?", fragte meine Großmutter, anstatt mich zu begrüßen.

„Nein, noch nicht. Aber es sind zwei Ärzte aus Temern hier, die Kayog umbringen wollen", antwortete ich und warf ihnen einen vernichtenden Blick zu.

„Wir haben nie gesagt...", begann der blaue Arzt zu argumentieren, bevor meine Großmutter ihn unterbrach.

„Sie müssen sich von Herrn Voln fernhalten", sagte sie mit dieser eiskalten Stimme, die selbst den grausamsten Krieger vor Angst erzittern lassen würde. „Er steht unter dem Schutz der IPO. Die Bestätigung wurde an die Krankenhausleitung geschickt. Überprüfen Sie das bei ihnen. Aber ziehen Sie sich sofort zurück."

„Woher wissen wir, dass Sie wirklich die sind, für die sie sich ausgeben?", fragte der grüne Arzt herausfordernd.

„Eine berechtigte Frage", erklärte die Enforcerin. „Ich bin Agent Tana Murphy."

„Tana Murphy, Teamleiterin der Alpha-Bravo-Einheit, die nach Ihrem Einsatz auf Xoccoris frisch nach Mazeria versetzt wurde", sagte meine Großmutter. „Wir haben in meinem Büro über die prekäre Situation eines neuen Rekruten gesprochen, an dessen Potenzial Sie geglaubt haben."

„Beraterin Sorek, danke, dass Sie Ihre Identität bestätigt haben", sagte Agent Murphy mit sofort respektvoller Stimme. „Wie lauten die Befehle der IPO?"

„Mr. Voln muss um jeden Preis geschützt werden. Diese Ärzte aus Temern dürfen sich ihm unter keinen Umständen nähern. Unsere Spezialisten werden in Kürze eintreffen, um ihn zu versorgen", antwortete sie mit einer Autorität, die mein Herz vor Stolz und Dankbarkeit höherschlagen ließ.

„Verstanden", antwortete Agent Murphy.

„Linsea, sag mir Bescheid, sobald sie angekommen sind", sagte meine Oma.

„Werde ich machen. Danke", erwiderte ich herzlich.

Sobald wir das Gespräch beendet hatten, wollte ich den Raum betreten, aber der elende grüne Arzt versperrte mir den Weg, seine Wut war fast greifbar.

„Sie dürfen immer noch nicht eintreten", zischte er. „Nicht nur, dass Besucher in diesem Flügel nicht erlaubt sind, sondern nur Familienangehörige können unter bestimmten Bedingungen eine Sondergenehmigung erhalten. Es gibt keinen Beweis dafür, dass Sie seine Partnerin sind."

„Sie *ist* seine Partnerin", sagte eine weibliche Stimme hinter uns.

Erschrocken drehten wir uns alle um und sahen zu unserer großen Erleichterung Isobel auf uns zukommen.

„Ich bin eine zertifizierte Priesterin des Galaktischen Priesterkollegs und hier auf Mazeria, um meinen Doktortitel zu machen", sagte Isobel mit Gelassenheit und Selbstsicherheit. „Linsea und Kayog sind nicht verheiratet, aber sie sind verlobt. Ich bin Kayogs spirituelle Beraterin. Er hat mir persönlich bestätigt, dass Linsea seine Seelenverwandte ist und dass er beabsichtigt, sie dieses Jahr zu heiraten. Auch sie hat mir gegenüber ihre Zuneigung zu ihm bestätigt. Darüber hinaus sind sie öffentlich als Paar aufgetreten."

„Das bedeutet nicht, dass sie ..."

„Seien Sie vorsichtig, Doktor, wenn Sie eine Priesterin der Lüge bezichtigen", sagte Isobel streng zu dem grünen Arzt. „Sie wissen, dass solche Verleumdungen schwerwiegende Folgen haben können. Außerdem sind Sie ein Temern. Sie können spüren, dass ich ehrlich bin."

Er schnalzte mit dem Schnabel, was tiefe Frustration, aber auch Niederlage ausdrückte.

„Wenn Sie nun fertig sind, meine Zeit zu verschwenden, werde ich zu meinem Partner gehen", sagte ich und schob mich an den Ärzten vorbei, um den Raum zu betreten.

Sie versuchten, Isobel aufzuhalten, aber ich packte sie am Arm und zog sie hinter mir her. Sobald sich die Tür geschlossen hatte, eilte ich zu Kayog. Wut stieg in mir auf, als ich ihn in diesem Zustand sah, seine Haut brannte, sein Körper zitterte und sein Atem war flach. Zumindest war das Blut aus seinem Gesicht gewischt worden, obwohl ich noch ein paar Flecken sehen konnte, die an einigen seiner Federn an den Seiten seiner Wangen klebten.

„Danke, dass du da draußen geholfen hast", sagte ich abwesend zu Isobel, während ich einen Blick auf den Monitor warf, an den er angeschlossen war.

„Nein, Linsea. Ich danke *dir*, dass du ihn beschützt hast", sagte sie mit beruhigender Stimme, als sie sich dem Bett auf der mir gegenüberliegenden Seite näherte.

„Es ist wirklich schlimm", stellte ich mit schmerzerfüllter Stimme fest, während tief in mir Wut und Frustration brodelten, weil das medizinische Team noch nicht eingetroffen war.

Isobel nickte. „Da draußen herrscht das totale Chaos. Alle hier und in der Umgebung sind in Panik, und all diese Emotionen müssen ihn fertigmachen."

Meine Eingeweide verkrampften sich vor Sorge. „Er ist gerade bewusstlos, aber ich bin mir nicht sicher, ob es ihn noch beeinflusst oder ob seine aktuellen Reaktionen auf Schwellungen oder Blutungen zurückzuführen sind. Er muss in einen Isolationsraum oder in Stasis gebracht werden. Kannst du überprüfen, ob das arrangiert werden kann, bis die Ärzte hier sind?"

„Natürlich, sofort", sagte Isobel, bevor sie aus dem Raum eilte.

Sobald sich die Tür hinter ihr geschlossen hatte, fühlte ich mich irrationalerweise verlassen. Eine Welle der Hilflosigkeit überkam mich, als ich Kayog ansah. Ich hasste es, ihn so gebrochen zu sehen, wo er doch so stark war. Ich hasste die abscheulichen Wesen, die so viel Chaos und Gewalt ausgelöst hatten, dass Kayog in eine Abwärtsspirale geraten war. Aber vor allem hasste ich mich selbst dafür, dass ich ihn nicht aus der Halle begleitet hatte, als er sagte, dass er sich überfordert fühlte. Hätte ich nur auf mein Bauchgefühl gehört, bevor wir gelandet waren, und ihn gezwungen, umzukehren, dann wäre er jetzt nicht verletzt und würde möglicherweise sterben.

Mein Herz machte einen Sprung, als Kayog plötzlich zu wimmern begann. Sein Gesicht war verzerrt, und sein Körper begann erneut zu zittern. Die Wirkung des Beruhigungsmittels, das man ihm gegeben hatte, hat nachgelassen.

„Kayog?", sagte ich, beugte mich über ihn und streichelte ihm über den Kopf.

Seine Augen sprangen auf, und er begann sofort zu schreien, was mich erschreckte. Bevor ich ein Wort sagen konnte, stürmten die temernischen Ärzte in den Raum, gefolgt von den Vollstreckern.

„RAUS HIER!", schrie ich die Ärzte an.

Ich schlug mit den Flügeln und flog auf die andere Seite des Bettes, um sie daran zu hindern, näherzukommen.

„Ms. Kenna", sagte Agent Murphy in einem vernünftigen Ton, „Mr. Voln braucht eindeutig Hilfe."

„Er muss in Stasis versetzt werden. Aber nicht von diesen beiden. Holen Sie uns sofort jemand anderen!"

„Sie verstehen nicht, was Sie tun!", rief der blaue Arzt. „Er muss sofort getötet werden, bevor er uns alle umbringt!"

Diesmal starrten die Vollstrecker den Arzt mit Entsetzen und Schreck an, dass er endlich seine bösen Absichten gestanden hatte.

„Aus dem Weg, du dumme Frau!", schrie der Arzt und stürmte auf mich zu.

Er kam nie bis zu mir, da die Vollstrecker ihn zu Boden warfen. Sie hielten ihn jeweils an einem Arm fest, während er versuchte, sich zu befreien, und eine Reihe von Schimpfwörtern schrie. Der grüne Arzt nutzte die durch dieses Chaos entstandene Gelegenheit und stürzte sich auf Kayog, wobei seine mörderischen Absichten so stark waren, dass sie fast greifbar waren. Ohne nachzudenken, riss ich dem männlichen Vollstrecker den Blaster aus der Hand, der ihn zuvor nicht wieder gesichert hatte, nachdem er die Sicherung gelöst hatte.

Er schnappte nach Luft und versuchte, ihn mir wieder abzunehmen, aber ich schlug erneut mit den Flügeln und flog rückwärts auf die andere Seite des Bettes.

„Bleib verdammt noch mal weg von ihm!", schrie ich und richtete den Blaster auf den Arzt.

Er blieb wie angewurzelt stehen, ein paar Meter vom Bett entfernt.

„Tritt zurück, oder ich blase dir deinen verdammten Kopf weg!", schrie ich.

„Ms. Kenna! Geben Sie mir die Waffe!", sagte Agent Murphy mit angespannter Stimme, während sie ihre Hand nach mir ausstreckte und langsam näherkam.

„Schaffen Sie beide hier raus und schicken Sie eine Krankenschwester, die ihn in Stasis versetzt, sofort!", knurrte ich.

Mein Herz setzte einen Schlag aus, als der blaue Arzt seinen Arm aus dem Griff des männlichen Enforcers befreite, der ihn immer noch festhielt. Mit erhobener Hand, in der er eine Art Spritze hielt, stürzte er sich auf Kayog. Ich zögerte nicht und schoss ihm in die Brust. Um mich herum brachen Schreie aus, und Kayog wurde von heftigen Krämpfen geschüttelt. Seine

Schreie wurden immer lauter. Mein Herz brach, als mir klar wurde, dass meine Bemühungen, ihn zu beschützen, noch mehr emotionales Chaos verursachten, das ihn zerstören musste.

Ein paar Menschen – ein Mann und eine Frau – stürmten, alarmiert durch den Tumult, in den Raum, erstarrten jedoch beim Anblick der Szene vor ihnen. Die Frau eilte zu dem blauen Arzt auf dem Boden.

„Bringt sie weg!", schrie der grüne Arzt die Vollstrecker an und zeigte wütend mit dem Finger auf mich. „Sie ist verrückt."

Ich öffnete den Mund, um zu antworten, aber Kayog unterbrach mich.

„Töte mich ... Lin ... Linsea. Töte mich", flehte er.

„NEIN! Kayog, nein!", rief ich mit tränenerstickter Stimme, als ich meine Aufmerksamkeit wieder auf ihn richtete.

„Befreie mich. Ich ... ich kann nicht. Mach, dass es aufhört. Bitte. Töte mich."

„Nein! Mein Liebster, nein. Du musst durchhalten. Für mich, für uns. Ich werde das in Ordnung bringen."

„Bitte..."

Eine Bewegung am Rande meines Blickfeldes ließ mich den Kopf hochreißen. Der grüne Temern hatte die Spritze von seinem gefallenen Gefährten genommen und näherte sich dem Bett.

„Legen Sie das weg und gehen Sie weg von ihm!", schrie ich und richtete den Blaster auf ihn.

„Du hast ihn gehört!", sagte der grüne Arzt. „Er hat darum gebeten! Du hast keine Befugnis..."

Er wich gerade noch rechtzeitig aus, als ich auf ihn schoss, warf sich zur Seite und prallte gegen ein Rolltablett, das glücklicherweise leer war.

„DU, BRING IHN SOFORT IN DIE VERDAMMTE STASIS!", schrie ich den Mann, der neben der Tür stand.

Seiner Uniform nach zu urteilen, war er entweder Krankenpfleger oder Arzt, aber zweifellos ein medizinischer Fachmann.

Obwohl er sichtlich verängstigt war, näherte er sich hastig, wobei sein Blick zwischen mir, meinem Blaster und dem vor Schmerzen schreienden Kayog hin und her huschte. Zitternd begann der Mann, Anweisungen auf das medizinische Gerät neben dem Bett zu tippen. Der blaue Arzt begann sich zu regen, als die Betäubung durch meinen Blaster-Schuss nachließ.

Es war jedoch die echte Angst, die der grüne Arzt ausstrahlte, die mich aus der Fassung brachte. Er hatte schreckliche Angst vor Kayog und glaubte fest daran, dass etwas Schreckliches passieren würde, wenn wir ihn nicht sofort töteten.

„Meine Taube...", sagte Kayog mit gebrochener Stimme.

Tränen traten mir in die Augen, als ich auf ihn hinunterblickte. Abgesehen von den qualvollen Schmerzen, die ihn zerstörten, war es der Blick der Enttäuschung, den er mir zuwarf, der mich erschütterte.

„Töte mich."

„Ich kann nicht. Ich werde dich nicht verlieren. Du hast zu lange und zu hart gekämpft, um jetzt aufzugeben. Bitte, halte für mich durch. Ich schwöre, wir werden dich heilen."

Mein Blut gefror zu Eis, als seine Augen und Hände zu leuchten begannen. Es war ein weißes Licht, aber um seine Augen herum sah es rot aus, als wieder Blut aus ihnen zu tropfen begann.

„Wir werden alle sterben", flüsterte der grüne Arzt mit erschrockener Stimme, während er zurückwich.

Das Leuchten wurde intensiver, und in diesem Moment wurde mir klar, dass das, was mit Kayog geschah, genau das war, was sie von Anfang an zu verhindern versucht hatten... was ihrer Meinung nach uns alle töten würde.

Dann wurde Kayog schlaff, und das Leuchten verschwand augenblicklich aus seinen Augen und Händen.

„Es ist vollbracht", sagte der Mensch mit zitternder Stimme, bevor er sich vom Bett zurückzog.

Etwas in mir zerbrach. Ich umarmte Kayogs bewusstlosen Körper und weinte.

KAPITEL 13
LINSEA

Ich leistete keinen Widerstand, als mir jemand den Blaster aus der Hand nahm. Meine Taten würden schwerwiegende Konsequenzen haben. Ich hatte nicht nur einem Enforcer die Waffe gestohlen, sondern auch vor mehreren Zeugen auf jemanden geschossen. Die Tatsache, dass ich wusste, dass die Waffe auf eine nicht tödliche Ladung eingestellt war, machte mein Verbrechen nicht weniger schwerwiegend. Zumindest würde ich nicht wegen versuchten Mordes angeklagt werden ...

...so hoffte ich zumindest.

Aber selbst das war mir egal. Mein Herz zerbrach in tausend Stücke, während mich die Schuld zerfraß. Kayogs Stimme, die mich anflehte, ihn freizulassen, spielte sich in meinem Kopf immer wieder ab. Obwohl ich seine Gefühle nicht spüren konnte, würde mich die offensichtliche Qual in seiner Stimme, in seinem Körper, in seinen Augen, als er um Gnade flehte, für den Rest meines Lebens verfolgen. Ich wollte glauben, dass es nicht mein egoistisches Bedürfnis war, ihn zu behalten, das mich dazu gebracht hatte, seine Bitte abzulehnen. Zu behaupten, dass dies keine Rolle gespielt hätte, wäre eine offensichtliche Lüge. Aber er hatte so hart und so lange gekämpft, dass es keinen Sinn machte, jetzt aufzugeben, wo die besten Ärzte der Galaxis nach einer Lösung suchen würden.

Aber was, wenn sie ihn nicht heilen können? Was, wenn ich seine Qualen nur verlängert habe?

Tränen liefen mir über das Gesicht, als ich seinen schlaffen Körper festhielt, während die Stasis mich um den Trost des Klangs seines Herzschlags betrog.

Zu sehr in meinen dunklen Gedanken und meiner Trauer versunken, blendete ich die lebhaften Stimmen aus, die um mich herum intensiv diskutierten. Erst als eine Hand meine Schulter schüttelte, hob ich endlich den Kopf, um mich wieder auf meine Umgebung zu konzentrieren.

Der Krankenpfleger, der meinen Partner in den Stasis-Zustand versetzt hatte, stand neben mir, einen tragbaren Scanner in der Hand, und sah mich fragend an.

„Was?", fragte ich verwirrt, was er wollte.

„Sie müssen sich bitte einen Moment hinsetzen, damit ich Sie scannen kann", sagte er mit beruhigender Stimme. „Ich habe gehört, dass Sie zum Zeitpunkt der Explosion im Kongresszentrum waren. Wir müssen sicherstellen, dass Sie nicht ... betroffen sind."

Die Art, wie er zögerte, bevor er das letzte Wort aussprach, und nach den Emotionen zu urteilen, die von ihm ausgingen, glaubte er, dass mein vermeintlich psychotisches Verhalten möglicherweise durch eine Nebenwirkung der Explosion verursacht worden war, die das Zentrum erschüttert hatte.

Ich wollte widersprechen, hielt aber den Mund und fügte mich. Während er das Gerät hauptsächlich um meinen Kopf herumführte, warf ich einen Blick auf die beiden Ärzte aus Temern, die sich immer noch intensiv mit den Enforcern unterhielten. Der blaue Arzt hatte sich vollständig von der Betäubung erholt und wirkte noch wütender als sein Begleiter. Augenblicke später öffnete sich die Tür und ich erblickte zwei Ärzte, die ich als Mitarbeiter der IPO erkannte. Ich hatte nie direkt mit ihnen zu tun gehabt, aber ich hatte sie bei einigen Besuchen bei meiner Oma gesehen.

Obwohl es mir unangenehm war, dass einer von ihnen ein Temern war, beruhigte mich die Tatsache, dass er meinem Partner gegenüber keine Aggressivität zeigte, dass er sicher sein würde... zumindest vorerst.

„Sie haben eine leichte Hirnschwellung durch die Explosion, aber ansonsten scheinen Sie unverletzt zu sein", sagte der männliche Krankenpfleger und lenkte meine Aufmerksamkeit wieder auf sich. „Ich kann Ihnen Schmerzmittel geben, wenn Ihr Kopf schmerzt, oder ..."

„Nein, danke. Mir geht es gut", sagte ich abwesend, da ich mich auf die Arbeit der Ärzte konzentrieren wollte.

Als ich sah, dass auch Colin den Raum betrat, sank mir das Herz. Sein Gesichtsausdruck war streng, wenn nicht sogar eiskalt. Der Halbfreund, mit dem ich normalerweise angenehme Gespräche führte, war verschwunden. Dieser Mann war der Direktor der Vollstrecker auf einer Mission. Zwar strahlte er Kayog gegenüber keine bedrohlichen Emotionen aus, aber sie waren nicht mehr von der Wärme und dem lebhaften Interesse geprägt, die er zuvor gezeigt hatte. Diesmal betrachtete er ihn als potenzielle Bedrohung, die es einzuschätzen und entsprechend zu behandeln galt.

Warum zum Teufel haben sie alle solche Angst vor ihm?!

„Ihr seid Idioten, dass Ihr dieses verdammte Ding am Leben lasst", zischte der blaue Arzt. „Aber jetzt ist er Euer Problem. Schafft dieses verdammte Monstrum aus diesem Krankenhaus, bevor es alle umbringt."

„Was zum Teufel ist Ihr Problem?", rief ich ungläubig.

„Mein Problem ist ..."

„Wir gehen", unterbrach ihn Colin mit einer Stimme, die so

kalt wie sein Blick war, den er dem Arzt zuwarf. „Wie Sie sehen können, bereiten unsere Leute ihn für den Transport vor. Wir werden in den nächsten Minuten verschwunden sein."

„Das kann nicht schnell genug gehen", erwiderte er mit einer Stimme voller Wut und Verachtung.

Die Ärzte der IPO legten Kayog auf eine Schwebetrage, brachten ihn zu ihrem eigenen Stasisgerät und nickten Colin dann steif zu.

„Sehen Sie? Los geht's", sagte er mit sarkastischer Stimme zu dem Arzt.

Agent Murphy und ihr Kollege gingen voraus aus dem Raum, gefolgt von den IPO-Ärzten, die Kayogs Schwebetrage flankierten – einer vorne, der andere hinten. Ich eilte ihnen hinterher, doch Colin packte mich am Oberarm und hielt mich zurück.

„Nicht so schnell", sagte er mit schroffer Stimme. „Du kommst mit mir."

Mein Herz sank, obwohl ich das erwartet hatte. Da Widerstand die Sache nur verschlimmern würde, nickte ich resigniert, auch wenn ich ihn mit flehenden Augen ansah.

„In Ordnung", sagte ich versöhnlich. „Aber bitte lass mich ihn wenigstens zum Shuttle begleiten."

Mein Herz zog sich noch mehr zusammen, als er den Kopf schüttelte und sein Gesichtsausdruck deutlich machte, dass dies nicht zur Diskussion stand.

„Deine Priesterfreundin kann ihn in deinem Namen verabschieden", sagte er in einem herrischen Ton und deutete mit dem Kinn auf Isobel.

Erst da bemerkte ich, dass sie am Eingang stand, während die Trage an ihr vorbeigleitet wurde. Sie hatte offenbar die Worte des Direktors der Vollstrecker gehört und schenkte mir ein beruhigendes Lächeln, bevor sie Kayog und seiner Eskorte folgte.

Ich schnalzte verärgert mit dem Schnabel und fühlte mich besiegt.

„Hier entlang", sagte Colin und bedeutete mir, ihm zu folgen, als er ebenfalls den Raum verließ und die wütenden temernischen Ärzte zurückließ.

Ich folgte ihm schweigend, nur um festzustellen, dass zwei weitere Enforcer im Flur warteten. Ohne ein Wort zu sagen, folgten sie uns, während Colin uns zu einem Teil des Krankenhauses führte, den ich noch nie besucht hatte.

„Du hast hier ganz schön für Aufruhr gesorgt, Linsea", sagte er, seine Stimme immer noch ohne jede Wärme, wenn auch nicht mehr so hart.

„Ich hatte keine Wahl. Sie wollten ihn töten", sagte ich in einem selbstverständlichen Tonfall.

„Ist dir jemals in den Sinn gekommen, dass sie dafür sehr triftige Gründe haben könnten?", fragte er in neutralem Ton.

Ich zuckte zurück und meine Schritte stockten. Das lag nicht nur an seinen Worten, sondern vor allem an den Emotionen, die von ihm ausgingen. Auch er glaubte, dass es vielleicht klüger gewesen wäre, Kayog zu töten – eine Lösung, die er immer noch in Betracht zog.

„Warum habt ihr alle solche Angst vor ihm?", fragte ich fassungslos. „Wohin bringen sie ihn?"

„Entspann dich, Linsea. Kayog geht es gut. Vorerst wird ihm nichts passieren. Sonst würde Arika uns den Kopf abreißen. Aber du und ich müssen reden."

„Ich höre", sagte ich, den Rücken steif vor Besorgnis darüber, was nun folgen würde.

Er schüttelte den Kopf. „Nicht hier. Die Wände haben Ohren."

Zu meinem Entsetzen stellte ich fest, dass er mich zum Parkplatz der Ersthelfer und Ordnungskräfte gebracht hatte.

„Ein Shuttle?", fragte ich, und meine Stimme verriet meine Besorgnis. „Warum steigen wir in ein Shuttle? Ein Disruptor oder Scrambler in einem privaten Raum hier sollte doch ausreichen, oder?"

„Nein, beides würde nicht ausreichen", erwiderte er sachlich, ohne langsamer zu werden. „Entspann dich, Linsea. Ich bringe dich nicht von diesem Planeten weg. Wir fahren nur zum Büro der Vollstrecker, um ungestört zu sein."

„Ist es wirklich so schlimm?", fragte ich mit einem Schaudern. „Ich meine, wenn es um den Arzt geht, werde ich gerne den Schaden ersetzen, den ich durch den Schuss verursacht habe. Aber ich wusste, dass die Waffe auf Betäubung eingestellt war. Er war nie wirklich in Gefahr."

Colin spottete. „Diese Ärzte sind das geringste deiner Probleme."

„Was meinst du damit?", fragte ich, obwohl ich seine Antwort schon kannte.

„Dein Mann ist ein ernstes Problem. Kayog ist eine wandelnde Zeitbombe."

„Was soll das überhaupt heißen?", hakte ich nach.

„Einen Moment bitte", sagte er, als wir den Parkplatz betraten und direkt auf einen mittelgroßen schwarzen Shuttle zugingen, auf dem das Logo der Enforcer in großen goldenen und silbernen Buchstaben prangte.

Meine Gedanken rasten, während ich versuchte zu erraten, wohin dieses Gespräch führen würde. Ich zweifelte nicht daran, dass Kayog mir gegenüber ehrlich gewesen war, was seine Fähigkeiten anging. Was hatte ich also übersehen, das alle in solche Panik versetzte?

Wir betraten den großen Shuttlebus, und Colin ging schnurstracks zum Sitzungssaal. Mit jedem Schritt schlug mein Puls etwas schneller. Das bevorstehende Gespräch würde meine Welt zweifellos auf den Kopf stellen. Ich wusste nicht, ob ich dafür bereit war. Ich wollte einfach nur bei Kayog sein, sehen, was geschah, und mich um ihn kümmern.

Ich setzte mich an den kleinen Tisch, der Platz für sechs Personen bot. Der Raum war bis auf einen großen Bildschirm, einen 3D-Holografieprojektor und eine Konsole mit einem Replikator für Getränke und Speisen weitgehend leer. Da dieses Transportschiff für Kurz- und Mittelstreckenflüge ausgelegt war, konnte dieser Raum entweder als Sitzungssaal oder als Speisesaal genutzt werden. Colin holte zwei Flaschen Wasser aus dem kleinen Kühlgerät, das ich unter der Theke nicht bemerkt hatte, reichte mir eine und setzte sich mir gegenüber an den Tisch.

„Arika und deine Eltern ziehen gerade einige wichtige Fäden", sagte Colin und überraschte mich damit.

„Weswegen?", fragte ich.

„Wegen Kayogs Schicksal."

„Du meinst, ob sie ihn umbringen sollen oder nicht?", fragte ich mit schneidender Stimme.

Er winkte ab.

„Deinen Mann zu töten, kam nicht mehr in Frage, als er eine psionische Explosion mit einem Radius von über hundert Metern auslöste, die 426 Menschen außer Gefecht setzte."

„Das war er nicht!", rief ich empört. „Kayog war aufgrund seines Zustands bewusstlos. Ich fand ihn auf dem Boden liegend, Blut lief aus seinen Ohren, Augen und Nase."

Colin schüttelte mit traurigem Gesichtsausdruck den Kopf. „Nein, Linsea. Er war es."

Er bewegte seine Hand über die Mitte des Tisches, um die eingebaute Schnittstelle aufzurufen. Darauf tippte er ein paar Befehle ein, die den Bildschirm einschalteten. Sekunden später starrte ich völlig geschockt auf den Bildschirm, als er die Aufnahmen der Überwachungskameras des Konferenzzentrums abspielte. Ein leiser Schrei entfuhr mir, als deutlich zu sehen war, wie eine verschwommene Welle von Kayog ausging, als er sich an die Wand nahe dem Hinterausgang des Zentrums lehnte. Sofort brachen alle Personen, die auf dem Bildschirm zu sehen waren, bewusstlos zusammen.

Tränen stiegen mir in die Augen, und ich presste eine Handfläche auf meine Brust, als ich sah, wie er halb betrunken zum Eingang stolperte. Der gezielte kinetische Angriff auf die maskierten Männer, gefolgt von einer zweiten, noch stärkeren Explosion, die alle anderen – mich eingeschlossen – außer Gefecht setzte, bevor er selbst ohnmächtig wurde, machte mich sprachlos.

Ich starrte wie betäubt auf den Bildschirm, lange nachdem er dunkel geworden war, zu fassungslos, um zu sprechen oder auch nur einen zusammenhängenden Gedanken zu fassen.

„Wusstest du, dass er das kann?", fragte Colin, sein Tonfall neugierig, aber ohne jede Anklage.

Ich schüttelte den Kopf. „Nein, absolut nicht. Ich meine, ich habe gesehen, wie seine Augen und seine Hände an dem Tag des Vorfalls auf dem Campus geleuchtet haben, aber ..."

Meine Stimme verstummte, während mein Gehirn versuchte, einen Sinn in all dem zu finden.

„Das lässt mich fragen, was er dir sonst noch verheimlicht", sinnierte Colin laut.

Diese Bemerkung brachte mich auf die Palme. „Auch wenn es im Moment vielleicht so aussieht, bin ich überzeugt, dass Kayog nichts vor mir verbirgt. Ich glaube, er weiß gar nicht, dass er das kann, und versteht auch nicht, welche Fähigkeiten er besitzt."

Colin warf mir einen zweifelnden Blick zu. „Wirklich?"

Ich nickte entschlossen. „Hast du dir sein Gesicht in dem Video nicht angesehen? Nach seiner Art zu gehen zu urteilen, war Kayog benommen, blutverschmiert und hatte offensichtlich schreckliche Schmerzen. Nachdem ich ihn eindringlich darum gebeten hatte, gab er mir einen Einblick, wie es ist, Emotionen so zu empfinden, wie er es tut. Ich wäre vor Schmerz und Chaos fast ohnmächtig geworden. Und das war für ihn noch ein geringes und erträgliches Maß, obwohl er sich teilweise in seinem Bunkerhaus in Sicherheit befand."

Colin runzelte die Stirn und presste die Lippen zusammen, während er meine Worte abwägte. In diesem Moment wurde mir klar, dass das, was ich während dieses „Gesprächs" sagen würde, ernsthafte Auswirkungen auf Kayogs Schicksal haben könnte. Er versuchte einzuschätzen, wie groß die Bedrohung durch meinen Partner war und wie er daher mit ihm umgehen sollte.

„Das Ausmaß der Panik im Kongresszentrum nach der Explosion muss für ihn die reinste Qual gewesen sein. Was ich in diesem Video sah, war ein Mann, der in den Überlebensmodus geschaltet hatte. Dieses Chaos brachte ihn buchstäblich um. Sein Instinkt setzte ein, um sich zu schützen, bevor er irreparablen Schaden nahm. Soweit ich weiß, war er noch nie einer so schlimmen Situation ausgesetzt."

Zu meiner großen Erleichterung nickte Colin langsam. „Ja, das hat die Priesterin Isobel auch gesagt. Aber er hat trotzdem 426 Personen angegriffen, darunter einige hochrangige ausländische Beamte. Sie wollen, dass jemand dafür zur Verantwortung gezogen wird."

Mein Magen verkrampfte sich vor Angst. Aber ich unterdrückte es. Jetzt war es an der Zeit, auf meine Erfahrung und meine Verhandlungstrainings zurückzugreifen.

„Wie schwer waren ihre Verletzungen?", fragte ich herausfordernd.

Er zuckte leicht zurück und sah mich verwirrt an. „Was hat das damit zu tun? Das ist doch nicht der Punkt."

„Doch, das ist es!", rief ich aus. „Wie schwer waren ihre Verletzungen?"

Er zuckte mit den Schultern, immer noch verwirrt, gab mir aber nach. „Sie werden sich vollständig erholen."

„Dann ist es also nicht so schlimm", sagte ich triumphierend.

Colin warf mir einen empörten Blick zu. „Es wurden trotzdem Personen verletzt!"

„Kayog hat einen Terroranschlag abgewehrt und damit

möglicherweise mehrere Todesfälle und schwere Verletzungen verhindert", argumentierte ich. „Ich bezweifle nicht, dass die maskierten Personen, die diese Explosion ausgelöst haben, Taser als Waffen bei sich hatten. Sie waren dort, um schweren Schaden anzurichten. Du kannst leicht eine Geschichte erfinden, die Kayog schützen wird."

Er kniff die Augen zusammen und sein Gesichtsausdruck verhärtete sich leicht. „Willst du, dass ich den Angreifern fälschlicherweise die Schuld dafür gebe, dass alle bewusstlos geschlagen wurden?"

Ich verdrehte die Augen und schüttelte den Kopf. „Sie haben zwei Explosionen ausgelöst, keine psychische Explosion. Was auch immer sie verwendet haben, das Forensikteam wird nicht in der Lage sein, zu begründen, wie die Gäste davon betroffen waren. Allerdings hat niemand mit dieser Art von Angriff dort gerechnet. Wenn man gründlich genug nachforscht, werden die Ermittler sicher herausfinden, dass die Explosionen eine Kettenreaktion mit etwas im Kongresszentrum ausgelöst haben. Die Wissenschaftsabteilung der Enforcer sollte kein Problem damit haben, eine Erklärung dafür zu finden, wie bestimmte Chemikalien in den Bomben auf ungewöhnliche Weise mit einigen der Fremdstoffe reagiert haben, die beim Bau des Zentrums verwendet wurden."

„Du vergisst die Überwachungsvideos", erwiderte Colin spöttisch.

Ich zuckte mit den Schultern. „Leider wurden sie durch die Explosion und die unerwarteten Druckwellen, die sie auslösten, schwer beschädigt."

„Was ist mit all den Zeugen?"

Ich winkte ab. „Die blinkenden Lichter, die sie vor Kayog gesehen haben, waren nur eine Manifestation der Anomalie – eine Frühwarnung für die eigentliche Explosion, die folgen würde. Mein armer Freund stand leider genau an der Stelle, an der die Explosion stattfand, was sowohl erklärt, warum es so aussah, als käme sie von ihm, als auch, warum er der Einzige war, der so stark blutete."

Er schnaubte und schüttelte den Kopf. „Na, na, Linsea. Wer hätte gedacht, dass sich hinter dieser süßen und gepflegten Fassade eine so skrupellose Frau verbirgt?"

Ich hob trotzig mein Kinn. „Wie ihr Menschen sagt: Die Hölle kennt keine größere Wut als die einer verschmähten Frau. Niemand tut meinem Partner weh. Das ist nur passiert, weil alle ihn im Stich gelassen haben. *Ich* werde das nicht tun."

„So einfach ist das nicht, Linsea", sagte Colin, und seine Stimme klang wieder angespannt. „Deine Großmutter weiß nicht alles über Edals. Es wird aus gutem Grund geheim gehalten, um Panik unter der Bevölkerung oder anderen Welten zu vermeiden. Die Ärzte wollten ihn ausschalten, um das Leben aller anderen in diesem Krankenhaus zu retten. Diese beiden psionischen Explosionen verursachten bei den Anwesenden nur Gehirnerschütterungen und einige Hirnprellungen. Ich möchte glauben, dass Kayog, selbst in seinem ‚benommenen' Zustand, wie du behauptest, sich entschieden hat, niemandem Schaden zuzufügen. Aber andere Edals, die diese Fähigkeit eingesetzt haben, haben Hunderte von Lebewesen getötet."

Ich zuckte zurück. „Wie ist das möglich? Ich dachte, alle bisherigen Edals seien innerhalb von Stunden oder Tagen nach ihrer Geburt gestorben."

Colin nickte. „Sie starben an einem Gehirnaneurysma, unmittelbar nachdem sie Hunderte von ihnen getötet oder schwer verletzt hatten. Siehst du, die wenigen Edals, die es bis zu ihrer Geburt geschafft hatten, reagierten so heftig auf die Gefühlsausbrüche ihrer Mitmenschen, dass sie versuchten, die Ursache zu beseitigen. Auch sie setzten psionische Blitze ein, nur dass diese tödlich waren. Psionische Disruptoren wirken bei ihnen nicht. In dem Moment, in dem ihre Augen zu leuchten beginnen, sind sie bereit, ihren Angriff zu starten. Deshalb wollten diese Ärzte Kayog unbedingt eliminieren. Er hätte buchstäblich jeden Patienten, jedes medizinische Personal und jeden Besucher in diesem Krankenhaus mit einem einzigen Gedanken auslöschen können."

Ich schauderte und umarmte mich selbst. Die Angst, die von diesen beiden Ärzten aus Temern ausging, war unbestreitbar gewesen. Ich hatte seine leuchtenden Augen auch schon zuvor gesehen, auf dem Campus, in den Kameraaufnahmen des Kongresszentrums und im Krankenhaus, kurz bevor der Krankenpfleger ihn in Stasis versetzte.

Hätte er uns wirklich alle umbringen können?

„Ich verstehe, was du sagst", erklärte ich vorsichtig. „Allerdings hat er seinen Angriff zweimal im Kongresszentrum ausgeführt und niemanden getötet. Er hat uns lediglich außer Gefecht gesetzt, um unsere Emotionen zum Schweigen zu bringen."

„Und das ist der einzige Grund, warum er noch am Leben ist", stellte Colin grimmig fest. „Du bist extrem naiv, wenn du glaubst, wir könnten ihn einfach zusammenflicken und ihn dann gehen lassen, damit ihr beide euer Happy End haben könnt. Angenommen, wir könnten ihn heilen, was glaubst du, würde dann mit ihm passieren?"

„Warum habe ich das Gefühl, dass mir deine Antwort nicht gefallen wird?", fragte ich mit angespannter Stimme.

„Weil sie es definitiv nicht wird", räumte er in entschuldigendem Ton ein. „Kayog ist nicht nur einzigartig, sondern auch eine Anomalie mit furchterregenden Kräften. Während wir hier sprechen, schäumen unsere Ärzte und Wissenschaftler vor Begeisterung bei dem Gedanken, ihn untersuchen zu dürfen."

„Er ist keine Laborratte!", fuhr ich ihn an und richtete mich in meinem Stuhl auf.

„Ist er das nicht?", fragte Colin herausfordernd und hob fragend eine Augenbraue. „Um eine Lösung für seinen Zustand zu finden, wird jeder Fachmann ihn untersuchen und befragen müssen, um zu verstehen, was er ist, warum er seine Gedanken nicht vor anderen schützen kann, wie weit seine Kräfte reichen und wie man sie zügeln kann. Ehrlich gesagt, wäre es vielleicht eine Gnade gewesen, ihm seinen Wunsch zu sterben zu erfüllen."

„Das werde ich nicht zulassen", zischte ich. „Du machst ihn nicht zu einer Laborratte oder einem freakigen Experiment."

„Was willst du dagegen tun?", fragte Colin mit einem Anflug von Spott in der Stimme.

„Du scheinst zu vergessen, dass ich weiß, wie das System funktioniert. Ich kann sowohl für die IPO als auch für die Enforcer den schlimmsten PR-Albtraum heraufbeschwören", antwortete ich mit eisiger Stimme.

„Wir können dich aufhalten", erwiderte er mit einem Achselzucken.

„Könnt ihr das?", forderte ich ihn heraus.

„Natürlich", antwortete er, als wäre das selbstverständlich.

Jetzt war ich an der Reihe, ihn mit spöttischem Blick anzusehen. „Aber nach wie viel Schaden? Du weißt, dass es, sobald ich den Ball ins Rollen gebracht habe, viele Dinge zerstören wird, die fast unmöglich zu reparieren sind. Keiner von uns will diesen Weg gehen, oder?"

„Natürlich nicht", sagte er in einem weniger freundlichen Tonfall.

„Dann zwing mich nicht dazu", betonte ich streng. „Die IPO und die Enforcer haben viele Feinde, die mir gerne dabei helfen würden, Amok zu laufen."

„Bedrohst du uns?", fragte Colin und kniff die Augen zusammen.

„Ich mache keine Drohungen, nur Versprechungen. Du weißt, dass ich das alles nicht will. Ich bitte dich nur, meinen Partner vor den höchst fragwürdigen Plänen zu schützen, die manche Personen in Bezug auf ihn hegen", sagte ich in einem vernünftigen Tonfall.

Ich respektierte Colin sehr, und ihn zu meinem Feind zu machen, wäre ein großer Fehler gewesen. Aber um bei diesen

„Verhandlungen" nicht lebendig gefressen zu werden, musste ich zeigen, dass ich mir nicht alles gefallen lassen würde.

„Wir wissen nicht, was er ist und wie gefährlich er werden kann", antwortete er mit frustrierter Stimme.

„Dann finde es heraus und heile ihn", entgegnete ich sachlich.

„Und dabei riskieren, seine unglaublichen Kräfte zu verlieren?", argumentierte er.

Ich winkte ab. „Was nützen sie, wenn sie seinen Verstand zerstören? Ich bin zwar kein Arzt, aber man muss kein Genie sein, um zu verstehen, dass wiederholte Hirnblutungen bleibende Schäden hinterlassen."

„Und was dann?", fragte Colin. „Was passiert, wenn wir ihn geheilt haben?"

„Kayog ist mit einer genialen Intelligenz gesegnet. Er ist ein geborener Beschützer, besitzt extrem hohe moralische Werte, hat außergewöhnliche athletische Fähigkeiten bewiesen und ist wahnsinnig charismatisch. Mein Partner könnte in verschiedenen Rollen sowohl bei den Enforcern als auch bei der IPO eine große Bereicherung sein", sagte ich mit etwas zu viel Eifer.

Mit seinen Kräften, ob sie nach einer Heilung verschwinden würden oder nicht, würde keine der beiden Organisationen ihn jemals gehen lassen wollen, da seine Fähigkeiten zurückkehren könnten. Und selbst wenn er sie nie verloren hätte, wäre er eine viel zu gefährliche Waffe, die ohne Aufsicht frei in der Wildnis umherstreifen würde. Schlimmer noch, Feinde könnten versuchen, ihn für sich zu gewinnen, um ihn gegen uns aufzubringen. Colin musste nicht ins Detail gehen, damit ich verstand, dass mein Partner niemals wirklich frei sein würde. Aber es gab Möglichkeiten, wie er etwas erreichen konnte, das dem nahe kam, und innerhalb der Organisation nach seinen eigenen Vorstellungen leben konnte.

Und ich hatte vor, jedes Mittel in meinem Arsenal einzusetzen, um dafür zu sorgen.

Colin schüttelte den Kopf. „Ich habe ihn bereits gefragt, ob er sich uns anschließen möchte. Er hat rundweg abgelehnt. Und seinem Tonfall nach zu urteilen, lässt er sich nicht umstimmen."

Ich spottete: „Natürlich hat er abgelehnt. In seinem derzeitigen Zustand wäre das für ihn völlig unmöglich gewesen. Heile ihn und frag ihn dann noch einmal. Ich wette, du wirst von seiner Antwort angenehm überrascht sein."

Er kniff die Augen zusammen und ein spekulatives Funkeln blitzte in ihnen auf. „Versprichst du mir das?"

Ich warf ihm einen „Sei nicht albern"-Blick zu. „Du weißt, dass ich so eine Zusage nicht für ihn machen kann. Aber mach ihm ein Angebot, das er nicht ablehnen kann, und er wird es annehmen."

„Das ist ein großes ‚Wenn', für das ich nach deinen Erwartungen in den Kampf ziehen soll", argumentierte Colin.

Ich beugte mich vor und sah ihn eindringlich an, um ihn zu überzeugen.

„Kein Edal hat jemals länger als ein paar Stunden oder Tage gelebt", entgegnete ich. „Du hast einen ausgewachsenen Erwachsenen, der sprechen und denken kann. Wie viele andere wie er sind sinnlos gestorben, weil sie die Ursache und den Grund für ihr Leiden nicht ausdrücken konnten? Du hast die einmalige Gelegenheit, mehr über Wesen wie ihn zu erfahren, während du nach einem Heilmittel suchst. Temern sind wichtige Mitglieder der IPO. Die Organisation *ist* es uns *schuldig*, bei der Suche nach einem Heilmittel zu helfen."

Er schnaubte. „Deine eigenen Leute wollen ihn tot sehen."

Ich schnaubte. „Aus Unwissenheit. Sie folgen nur einer alten Tradition, die aus Angst entstanden ist. Seit diesen frühen Fällen hat sich die Wissenschaft weiterentwickelt. Es gibt keinen Grund, warum wir uns jetzt nicht mit mehr Offenheit erneut damit befassen könnten. Ist es übrigens nicht eines der Kernziele der IPO, solchen Tragödien und Massakern, die auf primitiven Überzeugungen beruhen, ein Ende zu setzen?"

Er warf mir einen seltsamen Blick zu, wobei sich seine Lippen diskret zu einem Anflug von Belustigung verzogen. „Temern sind nicht primitiv."

„In dieser Hinsicht verhalten sie sich wie eine primitive Spezies, indem sie Edals für Dämonen halten, nur weil sie nicht verstehen, was mit ihnen los ist und wie sie die Probleme lösen können", erwiderte ich mit einem Achselzucken. „Haben die Menschen nicht früher Menschen mit psychischen Problemen einer Lobotomie unterzogen, weil sie nicht wussten, wie sie ihnen helfen konnten? Das hier ist nicht anders."

„Ich gebe zu, dass ihre Politik gegenüber den Edals viele Generationen zurückreicht und überdacht werden muss", sagte Colin ruhig.

„Das stimmt", stimmte ich ihm nachdrücklich zu. „Also sprich mit deinen Wissenschaftlern und denk dir eine Geschichte für die psionische Explosion im Kongresszentrum aus. Ich bin reich, und meine Familie wird jede Unterstützung leisten, die für die Erforschung eines Heilmittels erforderlich ist. Die IPO und die Enforcer können nur davon profitieren, wenn sie Kayog beschützen. Ich habe keinen Zweifel daran, dass er ein fantastischer Gewinn sein wird."

Colin lehnte sich in seinem Stuhl zurück, ein undefinierbares Lächeln umspielte seine Lippen, während er mich abschätzend musterte.

„Ich mag dich, Linsea Kenna. Du bist übermütig, rücksichtslos und unerschrocken, wenn es um Dinge geht, die dir wichtig sind. Übrigens, gut gemacht, dass du meine Wache entwaffnet hast. Leider wird er die Disziplinarmaßnahmen, die auf ihn zukommen, nicht genießen können."

Ich zuckte zusammen und mein Herz zog sich wegen des armen Agenten zusammen. „Bitte sei nicht zu streng mit ihm. Mit meinen Referenzen und der Unterstützung meiner Großmutter hatte er keinen Grund zu erwarten, dass ich so etwas tun würde. Vergiss nicht, dass ich auch Selbstverteidigungs- und

Kampftraining habe, wie es für Verhandlungsführer und angehende Botschafter erforderlich ist."

„Das mag zwar stimmen, aber er hat sich dennoch entwaffnen lassen, indem er seine Waffe nicht ordnungsgemäß gesichert hat, nachdem er sie zunächst entsichert hatte", sagte Colin in einem Ton, der keinen Widerspruch duldete. „Da aufgrund seiner Nachlässigkeit niemand ums Leben gekommen ist, wird er nicht entlassen, aber er wird diesen Fehler nicht noch einmal machen. Nun, wann trittst du den Enforcern bei?"

Ich schnaubte. „Niemals."

„Ist das so?", fragte er und schien wirklich überrascht zu sein.

„Ich trete der IPO bei, um Lebewesen wie meinen Gefährten vor euch zu schützen, die dumme Entscheidungen treffen. Also macht meine Einstellung nicht unangenehm, indem du mich zwingst, dich zuerst öffentlich zu blamieren", sagte ich mit hochmütigem Tonfall.

Er brach in Gelächter aus, und ich lächelte zurück, erfreut darüber, dass meine Bemühungen, die angespannte Stimmung zu entschärfen, funktioniert hatten.

„Ich kann dir nichts versprechen, Linsea", sagte er vorsichtig.

„Ich habe nicht um ein Versprechen gebeten, sondern nur darum, dass du es möglich machst."

Er lächelte. „Ich werde tun, was ich kann. Und du sorgst dafür, dass er zu uns kommt."

～

Colins Bemühungen, dies zu erreichen, dauerten Tage, dann Wochen und schließlich zu viele Monate. An diesem Tag im Kongresszentrum geschah etwas, das Kayogs Gehirn völlig neu ausrichtete. Der einzige Segen in diesem ganzen Chaos war die Tatsache, dass ich vor dem Vorfall eine gründliche Untersuchung seines Gehirns durchgeführt hatte. So konnten die Ärzte und Wissenschaftler sehen, was sich nach diesem Vorfall verändert hatte.

Dies eröffnete unzählige Möglichkeiten, und zahlreiche Experten aus verschiedenen Bereichen schlossen sich zusammen, um das zu untersuchen, was als eine der größten Entdeckungen der letzten Jahrhunderte gefeiert wurde. Mit unseren fortschrittlichen Technologien war es fast unmöglich, auf eine neue unbekannte Spezies zu stoßen. Obwohl Kayog ein Temern war, stellte er eine völlig neue Spezies dar, die die wissenschaftliche Gemeinschaft faszinierte.

Da sie keine Methode fanden, um zu verhindern, dass er von den Emotionen anderer Lebewesen angegriffen wurde, konnten sie ihn nicht aufwecken, um ihre verschiedenen Theorien und möglichen Heilmittel zu testen. Stattdessen bauten sie sein Gehirn virtuell bis ins kleinste Detail nach. Allein dafür benötigten die besten Ingenieure, Neurologen und Psionik-Spezialisten fast drei Monate. Der Simulator hatte eine unglaubliche Reichweite und konnte Emotionen in einem ebenso großen Radius wie mein Partner perfekt erfassen und übersetzen.

Zu ihrer Bestürzung gelang es ihnen jedoch nie, das virtuelle Gehirn dazu zu bringen, den psionischen Stoß nachzubilden.

In den folgenden Wochen scheiterten alle Versuche, das virtuelle Gehirn mit einem System zu versehen, das die Emotionen anderer Menschen blockieren sollte. Schließlich wurde ihnen klar, dass ein anderer Ansatz erforderlich war. Kayog fehlten einige der neuronalen Bahnen, über die normale Temern verfügten und die es uns ermöglichten, Personen in unserer Nähe zu blockieren, damit ihre Emotionen uns nicht überwältigten. Daher beschlossen die Wissenschaftler, nicht mehr nach einem externen Gerät zu suchen, das den Zustrom der Signale, die er empfing, dauerhaft regulieren konnte. Stattdessen entwickelten sie ein Trainingsinstrument, um die Nervenbahnen in seinem Gehirn umzuleiten.

Organische Simulationen bestätigten die Entstehung neuer neuronaler Bahnen und eine Umformung der Zirbeldrüse. Nachdem sie sich von der Sicherheit ihrer Methode überzeugt hatten, wandten sie sie bei Kayog an, während sie ihn in einem halbkomatösen Zustand hielten. Bald begann er, die neuen neuronalen Verbindungen zu bilden, die er so dringend benötigte.

Sieben Monate, zwei Wochen und vier Tage nach dem Vorfall weckten sie ihn schließlich auf.

KAPITEL 14
KAYOG

Meine Haut kribbelte und mein Körper fühlte sich halb schwerelos an, als ich aus dem tiefsten Schlaf erwachte, den ich je erlebt hatte. Meine Muskeln waren taub und schwach, als hätten sie durch die lange Nichtbenutzung ihre ganze Kraft verloren. Als ich versuchte, meine Augen zu öffnen, blendete mich ein grelles Licht. Ich blinzelte wiederholt, um mich an die intensive Helligkeit um mich herum zu gewöhnen.

Aber irgendetwas stimmte überhaupt nicht. Es dauerte einen Moment, bis mir klar wurde, was mich so tief bewegte, bis es mir plötzlich bewusst wurde.

Völlige und absolute Stille.

Stille?!

Geschockt richtete ich mich abrupt von der bequemen Matratze des Bettes auf, in dem ich gelegen hatte. Eine Welle von Schwindelgefühl hätte mich fast wieder zurückfallen lassen. Aber der Anblick eines Temern und eines Menschen, die am Fußende meines Bettes standen, erschreckte mich zutiefst.

„Bleiben Sie weg!", rief ich und warf die Decke von meinen Beinen, damit sie mich nicht daran hindern würde, zu fliehen, falls das nötig sein sollte.

„Kayog, es ist okay! Du bist in Sicherheit", sagte eine mir sehr vertraute Stimme.

Ich drehte meinen Kopf nach rechts und sah meine schöne Linsea, die ein paar Meter von meinem Bett entfernt stand, ihr Gesicht voller Freude, Zärtlichkeit und etwas anderem, das ich nicht definieren konnte.

„Das sind deine Ärzte, die meine Großmutter bestellt hat", fuhr sie in beruhigendem Ton fort, während sie die Distanz zwischen uns verringerte. „Sie haben dich geheilt."

„Mich geheilt?", wiederholte ich und streckte meine Hand nach ihr aus, um mich zu vergewissern, dass sie keine Illusion war.

Sie nickte und nahm meine Hand. Es war, als hätte mich ein Blitz getroffen und gleichzeitig würde ich von einer warmen Decke umhüllt.

„Ja, mein Lieber. Sie haben an einer Lösung gearbeitet, um die Geräusche zu stoppen", erklärte sie.

Meine Kehle schnürte sich zusammen, während die gesegnete Stille anhielt. Es war göttlich, ein unmöglicher Traum, den ich immer noch nicht glauben konnte, dass er endlich wahr geworden war. Frieden ... so viel Frieden.

„Ist es deshalb so still?", fragte ich mit leicht zitternder Stimme.

„Ja", antwortete sie mit einem Lächeln. „Es wird kein Chaos mehr in deinem Kopf geben."

„So still", wiederholte ich mit Tränen in den Augen. „So unglaublich still ... Danke. Danke!"

Ich zog sie in meine Arme, vergrub mein Gesicht an ihrer Brust und weinte auf die erbärmlichste Weise. Ich wollte nur meine Dankbarkeit und Zuneigung ausdrücken, aber etwas in mir brach zusammen. Nach einem Leben voller Elend überwältigte mich dieser neu gefundene Frieden. Jede Träne, die fiel, trug einen Teil des Schmerzes, des Chaos und der Verzweiflung mit sich, die jeden Moment meines Lebens zu einem lebenden Albtraum gemacht hatten.

Linsea wiegte mich in ihren Armen, und ihre makellosen Flügel umhüllten mich, während ich jede Träne aus meinem Körper vergoss. Ihre schöne, warme Stimme umspülte mich, während sie ein beruhigendes Lied summte. Ich konnte nicht sagen, wie lange ich geweint hatte. Es dauerte ewig, bis ich mich wieder gefasst hatte, aber ich hatte noch nie zuvor einen solchen Frieden erlebt. Die ganze Zeit über umgab uns die gesegnete Stille und verstärkte nur die wundervolle Melodie, die meine Gefährtin für mich sang.

Aber etwas noch Perfekteres fehlte.

„Ich kann dich nicht spüren", flüsterte ich, meinen Kopf immer noch an ihre Brust gelehnt. „Ich kann dein Lied nicht hören."

„Das wirst du, mein Lieber", sagte Linsea beruhigend.

Obwohl es mir peinlich war, mich so bloßgestellt zu haben, hob ich den Kopf, um sie anzusehen. Zu meiner Erleichterung zeigte ihr Gesicht keine Verachtung oder Enttäuschung darüber, dass ich vor ihr und den Zeugen so erbärmlich zusammengebrochen war. So sehr ich diesen neuen Frieden auch liebte, hatte ich doch einen wichtigen Sinn verloren, auf den ich mich mein ganzes Leben lang stark verlassen hatte. Nicht zu wissen, welche Emotionen die Personen um mich herum bewegten, war nicht nur destabilisierend, sondern machte mich auch verletzlich.

„Die Ärzte können dir alles erklären", sagte sie und wischte mir sanft mit ihren Daumen die Tränen von den Wangen.

„Hallo, Kayog. Ich bin Dr. Arafin Luleth, und das ist meine Kollegin Dr. Ellen Schumer. Aber bitte nennen Sie mich Arafin", sagte der Temern in freundlichem Ton.

„Und nennen Sie mich Ellen", sagte die menschliche Ärztin ebenso freundlich.

„Hallo", antwortete ich mit zurückhaltender Stimme,

während ich Arafin mit einem Misstrauen und einer Skepsis ansah, die ich nicht unterdrücken konnte.

Linsea rieb mir sanft beruhigend den Rücken. Das half ein wenig.

„Wir haben die Bemühungen zur Suche nach einem Heilmittel für deine Erkrankung angeführt", fuhr Arafin enthusiastisch fort. „Aber bevor ich auf die Details unserer Arbeit und den Weg bis zu deiner vollständigen Genesung eingehe, möchten wir einige schnelle Tests durchführen, um zu sehen, wie es dir geht, und um sicherzustellen, dass du in Ordnung bist."

Ich unterdrückte meinen instinktiven Drang, ihm zu sagen, er solle sich verpissen, und nickte ihm stattdessen steif zu.

„Sehr gut", sagte ich.

Mein Herz setzte einen Schlag aus, und eine Welle der Panik überkam mich, als Linsea ihre Hand von meiner Schulter nahm und zurücktrat. Meine Hand schoss fast nach ihrer, um sie zu ergreifen, bevor sie sich weiter entfernen konnte.

„Bleib!", rief ich, und meine Stimme verriet meine Besorgnis.

„Natürlich, mein Schatz. Ich gehe nirgendwohin", sagte sie mit einem Lächeln.

Wieder einmal kam ich mir völlig erbärmlich vor, weil ich so bedürftig war. Meine ganze Welt war gerade auf den Kopf gestellt worden. Ich war verwirrt, verloren und völlig überwältigt. Die letzten Erinnerungen, die mir durch den Kopf schossen, waren ein unerträglicher Schmerz, wie ich ihn noch nie zuvor erlebt hatte, und das verzweifelte Bedürfnis zu fliehen. Es kam mir vor, als wären seit diesem Vorfall nur fünf Minuten vergangen. Aber offensichtlich war viel mehr Zeit geflossen.

Eine Milliarde Fragen drängten sich mir auf, aber ich wusste instinktiv, dass sie zu gegebener Zeit beantwortet werden würden. Trotz meiner Neugierde beruhigte mich die Anwesenheit meiner Partnerin so sehr, dass ich warten und nicht weiter nachhaken konnte.

Beide Ärzte maßen schnell meinen Blutdruck, führten einen Scan durch, ähnlich dem, den Linsea bei mir zu Hause verwendet hatte – obwohl dieses Gerät eindeutig ein noch fortschrittlicheres Modell war – und führten weitere Tests durch, darunter eine Blutabnahme mit einem Stift. Ellen übernahm diese letzte Aufgabe. Mein Bauchgefühl sagte mir, dass es eine bewusste Entscheidung gewesen war, dass sie eine Nadel bei mir und nicht Arafin verwenden sollte. Trotz seines nicht bedrohlichen Verhaltens mir gegenüber konnte ich nicht anders, als mich jedes Mal systematisch anzuspannen, wenn er sich mir näherte oder mich berührte.

Normalerweise hatte ich meine körperlichen Reaktionen gegenüber anderen besser unter Kontrolle. Aber meine derzeitige Unfähigkeit, ihre Emotionen zu lesen, machte mich unglaublich vorsichtig und defensiv. Mein Kampf- oder Fluchtreflex lief auf Hochtouren.

„Alles fertig", sagte Arafin in derselben fröhlichen Art, wie Ärzte oft mit verängstigten Kindern sprechen.

Wieder einmal schämte ich mich dafür, dass ich mich so ängstlich und schwach zeigte.

„Alles sieht gut aus, abgesehen von deinem Blutdruck", sagte der Arzt aus Temern in einem leicht vorwurfsvollen Ton, als würde er ein ungezogenes Kind sanft zurechtweisen. „Deine Herzfrequenz ist etwas zu hoch, das bedeutet, du musst dich entspannen. Wie deine Partnerin bereits erwähnt hat, bist du hier in Sicherheit. Ich verstehe, warum du in meiner Gegenwart Vorbehalte hast. Deshalb werden wir uns darum kümmern. In ein paar Minuten werde ich deine empathischen Kräfte wiederherstellen. Dann wirst du sehen, dass ich keine Bedrohung für dich bin."

Meine Wangen glühten vor Verlegenheit. Er hatte nichts getan, um mein offensichtliches Misstrauen zu rechtfertigen. Dass meine Partnerin für ihn gebürgt hatte, unterstrich nur noch, dass meine Reaktion tatsächlich unhöflich war. Er schenkte mir ein beruhigendes Lächeln und zeigte dann auf meine Stirn.

„Falls du es nicht bemerkt hast, du trägst einen speziellen Reif", erklärte Arafin. „Er wirkt wie ein Dämpfer, der speziell für deine einzigartige Situation entwickelt wurde. Er ist es, der derzeit unsere Emotionen für dich unterdrückt."

Meine Hand flog zu meiner Stirn. Ich spürte nichts, bis meine Finger zu meiner Schläfe glitten, wo ich das sehr dünne metallische Gerät spürte, das sich um meinen Hinterkopf bis zu meiner anderen Schläfe erstreckte.

Wie zum Teufel konnte ich das früher nicht spüren?

Jetzt, da ich mir seiner Anwesenheit bewusst war, konnte ich es deutlich wahrnehmen. Obwohl es meinen Kopf nicht fest umschloss, verblüffte es mich dennoch, dass ich es nicht bemerkt hatte, selbst als mein Gesicht an meiner Partnerin gedrückt war und sie sanft meinen Kopf streichelte.

„Muss ich das immer tragen?", fragte ich, während meine Finger noch immer über das unauffällige Gerät strichen.

Zu meiner großen Erleichterung schüttelte er entschieden den Kopf.

„Das ist nur eine Krücke, die du benutzen kannst, während wir dir beibringen, wie du externe Signale selbst blockieren kannst", antwortete Arafin. Er nahm ein sehr kleines Gerät aus dem medizinischen Tablett neben meinem Bett und zeigte es mir. „Das ist die Steuerung für deinen Reif. Gleite einfach mit deinem Daumen nach unten, um seine dämpfende Wirkung zu verringern, und gleite nach oben, um sie zu verstärken. Ich werde ihn nach und nach herunterdrehen. Sag mir Bescheid, wenn du anfängst, unsere Emotionen wahrzunehmen."

„Sehr gut", antwortete ich, ohne meine Aufregung – um nicht zu sagen meine Sehnsucht – in meiner Stimme verbergen zu können.

Ich fühlte mich wie ein Süchtiger, der verzweifelt nach seinem nächsten Schuss verlangte. Es verwirrte mich, wie hilflos ich mich ohne meine Fähigkeit, andere zu spüren, fühlte. Vor allem aber brannte ich vor Verlangen, das Lied meiner Gefährtin wieder zu hören. Direkt neben ihr zu sein und sie nicht zu spüren, war, als würde mir ein Teil von mir herausgerissen.

Mein Rücken versteifte sich, und ein leises Keuchen entfuhr mir, als ein Kribbeln im Hinterkopf der vertrauten Empfindung wich, andere in meinem Kopf zu spüren.

„Du kannst es spüren?", fragte Ellen mit intensiver Stimme und intensivem Blick.

„Ja", sagte ich mit einem Nicken.

„Ist es schmerzhaft oder unangenehm?", fragte Arafin, und in seiner Stimme war ein Hauch von Besorgnis zu hören.

„Nein", sagte ich, ohne zu zögern. „Es ist einfach nur laut, besonders jetzt, nachdem ich erfahren habe, wie sich echte Stille anfühlt."

Ich öffnete den Mund, um noch etwas zu sagen, aber mir fehlten die Worte. Wie entschuldigte man sich bei jemandem dafür, dass man ihm die schlimmsten Verdächtigungen unterstellt hatte, nicht wegen seiner Handlungen, sondern einfach wegen seiner Spezies und seines Berufs? Selbst in dem chaotischen Durcheinander all ihrer Emotionen beschämte mich die völlige Abwesenheit jeglicher Bosheit oder hinterhältiger Absicht von Arafin.

„Kannst du trotz des Lärms erkennen, welche Emotion zu wem gehört?", fragte Arafin.

„Ja. Ich nehme deine Emotionen deutlich wahr", sagte ich verlegen. „Danke."

Obwohl er vielleicht nur zehn oder fünfzehn Jahre älter war als ich, schenkte mir der Temern ein fast väterliches Lächeln.

„Gut. Ich bin froh, dass das geklärt ist. Jetzt möchte ich, dass du dich auf die Emotionen deiner Partnerin konzentrierst und Ellen und mich ausblendest."

Ich blinzelte und schaute nacheinander zu Linsea, Ellen und Arafin.

„Ich ... ich weiß nicht, wie das geht", sagte ich zögernd.

„Als Teil der Heilung, die wir für dich entwickelt haben, haben wir deinem Gehirn geholfen, neue neuronale Verbindungen zu entwickeln, die jeder andere Temern von Natur aus besitzt und mit der Zeit stärkt. Sie sollten es dir ermöglichen, die Emotionen, die du wahrnehmen möchtest, zu isolieren und andere zu blockieren. Ich werde ein schwaches Signal an diese spezifischen Neuronen senden, um sie zu stimulieren und dir zu helfen, zu erkennen, welchen Teil deines Gehirns du aktivieren musst."

„Okay", sagte ich, und meine Aufregung stieg noch einmal um eine Stufe.

Seit er die dämpfende Wirkung verringert hatte, umspülte mich der bezaubernde Gesang von Linseas Seele wie eine höchst angenehme Liebkosung. Leider ging seine Schönheit in den – zugegebenermaßen recht angenehmen – Emotionen der beiden Ärzte unter. Aber der Gedanke, endlich ohne jegliche Störung in der Perfektion der Melodie meiner Frau zu schwelgen, ließ mich vor Vorfreude fast sterben.

Ich zitterte heftig, als sich tief in meinem Gehirn etwas anfühlte wie ein kleiner elektrischer Funke.

„Geht es dir gut, Kayog?", fragte Arafin mit besorgter Stimme. „War es zu stark?"

Ich schüttelte beruhigend den Kopf. „Nein, nicht zu stark. Es hat mich nur überrascht. Aber ja, ich sehe, welchen Teil du stimuliert hast."

„Perfekt", sagte Ellen begeistert. „Versuche, das selbst zu reproduzieren und alle außer Linsea auszuschließen."

Ich nickte und versuchte, den Funken, den ich gespürt hatte, zu reproduzieren. Zu meiner Überraschung dauerte es nur ein paar Sekunden. Anstatt jedoch meine Partnerin zu isolieren, herrschte völlige Stille, da ich am Ende alle anderen blockierte.

Es dauerte etwa ein Dutzend Versuche, bis ich endlich Erfolg hatte. Tränen traten mir in die Augen, als ihr bezaubernder

Gesang in seiner göttlichen Reinheit ganz von selbst erklang, unbefleckt, unangefochten, ungestört von anderen unerwünschten Geräuschen.

„Du bist so wunderschön, meine Taube", flüsterte ich mit zugeschnürter Kehle.

„Hat es funktioniert?", fragte Arafin mit aufgeregter Stimme.

Ich wollte ihm sagen, er solle sich verpissen und mich nicht davon ablenken, den bezaubernden Gesang meiner Gefährtin zu genießen. Aber ich unterdrückte diesen undankbaren Gedanken und zwang mich, mich auf die anstehende Aufgabe zu konzentrieren. Je schneller ich lernte, diese wundersame Gabe zu beherrschen, desto schneller konnte ich endlich mit meiner Seelenverwandten allein sein und ihr meine volle Aufmerksamkeit schenken.

„Ja. Ich höre gerade nur sie", bestätigte ich.

„Ausgezeichnet. Jetzt wiederhole das Gleiche, aber konzentriere dich ausschließlich auf mich und blende die anderen beiden aus. Wenn du das mit mir geschafft hast, mach dasselbe mit Arafin", sagte Ellen.

Ich tat, wie mir geheißen. Zu meiner Bestürzung brauchte ich mehrere Versuche, um sie voneinander zu isolieren. Obwohl ich nun besser verstand, wie ich das erreichen konnte, würde es einige Übung erfordern, bis es mir leichter fiel und ich es auf Anhieb schaffte.

Wir wiederholten den Vorgang ein zweites Mal, wobei ich mich nacheinander auf jeden von ihnen konzentrierte, und dann senkte Arafin den Dämpfungseffekt weiter, bis er ein Niveau erreichte, bei dem ich niemanden mehr isolieren konnte. Er erhöhte das Niveau wieder, bis es angenehm war und ich andere mit minimalen Schwierigkeiten ausblenden konnte.

„Wir lassen den Reif vorerst auf dieser Einstellung", sagte Ellen.

„Vorerst?", wiederholte ich.

Sie nickte. „Es ist wie ein Muskel, den man trainieren muss.

Je mehr du übst, desto mehr Kontrolle wirst du über diese neuronalen Bahnen erlangen und wahrscheinlich sogar neue und bessere schaffen. Wenn alles nach Plan verläuft – und bisher scheint das der Fall zu sein –, wirst du das Stirnband bald gar nicht mehr brauchen."

Mein glückliches Grinsen verschwand schnell, als ich Arafin ernstes Gesicht sah.

„Allerdings musst du noch einige Wochen – vielleicht sogar Monate – hierbleiben, um deine Fähigkeiten richtig zu trainieren, während wir weitere Tests durchführen und sicherstellen, dass es keine negativen Nebenwirkungen gibt."

So verstört mich der Gedanke auch machte, möglicherweise einige Monate in einer Art Hightech-Krankenhaus verbringen zu müssen, akzeptierte ich diese Bemerkung mit einer Gelassenheit, die ich nie für möglich gehalten hätte. Sie hatten mir ein ganz neues Leben geschenkt. Ich war nicht länger ein gebrochenes Monstrum, sondern eine Person, die endlich ein normales Leben führen konnte.

„Verstanden", antwortete ich.

Nach einigen weiteren Fragen und Kommentaren verließen die Ärzte den Raum und ließen mich endlich mit meiner Taube allein.

Ich zog Linsea sofort an mich und schloss meine Flügel um sie, während ich mich von ihrem bezaubernden Gesang einhüllen ließ. Es war seltsam, wie zart und zerbrechlich sie sich in meinen Armen anfühlte, und doch war sie der Fels, der mich davon abhielt, in den Ozean des Wahnsinns zu treiben, der mich zu verschlingen drohte.

Wir blieben eine unbestimmte Zeit lang ineinander verschlungen, bevor ich sie widerwillig losließ. Sie rieb ihren Schnabel an meinem, und mein Herz schwoll vor Liebe zu dieser Frau an, die Licht und Hoffnung in die endlose Grube der Verzweiflung und Dunkelheit gebracht hatte, die mein Leben gewesen war.

„Wie lange war ich bewusstlos?", fragte ich, während ich die weichen Federn ihrer Wange streichelte.

„Etwas mehr als sieben Monate", sagte Linsea mit mitfühlender Stimme.

Ich hielt inne und starrte sie völlig geschockt an. „Sieben Monate?", rief ich aus. „Was zum Teufel ist passiert?"

Meine Partnerin stupste mich an, damit ich mich auf die Bettkante setzte, bevor sie sich an mich kuschelte. Dann erzählte sie mir alles, was seit der Explosion im Kongresszentrum bis zu meinem Erwachen hier in den hochmodernen medizinischen Forschungseinrichtungen der Enforcers passiert war.

Ich fuhr mir mit der Hand über den Kopf, überwältigt und verstört von all dem, was ich verpasst hatte, von der schweren Last, die Linsea getragen hatte, um mich zu beschützen, und von der wahnsinnigen neuen Realität, zu der mein Leben geworden war.

„Was ist mit deinen Kursen passiert?", fragte ich.

„Es war nicht einfach, und ich musste viele Gefälligkeiten einfordern, aber ich habe es geschafft, meinen Abschluss zu machen. Ich habe mir ein Beispiel an dir genommen und sie davon überzeugt, mir zu erlauben, die meisten Kurse aus der Ferne zu besuchen, damit ich an deiner Seite bleiben konnte."

„Danke, meine Taube", sagte ich mit aufrichtiger Dankbarkeit, und mein Herz schmolz vor Zuneigung zu ihr. „Gab es irgendwelche rechtlichen Konsequenzen für das, was passiert ist?"

Sie winkte ab. „Wir haben das geregelt. Die PR-Abteilung der Enforcer hat dafür gesorgt, dass dein Name in keiner Weise mit dem in Verbindung gebracht wird, was im Zentrum passiert ist. Du brauchst dir keine Sorgen zu machen."

„Vielleicht nicht vor dem Justizsystem, aber was ist mit der IPO und den Enforcern? Bin ich hier ein Gefangener?", fragte ich vorsichtig.

Obwohl sie sofort den Kopf schüttelte, entging mir nicht das leichte Zögern und die Sorge, die sie zu verbergen versuchte.

„Du bist kein Gefangener, aber Colin wird mit dir sprechen wollen", sagte Linsea und wählte ihre Worte sorgfältig. „Wenn du das tust, hör dir bitte offen an, was er zu sagen hat."

Mein Magen verkrampfte sich vor Besorgnis, und ein Gefühl der Unruhe überkam mich.

„Er wird versuchen, mich zu rekrutieren, oder?", fragte ich, obwohl es eher eine Feststellung war.

„Das steht außer Frage. Aber er hat dich schon lange vor diesem Vorfall darauf angesprochen", antwortete Linsea ausweichend.

Mein Blick huschte zwischen ihren Augen hin und her, während ich ihre Gesichtszüge studierte, um noch besser zu verstehen, was sie jenseits der zurückhaltenden und vorsichtigen Emotionen, die sie ausstrahlte, dachte.

„Du möchtest, dass ich seine Bitte annehme?", fragte ich, während sich mein Rücken vor Anspannung versteifte.

Zu meiner Überraschung und Erleichterung hielt meine Gefährtin meinem Blick standhaft stand, als sie mit einer Aufrichtigkeit antwortete, die alle Zweifel ausräumte, die ich noch hinsichtlich ihrer wahren Wünsche in dieser Angelegenheit gehabt haben mochte.

„Ich möchte, dass du tust, was du für richtig hältst, Kayog. Wie auch immer deine Entscheidung ausfällt, ich werde dich voll und ganz unterstützen."

„Aber?", hakte ich nach.

„Aber du bist etwas ganz Besonderes", sagte sie in einem fast entschuldigenden Tonfall. „Du bist wahnsinnig mächtig – zumindest warst du das, als du im Zentrum zusammengebrochen bist. Bis sie weitere Tests durchgeführt haben, wissen wir nicht genau, über welche Kräfte und Fähigkeiten du verfügst."

„Sie halten mich also für ein Sicherheitsrisiko", sagte ich grimmig, als mir plötzlich klar wurde, was sie meinte.

„Sie müssen die Möglichkeit in Betracht ziehen, dass du eines sein könntest", korrigierte sie mich sanft.

„Stimmt, das verstehe ich", räumte ich widerwillig ein.

Sie lächelte und streichelte sanft mein Gesicht. „Wenn es dich tröstet, Colin und ich haben ausführlich darüber gesprochen. Er möchte wirklich, dass du dich ihnen anschließt, also wird er dir ein Angebot machen, das wahrscheinlich attraktiv sein wird."

Obwohl Linsea sagte, dass sie jede Entscheidung, die ich treffen würde, unterstützen würde – und ich zweifelte nicht daran, dass sie es ernst meinte –, hoffte meine Gefährtin eindeutig, dass ich das Angebot annehmen würde. Allein schon, weil sie mir das Leben gerettet hatte, würde ich das wahrscheinlich tun. Aber darüber konnte ich später noch nachdenken.

Ich blickte voller Ehrfurcht durch den Raum und konnte immer noch kaum glauben, dass dies meine neue Realität war.

„Es ist so unglaublich still hier", flüsterte ich wehmütig, bevor ich meine Partnerin voller Bewunderung ansah. „Danke, dass du mich gerettet hast und mich nicht aufgeben ließest, als ich am Boden war."

Zu meinem Erstaunen zuckte Linseas Schnabel, und eine starke Emotion, gemischt mit intensiver Erleichterung, huschte über ihr Gesicht.

„Was ist los, meine Taube?", fragte ich, verwirrt von ihrer Reaktion.

„Ich hatte solche Angst, dass du mich hassen würdest, weil ich dich zum Bleiben gezwungen habe, obwohl du mich angefleht hast, dir Frieden zu gewähren", sagte sie mit zittriger Stimme. „Ich konnte dich einfach nicht gehen lassen. Das war egoistisch von mir, aber solange es Hoffnung gab, dass du geheilt werden könntest, konnte ich nicht aufgeben."

„Und ich bin froh, dass du es nicht getan hast", sagte ich mit Nachdruck. „Entschuldige dich nicht und fühle dich nicht schuldig für das, was du getan hast. In diesem Moment sprach mein Schmerz aus mir. Ich wollte nur, dass es aufhört. Aber wären unsere Rollen vertauscht gewesen, hätte ich auch mit allem, was ich hatte, gekämpft, um dich zu behalten. Danke, dass du für mich gekämpft hast, als ich nicht mehr die Kraft dazu hatte."

Tränen traten ihr in die Augen, während eine weitere Welle der Erleichterung, Dankbarkeit und tiefen Zuneigung in ihr hochkam. Linsea schlang ihre Arme um meinen Hals, und wir tauschten einen tiefen und zärtlichen Kuss aus. Schöpfer! Ich verliebte mich wahnsinnig in diese Frau.

Mit großer Zurückhaltung hielten wir inne, bevor uns die Leidenschaft überwältigte. Ich bezweifelte zwar, dass sie uns ausspionierten, aber unsere Intimität war nichts, was neugierige Blicke mitbekommen oder zufällig beobachten sollten. Meine Gefährtin kuschelte sich an mich und rieb ihr Gesicht an meiner Halsbeuge. Verdammt, wie ich es liebte, wenn sie das tat!

„Wenn es etwas zählt, Isobel hat auch sehr geholfen", sagte Linsea wehmütig.

Als meine Gefährtin erzählte, wie sie eingegriffen und ihren Status als Priesterin genutzt hatte, um Linsea bei ihren Bemühungen, mich zu beschützen, zu helfen, wurde mir sofort warm ums Herz. Isobel, die sich bei Colin, den Enforcern und der IPO insgesamt für mich einsetzte, konnte einige ihrer Bedenken weiter zerstreuen. Tatsächlich hatten ihre Worte mehr Gewicht als die von Linsea, da sie mich schon seit Jahren kannte. Als meine spirituelle Beraterin und Meditationslehrerin konnte sie eine umfangreiche Liste aller Fälle vorlegen, in denen ich Zurückhaltung gezeigt und keine Neigung zu Gewalt an den Tag gelegt hatte.

„Sie ist wirklich die Schwester meines Herzens", sagte ich liebevoll. „Wo ist sie jetzt?"

„Isobel hat vorübergehend einen Auftrag in einer Flüchtlingsunterkunft in der Nähe übernommen, damit sie für dich da sein kann. Sie ist eine erstaunliche Frau. Du warst gesegnet an dem Tag, als sie in dein Leben trat", sagte Linsea warmherzig.

„Das war ich in der Tat. Genauso wie *du*, als *du* in mein Leben getreten bist", sagte ich voller Bewunderung. „Aber was ist mit dir?"

Sie verzog das Gesicht. „Ich arbeite für die IPO. Das war zwar schon immer mein Ziel, aber ich werde froh sein, wenn ich die Stelle wechseln kann."

„Oh?", fragte ich besorgt. „Läuft es nicht so, wie du es dir erhofft hast?"

Sie schüttelte den Kopf. „Das ist es nicht", sagte Linsea in beruhigendem Ton. „Ich habe mich mit einem Bürojob zufriedengegeben, damit ich in deiner Nähe bleiben kann, hier im Forschungszentrum. Im Moment berate ich bei verschiedenen Konflikten."

„Und das gefällt dir nicht?", fragte ich vorsichtig.

„Das macht mir nichts aus", antwortete sie mit einem Achselzucken. „Ehrlich gesagt ist es eine hervorragende Lernerfahrung. Aber ich würde lieber selbst verhandeln, als nur über Konflikte zu lesen und Gesprächspunkte und mögliche Lösungen vorzuschlagen. Mit Texten zu arbeiten ist nicht dasselbe wie die direkte Interaktion mit Lebewesen. Geschriebene Worte können so leicht falsch interpretiert werden ..."

Ich nickte verständnisvoll. „Glaub mir, meine Liebe. Ich weiß genau, was du meinst."

„Das glaube ich dir gern", sagte sie mit einem Lächeln. „Aber jetzt müssen wir dich erst einmal ernähren. Du wurdest viel zu lange intravenös ernährt. Und dann, es tut mir leid, das sagen zu müssen, erwarten dich eine Menge höchst unangenehmer Tests bei Arafin und Ellen, deinen beiden Ärzten."

Meine Schultern sackten herab. Das war natürlich verständlich. Eigentlich hätte ich erwartet, dass sie mich direkt dorthin schleppen würden. Daher bedeutete mir diese kurze Auszeit mit meiner Taube sehr viel. Ich empfand es auch als ihre Art zu sagen, dass sie mir – so unvermeidlich es auch sein mochte, dass ich gewissermaßen wie eine Laborratte behandelt werden würde

– die Erfahrung so angenehm wie möglich gestalten würden. Ich hasste es, dass dies notwendig war, aber das unermessliche Geschenk des Friedens, das sie mir gegeben hatten, rechtfertigte jeden Test, dem sie mich unterziehen wollten.

Das Mittagessen verging viel zu schnell. Zumindest konnte Linsea mich über alle auf dem Laufenden halten. Mares und Tala hatten beide ihren Abschluss gemacht und absolvierten jeweils ein Praktikum. Zu meiner Freude hatte Mares es sich zur Aufgabe gemacht, die Syllens zu beschützen, und sich einem Team angeschlossen, das einen detaillierten Plan für den schrittweisen Abbau der Präsenz von Außerirdischen und touristischen Einrichtungen in ihrem angestammten Land vorlegen wollte. Es gab keine Garantie, dass ihr Plan angenommen werden würde, aber er bezog die Regierung von Edocit klugerweise in den gesamten Prozess mit ein. Ihre offensichtliche Verwandtschaft mit dieser primitiven Spezies veranlasste sein Volk dazu, sich leidenschaftlich für deren Schutz einzusetzen. Tala absolvierte ein ähnliches Praktikum wie meine Partnerin, bevor sie zu uns an die Universität kam.

Was die Band anging, so wollten sie zunächst auf meine Rückkehr warten, aber Linsea machte deutlich, dass dies unwahrscheinlich sein würde. Die Enforcer erfanden eine Geschichte, warum ich nie zur Schule zurückgekehrt war, und behaupteten, ich hätte nach der Explosion eine schwere Hirnverletzung erlitten. Und obwohl ich mich vollständig erholen würde, würde es viele Monate dauern, gefolgt von noch mehr Zeit in Physiotherapie und Rehabilitation.

Am Ende nahmen sie einen neuen Leadsänger auf und unterschrieben schließlich bei einem Label. So sehr ich mich auch für sie freute, stach es doch ein wenig in meinem Ego, dass sie mich so schnell ersetzt hatten. Zugegeben, sie hatten über vier Monate gebraucht und unzählige Absagen unter Hunderten von Bewerbern erhalten. Als ich jedoch erfuhr, dass sie alle Anfragen von Temern abgelehnt hatten, löste das etwas Seltsames in mir aus.

Laut Linsea hatte Ben erklärt, dass es bei Echoes of Madness nur einen Temern gab, und das war ich. Niemand sonst würde jemals diesen Titel tragen.

Hat das mein Ego gestreichelt? Auf jeden Fall.

Gleichzeitig erschien es mir als eine kluge Entscheidung. Hätten sie einen weiteren Temern als Leadsänger engagiert, wäre er ständig mit mir verglichen worden. Indem sie jemanden aus einer anderen Spezies auswählten, konnten sie die Rolle zu ihrer eigenen machen, ihren eigenen Stil einbringen, ohne dass die Leute unrealistische Erwartungen hatten, die allein auf der Rasse basierten.

Nachdem wir gegessen hatten, unterzog ich mich einer endlosen Reihe von Tests. Es war umso schlimmer, dass Linsea nicht bei mir bleiben konnte. Wie auch immer, sie hatte Arbeit zu erledigen. Aber meine Bestürzung erreichte ein ganz neues Niveau, als man mir mitteilte, dass ich die Nacht zur Beobachtung in meinem Krankenzimmer verbringen würde. Natürlich hatte ich nicht erwartet, nach Hause zurückkehren zu dürfen. Allerdings dachte ich törichterweise, ich könnte bei Linsea in der Wohnung bleiben, die man ihr vorübergehend zugewiesen hatte, während sie als Beraterin für die IPO arbeitete.

Ich versuchte schamlos, sie davon zu überzeugen, sie bei mir übernachten zu lassen, aber der Grund für ihre Ablehnung wurde schnell klar. Als sie mit der Vorbereitung fertig waren, hatte ich längst den Überblick verloren, wie viele Kabel, magnetische Überwachungspflaster, Sensoren und andere Geräte in irgendeiner Form an mir befestigt waren. Zum Glück war ich nie jemand, der sich im Schlaf viel bewegte, sonst hätten sie mich ans Bett fesseln müssen, damit all dieses Zeug nicht sofort wegflog, sobald ich mich zu bewegen versuchte.

Der zweite Tag begann mit ein paar weiteren Tests, bevor wir glücklicherweise zu einem weitaus interessanteren übergingen. Arafin führte mich in ein unteres Stockwerk des Gebäudes und stellte mir einen Raitheaner namens Yinric vor.

Wie alle Mitglieder seiner Spezies hatte er keine Beine, sondern acht Tentakel, von denen nur vier mit Saugnäpfen versehen waren. Sein Oberkörper war muskulös und gut definiert, mit zwei Armen und fünf Fingern wie bei mir. Während mein Oberkörper mit weichen Daunenfedern bedeckt war, hätte man seine Brust aus der Ferne für die eines Menschen mit dunkelgrauer Haut halten können. Bei näherer Betrachtung konnte man jedoch erkennen, dass seine Haut eher der eines Meeressäugers wie einem Delfin ähnelte und dass seine Schultern, Arme und Seiten mit dezenten Schuppen übersät waren.

Er streckte mir seine Hand entgegen, damit ich sie ihm in einer traditionellen menschlichen Begrüßungsgeste schütteln konnte. Obwohl ich darauf einging, war ich doch überrascht. Weder seine Spezies noch meine schüttelten sich normalerweise die Hände. Ich konnte nur vermuten, dass häufige Interaktionen mit Menschen dies zu einer instinktiven Reaktion beim Treffen mit Fremden gemacht hatten.

Er lächelte warm, und die Spitzen der kürzeren und schmaleren Tentakel, die seinen Kopf wie Haare zierten, kräuselten sich leicht, was seine Begeisterung zum Ausdruck brachte. Es hätte mich stören sollen, dass die Aussicht, Tests an mir durchzuführen, diese begeisterte Reaktion auslöste. Aber er hatte etwas so Unschuldiges und Enthusiastisches an sich, dass seine Reaktionen irgendwie ansteckend waren.

„Ich überlasse dich Yinrics fähigen Händen", sagte Arafin, wobei die Belustigung in seiner Stimme darauf hindeutete, dass auch er die Begeisterung des Raitheaners wahrgenommen hatte. „Wenn du fertig bist, geh bitte zu Ellen, um sicherzustellen, dass alles in Ordnung ist. Lass ihn dich nicht überanstrengen", fügte Arafin mit strenger Stimme hinzu, während er seinen Kollegen ansah.

An Yinrics verlegenem Gesichtsausdruck erkannte ich, dass die Warnung eigentlich für den Raitheaner gedacht war, nicht für mich. Ich vermutete, dass er der Typ war, der sich leicht von einem Projekt mitreißen ließ, das ihm am Herzen lag.

Als der temernische Arzt den riesigen Raum verließ, winkte Yinric mir, ihm zu folgen. Er ging zu einer Art halbmondförmiger Rezeption. Ein kurzer Blick darauf verriet mir, dass es sich tatsächlich um eine Art ausgeklügeltes Bedienpult handelte. Ich vermutete, dass es verschiedene Geräte im gesamten Raum aktivieren konnte.

Etwa fünf Meter vor uns stand ein großer Tisch mit Platz für acht Personen vor einer Kinoleinwand, die fast die Hälfte der Rückwand einnahm. Derzeit zeigte sie eine Leerlaufanimation mit einem leuchtenden Strahl in schimmernden Pastellfarben, der träge über den Bildschirm kroch.

„Meine Aufgabe ist es, deine körperlichen und motorischen Fähigkeiten zu beurteilen und zu trainieren", sagte Yinric mit Begeisterung in der Stimme, als er neben dem Bedienfeld im mittleren Bereich stehen blieb. „Zuerst werden wir einige grundlegende Aufwärmübungen und dann Cardio- und Kraftübungen mit dir machen. Die Scans und Tests, die deine Ärzte durchgeführt haben, zeigen, dass du während der Stasis keine Atrophie erlitten haben. Du warst jedoch früher ein Spitzensportler, und wir möchten sicherstellen, dass du mindestens wieder das gleiche Niveau wie vor dem Unfall erreichen und hoffentlich sogar noch besser werden."

Ich willigte gerne ein. Meine Augen weiteten sich, als der Raitheaner einen Knopf auf der Steuerkonsole drückte und sich der Boden an vier verschiedenen Stellen auf der linken Seite des Raumes öffnete, ebenso wie einige Abschnitte der Wand dahinter. Die besten Trainingsgeräte, die es in der Galaxis gab, erhoben sich aus dem Boden.

Meine Füße trugen mich wie von selbst näher heran, doch Yinric hielt mich zurück. Er ließ mich eine Reihe spezifischer Übungen absolvieren, die sich eher als Tests, denn als richtiges Aufwärm- und Trainingseinheit erwiesen. Das Laufen auf dem

Laufband hätte man noch als solches bezeichnen können, aber der elende Kerl stoppte mich, bevor ich zu meinem zweiten Atem kommen konnte.

„Morgen oder übermorgen wirst du ein richtiges Training bekommen", sagte der Raitheaner mit einem Grinsen, als ich ihn finster anblickte. „Heute stellen wir nur sicher, dass alles wie vorgesehen funktioniert. Und bisher scheint das der Fall zu sein, was eine hervorragende Nachricht ist!"

Er zeigte auf einen großen rechteckigen Raum, der von einer Glaswand umgeben war. Er war völlig leer und nahm mehr als ein Drittel der rechten Seite des Raumes ein.

„Die zweite Hälfte des heutigen Trainings findet in diesem Holodeck statt", fuhr er fort. „Diese Glaswände sind verstärkt und mächtig genug, um dem Druck des Weltraums standzuhalten. Ich bin zuversichtlich, dass sie allem standhalten werden, was du ihnen zumutest."

Ich konnte mir ein Stirnrunzeln nicht verkneifen, dass er diese letzte Bemerkung ernst gemeint hatte und nicht als Scherz. Für wie mächtig hielt er mich eigentlich, dass er das überhaupt in Betracht gezogen hatte?

„Wir wollen vor allem das Ausmaß deiner kinetischen Kräfte beurteilen", sagte Yinric, während er einige Anweisungen auf dem Bedienfeld eintippte.

Eine Reihe virtueller Ziele erschien in unterschiedlichen Höhen an den Wänden des Glasraums. Einige davon waren extrem klein und erforderten erhebliche Präzision, um sie zu treffen, während viel größere Ziele fast unmöglich zu verfehlen waren. Auch der riesige Bildschirm an der Rückwand erwachte zum Leben, und die wirbelnde Animation wich einer Reihe von Diagrammen und Tabellen, die derzeit noch keine Daten enthielten.

„Bitte halte einen Moment still, während ich dir diese anlege", sagte der Raitheaner.

Er nahm eine Handvoll drahtloser Elektroden, die er strategisch auf meiner Brust, meinen Schläfen, Unterarmen und Unterschenkeln platzierte. Zu meiner Überraschung fügte er drei weitere auf meinem Rücken hinzu: eine in meinem Nacken und die anderen beiden entlang meiner Wirbelsäule, zwischen meinen Flügeln. Sofort füllten sich die Tabellen auf dem riesigen Bildschirm mit verschiedenen Zahlen, während die Diagramme zum Leben erweckt wurden und meinen Puls und andere Vitalfunktionen anzeigten.

Yinric glitt zum Holodeck und bedeutete mir mit einer Geste, ihm zu folgen. Die wiegende Bewegung seiner Hüften war hypnotisch.

Ich fragte mich vage, warum er nicht sechs seiner Tentakel zu provisorischen Beinen verdreht hatte, wie es bei seinem Volk üblich war. Da Saugnäpfe es den Raitheanern auch ermöglichten zu schmecken, vermieden sie es normalerweise, über den Boden zu gleiten. Schließlich wollte niemand den Boden ablecken. Zugegeben, sie konnten die Geschmacksfähigkeit ausschalten, aber einige Körner oder Rückstände fanden immer ihren Weg hinein.

„Zuerst bitte ich dich, den Raum zu betreten und zu versuchen, den kinetischen Impuls zu erzeugen, mit dem du die maskierten Männer im Kongresszentrum zurückgeschleudert hast", sagte Yinric, während er mich hereinwinkte, sobald sich die Türen vor uns öffneten.

Ich erstarrte. „Ähm ... Ich fürchte, ich weiß nicht, wie das geht. Ehrlich gesagt wusste ich nicht einmal, dass ich diese Kraft besitze, bis Linsea mir erzählte, was passiert war."

Er presste die Lippen zusammen und nickte langsam. „Erinnerst du dich daran, was du an diesem Tag gefühlt hast, genauer gesagt in diesem bestimmten Moment?"

„Das Einzige, was ich empfand, war Schmerz und Wut. Es war, als würde mir ein Dolch ins Gehirn gestochen werden", antwortete ich, während sich mir bei der Erinnerung an dieses schreckliche Erlebnis der Magen umdrehte.

„Versuche, dich auf den Ort dieses Schmerzes zu konzentrieren. Das könnte der Bereich sein, der deine Kraft aktiviert.
Versuche dann, sie auf eines der Ziele im Raum zu lenken. Es
könnte einfacher sein, mit einem größeren Ziel zu beginnen",
sagte Yinric enthusiastisch. „Aber warte, bis ich den Raum
verlassen habe."

Ich starrte ihn an, während er schnell hinausschlüpfte.
Glaubte er etwa, ich hätte einen Schalter, den ich einfach
umlegen könnte, um meine Umgebung mit kinetischer Energie
zu versorgen? Die Tür schloss sich hinter ihm, und ich stand
einfach da und fühlte mich verloren und ein wenig nutzlos. Er
blieb auf der anderen Seite der Glaswand stehen und machte eine
leicht ungeduldige Geste, die mir bedeutete, ich solle loslegen.

Mit einem Seufzer versuchte ich, seinen Anweisungen zu
folgen. Sich auf den Ursprung dieses Schmerzes zu konzentrieren, war viel leichter gesagt als getan. Sicher, ich konnte versuchen, mich darauf zu fokussieren, aber das brachte mich immer
noch nicht weiter. Ich spürte keinerlei Funken oder schlum-
mernde Energie, die ich verstärken und nach außen projizieren
konnte. Die Sekunden dehnten sich zu Minuten, ohne dass etwas
passierte. Mit jedem Augenblick wuchs meine Frustration und
seine Ungeduld gleichermaßen. Ich konnte ihm nicht einmal
böse sein, da sein äußeres Verhalten vollkommen ruhig, gelassen
und sogar ermutigend unterstützend war. Aber die empathischen
Wahrnehmungen eines Temern konnte man nicht täuschen.

„Es tut mir leid", sagte ich schließlich und begann mich
gereizt und unfähig zu fühlen. „Ich weiß nicht, was ich tun soll,
da ich in dem Bereich, der mir Schmerzen bereitet hat, nichts
spüre. Vielleicht habe ich diese Fähigkeit nach der schweren
Hirnblutung verloren, die ich an diesem Tag erlitten habe."

Yinric schüttelte entschieden den Kopf. Ich konnte nicht
sagen, ob diese Reaktion aus der ehrlichen Überzeugung heraus
erfolgte, dass meine Kräfte noch vorhanden waren, oder ob er
sich einfach weigerte, diese Möglichkeit zu akzeptieren.

„Ich bin mir sicher, dass du deine Kräfte noch hast. Da du nicht einmal wusstest, dass du sie besitzt, ist es nicht verwunderlich, dass du Schwierigkeiten hast, sie bewusst abzurufen", antwortete der Raithean mit beruhigender Stimme. „Wir müssen es einfach weiter versuchen, und ich habe keinen Zweifel, dass es klappen wird."

Zu meiner Enttäuschung verlangte er von mir, dass ich es weiter versuchen sollte. Nach zehn, zwanzig und dann dreißig Minuten dieses Unsinns begann ich mich ernsthaft zu ärgern. Ich hatte nichts dagegen, zu trainieren, um mich in etwas Herausforderndem zu verbessern, aber das hier war reine Zeitverschwendung. Wie zum Teufel sollte ich das jemals schaffen, wenn ich nicht einmal wusste, wie ich es machen sollte?

Ich stieß einen wütenden Knurrer aus und öffnete den Mund, um Yinric zu sagen, dass ich damit fertig war und wir zu etwas anderem übergehen mussten. Sein siegreicher Ruf, der durch die Lautsprecher des Holodecks hallte, brachte mich jedoch zum Schweigen.

„Da!", rief er und zeigte auf etwas auf dem riesigen Bildschirm. „Was auch immer du da gemacht hast, mach das noch einmal!"

Ich blinzelte verwirrt und schaute abwechselnd ihn und den Monitor an. Ein sichtbarer Ausschlag zeigte an, dass ich tatsächlich eine Art Stromstoß ausgelöst oder hervorgerufen hatte. Ein Teil von mir wollte sich freuen, aber ich hatte wirklich keine Ahnung, wie ich das gemacht hatte.

„Ich weiß nicht, was ich gemacht habe", sagte ich in entschuldigendem Ton.

Anstatt sich über mich zu ärgern, hob Yinric seinen Zeigefinger, um mir zu signalisieren, dass ich einen Moment warten sollte.

„Warte mal. Ich versuche etwas", sagte er aufgeregt.

Der Raithean schlitterte schnell zur zentralen Steuerkonsole und begann, einige Befehle in die Schnittstelle einzugeben.

Sekunden später verspürte ich ein äußerst unangenehmes Kribbeln in meinem Kopf.

„Hör auf!", zischte ich. „Mach das nicht noch einmal!"

Aber Yinric war zu aufgeregt, um sich um mein Missfallen zu kümmern. „Da ist es! Siehst du das?", fragte er und zeigte auf den Ausschlag auf dem Diagramm meiner Gehirnströme auf dem riesigen Monitor. „Es tut mir leid, wenn es dir wehgetan hat, aber das ist tatsächlich die Stelle. Sogar deine Augen leuchten. Ich vermute, dass dies ein Abwehrmechanismus ist, der ausgelöst wird, wenn du dich bedroht fühlst."

Ich wollte ihn noch etwas länger böse anstarren, aber seine Aufregung war wieder einmal ansteckend. Es ärgerte mich, dass ich meine eigenen Augen gerade nicht leuchten sehen konnte. Ich schaute auf meine Hände, aber sie sahen immer noch normal aus.

„Jetzt, da du siehst, wo es sich befindet, versuche, es zu stimulieren. Übertreib es nicht", fügte er schnell und vorsichtig hinzu. „Wir können bis morgen oder die nächsten Tage warten, bevor du deine Kräfte voll einsetzt. Vorerst können wir uns darauf konzentrieren, dass du dich daran gewöhnst, deine Fähigkeit nach Belieben zu beschwören oder zu aktivieren."

Ich verstand seine Logik, aber meine Neugierde trieb mich dazu, so schnell wie möglich loszulegen. Angesichts der Tatsache, dass ich die letzten sieben Monate – fast acht – in teilweiser Stasis verbracht hatte, während sie mein Gehirn reparierten, schien mir Vorsicht jedoch angebracht.

Die nächste halbe Stunde lang folgte ich Yinrics Anweisungen. Obwohl es anfangs langsam ging, gewöhnte ich mich schnell daran, den Teil meines Gehirns zu stimulieren, der meine kinetischen Kräfte kontrollierte. Als der Raitheaner eine Pause einlegte, war ich in der Lage, meine Hände nach Belieben zum Leuchten zu bringen. Ich konnte zwar immer noch mein eigenes Spiegelbild nicht sehen, aber ich spürte nun ein ganz leichtes Kribbeln hinter meinen Augen, das mir anzeigte, dass sie leuchteten. Das gleiche Gefühl kitzelte meine Handflächen, als meine Kraft aktiviert wurde.

„Das wäre alles für heute", sagte Yinric und überraschte mich damit. „Du kannst zu deinen Ärzten zurückkehren, damit sie dich noch einmal untersuchen können, bevor du Feierabend machst."

„Schon?", fragte ich enttäuscht.

Er nickte und lächelte mich wissend an. „Ja. So sehr ich deine Ungeduld auch teile, möchte ich nicht riskieren, dir Verletzungen zuzufügen. Entspann dich heute Abend und komm ausgeruht zu mir zurück, damit wir bei unserer nächsten Sitzung richtig loslegen können."

„Na gut", murrte ich.

Er lachte leise. „Solange Arafin dir grünes Licht gibt, kannst du davon ausgehen, dass ich dich morgen hart rannehmen werde."

„Ich freue mich darauf", sagte ich trocken, bevor ich den Raum verließ.

Als ich mich auf den Weg zurück zum medizinischen Bereich der Einrichtung machte, musste ich unweigerlich darüber nachdenken, wie viel Freiheit sie mir gewährten. Angesichts der Tatsache, dass sie mich offenbar für eine große Gefahr hielten, hätte ich erwartet, ständig überwacht – um nicht zu sagen ausspioniert – und auf Schritt und Tritt begleitet zu werden. Zugegeben, es gab überall Überwachungskameras und eine Vielzahl von Sicherheitsvorkehrungen in der gesamten Einrichtung, mit denen man mich im Bedarfsfall leicht in einem abgeschlossenen Bereich einsperren konnte. Aber ich glaubte, dass sie mir absichtlich mehr Freiraum ließen, um sowohl meine Vertrauenswürdigkeit unter Beweis zu stellen als auch zu zeigen, dass der Beitritt zu ihnen nicht das Gefängnis sein würde, das ich befürchtete.

Als ich Ellen in dem Behandlungsraum, den ich derzeit mein Zuhause nannte, auf mich warten sah, war ich überrascht. Arafin war eindeutig der Hauptarzt, der für meine Behandlung zuständig war. Ellen hingegen schien sich mehr auf meine Blutwerte und mein Hormonsystem zu konzentrieren. Sie las etwas auf dem Monitor neben meinem Bett und sah dabei sehr konzentriert aus.

Als ich den Raum betrat, hob sie abrupt den Kopf und sah mich an.

„Da ist er ja", begrüßte sich mich freundlich, nachdem sie sich von ihrer Überraschung erholt hatte. „Wie fühlst du dich?"

„Großartig", sagte ich aufrichtig. „Obwohl ich mich auch ein wenig betrogen fühle, als er alles abgebrochen hat. Ich wollte mein Training heute noch ein bisschen weiter vorantreiben."

„Geduld ist eine Tugend", sagte Ellen in leicht vorwurfsvollem Ton. „Dein Therapeut hat klug gehandelt, als er die Sitzung abgebrochen hat. Den Daten zufolge, die er uns übermittelt hat, gibt es einige Blutergüsse in deinem Gehirn. Deshalb stellen wir deinen Reif wieder auf maximale Intensität ein, um die Belastung zu reduzieren und die die Heilung zu ermöglichen."

Sie lächelte mich mitfühlend an, als ich laut stöhnte, sobald der Reif meine empathischen Fähigkeiten und meine kinetischen Kräfte vollständig blockierte. So berechtigt die Gründe dafür auch sein mochten, ich fühlte mich dadurch systematisch behindert und um einen wesentlichen Teil meiner selbst beraubt.

„Vieles davon ist neu für dich", betonte Ellen zaghaft. „Deshalb müssen wir sehr vorsichtig sein, während du trainierst und deine neuen Fähigkeiten besser unter Kontrolle bekommst. Es ist wichtig, dass du dich nicht zu sehr anstrengst. Du musst dich heute Nacht ausruhen. Kein Training, auch nicht deine Fähigkeit, andere zu blockieren. Verringere nicht die dämpfende Wirkung des Reifs, egal wie sehr es dich auch juckt, dies zu tun. Je besser du unsere Anweisungen befolgst, desto eher wirst du diese vorübergehende Krücke loswerden. Überanstrenge dich *nicht*."

Ich nickte mit leicht schmollendem Gesichtsausdruck. „Ja, dein Gefährte hat so ziemlich dasselbe gesagt."

Zu meiner Überraschung zuckte Ellen zurück und sah mich an, als hätte ich etwas Absurdes gesagt.

„Mein Gefährte?", wiederholte sie.

„Ja, Yinric", antwortete ich wie sebstverständlich.

„Wer?", fragte sie verwirrt.

„Yinric Myar, mein kinetischer Trainer", antwortete ich, nun ebenfalls verwirrt.

Sie schüttelte den Kopf. „Tut mir leid, aber ich habe ihn noch nie getroffen. Er ist neu hier. Und normalerweise ist Arafin derjenige, der mit den Spezialisten der anderen Disziplinen, die an diesem Projekt beteiligt sind, zusammenarbeitet."

„Oh wow!", flüsterte ich, mehr zu mir selbst als zu ihr.

Sie neigte den Kopf zur Seite und sah mich etwas verwirrt und neugierig an. „Warum hast du angenommen, dass wir ein Paar sind?"

„Weil ihr Seelenverwandte seid", antwortete ich sachlich.

Sie zuckte erneut zurück, eine Million widersprüchlicher Emotionen durchströmten sie. Obwohl ich sie nicht mehr spüren konnte, waren sie auf ihrem ausdrucksstarken Gesicht deutlich zu sehen. Die Fachfrau in ihr fragte sich, ob ich vielleicht einen Schaden im Kopf hatte. Aber ihre private Seite schien sowohl fasziniert als auch schockiert von dem, was sie als völlig unmöglich empfand.

„Das kann nicht sein. Ist er nicht ein Raitheaner?", entgegnete sie.

Ich warf ihr einen strengen Blick zu. „Was hat das damit zu tun? Die Spezies eines Lebewesens entscheidet nicht darüber, ob er dein Seelenverwandter sein kann. Und in diesem Fall steht außer Frage, dass eure Seelen in perfekter Harmonie sind."

Trotz ihrer Verlegenheit, wegen ihrer dummen Bemerkung zurechtgewiesen worden zu sein, war Ellen zu schockiert, um zu antworten. Sie starrte mich einen Moment lang mit offenem Mund an, während sie nachdachte.

„Deine Kräfte ermöglichen dir also, zu erkennen, wenn Personen Seelenverwandte sind?", fragte sie schließlich vorsichtig.

Ich nickte. „Ja, das tun sie."

Sie trat unruhig von einem Fuß auf den anderen, ihr Gesicht spiegelte eine Mischung aus Aufregung und Verleugnung wider.

„Hast du ihm gesagt, dass du denkst, wir wären Seelenverwandte?", fragte die Ärztin, wobei sich ein Hauch von Nervosität in ihrer Stimme bemerkbar machte.

Da wurde mir klar, dass sie eine mögliche Ablehnung durch dieses Männchen befürchtete und daher ihre Erwartungen sehr niedrig halten wollte, für den Fall, dass ich mich irrte. Obwohl ihre Zweifel verständlich waren, verletzte es dennoch meinen Stolz.

„Nein, das habe ich nicht. Das Thema kam nicht zur Sprache. Ich bin einfach davon ausgegangen, dass ihr miteinander verbunden seid, da ihr Seelenverwandte seid *und* an demselben Projekt arbeitet", antwortete ich mit einem Achselzucken.

Ellen fuhr sich nervös mit den Fingern durch ihr langes, dunkelbraunes Haar. „Ich weiß nicht, was ich sagen soll."

Ich sah sie amüsiert an. „Zu mir? Eigentlich nichts. Aber du solltest Yinric besuchen. Vielleicht kannst du ihn unter dem Vorwand, meinen Fall zu besprechen, auf einen Kaffee einladen. Dann wird sich der Rest von selbst ergeben."

Der Ausdruck auf ihrem Gesicht war urkomisch. Ich musste mich mit aller Kraft zurückhalten, um nicht laut loszulachen. Allerdings war es ihre unterschwellige Neugierde gegenüber dem Raitheaner, die mich faszinierte. Ich fand es toll, dass sie trotz ihrer Zweifel an der Richtigkeit meiner Aussage tatsächlich offen dafür war, deren Wahrheitsgehalt zu überprüfen. Ihre aufkeimende Begeisterung war ansteckend. Ich könnte süchtig danach werden, solche Reaktionen bei anderen hervorzurufen.

Schließlich gab es kein schöneres Gefühl auf der Welt, als von wiedergefundenen Seelenverwandten umgeben zu sein.

„Nun, wenn ich jetzt gehen darf, würde ich gerne noch ein wenig Zeit mit meiner eigenen Partnerin verbringen, bevor die Ausgangssperre beginnt", sagte ich neckisch.

Das schien Ellen aus ihren Gedanken zu reißen. Sie errötete hübsch, bevor sie nickte.

„Ich muss nur noch eine weitere Blutprobe entnehmen und die Daten von deinem Reif herunterladen, dann werde ich deine Partnerin anrufen, damit sie dich zu ihrem Quartier begleiten kann."

Mein Herz machte einen Sprung. „Ihrem Quartier?", wiederholte ich.

Jetzt war sie es, die mir ein amüsiertes Lächeln schenkte. „Du bist stabil genug, um in eine normalere Umgebung zurückzukehren. Niemand mag es, in der Krankenstation eingesperrt zu sein. Solange du dich weiterhin an die medizinischen Anweisungen hältst, die wir dir gegeben haben, sollte alles reibungslos verlaufen."

Obwohl sie diese Worte freundlich und beiläufig aussprach, war die zugrunde liegende Bedeutung klar. Kooperiere oder verliere deine Privilegien.

Ihre Worte fielen nicht auf taube Ohren.

KAPITEL 15
KAYOG

Meine Augen huschten hin und her, während meine Partnerin mich durch den langen Flur begleitete, der das Forschungszentrum mit dem Wohngebäude verband, das für die dort arbeitenden Mitarbeiter und ihre Familien reserviert war. In der Haupthalle gab es einen Lebensmittelladen, eine Bar, ein Restaurant und einen hochmodernen Fitnessraum. Mindestens dreißig Personen gingen dort ihren Geschäften nach. Aber meine Gedanken kreisten weiterhin um die Tatsache, dass ihre Anwesenheit mich nicht bedrohte oder verunsicherte.

Seit meinem Erwachen gestern war ich nicht mit mehr als drei oder vier Personen gleichzeitig zusammen gewesen. Dass der Reif mich weiterhin vollständig vor den Angriffen so vieler zufälliger Gedanken in meiner Umgebung schützte, war nichts weniger als ein Wunder. Zum ersten Mal überhaupt konnte ich mir tatsächlich die Zeit nehmen, das Verhalten und die Handlungen der Lebewesen in der realen Welt zu analysieren. Vorher verbrachte ich die meiste Zeit damit, den sichersten Ort zum Verweilen zu suchen und die schnellsten Fluchtwege ausfindig zu machen.

Eine ganz neue Realität war nun in greifbarer Nähe. So sehr

ich auch beklagte, dass mir das Stirnband die Möglichkeit nahm, ihre Emotionen zu lesen, so gab es mir doch eine neue Herausforderung, der ich mich gerne stellte: zu lernen, die Emotionen der Wesen anhand ihrer Körpersprache zu deuten.

Zu schnell erreichten wir die Aufzüge. An dem zärtlichen – wenn auch leicht amüsierten – Lächeln, das Linsea mir zuwarf, als wir gingen, erkannte ich, dass sie erraten hatte, dass ich so langsam gegangen war, um den Moment zu verlängern, und sie passte freundlicherweise ihre Schritte meinen an.

Wir stiegen in den Aufzug, der uns in den fünften Stock brachte, wobei die ersten fünf Stockwerke für vorübergehende Gäste reserviert waren. Wir gingen an mehreren großen Türen zu verschiedenen Wohnungen vorbei, bis wir die letzte am Ende des Flurs rechts vom Aufzug erreichten. Meine Augen weiteten sich, als wir eine atemberaubende Wohnung mit einem fantastischen Blick auf die Naturlandschaft des Planeten betraten. Ein kristallklarer Fluss floss horizontal zum Wohnbereich. Hinter seinen Ufern erstreckte sich ein üppiger Wald, so weit das Auge reichte, eingerahmt von den majestätischen Umrissen der Berge am Horizont.

Ich konnte nicht sagen, ob die bequemen hellgrauen Möbel von meiner Partnerin selbst ausgesucht worden waren oder ob sie bereits zur vorübergehenden Unterkunft gehörten. Da sie schon seit Monaten hier war, hatte sie den Ort vielleicht mehr nach ihrem Geschmack gestaltet. Unverkennbare persönliche Akzente waren in Form von Gemälden berühmter temernischer Künstler sowie Skulpturen von Spezies zu sehen, die sie im Rahmen ihres Verhandlungstrainingspraktikums besucht hatte.

Die cremefarbenen Wände, dunklen Holzböden und riesigen Fenster ließen den Raum hell und geräumig wirken. Wie in meinem eigenen Haus hielt Linsea die Einrichtung genau auf dem richtigen Maß an Schlichtheit, um allen Bedürfnissen und Komfortansprüchen gerecht zu werden, ohne überladen oder unruhig zu wirken. Alles war in Weiß-, Creme- und Hellgrautönen gehalten. Aber farbenfrohe Akzente durch Kissen, Gemälde und andere Dekorationsgegenstände sorgten für die richtige Balance.

Sie führte mich kurz durch die Wohnung. Es gab nur ein Schlafzimmer, der zweite geschlossene Raum wurde als Büro genutzt. Das offene Konzept der kombinierten Küche und des Essbereichs zeigte deutlich, dass diese Wohnung nicht für eine Familie gedacht war, sondern eher für ein Paar oder einen allein-reisenden Einzelnen.

„Hast du Durst oder Hunger?", fragte Linsea, als wir ins Wohnzimmer zurückkehrten.

Ich schüttelte den Kopf. „Sie haben mich gefüttert, als hätten sie Angst, ich würde verhungern."

Sie schnaubte und legte ihre Hände auf meine Hüften. Ich zog sie näher an mich heran.

„Das sehe ich", sagte Linsea und lehnte sich an mich. „Du musst etwas Muskelmasse aufbauen, nachdem du so lange in Stasis warst. Wenn man bedenkt, wie intensiv sie dich in den nächsten Tagen – wenn nicht sogar Wochen – trainieren wollen, musst du deinen köstlichen Körper mit Energie versorgen. Apropos, wie fühlst du dich?"

„Mir geht es gut. Das Training mit Yinric war großartig und nervig zugleich", sagte ich mit einem seufzenden Lächeln, bevor ich ihr einen kurzen Überblick über meinen Tag gab.

„Schöpfer! Hast du wirklich Ellen und Yinric zusammenge-bracht?", rief sie aus, als ich ihr von diesem letzten Gespräch erzählte.

Ich streckte selbstgefällig die Brust heraus. „Ja, das habe ich ganz sicher!"

„Wow! Jetzt bin ich gespannt, wie sich diese Beziehung entwickelt", sagte Linsea sehnsüchtig.

„Sie wird sich zu ihrem natürlichen Ende entwickeln, nämlich dass sie sich unsterblich ineinander verlieben", sagte ich mit einer Zuversicht, die an Arroganz grenzte. „Aber davon zu sprechen, dreht nur noch mehr das Messer in meiner Wunde, dass mir das verwehrt bleibt, wonach ich mich am meisten sehne."

Sie hob fragend eine Augenbraue. „Und was ist das?"

„Deinen Seelenklang zu hören. Dich zu spüren", sagte ich mit niedergeschlagener Miene. „Bis morgen ist es mir unter allen Umständen verboten, meine psychischen oder kinetischen Kräfte einzusetzen."

„Gut!", rief Linsea mit einem fast bösartigen Glitzern in ihren blauen Augen.

Ich zuckte zurück. „Gut?! Wie kann das gut sein?"

„Weil es bedeutet, dass ich dir endlich eine Kostprobe deiner eigenen Medizin geben kann."

Ich blinzelte völlig verwirrt. „Was meinst du damit?"

„Seit wir uns kennen, hattest du uneingeschränkten Zugang zu meinen Gefühlen, während deine hinter einer undurchdringlichen Mauer hermetisch verschlossen waren."

„Das war zu deinem Schutz!", rief ich empört.

„Das mag zwar stimmen, aber du hast mir dennoch verweigert, was mir zusteht. Jetzt habe ich vor, mich daran zu laben!", sagte sie mit einer Stimme voller Versprechen.

Bevor ich eine schlagfertige Antwort parat hatte, glitten Linseas Hände an meinen Seiten sanft zu meiner Brust hinauf ... und stießen mich dann weg.

Ich schrie vor Überraschung auf und streckte eine Hand hinter mich, um meinen Sturz zu bremsen, landete aber nur auf dem weichen Kissen der Couch hinter mir. Mit den Händen auf meinen Schultern hielt sie mich fest, als ich mich aufrichtete. Alle Fragen oder Kommentare, die ich äußern wollte, starben mir auf der Zunge, als sich meine Partnerin vor mich beugte.

Sie rieb ihren Schnabel an meinem, bevor sie ihn sanft pickte, um Zugang zu verlangen. Ich kam dieser Aufforderung sofort nach, und mein Magen flatterte, als sich unsere Zungen vermischten. Obwohl ich eher dominant veranlagt war, überließ ich ihr die Führung. Während ich ihren süßen Geschmack und die Besitzgier, mit der sie mich küsste, genoss, kämpfte ich gegen den Drang an, die Kontrolle zu übernehmen.

Ich gehörte ihr, sie konnte mit mir machen, was sie wollte.

Zu meiner Enttäuschung löste sie sich von mir, gerade als ich mich weiter in den Kuss hineinlehnte. Mit einem Sprachbefehl aktivierte sie den Musikplayer, und ein langsames Instrumentalstück hallte durch den Raum. Mit einem weiteren Sprachbefehl dämpfte Linsea das Licht und schuf so die perfekte Stimmung.

Das Blut schoss mir in die Lenden, und ich richtete mich auf der Couch noch weiter auf, um die Show, die sich vor meinen gierigen Augen abspielte, besser genießen zu können. Linsea bewegte sich anmutig, schwang ihre Hüften nach links und rechts, und die langen Federn ihres fließenden Schwanzes betonten die Bewegung, während sie wie ein Wasserfall hinter ihr her flossen.

Sie drehte sich langsam um sich selbst, ihre Hände wanderten sinnlich über ihren Körper und ließen mein Blut in kürzester Zeit in Wallung geraten. Linsea drehte mir den Rücken zu, beugte sich vor und schüttelte ihren Hintern, sodass die Spitze ihres Schwanzes neckisch mein Gesicht streifte. Ich wollte mich auf sie stürzen, sie auf den Boden drücken und mich in sie hineinbohren, bevor ich sie bis zur Besinnungslosigkeit nahm.

Der dreifach verdammte Reif ließ meine Gefühle offen für meine Partnerin, die sie ausnutzen konnte. Linsea kicherte selbstgefällig und genoss ihre Macht über mich. Um den Einsatz zu erhöhen, beugte sich die unglückselige Frau noch tiefer vor, hob ihren Schwanz und spreizte ihre Beine weiter. Mein Schwanz zuckte wütend und verlangte danach, aus den Fesseln meiner Schutzhülle befreit zu werden, als Linsea ihre Klappe öffnete und mir ihre Spalte in ihrer ganzen Pracht präsentierte, sodass mir das Wasser im Mund zusammenlief.

Mit gesenktem Kopf warf mir meine Partnerin einen spöttischen Blick zwischen ihren Beinen zu. Sie leckte sich lasziv den Schnabel, bevor sie mit einem Finger ihre Spalte neckte und ihn ein paar Mal hinein- und herausbewegte. Plötzlich richtete sie sich auf und streifte mit ihren Schwanzfedern meine Wange, was eine ordentliche Tracht Prügel verdient hätte. Aber Linsea drehte sich zu mir um und leckte den Finger, mit dem sie sich gerade selbst berührt hatte, auf eine Weise, die mich fast vor Frustration knurren ließ.

Meine Frau kicherte erneut, als sie mit der Anmut eines Raubtiers, das sich seiner vor Angst gelähmten Beute näherte, auf mich zuging. Nur dass es die Lust war, die mich an Ort und Stelle festhielt.

Ein Feuer entflammte in meinem Inneren, als sie meinen Körper mit wachsender Kühnheit streichelte. Als ich versuchte, mich zu revanchieren, schlug sie meine Hand so hart, dass es richtig wehtat. Ich brannte vor dem Bedürfnis, zu protestieren, uns umzudrehen und ihr zu zeigen, wer hier das Sagen hatte. Aber ich unterdrückte es wieder.

Mein ganzes Leben lang hatte ich darum gekämpft, eine gewisse Kontrolle über mein Leben zu erlangen, das sich ständig in einer Abwärtsspirale zu befinden schien. Es war fast schon zu einem festen Bestandteil meiner Persönlichkeit geworden, immer derjenige zu sein, der das Ruder in der Hand hatte, wenn es um Dinge ging, bei denen ich tatsächlich mitreden konnte. Aber diesmal war es anders.

Obwohl ich bezweifelte, dass Linsea mich und meine Fähigkeit zur Unterwerfung auf die Probe stellte, ahnte ich instinktiv, dass sie wissen musste, dass ich ihr genug vertraute, um mich ihr hinzugeben. Und das tat ich auch. Es gab nichts, was ich nicht für diese Frau getan hätte.

Ein Geräusch, das irgendwo zwischen Schnurren und Gurren lag, vibrierte durch meine Brust, als Linsea ihre Krallen teilweise ausfuhr und sie vorsichtig zwischen den Daunenfedern meines Halses, meiner Brust und meiner Seiten hindurchfuhr. Ein heftiger Schauer durchlief mich jedes Mal, wenn ihre gründliche Erkundung eine starke Reaktion auslöste – sei es körperlich oder emotional –, die eine meiner empfindlichen Stellen offenbarte. Genau wie bei unserem ersten Mal studierte sie meine emotionalen Reaktionen auf ihre Berührungen, um meine erogenen Zonen einzugrenzen und herauszufinden, was ich an ihren Berührungen genoss.

Genau wie sie liebte ich es, wenn sie sanft in meine Halsbeuge pickte, besonders nahe an meinem Nacken. Aus irgendeinem unerklärlichen Grund hallte das immer direkt in meinem Schwanz wider. Ihre Krallen auf meinem Becken – direkt unter meinem Bauchnabel – schürten ebenfalls die Flamme meiner Erregung. Aber das Einzige, von dem ich nie erwartet hätte, dass es mich so sehr antörnen würde, war, wie Linsea vorsichtig mit ihrem Schnabel die Innenseite meiner Handfläche kratzte, während sie die Linien darin nachzeichnete, bevor sie an meinem Zeigefinger saugte.

Ein Blitz der Lust explodierte zwischen meinen Schenkeln. Linseas selbstgefälliges Kichern, während ihre Zunge um meinen Finger kreiste, machte mich wütend und erregte mich zugleich. Es war die provokante Art, wie sie ihren Kopf neigte, um meinen Blick zu suchen, während sie weiter an meinem Finger saugte. Ihre rechte Hand, die meinen Schritt bedeckte, machte ihre Absicht deutlich. Gott, ich konnte fast ihren Mund an meinem Schwanz spüren.

Ihre Krallen neckten sanft die Naht meines Schrittbereichs und verleiteten mich dazu, meinen Schwanz zu befreien. Für den Bruchteil einer Sekunde überlegte ich, mich zu wehren, sowohl um sie zu provozieren als auch um zu sehen, wie sie mich für mein Fehlverhalten „bestrafen" würde. Dieser letzte Gedanke hätte mich fast dazu gebracht, mich ihr zu verweigern. Aber ich hatte mir insgeheim geschworen, mich ihrem Willen zu unterwerfen – dieses Mal – und fügte mich daher.

Das leise Zischen der Erleichterung, das mir entfuhr, überraschte mich. Ich hatte nicht bemerkt, wie angespannt mein Schwanz geworden war, der in seiner Enge steckte und immer härter wurde. Als meine Frau jedoch gierig ihre Hand um meine Länge schlang, verwandelte sich das Zischen in ein ersticktes Stöhnen.

Linsea leckte langsam meinen Finger von unten nach oben, perfekt synchron mit ihrer Hand, die mich streichelte. Meine Bauchmuskeln spannten sich an, während ein dumpfes Pochen in meinem Schwanz pulsierte. Mein Atem stockte, als sie ihre Zunge bis auf ihre volle Länge von knapp 23 Zentimetern ausstreckte und begann, die Innenseite meiner Handfläche zu lecken.

Mein Schwanz zuckte als Reaktion darauf und zu meiner großen Schande sickerte ein Tropfen Vorsaft heraus. Ein triumphierendes Lächeln verzog den Schnabel meiner Partnerin. Blitzschnell ließ sie meine Hand los, um meine Eichel zu lecken, und schluckte dann meine ganze Länge.

Ich schrie auf, mein Rücken bog sich, während meine Flügel zuckten, getrieben von dem instinktiven Bedürfnis, sich weit auszubreiten. Linsea drückte fast schmerzhaft die Basis meines Schwanzes, als sie begann, sich über mir zu bewegen. Ich konnte spüren, wie die Eichel bei jeder Abwärtsbewegung gegen ihren Rachen stieß. Ich hätte mich darüber gewundert, dass dies offenbar keinen Würgereflex bei ihr auslöste, aber intensive Wellen der Lust raubten mir jeden rationalen Gedanken.

Sie passte den Winkel ihres Kopfes so an, dass jedes Mal, wenn mein Schwanz ihren Rachen berührte, auch meine *Eichelknöpfe* damit in Kontakt kamen. Diese kleinen, natürlichen Unebenheiten an meiner Eichel ähnelten vage subkutanen Implantaten. Abgesehen davon, dass sie das Vergnügen unserer Frau beim Eindringen steigerten, waren sie auch für uns Männer sehr erogen. Jeder Aufprall auf sie fühlte sich an wie elektrische Funken der Glückseligkeit, die um meine Eichel herum ausbrachen, sich über ihre gesamte Länge ausbreiteten und feurige Ströme durch meinen Beckenbereich schickten.

Die sanfte Wärme ihrer Zunge, die sich bei jeder streichelnden Bewegung um die Eichel schlang und um sie herumwirbelte, machte mich vor Lust fast wahnsinnig. Als sie ihren Schnabel schloss und ihn vorsichtig an den spiralförmigen Rillen meines Schafts entlangschabte, wäre ich fast gekommen.

Ich schrie auf und meine Hüften zuckten unwillkürlich, sodass sie fast erstickte. Meine Lenden brannten, während das Bedürfnis, mich der Ekstase hinzugeben, mich schwach machte. Aber ich weigerte mich, vor meiner Partnerin zu kommen, besonders nicht nach so vielen Monaten der Trennung.

Gerade als ich sie von mir wegziehen wollte, leckte Linsea meinen Schwanz ein letztes Mal, bevor sie sich von ihrer knienden Position vor mir erhob. Sie kletterte auf meinen Schoß, ihre Naht öffnete sich und enthüllte ihre glänzende Spalte. Der köstliche Duft ihres Moschus ließ meinen ganzen Körper vor Verlangen erzittern. Mein benebelter Verstand brauchte einen Moment, um zu verstehen, was Linseas fast schmerzerfülltes Stöhnen Sekunden bevor sie sich auf meinen Schwanz setzte, ausgelöst hatte.

Ich schrie erneut auf, als mich die exquisite Hitze und das brennende Gefühl ihrer mich fest umschließenden Scheide überkam. Anhand ihres Gesichtsausdrucks und des Zitterns ihres Körpers konnte ich erkennen, dass meine Gefährtin sowohl von ihrer eigenen Lust als auch von meiner überwältigt war. Ich erinnerte mich nur zu gut daran, wie wahnsinnig es gewesen war, als sich die Glückseligkeit, die mir ihre Berührungen verschafften, durch die, die sie selbst empfand, tausendfach vervielfachte.

Eine Reihe wilder Grunzlaute entrang sich meiner Kehle, als meine Frau sofort ein rasendes Tempo anschlug und meinen Schwanz mit wilder Hingabe ritt. Meine Angst, dass ich ihr ohne meine Fähigkeit, ihre Emotionen zu spüren, keine Lust bereiten könnte, verschwand vollständig. Selbst mit dem Reif, der mich immer noch blockierte, machten die sinnlichen Laute meiner Frau, ihr wunderschönes Gesicht, das in purer Glückseligkeit versunken war, und die rasende Art, mit der sie mich berührte und auf meine Zärtlichkeiten reagierte, deutlich, dass sie meine Bemühungen mehr als gutheißen würde.

Da ich mir jede ihrer empfindlichen Stellen aus unseren früheren Begegnungen gemerkt hatte, stimulierte ich jede einzelne davon und brachte sie dazu, zu stöhnen und meinen Namen mit der sehnsüchtigen Besitzgier zu flüstern, nach der ich mich sehnte.

Ein Inferno tobte in mir und verbrannte mich von innen heraus. Linseas innere Wände umklammerten meinen Schwanz und drohten mich über die Kante zu stoßen. Ich wollte noch mehr und schob meine Hände unter ihren Po, hob sie mühelos ein wenig an und stieß dann von unten in sie hinein. Sie klammerte sich an meine Schultern, warf den Kopf zurück und stieß einen endlosen Fluss aus Stöhnlauten aus. Sie sah aus wie eine Göttin mit ihren riesigen, makellos weißen Flügeln, die sie hinter sich ausbreitete und die bei jedem Stoß sanft flatterten. Ihr langer, flauschiger Schwanz streichelte bei jeder Bewegung meine Beine.

Die Beine meiner Partnerin begannen zu zittern, und ihre Krallen gruben sich in meine Schultern, während ihr Atem lauter und schwerer wurde. Ich spürte, dass sie kurz vor dem Höhepunkt stand, zog sie näher zu mir heran und eroberte ihren Mund zurück. Während ich sie mit meiner linken Hand immer noch über mir stützte, schob ich meine rechte Hand um ihren Rücken, um an den Daunenfedern an der Basis ihrer Flügel zu kratzen.

Ich schluckte ihren Schrei der Ekstase, als sie in meinen Armen zusammenbrach. Nach ein paar weiteren Stößen in sie gab ich meinem eigenen Höhepunkt nach. Mein Rücken verkrampfte sich, und meine Flügel breiteten sich weit aus, als ich meine Erlösung herausbrüllte. Mein Samen schoss in einem endlosen Strom reinster Glückseligkeit in meine Gefährtin. So sehr ich es auch hasste, ihr eigenes Vergnügen nicht wahrnehmen zu können, so sehr schwelgte ich dennoch in dem wundersamen Gefühl von Linseas fiebrigem Körper, der noch immer in den Fängen der Leidenschaft in meinen Armen zitterte.

Sie sank an mich, ihr Herz pochte, ihr Gesicht war in meinem Nacken vergraben. Ich zog sie fester an mich, mein Herz füllte sich mit Liebe für meine Gefährtin. Ich schlang meine Flügel um sie, während sie sich tiefer an mich schmiegte. Als ich meine Gefährtin zufrieden gurren hörte, huschte ein Lächeln über mein Gesicht.

Ich dachte kurz darüber nach, wie diese Erfahrung mir einen neuen Respekt für Menschen und andere nicht-empathische Spezies vermittelt hatte. Die Emotionen unseres Partners spüren zu können, war wirklich eine Form des Betrugs. Wir mussten uns nicht so sehr auf sie oder ihre Reaktionen auf unsere Handlungen konzentrieren, weil sie uns diese direkt auf dem silbernen Tablett präsentierten.

„Hör auf, dir so viele Sorgen zu machen, du Dummkopf", sagte Linsea mit noch etwas heiserer Stimme. „Du hast das toll gemacht."

Schöpfer, ich würde eine Weile brauchen, um mich daran zu gewöhnen, meine Gefühle anderen gegenüber vollständig offen zu zeigen.

„Natürlich habe ich das", antwortete ich selbstgefällig. „Ich bin Kayog Voln."

Sie brach in Gelächter aus und hob den Kopf, um mich anzusehen, als wäre ich ein hoffnungsloser Fall.

„Um ehrlich zu sein, hatte ich einen Vorteil durch unsere früheren gemeinsamen Erlebnisse. Aber ich kann es kaum erwarten, dich wieder zu spüren", erklärte ich schüchtern.

„Das wirst du auch bald", sagte sie und rieb ihren Schnabel an meinem.

„Bald", stimmte ich zu. „Aber bis dahin muss ich wohl weiter üben, deine Bedürfnisse und Gefühle auf nicht-empathische Weise zu deuten. Mal sehen, wie ich mich schlage, wenn ich das Sagen habe."

Sie lächelte hübsch, als ich mich erhob, mein Schwanz noch immer tief in ihr vergraben. Linsea schlang ihre Beine um meine Hüfte, während ich sie ins Schlafzimmer trug, unsere Zungen verschmolzen ...

~

Die folgende Woche war eine endlose Reihe von immer intensiveren Trainingseinheiten. Die meiste Zeit verbrachte ich nun mit Yinric, mit der üblichen kurzen fünfzehnminütigen medizinischen Untersuchung durch Arafin oder Ellen. Zu meiner Freude konnte ich den Reif nun mit weniger als der Hälfte seiner dämpfenden Wirkung verwenden. Tatsächlich konnte ich sogar ganz ohne ihn auskommen, aber nur für kurze Zeit, bevor mich die Anstrengung erschöpfte. Dennoch würde es nicht mehr lange dauern, bis ich diese Krücke überhaupt nicht mehr brauchte.

Arafin injizierte mir eine Reihe von Nanobots, die den Heilungsprozess beschleunigten, wenn ich mir durch Überanstrengung Blutergüsse zugezogen hatte. Sie beschleunigten auch die Bildung neuer Nervenbahnen, was mir wiederum eine bessere Kontrolle über meine Kräfte verschaffte.

Die Tatsache, dass sie meine empathischen Fähigkeiten tagsüber blockierten, störte mich weiterhin. Obwohl sie behaupteten, dies diene dazu, Blutergüsse zu begrenzen und meine psychische Energie für mein kinetisches Training zu schonen, hatte ich den starken Verdacht, dass es ihnen eher darum ging, mich im Unklaren darüber zu lassen, was sie in meiner Gegenwart dachten oder fühlten. Ich zweifelte keine Sekunde daran, dass ich ständig von weit mehr Augen beobachtet und bewertet wurde, als ich sehen konnte.

Ich weigerte mich, mich davon beunruhigen zu lassen. Ich

hatte mich ausreichend mit Politik und der Arbeitsweise großer Organisationen wie der IPO und den Enforcern beschäftigt, um zu verstehen, dass sie gründlich untersuchen mussten, welche Gefahr – oder welchen Nutzen – ich darstellen könnte. Mein Fokus lag weiterhin darauf, die vollständige Kontrolle über meinen Körper und meine Fähigkeiten zu erlangen, wofür sie mir eine Unterstützung boten, von der ich zuvor nicht einmal zu träumen gewagt hätte. Was auch immer als Nächstes kommen würde, würde ich zu gegebener Zeit angehen.

Im Moment hatte ich viel Spaß mit der neuen Simulation, in die Yinric mich versetzt hatte. Am zweiten Tag mit ihm gelang es mir, meine gezielte kinetische Kraft zu beschwören, die wir als kinetischen Impuls bezeichneten. Das Gefühl, wie sich diese Energiemenge in meinem Unterarm aufbaute, sich in meiner Handfläche sammelte und dann mit bemerkenswerter Kraft herausschoss, war mehr als berauschend. Es versetzte mich fast in Ekstase.

Seine Begeisterung war genauso groß wie meine, als er mich dazu drängte, sie auf die verschiedenen Ziele im Holodeck anzuwenden. Obwohl ich anfangs noch ungeschickt war und keine besonders beeindruckende Präzision hatte, verbesserte ich mich in den folgenden Tagen schnell. Neben meiner Zielgenauigkeit wurde ich auch geschickter darin, die Stärke des Schusses zu kontrollieren und ihn über größere Entfernungen zu projizieren. Es dauerte eine Weile, bis ich die erforderliche Kraft anhand der unterschiedlichen Entfernung meiner Ziele richtig einschätzen konnte. Aber mein sehr wettbewerbsorientierter Charakter genoss diese Herausforderung.

Obwohl ich über umfangreiches Kampftraining verfügte – was mir über die Jahre hinweg zu mehr Konzentration und Disziplin verhalf –, hatte ich mich nie sonderlich für Sportarten oder Aktivitäten mit Waffen interessiert. Aber dies war etwas ganz anderes. Meine Waffe war kein Blaster oder Schwert, sondern mein eigener Körper und die darin enthaltene Energie.

In den letzten drei Tagen begann Yinric mit Simulationen, in denen ich gegen virtuelle Feinde kämpfte. Es war ein immersives virtuelles Szenario, ähnlich einer Schießbude, in der mich alle möglichen Bösewichte aus ihrer Deckung heraus angriffen. Zunächst stürmten nur wenige von ihnen auf die Straße, um mich mit verschiedenen stumpfen oder Fernkampfwaffen qzu bedrohen. Dann wurde ihre Zahl größer, die von ihnen verwendeten Waffen wurden tödlicher und hatten eine größere Reichweite, und schließlich kamen sie aus verschiedenen Bereichen. Sie kamen nicht mehr aus Gebäudetüren oder aus vorhersehbaren Deckungen entlang der Straße. Jetzt flogen einige von ihnen herunter oder tauchten ohne Vorwarnung aus dem Boden auf.

Die Vielfalt der Spezies – von Menschen bis zu Monstern – erhöhte ebenfalls den Schwierigkeitsgrad. Ich konnte sie nicht mit derselben kinetischen Intensität angreifen, da die Explosion für bestimmte Spezies tödlich wäre, andere jedoch kaum verlangsamen oder betäuben würde. Zu meiner Bestürzung brauchte ich eine Weile, um besser zu verstehen, wie ich das skalieren konnte, insbesondere spontan, da die Spezies meiner Angreifer schnell wechselten und mir wenig Reaktionszeit ließen.

Die Spur von Leichen, die ich hinterlassen habe, wäre erschütternd gewesen – um nicht zu sagen verheerend –, wären sie nicht virtuell gewesen. Dennoch hat der Adrenalinstoß, den ich dabei bekam, mein Blut in Wallung gebracht. Es war das ultimative Videospiel voller Action, das mir auch dabei half, unglaubliche Fähigkeiten zu entwickeln.

Ich war nicht so dumm, nicht zu wissen, warum Yinric das Training nach und nach so anpasste, dass sich die Simulationen immer mehr in Richtung Rettungsmissionen verlagerten. Selbst jetzt, als ich durch das Holodeck flog, huschten meine Augen hin und her, um den Blaster-Schüssen auszuweichen, während ich versuchte, eine Gruppe von Scharfschützen zu erledigen, die sich in Gebäuden versteckten. Auf der Straße darunter raste ein Fluchtauto mit einem hochrangigen Beamten als Geisel davon.

Ich stieg ein paar Meter senkrecht nach oben und positionierte mich in einer Höhe, in der sich alle Scharfschützen nicht mehr als drei Meter über oder unter mir befanden. Ich beschwor meine kinetische Explosionskraft herauf – nicht den gezielten Impuls, sondern den Wirkungsbereich. Ein starkes Kribbeln im Hinterkopf zeigte mir die geballte Energie an. Ich ließ sie sich verstärken, bis sie das Niveau erreichte, das ich für angemessen hielt, um mein Ziel zu erreichen. Ich drückte sie nach außen und wollte, dass sie sich in einem bestimmten Radius um mich herum ausbreitete, jedoch nicht über eine bestimmte Höhe über und unter mir hinaus. Die vertikale Beschränkung war der schwierigste, aber notwendige Teil, da ich keine Personen am Boden treffen wollte, insbesondere nicht den Fahrer des Fluchtautos. Ein Unfall könnte das Entführungsopfer töten, was den gesamten Zweck der Operation zunichtemachen würde.

Die Luft um mich herum verschwamm, als die kinetische Explosion aus mir herausbrach. Eine halbe Sekunde später schienen die Scharfschützen außer Gefecht gesetzt zu sein. So sehr ich es auch hasste, keinen Zugang zu meinen empathischen Kräften zu haben, so sehr liebte ich es zu sehen, wie gut ich ohne dieses zusätzliche Werkzeug Feinde identifizieren konnte. Auch wenn die Feinde virtuell waren, konnten holografische Simulationen spezifische Signale an empathische Spezies wie meine senden, um die Emotionen der Charaktere oder Kreaturen innerhalb des Szenarios vorzutäuschen.

Ich flog auf das Auto zu, bewegte mich vor ihm her und drehte mich dann um. Ich flog rückwärts und feuerte eine Reihe von kinetischen Impulsen ab, um es zu verlangsamen. Zu meiner Bestürzung versuchte der Fahrer eine scharfe Kurve und verlor die Kontrolle. Das Auto kippte zur Seite und hätte sich mehrmals überschlagen, wenn ich es nicht mit vielen Impulsen schnell gestoppt hätte.

Ich flog zu dem Wrack hinunter und riss die Vordertür auf, nur um mit einem Blaster konfrontiert zu werden, der auf mein Gesicht gerichtet war. Ich schaffte es gerade noch, mich zur Seite zu werfen, um einem tödlichen Schuss auszuweichen – obwohl ich in diesem Simulator lediglich einen unangenehmen Stromschlag erlitten hätte. Wut stieg in mir auf, und ein seltsames Gefühl breitete sich in der Mitte meines Kopfes aus. Es war anders als das Kribbeln, das ich normalerweise verspürte, wenn ich meine kinetischen Impulse einsetzte. Aber etwas war passiert. Als ich mich wieder vor die offene Tür stellte, bereit, den Fahrer mit einem kinetischen Impuls zu treffen, sah ich, dass er zusammengesunken war, bei Bewusstsein, aber zuckend, als hätte man ihn brutal mit einem Elektroschocker attackiert.

Obwohl ich verwirrt war, warf ich einen Blick auf den Rücksitz, wo das Entführungsopfer mich dankbar anlächelte. Doch bevor ich ihm aus dem Fahrzeug helfen konnte, nahm sein Gesicht einen entsetzten Ausdruck an, als er auf etwas hinter mir starrte. Ich drehte meinen Kopf herum und sah eine Schar von Monstern – sowohl land- als auch luftgebundene –, die eine Wand bildeten, während sie vom anderen Ende der Straße auf uns zurasten.

„Ich werde das Auto wieder aufrichten. Bleib im Auto in Deckung", befahl ich, bevor ich mit einem kinetischen Impuls das Auto wieder auf seine Räder stellte.

Ich flog auf die Menge zu, beschwor eine mächtige Welle kinetischer Energie herauf und schleuderte sie auf sie. Viele der kleineren Kreaturen brachen sofort zusammen, aber der Rest setzte seinen Vormarsch unbeirrt fort und trampelte völlig rücksichtslos über die Gefallenen hinweg.

Obwohl ich wusste, dass es sich nur um eine Simulation handelte, verspürte ich nicht die normale Angst, die man in einer solchen Situation normalerweise empfinden sollte. Die einzigen Emotionen, die mich durchströmten, waren der Nervenkitzel der Jagd und ein unglaubliches Gefühl der Macht.

Es war berauschend.

Ich bombardierte sie mit kinetischen Explosionen, während ich den Fernangriffen der Kreaturen auswich, die Pfeile und sogar eine Art Blitze werfen konnten. Da ich das Fliegen liebte, machte die Luftakrobatik, die erforderlich war, um nicht getroffen zu werden, das Erlebnis nur noch aufregender. Ein paar Mal manifestierte sich diese seltsame Fähigkeit erneut, eine merkwürdige Hitze in der Mitte meines Gehirns, die nach einem Ziel suchte. Es dauerte einen Moment, bis ich erkannte, welcher meiner Feinde davon getroffen worden war. Aber ich erkannte die Krämpfe, die sie erschütterten, als wären sie von einem Stromschlag getroffen worden.

Als ich den Angriff endlich abgewehrt hatte, fühlte ich mich fast betrogen. Mein Blut war voller Adrenalin, und ich wollte noch mehr Abscheulichkeiten vernichten. Die Simulation endete, die Stadtkulisse, in der ich gekämpft hatte, verblasste und verwandelte sich wieder in die klaren Glaswände, die das Holodeck umgaben.

Ein Klatschen erschreckte mich und riss mich aus meiner blutrünstigen Trance. Ich drehte meinen Kopf herum und sah Colin neben Yinric stehen. Mein Herz schlug mir bis zum Hals. Seit ich vor acht Tagen aufgewacht war, hatte ich auf seinen Besuch gewartet. Ich konnte mir vorstellen, warum er so lange gewartet hatte, um mich endlich zu besuchen. Der Teil von mir, der erleichtert war, dass dies hoffentlich endlich geklärt werden würde, konnte den anderen Teil nicht zum Schweigen bringen, der befürchtete, dass die angenehme Routine, die ich mit meiner Partnerin aufgebaut hatte, nun auf den Kopf gestellt werden könnte.

Ich verbeugte mich dankbar für ihren Applaus, als ich elegant landete. Beide Männer hörten auf zu klatschen, und Yinric bedeutete mir enthusiastisch, aus dem Holodeck zu kommen. Ich kam der Aufforderung nach und zwang mich, einen neutralen, aber freundlichen Gesichtsausdruck aufzusetzen, während ich meine Gefühle im Zaum hielt.

„Wir sehen uns wieder", sagte ich nonchalant. „Ich habe mich gefragt, wie lange es noch dauern würde, bis es passiert."

Er grinste, was mir zeigte, dass er meine unterschwellige Missbilligung darüber verstand, dass er mich so lange in Ungewissheit gelassen hatte.

„Glaub mir, ich wollte nichts lieber, als dich früher zu sehen. Aber es erschien mir viel sinnvoller, dir etwas Zeit zu geben, um sich zu erholen und sich zu orientieren", sagte er mit einer Empathie, die mich nicht täuschte, obwohl meine Fähigkeit, seine Emotionen zu lesen, immer noch blockiert war.

Ich hatte keinen Zweifel daran, dass die Verzögerung weniger mit den von ihm genannten Gründen zu tun hatte, sondern vielmehr damit, dass er sich ein besseres Bild davon machen wollte, wie mächtig ich sein könnte.

„Das leuchtet ein", antwortete ich höflich.

„Da Yinric ein Date mit einer charmanten Frau hat, habe ich beschlossen, dich für den Rest des Tages zu entführen", sagte Colin und warf dem Raitheaner einen neckischen Blick zu.

„Ein Date?", wiederholte ich und riss überrascht die Augen auf.

Ich musste unwillkürlich grinsen, als Yinrics kohlschwarze Schuppen einen noch dunkleren Farbton annahmen und seine Verlegenheit verrieten.

„Ich gehe mit Ellen aus", murmelte er schüchtern.

„Das ist großartig!", rief ich anerkennend aus.

Da ich mich nicht in die Angelegenheiten anderer einmischen wollte, hatte ich weder Ellen noch ihn weiter bedrängt, seit ich Ellen zum ersten Mal mitgeteilt hatte, dass sie und Yinric Seelenverwandte waren. Es freute mich unbeschreiblich, dass sie das verfolgen würden, was unweigerlich zu ihrem Happy End führen würde. Ich konnte es kaum erwarten, gleichzeitig in ihrer

Gegenwart zu sein, um mich an der perfekten Harmonie ihrer Seelen zu erfreuen.

„Sie ist sehr charmant", sagte Yinric, immer noch etwas schüchtern, ganz im Gegensatz zu seinem sonst eher selbstbewussten und überaus enthusiastischen Auftreten. „Danke, dass du diese Verbindung hergestellt hast."

„Gern geschehen. Jeder verdient es, seine andere Hälfte zu finden", sagte ich mit einem sanften Lächeln, bevor ich meine Aufmerksamkeit wieder Colin zuwandte. „Wäre es in Ordnung, wenn ich zuerst dusche?"

„Natürlich!", antwortete Colin. „Lass dir Zeit. Ich muss sowieso noch ein paar Dinge mit Yinric besprechen."

Aus einem mir unerklärlichen Grund machte mich das sofort unruhig. Meine Reaktion ergab keinen Sinn, da Colin zweifellos über alles informiert war, was während meiner Ausbildung und meinen medizinischen Untersuchungen mit mir geschehen war. Daher konnten ihm zusätzliche Details, die er von den Raitheanern erfahren würde, nicht mehr schaden als die Informationen, die er bereits hatte. Dennoch konnte ich die Vorsicht, die auf meinen Schultern lastete, nicht abschütteln.

Ich duschte schnell und eilte dann zurück in den Trainingsraum, wo ich Colin allein am Kontrollpult stehen sah, während meine letzte Simulation auf dem riesigen Bildschirm an der Rückwand wiedergegeben wurde.

„Beeindruckende Leistung", sagte Colin, als ich mich ihm näherte, während seine Augen weiterhin auf den Bildschirm geheftet waren.

„Danke", sagte ich mit neutraler Stimme, als ich neben ihm stehen blieb.

„Du scheinst Spaß zu haben", fuhr er fort, bevor er mir einen Seitenblick zuwarf.

Ich zuckte mit den Schultern. „Ja, das tue ich. Ich habe Wettkampfsport schon immer geliebt. Das hier fühlt sich fast so an wie Lazgar, nur mit Kämpfen. Das Einzige, was fehlt, ist ein Highscore, das ich versuchen kann zu schlagen."

Er schnaubte und in seinen Augen blitzte Zustimmung auf.

„Komm, setzen wir uns", sagte er, stoppte die Simulation und ging zum Arbeitstisch vor dem Bildschirm.

Gerade als wir uns setzten, kam ein Kellner mit einem schwebenden Tablett voller Snacks und Getränken herein. Ich unterdrückte ein Lächeln, als ich die Getreidekekse sah, nach denen Linsea so süchtig war.

„Hungrig?", fragte er und klang dabei wie der perfekte Gastgeber.

Ich schüttelte lächelnd den Kopf. „Nein, aber ich hätte gerne etwas zu trinken."

„Aber natürlich!", sagte er und deutete auf die Flaschen mit aromatisiertem Wasser.

Ich nahm mir eine Flasche und wollte nur ein paar Schlucke trinken, aber am Ende trank ich sie komplett aus. Ich schämte mich ein wenig und lächelte ihn verlegen an, während ich den Deckel wieder auf die leere Flasche setzte.

„Danke", murmelte ich.

„Nimm noch eine!", sagte er und schob mir eine weitere der fünf Flaschen hin.

„Gerne", sagte ich und nahm das Angebot gierig an.

Diesmal zeigte ich etwas mehr Zurückhaltung und trank nur ein Drittel davon.

„Entschuldigung", murmelte ich, während ich die Flasche abstellte.

Er winkte ab. „Das muss es nicht! Nach einer so großartigen Leistung ist es ganz normal, dehydriert zu sein."

Ich warf ihm einen Blick zu, der deutlich machte, dass er mich nicht täuschen konnte. „Du bist also wieder hier, um mich anzuwerben?"

„Natürlich", antwortete Colin in einem selbstverständlichen Tonfall.

Ich kniff die Augen zusammen und sah ihn an. „Was, wenn ich nein sage?"

„Dann haben wir ein Problem", stellte er sachlich fest.

Ich hob überrascht die Augenbrauen, weil er das so unverblümt und nonchalant sagte.

„Ist das so?", fragte ich, wirklich neugierig, wohin das führen würde.

Nicht zum ersten Mal hasste ich es, seine Gefühle nicht lesen zu können. Ich griff fast nach meinem Diadem, um den dämpfenden Effekt zu verringern. Allerdings hatte ich mich bereits damit abgefunden, dass ich mich nicht nur an ihre Regeln halten würde, sondern auch bereit war, den Enforcern beizutreten, solange ihre Forderungen für mich nicht unmoralisch waren. Abgesehen davon, dass ich mir ein friedliches Leben an der Seite meiner Partnerin wünschte, war ich ihnen ehrlich gesagt für dieses neue Leben, das sie mir geschenkt hatten, zu Dank verpflichtet.

„Du bist viel zu mächtig, Kayog", erklärte Colin in einem vernünftigen Tonfall. „Die Dinge, zu denen du fähig bist, übertreffen alles, was ich je gesehen habe. Und du bist noch lange nicht fertig."

Ich erstarrte bei diesen Worten. „Was meinst du damit?"

„Die meisten Spezies erreichen mit fünfundzwanzig Jahren ihre volle Reife, sei es körperlich, geistig oder psychisch. Du bist in diesem Alter in einen Overdrive-Modus übergegangen. Selbst jetzt wächst du noch weiter. Nur Gott weiß, wann du deinen Höhepunkt erreichen wirst."

„Das kannst du nicht mit Sicherheit sagen", entgegnete ich zögerlich.

Er nickte entschlossen. „Das kann ich sehr wohl. Deine Ärzte haben es bestätigt. Wir wissen nicht, wie stark du wirst und welche neuen Fähigkeiten du entwickeln wirst. Das macht dich unberechenbar."

„Und deshalb gefährlich?", fragte ich herausfordernd.

„Potenziell", stimmte er zu. „Das bedeutet, dass wir dich nicht frei lassen können. Auch heute gab es wieder einen ungewöhnlichen Anstieg während deiner Simulation. Dabei wurde ein anderer Teil deines Gehirns aktiviert, der zuvor weitgehend inaktiv war. Yinric wird die Daten analysieren, in denen der Computer angezeigt hat, dass du eine neue Fähigkeit gegen einige der Ziele eingesetzt hast."

Obwohl ich versuchte, einen neutralen Gesichtsausdruck zu bewahren, verriet etwas in meinem Gesicht oder meiner Körpersprache, dass er genau erkannt hatte, was während der Simulation passiert war. Ich wusste nicht, welche neue Kraft ich eingesetzt hatte, und ich wusste auch nicht, wie ich sie bewusst wiederholen konnte. Wie viele neue Fähigkeiten würde ich noch entdecken?

„Als Mitglied der Enforces oder der IPO kannst du alle Unterstützung erhalten, die du brauchst, während wir dich gleichzeitig im Auge behalten können. Wenn du dich außerhalb weiterentwickelst, müssten wir viel zu viele Ressourcen aufwenden, um sicherzustellen, dass du nicht zu einer Bedrohung wirst, sei es freiwillig oder durch Zwang durch feindliche Kräfte", erklärte Colin mit sanfter und vernünftiger Stimme.

„Wäre es dann nicht einfacher für euch, mich einfach zu töten?", fragte ich mit einem Hauch von Trotz in der Stimme.

Er spottete. „Niemand will das, und meiner Meinung nach ist das nicht einmal eine Option, die es wert ist, in Betracht gezogen zu werden. Wir müssen also eine Lösung finden, die sowohl dich als auch alle anderen schützt. Du willst auch nicht allein sein, wenn sich dein Gehirn weiterhin auf unerwartete Weise entwickelt. Niemand außer den umfangreichen Ressourcen der Enforcer und der IPO hätte das erreichen können, was wir für dich erreicht haben."

„Jetzt trage ich also eine unbeglichene Schuld euch gegenüber?", fragte ich und kniff die Augen zusammen.

Zu meiner angenehmen Überraschung schüttelte er sofort

den Kopf. „Ganz und gar nicht. Es war unsere Entscheidung, so viele Ressourcen aufzuwenden, um dich zu heilen. Du hast niemals zugestimmt, etwas als Gegenleistung für unsere Hilfe zu tun, und deine Partnerin hat deutlich gemacht, dass sie niemals ohne deine Zustimmung irgendwelche Versprechen oder Verpflichtungen in deinem Namen eingehen würde. Wir haben es getan, weil wir großes Potenzial in dir gesehen haben, langfristige Vorteile für andere Mitglieder deiner Spezies, die mit deiner Erkrankung geboren wurden, und weil Linsea eine verdammt gute Verhandlungsführerin ist, besonders wenn es um den Mann geht, den sie liebt."

Ich senkte den Blick, tief bewegt von seinen Worten. Ich hatte keine besonders hohe Meinung von Mega-Organisationen wie der, für die er arbeitete. Aber die Aufrichtigkeit in seiner Stimme, als er seine Position zu diesem Thema darlegte, hallte laut in mir nach. Es war jedoch seine Aussage über die Beteiligung meiner Taube, die mich völlig aus der Bahn warf. Ich zweifelte nicht daran, dass sie alles getan hatte, um mich zu beschützen. Und ich verstand immer noch nicht, wie ich eine so perfekte Frau verdient hatte.

„Ich kenne dich nicht, Kayog Voln, nur das, was ich in deinen Akten gelesen habe – und du kannst mir glauben, dass ich sie gründlich gelesen habe", sagte Colin ernst. „Du hast eine hervorragende Bilanz vorzuweisen, und das medizinische Team, das mit dir zusammenarbeitet, ist ein großer Fan von dir. Das ist keine leichte Aufgabe, besonders wenn es um Arafin geht. Ich mag Linsea und möchte, dass sie glücklich ist. Aber meine Pflicht geht vor. Wenn du eine Bedrohung gewesen wärst, hätten wir uns schon längst um dich gekümmert. Stattdessen wollen alle in dieser Einrichtung unbedingt sicherstellen, dass es dir gut geht und dir kein Leid widerfährt. Also müssen wir eine Lösung finden, während wir unserer galaktischen Pflicht nachkommen."

Ich sah ihm in die Augen und studierte seine Gesichtszüge. Wieder einmal berührten mich seine Worte zutiefst. Ich hatte tatsächlich eine mehr als herzliche Beziehung zu meinen Ärzten und Trainern aufgebaut. Die wenigen Male, bei denen ich ihre Gefühle lesen konnte, zeigten mir, dass sie sich aufrichtig wünschten, dass es mir gut ging. In der übrigen Zeit bestätigten jede ihrer Handlungen und jedes ihrer Worte meine Meinung, dass sie alle gute Wesen waren, denen mein Wohl am Herzen lag.

„Du kannst den Reif deaktivieren und mich lesen, damit du weißt, dass ich die Wahrheit sage", bot Colin an.

Ich schüttelte den Kopf. „Das ist nicht nötig, ich weiß, dass du es tust."

Ein subtiles Lächeln huschte über seine Lippen, bevor er den Kopf zur Seite neigte und mich prüfend ansah.

„Du bist klug, charismatisch, einer der beeindruckendsten Kämpfer, die ich je gesehen habe ..."

„Halt", unterbrach ich ihn mit gebieterischem Tonfall. „Ich habe kein Interesse daran, Soldat zu werden. Ich will kein Attentäter, Spion, Mitglied eines Infiltrationsteams oder irgendetwas in der Art sein."

„Aber du bist gut genug, um in all diesen Bereichen zu glänzen", argumentierte Colin, obwohl sein Ton eher sachlich als überzeugend war. „Deine Tests im Holodeck sprechen für sich. Ganz zu schweigen davon, dass du offensichtlich Spaß am Kämpfen hast."

„In einem Wettkampf, ja", räumte ich ein. „Aber ich bin weder ein Mörder noch ein Raubtier. Ich mag es zu gewinnen, der Beste zu sein und in allem, was ich tue, herausragende Leistungen zu erbringen. Ich habe kein Verlangen danach, anderen Schaden zuzufügen. Wenn du dir meine Tests genau ansiehst, wirst du feststellen, dass ich niemals tödliche Gewalt gegen meine Gegner angewendet habe, nicht einmal gegen die albtraumhaften Monster, die du mir entgegengeworfen hast."

Colin presste die Lippen zusammen und nickte langsam. Sein Blick verriet mir, dass er sich meiner nicht-tödlichen Herangehensweise während meines Trainings voll bewusst war. In diesem Moment ärgerte ich mich, dass ich sein Angebot, mein Diadem zu deaktivieren, nicht angenommen hatte, um besser zu verstehen, wie er darüber dachte. Hielt er mich für schwach? Fragte er sich, ob es ein Trick war, um mich weniger gefährlich erscheinen zu lassen, als ich wirklich war? Nahm er an, dass es eine Einschränkung meiner Kräfte war, die mich daran hinderte, größeren Schaden anzurichten?

„Weißt du, was mich in dem Chaos, das mein Leben ruiniert hat, am Leben gehalten hat?", fragte ich plötzlich.

Er schüttelte den Kopf, seine Augen glänzten vor Interesse.

„Freude", erklärte ich ruhig. „Positive Emotionen linderten den Schmerz, den ich empfand. Das war einer der Hauptgründe, warum ich der Band beigetreten bin. Warst du schon einmal bei einem Konzert oder einer Sportveranstaltung?"

Er nickte selbstverständlich.

„Die Leute besuchen solche Veranstaltungen, weil die Energie elektrisierend ist. Man möchte von dieser kollektiven Begeisterung umgeben sein. Das ist ansteckend und macht das Erlebnis viel größer, als wenn man es allein zu Hause verfolgt. Es ist fast wie ein Schwarmbewusstsein, das alle während der Dauer der Veranstaltung im gleichen Takt vibrieren lässt. Aber Hass, Wut und Angst sind für mich extrem schädlich. Sie sind schleimig und stechen mir ins Gehirn. Ich hasse es, wie sich diese Emotionen anfühlen, ganz zu schweigen von den Schmerzen, die sie mir zufügen."

„Richtig", bestätigte Colin nachdenklich. „Arafin hat erklärt, dass du die Emotionen anderer Lebewesen sowohl als körperliche als auch als sensorische Manifestationen wahrnimmst."

„Das tue ich. Deshalb würde ich niemals einer Arbeit zustimmen, die mich diesen Emotionen aussetzt oder mich dazu bringt, sie anderen zuzufügen. Ich möchte andere Spezies beschützen und ihnen Freude bereiten. Die wunderbarsten Gefühle sind

Hoffnung, Glück, Liebe und vor allem die Gegenwart von Seelenverwandten."

Zu meiner Überraschung grinste Colin mit einem wissenden Ausdruck. „Ich wusste, dass du so etwas sagen würdest."

„Ach ja?", fragte ich, meine Neugier war geweckt.

„Obwohl deine psychiatrischen Gutachten besagen, dass du sehr starke Jäger- und Raubtierinstinkte hast, bist du in erster Linie ein Beschützer und Versorger", sagte Colin mit leicht niedergeschlagener Miene. „Das ist wirklich schade. Du hättest einer unserer besten Truppführer sein können. Aber deine offensive Seite kommt nur zum Vorschein, wenn du dich bedroht fühlst, insbesondere wenn du jemanden in Gefahr siehst, der schutzbedürftig ist. Du würdest in den Rollen, die ich mir für dich vorgestellt hätte, nicht glänzen können. Damit bleibt uns die Frage, was wir mit dir machen sollen."

Eine berechtigte Frage, über die ich selbst schon nachgedacht hatte, seit Linsea mich gewarnt hatte, dass der Direktor der Enforcer versuchen würde, mich erneut zu rekrutieren.

„Vielleicht sollte ich Alien-Heiratsvermittler werden", sagte ich neckisch.

Zu meiner Überraschung blieb Colin ernst und lachte auch nicht über meinen lahmen Witz, sondern sah mich stattdessen prüfend an.

„Das war ein Witz", sagte ich mit einer vor Selbstverständlichkeit triefenden Stimme, als er offenbar über den Wert dieser Aussage nachdachte.

Er neigte den Kopf zur Seite und sah mich seltsam an. „War es das?"

„Natürlich!", rief ich energisch. „Ich habe nur eine zufällige Bemerkung wiederholt, die ein Freund vor einiger Zeit gemacht hat, um die Stimmung aufzulockern. Und überhaupt, was zum Teufel sollten die Enforcer oder die IPO mit einem Heiratsvermittler anfangen?"

„Du interessierst dich sehr für primitive Spezies, nicht wahr?", fragte Colin und ignorierte meine Frage.

„Auf jeden Fall", antwortete ich in einem gebieterischen Ton. „Sie müssen um jeden Preis vor gierigen Konzernen und fragwürdigen Personen geschützt werden, die aus schwächeren Arten Profit schlagen wollen. Jede Welt sollte das Recht haben, sich in ihrem eigenen Tempo und nach ihren eigenen Bedingungen zu entwickeln."

„Genau", erwiderte er mit zufriedener Miene. „Und du könntest dabei helfen, indem du sie zusammenbringst."

Mein Gehirn setzte aus, und ich starrte ihn völlig verwirrt an. Was zum Teufel sollte das überhaupt bedeuten? Wie sollte das Zusammenbringen eines Paares in irgendeiner Weise zum Schutz primitiver Arten beitragen?

Er lächelte mich nachsichtig an. „Im Laufe der Geschichte wurde die Ehe genutzt, um starke Allianzen zwischen Völkern zu schmieden. Primitive Spezies sind in der Regel verschlossen und für das einfache Volk unzugänglich. Du könntest helfen, diese Türen zu öffnen."

Mein Gesicht versteinerte sich. „Bittest du mich, dir dabei zu helfen, uns unter sie zu mischen?"

Er schnaubte und schüttelte den Kopf. „Nein, ich möchte, dass du uns hilfst, Beziehungen zu ihnen aufzubauen. Der beste Weg, etwas über die Kultur eines Volkes zu lernen, ist, mit ihm zu leben. Ein kurzer Besuch von ein paar Tagen vermittelt kein wirkliches Bild. Durch ihre Partner können wir viel über sie lernen und ihnen gleichzeitig Anleitung und Schutz bieten."

Ich kniff die Augen zusammen. „Was du sagst, klingt immer noch sehr nach Infiltration."

Er lächelte. „Es gibt einen schmalen Grat zwischen Infiltration, Assimilation und Zusammenarbeit. Jemand wie du, der die Fähigkeit besitzt, zu erkennen, wann zwei Lebewesen Seelenverwandte sind, kann dabei helfen, Paare zu bilden, die den Schutz

primitiver Völker gewährleisten. Ich meine, deine Seelenverwandte wird immer das Beste für dich wollen, oder?"

Ich nickte, obwohl ich noch lange nicht überzeugt war. „Das
mag zwar stimmen, aber weißt du, wie hoch die Wahrscheinlichkeit ist, dass ich jemals die andere Hälfte eines primitiven
Außerirdischen finde? Es gibt Milliarden von Wesen in der Galaxie. Da könnte ich genauso gut versuchen, die Tropfen im Ozean
zu zählen."

Colins Lächeln wurde breiter. „Was macht das schon? Du
kannst diese Außerirdischen trotzdem treffen, mit ihnen sprechen
und etwas über ihre Kulturen lernen. Du wolltest schon immer
primitive Spezies kennenlernen. Was könnte man sich mehr
wünschen?"

Mein Herz machte einen Sprung. Er hatte vollkommen recht.
Selbst jetzt schwirrten mir noch all die Spezies durch den Kopf,
mit denen ich gerne direkt interagiert oder ein paar Wochen in
ihrer Mitte verbracht hätte. Trotz der Aufregung, die in mir
brodelte, zwang ich mich, meine Begeisterung zu zügeln. Dieser
Plan hatte viel zu viele Lücken. Ich hasste es zu scheitern. Harte
Arbeit machte mir nichts aus, aber ein Projekt in Angriff zu
nehmen, das schon vor seinem Beginn zum Scheitern verurteilt
war, stand ganz unten auf meiner To-do-Liste.

„Einverstanden", antwortete ich vorsichtig. „Aber was ist,
wenn ich keine positiven Ergebnisse erziele? Was ist, wenn ich
nie jemanden finde oder nur sehr selten?"

Er zuckte mit den Schultern. „Darüber mache ich mir keine
Sorgen. Das Ergebnis wird langsam, aber sicher kommen. Du
musst nur möglichst vielen Wesen gegenüber präsent sein. Du
musst verstehen, dass die Personen zu dir strömen werden. Im
gesamten Universum ist Liebe eines der größten Geschäfte in
jeder Gesellschaft. Die Branchen, die kontinuierlich florieren,
sind diejenigen, die anderen dabei helfen, einen Lebenspartner
zu finden. Weißt du, wie viele Partnervermittlungen es in der
bekannten Galaxie gibt?"

„Unzählige!", rief ich aus. „Genau das ist mein Punkt! Wenn andere Spezies daran denken, einen Partner zu finden, denken sie nicht an die Enforcer oder IPO!"

Colin lachte leise. „Deshalb wirst du auch von keinem der beiden offiziell angestellt werden. Du wirst einfach die IPO als Partner und Hauptsponsor haben. Die Leute sind es leid, ihr Geld an Agenturen zu verschwenden, die sie im Stich lassen, und ihre Zeit mit Partnern zu verschwenden, die von Anfang an so gut wie garantiert unvereinbar waren. Mit dir ist die perfekte Übereinstimmung garantiert. Sie werden sich um deine Dienste reißen."

„Vorausgesetzt, ich schaffe es überhaupt, ihren Seelenverwandten zu finden!", wiederholte ich, verwirrt darüber, dass er meinen Standpunkt offenbar nicht verstand.

Er lächelte mich nachsichtig an. „Du machst dir zu viele Sorgen. Die Leute kaufen Lottoscheine, obwohl sie wissen, dass ihre Gewinnchancen verschwindend gering sind. Aber diese Chance besteht. Und die Belohnung ist das Risiko mehr als wert. Du kannst ihnen den ultimativen Preis kostenlos anbieten."

Ich wurde hellhörig, denn dieser letzte Kommentar weckte mein Interesse.

„Die IPO wird dein Gehalt bezahlen und alle deine Betriebskosten übernehmen. Die Partnervermittlung ist lediglich deine Tarnung, mit dem zusätzlichen Vorteil, dass du all das tun kannst, was du am meisten liebst: primitive Spezies schützen, anderen Freude bereiten und dich mit Seelenverwandten umgeben. Es ist eine Win-Win-Situation für alle Beteiligten."

„Du hast dir wirklich Gedanken darüber gemacht", sagte ich verblüfft.

Zunächst dachte ich, mein Scherz, ich würde Matchmaker werden, hätte ihn auf diese Idee gebracht. Aber jetzt war mir klar, dass er dies bereits als Möglichkeit in Betracht gezogen hatte.

Er warf mir einen geheimnisvollen Blick zu. „Ich handle nie

aus einer Laune heraus", antwortete er, als hätte er meine flüchtigen Gedanken gelesen. „Ich habe die Vor- und Nachteile dieses Ansatzes abgewogen, seit du Yinric und Ellen zusammengebracht hast."

Ich zuckte zurück. „Was?"

„Ellen hätte *niemals* einen Raitheaner als potenziellen Partner in Betracht gezogen, und Yinric hätte niemals einen Menschen mit romantischen Absichten auch nur eines Blickes gewürdigt. Das lag nicht daran, dass sie eine negative Meinung von der jeweils anderen Spezies hatten. Es war einfach nichts, worüber sie nachgedacht hatten. Beide gingen davon aus, dass sie irgendwann jemanden aus ihrer eigenen Rasse heiraten würden."

„Bis ich mich in ihre Angelegenheiten eingemischt habe", sagte ich amüsiert.

„Bis du ihnen ihr Happy End auf dem Silbertablett serviert hast", entgegnete Colin mit einem fast triumphierenden Funkeln in den Augen. „So sehr es sie auch überraschte, sie haben es nicht hinterfragt, weil sie dir vertrauen. Kayog, du scheinst nicht zu erkennen, wie charismatisch und sympathisch du bist. Du gibst den Leuten ein Gefühl der Sicherheit. Die Art, wie du sie ansiehst und mit ihnen sprichst, vermittelt ihnen den Eindruck, dass sie deine ganze Aufmerksamkeit haben, als wären sie während der kurzen Zeit, in der sie mit dir interagieren, der Mittelpunkt deines Universums."

Ich rutschte unruhig auf meinem Stuhl hin und her, unsicher, wie ich mit diesen Komplimenten umgehen sollte.

„Wie ich schon sagte, mach dir nicht so viele Gedanken über Quoten. Selbst wenn du nur ein oder zwei Übereinstimmungen pro Jahr erzielst, wird jede einzelne deinen Status und deine Glaubwürdigkeit stärken", betonte Colin mit Nachdruck. „In der Zwischenzeit kannst du all diese geschützten Welten besuchen, mit ihren Bewohnern sprechen, ihre Notlage verstehen und dokumentieren, wie wir ihnen helfen können."

Ich kniff die Augen zusammen und suchte nach Anzeichen von Täuschung.

„Wege, wie wir ihnen *helfen* oder sie *ausbeuten* könnten?", fragte ich herausfordernd.

Ein seltsamer Ausdruck huschte über sein markantes, gutaussehendes Gesicht.

„Stellst du *mir*, Colin Wilson, diese Frage? Oder stellst du sie dem Vertreter sowohl der Enforcer als auch der IPO?"

Etwas in der Art, wie er diese Worte aussprach, traf mich hart. In diesem Moment wurde mir klar, dass er seine Maske fallen ließ und alles offenlegte.

„Beides", forderte ich mit ernster Stimme heraus.

„Wie jede große Organisation wollen auch die IPO und die Enforcer immer alles, was ihren Mitgliedern zugutekommt, ihren Einfluss vergrößert oder ihnen später etwas bringt, das sie nutzen können. Diese Organisationen sind keine Heiligen, aber trotz aller Politik und Machtkämpfe bin ich nach wie vor stolz darauf, mit ihrer Mission in Verbindung zu stehen. Also ja, sie würden sich über jede interessante Information freuen, die ihren Zwecken dient", erklärte Colin sachlich.

„Verständlich", antwortete ich und schätzte seine Offenheit. „Und was ist mit dir?"

„Ich baue ein Team von Leuten auf, die wie ich dem wahren Zweck dieser beiden Organisationen dienen wollen. Du hast unsere Ärzte und Trainer hier kennengelernt. Selbst wenn deine empathischen Fähigkeiten blockiert sind, kannst du sehen, wie professionell, engagiert und gut diese Wesen sind. Du und deine Partnerin seid genau die Art von Persönlichkeiten, die wir in unsere Reihen aufnehmen möchten. Ihr seid beide auf euren jeweiligen Fachgebieten hoch qualifiziert, setzt euch wirklich für den Schutz der Völker ein, für die unsere Organisationen gegründet wurden, und besitzt bemerkenswerte moralische Werte. Politik interessiert uns hier nicht. Uns ist wichtig, das Richtige für die Schwächsten zu tun."

Die Leidenschaft, mit der er sprach, zeugte einmal mehr von Aufrichtigkeit. Auch seiner Beschreibung des Teams, mit dem ich hier zusammenarbeiten durfte, konnte ich nichts entgegnen. Wenn die übrigen Mitarbeiter unter seiner Leitung diesem Team in nichts nachstanden, dann konnte ich mir definitiv vorstellen, ein Teil davon zu sein.

„Die Oberste Direktive wird ständig mit Füßen getreten", fuhr Colin mit gerunzelter Stirn fort. „Viele dieser primitiven Spezies lassen sich entweder von denen einlullen, die gegen die Regeln verstoßen haben, oder entwickeln einen Groll gegen Außerirdische im Allgemeinen. Du kannst helfen, das Gleichgewicht wiederherzustellen. In vielerlei Hinsicht würdest du als informeller Botschafter fungieren und dazu beitragen, positivere Beziehungen zu diesen Spezies aufzubauen. Indem du deren Völkern Glück bringst und mit der Unterstützung der IPO kannst du dazu beitragen, dass wir als Freunde angesehen werden, während sie zu ihrer eigenen Macht heranwachsen. Es ist ein langfristiges Unterfangen. Und wer könnte besser als du Empfehlungen geben, wie wir helfen oder auf aktuelle Bedrohungen oder bestehende Regeln, die überarbeitet werden müssen, aufmerksam machen können?"

Zu sagen, dass er mich ernsthaft begeistert hatte, wäre eine massive Untertreibung. Dennoch hatte ich unzählige Vorbehalte. Von allen möglichen Verläufen dieses Gesprächs hätte ich diesen niemals im Leben erwartet.

„Du hast mir wirklich viel Stoff zum Nachdenken gegeben. Aber ein Vermittler?", sagte ich, wobei meine Zurückhaltung deutlich in meiner Stimme zu hören war.

Er lachte leise und sah mich mit einer Selbstgefälligkeit an, die mich wütend machte. In seinen Augen hatte er mich bereits für sich gewonnen. Zu wissen, dass er wahrscheinlich Recht hatte, machte es noch wütender.

„Nimm dir die nächsten zwei Tage Zeit, um darüber nachzudenken, und dann entwirf einen Plan für deine Partnervermitt-lungsagentur", sagte Colin in befehlendem Ton.

„Zwei Tage?", wiederholte ich, verwirrt von diesem scheinbar willkürlichen Zeitrahmen.

„Ja. Mein erstgeborener Sohn kommt morgen zur Welt. Meine Frau würde mich bei lebendigem Leib häuten, wenn ich nicht dabei wäre – nicht, dass ich die Geburt meines kleinen Tedrick wegen irgendetwas auf dieser Welt verpassen möchte. Besprich das mit deiner Partnerin und komm mit einem Plan zu mir zurück, in dem du alles detailliert aufführst, was du willst. Sei dabei so gnadenlos, wie du es für nötig hältst. Bei solchen Dingen ist es immer besser, zu viel zu verlangen, um das zu bekommen, was man will, als zu wenig zu verlangen und sich selbst zu schaden."

Ich starrte ihn an, als er aufstand, mir fast spöttisch zunickte und dann lässig aus dem Raum schlenderte.

KAPITEL 16
LINSEA

Ich saß auf der Couch, die Beine zur Seite angewinkelt, und konnte nicht aufhören, über den bestürzten Gesichtsausdruck meines armen Partners zu lachen. Ich war in meine Arbeit vertieft gewesen und etwas später als sonst nach Hause gekommen, wo ich ihn im Wohnzimmer auf und ab gehen sah, seine Gefühle völlig durcheinander.

„Im Ernst, Lin, ein Heiratsvermittler?", wiederholte er zum hundertsten Mal. „In den nächsten Jahren wirst du eine wichtige Botschafterin für die IPO werden. Und ich? Kannst du dir vorstellen, mit einigen der einflussreichsten Wesen der Galaxis zu sprechen und ihnen dann deinen Heiratsvermittler-Ehemann vorzustellen?"

„Hey! Sei nicht so elitär!", warf ich stirnrunzelnd ein.

Er blieb stehen und drehte sich mit leicht gekränktem Gesichtsausdruck zu mir um. „Ich bin nicht elitär. Aber was ist mit deinem Image? Du weißt doch, wie Leute in diesen höheren Kreisen reagieren, wenn sie jemanden für minderwertig halten."

„Erstens bin ich auch nicht elitär. Und Leute, die andere verurteilen, können mich mal", erwiderte ich in einem Ton, der keinen Widerspruch duldete. „Es spielt keine Rolle, welchen

Beruf du letztendlich ausübst. Gemeine Personen werden immer etwas finden, um andere zu schikanieren. Während meines Praktikums habe ich gesehen, wie gemein manche Wesen aus purer Boshaftigkeit sein können. Die eigentliche Frage ist, ob das etwas ist, was du gerne tun würdest."

„Seelenverwandte zusammenbringen und dabei unter strengen Richtlinien der Obersten Direktive mit unzähligen primitiven Spezies abhängen? Verdammt ja, das würde mir gefallen! Aber die Chancen, dass ich jemals erfolgreiche Paarungen zustande bringe, sind so gut wie null", sagte er und ließ seine breiten Schultern hängen.

„Die Chancen mögen gering sein, aber sie sind nicht unmöglich", entgegnete ich sanft, bevor ich ihm meine Hand entgegenstreckte.

Er näherte sich der Couch, nahm meine Hand und ließ sich von mir näher zu sich ziehen. Kayog setzte sich neben mich, und ich kuschelte mich an ihn. Schöpfer, ich würde mich nie an dem wunderbaren Gefühl seines Körpers an meinem, der Besitzgier, mit der er seinen Arm um mich legte, und vor allem an den unglaublichen Emotionen, die er mir gegenüber immer ausstrahlte, sattsehen können. Kayog verehrte mich buchstäblich. Ich hätte nie gedacht, dass jemand allein durch meine Anwesenheit so glücklich sein und mir passiv das Gefühl geben könnte, angebetet zu werden, wie er es tat.

„Egal, wie viele oder wie wenige du davon schaffst, jede Paarung ist ein Segen. Letztendlich ist es nur eine wirklich lustige Tarnung für dein eigentliches Ziel, nämlich dabei zu helfen, die Richtlinien der Obersten Direktive und die intergalaktische Politik in Bezug auf primitive Spezies zu definieren", sagte ich in beruhigendem Ton.

Er machte einen entzückenden Schmollmund, der mich wieder zum Lachen brachte, und ich rieb meine Schläfe an seiner.

„Aber ich mag es, in allem, was ich tue, hervorragend zu

sein", sagte er mit leicht weinerlicher Stimme. „Mich damit zufrieden zu geben, nur ein paar Paare zu finden, entspricht nicht meinen Ansprüchen."

„Du dummer Kerl. Hör auf, dir so viele Sorgen zu machen. Ich habe keinen Zweifel daran, dass du trotz aller Widrigkeiten auch hier hervorragende Leistungen erbringen wirst."

Er grunzte undeutlich, schmollte immer noch und war nicht überzeugt. Kayog war unerträglich süß.

„Weißt du", sagte ich ernst, „Colin setzt großes Vertrauen in dich. Die IPO ist extrem wählerisch, wenn es darum geht, wer mit primitiven Spezies interagieren darf. Sie haben dich in den sieben Monaten, in denen du in Stasis warst, einer unglaublich gründlichen Hintergrundüberprüfung unterzogen. Arafin ist voll des Lobes für dich, was maßgeblich dazu beigetragen hat, die Waage zu deinen Gunsten zu kippen."

„Colin hat das auch gesagt", sinnierte Kayog mit leicht gerunzelter Stirn. „Aber es scheint mir ein zu großer Vertrauens-vorschuss zu sein. Schließlich geben meine Emotionen während der Untersuchung nur begrenzt Aufschluss darüber, wer ich wirklich bin."

Ich zögerte, was sofort seine Neugier weckte.

„Was ist los?"

„Arafin hat dich nicht nur während deiner Prüfungen beur-teilt. Der Grund, warum sie deinen Reif tagsüber aktiviert haben, war, dass er und andere Fachleute aus Temern dich unter verschiedenen Umständen beurteilen konnten. Deine Emotionen während der Kampfsimulationen waren von großem Interesse. Du hast dich an der Macht erfreut, die du jetzt ausübst, aber nie böswillige oder psychopathische Tendenzen gezeigt."

Der Schock und die Welle des Verrats, die in ihm hochka-men, trafen mich hart.

„Sie haben die ganze Zeit meine Emotionen ausspioniert, und du wusstest davon?", rief er empört.

„Ja", antwortete ich ruhig und hob trotzig leicht mein Kinn.

„Aber es war nicht in offizieller Funktion. Ich hatte schon einen Verdacht, als du mir erzählt hast, dass sie deine empathischen Fähigkeiten tagsüber blockieren. Ein paar Nachforschungen haben das bestätigt."

Obwohl Kayog sich nicht von mir zurückzog, tat es mir sehr weh, wie sein Körper sich an meinem versteifte und der Griff seines Arms um mich herum sich lockerte. Unsere empathischen Kräfte konnten sowohl ein Segen als auch ein Fluch sein.

„Warum hast du mir nichts gesagt?", fragte er.

„Weil es nicht nötig war", erklärte ich mit Überzeugung. „Tatsächlich hätte es dir geschadet, wenn ich dich gewarnt hätte. Die Enforcer haben deine Reaktionen getestet. Der riesige Bildschirm im Raum ist ein Zweiwegspiegel, durch den andere dein Training und dein Verhalten beobachten können. Arafin hat einige der Simulationen besucht, um sich zu vergewissern, dass du tatsächlich ein Beschützer bist. Das ist ein Standardverfahren für jeden, der für eine hochrangige Position in Betracht gezogen wird."

„Aber das erklärt immer noch nicht, warum du mir nichts gesagt hast", beharrte er.

„Weil du aus eigener Kraft erfolgreich sein musstest", sagte ich als wäre das selbstverständlich. „Ich wusste bereits, dass du mit Bravour bestehen würdest. Dir das zu sagen, hätte jedoch deine Reaktionen beeinträchtigen können. Sobald du gewusst hättest, dass du beobachtet wirst, wäre die Wahrscheinlichkeit groß gewesen, dass du deine normalen Reaktionen verändert hättest, um den Erwartungen der Beobachter zu entsprechen. Und sie hätten auch gespürt, dass du nicht ganz du selbst bist. Jetzt konnten sie dein wahres Ich sehen, ohne Vorbereitungen. Und wie erwartet waren sie von dir begeistert."

Er verzog das Gesicht, während er meine Worte abwägte, und glücklicherweise ließ die Anspannung in ihm nach.

„Na gut", murmelte er, bevor er mich unsicher ansah. „Glaubst du wirklich, ich sollte das tun?"

„Ja", antwortete ich überzeugt und ohne zu zögern. „Du bist wirklich in allem, was du tust, hervorragend, und ich habe keinen Zweifel, dass du auch hier alle Erwartungen übertreffen wirst. Noch wichtiger ist, dass du deinen Traum ausleben kannst, mit primitiven Spezies zu interagieren, anderen Wesen zu helfen, ihr Glück zu finden, und das vor allem zu deinen eigenen Bedingungen. Was könnte man sich mehr wünschen?"

Dieses Mal spürte ich, wie er seinen letzten Widerstand aufgab. Ein Teil von mir glaubte, dass seine Zurückhaltung größtenteils nicht auf seine Befürchtung zurückzuführen war, nicht genügend Wettkämpfe zu bekommen. Kayog war ein Überflieger, der Herausforderungen liebte. Es gab einen Grund, warum er sich dem Kanurennsport verschrieben hatte, obwohl seine Flügel ihm zusätzliche Schwierigkeiten bereiteten. Und dennoch schaffte er es, zu den besten Athleten in dieser Disziplin zu gehören. Er würde seine Rolle als Heiratsvermittler mit Bravour meistern. Es war die Angst, nicht dem zu entsprechen, was er dummerweise für den richtigen Standard hielt, um der Partner von jemandem mit meinen politischen Ambitionen zu sein.

Bei aller Überheblichkeit mangelte es meinem Gefährten manchmal ernsthaft an Selbstvertrauen. Ich würde ihn jeden Tag daran erinnern, wie perfekt und großartig er für mich war.

„Jetzt musst du an deinem Plan für deine Traum-Partnervermittlungsagentur arbeiten", sinnierte ich laut. „Das bedeutet, die Regeln festzulegen, die gelten sollen, die Regeln, die zu befolgen sind, sobald die Personen zusammengebracht wurden, welche Ressourcen die IPO dir zur Verfügung stellen muss, damit du dein Geschäft betreiben kannst, vom Transport über die Unterbringung bis hin zum Marketing."

„Uff", äußerte Kayog mit niedergeschlagener Miene. „Das wird eine Menge Arbeit."

Ich zuckte mit den Schultern und lächelte ihn herausfordernd an. „Das ist in Ordnung. Du hast Zeit. Und du hast mich. Ich werde gerne die Regeln überprüfen, die du dir ausdenkst, und dir sogar beim Brainstorming helfen, wenn du willst."

„Das wäre fantastisch", sagte mein Partner und strahlte mich an. „Wir machen das wirklich?"

„Das machen wir auf jeden Fall", sagte ich begeistert grinsend.

Kayog schnaubte, und sein Blick wurde weit, als er sich an etwas erinnerte, bevor er sich wieder auf mich konzentrierte.

„Mares wird sich kaputtlachen, wenn er das hört", sagte Kayog.

Ich brach in Gelächter aus. „Das wird er ganz sicher, und das aus gutem Grund."

KAPITEL 17
KAYOG

Aus den nächsten zwei Tagen wurden vier Wochen intensiver Arbeit. Meine Master-Abschlüsse in Xenobiologie und primitiven Spezies waren eine enorme Hilfe bei der Festlegung der Regeln der Agentur. Die Anzahl der zu berücksichtigenden Grenzfälle und Szenarien war überwältigend. Meine Partnerin rekrutierte sogar ihre Nana Arika, um mir bei einigen der zu berücksichtigenden rechtlichen Aspekte zu helfen.

Obwohl unsere Interaktionen auf Videotelefonate beschränkt waren, mochte ich Arika wirklich sehr. Ich konnte meine Partnerin in ihr erkennen, die effiziente, sachliche Frau, die bei Bedarf furchteinflößend sein konnte, aber ansonsten die liebenswerteste, liebevollste und unterstützendste Person war, die man sich nur wünschen konnte.

Nach diesem ersten Gespräch mit Colin wurden alle mir auferlegten Bewegungsbeschränkungen aufgehoben. Kein Bereich war mehr tabu, ich konnte mich außerhalb der Einrichtung frei bewegen, und sie zwangen mich nicht mehr, das Stirnband zu tragen, außer in den wenigen Fällen, in denen Blutergüsse sichtbar wurden. Meine Gefährtin hatte nicht übertrieben, als sie sagte, dass er mir großes Vertrauen schenkte. Und das bestärkte mich darin, ihm zu beweisen, dass er Recht hatte, mir zu vertrauen.

Deshalb konnte ich zwischen dem Training und der Arbeit an dem Projekt die schönste Zeit mit meiner Linsea verbringen. Sie nahm mich gerne mit an all die Orte, von denen ich geträumt hatte, mich aber nie dorthin gewagt hatte, weil das Ergebnis katastrophal gewesen wäre. Der lokale Jahrmarkt erwies sich zweifellos als einer meiner Lieblingsorte. Zwischen den verrückten Fahrgeschäften, Geschicklichkeitsspielen, Straßenkünstlern und der vielfältigen Ansammlung unterschiedlichster Spezies selbst konnte ich die wunderbarste Reizüberflutung ohne Schmerzen genießen.

Manchmal befürchtete ich, meine Partnerin könnte genervt sein oder sich vernachlässigt fühlen, weil ich alles und jeden um mich herum in mich aufnahm. Ich war wie ein Süchtiger, der sich nach einer langen Entzugsphase vollstopfte. Ich las die Emotionen jeder Person in meiner Umgebung, sonnte mich in ihrer kollektiven Begeisterung oder beobachtete einfach nur ihr Verhalten in einer sehr belebten öffentlichen Umgebung. Mein ganzes Leben lang war ich gezwungen gewesen, mich schnell durch solche Räume zu bewegen, um in Sicherheit zu gelangen, ohne jemals die Zeit oder die Möglichkeit zu haben, die Welt um mich herum und die Wesen, die sie bevölkerten, wirklich zu schätzen.

Aber sie zeigte nie Ungeduld oder Unbehagen darüber. Tatsächlich war es meine Linsea, die mich in noch bevölkertere Gebiete oder an Orte führte, an denen Personen, die den Nervenkitzel suchten, ihren Adrenalinkick bekommen konnten. Als ich sie danach fragte, sagte sie nur, dass es wunderbar sei, die Welt durch meine frischen Augen zu erleben. Sie hatte angefangen, so viele Dinge als selbstverständlich hinzunehmen. Durch mich entdeckte sie die Schönheit der Welt, in der wir lebten, und alles, was sie zu bieten hatte, neu.

Es stellte sich heraus, dass meine Partnerin ebenfalls gerne tanzte und darin ziemlich gut war. Zu sagen, dass wir die lokalen Clubs im Sturm erobert haben, wäre eine ziemliche Untertreibung. Als ehemaliger Bühnenkünstler hatte ich vielleicht eine gewisse Neigung, anzugeben. Auch das störte meine Partnerin nicht. Tatsächlich kitzelte mich ihr besitzergreifender Stolz, wenn Leute mir Bewunderung entgegenbrachten, genau an den richtigen Stellen.

Ich liebte es, in jeder Hinsicht zu dieser Frau zu gehören.

Jeden Abend unternahmen wir etwas anderes, gingen ins Kino, in Restaurants, Einkaufszentren und sogar ins Casino. Zum ersten Mal erlebte ich wirklich, wie es war, normal zu sein. Ich musste nicht mehr nach schnellen Fluchtwegen oder sicheren Zufluchtsorten suchen. Ich musste nicht mehr zählen, wie viele Personen einen bestimmten Raum betraten, aus Angst, ihre Emotionen könnten mich überwältigen.

Endlich begann ich zu leben.

Zu meinem großen Bedauern musste Linsea drei Wochen nach meinem Gespräch mit Colin auf eine Mission gehen. Sie würde nur eine Woche dauern, aber allein der Gedanke, auch nur einen Tag von ihr getrennt zu sein, kam mir wie eine Ewigkeit vor. Zugegeben, es erwies sich als guter Test für unsere jeweilige berufliche Zukunft. Das machte es aber nicht weniger schwierig. Aber zumindest telefonierten wir jeden Tag miteinander. Jedes Mal zuckten meine Finger, um durch den Bildschirm zu greifen und ihr wunderschönes Gesicht zu berühren. Noch schlimmer war, dass es sich als der schmerzhafteste Teil dieser Trennung herausstellte, den Gesang ihrer Seele nicht hören zu können. Zu meinem Erstaunen ertappte ich mich mehr als einmal dabei, wie ich ihn summte. Es konnte das Original nicht ersetzen, aber es beruhigte mich.

Bei ihrer Rückkehr habe ich mich vielleicht ein bisschen lächerlich gemacht. Erstens kam ich viel zu früh, um auf die Landung ihres Shuttles im Hangar des Forschungszentrums zu warten. Zweitens lief ich ungeduldig auf und ab und murmelte so viel vor mich hin, dass die Sicherheitsleute mich scherzhaft warnten, ich würde eine Geldstrafe für die Reparaturkosten des von mir abgenutzten Bodens zahlen müssen. Sie boten mir sogar eine Bank und Wasser an – was ich alles ablehnte.

Ja, ich war erbärmlich, aber ich vermisste meine andere Hälfte schmerzlich.

Als das Shuttle in den Hangar einflog, wäre ich in meiner Eile, zu ihm zu laufen, bevor es gelandet war, fast zerquetscht worden. Zum Glück stieg Linsea als Erste aus. Sonst hätte ich mich vielleicht durch die anderen Passagiere gedrängt, um zu ihr zu gelangen. Sie konnte sich nicht entscheiden zwischen dem durchaus berechtigten Bedürfnis, mich zu tadeln, und dem Drang, sich einfach über unser Wiedersehen zu freuen und mich zu umarmen.

Ich nahm ihr diese Wahlmöglichkeit.

Ich küsste sie wie ein ausgehungerter Mann, dann umarmte ich sie so fest und so lange, dass ein Klugscheißer fragte, ob wir eine Brechstange bräuchten, um uns voneinander zu lösen. Ich warf ihm einen bösen Blick zu, während er mit selbstgefälliger Miene davonstolzierte und die anderen Passagiere kichernd den Hangar verließen. Meine Handfläche juckte vor Verlangen, einen strategisch platzierten kinetischen Impuls auf seinen Hintern loszulassen. Ein harmloser Sturz auf die Nase würde ihn ein oder zwei Stufen herabsetzen.

Die Krallen meiner Partnerin gruben sich in die empfindliche Stelle an der Basis meiner Flügel und entlockten mir ein seltsames Geräusch, das irgendwo zwischen einem Aufschrei und einem Stöhnen lag, als ich meinen Kopf zu ihr zurückkriss.

„Benimm dich, du ungezogener Junge", sagte Linsea streng, obwohl ihre Stimme einen Unterton von Belustigung hatte. „Tu keiner unschuldigen Person weh, nur weil sie dich wegen deiner übertriebenen Begeisterung zurechtweist."

„Sich zu benehmen ist das Letzte, woran ich gerade denke", knurrte ich mit einer Stimme voller Versprechen.

Ich hatte damit nichts Bestimmtes gemeint – zumindest nichts Anzügliches, als ich diese Worte aussprach. Ich meinte lediglich, dass es mir, wenn es um meine Partnerin ging, egal war, was andere über mein Verhalten dachten. Zu lange war mir das grundlegende Vergnügen verwehrt geblieben, mir selbst zu erlauben, etwas zu fühlen. Jetzt hatte ich fest vor, mich so weit wie möglich gehen zu lassen und einfach mein Leben in vollen Zügen zu genießen – egal, was andere davon hielten.

Die sofortige Erregung meiner Taube ließ jedoch das Blut in meinen Unterleib schießen. Und jetzt wollte ich *mich* definitiv … *danebenbenehmen.*

„Ist das so?", fragte sie mit sinnlicher Stimme.

„Auf jeden Fall", antwortete ich mit einem tiefen Flüstern voller Versprechen.

Ihre Erregung stieg noch einmal an und brachte mein Blut zum Kochen. Alle Gedanken an das romantische Wiedersehen, das ich geplant hatte, verschwanden. Jetzt war sie an der Reihe zu schreien, als ich sie hochhob, Brust an Brust, und zum Ausgang flog. Sie lachte, obwohl eine reizende Mischung aus Verlegenheit, Lust und Belustigung von ihr ausging, als sie ihre Beine um meine Hüfte schlang.

Die hohen Decken ermöglichten es mir zwar, mit meiner Partnerin über die anderen Passagiere hinweg zum Ausgang des Hangars zu fliegen, aber leider musste ich landen, um die langen Korridore zurück zu den Aufzügen zu den Wohnetagen zu durchqueren. Das hinderte mich jedoch nicht daran, meine Partnerin weiter zu tragen, sehr zur Belustigung der zufälligen Passanten, die uns sahen.

Aber ehrlich gesagt war es mir völlig egal, was andere dachten.

Ich brachte Linsea direkt in unser Schlafzimmer und verbrachte die nächsten paar Stunden damit, ihr zu zeigen, wie sehr ich sie vermisst hatte. Und sie erwiderte das auf die unanständigste Art und Weise.

Nach einer langen Dusche – bei der es wieder zu einigen Streicheleinheiten kam – gingen wir schließlich zurück in die Küche, wo ich das Essen, das ich für sie zubereitet hatte, aufwärmte. Wir aßen in einer entspannten Atmosphäre. Da wir jeden Tag miteinander gesprochen hatten, gab es für sie nicht mehr viel Neues über ihre Reise zu berichten. Deshalb kam sie schnell zu dem Thema, wegen dem ich ziemlich nervös war.

„Hast du deinen Plan für die Agentur fertig?", fragte sie zwischen zwei Bissen.

Ich bewegte meine Flügel und spielte mit dem Essen auf meinem Teller, während ich meine Gedanken sammelte.

„Viele administrative Aufgaben wie mein Büro, die Informationsseite, Reisen und meine Assistentin werden größtenteils von der Logistikabteilung der IPO übernommen. Ich habe viele dieser Aspekte bereits mit ihnen und Colin besprochen. Ich musste hauptsächlich die Betriebsrichtlinien der Agentur fertigstellen. Und ich bin mit dem Ergebnis ziemlich zufrieden. Moment bitte."

Ich lief zu unserem gemeinsamen Büro und holte mein Tablet. Linsea beobachtete mich mit einer Begeisterung, die mich tief bewegte. Sie wusste gar nicht, wie sehr mich ihre Unterstützung und ihr Vertrauen in mich stärkten. Mit ihr an meiner Seite schien mir nichts zu schwierig oder unmöglich. Trotzdem war ich immer noch sehr nervös, als ich mich wieder neben sie setzte. Ich schob meinen Teller beiseite, stellte das Tablet zwischen uns und aktivierte die holografische Anzeige, damit wir beide bequem auf den Bildschirm schauen konnten.

„Hier habe ich die wichtigsten Punkte des Plans zusammengefasst", erklärte ich. „Jeder dieser Punkte wird weiter unten im Dokument ausführlicher beschrieben, aber dies ist die Übersicht."

Sie nickte mit einem ermutigenden Lächeln. Ich holte tief Luft und legte los.

„Zunächst möchte ich mich darauf konzentrieren, menschliche Partner mit den primitiven Außerirdischen zusammenzubringen, mit denen ich arbeiten werde."

Wie erwartet versteifte sich Linsea und starrte mich überrascht an.

„Warum Menschen? Was ist, wenn zwei Seelenverwandte verschiedenen Spezies angehören?", fragte sie.

Ich lächelte. „Ich werde andere Spezies nicht ausschließen. Wenn ich eine Übereinstimmung finde, die keinen Menschen beinhaltet, werde ich diese Personen natürlich zusammenbringen. Aber Menschen sind die anpassungsfähigste Spezies in der Galaxie. Sie sind mit den meisten anderen Rassen kompatibel oder im Allgemeinen recht flexibel darin, neue Kulturen anzunehmen, und können mit den richtigen Werkzeugen in einer Vielzahl von Umgebungen gedeihen. Es ist für mich einfacher, mich zunächst auf einen Kandidatenpool zu konzentrieren – zumindest am Anfang – und diesen dann schließlich zu erweitern."

„Einverstanden", räumte Linsea ein. „Solange auch andere eine Chance bekommen, ist deine Logik nachvollziehbar."

Ich lächelte erneut, erleichtert über ihre Reaktion. „Der zweite Punkt ist, dass das Paar nach den Bräuchen beider Kulturen heiraten muss, damit die Ehe für alle Seiten verbindlich ist. Die Galaktische Urkundenhalle verlangt nur eine Heiratsurkunde, um eine Verbindung als gültig anzuerkennen. Einige Spezies erkennen jedoch keine ausländischen Verträge an, wodurch der Partner in dieser neuen Welt ohne Schutz wäre, sollte etwas schiefgehen."

„Sehr guter Punkt! Ich bin beeindruckt!", entgegnete meine Gefährtin stolz.

Ich schaute sie verlegen an. „Leider kann ich dafür nicht die ganze Ehre einheimsen. Im Gespräch mit Isobel habe ich erwähnt, dass sie mich bei gelegentlichen Hochzeiten, die ich arrangiere, begleiten könnte, um die Trauung durchzuführen – da auch sie von primitiven Spezies fasziniert ist. Sie war es, die darauf hingewiesen hat, dass es bei einigen davon rechtliche Probleme geben könnte. Und deine Großmutter hat das bestätigt."

„Aber du bist immer noch derjenige, der die endgültige Regel aufgestellt hat, indem du das Feedback der wunderbaren Personen berücksichtigt hast, mit denen du dich umgibst. Das macht dich zu einem kompetenten Projektmanager und nicht zu einem narzisstischen Narren, der glaubt, alle Antworten zu kennen. Niemand hat bei Projekten dieser Größenordnung alleine Erfolg. Es ist gut, dass du anderen die Anerkennung gibst, die ihnen zusteht, aber verkaufe dich auch nicht unter Wert."

„Verstanden, meine Liebe", sagte ich, bevor ich meinen Schnabel an ihrem rieb.

Verdammt, wie ich diese Frau liebte!

Noch bevor ich den dritten Punkt lesen konnte, verriet Linseas heftige Reaktion, dass sie bereits einen Blick darauf geworfen hatte und fassungslos war, wie ich es bei ihr und allen anderen erwartet hatte.

„Sex in der ersten Nacht?!", rief Linsea fassungslos aus.

Ich nickte und hielt ihrem Blick standhaft stand. „Ja. Ich habe lange und intensiv darüber nachgedacht und bin zu dem festen Schluss gekommen, dass dies der beste Ansatz ist. Es wird das Paar viel schneller zusammenbringen und eine Menge Stress beseitigen. Die Entscheidung, wann man den nächsten Schritt in einer Beziehung macht, ist immer ziemlich schwierig. Man möchte nicht zu ungeduldig, zu leicht zu haben oder zu schwer zu bekommen wirken. Indem wir es vorschreiben, beseitigen wir diese Barriere sofort, und sie können sich darauf konzentrieren, sich zu verlieben, anstatt um das Unvermeidliche herumzutanzen."

„Ich verstehe, was du meinst", begann meine Partnerin vorsichtig. „Allerdings ist die Situation jedes Einzelnen anders. Vielleicht haben sie Traumata oder andere Umstände, die diese

Anforderung zu einer schädlichen Erfahrung für sie machen könnten."

Zu ihrer Überraschung lächelte ich zustimmend.

„Das ist richtig. Aber diese Regel wird diesen Paaren wirklich helfen, selbst denen mit besonderen Umständen, die es zu einer schlechten Idee machen würden, sofort miteinander zu schlafen." Mein Lächeln wurde breiter, als ich ihren verwirrten Gesichtsausdruck sah. „Das ist keine durchsetzbare Regel in dem Sinne, dass wir keine Bluttests durchführen werden, um sicherzustellen, dass sie miteinander geschlafen haben. Wir werden auch keine Kameras aufstellen oder sie während ihrer Hochzeitsnacht ausspionieren. Ehrlich gesagt gehe ich davon aus, dass mindestens zehn bis zwanzig Prozent der Paare diese Regel nicht befolgen werden."

„Warum wird sie dann überhaupt eingeführt?", fragte Linsea verwirrt.

„Weil es dieses unangenehme Gespräch erzwingt und es sofort aus dem Weg räumt. Das wiederum hilft, Vertrauen zwischen ihnen aufzubauen und zeigt den Respekt, den sie einander entgegenbringen. Diese Wesen werden Seelenverwandte sein. Unabhängig davon, welche Umstände dazu führen, dass sie ein Paar werden, werden sie ganz natürlich ihren Partner beschützen wollen. Und wenn das bedeutet, dass sie etwas länger warten müssen, bis sie dafür bereit sind, dann wird das besprochen und vereinbart."

„Das ist eine interessante Sichtweise", sagte meine Partnerin und nickte langsam. „Ich könnte mir vorstellen, dass ich in einer solchen Situation gestresst wäre, wie ich das Thema ansprechen soll. Die ersten Tage wären extrem angespannt, während wir um den heißen Brei herumreden würden. Trotzdem bin ich neugierig, wie das funktionieren wird. Aber ich kann mich mit dem Konzept anfreunden."

Ich lächelte und streichelte ihre Wange. Sie lehnte sich meiner Berührung entgegen, was mich innerlich zum Schmelzen brachte. Sie war so verdammt perfekt. Ich riss meinen Blick von ihrer Schönheit los und schaute zurück auf die holografische Anzeige, die von meinem Tablet projiziert wurde.

„Der nächste Punkt wird sein, dass die IPO mir ein frei verfügbares Budget für alle gepaarten Partner gewährt", fuhr ich fort. „Der Umzug auf primitive Planeten könnte ziemlich teuer werden. Ich möchte nicht, dass dies ein Hindernis darstellt. Zugegeben, ich habe ein paar Bestimmungen hinzugefügt, damit die Leute das nicht einfach ausnutzen, aber bei wahren Seelenverwandten mache ich mir keine allzu großen Sorgen, dass Kandidaten versuchen könnten, dies als Mittel zu nutzen, um eine kostenlose Reise an einen exotischen Ort zu bekommen."

„Ein weiterer guter Punkt. Sie werden wahrscheinlich versuchen, dich hinsichtlich der Beträge, denen sie zustimmen, zu bremsen. Aber solange es vernünftige Gründe dafür gibt, sollte das kein allzu großes Problem sein."

„Der Umzug ist das Letzte, worüber sie sich beschweren werden. Es sind die Startgeschenke, die ich einbeziehen möchte, die sie wahrscheinlich zurückschrecken lassen werden", sagte ich in schelmischem Ton.

„Startgeschenke? Das macht mich neugierig."

„Aller Wahrscheinlichkeit nach wird der menschliche Partner auf den Planeten der primitiven Außerirdischen umziehen. Umgekehrt wäre es für die IPO nicht von Vorteil, deren Ziel es ist, stärkere Bindungen zu diesen Spezies aufzubauen, was nur möglich ist, wenn wir physisch auf ihrer Heimatwelt präsent sind. Aber sie sind primitiv, was bedeutet, dass ihnen wahrscheinlich bestimmte Dinge fehlen, die für das Wohlergehen eines Menschen unerlässlich sind. Zum Beispiel medizinische Versorgung, geeignete Grundausstattung, um in potenziell raueren Umgebungen zu überleben, und andere solche Dinge."

„Ein weiterer ausgezeichneter Punkt. Aber warum habe ich das Gefühl, dass noch mehr dahintersteckt, das du nicht erwähnst?"", fragte sie mit einem misstrauischen Funkeln in ihren schönen blauen Augen.

Ich lachte leise, beeindruckt von ihrer Intuition.

„Weil es das gibt. Ich möchte mich nicht so sehr einschränken, dass ich keinen Spielraum mehr habe. Aufgrund meiner Studien über primitive Spezies und der unzähligen Verstöße gegen die Oberste Direktive kann ich mir Szenarien vorstellen, in denen ein Hochzeitsgeschenk – obwohl ich es als Mitgift bezeichne – indirekt dazu beitragen könnte, einen Teil des Schadens, der dieser Spezies zugefügt wurde, wieder gut zu machen. Es gibt viele Möglichkeiten, jemandem zu helfen, indem man sich an die Regeln hält, ohne sie tatsächlich zu überschreiten."

„Weißt du, vielleicht solltest du derjenige sein, der Botschafter wird", sagte Linsea, nur halb im Scherz.

„Technisch gesehen ist es das, was Colin gesagt hat, aber ich würde es verdeckt tun", antwortete ich mit einem Grinsen. „Der nächste Punkt wäre eigentlich, eine Probezeit einzuführen. Das dient nicht nur dazu, jedem Partner, insbesondere demjenigen, der umzieht, die Gewissheit zu geben, dass er nicht in einer lieblosen oder missbräuchlichen Ehe feststeckt, falls ich einen Fehler gemacht habe. Das werde ich natürlich nicht. Aber die Leute lieben es immer zu wissen, dass es einen Ausweg gibt, wenn es nötig ist."

„Natürlich wirst du das nicht", wiederholte sie spöttisch und schüttelte den Kopf, als wäre ich ein hoffnungsloser Fall.

„Das stimmt", antwortete ich selbstgefällig. „Allerdings verschafft mir die Probezeit auch zusätzliche Zeit, um zu prüfen, ob die Mitgift erhöht oder angepasst werden muss, um den spezifischen Bedürfnissen dieses Paares oder dieser Spezies gerecht zu werden."

„Wow, du betrachtest das wirklich fast mehr als eine Hilfe für die primitiven Spezies", sagte Linsea überrascht.

„Dieses Projekt gibt mir die Möglichkeit, all das zu tun, was ich nie für möglich gehalten hätte. Ich werde zwar nicht in der

Lage sein, die Geschichte neu zu schreiben oder Kriege zu verhindern. Aber ich werde in der Lage sein, den Schaden zu mildern, einen Teil davon zu verhindern oder das, was geschehen ist, wieder gut zu machen", bekräftigte ich in ernstem Ton.

„Ich kann es kaum erwarten zu sehen, was du bei dieser Behörde erreichen wirst. Ich wusste, dass du großartig sein würdest, aber ich beginne zu glauben, dass du alle mit dem, was du tatsächlich erreichen wirst, umhauen wirst", sagte Linsea voller Bewunderung.

„Hoffentlich wird sich deine Vorhersage als richtig erweisen. Das Einzige, was ich befürchte, ist, dass die IPO sich dagegen wehren wird, dass ich diese Vorteile ausschließlich Paaren vorbehalten möchte, die einer primitiven Spezies angehören. Wenn ich ein Paar zusammenbringe, bei dem beide einer fortgeschrittenen Spezies angehören, sollten die Umzugs- und sonstigen Kosten von ihnen selbst getragen werden."

„Hmm, warum das? Wenn die IPO das finanziert, warum sollten dann einige Paare von diesen Vorteilen ausgeschlossen werden?"

„Weil ich so viele Ressourcen wie möglich für die MMA sparen möchte, um Anreize und Vorteile für Menschen zu schaffen, die bereit sind, sich mit primitiven Außerirdischen zu verbinden. Mitglieder fortgeschrittener Spezies haben die Möglichkeit, sich zusammenzuschließen oder Zugang zu Programmen für Menschen mit geringem Einkommen zu erhalten, die ihnen helfen, ihre Ziele zu erreichen. Ich möchte auch nicht, dass die MMA zu einer Partnervermittlungsagentur für die Elite wird. Die Menschen, die zu mir kommen, wissen von Anfang an, dass sie mit jemandem von einem Entwicklungsplaneten zusammengebracht werden."

„Da stimme ich zu. Aber du hast zweimal MMA gesagt. Ist das der Name deiner Agentur?"

Mein Gesicht wurde heiß, und ich nickte mit einem verlegenen Gesichtsausdruck. „Ja. Nach reiflicher Überlegung habe ich mich entschieden, es Match Maker Agentur zu nennen. Der Name ist zwar etwas plump, aber ich werde Menschen unter der Prime Direktive mit Partnern zusammenbringen."

„Ich finde, das klingt großartig", sagte Linsea mit echter Begeisterung. „Du wirst eine unglaubliche Anzahl von Personen haben, die dir die Tür einrennen werden."

„Ich hoffe es und fürchte es zugleich", erwiderte ich mit einem nervösen Lachen. „Zunächst werde ich die Leute sich online bewerben lassen, aber unter der Voraussetzung, dass ein persönliches Treffen erforderlich ist, damit ich den Gesang ihrer Seelen hören kann."

„Hmmm, ich stimme zu, dass man sich online bewerben sollte, um sich einen Platz zu sichern. Aber ich denke, es sollte fairer gehandhabt werden. Du gibst bekannt, dass du an einem bestimmten Ort, zu einem festgelegten Termin und innerhalb eines bestimmten Zeitraums sein wirst. Die Leute können sich dann einen Termin reservieren, um dich zu treffen."

„Das würde irgendwann funktionieren. Aber ich gehe nicht davon aus, dass ich am Anfang genug Interessenten finde, um das zu unterstützen", sagte ich in einem nachsichtigen Ton.

Linsea lachte und schüttelte den Kopf, als wäre ich ahnungslos. „Schatz, du hast keine Ahnung, welche Marketingmaschine die IPO und die Enforcer für dich in Gang setzen werden. Du kannst dir gar nicht vorstellen, wie sehr sie an deinem Erfolg interessiert sind. Der effizienteste Weg, den ich mir für dich vorstellen kann, ist, nach Regionen vorzugehen. Genau wie bei einer Musik-Tournee kündigst du an, in welcher Region du auftreten wirst und zu welchen Terminen, und die Leute reservieren ihre Plätze, um dich zu sehen."

„Aber was bedeutet das dann für dich und mich?", fragte ich, und mein Herz zog sich bei dem Gedanken an eine längere Trennung von ihr zusammen.

„Wir müssen einfach unsere Missionen so koordinieren, dass sie im selben Gebiet stattfinden können. Ich werde in dieser

Hinsicht weniger flexibel sein, da jeder Konflikt, der auftritt, bestimmt, wohin ich gehen muss. Aber du wirst größtenteils dein eigener Chef sein."

„Dann werde ich dafür *sorgen, dass ich* die Gegend, in der du lebst, bereise", sagte ich erleichtert. „Allerdings muss ich sicherstellen, dass die IPO und die Enforcer nicht versuchen, mir die Paarungen vorzuschreiben, die ich zusammenstelle. Ich werde nur echte Seelenverwandte zusammenbringen."

Mein Herz sank, als Linsea einen neutralen Gesichtsausdruck aufsetzte. Dass sie auch versuchte, einen Teil ihrer Gefühle zu unterdrücken, traf mich tief. Jetzt, da ich den Reif nicht mehr trug, war meine empathische Kraft wieder voll zurückgekehrt, ohne das Chaos, das mich früher in den Wahnsinn getrieben hatte. Niemand konnte mich daran hindern, ihre Gefühle zu lesen, wenn ich es wollte.

„Verschließe dich nicht vor mir", sagte ich, und meine Stimme klang verletzt.

Die Welle der Schuld, die in ihr aufstieg, schlug mich mit voller Wucht.

„Es tut mir leid", sagte Linsea aufrichtig. „Das war nicht beabsichtigt, nur ein professioneller Reflex im Umgang mit heiklen Angelegenheiten."

„Warum ist es eine heikle Angelegenheit, dass ich keine falschen Paarungen bilden möchte?", fragte ich angespannt.

„Aus politischen Gründen könnten sie dich bitten, dabei zu helfen ..."

„Ich möchte keine Personen zusammenbringen, die nicht füreinander bestimmt sind", unterbrach ich sie energisch. „Warum sollte ich sie zu einem möglicherweise unglücklichen Leben verdammen? Das wäre ein grober Missbrauch meiner Gabe."

Sie streichelte mir beruhigend die Wange und lächelte mich mitfühlend an.

„Ich verstehe sehr gut, wie du dich fühlst. Aber deine Hilfe in dieser Angelegenheit könnte das Paar tatsächlich vor einem Leben voller Elend bewahren. Arrangierte Ehen zwischen wohlhabenden Familien, Adligen und politischen Führern gab es schon immer und wird es auch weiterhin geben. Du könntest dabei helfen, aus einem sehr begrenzten Kreis von Kandidaten das am besten passende Paar oder die am besten passende Wahl herauszufinden. Es wären zwar keine Seelenverwandten, aber sie wären die bessere Option."

Ich runzelte die Stirn und musterte ihre Gesichtszüge, während in mir Misstrauen aufkam.

„Das klingt ziemlich konkret", gab ich zu bedenken.

„Weil es das ist", antwortete Linsea ohne Reue. „Ich muss in drei Wochen wieder auf Mission gehen. Ein sehr einflussreicher Manager möchte durch die Heirat seiner Tochter eine Allianz mit einem Konkurrenzunternehmen eingehen. Wir haben starke Vorbehalte gegen diese Verbindung. Wenn du mich begleitest, könntest du die Gefahr besser einschätzen."

Das machte mich sprachlos. In diesem Moment wurde mir klar, dass die Dinge nie ganz so laufen würden, wie ich es mir vorgestellt hatte. Mein instinktiver Wunsch, mich nicht darauf einzulassen, wurde sofort von meinem Schutzinstinkt zunichte gemacht. Ich kannte die betreffende Tochter nicht einmal, aber ich hatte schon immer Probleme mit der Vorstellung, das eigene Kind als Kapital oder Tauschobjekt zu benutzen und dabei seine Wünsche und Sehnsüchte zu ignorieren.

Dass ich mit meiner Partnerin reisen und ihr bei ihrer Arbeit zur Seite stehen würde, war ebenfalls eine zu große Chance, um sie sich entgehen zu lassen.

„Na gut. Ich werde die Kandidaten beurteilen, aber ich werde mich zu keiner Paarung verpflichten. Das Chaos überlasse ich euch anderen", murmelte ich.

Linsea kicherte und stand von ihrem Stuhl auf, um sich auf meinen Schoß zu setzen.

„Weißt du was, du bist wirklich sexy, wenn du mürrisch bist", stellte meine Partnerin neckend fest.

„Ich bin immer sexy, Punkt", sagte ich hochmütig.

Sie schnaubte und rieb ihren Schnabel an meinem. „Sexy und ganz meins."

„Ganz deins, jetzt und für immer."

KAPITEL 18
KAYOG

Die Vorstellung meines Plans vor Colin verlief überraschend reibungslos. Wir saßen im Trainingsraum, an demselben Arbeitstisch neben dem riesigen Bildschirm wie bei unserem ersten Treffen nach meinem Erwachen. Er lehnte meinen Plan nicht ab, wie ich erwartet hatte, obwohl er bestimmte Teile davon, nämlich die Mitgift, gründlich hinterfragte. Allerdings tat er dies nicht in einer herausfordernden Weise, sondern lediglich, um meine Ziele und Beweggründe richtig zu verstehen. Zu meiner Überraschung stimmte er meinem Wunsch, fortgeschrittene Spezies von den Vorteilen auszuschließen, die ich Paaren gewähren würde, denen mindestens ein primitiver Außerirdischer angehörte, von ganzem Herzen zu.

„Das ist ausgezeichnet", sagte Colin anerkennend. „Deine Akte und dein psychologisches Profil besagen, dass du ein Perfektionist bist. Es freut mich zu sehen, wie sehr du dich engagiert und diese Aufgabe ernst genommen hast. Auch wenn die höheren Stellen einige deiner Forderungen ablehnen werden, sind sie doch vernünftig. Du hast mir auch genügend Argumente geliefert, um sie zum Schweigen zu bringen."

„Danke", antwortete ich und konnte meine wachsende Begeisterung für dieses Projekt nicht verbergen.

„Während wir alles in Gang bringen, empfehle ich dir dringend, so viel wie möglich Kontakte zu knüpfen. Du musst deine gebildete Rockstar-Persönlichkeit kultivieren, dich aber auf die Partnervermittlung konzentrieren. Die Menschen müssen dich als den Gott der Partnervermittlung sehen. So wie die Menge sich Luft zufächelte, als du mit Echoes of Madness auftratst, und wie sie leise vor Begeisterung jubelte, wenn sie dich vorbeigehen sah, müssen wir erreichen, dass die breite Bevölkerung ähnlich reagiert, wenn es darum geht, Liebe zu finden."

„Wie genau soll ich das machen?", fragte ich zögerlich.

„Sei übermütig", erklärte Colin mit ausdruckslosem Gesicht. „Sei arrogant und selbstbewusst in deiner Überzeugung, dass dein Talent niemals falsch liegt, aber nicht auf eine widerwärtige Art und Weise. Du hast einen angenehmen Sinn für Humor, lass ihn durchscheinen. Unser Marketingteam kümmert sich um den Rest. Wir brauchen dich nur da draußen, wo du dein charmantes Selbst zeigen kannst. Diejenigen, die von deinen Dienstleistungen profitieren, sollen das Gefühl haben, mit der Mitgliedschaft in einem exklusiven Club gesegnet zu sein."

„Ich möchte nicht exklusiv sein", widersprach ich mit gerunzelter Stirn.

„Das wirst du auch nicht", antwortete Colin mit einem nachsichtigen Lächeln. „Die Leute müssen einfach das Gefühl haben, dass es so ist. Aber mach dir klar, dass du mit weit mehr Anfragen überschüttet wirst, als du dir vorstellen kannst. Ich weiß, dass du das nicht glaubst. Und ich mag diese bescheidene Seite an dir. Verliere sie nie, aber sei trotzdem selbstbewusst."

Ich lachte leise. „Das ist überhaupt kein Widerspruch."

„Ganz und gar nicht", sagte er neckend, bevor er wieder einen ernsten Gesichtsausdruck annahm. „Deine Partnerin hat in den kommenden Wochen eine Reihe wichtiger Veranstaltungen, an denen sie teilnehmen wird. Wir möchten, dass du sie begleitest und so viele Kontakte und Beziehungen wie möglich knüpfst. Viele dieser Leute werden Elitisten sein. Lass dich von ihrer selbstgerechten Art nicht verunsichern. Im Vergleich dazu kann die Hälfte von ihnen nicht einmal ein Drittel deines Stammbaums vorweisen. Zeig ihnen, warum du eine Macht bist, mit der man rechnen muss, und ein großartiger Verbündeter, den man an seiner Seite haben sollte."

„Und wie genau soll ich das machen?", fragte ich verwirrt.

„Das musst du zwar selbst herausfinden, aber ich kann dir sagen, dass du über umfangreiches Wissen über viele der Spezies verfügst, denen du begegnen wirst. Nutze dieses Wissen, insbesondere auf eine Weise, die ihnen zugutekommt."

Ich rutschte unruhig auf meinem Stuhl hin und her und begann mich etwas überfordert zu fühlen. Obwohl er keine empathischen Fähigkeiten besaß, schien Colin sofort zu erraten, welche Gedanken mir durch den Kopf gingen.

„Entspann dich, Kayog. Niemand erwartet von dir, dass du bei deinen ersten Ausflügen Wunder vollbringst. Es geht wirklich nur darum, Beziehungen aufzubauen und deinen Namen bekannt zu machen. Mach dir keine Sorgen. Wir werden dich bei jedem Schritt unterstützen. Wenn du Fragen hast, frag. Wenn du mehr Ressourcen benötigst, frag. Wenn du dir unsicher bist, was du tun oder nicht tun sollst ..."

„Lass mich raten ... Frag", sagte ich neckisch.

Seine grauen Augen funkelten schelmisch. „Eigentlich wollte ich sagen: Folge deinem Bauchgefühl und deinem gesunden Menschenverstand. Und wenn du immer noch verwirrt bist, dann frag."

Ich brach in Gelächter aus. Dieser Mensch wuchs mir ernsthaft ans Herz.

Wir besprachen weitere praktische Details, darunter mein Gehalt, meine Spesenabrechnung, meinen Zeitplan und andere lästige Formalitäten. Dann machte ich mich auf den Weg zurück zu unserer Wohnung, mein Magen flatterte vor Nervosität.

Linseas Eltern und Großmutter waren vor einer Stunde angekommen – drei Stunden früher als erwartet. Ich hatte vor, sie am Schiffshangar zu begrüßen, war aber mitten in einer Trainingseinheit stecken geblieben. Da Colin am Morgen zu einer Mission aufbrach, konnten wir unser Treffen nicht verschieben.

Zu sagen, dass ich nervös war, wäre die Untertreibung des Jahrtausends. Ich spürte sie schon lange bevor ich die Tür erreichte. Als ich näherkam, kämpfte ich gegen den Drang an, meine Gefühle auszublenden. Es fiel mir nicht schwer, sie komplett zu unterdrücken. Das hätte mir zwar ein viel besseres Gefühl gegeben, aber es hätte den Eindruck erweckt, ich sei hinterlistig, misstrauisch und ziemlich unhöflich.

Natürlich würde niemand von uns erwarten, dass wir uns anderen gegenüber völlig offen zeigen, damit sie unsere Gefühle ausnutzen können. Es gehörte jedoch zum guten Ton – und war als ein Zeichen sowohl von Wohlwollen als auch von der Abwesenheit böser Absichten –, anderen Zugang zu unseren oberflächlichen Emotionen zu gewähren. Da sie sich bewusst waren, dass ich sie trotz aller psychischen Barrieren, die sie errichten mochten, vollständig durchschauen konnte, wäre es noch respektloser gewesen, mich ihnen gegenüber zu verschließen.

Ich erinnerte mich daran, dass Linseas Eltern und Großmutter, obwohl sie mich nicht kannten, ihren ganzen Einfluss geltend gemacht und so viele Gefälligkeiten wie möglich eingefordert hatten, um mich zu beschützen. Auch wenn es nicht um mich persönlich ging, spielte ihr Wunsch, ihre Tochter glücklich zu machen, eine große Rolle dabei, dass ich heute hier stand. Sie wollten, dass ich der richtige Mann für sie war.

Meine Hand zitterte leicht, als ich die Haustür öffnete. Bis zu diesem Moment hatten sie meine Ankunft nicht bemerkt. Eine Mischung aus Erleichterung und erhöhter Nervosität überkam mich, als ihre entspannte Stimmung plötzlich in Aufregung, gespannte Erwartung und überraschender Nervosität umschlug.

Es verblüffte mich, in diesem Moment zu erkennen, dass auch sie hofften, einen guten ersten Eindruck zu hinterlassen.

„Da ist er ja!", rief Linsea, sobald ich die Wohnung betrat.

Der Stolz und die Freude in ihren Augen machten mich fertig. Ich verstand nicht, wie eine so perfekte Frau mich so sehr lieben konnte. Sie kam zu mir, schlang ihre Arme um meine Taille und hob ihr Gesicht zu meinem, um meinen Kuss zu empfangen. Eine dumme Stimme in meinem Hinterkopf wollte mich dazu bringen, mich zurückzuziehen, damit ihre Eltern durch diese Zärtlichkeit sich nicht beleidigt fühlten. Aber ich unterdrückte sie.

Ich liebte meine Partnerin. Meine natürlichen Gefühle für sie zu zeigen, wäre für ihre Eltern der beste Beweis für meine Hingabe an meine kleine Taube. Wie es unsere Gewohnheit war, umarmten wir uns, wobei Linsea ihre Flügel flach an ihren Rücken legte, damit ich meine um uns beide legen konnte. Ich liebte es, wie sie auf diese Geste reagierte. Jedes Mal, wenn ich das tat, strahlte sie lautstark ein Gefühl von Sicherheit, Wohlbefinden und Zugehörigkeit aus. Das gab mir das Gefühl, der größte Beschützer im Universum zu sein.

Sie gurrte, während sie ihr Gesicht an meiner Halsbeuge rieb, bevor sie an mir genau so knabberte, wie ich es liebte. Dann löste sie sich nur sehr widerwillig von mir. Ich streichelte ihre Wange mit unendlicher Zärtlichkeit, bevor ich zu den drei Personen blickte, die am Ende des kurzen Korridors vom Eingang zum Wohnbereich standen.

Mein Blick fiel sofort auf ihre Nana Arika. Sie war großartig und majestätisch. Die ältere Frau strahlte Autorität, Selbstvertrauen und Stärke aus. Auf den ersten Blick schien sie Ende achtzig zu sein. Da unser Volk eine durchschnittliche Lebenserwartung von 150 Jahren hatte, würde sie von den meisten anderen Spezies noch als in ihren besten Jahren angesehen werden. Sie war das genaue Gegenteil meiner Seelenverwandten, mit komplett schwarzen Federn und weißen Flecken auf der

Brust, aber mit denselben auffälligen blauen Augen. Sie beobachtete uns mit einer Zustimmung, die seltsame Gefühle in mir auslöste.

Ihre Eltern sahen uns mit ähnlicher Herzlichkeit an. Ihre Mutter Karis hatte silbergraue Federn mit schwarzen Akzenten und wunderschöne grüne Augen. Im Vergleich zu ihrer Tochter war sie überraschend zierlich. Der Vater meiner Partnerin ähnelte stark seiner Mutter Arika, mit komplett schwarzen Federn und passenden blauen Augen. Allerdings hatte er keine weißen Flecken auf der Brust oder den Flügeln.

„Kayog, darf ich dir meine Eltern vorstellen? Das ist meine Mutter Karis und mein Vater Randel. Meine Großmutter Arika hast du bereits bei den Videogesprächen kennengelernt", sagte Linsea mit bewegter Stimme, während sie nacheinander auf jeden von ihnen zeigte. „Mama, Papa, Oma, darf ich euch meinen Kayog vorstellen?"

Die Besitzergreifung und der Stolz, mit denen sie mich vorstellte, brachten mich ernsthaft aus der Fassung. An der Art, wie ihre Zustimmung noch eine Stufe höher schaltete, merkte man deutlich, wie ihre Worte auf mich wirkten.

„Hallo, mein Sohn", sagte Karis mit sanfter Stimme, während sie auf mich zukam. „Meine Linny hat nur das höchste Lob für dich übrig. Willkommen in der Familie."

Meine Kehle schnürte sich zusammen, als sie mich in ihre Arme zog, um mir die süßeste mütterliche Umarmung zu geben. Angesichts ihrer zierlichen Statur fühlte es sich seltsam an, in dieser Umarmung die unterwürfige Rolle zu übernehmen, wobei ich meine Flügel flachlegte, damit sie ihre um mich legen konnte. Es war kurz, aber unvergesslich. Sie trat beiseite, damit ihr Mann mich begrüßen konnte. Zu meiner Überraschung zog auch er mich in eine feste Umarmung. Wir waren etwa gleich groß, aber er hatte die schlankere, graziere Statur unseres Volkes, während meine Leidenschaft für Sport und Training mir einen muskulöseren Körperbau verliehen hatte.

Er ließ mich nur los, um meine Schultern mit beiden Händen zu umfassen, während seine blauen Augen sich in meine bohrten. „Bis zu dir dachte ich, niemand würde jemals Gnade in ihren Augen finden. Aber für dich war mein Baby bereit, es mit der IPO selbst aufzunehmen und gegen die Enforcer in den Krieg zu ziehen. Du musst wirklich ein erstaunlicher Mann sein."

„Es ist Linsea, die unglaublich ist", erwiderte ich, erleichtert, dass meine Stimme nicht zitterte. „Sie hat mir das Leben gerettet, als ich schon aufgegeben hatte, und mir ein Leben geschenkt, das ich nie für möglich gehalten hätte. Linsea ist mein Engel", fügte ich hinzu und warf einen Blick auf meine Partnerin, die neben mir stand.

Sie schmiegte sich an meine Seite. Ihr Vater ließ meine Schultern los, und ich legte beschützend einen Arm um meine Partnerin.

„Lass dich nicht von ihrem hübschen Gesicht und ihrem liebenswürdigen Auftreten täuschen, mein Sohn", warf Arika neckend ein, als sie auf mich zukam. „Sie ist ein Drache mit den tödlichsten Krallen, wenn man ihr in die Quere kommt."

Karis schnaubte. „Du weißt doch selbst am besten darüber Bescheid, da sie diese Eigenschaften von dir geerbt hat."

„Stimmt!", bestätigte Randel mit einem Lachen und sah seine Mutter mit einem verschmitzten Blick an, während Linsea kicherte.

Arika winkte ab. „Ich habe meiner Enkelin das Beste weitergegeben, was diese Familie zu bieten hat. Ihr könnt mir später alle danken."

Arika schob Linsea kurzerhand von mir weg, damit sie mich ebenfalls mütterlich umarmen konnte.

„Willkommen in der Familie, Kayog", sagte sie und wiederholte damit die Worte ihrer Schwiegertochter. „Und danke, dass du so ein unglaublicher *badass* bist, wie die Menschen gerne sagen. Die IPO ist voller Gerüchte über den kinetischen Halbgott in meiner Familie."

„Die Enforcer auch", grinste Randel. „Die Leute starren mich voller Ehrfurcht an, als hätte ich irgendetwas damit zu tun."

„Das hast du", sagte ich amüsiert. „Du hast mir geholfen, am Leben zu bleiben."

„Da hast du recht! Jetzt werde ich damit prahlen!", rief Randel mit spielerischer Begeisterung aus.

Wir lachten alle und gingen dann ins Wohnzimmer, um gemeinsam etwas zu trinken und uns zu unterhalten. Natürlich hatte Linsesas Familie große Freude daran, sie mit lustigen Anekdoten aus ihrer Jugend in Verlegenheit zu bringen. Aber sie erzählten auch viele faszinierende Geschichten über ihre Arbeit bei der IPO und den Enforcern und gaben mir eine Fülle von Ratschlägen für meine Zukunft innerhalb der Organisation. Obwohl sie nie neugierig waren, erwiderte ich ihre Offenheit mit Geschichten über meine eigene Jugend, sowohl angenehme als auch herausfordernde.

Als der Abend zu Ende ging, hatte ich nun erfahren, wie es sich anfühlt, wirklich zu einer Familie zu gehören. Ein weiteres unermessliches Geschenk von meiner Geliebten...

KAPITEL 19
LINSEA

Ich war überglücklich, als ich sah, wie meine Familie Kayog von ganzem Herzen aufnahm. Obwohl ich erwartet hatte, dass sie sich gut verstehen würden, hatte ich dennoch eine leise Befürchtung im Hinterkopf, dass etwas schiefgehen könnte. Ich wusste nicht, ob ich mich darüber amüsieren oder mit den Augen rollen sollte, als meine Mutter immer wieder davon schwärmte, wie gutaussehend und liebenswert er sei. Sogar meine Oma schüttelte über meine Mutter den Kopf.

Wenn man bedachte, wie wählerisch ich immer in Bezug auf potenzielle Partner gewesen war, war ihre Begeisterung verständlich. Seit einiger Zeit befürchtete meine Mutter, dass ich für immer Single bleiben würde. Das kam mir immer albern vor, da ich erst sechsundzwanzig war. Aber das spielte keine Rolle. Ich hatte die Liebe meines Lebens gefunden.

Als ich sah, wie er sich mit meinem Vater lebhaft über einige Fälle unterhielt, die er im Auftrag der Vollstrecker verhandelt hatte, breitete sich ein warmes, wohliges Gefühl in meiner Brust aus. Wenn mein Vater einmal über das Recht zu sprechen begann, war es fast unmöglich, ihn davon abzuhalten. Zugegeben, seine Geschichten über einige Verstöße gegen die Oberste Direktive, denen er begegnet war, waren ziemlich faszinierend. Oft musste er kreativ werden, um Lösungen zu finden, damit die Enforcer trotz der strengen Vorschriften, die den Zugang zum Planeten untersagten, vor Ort eingreifen konnten. Es war immer heikel, wenn man, um Eindringlinge zu fassen, genau das Gesetz brechen musste, wegen dessen Verstoßes man sie verhaften wollte.

Ich ließ meine Mutter mit meiner Oma plaudern, während ich zu meinem Partner ging, um zu sehen, ob er vor meinem überaus wortreichen Vater gerettet werden musste. Ich kratzte Kayog sanft am Nacken, und er legte besitzergreifend einen Arm um mich, als ich mich an ihn lehnte.

„Wie geht es euch beiden?", fragte ich. „Ich hoffe, Dad macht dich nicht verrückt."

Mein Vater schnaubte und warf mir einen spielerisch empörten Blick zu.

„Nein, macht er nicht", sagte Kayog amüsiert. „Seine Geschichten sind wirklich spannend und sehr lehrreich."

„Oh oh! Du bist in seine Falle getappt. Da gibt es vielleicht kein Entkommen mehr für dich", sagte ich mit übertrieben dramatischer, niedergeschlagener Miene.

Mein Vater schnaubte. „Ich bin nicht derjenige, der ihn in die Falle locken sollte. Die Frage ist eher, wann du ihn offiziell in Ketten legen wirst."

Mir blieb der Mund offenstehen, während eine ohrenbetäubende Stille im Raum plötzlich herrschte.

„Dad!", rief ich aus. „Das ist keine angemessene Frage!"

„Warum nicht?", entgegnete er und sah mich wirklich überrascht an. „Abgesehen davon, dass Kayog sehen kann, wenn zwei Wesen Seelenverwandte sind – was er von euch behauptet –, kann jeder mit Augen sehen, wie perfekt ihr füreinander seid."

Ich rutschte unruhig hin und her und warf Kayog nervös

einen Blick zu. Das Einzige, was mich davon abhielt, in Panik zu geraten, waren die friedlichen und amüsierten Gefühle, die von ihm ausgingen.

„Wie dem auch sei, er sollte nicht unter Druck gesetzt werden, sich mit mir niederzulassen", murmelte ich.

Kayog zog mich fester an sich und platzierte mich auf seinen Schoß.

„Das ist etwas, wozu mich niemand jemals drängen muss. Du bist mein Herz und meine Seele. Ich würde dich sofort heiraten, wenn du bereit wärst. Es kann für mich niemals eine andere geben. Aber der Tag, an dem wir uns offiziell das Ja-Wort geben, wird zu einem Zeitpunkt sein, der für *dich* in Ordnung ist. Ob in einer Woche, in einem Monat oder in einem Jahrzehnt, macht für mich keinen Unterschied, solange du in meinem Leben bist", erklärte er sanft.

Mit jedem dieser Worte schmolz ich ein bisschen mehr in seinen Armen dahin.

„Für mich kann es auch niemals einen anderen geben", erwiderte ich und schlang meine Arme um seinen Hals. „Ich bin bereit, wenn du es bist."

„Nun, dann ist die Familie jetzt passend hier", zwitscherte Mom enthusiastisch.

Ein Teil von mir wollte meinen Eltern sagen, sie sollten sich zurückhalten, aber ein anderer Teil war zu sehr damit beschäftigt, mich in der Liebe meines Partners zu sonnen. Kayogs hoffnungsvoller Gesichtsausdruck hatte eine seltsame Wirkung auf mich.

„Gutes Argument", sagte ich nachdenklich. „Allerdings droht Tala ständig, mich zu zerreißen. Wenn sie herausfindet, dass ich ohne sie geheiratet habe, wird sie mich in Stücke reißen."

Meine ganze Familie brach in Gelächter aus, zusammen mit Kayog, der mit einem verschmitzten Funkeln in den Augen nickte.

„Hey, das würde dir den langen und unangenehmen Prozess

deiner nächsten Häutung ersparen. Aber ich bezweifle, dass das für deine bevorstehende Mission ein angemessener Look wäre", sagte er neckend.

„Auf jeden Fall nicht modisch angemessen", antwortete ich mit übertrieben dramatischer Miene, bevor ich wieder ernst wurde. „Tala und Mares sind nicht allzu weit weg. Wir könnten sie für eine Nacht herfliegen lassen."

Kayog nickte. „Ich würde mich auch sehr freuen, wenn Isobel dabei wäre."

„Dann lassen wir das doch machen", sagte Nana Arika in einem gebieterischen Ton.

Und so trafen wir schnell die notwendigen Vorkehrungen, und unsere Freunde waren überglücklich über die unerwartete Einladung. Da Hochzeiten in Temern immer eine kleine und intime Angelegenheit waren, mussten wir nur den Transport, die Unterkunft und ein einfaches Buffet für die kleine Gruppe der Anwesenden organisieren. Normalerweise waren nur die Eltern, Großeltern und Geschwister anwesend, obwohl man gelegentlich auch andere sehr nahe Verwandte oder liebe Freunde einlud. Dennoch nahmen selten mehr als acht oder zehn Personen an der Zeremonie teil, das Brautpaar mitgerechnet.

Traditionell fand die Hochzeit im Garten oder Hinterhof des Ehehauses des Paares statt. Da wir vorübergehend noch in der Wohnung neben dem Forschungszentrum der IPO wohnten, hatten wir nur einen Balkon. Und der gemeinsame Innenhof schien uns für diese Veranstaltung nicht geeignet.

Isobel nutzte ihren Einfluss und erhielt die Erlaubnis, den atemberaubenden Garten des religiösen Heiligtums zu nutzen, das an die Flüchtlingsunterkunft angeschlossen war, in der sie während der Zeit, in der Kayog in Stasis gehalten wurde, ehrenamtlich tätig war. Mit seinen exquisiten Blumenarrangements in Pastelltönen stellte er selbst die prächtigsten botanischen Gärten in den Schatten. Gemäß unseren Bräuchen hielten wir die Zeremonie zu Beginn der Nacht ab. Da viele der exotischen Blumen im Dunkeln natürlich leuchteten, tauchte der Garten in einen traumhaften Schein aus sanften Farben. Strategisch platzierte Leuchtsteine markierten die Wege und spendeten zusätzliches Licht durch die verschiedenen Statuen und Skulpturen, in die sie nahtlos eingebettet waren.

Isobel führte uns zu einer offenen Fläche vor einem massiven, aufwendig gestalteten Brunnen, der aus der Wand am östlichsten Ende des Gartens ragte. An den Rändern des ovalen Beckens, das das Wasser aus dem Brunnen aufnahm, waren religiöse Symbole verschiedener Glaubensrichtungen zu sehen, die von innen beleuchtet wurden.

Kayog und ich standen uns gegenüber und hielten uns an den Händen. Isobel leitete die Zeremonie, eine Ehre, die normalerweise der ältesten Matriarchin in der Blutlinie des Paares vorbehalten war, also entweder meiner ältesten Großmutter oder seiner. Da Kayog seine Familie nicht kannte, fiel diese Aufgabe automatisch meiner Familie zu. Da meine Großmutter mütterlicherseits vor einigen Jahren verstorben war, hätte es eigentlich Nana Arika sein müssen. Aber sie gab diese Ehre großzügig an Isobel weiter. In vielerlei Hinsicht hatte die Priesterin dazu beigetragen, meinen Partner all die Jahre am Leben zu erhalten, bevor ich endlich in sein Leben trat. Sie war nicht mehr nur seine beste Freundin, sie war meine Schwester und ein geschätztes Mitglied unserer Familie.

Meine Eltern, Tala, Mares und Nana Arika standen in einem Kreis um uns herum. Zwischen Dad und Mom war ein größerer Abstand gelassen worden, damit Isobel sich zu ihnen gesellen konnte. Sobald der erste Teil der Zeremonie beendet war, würde sie den Kreis schließen, indem sie sich alle an den Händen hielten, meine Freunde zwischen den Mitgliedern meiner Familie.

„Wir sind hier versammelt, um Zeugen der Vereinigung zweier Seelen zu werden, zweier wunderbarer Wesen, die unglaubliche Herausforderungen gemeistert haben und gestärkt und vereinter denn je daraus hervorgegangen sind. Es ist mir eine große Ehre, die Vereinigung meines liebsten Bruders und meiner geliebten Schwester zu vollziehen."

Wir beide warfen einen Blick auf Isobel und spürten, dass mein Partner dieselbe Liebe empfand wie ich für die menschliche Priesterin. Im Gegensatz zu vielen menschlichen Religionen tauschten Temern-Paare keine Gelübde aus und folgten keinen komplexen Ritualen. Alles, was gesagt werden musste, wurde durch unsere empathischen Fähigkeiten kommuniziert. Diese Verbindung würde noch stärker werden – und tatsächlich unzerbrechlich –, sobald wir das Band geschlossen hatten.

Dennoch entschieden Kayog und ich uns, ein paar Worte zu wechseln. Sie nickte uns zu, um uns zu signalisieren, dass wir fortfahren sollten.

„Kayog, du bist wie ein Wirbelwind in mein Leben getreten. Ich war nicht auf der Suche nach Liebe oder einem Partner. Aber in dem Moment, als ich dich sah, wusste ich es. Ich habe törichterweise versucht, mich zu wehren, aber manche Dinge lassen sich nicht leugnen. Das Schicksal hat uns zusammengeführt. Ich habe mich damals für dich entschieden, ich entscheide mich jetzt für dich und ich werde mich immer für dich entscheiden. Für dich würde ich sogar gegen die Götter selbst kämpfen, wenn es sein muss. Niemand hat mir jemals so viel Glück gebracht oder mich so erfüllt wie du. Du bringst mich zum Lachen und lässt mich die Wunder unserer Welt mit neuen Augen entdecken. Bei dir fühle ich mich sicher, respektiert, sogar verehrt. Jeder Moment an deiner Seite ist ein Segen. Ich schwöre, dich bis zu meinem letzten Atemzug zu lieben. Was auch immer die Zukunft für uns bereithält, ob Sturm oder strahlend blauer Himmel, nichts kann uns jemals trennen. Du bist mein Herz und meine Seele. Und ich gehöre für immer dir", sagte ich mit vor Emotionen erstickter Stimme.

Die Verehrung in seinen Augen und die Ausstrahlung, die von ihm ging, überwältigten mich. Seine Hände um meine verstärkten den Griff.

„In meiner dunkelsten Stunde hast du ein göttliches Licht auf mich geworfen, das mich zu einem Frieden, einer Freude und einem Glück geführt hat, die ich nie für möglich gehalten hätte. Du hast für mich gekämpft, mich beschützt und mich geliebt, als ich völlig am Boden zerstört war. Du hast mir ein neues Leben geschenkt, eine wundervolle Familie, zu der ich gehöre, und eine Zukunft, die ich gemeinsam mit dir erkunden möchte, unabhängig von ihren Höhen und Tiefen. Ich gelobe, dein Partner, dein bester Freund und dein treuester Unterstützer zu sein. Ich verspreche, dich zu schätzen und zu ehren, dich bedingungslos zu lieben, egal welche Herausforderungen kommen, und dir ein sicherer Hafen zu sein, so wie du meiner bist. Mein Herz, mein Körper, meine Seele, alles, was ich bin, gehört dir und wird immer dir gehören. Ich liebe dich, Linsea."

Tränen stiegen mir in die Augen. Ich blinzelte, um sie zurückzuhalten. Unsere Blicke trafen sich, und ich ließ mich von ihm an seinen festen Körper ziehen. Wir ließen unsere Hände los, damit er meine Taille umfassen konnte. Gerade als ich meine Hände auf seine muskulöse Brust legte, blitzte es schelmisch in seinen schönen silbernen Augen.

„Und ich verspreche dir, dass ich dir immer den letzten Cracker überlassen werde, auch wenn ich ihn selbst unbedingt haben möchte", erklärte Kayog mit ausdrucksloser Miene.

Ich schnappte nach Luft, war sprachlos und brach dann zusammen mit dem Rest meiner Familie in Gelächter aus. Isobel schnaubte, kicherte dann und schüttelte den Kopf über meinen Partner. Ich hätte ihm eigentlich in den Hintern treten wollen, aber stattdessen wollte ich ihn nur umarmen und küssen. Schöpfer, er war einfach perfekt.

Und jetzt wollte ich einen Getreidekeks ...

Ich tippte ihm spielerisch auf die Brust, und er zog mich fester an sich, sein Gesicht strahlte Liebe und Belustigung aus. Er rieb seine Wange an meiner, und ich spürte, wie ich von innen heraus schmolz. Kayog lockerte seinen Griff und wandte sich mir zu, sein Schnabel an meinem.

Mein Magen flatterte vor Aufregung und Vorfreude auf das, was folgen würde. Isobel hielt eine Horac zwischen unseren Schnäbeln. Es war eine besondere Frucht, von der Größe und mit der unebenen Oberfläche einer Litschi, aber mit der weichen Haut eines Pfirsichs. Ihr Inneres ähnelte einer weißen Sternapfel, abgesehen von dem cremeweißen Nektar in der Mitte, der leuchtete. Der Horac besaß psychotrope Eigenschaften. In unserem Fall öffnete er unser drittes Auge noch weiter und ermöglichte es einem Paar, eine dauerhafte psychische Verbindung aufzubauen. Damit würden Kayog und ich in der Lage sein, die Emotionen des anderen auf einer noch tieferen Ebene wahrzunehmen und manchmal die Bedürfnisse des anderen zu antizipieren, sobald sie auftauchten.

Wir hielten den Horac zwischen unseren Schnäbeln und warteten darauf, dass Isobel zurücktrat und den Kreis schloss. Erst dann bissen Kayog und ich in die Frucht und schluckten jeweils eine Hälfte davon. Ein prickelndes Gefühl überschattete schnell die köstliche Süße der Frucht. Es begann auf meiner Zunge, glitt in meinen Hals und breitete sich dann in meinem ganzen Körper aus. Kayog und ich drückten unsere Stirnen aneinander und schlossen die Augen, während der Horac uns erfüllte.

Die melodiösen Stimmen meiner Familie erhoben sich um uns herum. Ein heftiger Schauer durchlief mich als Reaktion auf die spezifische Frequenz und die Töne, die unser drittes Auge stimulieren sollten. Sekunden später klatschten meine Familienmitglieder mit ihren Flügeln und erzeugten dabei ein leises Rasseln – nicht ganz wie Trommeln. Die schnellen Bewegungen ihrer Flügel und ihrer speziellen Schwungfedern verstärkten die Wirkung des Horac noch zusätzlich.

Kayog und ich öffneten unser psychisches Selbst weit, während wir uns aufeinander konzentrierten. Augenblicke später explodierte ein helles Licht vor meinem geistigen Auge. Die Welt um uns herum verschwand. Es existierte nichts außer meinem Partner, in mir und um mich herum. Ich fühlte mich erfüllt von seiner Gegenwart, seiner Liebe zu mir und allem, was er war, als wären wir zu einem einzigen Wesen geworden. Wir versanken buchstäblich in Trance, ohne Anfang, ohne Ende, nur eine Seele, die endlich wieder vereint war.

Und dann hörte ich es.

Es war eine eindringliche Melodie. Zuerst nur schwach, hallte sie in mir wider und schwoll zu einem hypnotisierenden Crescendo an. Ich wollte mich darin einhüllen, darin versinken und mich für immer in diesem bezaubernden Lied sonnen. Ich hatte so etwas noch nie zuvor erlebt – und auch noch nie davon gehört, dass dies einem anderen Temern-Paar passiert wäre. Da wurde mir klar, dass es das Lied unserer Seelen war, das in perfekter Harmonie spielte.

Jetzt verstand ich, warum er es so sehr liebte.

Etwas legte sich in mir, als sich unsere Verbindung festigte. Das Kribbeln ließ allmählich nach, zusammen mit unserer benommenen Trance, als die Realität zurückkehrte. Aber das träge Gefühl des Wohlbefindens blieb, als ich langsam meine Augen öffnete. Ich sah meinem Seelenverwandten in die Augen, und erneut drohten mir Tränen in die Augen zu steigen. Niemand sollte so lieben können wie er. Und er liebte mich ... Linsea.

Seine Flügel umhüllten mich und schützten uns vor neugierigen Blicken, während er den Kuss vertiefte. Der Gesang und das Flügelklatschen verstummten, gefolgt von den Jubelrufen unserer Freunde und Familie.

Wir unterbrachen den Kuss nur sehr widerwillig und genossen ein letztes Mal die Umarmung des anderen, bevor wir uns unseren Gästen zuwandten. Ich kicherte wie ein alberner Teenager, als uns alle nacheinander umarmten und gratulierten. Dann genossen wir die Snacks und Getränke, die auf einem Tisch links neben dem Brunnen bereitstanden, während eine atemberaubende Statue der Syllen-Göttin Etreya mit wohlwollendem Blick auf uns herabblickte.

„Mares und ich werden uns in zwei Wochen ebenfalls verbinden, nachdem ich meine aktuelle Mission abgeschlossen habe", sagte Tala in verschwörerischem Ton, bevor sie einen weiteren Schluck Wein nahm. „Und dann werden wir einen Monat später heiraten, sobald ich mein *Veris* habe, um das ganze Weinreben-Verflechten zu machen."

Obwohl sie es so sagte, als wäre es etwas Seltsames, strahlten ihre Aufregung und Vorfreude hell. Sie war genauso verliebt in ihren Partner wie ich in meinen.

„Herzlichen Glückwunsch!", rief ich aus. „Es war an der Zeit, dass er dich zu einer ehrbaren Frau macht."

Wie erwartet schnaubte sie bei diesem menschlichen Spruch. „Es braucht weit mehr als das, um mich zu einer ehrbaren Frau zu machen. Unfug und Ärger machen sind meine zweiten Vornamen. Und auch Teil meines unwiderstehlichen Charmes."

„Keine Lügen entdeckt", sagte ich mit einem Lachen.

„Ich muss mir allerdings etwas einfallen lassen, um dich zu übertrumpfen. Diese Kulisse ist atemberaubend und die Zeremonie war wunderschön", sagte Tala nachdenklich.

Ich schnaubte. „Das wird dir nicht schwerfallen. Edocit-Hochzeitszeremonien sind wunderschön, mit all den ineinander verschlungenen Ranken und dem Kreislauf des Lebens. Es muss wunderbar sein, nicht nur die Liebe deines Lebens zu heiraten, sondern auch das Land, das dich willkommen heißt", sagte ich wehmütig.

Ihr Gesicht wurde weicher, und sie nahm eine Haltung der Verwunderung und Verletzlichkeit ein, die sie selten zeigte.

„Ich kann es kaum erwarten. Ich habe seinen Mutterbaum

kennengelernt und das Land schon oft besucht. Ich freue mich darauf, eins mit ihnen zu sein. Aber heute dreht sich alles um dein Glück. Und im Moment glaube ich, dass es Zeit für dich ist, ungezogen zu sein."

„Tala!", rief ich aus, meine Wangen glühten vor Verlegenheit, was sie auf die unverschämteste Art zum Lachen brachte.

„Ich sage nur die Wahrheit. Es ist Zeit für Unartigkeiten für euch beide", sagte sie und zwinkerte mir anzüglich zu.

Zu meiner Bestürzung erregten mich ihre Worte sofort. Und unsere Verbindung machte Kayog sofort auf meine Bedürfnisse aufmerksam. Er drehte seinen Kopf in unsere Richtung, und unser Blickkontakt fühlte sich wie ein physischer Schlag an. Meine Krallen krümmten sich, und mein Magen flatterte.

Er lächelte und streckte mir seine Hand entgegen.

„Viel Spaß", flüsterte Tala, als ich zu meinem Partner ging.

Ich nahm seine Hand, und unsere Freunde und Familie umarmten uns zum Abschied, Worte waren überflüssig.

Hand in Hand erhoben Kayog und ich uns in die Lüfte. Er hob anmutig ab, seine kastanienbraunen Federn wurden vom sanften Schein des Mondlichts gestreichelt.

Wir schwebten durch den Himmel, wirbelten und drehten uns in einem improvisierten Luftballett. Wir tanzten zur Melodie unserer Seelen und zum Rhythmus unserer Herzen, die in perfekter Harmonie schlugen. Ich hatte mich immer gefragt, wie sich mein Hochzeitsflug anfühlen würde. Nie hätte ich mir vorstellen können, mit jemandem so vollkommen im Einklang zu sein.

Verloren in meinem Partner, bemerkte ich nicht, wie weit er uns von neugierigen Blicken entfernt hatte. Unter uns wich ein üppiger Wald einem großen Gewässer. Das Mondlicht auf seiner Oberfläche ließ es wie einen Ozean aus kostbaren Edelsteinen schimmern. Aber Kayog zog mich eng an seinen Körper und verdrängte alle Gedanken an unsere Umgebung.

Instinktiv passte ich das Flattern meiner Flügel an seine an, als er meinen Mund mit einem leidenschaftlichen Kuss eroberte. Seine Hände wanderten mit wachsender Dringlichkeit über mich, streichelten und erkundeten mich mit einer Besitzergreifung, die mich vor Verlangen pochen ließ. Er löste sich von mir, um sein Gesicht an meinem Körper zu reiben. Ich schlug gerade so stark mit den Flügeln, dass ich an Ort und Stelle schweben blieb. Seine Hand, die die geschlossene Naht zwischen meinen Schenkeln erforschte, veranlasste mich, sie zu öffnen. Mein Partner versenkte zwei Finger in meiner Spalte und entlockte mir einen erstickten Schrei.

Das brachte mich für den Bruchteil einer Sekunde aus dem Gleichgewicht, aber ich passte meine Bewegungen schnell an, um halbwegs unbeweglich zu bleiben. Der Hochzeitsflug konnte eine Herausforderung sein, trug aber auch dazu bei, die neue Verbindung zu festigen, indem er uns zwang, uns wirklich aufeinander einzustimmen. Und der Nervenkitzel und der Hauch von Gefahr, der damit einherging, waren das größte Turn-on.

Ein Blitz der Lust explodierte in meinem Inneren, als Kayog sich so weit fallen ließ, dass er meinem Beckenbereich gegenüber schwebte. Ich schrie auf, als er mein rechtes Bein über seine Schulter hob, während er mich mit der anderen Hand weiter fingerte. Es war ein riskantes Manöver, da mein Fuß gegen seinen Flügel hätte stoßen können. Sein Mund ersetzte seine Finger und brachte mich zum Schreien, als er mein anderes Bein geschickt über seine rechte Schulter legte. Ich hielt mich an seinem Kopf fest, während in mir ein Inferno tobte, als seine Zunge gierig in mein Innerstes eindrang.

Kayog hielt uns mit langsamen, kontrollierten und kraftvollen Flügelschlägen in der Luft. Ich benutzte meine Flügel kaum, außer um unsere vertikale Position anzupassen, während er mich weiter verschlang. Die Lust stieg schnell an, verstärkt durch die Emotionen, die frei durch unsere Verbindung flossen. Seine Erregung könnte genauso gut meine sein. Ich konnte auch das brennende Verlangen in seinen Lenden spüren, mich auf seinen Schwanz zu senken und mich besinnungslos zu nehmen.

Ich konnte nicht sagen, ob es dieser Gedanke oder seine Reaktion auf meine eigenen Gedanken war, die mich so sehr erregten, aber es brachte mich über den Rand. Ich schrie auf und warf meinen Kopf zurück, als mein Höhepunkt mich überrollte. Die plötzliche Bewegung brachte mich ins Straucheln. Das hätte mir Angst machen sollen, aber die selbstgefälligen und siegreichen Emotionen, die von Kayog ausgingen, hielten mich auf einem Hoch.

Er fing mich mit einer schnellen Bewegung auf und zog mich an sich, während der Wind an uns vorbeipfiff. Die Welt drehte sich um uns herum, als er seinen Lufttanz fortsetzte, Herz an Herz, während die fließenden Federn seines Schwanzes bei jedem Tiefflug meine Beine streichelten.

Gerade als ich wieder zu mir kam, spürte ich, wie er sich zurückzog. Er musste weder etwas sagen noch mich irgendwie anstupsen, damit ich meine Beine um seine Hüfte schlang. Wir sahen uns in die Augen, und eine stille Kommunikation fand zwischen uns statt. Ich hielt mich mit meinem linken Arm an seiner Schulter fest, schob meine freie Hand zwischen uns und streichelte seinen Schwanz ein paar Mal. Schöpfer, seine Lust durchflutete mich mit solcher Kraft, dass ich fast wieder gekommen wäre. Ich liebte es, wie seine silbernen Augen vor Lust dunkel wurden und ihre Intensität mir einen köstlichen Schauer über den Rücken jagte.

Ich richtete seinen Schwanz auf meine Öffnung aus und senkte mich auf ihn, während er nach oben stieß. Verdammt! Er fühlte sich noch dicker an als sonst, obwohl er mich feucht und entspannt gemacht hatte. Kayog verschluckte meine Stöhngeräusche in einem gierigen Kuss, als er begann, in mich zu stoßen. Jede Bewegung trieb mich mit Glückseligkeit in den Wahnsinn. Die gewundenen Rillen seines Schafts verschafften mir immer die köstlichsten Empfindungen. Aber es waren seine *Ganacs* –

die unglückseligen Unebenheiten an der Spitze seines Schwanzes –, die mich um den Verstand brachten.

Sie wurden entwickelt, um die erogenen Nervenenden in den inneren Wänden einer Temern-Frau zu stimulieren. Allerdings waren sie auch für Männer äußerst empfindlich. Und jetzt, jedes Mal, wenn sie an mir rieben, schickten sie elektrische Funken der Ekstase durch Kayog und über unsere Verbindung direkt zurück zu mir. Die sensorische Überlastung ließ mich sofort schreien, als mich ein weiterer brutaler Orgasmus mitriss.

Die Welt unter uns verschwand, als wir körperlich eins wurden und durch den sternenklaren Ozean des Nachthimmels schwebten. Mein ganzer Körper zitterte und brannte von innen heraus, während Welle um Welle der Lust über mich herein-brach. Ich fühlte mich, als würde ich gleich in Flammen aufge-hen, doch der Wind, der an uns vorbeirauschte, hinderte mich daran, zu verbrennen.

Durch seine eigene Glückseligkeit stieß Kayog unerbittlich in mich hinein und entriss mir einen Orgasmus nach dem ande-ren, bis ich mich am Rande des Zerbrechens fühlte. Mehr als einmal hätte Kayog sich fast meiner Stimme angeschlossen, aber mit einer beinahe göttlichen Selbstbeherrschung schaffte er es, sich vom Abgrund zurückzuziehen, um mich weiter zu beglücken.

Und schließlich, nachdem er mir den fünften oder sechsten Höhepunkt entrissen hatte – ich hatte den Überblick verloren –, gab Kayog sich seiner eigenen Erlösung hin. Seine Lust traf mich mit solcher Gewalt, dass mich ein helles Licht blendete und mein Gehirn erstarrte. Die Zeit stand still. Für einen Moment fragte ich mich, ob ich aus meinem Körper gerissen worden war, bis meine Haut zu kribbeln begann. Sein Samen ergoss sich in mir und badete mein geschundenes Inneres, während er sich weiter in mir bewegte, bis er völlig erschöpft war.

Er eroberte meinen Mund zurück, unsere Zungen vermischten sich in einem gemeinsamen Atemzug, während

Funken der Ekstase jede meiner Nervenenden durchzuckten. Es war süß und zärtlich, ohne die fast rasende Leidenschaft, die so hell zwischen uns gebrannt hatte. Es war ein Versprechen, ein Gelübde, ein Siegel für die unzerbrechliche Verbindung zwischen uns. Eingehüllt in einen Kokon aus Liebe und Hingabe, verbunden in Körper und Seele, glitten wir dem Horizont entgegen, einer Zukunft voller unendlicher Möglichkeiten.

KAPITEL 20

KAYOG

Ich betrat den großen Versammlungssaal, in dem das Galaktische Handelssymposium stattfand. Wichtige Persönlichkeiten, hochrangige Politiker, Unternehmer, Händler, Lobbyisten und alle anderen, die in irgendeiner Form mit Handel zu tun hatten, drängten sich in diesem Raum und der angrenzenden Kunstgalerie. Im Rahmen der Veranstaltung waren bildende Künstler aus den teilnehmenden Planeten eingeladen worden, ihre besten Werke in dieser exklusiven Kunstausstellung zu präsentieren.

Keine Worte konnten beschreiben, wie sehr ich mich hier fehl am Platz fühlte. Es war nicht so, dass ich nicht über das Wissen und die Kompetenz verfügte, um mich mit diesen Leuten zu unterhalten. Ich hatte einfach Schwierigkeiten, meine Anwesenheit zu rechtfertigen und zu erklären, wie sie irgendjemandem nützen könnte. Sicher, ich verstand, dass Colin wollte, dass ich zu möglichst vielen Persönlichkeiten, die irgendeinen Einfluss auf die Regierungen und Führungsgremien verschiedener Spezies hatten, eine Beziehung aufbaute. Aber wie sollte man als Heiratsvermittler überhaupt ein erstes Gespräch beginnen?

Wäre meine wunderschöne Frau nicht an meiner Seite

gewesen – verdammt, ich liebte es, sie so zu nennen –, hätte ich mich wahrscheinlich direkt auf einen der Tische gestürzt, die mit ausgefallenen Amuse-Bouches und vorgefüllten Gläsern mit verschiedenen Weinen gedeckt waren. Ich war weder hungrig noch durstig. Tatsächlich vermied ich es normalerweise, bei solchen Veranstaltungen zu essen, da dort immer Speisen aus verschiedenen Welten angeboten wurden. Wenn man nicht genau wusste, wer sie zubereitet hatte und wie, war es ratsam, nicht zu mutig zu sein, es sei denn, man war bereit, den Rest des Abends mit dem Gefühl zu verbringen, dass sich der Magen aus dem Körper herausschneiden wollte. Aber Essen und Trinken würden mir etwas zu tun geben – oder besser gesagt, eine Ausrede, um nicht mit Leuten reden zu müssen.

Linsea spürte meine Unruhe und drückte beruhigend meine Hand. Die Welle der Liebe, die sie durch unsere Verbindung sandte, beruhigte mich auf eine Weise, die sich nicht beschreiben ließ. Ich drückte ihre Hand zurück, und Dankbarkeit erfüllte mein Herz. Es ärgerte mich, dass ich so bedürftig und unsicher war, obwohl ich stattdessen mein Bestes geben sollte, um sie zum Strahlen zu bringen und den Anwesenden klarzumachen, was für eine großartige Botschafterin sie bald sein würde.

Anstatt mit den Personen zu interagieren, die sie kannte oder mit denen sie Kontakt aufnehmen sollte, führte Linsea mich zur Galerie. Ich verstand vollkommen, dass sie dies tat, um mir die Möglichkeit zu geben, mich weiter zu entspannen, bevor ich mich in die Gesellschaft stürzte. Schöpfer, wie sehr ich diese Frau liebte. Da ich an die Öffentlichkeit gewöhnt war, zweifelte ich nicht an meiner Fähigkeit, mich schnell anzupassen. Aber ich begrüßte dennoch diese zusätzliche Atempause, die es mir auch ermöglichte, die Emotionen der Anwesenden oberflächlich zu scannen. Es war ein unschätzbares Hilfsmittel, das mir gestattete, meine Herangehensweise an jede einzelne Person auf der Grundlage der Energie, die sie ausstrahlte, anzupassen.

Trotz allem genoss ich die Vielfalt der ausgestellten Werke

wirklich. Einige waren viel schwieriger zu verstehen, da sie so weit von der gängigen Definition von Kunst entfernt waren, dass man nicht wirklich wusste, wie man darauf reagieren sollte. Andere konnte man nur dann vollständig würdigen, wenn man über bestimmte Fähigkeiten verfügte, die der jeweiligen Spezies eigen waren und es dem Betrachter ermöglichten, andere Dimensionen der Kunst wahrzunehmen, die sie vervollständigten. In einigen Fällen wurde neben der Ausstellung eine spezielle visuelle Hilfe bereitgestellt, damit die Betrachter ihre anatomischen Einschränkungen ausgleichen konnten.

„Ein wunderschönes Werk, nicht wahr?", sagte plötzlich eine männliche Stimme hinter uns, als wir eine prächtige Skulptur eines geflügelten Pferdes bewunderten, das von einer menschlichen Frau umarmt wurde.

Wir drehten uns um und sahen Taylor Darby und seinen Bruder Lucas. Er war der Chef eines mächtigen Konglomerats, das in viele außerirdische Unternehmen „investierte", meist unter weniger entwickelten Spezies. Obwohl legal, konnten Taylors Praktiken moralisch als fragwürdig angesehen werden. Er kaufte oder erwarb oft Kontrollanteile an Unternehmen in Schwierigkeiten und optimierte sie, um den Gewinn zu steigern – was in der Regel massive Entlassungen, Automatisierung und eine starke Abkehr von der kulturellen Authentizität der hergestellten Produkte bedeutete. Letztendlich kam dies selten der lokalen Bevölkerung zugute.

Ohne seine Investitionen wären viele dieser Firmen jedoch komplett geschlossen worden, was für diese Gemeinden noch schädlicher gewesen wäre. Das machte ihn jedoch weder zu einem Heiligen noch zu einem altruistischen Menschen.

„Sehr schön", sagte Linsea. „Ich liebe fantastische Kreaturen. Und die menschliche Mythologie hat sicherlich eine erstaunliche Vielfalt davon zu bieten."

„Ja, das hat sie. Und es hat mich immer überrascht, dass wir nach dem Besuch Hunderter anderer Welten noch nie ein Flugtier gefunden haben, das unserem Pegasus in nichts nachsteht", sagte er nachdenklich. „Aber entschuldigen Sie bitte meine Unhöflichkeit, dass ich mich nicht vorgestellt habe."

„Taylor und Lucas Darby", sagte meine Gefährtin vorwegnehmend mit einem charmanten Lächeln. „Es wäre skandalös, wenn ich nicht wüsste, wer Sie sind."

„Sie schmeicheln uns und bringen uns in Verlegenheit ...", fügte er verlegen hinzu.

Trotz seiner entschuldigenden Haltung passte der berechnende Glanz in seinen schwarzen Augen perfekt zu den kalten Emotionen, die von ihm ausgingen. Er war ein Raubtier, das potenzielle Beute in seiner Nähe einschätzte. Ohne unsere empathischen Fähigkeiten wären wir wahrscheinlich auf sein charmantes Auftreten hereingefallen. Groß, schlank, elegant gekleidet in einem schwarzen Anzug und einem weißen Hemd mit dunkelblauer Krawatte, war er die Verkörperung des gepflegten Geschäftsmannes. Sein markantes, gutaussehendes Gesicht, umrahmt von ordentlich geschnittenem dunkelbraunem Haar, würde viele Frauen dazu bringen, sich in seiner Gegenwart Luft zuzufächeln.

Sein jüngerer Bruder – mit dem er dieselbe Mutter, aber unterschiedliche Väter teilte – besaß dieselbe Art von Hai-Energie. Seine grünen Augen sprühten vor Intelligenz. Was auch immer ich von ihnen hielt, diese Männer strahlten eine unerschütterliche Loyalität zueinander aus, was durchaus lobenswert war.

„Es ist keine Schande, mich nicht zu kennen", erklärte Linsea freundlich. „Mein Name ist Linsea Voln, und ich bin seit kurzem bei der IPO beschäftigt. Ich bin hier, um neue Kontakte zu knüpfen und mir ein Bild von einigen der Herausforderungen zu machen, die nicht so breit behandelt werden, aber unsere Mitglieder plagen. Daher werden Sie mich in Zukunft sicher noch oft sehen."

„Linsea? Ich habe viel Gutes über eine Temern namens

334

Linsea gehört. Aber ich glaube, sie hieß Linsea Kenna", sagte Taylor überrascht, obwohl ich vermutete, dass er die Antwort bereits kannte.

„Wir sind ein und dieselbe Person. Das ist mein wunderbarer Ehemann, Kayog Voln. Wie die Menschen sagen, haben wir vor knapp zwei Wochen den Bund der Ehe geschlossen."

„Es freut mich, Sie kennenzulernen", erwiderte Taylor begeistert, bevor er mir die Hand reichte.

Es verwirrte mich immer noch, dass Menschen dies instinktiv taten, zumal es bestimmten Spezies unangenehm war. In manchen Kulturen berührte man niemanden, es sei denn, es handelte sich um einen Blutsverwandten, den Partner oder einen Verbrecher, der entweder ins Gefängnis gebracht oder hingerichtet werden sollte. Da dies jedoch nicht im Widerspruch zu meiner eigenen Kultur stand, schüttelte ich ihm gerne die Hand, bevor ich dasselbe mit seinem Bruder tat.

„Was machen Sie beruflich, wenn ich fragen darf?", fragte Taylor mich. „Sind Sie Verhandlungsführer oder Botschafter wie Ihre Partnerin?"

Wieder einmal hatte ich das starke Gefühl, dass er genau wusste, wer und was ich war. Plötzlich wurde mir klar, dass er nicht zufällig hierhergekommen war und dieses Gespräch über eine menschliche Kunstform, auf die er stolz war, begonnen hatte. Dieser Mann hatte ein riesiges Team, das gründliche Hintergrundüberprüfungen der Unternehmen, die er möglicherweise erwerben wollte, sowie der Personen, die sie leiteten, durchführte. Ich zweifelte nicht daran, dass er vor dieser Veranstaltung ähnliche Nachforschungen über viele, wenn nicht sogar alle Teilnehmer angestellt hatte. Informationen waren das wichtigste Werkzeug und der größte Hebel im Geschäftsleben.

„Überhaupt nicht", sagte ich enthusiastisch, während ich meine Angst, Linsea in Verlegenheit zu bringen, die wieder hochkommen wollte, mit Füßen trat. „Ich bin ein Heiratsvermittler für primitive Außerirdische."

Die Art und Weise, wie er seine Überraschung vortäuschte, beseitigte jeden Zweifel, den ich noch gehabt haben könnte, dass diese ganze Unterhaltung inszeniert war. Seine Emotionen strotzten vor Spott, gemischt mit einem Hauch von Verachtung.

„Ein Heiratsvermittler?! Das hätte ich nicht erwartet. Aber für primitive Außerirdische?", sagte Taylor verwirrt, während sein Bruder nickte, was darauf hindeutete, dass auch er von diesem Teil verwirrt war. „Warum sollte sich jemand auf primitive Außerirdische einlassen und einige Schritte in der Entwicklung zurückmachen? Sind die Menschen wirklich so verzweifelt nach Liebe, dass sie sich damit zufriedengeben würden?"

Ich musste meine ganze Willenskraft aufbringen, um einen neutralen Gesichtsausdruck zu bewahren, während er seinen respektlosen Unsinn von sich gab. Ein Teil von mir glaubte, dass er absichtlich versuchte, mich zu provozieren oder mich einfach nur in Verlegenheit zu bringen, wie es jeder gute Tyrann tun würde.

„Die Menschen *fallen* nicht *zurück* oder *geben* sich mit primitiven Außerirdischen zufrieden", erwiderte Linsea in einem ruhigen, aber leicht vorwurfsvollen Ton. „Der technologische Fortschritt einer Spezies bestimmt nicht ihren Wert als Individuum. Liebe kümmert sich nicht darum, ob man Warpgeschwindigkeit erreicht hat oder nicht."

„Da stimme ich Ihnen zu", räumte Taylor ein.

„Aber warum konzentrieren Sie sich auf primitive Außerirdische?", fragte Lucas, diesmal mit echter Neugier, obwohl seine Verachtung für eine Gruppe, die er für minderwertig hielt, immer noch von ihm und seinem Bruder ausging.

„Weil ich sie und ihre Bedürfnisse besser verstehe als jeder andere da draußen", erklärte ich in einem nonchalanten, aber selbstbewussten Tonfall.

Wie erwartet, hoben beide Brüder skeptisch die Augenbrauen.

„Ist das so?", fragte Taylor. „Worauf stützen Sie diese Behauptung?"

„Ich habe einen Master-Abschluss in Xenobiologie, einen zweiten in galaktischer Geschichte mit Schwerpunkt auf primitiven Spezies, und schreibe derzeit meine dritte Masterarbeit über die Oberste Direktive", stellte ich sachlich fest. „Ja, nur sehr wenige Wesen können von sich behaupten, diese Gemeinschaften besser zu verstehen. Es gibt bereits eine Milliarde Partnervermittlungsagenturen. Aber keine davon richtet sich an diese Gruppe, vor allem, weil nicht wissen, wie sie das anstellen sollen."

„Was Kayog nicht erwähnt hat, ist die Tatsache, dass seine Vermittlungen zu 100 % zutreffend sind, im Gegensatz zu dem völligen Glücksspiel, das andere Agenturen anbieten. Er hat ein einzigartiges Talent, für das die Konkurrenz alles geben würde", erklärte Linsea stolz.

Zu hören, wie sie sich so für mich einsetzte, war für mich das Lustigste überhaupt. Natürlich hatte ich nichts anderes von ihr erwartet. Aber es waren die Emotionen, die sie dabei ausstrahlte, die mein Selbstvertrauen wirklich stärkten. Wenn eine so wunderbare Frau so stolz auf mich sein konnte, wie ich war, warum zum Teufel untergrub ich mich dann selbst mit dummen Zweifeln?

Taylor öffnete den Mund, um noch etwas zu sagen – vermutlich, um meine Genauigkeit anzuzweifeln –, aber ein männlicher Stornianer unterbrach ihn mit einer Begrüßung.

„Na, na, wen haben wir denn hier!", rief der Stornianer mit gespielter Überraschung aus. „Taylor und Lucas Darby! Wir sehen uns wieder!"

Wie für seine Spezies typisch, war der Stornianer ein imposanter Mann. Seine kohlschwarze Haut, seine breiten Schultern und die Stacheln, die seinen kahlen Kopf bedeckten, würden von den meisten Wesen als sehr einschüchternd empfunden werden. Eine Handvoll dunkler Schuppen bedeckte seinen Körper, von denen einige viel länger waren und leicht hervorstanden. Letztere waren vom gleichen Typ wie die Hörner, die seinen Kopf schmückten. Bei Gefahr richteten sich die dunkleren „Schuppen" wie bösartige Stacheln auf, die jedem Feind, der versuchte, ihn zu berühren, schwere Verletzungen zufügten.

Trotz seiner spitzen Ohren, die normalerweise mit Elfen in Verbindung gebracht wurden, nahmen andere oft fälschlicherweise an, dass seine Spezies mit Drachen verwandt sei, insbesondere wenn man seinen langen, echsenartigen Schwanz betrachtete. Aber die blitzförmigen, dunkleren Muster auf bestimmten Bereichen seiner Haut erzählten eine andere Geschichte. Menschen verglichen Stornianer oft mit Steinelementaren oder Golems.

Eine junge weibliche Begleiterin hielt sich still an seiner Seite auf. Sie schien kaum älter als zwanzig zu sein. Obwohl sie im Vergleich zu ihm zierlich war – wie es bei den Stornianerinnen üblich war –, hatten sie unbestreitbare Gemeinsamkeiten, die sie entweder als seine Tochter oder als seine viel jüngere Schwester auswiesen. Ich tendierte eindeutig zu Ersterem.

„Kateros Granger", sagte Taylor mit höflicher Stimme, gerade so freundlich, ohne zu herzlich zu wirken. „Ich hätte nicht erwartet, Sie hier zu sehen."

Ich zuckte innerlich bei dieser wenig subtilen Stichelei zusammen. Obwohl der Neuankömmling es offenbar nicht bemerkte, hatte Darby angedeutet, dass sein Geschäft nicht hochrangig genug war, um seine Anwesenheit bei diesem Symposium zu rechtfertigen. Kateros war mit einer Mission hier, und diese schien die beiden Brüder stark zu betreffen.

„Bitte begrüßen Sie unsere neuen Freunde, Linsea und Kayog Voln", sagte Taylor und winkte abwechselnd meiner Partnerin und mir zu.

Ich unterdrückte ein Lächeln, als der Stornianer uns kaum einen Blick schenkte.

„Kateros Granger. Freut mich, Sie kennenzulernen", antwortete der Stornianer, nickte jedem von uns fast abweisend zu und wandte sich dann wieder Taylor zu.

„Ich würde dieses Ereignis um nichts in der Welt verpassen wollen. Aber haben Sie schon meine wunderschöne Tochter Shaya kennengelernt?", fragte Kateros und legte seine Hand auf ihren Rücken, um sie nach vorne zu schieben.

Sofort stieg Wut in mir auf. Dank meiner Studien wusste ich genau, wie verbreitet arrangierte Ehen bei bestimmten Spezies waren. In diesem Fall versuchte Kateros nicht einmal, seine Absicht, seine Tochter gegen ein vorteilhaftes Geschäftsabkommen einzutauschen, zu verbergen. Das Traurige daran war, dass dies für ihn ganz normal war und er es keineswegs als beleidigend oder respektlos gegenüber seinem Kind empfand. Außerdem konnte ich seine echte Zuneigung zu ihr spüren.

Wenn er tatsächlich einen Heiratsantrag von einem der Brüder erhalten würde, würde man ihm zugutehalten, dass er für seine Tochter hervorragende Arbeit geleistet hatte. Für die Stornianer ging es bei der Ehe nicht um Liebe, sondern darum, das Wohlergehen und die Zukunft der Blutlinie zu sichern. Es ging darum, den eigenen Status zu stärken.

Die Resignation, die Shaya ausstrahlte, war herzzerreißend. Sie würde sich an jede Vereinbarung halten, die ihr Vater getroffen hatte, weil es ihre Pflicht als sein Kind war. Zumindest waren diese Verbindungen in keiner Weise frauenfeindlich. Söhne und Töchter wurden gleichermaßen in jedem Geschäft getauscht, das die Eltern für vorteilhaft hielten.

„Das Vergnügen hatte ich vor einigen Jahren", gab Taylor zu und ließ seinen Blick anerkennend über die junge Frau schweifen. „Damals waren Sie noch ein Kind. Aber Sie haben sich zu einer wunderschönen Frau entwickelt."

„Sie schmeicheln mir", antwortete Shaya mit genau dem richtigen Maß an Zurückhaltung und Höflichkeit.

Obwohl es mich ärgerte, die begehrlichen Gefühle zu spüren, die sowohl von Taylor als auch von seinem Bruder ausgingen, war ich zumindest erleichtert, dass keiner von beiden sie auf eine anzügliche oder respektlose Weise ansah. Es war nichts Falsches daran, dass ein Mann von einer attraktiven Frau erregt wurde, und Shaya war zweifellos attraktiv. Aber beide Männer waren fast doppelt so alt wie sie und hatten offensichtlich kein Interesse daran, sich mit ihr niederzulassen. Warum sollten sie auch, wenn sich einige der reichsten und bestvernetzten Frauen der Galaxis ihnen gerne an den Hals warfen? Ich konnte nur hoffen, dass ihr Interesse daran, mit ihr zu schlafen, auch dabeibleiben würde – als natürliche sexuelle Anziehung zwischen kompatiblen Erwachsenen, und nicht als etwas, das sie in die Tat umsetzen würden. Es war jedoch etwas anderes, das meine Aufmerksamkeit auf sich zog.

Ihr Seelenlied kam mir bekannt vor.

„Sie ist mein ganzer Stolz", sagte Kateros und streckte seine breite Brust heraus. „Shaya ist mein größter Schatz, mein Unternehmen kommt erst an zweiter Stelle."

„Und welche Firma wäre das?", fragte meine Gefährtin.

„Die Granger Mining Corporation, der größte Lieferant von Azonit und anderen seltenen Metallen auf Khelesar, unserer Heimatwelt", prahlte Kateros, bevor er Taylor einen wenig subtilen Blick zuwarf, um dessen Reaktion auf seine Behauptung zu beurteilen.

„Ah ja! Azonit ist eine Säule der stornianischen Wirtschaft", sagte Linsea.

Sie dachte angestrengt über etwas nach, das damit zu tun hatte. In diesem Moment wünschte ich mir, ich könnte ihre Gedanken lesen.

„Absolut. Es ist ein Metall, das in der ganzen Galaxis sehr begehrt ist. Unser Auftragsbuch ist überfüllt", antwortete Kateros, diesmal direkt Taylor zugewandt. „Ehrlich gesagt sind wir an einem Punkt angelangt, an dem es fast unmöglich sein wird, die Nachfrage zu befriedigen, wenn wir nicht expandieren."

Ich spürte genau den Moment, in dem Taylor von einer

lockeren Unterhaltung in den Geschäftsmodus wechselte. Und das war eindeutig kein gutes Zeichen für den Stornianer.

„Ja, Azonit ist ein fantastisches Metall. Es ist schade, dass seine Gewinnung so enorme Mengen an gefährlichen Abfällen verursacht", sagte Taylor in einem höflichen Ton, der jedoch deutlich machte, dass er kein Interesse hatte. „Wäre das nicht der Fall, würden Investoren Ihnen sicher die Tür einrennen, um Ihnen bei diesem Vorhaben zu helfen."

Die Hoffnung in Kateros' Augen erlosch augenblicklich, obwohl er noch einmal einen letzten Versuch unternahm.

„Der Abfall ist natürlich ein Problem, an dessen Lösung wir fleißig arbeiten. Aber mit den richtigen Investoren könnten wir die Situation schnell ändern und allen Beteiligten enorme Gewinne garantieren", antwortete der Stornianer eifrig.

„Es würde Jahre, wenn nicht Jahrzehnte dauern, bis sich diese Anfangsinvestition amortisiert hätte", entgegnete Taylor in etwas kühlerem Ton. „Andere, kleinere Bergbauunternehmen haben ihre Ausrüstung und Methoden bereits so optimiert, dass sie den vorgeschriebenen Richtlinien entsprechen. Die IPO geht rigoros gegen Umweltverstöße vor. Niemand möchte sich damit ihre Feindschaft zuziehen."

„Wie mein Vater sagte, haben wir fleißig daran gearbeitet, unsere Infrastruktur, Einrichtungen und Methoden zu verbessern, damit wir die Verordnung weiterhin einhalten", warf Shaya ein, mit einer Zuversicht, die mich überraschte.

Zunächst war sie mir als unterwürfig und zurückhaltend aufgefallen. Aber jetzt konnte ich die Stärke und das Feuer erkennen, die sich hinter dieser zurückhaltenden Fassade verbargen. Das ergab Sinn, wenn man bedachte, was mir jetzt klar war.

„Sind Sie in der Firma Ihres Vaters tätig?", fragte ich, um meine Vermutungen zu bestätigen.

Sie nickte. „Ich bin tatsächlich Teil des Wissenschafts- und Forschungsteams und leite die Umwelt-Taskforce. Wir haben die durch unsere Aktivitäten verursachten giftigen Abfälle erheblich reduziert und arbeiten weiter daran, noch mehr Verbesserungen zu erzielen."

„Sie scheinen ziemlich jung für eine solche Position zu sein", warf Taylor in einem leicht herablassenden Ton ein, der mich dazu brachte, ihn ohrfeigen zu wollen.

„Ich schätze, manche von uns sind eben Wunderkinder", erwiderte sie mit einem Hauch von Sarkasmus, der ihren Vater dazu brachte, sich die Hand vor die Stirn zu schlagen, während ich am liebsten applaudiert hätte.

Ich liebte nichts mehr, als zu sehen, wie ein widerwärtiger Mistkerl in seine Schranken verwiesen wurde. Ihr armer Vater hoffte weiterhin, dass er irgendwie eine arrangierte Ehe zwischen den beiden zustande bringen könnte, um sein Geschäft zu retten. Aber selbst ohne meine empathischen Fähigkeiten konnte ich sehen, dass diese beiden niemals zusammenpassen würden. Sie hatte Rückgrat, er wollte eine Fußmatte.

Außerdem gehörte sie einem anderen.

„Manche Personen sind das ganz sicher", entgegnete ich mit einem zustimmenden Lächeln. „Aber wenn ich so frei sein darf, darf ich fragen, ob Sie verheiratet sind? Ihre Spezies heiratet in der Regel ziemlich jung."

„Meine Tochter ist völlig ungebunden!", rief Kateros aus und klang fast empört über die Andeutung, sie könnte nicht frei sein. „Aber sie ist in der Tat im perfekten Alter, um einen Partner zu finden, gemäß den Bräuchen unseres Volkes", fügte er hinzu und warf Taylor einen Blick zu.

Ich empfand eine Art stellvertretende Verlegenheit angesichts der fast verzweifelten Art, mit der er versuchte, das Unmögliche möglich zu machen.

„Das freut mich *sehr* zu hören!", sagte ich mit einer etwas übertriebenen Begeisterung, von der ich wusste, dass sie alle Aufmerksamkeit auf mich lenken würde.

„Warum das?", fragte Shaya überrascht.

„Weil ich zufällig Ihren Seelenverwandten kenne", antwortete ich selbstgefällig.

Alle starrten mich mit offenem Mund an, auch meine schöne Partnerin. Man hätte meinen können, eine Bombe wäre gerade in unserer Mitte explodiert.

„Was?", fragte Shaya schließlich, die sich als Erste wieder gefasst hatte.

„Ich kenne Ihren Seelenverwandten", wiederholte ich mit Überzeugung. „Ich habe mit ihm studiert."

„Er ist ein Temern?", rief sie aus.

Ich schüttelte den Kopf. „Nein. Er ist ein Daigan."

Taylor und Lucas schnaubten wie aus einem Munde und starrten mich ungläubig an. Ihre Verachtung für meinen Beruf – die während der Diskussion mit Kateros vorübergehend verblasst war – kehrte mit voller Wucht zurück. Nur dass sie mich diesmal für einen Scharlatan hielten.

Das war in Ordnung. In wenigen Minuten würden sie sich die Finger danach lecken.

„Ein Satyr?", wiederholte Lucas verblüfft.

Ich schenkte ihm ein nachsichtiges Lächeln. „Basierend auf der menschlichen Folklore wäre das ein fairer Vergleich, da sie viele Gemeinsamkeiten mit ihnen haben. Sein Name ist Straef Dharam. Er ist ein fantastischer junger Mann. Charismatisch, ehrgeizig, innovativ und extrem intelligent. Straef ist auch ein Wunderkind. Er hat seinen Abschluss drei Jahre früher gemacht als der Durchschnitt in seinem Fachbereich. Außerdem hat er mir eine wichtige Lektion in Demut erteilt, indem er mich systematisch bei Five Kings besiegt hat."

„Ich liebe Five Kings!", rief Shaya begeistert. „Niemand kann mich in diesem Spiel schlagen."

Ich lachte leise. „Sind Sie sich ganz sicher? Straef ist nach wie vor ungeschlagen. Ich glaube, Sie haben Ihren Meister gefunden … in mehr als einer Hinsicht."

„Auf keinen Fall. *Er* hat seine Meisterin gefunden. Ich werde ihm gerne beibringen, wie es geht", erwiderte sie und hob ihr Kinn mit einer entzückenden Geste der Trotzigkeit.

„Vorausgesetzt, du triffst ihn jemals", entgegnete ihr Vater mit strenger Stimme, bevor er mich finster anblickte. „Sie sollten ihr keine so wilden Gedanken in den Kopf setzen. Ein Daigan und ein Stornianer zusammen ergeben absolut keinen Sinn."

„Eigentlich macht es absolut Sinn", erwiderte ich selbstgefällig. „Ihre Spezies ist sehr gut miteinander kompatibel."

Er zuckte zurück und starrte mich an, als würde mein Gehirn nicht richtig funktionieren.

„Wie kommen Sie nur auf so etwas Verrücktes?", fragte er, und der Blick der beiden Brüder spiegelte seine Gefühle wider.

„Sie waren nicht dabei, als ich unseren Freunden hier erzählt habe, dass ich einen Master in Xenobiologie habe. Und ich versichere Ihnen, dass Eure Spezies absolut kompatibel sind. Und jetzt haben Sie mir klar gemacht, dass diese Verbindung das Beste ist, was Ihnen, Ihrem Unternehmen, Ihrem Volk und Straef passieren konnte."

„Meinem Geschäft?", wiederholte Kateros, diesmal mit einer Neugier, die seine Aggressivität etwas dämpfte. „Inwiefern würde eine Union mit einem Daigan meinem Geschäft nützen? Soweit ich weiß, handeln diese Leute nicht mit Metallen und Mineralien. Sie beschäftigen sich hauptsächlich mit Holzprodukten, Landwirtschaft und Tierzucht."

„Das stimmt, aber wie ich bereits erwähnt habe, ist Straef ein Visionär und geht immer neue Wege in Sachen Innovation", erklärte ich begeistert. „Letztes Jahr hat er sein Studium mit einer Abschlussarbeit über ein Insekt abgeschlossen, das in seiner Welt heimisch ist und unter sehr präzisen Bedingungen gezüchtet werden kann, um seine ansonsten sehr kurze Lebensdauer zu verlängern. Es hat sich herausgestellt, dass das Lumoth radioaktive und giftige Abfälle sicher fressen und in Energie umwandeln kann."

„Was?! Davon habe ich noch nie gehört", rief Kateros aus,

unsicher, ob er sich über diese Aussicht freuen oder sich darüber ärgern sollte, dass ich ihn vielleicht zum Narren hielt.

„Weil er sich in der Endphase der Entwicklung nachhaltiger Zuchtfarmen sowie der Umwandlungstechnologie befindet, um daraus eine riesige Industrie zu errichten. Er besitzt das Patent für seine Entdeckungen. Und sein Ziel ist es, diese Kreaturen in großem Maßstab zur Sanierung von Katastrophengebieten einzusetzen. Ein Gespräch zwischen Ihnen beiden könnte die Probleme, mit denen Sie derzeit konfrontiert sind, lösen oder massiv reduzieren."

„Das ... das wäre definitiv eine Überlegung wert", sagte Kateros, bevor er einen Blick mit seiner Tochter austauschte.

Auch sie sprühte vor Aufregung. Obwohl Shaya nicht besonders daran interessiert schien, Straef auf romantischer Ebene kennenzulernen, war sie sehr daran interessiert, Möglichkeiten zur Rettung ihres Familienunternehmens zu diskutieren und sich definitiv einem würdigen Gegner in einer Partie Five Kings zu stellen. Sie hatte keinen Grund zu glauben, dass ich tatsächlich erkennen könnte, wann zwei Wesen Seelenverwandte waren. Aber das wäre nur ein zusätzlicher Bonus gewesen.

Es waren jedoch die begeisterten Emotionen meiner Partnerin, die meine Aufmerksamkeit wieder auf sich zogen.

„Ich wusste nichts von diesen Lumoths", sagte Linsea nachdenklich. „Aber wenn Sie eine solche Zusammenarbeit eingehen, bietet die IPO viele Förderprogramme für alle Bemühungen zum Umweltschutz und insbesondere zur Reduzierung giftiger Abfälle."

„Wirklich?", sagte Kateros und wurde munter, während die beiden Brüder angespannt wirkten. „Was zum Beispiel?"

„Wenn das Projekt als vorteilhaft und nachhaltig eingestuft wird, besteht die Möglichkeit einer finanziellen Unterstützung", erklärte Linsea. „Es gibt aber auch andere Formen der Unterstützung, die angeboten werden können, wie beispielsweise Logistik, bestimmte Ausrüstung und sogar die Dienste hochqualifizierter Experten für einen kurzen Zeitraum, die für Sie völlig kostenlos sind. Die IPO widmet sich dem Umweltschutz sowohl für Entwicklungsplaneten als auch für Mitgliedsplaneten. Da dieses Projekt offenbar gerade in die Anfangsphase der Umsetzung eintritt, könnten alle, die an der Testphase teilnehmen, von einer größeren Unterstützung als üblich profitieren. Ich empfehle Ihnen dringend, sich damit zu befassen. Und wenden Sie sich gerne an mich, wenn Sie während des Prozesses Beratung oder Unterstützung benötigen."

„Ich bin auf jeden Fall daran interessiert, die Angelegenheit zu prüfen", bestätigte Kateros eifrig. „Ich werde wohl mit Ihrem Daigan sprechen, sobald er beginnt, um meine Tochter zu werben."

Ich unterdrückte den Drang zu lachen, der durch die Bestürzung der beiden Brüder noch verstärkt wurde. Sobald dieses Projekt anlief, würden Kateros und Straef wahnsinnige Gewinne erzielen. Eine Partnerschaft mit Kateros hätte den Brüdern Zugang zu dem Reichtum verschafft, der daraus entstehen könnte.

„Ich werde die Vorstellung umgehend arrangieren", sagte ich mit einem Lächeln. „Machen Sie sich keine Sorgen, meine liebe Shaya. Sobald Sie ihn kennengelernt haben, werden Sie mir dankbar sein. Wenn es darum geht, Seelenverwandte zusammenzubringen, liege ich nie falsch."

„Das werden wir bald herausfinden", antwortete sie höflich, wenn auch mit einem Funken Hoffnung.

„Wir werden uns auch diesen Straef und sein innovatives Unternehmen ansehen", warf Taylor ein. „Wenn diese Informationen stimmen, sollten wir vielleicht mögliche Kooperationen erneut in Betracht ziehen."

„Vielleicht", antwortete Kateros höflich.

Aber ich wusste bereits, dass Kateros nichts mehr mit Taylor zu tun haben wollte, sobald er die Bestätigung erhalten hatte, dass alle meine Aussagen der Wahrheit entsprachen. Mit Leuten wie ihm machte man nur Geschäfte, wenn man verzweifelt war.

Dieser Moment markierte eine radikale Veränderung in meinem Verständnis meiner Rolle und der Wirkung, die ich haben konnte. Zugegeben, solche vorteilhaften Verbindungen würden wahrscheinlich selten sein. Aber jede einzelne davon wäre ein großer Sieg. Und schon allein wegen des Stolzes und der Freude, die meine Partnerin in diesem Moment ausstrahlte, würde sich alles lohnen.

KAPITEL 21
LINSEA

Ich schwebte auf Wolke sieben und lebte mein bestes Leben mit dem tollsten Mann. Drei Monate nach dem Symposium konnte ich nicht aufhören, mich über ihn lustig zu machen, weil er so dumm gewesen war, zu glauben, dass die Leute auf ihn herabsehen würden. Sicher, gelegentlich kamen Idioten wie Taylor und sein Bruder mit einer arroganten Haltung auf ihn zu. Aber viele Mitglieder der weniger fortgeschrittenen Spezies – ohne tatsächlich in die primitive Kategorie zu fallen – waren sehr erfreut, einen Service zu sehen, der sich nicht nur an die *Elite* richtete.

Noch wichtiger war, dass sie von seiner Persönlichkeit begeistert waren. Mein Mann war intelligent, sachkundig, einfühlsam, charismatisch und wirklich daran interessiert, das Leben anderer Spezies zu verbessern, insbesondere das von solchen, die als seltsam oder verrückt galten. Das konnte man nicht vortäuschen.

Colin war äußerst klug gewesen, als er all diese frühen Kontakte für Kayog arrangierte. Sein Ruf wuchs schnell, nicht zuletzt aufgrund dieser äußerst glücklichen Verbindung zwischen den Daigan und den Stornianern. Die erstaunlichen Informationen, die er über die Lumoths weitergab, kamen meiner eigenen Karriere zugute.

Ich wurde zur Hauptverhandlungsführerin zwischen der IPO und Straef, was die weitere Finanzierung seiner Forschung betraf. Es verstand sich von selbst, dass Kateros überglücklich war, als er die Förderung erhielt, die ich für den Testlauf des Programms gesichert hatte. Unzählige andere Personen klopften an unsere Türen in der Hoffnung auf einen ähnlichen Geldsegen. Natürlich hatten wir kein Zaubermittel, um der breiten Masse solche Vorteile zu verschaffen. Dennoch öffnete uns dies viele Türen.

Gleichzeitig hatte Colin mitgespielt, indem er sagte, dass unsere PR- und Marketingabteilung für den offiziellen Start der Match Maker Agentur alles geben würde. Sie hatten die coolsten und wildesten Werbespots in einer Schleife laufen, mit einem Countdown bis zur Eröffnung der Registrierungsseite.

Und als es soweit war, stürzte die Website innerhalb von zehn Minuten aufgrund zu vieler gleichzeitiger Anmeldeanfragen ab. Das hätte nicht überraschen dürfen, da die cleveren Anzeigen der IPO im Grunde garantierten, dass jede Vermittlung perfekt sein würde. Das fand bei denjenigen Anklang, die verzweifelt nach Liebe suchten.

Aufgrund der unglaublich hohen Anzahl an Bewerbern entschied sich Kayog direkt für ein Messeformat. Die Bewerber einer bestimmten Region wurden per Los aus dem Bewerberpool ausgewählt, um an der dreitägigen Messe in ihrem Bereich teilzunehmen. Jeder Bewerber hatte nur zehn Minuten Zeit für ein Einzelgespräch mit meinem Gefährten. Ein Assistent zeichnete diese Gespräche auf und gab alle gesammelten Informationen in eine Datenbank ein.

Aber Kayog brauchte das nicht.

Obwohl er kein fotografisches Gedächtnis hatte, vergaß mein Mann nie den Namen oder das Gesicht einer Person. Sie waren buchstäblich in sein Gedächtnis eingebrannt. Trotz der begrenzten Zeit, die für jedes Gespräch zur Verfügung stand, liebten die Leute ihn. Kayog hatte die Fähigkeit, einem das Gefühl zu geben, dass nur man selbst zählte, wenn man mit ihm zusammen war. Seine ganze Aufmerksamkeit galt einem. Er gab einem das Gefühl, verstanden und respektiert zu werden, und dass es ihm wirklich wichtig war, einem zu helfen, glücklich zu werden.

Und das tat er auch.

Obwohl er nicht mehr Teil einer Band war, hatte ich oft das Gefühl, mit einem Rockstar verheiratet zu sein, der ständig auf Tournee war. Für die Kandidaten war er genau das. Und das wurde noch deutlicher, als er anfing, Vermittlungen zu machen.

Anfangs waren es nur wenige. Jedes Mal, wenn ein Kandidat sein Büro verlassen hatte, schrieb er mir eine Nachricht und war völlig aus dem Häuschen. Er sprang auf und ab und tanzte vor Freude, sodass ich mich vor Lachen kaum halten konnte. Er war so aufgeregt. Für ihn war jedes erfolgreiche Match wie ein Lottogewinn.

In kürzester Zeit wurde die Anzahl der Paarungen fast zu einer Flutwelle. Er reiste so viel und traf so viele Personen, dass es mit der riesigen Datenbank, die organisch in seinem wundersamen Geist gespeichert war, immer einfacher wurde. Er bedauerte nur die Fälle, die untätig in seinem Gehirn herumlagen, weil er keinen Partner für sie finden konnte. Es verwirrte ihn, wenn er nach einigen Monaten Nachrichten von Kandidaten erhielt, die er getroffen hatte und die verzweifelt waren, dass er immer wieder Partner für andere fand, aber nicht für sie.

Einige von ihnen brachen ihm wirklich das Herz, andere waren geradezu ärgerlich. Es kam viel zu oft vor, dass er Nachrichten erhielt, in denen von ihm verlangt wurde, sich endlich zu bewegen und einen Partner für sie zu finden. Am schlimmsten waren diejenigen, die regelrecht gemein wurden, ihn beschimpften und beleidigten, weil er „seine Arbeit nicht machte". Und dann gab es noch die Idioten, die Gerüchte verbreiteten, er würde lügen, wenn er behauptete, diese Paare seien wahre Seelenverwandte. Den Kandidaten wurde einfach eingeredet, sie seien tatsächlich in ihren Partner verliebt, aber das sei alles nur eine Illusion, ein Schwindel, der irgendwann auffliegen und sie am Boden zerstört zurücklassen würde.

Ich wollte ihnen die Hölle heiß machen, aber Kayog beruhigte mich immer, weil er sich über ihren Unsinn wirklich amüsierte. Er erinnerte mich klugerweise daran, dass es keinen Sinn hatte, mit Dummköpfen zu streiten, da die Zeit ihm Recht geben würde.

Einige dieser „Narren" entpuppten sich als *konkurrierende* Partnervermittlungsagenturen, die sauer waren, dass viele ihrer Kandidaten einfach zur MMA wechselten. Einige versuchten sogar, meinen Gefährten wegen unlauterer Praktiken zu verklagen, weil seine Dienste kostenlos waren. Die Anreize der IPO in Form von kostenlosem Umzug und Mitgift stellten in ihren Augen einen weiteren unfairen Vorteil dar. Diese Klagen waren von vornherein zum Scheitern verurteilt, da sie auf der falschen Prämisse beruhten, dass sie Konkurrenten seien. Kayog richtete sich an eine ganz bestimmte Gruppe, die von diesen Agenturen immer verschmäht wurde. Es war nicht seine Schuld, dass ihre anderen Kandidaten stattdessen zu ihm kamen.

Wie auch immer, mein Mann war viel zu stolz und ehrlich für solch zwielichtige Machenschaften. Ich fand heraus, dass Kayog ständig die Seele jeder Person katalogisierte, der er begegnete, selbst derjenigen, die verheiratet waren. Er war fast schon besessen davon, die Lieder der Seelen zu hören. Zu meinem Entsetzen vertraute er mir an, dass er auf der Grundlage dieser Melodien ein persönliches Diagramm erstellt hatte. Anscheinend verrieten der Rhythmus, die Tonalität, die Amplitude und die Komplexität des Liedes einer Person bestimmte gemeinsame Merkmale.

Zum Beispiel konnte er allein damit bereits bestimmte Dinge über die Betreffenden eingrenzen, was ihm wiederum half, die

Spezies oder den Typ von Kandidaten zu identifizieren, die gut zueinander passen könnten. Es war mir immer noch ein Rätsel, wie er zwei Wesen aus der wahnsinnigen Menge potenzieller Partner erkennen konnte. Aber er hat es geschafft.

Vor allem konnte er seinen Traum verwirklichen, unzählige primitive Spezies unter verschiedenen Einschränkungen der Obersten Direktive zu besuchen und direkt mit ihnen zu interagieren. Er nahm das Verfassen von Änderungen und Reformen der Richtlinien für verschiedene Planeten sehr ernst. Was ich an ihm am meisten schätzte, war die Tatsache, dass er nicht einfach seine persönlichen Ideen und Meinungen zu diesem Thema durchsetzte. Er nutzte seine unglaublichen empathischen Fähigkeiten, um diskret die Gefühle der lokalen Bevölkerung gegenüber seinen „unschuldigen" Kommentaren zu bestimmten Problemen dieser Spezies einzuschätzen.

Jedes Mal, wenn die Gesetze geändert wurden, um seinen Vorschlägen Rechnung zu tragen, war das ein großer Sieg.

All dies erschwerte jedoch die Koordination unserer jeweiligen Missionen. Wir trennten uns oft, glücklicherweise jedoch nur für relativ kurze Zeit. Aber unsere leidenschaftlichen Wiedersehen machten das mehr als wett.

Wir waren gerade ausgegangen, um seine 250. offizielle Paarung zu feiern, als ich mich plötzlich schwach fühlte. Noch bevor wir unseren Tisch erreichten, wurde ich von drei Schwindelanfällen hintereinander heimgesucht. Kayog wollte kein Risiko eingehen und bestand darauf, dass wir sofort zum Arzt gingen. Ich war nicht besonders begeistert davon, da es ein 45-minütiger Flug zurück zum Forschungszentrum war, wo wir noch lebten. Aber die aufrichtige Sorge meines Partners überzeugte mich.

Ich dachte einfach, dass der Grund dafür mein niedriger Blutzucker war, da ich den ganzen Tag nichts Richtiges gegessen hatte. Das Ergebnis, das ich eigentlich hätte kommen sehen müssen, überraschte mich jedoch.

Wir waren schwanger.

Mein aufgeregter Schrei – um nicht zu sagen Kreischen – erstarb augenblicklich in meiner Kehle, als Kayog stoisch blieb. Eine Welle der Besorgnis überkam mich, als ich nichts als große Anspannung von ihm empfing. Warum diese kalte und zurückhaltende Reaktion? Wir hatten über Kinder gesprochen, und mein Partner hatte immer seinen Wunsch geäußert, viele, viele Kinder zu haben. Ich richtete meine Aufmerksamkeit auf Arafin. Als ich feststellte, dass er seine Gefühle vor uns verbarg – etwas, das er noch nie zuvorgetan hatte –, gefror mir das Blut in den Adern.

Ausgerechnet Arafin wusste, dass er seine Gefühle vor Kayog nicht verbergen konnte. Entweder hatte er es also unbewusst getan, oder er versuchte absichtlich, etwas vor *mir* zu verbergen. Ich öffnete den Mund, um zu fragen, was zum Teufel los war, aber Kayog kam mir zuvor.

„Irgendetwas stimmt nicht, oder?", fragte Kayog mit einer Stimme, die ebenso emotionslos war wie sein Gesichtsausdruck.

Ich hielt den Atem an, während sich Angst in meinem Magen festsetzte, als der Arzt für einen Moment den Blick senkte und ein Ausdruck von Trauer und Schuld über sein Gesicht huschte, bevor er sich wieder fasste.

„Derzeit können wir keine Anomalien beim Fötus feststellen", begann Arafin vorsichtig. „Allerdings haben Linseas Bluttests etwas bestätigt, was wir befürchtet hatten."

„Etwas, das ihr befürchtet habt?", rief ich aus, hin- und hergerissen zwischen Angst und Empörung darüber, dass er mir möglicherweise wichtige Informationen vorenthalten hatte. „Was ist los?"

Er warf mir einen entschuldigenden Blick zu, bevor er sich wieder Kayog zuwandte.

„Um ehrlich zu sein, dachten wir, du wärst unfruchtbar. Deine hormonellen Unregelmäßigkeiten wirken sich auf viele deine Organe aus, was dir wiederum diese unglaublichen

Kräfte verleiht", sagte der Arzt, anstatt meine Fragen zu beantworten.

„Ich bin eindeutig nicht unfruchtbar", entgegnete Kayog in scharfem Ton. „Was soll das also?"

„Aufgrund der Blutproben, die Linsea entnommen wurden, löst dein Kind bei ihr dieselbe hormonelle Unausgeglichenheit aus, allerdings in geringerem Maße", erklärte er.

Kayog und ich schreckten beide völlig geschockt zurück.

„Linsea wird eine Edal?", rief er aus, griff nach meiner Hand und war voller Angst. „Wird sie so leiden wie ich?"

Arafin hob beschwichtigend seine Hand und schüttelte den Kopf. „Nein, das wird sie nicht", erklärte er, bevor er sich mir zuwandte. „Ihre Zirbeldrüse ist normal, daher kannst du kein Edal werden."

„Ist unser Baby dann eins?", fragte ich und drückte die Hand meines Mannes fest, um Trost zu finden.

Der Arzt zögerte. „Ja und nein."

„Was zum Teufel soll das heißen?", fuhr Kayog ihn an. „Wenn es so ist, kannst du doch sicher all die Tests und Untersuchungen, die du an mir durchgeführt hast, nutzen, um es zu schützen?"

„Das Baby ist kein echtes Edal, obwohl ich glaube, dass es ursprünglich eines werden sollte", antwortete Arafin und wählte seine Worte sorgfältig. „In allen Fällen, in denen diese Art von hormoneller Anomalie während einer Schwangerschaft auftrat, war das Baby nicht lebensfähig."

Seine Worte trafen mich wie ein Schlag in die Magengrube. Mein Partner schottete seine Gefühle ab und verschloss sich mir gegenüber. Aber er tat dies nicht schnell genug, sodass ich den scharfen Schmerz wahrnehmen konnte, der sein Herz angesichts dieser schrecklichen Nachricht zerriss. Der egoistische Teil von mir, der seine Unterstützung brauchte, wollte ihm sagen, er solle mich nicht ausschließen. Aber der noch rationale Teil von mir verstand, dass er dies tat, um mich zu schützen, nicht um mich auszuschließen.

„Es wird sterben?", fragte Kayog, und trotz seiner Bemühungen, seine Stimme neutral zu halten, war der Schmerz darin zu hören.

„Normalerweise stirbt der Fötus in solchen Fällen entweder früh in der Schwangerschaft oder kommt zur Welt, stirbt aber innerhalb von vierundzwanzig Stunden", sagte der Arzt in sanftem Ton. „Die längste überlebende Zeit betrug vier Tage."

„Aber woran stirbt das Baby? Und wie Kayog sagte, kann die Forschung, die du an ihm durchgeführt hast, nicht dazu beitragen, unser Kind zu schützen?", fragte ich und klammerte mich an die Hoffnung.

„Es handelt sich nicht um einen klassischen Fall von Edal", sagte Arafin mit trauriger Stimme. „Bei dieser speziellen Erkrankung verhindern die abnormalen Hormone die vollständige Ausbildung der Organe des Babys. Der Fötus ist zum Überleben auf seine Mutter angewiesen. Nach der Geburt – vorausgesetzt, sie schaffen es überhaupt so weit – kollabieren sie schnell, da sie nicht mehr die notwendige Unterstützung haben."

„Und du sagst, dass dies bei unserem Baby der Fall ist?", fragte ich mit zugeschnürter Kehle.

„Es ist noch zu früh, um das zu sagen. Deine derzeitigen hormonellen Schwankungen sind lediglich Warnzeichen für etwas, das mit hoher Wahrscheinlichkeit eintreten wird", erklärte der Arzt vorsichtig. „Aber ihr beide müsst euch mental auf dieses Ergebnis vorbereiten. Wenn der Fötus die Dreimonatsfrist überlebt, ist es so gut wie sicher, dass du das Kind austragen wirst. Du bist jetzt erst in der siebten Woche."

„Meinst du damit, dass wir die Schwangerschaft abbrechen sollten?", fragte ich, wobei meine Stimme vor Wut über die Ungerechtigkeit dieser Situation bebte.

„Diese Entscheidung könnt nur ihr beide treffen", sagte Arafin schnell.

„Wie soll man da überhaupt eine Entscheidung treffen? Du sagst, dass unser Baby mit ziemlicher Sicherheit ohne die lebenswichtigen Organe geboren wird. Warum sollten wir es auf die Welt bringen wollen, nur damit es für die kurze Zeit, die es hier sein wird, bis es stirbt, leiden muss?", knurrte Kayog.

„Oh nein!", widersprach Arafin. „Das Baby wird nicht leiden. Die gute Nachricht in dieser Tragödie – wenn ich diesen Begriff verwenden darf – ist, dass diese Babys keinen Schmerz empfinden. Sie werden mit CIP geboren – angeborener Schmerzunempfindlichkeit oder angeborener Analgesie."

„Wie funktioniert das genau?", fragte ich, während mir der Kopf schwirrte.

„Im Grunde genommen sendet das Nervensystem keine Schmerzsignale an das Gehirn. Daher spüren Personen mit dieser Erkrankung, egal wie schwer sie verletzt sind, keine Schmerzen. Für das Kind wäre es also eine schmerzfreie Erfahrung, bis es so schwere Verletzungen erleidet, dass es stirbt."

Ich umarmte mich selbst, Tränen stiegen mir in die Augen, während mein Gehirn sich mühsam mit dieser Nachricht abfand. Zuerst so glücklich gewesen zu sein, als wir erfahren hatten, dass wir schwanger waren, und dann Sekunden später so abgestürzt zu sein, war mehr als niederschmetternd.

„Nehmt euch Zeit, um zu entscheiden, was ihr tun möchtet", sagte Arafin mit beruhigender Stimme. „Es gibt keinen Grund zur Eile. Ihr seid beide Temern. Ihr könnt wahrnehmen, was das Baby fühlt. Ihr könnt also sicher sein, dass es keine Schmerzen empfindet. Und denkt daran, dass wir noch nicht sicher sind, ob euer Kind diese Erkrankung entwickeln wird. Es sind nur die Hormonwerte, die uns zwingen, die sehr reale Möglichkeit eines weniger erfreulichen Ausgangs in Betracht zu ziehen."

„Warum hast du uns nicht gewarnt?", fragte Kayog wütend. „Du wusstest doch von Anfang an, dass diese Möglichkeit bestand. Hast du das getan, damit du noch mehr verdammte Experimente an diesem Edal-Freak durchführen konntest?"

Mein instinktiver Wunsch, ihn zu beruhigen und ihn sanft für diese grausame Anschuldigung zu tadeln, schwand fast augenblicklich. So sehr ich Arafin auch mochte, Kayogs Frage war leider berechtigt. Die Vorstellung, dass sie uns nur als Teil eines perversen Experiments schwanger werden ließen, würde mich völlig zerstören.

„Nein, auf keinen Fall!", rief Arafin mit einer aufrichtigen Empörung, die wie ein wirksamer Balsam auf mein verwundetes Herz wirkte. „Wir haben euch nicht gewarnt, weil wir keine Gewissheit hatten, dass dies passieren könnte. Ellen und ich haben ausführlich darüber diskutiert. Letztendlich kamen wir zu dem Schluss, dass ihr schon genug durchgemacht habt, ohne dass wir euch aufgrund reiner Spekulationen noch mehr Stress und Angst bereiten. Noch einmal: Wir dachten wirklich, du wärst unfruchtbar. Und wenn es doch zu einer Schwangerschaft gekommen wäre, hätten wir uns um alle Komplikationen gekümmert, die möglicherweise aufgetreten wären. Wenn das die falsche Entscheidung war, dann bitte ich euch, meine aufrichtige Entschuldigung anzunehmen. Wir wollten euch schützen und haben das getan, was wir für richtig hielten."

Wieder einmal ließ die Ehrlichkeit, die von ihm ausging, meine Wut, die ich ihm entgegenbringen wollte, weiter verstummen. Wären unsere Rollen vertauscht gewesen, hätte ich mich ebenfalls schwergetan, zu entscheiden, wie ich mit dieser Situation umgehen sollte. Das machte die Sache nicht einfacher.

„Gut", sagte Kayog, seine Stimme klang immer noch kalt, obwohl seine Haltung gegenüber dem Arzt nicht mehr dieselbe Aggressivität ausstrahlte. „Aber was bedeutet das für Linsea? Welchem Risiko setzt sie sich durch diese Schwangerschaft aus?"

Mein Herz schmolz dahin, weil mein Partner seine Aufmerksamkeit so schnell auf mein Wohlergehen lenkte.

„Überhaupt keine", erklärte Arafin entschieden.

Das überraschte mich. Kayogs Gesichtsausdruck verriet, dass auch er von dieser eindeutigen Antwort verblüfft war.

„Wirklich?", fragte ich skeptisch.

Der Arzt nickte überzeugt. „Absolut. In früheren Fällen hat die Mutter nie irgendwelche negativen Nebenwirkungen erlitten."

„Aber was ist mit den abnormalen Hormonen?", argumentierte Kayog.

„Ihre Werte sind viel zu niedrig, um Auswirkungen auf Linsea zu haben", erklärte Arafin. „Ihre Zirbeldrüse ist ebenfalls normal. Es besteht also absolut kein Risiko für sie, nur für den Fötus."

Mein Partner nickte langsam, und eine bedrückende Stille legte sich über den Raum, während wir seine Worte verdauten. Dann sahen Kayog und ich uns in perfekter Synchronität in die Augen, und eine wortlose Kommunikation fand zwischen uns statt.

„Vielen Dank für diese Informationen", sagte Kayog mit kontrollierter Stimme zu dem Arzt. „Meine Partnerin und ich werden über die Angelegenheit nachdenken und dich auf dem Laufenden halten."

„Natürlich. Nehmt euch alle Zeit, die ihr braucht", antwortete Arafin.

Mein Mann half mir auf und führte mich aus der Arztpraxis, seinen Arm schützend um meine Schultern gelegt.

Sobald wir unsere Wohnung betreten hatten und Kayog die Tür hinter uns geschlossen hatte, drehte ich mich zu ihm um.

„Verschließ dich nicht vor mir", sagte ich in flehendem Ton.

Er zuckte zusammen, und dieser Ausdruck der Verzweiflung, den ich seit unseren frühen Tagen auf dem Campus nicht mehr gesehen hatte, huschte über sein Gesicht, bevor er ihn schnell verbarg.

„Du musst nicht zusätzlich zu deiner eigenen Trauer auch

noch meinen Schmerz und meine Scham ertragen", sagte er niedergeschlagen.

Ich hielt in der Bewegung inne und starrte ihn ungläubig an. „Warum Scham?", fragte ich. „Du hast nichts falsch gemacht!"

Kayog schnaubte und marschierte an mir vorbei ins Wohnzimmer, wo er sich vor das riesige, vom Boden bis zur Decke reichende Fenster stellte, das den atemberaubenden Blick auf die Landschaft draußen freigab.

„Alles an mir ist falsch", zischte er voller Selbsthass. „Ich kann dir nicht einmal ein guter Partner sein."

„Was für ein Unsinn ist das denn?", rief ich aus, bevor ich zu ihm eilte. Ich packte ihn am Oberarm und zwang ihn, sich zu mir umzudrehen. „Ein guter Partner zu sein bedeutet nicht, ein Samenspender zu sein! Es gibt unzählige Wesen, die keine Kinder bekommen können oder mehrere Fehlgeburten hatten. Das macht sie nicht zu minderwertigen Personen. Das macht sie nicht zu schlechten Partnern. Du bist nicht minderwertig oder ein Versager."

Er versuchte, sich von mir abzuwenden, aber ich verstärkte meinen Griff um seinen Arm und packte den anderen, um ihn zu zwingen, vor mir zu bleiben.

„Kayog, sieh mich an", befahl ich. „So sehr ich mir auch wünsche, dass wir von Anfang an über das potenzielle Risiko einer Schwangerschaft Bescheid gewusst hätten, möchte ich mich jetzt nur darauf konzentrieren, dass es unserem Baby gut geht. Wer weiß schon, was die Zukunft bringt? Vielleicht wird alles gut."

„Aber was, wenn nicht?", fragte er herausfordernd, und der Schmerz in seiner Stimme und seinen Augen zerriss mir das Herz.

„Dann ist es eben Schicksal", entgegnete ich sachlich.

Seine Schultern sackten herab, und er starrte mit einem verlorenen Ausdruck, der mir das Herz zerriss, auf den Boden.

„Willst du, dass ich abtreibe?", fragte ich mit sanfter Stimme.

Er hob ruckartig den Kopf, um mich anzusehen, sein Blick war intensiv, auch wenn er versuchte, den Schock zu verbergen, den meine Worte in ihm ausgelöst hatten.

„Ist es das, was du willst?", fragte er angespannt.

„Ich habe dir zuerst eine Frage gestellt", entgegnete ich in sanft vorwurfsvollem Ton.

„Das ist nicht *meine* Entscheidung, meine Liebe", entgegnete Kayog mit trauriger Stimme. „Ich versuche nicht, mich meiner Verantwortung zu entziehen. Aber es ist *dein* Körper."

„Ich trage *unser* Kind", entgegnete ich. „Du hast ein Mitspracherecht."

„Es ist immer noch *dein* Körper, und deshalb sollte es *deine* Entscheidung sein", beharrte er. „Die Verbindung, die ihr eingehen werdet, ist nichts, was ich erleben werde. Du wirst alles ertragen und etwas erleben, das ich mir nicht einmal ansatzweise vorstellen kann. Deshalb kann ich dir nichts davon aufzwingen."

Ich nickte langsam. „Aber wenn du die Entscheidung treffen müsstest, wie würdest du dich entscheiden? Und bitte gib mir eine ehrliche Antwort, Kayog. Wir waren immer ehrlich zueinander, und das sollte sich niemals ändern, besonders in Krisenzeiten. Bitte sei mir gegenüber so offen, wie ich dir gegenüber offen bin", bat ich ihn.

Er zögerte, sichtlich hin- und hergerissen zwischen widersprüchlichen Gefühlen, obwohl Traurigkeit in seinen Gesichtszügen überwog.

„Wenn seine Behauptung, dass diese Schwangerschaft dir keinen Schaden zufügen wird, zutrifft und wenn das Baby wirklich keine Schmerzen empfinden wird, dann ja, dann würde ich es behalten wollen", sagte Kayog schließlich, und die Trauer, die er empfand, war in seiner Stimme zu hören. „Aber das sollte nur geschehen, wenn *du* es wirklich *willst* und nicht, weil du dich in irgendeiner Weise dazu verpflichtet fühlst."

Er nahm mein Gesicht in beide Hände, und die Liebe in seinen Augen überwog die tiefe Enttäuschung, die er nicht verbergen konnte. Mein Mann sah mir tief in die Augen, und ein Gefühl des Friedens überkam mich.

„Ich meine es wirklich ernst, meine Liebe. Wie auch immer deine Entscheidung ausfällt, ich werde zu dir stehen und dir nichts übelnehmen. Mein Herz ist gebrochen, und das ist der einzige Grund, warum ich mich verschließe. Es ist nicht aus Boshaftigkeit oder einem verdrehten Schamgefühl heraus. Ich möchte dir nur keine zusätzliche Last auferlegen."

„Tu das nicht, Kayog", sagte ich mit sanfter Stimme. „Wir sind Seelenverwandte, die durch dick und dünn gehen. Genau wie du möchte ich unser Baby behalten, solange es keine Schmerzen hat. Wir wissen nicht, ob es überleben wird. Aber was auch immer das Schicksal entscheidet, wir werden es gemeinsam angehen. Wir haben um deine Rettung gekämpft und das Unmögliche geschafft. Wir werden auch um die Rettung unseres Babys kämpfen."

Ein starkes Gefühl huschte über sein hübsches Gesicht. Er zog mich in seine Arme, und ich schmolz an ihm dahin.

„Ich liebe dich, Linsea", flüsterte er mit erstickter Stimme. „Ich liebe dich mit meinem ganzen Wesen, jetzt und für immer."

Als er seine Flügel um mich schloss, öffnete er die Mauern, die mich ferngehalten hatten. Die Tiefe seiner Trauer traf mich hart. Aber ich verdrängte sie nicht. Ich ließ sie zu, konzentrierte mich aber auf die anderen Emotionen, die gepflegt werden mussten. Unter dem Schmerz lauerten unendliche Liebe, Hoffnung und Dankbarkeit, die versuchten, durchzubrechen. Ich klammerte mich an sie und nährte sie mit meinen eigenen Gefühlen.

KAPITEL 22
KAYOG

Die folgenden vier Monate wurden zu einer brutalen emotionalen Achterbahnfahrt. In den ersten Wochen nagten Scham, Schuldgefühle und Wut über die Ungerechtigkeit des Ganzen an mir. Warum war ich immer kaputt? Warum war immer etwas mit mir nicht in Ordnung, das mich daran hinderte, das einfache Leben zu führen, das alle anderen hatten? Hatte ich nicht schon genug gelitten? Nur dass meine Unzulänglichkeiten jetzt auch zwei weiteren Wesen Schmerz und Leid zufügten, die das absolut nicht verdient hatten: meiner wunderschönen Partnerin und meinem unschuldigen Kind.

Und doch verblasste die Dunkelheit, die mich verschlang, dank dieser beiden wunderbaren Personen allmählich. Linsea strahlen zu sehen, ihren Bauch wachsen zu sehen und von der Freude und unendlichen Liebe umgeben zu sein, die von unserem aufblühenden Baby ausging, war unbeschreiblich.

Es war pure Glückseligkeit.

Unser Kleines – das sich als Mädchen herausstellte – liebte es, mir beim Singen zuzuhören und wenn ich ihre Mutter kitzelte. Jeden Tag wurde ihr Gesang stärker und noch eindringlicher. Er harmonierte immer mehr mit unserem, was mir Gänsehaut bereitete. Ich hatte meine kleine Prinzessin noch nicht gesehen, aber ich liebte sie bereits. Linsea beklagte sich ständig darüber, was für ein hoffnungsloser Vater ich sein würde. Und sie hatte Recht. Ich würde meinen kleinen Engel verwöhnen, was das Zeug hielt.

Arzttermine wurden zum Fluch meines Lebens. Jedes Mal, wenn Linsea sich einer Untersuchung unterziehen musste, bereitete ich mich auf die niederschmetternde Nachricht vor, dass etwas schiefgelaufen war. Aber im Laufe der Wochen und Monate wuchs die Hoffnung in meinem Herzen stetig. Unserem Baby würde es gut gehen. Sie würde es schaffen.

Und dann, in der Mitte des fünften Monats, brach unsere ganze Welt zusammen.

Die ersten Anzeichen für Fehlbildungen des Fötus zeigten sich auf den Ultraschallbildern. In den folgenden Wochen wurden sie immer deutlicher, bis schließlich das von uns gefürchtete Urteil fiel: Unser Baby würde nicht lebensfähig sein.

Keine Worte konnten die Verzweiflung beschreiben, die wir empfanden. Eine Zeit lang hatten wir uns wirklich davon überzeugt, dass alles gut werden würde. Wenn die Wissenschaftler es geschafft hatten, mich zu retten, dann konnten sie doch sicher auch unseren Engel retten, oder?

Die Frage, ob wir die Schwangerschaft abbrechen würden, wurde nie gestellt. Für uns kam das nicht in Frage. Das hatte nichts mit Egoismus zu tun, sondern damit, dass Arafin mit seiner Prognose Recht gehabt hatte. Unsere Tochter hatte keine Schmerzen. Tatsächlich war sie es, die uns aufmunterte, wenn wir weinten.

Unsere kleine Thea – wie wir sie genannt haben – strahlte unendliche Liebe aus. Die Diagramme zeigten, dass sie fast die gleichen starken empathischen Fähigkeiten besaß wie ich, nur dass sie die richtigen Nervenbahnen ausgebildet hatte, um nicht von den Gefühlen anderer Personen überrollt zu werden. Selbst in diesem frühen Entwicklungsstadium konnte sie die Emotionen ihrer Umgebung bewusst wahrnehmen und darauf reagieren. Immer wenn sie Traurigkeit bei uns wahrnahm, überschüttete sie uns mit einer Welle der Liebe, bis wir wieder lächelten. Und dann verwandelten sich ihre eigenen Gefühle in die strahlendste, reinste Liebe.

Das gab uns die Kraft, unsere Trauer abzulegen. Wir verdoppelten die Zuneigung, die wir ihr entgegenbrachten, entschlossen, jeden Moment zu genießen, den uns das Leben mit ihr schenken würde. Während dieser Zeit stellten wir so gut wie alle beruflichen Aktivitäten ein. Thea wurde zum Mittelpunkt unseres Universums.

Nur eine Woche vor dem achten Monat – der normalen Schwangerschaftsdauer für unsere Spezies – kam unsere Tochter auf natürlichem Wege zur Welt. In meinem ganzen Leben hatte ich noch nie etwas so Faszinierendes gesehen wie unser Baby. Thea war die perfekte Mischung aus den weißen Federn ihrer Mutter und meiner kastanienbraunen Farbe. Sie hatte eine beige Haut, die durch ihre Daunenfedern und Flügel einen etwas dunkleren Farbton mit einem Hauch von Rot annahm. Während ich eine goldene Brust und einen goldenen Kopf hatte, hatte Thea die weißen Federn ihrer Mutter mit dunklen Flecken auf der Brust. Aber sie blickte uns mit meinen silbernen Augen an.

Sie war atemberaubend.

Ein einziger Blick auf ihr Gesicht und ihr wunderschönes Lächeln ließ alle Trauer verschwinden. Die Ärzte handelten schnell und versorgten sie mit einem Implantat, das ihr die richtige Menge an Nährstoffen zuführte, um sie während ihres kurzen Aufenthalts bei uns am Leben zu erhalten. Nach ihrer Einschätzung würde sie noch zwei, vielleicht drei Tage haben. Aber glücklicherweise würden diese Tage für sie schmerzfrei sein. Und wir sorgten dafür, dass sie so glücklich wie möglich waren.

Da sie es liebte, wenn wir sangen, komponierte ich ein Lied speziell für sie, so wie ich es für ihre Mutter getan hatte. Nur dass dieses Lied ihr dafür dankte, dass sie uns mit ihrer Anwesenheit gesegnet hatte, so kurz sie auch sein mochte. Dieses Mal schrieb ich den Text auf Khelese – der Muttersprache der Temern – statt auf Universal. Sie konnte natürlich noch nicht sprechen, aber das hinderte sie nicht daran, die Hauptzeile des Refrains nachzuahmen. Es war nicht einmal Babysprache, sondern eher ein niedliches Gurren, das dennoch so deutlich war, dass wir verstehen konnten, dass sie unsere Worte nachahmte.

Linsea und ich sangen im Duett, und die kleine Thea stimmte im Refrain mit ein und sagte *„coo lee coo"*. Es war mehr als bezaubernd. Natürlich hatte sie keine Ahnung, was diese Worte bedeuteten. Aber sie würden mit „Ich werde dich immer lieben" übersetzt werden.

Arafin erlaubte uns, sie mit nach Hause zu nehmen, damit sie ihr kurzes Leben nicht in einer medizinischen Einrichtung verbringen musste. Wir stellten Kameras auf, um jeden Moment unserer kostbaren Zeit mit ihr festzuhalten. Da Thea ihre Flügel nicht benutzen konnte, hielt ich sie hoch und flitzte mit ihr durch den Raum, während ich sie auf und ab bewegte, um die Illusion zu erzeugen, dass sie flog. Linsea sprang dazu, jagte uns entweder spielerisch oder tat so, als würde sie weglaufen, nur um sich dann wieder fangen zu lassen.

Theas Lachen erfüllte den Raum und vertrieb die drohende Dunkelheit. Jedes Mal, wenn diese wieder aufkam, sagte unser Engel einfach *„Coo Lee Coo"*, woraufhin wir sofort für sie schmolzen. Sie grinste dann sofort zurück, da sie ihr Ziel, uns aufzumuntern, erreicht hatte.

Dennoch war es herzzerreißend, zu sehen, wie sie mit jeder Stunde ein bisschen mehr dahinschwand. Wir schliefen während der achtundsechzig Stunden, die sie noch auf dieser Welt verbrachte, nicht. Ein Teil von uns glaubte, dass sie verstand, dass sie uns bald verlassen würde. Ich glaubte auch, dass sie uns sagen wollte, dass es in Ordnung sei und wir nicht traurig sein sollten, weil sie es nicht war ... weil wir sie glücklich gemacht hatten.

In der letzten Stunde ihres Lebens sangen Linsea und ich ihr ihr Lied vor. Jedes Mal, wenn wir aufhörten, sagte sie *„coo lee coo"* und berührte unsere Schnäbel mehrmals, um uns zu sagen, dass wir es noch einmal singen sollten. Sobald wir das taten, lächelte sie und wackelte mit ihren winzigen Krallen und Händen, als wolle sie den Takt markieren.

Nachdem wir das Lied ein letztes Mal gesungen hatten, griff Thea mit beiden Händen nach dem Schnabel ihrer Mutter und zog Linseas Gesicht näher zu sich heran, damit sie ihren eigenen Schnabel in einem sanften Kuss daran reiben konnte. Dann wandte sie sich mir zu und wiederholte die Geste. In diesem Moment wurde mir klar, dass sie sich verabschiedete.

„Wir sehen uns wieder, mein kleiner Engel", sagte ich mit gebrochenem Herzen. „In dieser Welt oder in der nächsten, ich verspreche dir, dass wir uns wiedersehen werden. Und ich werde mich um dich kümmern, so wie ich es dieses Mal nicht konnte. Deine Mutter und ich lieben dich, für immer. *Coo lee coo,* mein Baby."

„*Coo lee coo,* mein kleiner Engel", wiederholte Linsea mit zittriger Stimme.

„*Oo lee* oo", flüsterte Thea, während sich ihr kleiner Schnabel zu einem Lächeln verzog.

Als das Licht aus ihren silbernen Augen verschwand, flatterten ihre Augenlider, bevor sie sich schlossen. Dann wurde ihr wunderschönes Gesicht schlaff. Ich hob Theas zerbrechlichen Körper auf und wiegte sie in meinen Armen, bevor ich Linsea in meine Umarmung zog.

Ich konnte nicht sagen, wie lange wir unser Baby gehalten haben, während uns die Tränen über die Wangen liefen. Trotz meines brennenden Drangs, mich abzuschotten, ließ ich Linsea meine Gefühle ohne Einschränkung spüren. Ja, es war viel Trauer da, aber auch eine enorme Menge an Liebe. Die gleichen

Emotionen bei meiner Partnerin zu spüren, gab mir in diesem schwierigen Moment tatsächlich Trost. Und ihr dasselbe zu gewähren, schien auch sie zu beruhigen.

Wir wuschen unsere Tochter und legten sie in die empfindliche Stasis-Kammer, die uns die Ärzte zur Verfügung gestellt hatten. Sie sah so friedlich aus, als würde sie nur schlafen. Ich legte meine Handfläche auf den Glasdeckel und blickte mit schwerem Herzen zu meiner Partnerin.

„Es tut mir leid", sagte ich schließlich.

„Wofür?", fragte Linsea mit einer Spur von Herausforderung in der Stimme. „Und wage es nicht, noch mehr von diesem Unsinn darüber zu erzählen, dass du als Partner oder Vater versagt hast. Dank dir durfte ich eine Schwangerschaft mit einem wunderbaren Partner erleben. Auch wenn es nur sehr kurz war, durfte ich auch die Mutterschaft für den süßesten Engel erleben."

„Aber ich konnte sie nicht retten", sagte ich mit erstickter Stimme.

„*Niemand* konnte das. Das Schicksal hatte andere Pläne für unser Baby. Konzentriere dich nicht auf unseren Verlust, sondern auf das Geschenk, das uns zuteilwurde", sagte Linsea mit Nachdruck. „Ich habe ihr Lied gehört, Kayog! Durch dich, durch unsere Verbindung habe ich das Lied unserer Tochter gehört. Nichts kann sich damit vergleichen. Die Liebe, die sie in unser Leben gebracht hat, wird für immer bei mir, bei dir, bei uns bleiben. Mit dem Wissen, das ich jetzt habe, würde ich, ohne zu zögern, wieder so entscheiden, wenn ich die Wahl hätte. Ich kann den Gedanken nicht ertragen, dass Thea vielleicht nie in unserem Leben gewesen wäre."

Diese Worte trafen mich hart, veränderten aber auch meine gesamte Sichtweise auf die Situation. Sie nahmen mir zwar nicht den Schmerz, aber sie halfen mir, damit umzugehen, wie ich es zuvor nicht für möglich gehalten hätte. Ja, ich konnte mir keine Welt vorstellen, in der ich mein Baby nie getroffen hätte.

Thea würde für immer bei mir sein, in meinem Herzen.

In den nächsten Tagen führten wir viele Gespräche über unsere Zukunft und darüber, erneut zu versuchen, eine Familie zu gründen. Am Ende einigten wir uns darauf, dass ich mich einer Vasektomie unterziehen würde. Wir beschlossen auch, vorerst keine Adoption anzustreben – obwohl ich stark vermutete, dass wir das niemals tun würden. Es war nicht so, dass wir die Vorstellung, Eltern zu werden, nicht liebten, aber wir wollten Thea nicht ersetzen. Ein adoptiertes Kind verdiente es, ohne Vorbehalte oder Zögern voll und ganz geliebt zu werden. In unserer damaligen Gemütsverfassung befürchteten wir, dass wir dem unschuldigen Kind, das wir adoptierten, übelnehmen könnten, dass es nicht dieselbe perfekte Verbindung zu uns hatte wie unser eigenes Baby.

Man spielte nicht mit dem Leben eines anderen, schon gar nicht mit dem eines jungen Wesens, der ein Zuhause für immer und einen Ort sucht, an den er gehört.

Leider durchlebte ich eine etwas dunkle Phase, in der ich nicht sofort wieder mit der Vermittlung begann, sondern stattdessen Missionen für die Enforcer übernahm, von denen ich immer gesagt hatte, dass ich sie nicht ausführen wollte. Obwohl es Linsea beunruhigte, verstand sie mich und unterstützte mich im Rahmen des Möglichen, während sie mich daran erinnerte, mich nicht in meiner Trauer zu verlieren. Aber die Durchführung von Rettungsmissionen, insbesondere solchen, bei denen Geiseln genommen wurden, oder Massenerschießungen, bei denen unzählige Leben auf dem Spiel standen, halfen mir sehr dabei, meine Schuldgefühle zu überwinden.

Obwohl ich es besser wusste, konnte ich mich des Gefühls nicht erwehren, mein Kind im Stich gelassen zu haben, weil ich kein Heilmittel gefunden hatte. Diese konkreten Handlungen, durch die ich zahlreiche Leben retten konnte, lindern mein Gefühl der Unzulänglichkeit. Andere konnten dank meiner konkreten Handlungen weiterleben.

Mit der Zeit – und einer gehörigen Portion Therapie – fand

ich endlich meinen Weg zurück ins Licht. In gewisser Weise wurde jede Frau, die ich vermittelte, für mich wie eine Tochter. Oft stellte ich mir vor, dass diese Frauen in Wirklichkeit meine Thea waren, die sich in einer ähnlichen Notlage befanden. Das spornte mich an, mich noch mehr anzustrengen, um ihnen gerecht zu werden und ihnen das Glück zu schenken, das sie verdienten.

Aus Monaten wurden Jahre. Und drei Jahrzehnte später lebten Linsea und ich den Traum, den wir uns schon während unseres Studiums erhofft hatten. Mit der steigenden Zahl meiner erfolgreichen Vermittlungen wuchs auch mein Einfluss. Da meine Partnerin zu einer der angesehensten Botschafterin der IPO geworden war, waren wir eine Macht, mit der man rechnen musste.

Meine Linsea erwies sich als Genie darin, mich auf verschiedene Programme hinzuweisen, die ich nutzen konnte, um den von mir vermittelten Paaren zu helfen. In anderen Fällen war sie die Drahtzieherin, die hinter den Kulissen die Fäden zog, um Programme ins Leben zu rufen, die es noch nicht gab, die aber die schwierigen Lebensumstände bestimmter Spezies völlig veränderten.

Ein solcher erstaunlicher Erfolg war die Verwirklichung des Programms „Daughters of Meterion". Trotz meiner früheren Einmischung in andere Paarungen versuchte die IPO zunächst, mir wegen einiger Mitgiften, die ich schicken wollte, das Leben schwer zu machen.

Zu diesem Zeitpunkt war Colin bereits in noch höhere Sphären der Enforcers aufgestiegen. Glücklicherweise übernahm sein Sohn Tedrick seine frühere Rolle, die sich im Laufe der Jahre leicht weiterentwickelt hatte. Es war seltsam, von seinem Onkel Kai zu jemandem zu werden, der nun eine höhere Position als ich innehatte – obwohl das inoffiziell war, da ich technisch gesehen weder Mitglied der IPO noch der Enforcer war.

Dennoch erfüllte mich Tedrick mit Stolz. Entgegen den

giftigen Kommentaren neidischer Mitbewerber hatte er seine Position nicht geerbt. Er hatte hart gearbeitet und sich jede Auszeichnung und Beförderung redlich verdient. Er teilte die Vision seines Vaters für die beiden Organisationen. Aber er war noch entschlossener gewesen, sein Kernteam aus vertrauenswürdigen Mitarbeitern und Agenten aufzubauen.

Ich hatte gerade einen Partner für Susan gefunden, eine reizende junge Frau, die auf Meterion – einer Farmkolonie – aufgewachsen war und zu einem Leben in Armut verdammt war, nur weil sie die dritte Tochter war und daher als Belastung angesehen wurde. Sie war ziemlich beunruhigt, weil sie mit einem Andturianer namens Olix zusammengebracht worden war – einer Echsenmenschenart, die in schwere Zeiten geraten war.

Als ich die Mitgiftliste für Susan vorlegte, begann die IPO zu zögern. Ich war auf dem Weg nach Xecania, der Heimatwelt der Andturianer, als ich eine Videokonferenzanfrage von Tedrick erhielt. Ich musste schon schmunzeln, als ich den Anruf annahm.

„Kayog, wieder am Unfug treiben?", fragte Tedrick in einem vorgetäuscht strengen Ton, anstatt mich zu begrüßen."

„Wann bin ich das nicht?", antwortete ich trocken.

Er schnaubte und sein hübsches Gesicht – das dem seines Vaters so ähnlich war – wurde weicher. Er fuhr sich mit der Hand durch sein kurzes schwarzes Haar und sah mich mit seinen grauen Augen an.

„Die IPO sitzt mir wegen deiner letzten Anfragen im Nacken", erklärte Tedrick in einem ernsteren Tonfall. „Ich weiß, dass du gerne für deine Kunden über die Grenzen gehst, aber du weißt, welche großen Risiken es mit sich bringt, wenn du neue Pflanzen oder Tiere in ein fremdes Ökosystem einführst. Das sind eine Menge Samen, die du nach Xecania verschicken willst. Aus diesen Samen wachsen Pflanzen, die in dieser Umgebung nicht heimisch sind."

„Natürlich, und wie du zweifellos vermutet hast, habe ich das nicht leichtfertig getan", sagte ich in beruhigendem Ton. „Unsere wissenschaftliche Abteilung hat alle von mir vorgeschlagenen Samen geprüft, um sicherzustellen, dass keiner von ihnen eine Gefahr für diesen Planeten darstellt."

„Das habe ich mir schon gedacht. Danke, dass du das bestätigt hast. Allerdings fällt es mir viel schwerer, zu rechtfertigen, dass du Reezia-Beeren-Samen in die Bestellung aufgenommen hast", sagte Tedrick. „Das ist keine Frucht, die Menschen oder Andturianer normalerweise verzehren."

„Nein", räumte ich ein. „Sie ist auch nicht für sie bestimmt."

Er versteifte sich und kniff sofort die Augen zusammen. „Warum hast du sie dann mit aufgenommen?"

„Weil die Bozengi-Flüchtlinge großes Interesse daran haben würden", erklärte ich mit einem Achselzucken.

„Wir dürfen uns nicht in die Angelegenheiten der lokalen Bevölkerung einmischen. Das weißt du", sagte Tedrick mit verhärteter Stimme.

„Das tue ich auch nicht", erwiderte ich mit einem äußerst unehrlichen, unschuldigen Gesichtsausdruck. „Ich stelle einem begabten Bauern eine Vielzahl sicherer Samen zur Verfügung, die er auf dieser Welt anbauen kann. Es liegt an Susan, ob sie das tut oder nicht. Aber wenn sie klug ist, könnte sie sie auf eine Weise einsetzen, die ihrem neuen Volk erheblich helfen würde. Die Entscheidung liegt ganz bei ihr und den Andturianern. Daher wurde keine Regel gebrochen."

„Du spielst ein gefährliches Spiel, Kayog", sagte er mit besorgtem Blick.

„Xecania hat das Potenzial, zur Kornkammer der Galaxis zu werden und gleichzeitig seinem Volk die Kontrolle über seinen eigenen Planeten zurückzugeben. Die Andturianer stehen kurz vor dem Hungertod, obwohl sie auf einigen der fruchtbarsten Agrarflächen des gesamten Sektors sitzen. Ich gebe ihnen lediglich die Werkzeuge an die Hand, um diesen Weg einzuschlagen und sich gegen die Konzerne zu wehren, die versuchen, sich ihr

Land anzueignen, wenn sie sich dafür entscheiden. Sind wir nicht genau dafür hier?"

„Das tun wir, aber wir dürfen nicht den Eindruck erwecken, dass wir uns einmischen oder die Einheimischen für unsere eigenen Zwecke beeinflussen."

„Das machen wir auch nicht", erwiderte ich mit singender Stimme. „Wie ich schon sagte, ich füge lediglich eine andere Saat zu den übrigen hinzu. Was Susan damit macht, liegt ganz bei ihr und ihrem Volk. Alle Regeln werden eingehalten."

„Na gut!", murrte Tedrick. „Ich werde mir etwas einfallen lassen, damit sie mich damit in Ruhe lassen. Aber bitte mach mir das Leben nicht unnötig schwer."

„Wo wäre denn da der Spaß geblieben?"

Er murmelte etwas vor sich hin, worüber ich laut lachen musste.

Susan verstand nicht nur die angedeutete Aufgabe, sondern die kluge Frau hob sie auf eine Ebene, von der ich nicht einmal zu träumen gewagt hätte. Am Ende half sie ihren neuen Leuten, die ruchlosen Pläne des gierigen Konglomerats zu vereiteln, das sie vernichten wollte, verschaffte dieser primitiven Spezies die Mittel zur finanziellen Unabhängigkeit und bot sogar anderen dritten Töchtern von Meterion neue Perspektiven und Chancen für ein besseres Leben.

Es war Susans Idee, die das Programm „Daughters of Meterion" ins Leben rief, an dessen Umsetzung meine Linsea maßgeblich beteiligt war.

Die Möglichkeit, meine Vermittlungsfähigkeiten einzusetzen, um buchstäblich das Leben von erstaunlichen Frauen in Notlagen zu retten, insbesondere aufgrund unfairer Anschuldigungen, war einer der weiteren Höhepunkte meiner Karriere. Da kamen mir natürlich Serena und ihr ordosischer Partner Szaro in den Sinn. Zugegeben, sie hatte gegen die Regeln verstoßen, indem sie ihr heiliges Land betreten hatte, aber es war für einen guten Zweck gewesen – um eine Mutter und ihr Kind davor zu bewahren, von blutrünstigen Monstern verschlungen zu werden. Diese erfolgreiche Verbindung ermöglichte es uns, die fragilen Beziehungen zu dieser nagaähnlichen Spezies zu stärken, die sich normalerweise nur sehr ungern gegenüber Fremden öffnete.

Und wie könnte ich die schelmische Rihanna vergessen? Die zierliche Schmugglerin war von ihrem ehemaligen Geschäftspartner hereingelegt worden, um die Schuld für ein Verbrechen auf sich zu nehmen, das sie nicht begangen hatte. Ohne mein Eingreifen wäre sie nach Molvi geschickt worden, dem tödlichsten Gefängnisplaneten der Galaxis. Ihre höchst unwahrscheinliche Verbindung mit dem Großen Häuptling der Yurus, Zatruk – einer ork-minotaurenähnlichen Spezies – veränderte das Schicksal der drei Hauptspezies, die diesen Planeten bewohnten, vollständig. Sie brachte den Yurus, die zuvor kurz vor der Selbstzerstörung standen, Hoffnung, Wohlstand und Frieden.

Aber aus egoistischer Sicht – und im weiteren Sinne zum Wohle der Enforcer und der IPO – hätte ich nicht dankbarer sein können, dass ich Kaida und Cedros zusammengebracht hatte. In Wahrheit hatten sie sich während einer Mission selbst gefunden, aber ich hatte Kaida nur davon überzeugt, es zu versuchen. Als Top-Agentin der Enforcer war Kaida mir nicht unbekannt. An diesem Tag war sie als Teil von Tedricks Team in ein Forschungszentrum gegangen, um ein mysteriöses Portal zu untersuchen, das sich in ihrem Energiekern geöffnet hatte und aus dem ein riesiger Schattendrache hervorgekommen war, um gegen teuflische Schattenkreaturen zu kämpfen.

Dieser Drache war zufällig Cedros, der liebenswerteste Schattenlord, der verzweifelt die Umarmungen seiner Ejaya brauchte – der einzigen Frau im Universum, die ihn davon abhalten konnte, dem Wahnsinn zu verfallen, der Wesen wie ihn sonst plagte. Und diese Ejaya war keine andere als Kaida.

Wer hätte gedacht, dass diese Kombination uns eine stetige Versorgung mit Schattensteinen bescheren würde? Sie ermöglichten es uns, Portale zu jedem vorab festgelegten Zielort überall in der Galaxie zu öffnen. Das bedeutete, dass wir keine wochenlangen Raumfahrten mehr zu verschiedenen Welten unternehmen mussten. Innerhalb von Sekunden konnte ich hin- und zurückreisen und wieder bei meiner Partnerin sein. Natürlich durften wir ein so großartiges Werkzeug nicht missbrauchen, nicht nur, weil Schattensteine selten waren, sondern auch, weil sie in den falschen Händen unermesslichen Schaden anrichten konnten, insbesondere wenn sie für einen Überraschungsangriff auf eine ahnungslose Welt eingesetzt wurden.

Ich hätte jedoch niemals im Leben gedacht, dass eine von mir durchgeführte Paarung zu einer großen Welle der Ungerechtigkeit führen könnte. Als ich eine dringende Nachricht von Torgal erhielt, dass eine junge Frau namens Malaya nach Molvi geschickt werden sollte, stieg eine Welle der Wut in mir auf. Ich hatte nichts dagegen, dass echte Kriminelle dort inhaftiert wurden. Aber Torgal – der temernische Anwalt, der ihren Fall vertrat – erklärte unmissverständlich, dass sie unschuldig sei und dass der Richter, der ihren Fall bearbeitete, in Wirklichkeit korrupt sei.

Das hätte eigentlich unmöglich sein müssen, da sein Volk, die Obosianer, dafür bekannt war, fanatisch auf die Durchsetzung der Gesetze und die Einhaltung der Regeln zu achten. Es gab einen Grund, warum sie Molvi betrieben. Auf Malayas Bitte hin hoffte der Anwalt, ich könnte für sie eine Ehe arrangieren, wie ich es bei Rihanna getan hatte. Leider hatten sich die Regeln geändert, als Vergeltung dafür, dass ich Rihanna durch eine Paarung gerettet hatte. Derselbe korrupte Richter Wuras hatte ihren Fall geleitet und fühlte sich persönlich gekränkt, dass ich die junge Frau vor dem schrecklichen Missbrauch und Tod bewahrt hatte, der sie auf Molvi erwartet hätte.

Deshalb half er dabei, neue Gesetze zu verabschieden, die Verurteilte daran hinderten, sich ihrer Strafe durch Vermittlung eines Partners zu entziehen. Sollte ich ihren Seelenverwandten finden, müsste diese Person für die Dauer der Haftstrafe mit dem

Häftling auf dem Gefängnisplaneten leben oder getrennt von ihm leben, bis er freigelassen würde.

Die einzige Hoffnung, Malaya zu retten, bestand darin, einen Höllenfürsten, Wächter oder Angestellten auf Molvi zu finden, mit dem ich sie zusammenbringen konnte. Es war eine relativ schwache Notlösung, aber sie würde die Kernanforderung erfüllen, dass die Verurteilten ihre Strafe auf Molvi verbüßen müssen. Es war nicht ausdrücklich festgelegt, dass sie sich in einem der Haftquadranten aufhalten mussten. Aber dafür musste ich sie treffen, um mir ein Bild von ihrem Lied zu machen, bevor ich den Planeten nach einem potenziellen Partner absuchen konnte.

Deshalb gingen Linsea und ich zu den Arrestzellen, in denen sie festgehalten wurde, während sie auf ihre Überstellung auf den Gefängnisplaneten wartete. Normalerweise war meine Partnerin nicht direkt an den ersten Gesprächen für eine Paarung beteiligt. Aber diese Situation war anders. Wir hatten es mit einem skrupellosen obosianischen Richter zu tun. Die Enforcer und die IPO wollten sich einschalten, um dem ein Ende zu setzen. Aber die politischen und rechtlichen Folgen hätten katastrophale Auswirkungen haben können. Diese ganze Angelegenheit musste sehr vorsichtig gehandhabt werden. Linsea würde sich um die diplomatischen und rechtlichen Aspekte kümmern, während ich versuchen würde, meine Magie wirken zu lassen.

So sehr ich es auch hasste, meine perfekte Serie zu unterbrechen, in der ich nur wahre Seelenverwandte zusammengebracht hatte, war es für mich weitaus wichtiger, das Leben einer unschuldigen jungen Frau zu retten. Wäre sie meine Tochter gewesen, hätte ich mir gewünscht, dass jemand in einer Machtposition zu ihren Gunsten eingegriffen hätte.

Zwei obosianische Wachen führten uns durch den langen Korridor, an dessen Seitenwänden sich unzählige Zellen befanden. Jede einzelne Person dort war zweifellos schuldig. Einige von ihnen strahlten eine solche Boshaftigkeit aus, dass mir ein kalter Schauer über den Rücken lief. Wäre da nicht meine segensreiche Fähigkeit, andere zu blockieren, würde ich mich jetzt vor lauter Qual auf dem Boden winden. Am Ende des Flurs stiegen wir hinab in die Tiefen des Gefängnisses, wo sich die Einzelhaftzellen befanden.

Meine Wut stieg noch weiter an. Nach Torgals Bericht über die junge Frau und meiner eigenen Prüfung ihrer Akte gab es keinen Grund für eine solche Isolation. Für den Bruchteil einer Sekunde fragte ich mich, ob sie sie hierhergebracht hatten, weg von neugierigen Blicken, um sie zu beseitigen. Angesichts der großen Anzahl von Überwachungskameras, die diesen Bereich abdeckten, wäre es jedoch fast unmöglich, mit einem Mord davonzukommen.

All diese Gedanken verschwanden jedoch aus meinem Kopf, als wir uns der Zelle näherten, in der Malaya festgehalten wurde. Eine Welle der Angst überkam mich, was unter den gegebenen Umständen zu erwarten war. Aber es war etwas anderes, das mich fast in die Knie zwang.

„Unmöglich", hauchte ich völlig schockiert.

KAPITEL 23
LINSEA

Die starke Emotion, die meine Verbindung zu Kayog durchdrang, brachte mich fast aus dem Gleichgewicht. Ich warf ihm einen verwirrten Blick zu und fragte mich, was eine so starke Reaktion bei ihm ausgelöst haben könnte. Es war mehr als nur Schock. Er hatte etwas Verheerendes wahrgenommen. Zu meiner Bestürzung zog mein Partner, kurz nachdem er seine Ungläubigkeit geflüstert hatte, seine psychischen Mauern hoch und schloss mich aus. Das verblüffte mich noch mehr. Ich konnte mich nicht daran erinnern, wann er das das letzte Mal getan hatte.

Normalerweise schottete sich Kayog nur aus dem Bedürfnis heraus, mich zu beschützen, von mir ab. Aber wovor musste ich denn geschützt werden? Wären da nicht die beiden unglaublich hochnäsigen obosianischen Wachen gewesen, die uns zu Malayas Zelle begleiteten, hätte ich ihn gefragt. Aber jetzt war nicht der richtige Zeitpunkt dafür. Obwohl er sichtlich noch immer erschüttert war, ergriff mein Partner meine Hand und drückte sie sanft, um mich zu beruhigen. So beunruhigt ich auch noch war, das entspannte mich ein wenig. Zu gegebener Zeit würde er mir alles erzählen.

Ich konnte die Angst spüren, die von einem nahe gelegenen Raum ausging. Mein Beschützerinstinkt flammte sofort auf, mit dem Bedürfnis, sie zu beruhigen. Diese Aura hatte etwas Vertrautes an sich. Ich konnte es nicht ganz erklären, da ich wusste, dass ich die junge Frau noch nie getroffen hatte.

Der widerwärtige Wachmann öffnete die Tür zu einem schmalen, rechteckigen Raum, der nicht mehr als drei Meter breit und fünf Meter lang sein konnte. Malaya saß auf einer flachen Fläche mit einem dünnen Kissen, das sie als Bett bezeichneten. Eine Toilette und ein winziges Waschbecken vervollständigten den trostlosen Raum, in dem die arme Frau seit einigen Tagen eingesperrt war, während sie auf ihre Verlegung wartete.

Als Malaya uns sah, stieß sie einen erstickten Laut aus. Die Hoffnung und Freude, die sie sofort empfand, als sie uns erkannte, traf mich mit unglaublicher Wucht. Ich war verwirrt und mir war schwindelig. Wieder einmal nagte das brennende Gefühl an mir, dass ich sie kannte.

Ich warf meinem Mann einen verstohlenen Blick zu. Sein Gesicht verbarg vollständig, welche Gefühle in ihm brodelten. Für jeden anderen würde er wie immer entspannt, warmherzig und freundlich wirken. Aber die Art, wie er seine Flügel hielt, verriet eine wahnsinnige Anspannung. Wäre ich nicht seit siebenunddreißig Jahren mit ihm verheiratet, hätte ich mich vielleicht täuschen lassen.

„Du hast Besuch", sagte der Wachmann zu Malaya in einem schroffen Ton, der mich dazu brachte, ihm am liebsten die Augen auskratzen zu wollen.

Ich war kein gewalttätiger Mensch, aber zu sehen, wie eine unschuldige Person misshandelt wurde, machte mich unendlich wütend. Der zweite Wachmann stellte zwei Hocker gegenüber dem Bett auf, auf dem Malaya saß. Kayog bedankte sich höflich, dann bedeutete mein Partner mir mit seiner üblichen unendlichen Zärtlichkeit, mich zuerst zu setzen, bevor er sich auf den zweiten

Hocker setzte. Die beiden Obosianer verließen den Raum und schlossen die Tür hinter sich. Das Licht an der Türschlossanzeige leuchtete rot.

„Oh mein Gott!", rief Malaya mit zitternder Stimme. „Ich könnte euch beide jetzt umarmen. Ich dachte, ihr hättet mich vergessen."

„Nein, meine Liebe. Wir haben dich nicht vergessen", sagte ich, während ich eine kleine Kugel aus der Tasche nahm, die an meinem Gürtel um meine Taille hing.

Sobald ich sie aktivierte, schwebte die Kugel einen Meter über unseren Köpfen, und ein Lichtstrahl umgab uns und bildete einen Kegel der Stille.

„Ein Scrambler?", fragte Malaya verblüfft.

„Um sicherzustellen, dass niemand mithört", sagte ich mit fester Stimme. „Du hast dir einen mächtigen Feind gemacht, der sehr unzufrieden ist, dass wir uns einmischen."

„Aber du mischst dich ein", wiederholte Malaya mit hoffnungsvoller Stimme. „Deine Anwesenheit hier bedeutet doch gute Nachrichten, oder? Hast du eine Lösung gefunden?"

Ich zögerte, bevor ich antwortete. „Nicht ganz. Wie Torgal dir bereits mitgeteilt hat, führt kein Weg daran vorbei, dass du nach Molvi reist. Unsere einzige Hoffnung besteht darin, dich mit jemandem auf diesem Planeten zusammenzubringen."

Sie schreckte zurück und starrte mich und dann Kayog entsetzt an.

„Mit einem Gefangenen zusammengebracht werden?! Wie zum Teufel soll mir das helfen?"

„Kein Gefangener", korrigierte Kayog in einem sanften, fast väterlichen Ton, der mich überraschte. „Das Ziel ist es, dich mit einem Obosianer oder einem der Angestellten auf Molvi zusammenzubringen. Aber idealerweise wäre es ein Obosianer."

Wie zu erwarten war, lehnte Malaya diese Aussicht ab. Schließlich versuchten sie, sie in den sicheren Tod zu schicken, obwohl sie wussten, dass sie unschuldig war. Aber als wir ihr erklärten, dass eine Verbindung mit einem Höllenfürsten ihr die notwendigen Mittel verschaffen könnte, um ihre Unschuld zu beweisen, wärmte sie sich widerwillig für diese Idee.

„Okay. Ich verstehe, was ihr meint. Heißt das, du hast bereits jemanden im Auge?", fragte Malaya, die sich gleichzeitig hoffnungsvoll und niedergeschlagen fühlte.

Ich warf Kayog einen Blick zu, der den Kopf schüttelte.

„Ich habe mit einigen potenziellen Kandidaten gesprochen, um ihre Bereitschaft zu einer solch ungewöhnlichen Verbindung zu beurteilen", erklärte Kayog vorsichtig. „Ich habe deinen Seelenverwandten noch nicht gefunden, obwohl ich eine gewisse Vermutung habe. Ich war nur hier, um deine Persönlichkeit einzuschätzen, um ein besseres Gefühl dafür zu bekommen, wer eine erfolgreiche Verbindung für dich sein könnte."

Malaya winkte ab. „Er muss kein Seelenverwandter sein. Nach sechs Monaten können wir uns einfach scheiden lassen, und ich bin wieder frei."

Kayog und ich schüttelten gleichzeitig den Kopf.

„Du hast eine lebenslange Strafe erhalten", erinnerte ich sie in sanftem, aber bestimmtem Ton. „Das Einzige, was dein Urteil aufheben und dir deine Freiheit zurückgeben kann, ist der Tod von Wuras."

„Das bedeutet auch, dass du unbedingt einen Weg finden musst, deinem Partner zu gefallen", warnte Kayog sie.

„Was bedeutet das?", fragte sie, und wieder schwang Besorgnis in ihrer Stimme mit.

Wieder einmal stieg in mir das starke Bedürfnis auf, sie zu beschützen und zu trösten, mit einer Heftigkeit, die mich erschütterte. Warum löste sie so starke Reaktionen in mir aus? Malaya war nicht die erste Person, die dringend Hilfe brauchte und der ich geholfen hatte. Keine hatte mich jemals so tief bewegt.

„Das bedeutet, dass dein Partner der Einzige ist, der eure Verbindung nach der sechsmonatigen Probezeit beenden kann, wenn er mit dir unzufrieden ist", erklärte Kayog. „Sollte das passieren, wirst du in einen der Gefängnissektoren unten geschickt, um den Rest deiner Strafe zu verbüßen. Daher ist es meine Priorität, deinen Seelenverwandten zu finden. Sollte das nicht gelingen, möchte ich jemanden finden, mit dem du langfristig ein gutes Leben führen kannst."

Sie starrte uns geschockt an. Offensichtlich war das nicht das, was sie von uns zu hören gehofft hatte. Aber Malaya musste die Realität ihrer prekären Situation verstehen und sich auf den bevorstehenden harten Kampf vorbereiten.

„Ihr glaubt, dass ich bei meiner Suche nach Beweisen scheitern werde", flüsterte Malaya niedergeschlagen.

Kayog schüttelte den Kopf, mit weitaus mehr Zuversicht, als ich empfand. „Wir glauben, dass es schwierig und langwierig sein wird, Wuras zu Fall zu bringen. Wahrscheinlich wird es länger als diese sechs Monate dauern. Aus diesem Grund würde ich es vorziehen, wenn du diese lange Zeit mit jemandem verbringst, der dich glücklich macht und sich nicht sofort nach Ablauf der Probezeit von dir scheiden lässt."

„Du musst einfach weiter Vertrauen haben", fügte ich mit beruhigender Stimme hinzu. „Wir kämpfen für dich. Wir versprechen dir, dass du am Tag deiner Verlegung deinen auserwählten Partner treffen wirst."

Als wir aufstanden, um den Raum zu verlassen, konnte ich mich gerade noch davon abhalten, sie tröstend in meine Arme zu schließen. Abgesehen davon, dass dies ein seltsames Verhalten von mir gewesen wäre, hätte es auch dazu geführt, dass die obosianischen Wachen wütend auf uns losgegangen wären. Es gab strenge Richtlinien für unseren Umgang mit Gefangenen. Und absolutes Berührungsverbot stand ganz oben auf dieser Liste. Sie hatten uns bereits ein extrem hohes Maß an Höflichkeit entgegengebracht, indem sie uns mit Malaya allein im Raum gelassen hatten.

Mit einem Kloß im Hals sah ich zu, wie Kayog an die Tür

klopfte, damit die Wachen uns hinausließen. Die Schnelligkeit, mit der sie öffneten, deutete darauf hin, dass sie das Gefühl hatten, wir hätten ihre Gastfreundschaft überstrapaziert. Als wir das mit dem Gerichtsgebäude von Obosian verbundene Gefängnis verließen, warf ich meinem Mann immer wieder verstohlene Blicke zu. Er ignorierte mich weiterhin. Trotzdem hatte ich während des gesamten Verhörs gespürt, wie die Anspannung in ihm brodelte, obwohl er sie hervorragend zu verbergen wusste.

Er ging zügig zu unserem Shuttle zurück. Zu meiner Überraschung ließ Kayog, sobald wir eingestiegen waren und sich die Türen hinter uns geschlossen hatten, plötzlich seine stoische Maske fallen. Er lehnte sich an die Wand, als befürchte er, ohne diese Stütze zusammenzubrechen. Seine Flügel hingen herab, und sein Gesicht nahm einen Ausdruck an, den ich nicht deuten konnte. Schock, Verzweiflung, Trauer, aber seltsamerweise auch Freude kämpften um die Vorherrschaft in seinen Gesichtszügen.

„Kayog! Geht es dir gut? Was ist los?", rief ich, eilte zu ihm und streichelte ihm beruhigend den Rücken.

Die Art, wie er mich ansah, seine silbernen Augen voller Tränen, versetzte mich fast in völlige Panik. Aber dann erschütterten seine Worte mein Gehirn.

„Sie ist es", sagte Kayog mit zittriger Stimme. „Sie ist es. Unser Baby … Es ist Thea."

„Was?", rief ich aus, zog meine Hand von ihm weg, als würde mich seine Berührung verbrennen, und machte einen Schritt zurück. „Das ist unmöglich."

„SIE IST ES!", rief er eindringlich, bevor er mit zitternder Hand über die Daunenfedern auf seinem Kopf fuhr. „Ich könnte dieses Lied niemals vergessen. Malaya ist unser wiedergeborenes Baby. Das Schicksal gibt uns eine zweite Chance, unser kleines Mädchen zu retten, wie wir es beim ersten Mal nicht konnten."

Mein Kopf schwirrte. Ich öffnete den Mund, um zu widersprechen, dass das keinen Sinn ergab, aber als Kayog seine

Mauern senkte, wurden meine Knie weich. Seine Emotionen überrollten mich wie ein Tsunami. Blitzschnell packte er mich an den Oberarmen und zog mich zu sich heran. Ohne seine Hilfe wäre ich zusammengebrochen.

Obwohl mein Verstand mir sagte, dass das unmöglich war, schrien die Emotionen, die von Kayog ausgingen, lautstark, dass er ohne jeden Zweifel an seine Behauptungen glaubte. In den achtunddreißig Jahren, die wir zusammen waren, hatte sich mein Partner noch nie geirrt, wenn es darum ging, eine Seele zu erkennen. Warum sollte er jetzt damit anfangen? Hätte er diese unerhörte Behauptung innerhalb von Tagen, Wochen oder Monaten nach dem Tod unseres Babys aufgestellt, hätte ich dies als Traumareaktion oder Bewältigungsmechanismus interpretiert. Aber Thea hatte uns vor siebenunddreißig Jahren verlassen.

Ich erstarrte, als mir plötzlich ein Gedanke kam. Malaya war sechsunddreißig Jahre alt. Sie wurde am ersten Todestag von Thea als Tochter eines philippinischen Paares geboren. Obwohl mir diese Tatsache beim Durchsehen ihrer Akte aufgefallen war, hatte ich mir damals nicht viel dabei gedacht. Aber jetzt ...

Temern glaubten an die Reinkarnation. Allerdings waren die Chancen, dass wir einem wiedergeborenen Bekannten oder einer geliebten Person begegnen würden, verschwindend gering. Und doch, als ich das Treffen in meinem Kopf noch einmal durchspielte, musste ich zugeben, dass meine Reaktionen auf Malaya jeder Logik widersprachen ... oder vielmehr, dass sie im ursprünglichen Kontext unlogisch erschienen. Ich hatte mich danach gesehnt, sie zu umarmen und zu trösten. Die Unhöflichkeit der Wachen ihr gegenüber hatte meinen Beschützerinstinkt in Wallung gebracht. Das Bedürfnis, sie zu retten, übertraf alles, was ich bisher in anderen Fällen erlebt hatte.

Meine Seele erkannte ihre.

Ich brach in Tränen aus. Und Kayog umarmte mich fast bis zur Blutergussgefahr, während auch er sich den überwältigenden Emotionen hingab, die uns überkamen. Es waren keine Tränen der Trauer, sondern eine unbeschreibliche Mischung aus Freude, Erleichterung, Hoffnung und Dankbarkeit.

Das Schicksal gab uns eine zweite Chance. Und dieses Mal waren wir viel besser gerüstet, um uns der Situation zu stellen. Der korrupte Richter Wuras würde untergehen, und unser Baby würde frei sein.

Wir machten uns sofort auf den Weg nach Molvi, damit Kayog so viele potenzielle Partner wie möglich treffen konnte. Wir hassten es, dass unsere Tochter wahrscheinlich mit jemandem zusammenkommen würde, der nicht ihr Seelenverwandter war, aber es war ein notwendiges Opfer, um sie zu schützen, bis alle Anklagen fallen gelassen und ihr Urteil aufgehoben werden konnten.

Auf unserer Reise dorthin riefen wir Tedrick an, um ihn über die aktuelle Lage zu informieren. An der Geschwindigkeit, mit der er unseren Anruf entgegennahm, konnte man erkennen, dass er wahrscheinlich alles andere zurückgestellt hatte, um mit uns sprechen zu können. Dieser Fall war enorm wichtig und hatte potenziell verheerende Folgen.

„Wie ist es gelaufen?", fragte Tedrick, sobald die Verbindung hergestellt war.

Dem Hintergrund nach zu urteilen, saß er in seinem Büro und lehnte sich gegen die hohe Rückenlehne seines schwarzen Ledersessels.

„Wie Torgal gesagt hat, sie ist unschuldig", sagte Kayog mit angespannter und entschlossener Stimme. „Wir müssen alle notwendigen Mittel einsetzen, um sie zu retten und diesen korrupten Richter zu Fall zu bringen."

Tedrick kniff die Augen zusammen und sah meinen Partner an. Auch ohne seine Gefühle durch den Bildschirm wahrnehmen zu können, kannte ich ihn gut genug, um zu verstehen, dass Kayogs heftige Reaktion bei Tedrick Alarmglocken läuten ließ.

„Wie du sehr gut weißt, können wir nichts gegen ihr Urteil unternehmen", erklärte Tedrick vorsichtig. „Natürlich hoffen wir, dass du durch deine Vermittlungsdienste etwas tun kannst, um sie noch eine Weile länger in Sicherheit zu bringen. Aber uns sind die Hände gebunden. Wir können nur hoffen, genügend Beweise zu sammeln, insbesondere mit ihrer Hilfe als investigative Journalistin. Wir haben es hier mit dem obosianischen Justizsystem zu tun. Das wird fast unmöglich sein."

„Das ist mir scheißegal!", zischte Kayog, woraufhin Tedrick zurückwich. „Wenn ich dafür den ganzen Planeten niederbrennen und sie befreien muss, dann werde ich das tun."

Er blinzelte und starrte meinen Partner mit einem verblüfften Gesichtsausdruck an. „Kai, was ist los? Du weißt, dass wir das nicht tun können. Die Folgen ..."

„Scheiß auf die Konsequenzen! Ich werde meine Tochter nicht an diesem widerlichen Ort sterben lassen!", schrie Kayog. „Sie ist unschuldig. Es ist mir egal, was wir tun müssen, um das zu beweisen, aber wir werden es tun. Und wenn du mir nicht helfen kannst, werde ich mich persönlich darum kümmern. Du weißt, dass ich das kann."

Ich legte ihm beruhigend die Hand auf den Unterarm. Das schien ihn aus seiner tiefen Wut zu reißen. Er warf mir einen Seitenblick zu und ließ dann die Schultern hängen, als ihm klar wurde, dass er sich von seinen Emotionen hatte mitreißen lassen. Auf dem Bildschirm hatte sich Tedricks Gesichtsausdruck von Schock zu einem Anflug von Mitleid gewandelt, bevor er sich auf etwas Neutraleres und Professionelleres einpendelte.

In diesem Moment wurde mir klar, dass er glaubte, Kayog hätte einen Nervenzusammenbruch.

„Er ist nicht verrückt", erklärte ich in einem ruhigen, aber sachlichen Tonfall.

Tedrick zuckte zusammen. Es war subtil, aber unverkennbar. Ich sah ihm fest in die Augen, hob trotzig mein Kinn und hielt seinem Blick standhaft stand.

„Unter den gegebenen Umständen ist es fair, dass du diese Annahme triffst. Aber mein Partner hat Recht. Malaya ist unsere wiedergeborene Tochter. Seit siebenunddreißig Jahren dient Kayog sowohl den Enforcern als auch der IPO treu. Nicht ein einziges Mal hat er sich in Bezug auf das Lied der Seele einer Person geirrt. Glaubst du wirklich, dass er sich in Bezug auf das Lied unseres eigenen Kindes irren könnte?", fragte ich mit strengem Tonfall.

Tedrick runzelte die Stirn, und während er meine Worte abwägte, breitete sich ein Ausdruck der Unsicherheit auf seinem Gesicht aus.

„Ich war in diesem Raum. Ich kann zwar nicht wie Kayog die Seelen hören, aber alles in mir sagte mir, dass sie zu uns gehört, und ich wollte sie beschützen. Für mich steht außer Frage, dass sie unser Kind ist", fuhr ich ruhig fort. „Aber ob du oder irgendjemand anderes daran glaubt, ist völlig irrelevant. Sei dir nur bewusst, dass wir vor nichts zurückschrecken werden, um sie zu retten. Allerdings haben wir mit diesem Richter ein großes Problem. Hier spielt sich etwas viel Größeres und Übles ab. Das muss angegangen werden, bevor der Dominoeffekt zu einem viel katastrophaleren Ergebnis führt."

Die Welle der Dankbarkeit, die von Kayog ausging, umhüllte mich wie eine warme Sommerbrise. Er nahm meine Hand in seine und streichelte sie sanft mit seinem Daumen. Ich sah ihn an und lächelte, woraufhin er mich mit unendlicher Liebe anlächelte.

Nach achtunddreißig Jahren und noch immer verliebte ich mich immer mehr in diesen Mann.

„Es steht außer Frage, dass etwas Unrechtes vor sich geht", sagte Tedrick vorsichtig und lenkte unsere Aufmerksamkeit wieder auf sich. „Aber wie ich bereits sagte, sind uns die Hände gebunden. Alle Beweise sprechen eindeutig gegen Malaya. Ich zweifle nicht an ihrer Unschuld, aber wir brauchen Beweise oder zumindest eine Spur. Wir haben nichts davon."

„Gib uns Maeve", sagte Kayog mit Nachdruck. „Sie ist die beste Hackerin der Enforcer. Mit ihrem derzeitigen Status als

„freie Agentin" wird sie in der Lage sein, sich in noch stärker gesperrte Bereiche vorzuwagen, ohne unerwünschte Aufmerksamkeit auf deine Organisation oder die IPO zu lenken. Sorge dafür, Tedrick. Ich habe noch nie Forderungen gestellt oder Drohungen ausgesprochen. Und auch dies ist keine Drohung. Ich warne dich nur fairerweise, dass ich die Angelegenheit selbst in die Hand nehmen werde, wenn auf legalem Wege nichts zu erreichen ist."

„Handel nicht unüberlegt, Kayog", warnte Tedrick. „Wir sind im selben Team. Tue dein Möglichstes, um uns so viel Zeit wie möglich zu verschaffen. Wir werden unsererseits alles tun, was wir können."

„Danke. Das ist alles, worum ich bitte", sagte Kayog, und die Anspannung in seinen Schultern ließ etwas nach.

„Ja, danke", wiederholte ich.

Tedrick schenkte uns ein trauriges Lächeln. Er glaubte immer noch nicht, dass Malaya unsere wiedergeborene Tochter sein könnte. Aber er kannte uns schon lange genug, um zu wissen, dass wir nicht zu Fantasievorstellungen neigten. Daher räumte er ein, dass unsere Behauptungen tatsächlich wahr sein könnten.

Wir beendeten die Kommunikation und schlossen die lange Reise nach Molvi ab. Unsere jeweiligen Assistenten leisteten hervorragende Arbeit bei der Planung einer Reihe von Treffen mit den verschiedenen Höllenfürsten, die den Gefängnisplaneten verwalteten. Die obosianischen Adligen, die dort als Aufseher fungierten, waren von den Menschen aufgrund ihres Aussehens, das an Dämonen aus der Erdmythologie erinnerte, so benannt worden.

Sie waren groß, hatten massive Hörner, silberweißes Haar, ledrige Fledermausflügel und einen langen Schwanz. Im Gegensatz zu den Dämonen aus der menschlichen Überlieferung hatten die Obosianer eine dunkelgraue Haut, leuchtend silberweiße oder bläuliche Augen, die von schwarzer Sklera umgeben waren, und eine Handvoll dunkler Schuppen auf Stirn, Armen und Beinen.

Da Molvi das grausamste und unversöhnlichste Gefängnis der Galaxis war, passte es perfekt zur menschlichen Beschreibung der Hölle, wodurch die Aufseher zu Höllenfürsten wurden.

Das Problem war, wie fanatisch die Obosianer die Gesetze einhielten. In ihren Augen waren Kriminelle die abscheulichsten Wesen überhaupt. Daher lehnte die Mehrheit der potenziellen Kandidaten, die wir trafen, schon allein den Gedanken an eine Verbindung mit einem verurteilten Mörder sofort ab. Zu implizieren, dass einer ihrer Richter einen Unschuldigen zu Unrecht verurteilt haben könnte, kam einer Gotteslästerung gleich. Wir hatten Widerstand erwartet, aber nicht, dass er so heftig und unerbittlich sein würde. Ohne einen Partner, der Malaya aus dem eigentlichen Haftbereich für die Gefangenen heraushalten konnte, würde unsere Tochter niemals lange genug überleben, bis die wahre Gerechtigkeit ihren Lauf genommen hätte.

Erst als wir Lord Amreth trafen, kehrte endlich wieder Hoffnung ein. Obwohl er in Bezug auf die Einhaltung des Gesetzes sehr streng war, war Amreth ein wirklich herausragender Mann mit einem gütigen Herzen und einem scharfen Verstand. Er war Zeuge von Ereignissen, die ihn zu der Überzeugung brachten, dass tatsächlich Korruption im Spiel war, so unglaublich das auch schien. Sollten wir also unter den anderen Kandidaten, mit denen wir uns treffen würden, keinen Seelenverwandten für Malaya finden, erklärte sich Amreth bereit, sie als Partnerin aufzunehmen, um sie bis zum Abschluss der Ermittlungen zu beschützen.

Ich hätte vor Erleichterung fast geweint. Kayog strahlte dieselbe Dankbarkeit aus. Mit einem viel leichteren Herzen gingen wir zu zwei weiteren Treffen und fühlten uns völlig unbeeindruckt von der zu erwartenden Ablehnung dieser potenziellen Partner, da wir nun einen Plan B hatten.

Und dann trafen wir Lord Kronos.

Während die anderen potenziellen Partner lediglich Neugierde darüber gezeigt hatten, was uns zu ihnen geführt hatte, strahlte Kronos vom ersten Moment an Verärgerung aus. Ich hatte Kronos zuvor kennengelernt, nachdem er von Maeve und Helio gerettet worden war – einem weiteren Paar, das mein Partner zusammengebracht hatte. Er war von einer bösartigen Nazhral-Frau namens Saydi gefangen gehalten worden, die junge Edocits entführte, um aus ihrem Haar die Flaumblätter zu gewinnen, die stärkste – aber sicherste – Freizeitdroge der Galaxis.

Er stand mit angespanntem Rücken und steifen Flügeln da und sah uns mit misstrauisch zusammengekniffenen Augen an, als wir ausstiegen. Der Landeplatz befand sich auf einem erhöhten Plateau mit Blick auf eine der vielen atemberaubenden Terrassen seiner Villa.

„Wenn du hier bist, um mich zu bitten, einen Gefangenen für eine deiner Partnervermittlungen freizulassen, lautet die Antwort nein", sagte Kronos präventiv in einem gebieterischen Ton, anstatt ihn zu begrüßen. „Wen auch immer du mit einem meiner Schützlinge zusammenbringen willst, muss nach Molvi kommen und sich mit seinem Partner niederlassen."

„Genau das ist das Ziel!", sagte Kayog mit einer überschwänglichen Begeisterung, die mürrische Kandidaten wie diesen immer aus der Fassung brachte.

Ich unterdrückte ein Grinsen, als wir uns dem beeindruckenden Mann näherten. Mein Partner konnte ein ziemlich respektloser Idiot sein, wenn er wollte. Er war besonders gut darin, andere mit einem Lächeln und einem freundlichen Wort in ihre Schranken zu weisen, was es noch schmerzhafter machte.

Trotz unserer sehr respektablen Größe überragte Kronos uns. Menschliche Frauen – und Frauen vieler anderer Spezies – fächelten sich in der Gegenwart von Obosianern systematisch Luft zu. Sie waren in der Tat eine wunderschöne Spezies. Genau wie Amreth war Kronos äußerst ansehnlich, und seine vielen Piercings – die für sein Volk als Trophäen und Statussymbole galten – trugen nur zu seinem gefährlichen Charme bei.

„Und seid gegrüßt, Lord Aramon", sagte mein Gefährte mit

übertrieben süßer Stimme. „Wie du offenbar schon erraten hast, bin ich Kayog Voln – obwohl ich es vorziehen würde, wenn du mich einfach Kayog nennen würdest. Und das ist meine reizende Frau, Linsea Voln, die du, wie ich höre, bereits kennengelernt hast."

Er verzog verlegen das Gesicht, weil er so auf seine Unhöflichkeit hingewiesen worden war, uns bei unserer Ankunft nicht ordnungsgemäß begrüßt zu haben.

„In der Tat. Willkommen auf Molvi, Linsea, Kayog", sagte er widerwillig, nickte jedem von uns nacheinander zu und starrte dann Kayog an. „Du kannst mich Kronos nennen."

Meine Begegnungen mit ihm zum Zeitpunkt seiner Rettung waren herzlich gewesen. Aber die Obosianer neigten dazu, etwas distanziert zu sein. Manche empfanden ihre Haltung als hochmütig. Durch meine häufigen Begegnungen mit ihnen im Rahmen meiner Arbeit hatte ich jedoch erkannt, dass es lediglich ihre Tradition war, sich korrekt und würdevoll zu verhalten, die den irreführenden Eindruck erweckte, sie seien snobistisch und hielten sich für anderen überlegen.

„Ausgezeichnet!", sagte Kayog mit derselben Begeisterung, die Kronos sichtlich auf die Nerven ging. „Wir haben viel zu besprechen. Ernste Angelegenheiten."

„Dann gehen wir in mein Büro. Hier entlang", sagte Kronos in mürrischem Ton.

Ich wollte das Ganze schnell hinter mich bringen. Dieser Mann war ebenso umwerfend wie widerwärtig. Und ehrlich gesagt hatte ich es satt, immer wieder dieselben sinnlosen Verkaufsargumente gegenüber selbstgerechten Dummköpfen vorzubringen, die zu dumm waren, um zu erkennen, dass sie es waren, die meiner Tochter nicht würdig waren.

Als der Höllenfürst uns jedoch in das Büro seiner spektakulären Villa führte, veränderte sich Kayogs Haltung. Schock, Aufregung und Triumph wuchsen in ihm.

Das gibt's doch nicht?!

Ich warf meinem Partner einen besorgten Blick zu, doch er nickte mir nur subtil zu und lächelte so breit, wie es sein Schnabel zuließ. Mein Verstand taumelte angesichts dieses höchst unwahrscheinlichen Ausgangs. Ein Teil von mir wollte sich darüber freuen, dass wir den Seelenverwandten unserer Tochter gefunden hatten. Lord Kronos gehörte zu einem der reichsten und einflussreichsten Adelshäuser von Vargos – der Heimatwelt der Obosianer. Sie würden über die Ressourcen und die Entschlossenheit verfügen, mit allen Mitteln dafür zu kämpfen, dass ein Mitglied ihrer Familie von jeglichem Fehlverhalten freigesprochen würde. Allerdings würde genau dieser elitäre Status es noch unwahrscheinlicher machen, dass sie eine Verbindung zu einem verurteilten Verbrecher in Betracht ziehen würden.

Ein harter Kampf stand uns bevor.

Mein Blick wanderte über das prächtige Anwesen, als wir auf die riesigen, vom Boden bis zur Decke reichenden Terrassentüren zugingen, die zum Eingang der Villa führten. Jeder Höllenfürst baute seine persönliche Residenz auf dem Gipfel des Berges, der an den äußeren Rand seines Sektors grenzte. Es handelte sich um weitläufige Anwesen mit mehrstöckigen Balkonen, natürlichen Wasserfällen und atemberaubenden Ausblicken auf die Landschaft des Planeten. Unzählige tödliche Fallen, getarnt als exotische Pflanzen oder Flüsse, schützten ihr Zuhause vor Eindringlingen, sollten die Insassen jemals so töricht sein, zu versuchen zu fliehen.

Wir folgten ihm in sein Büro, das ebenso elegant eingerichtet war wie der Rest seiner Villa. Ich konnte mir gut vorstellen, wie mein Baby an einem solchen Ort leben würde: friedlich, stilvoll und elegant.

„Nehmt Platz", sagte Kronos und deutete auf eine bequeme Sitzgruppe im Sitzbereich neben der Terrassentür, die zu einer der vielen Terrassen seines Anwesens führte.

„Danke", erwiderte ich mit einem dankbaren Lächeln.

Kayog und ich setzten uns auf das große Sofa gegenüber dem Sessel, auf den er zuging. Zu unserer beider Freude war die Rückenlehne hoch genug, um Platz für unsere Flügel zu bieten. Das war einer der Vorteile, wenn man andere geflügelte Spezies besuchte.

Nachdem wir sein Angebot, uns zu erfrischen, höflich abgelehnt hatten, kamen wir sofort zum Grund unseres Besuchs.

„Wir sind hier, um schwerwiegenden kriminellen Aktivitäten Einhalt zu gebieten und Unschuldige zu schützen, denen großes Unrecht widerfahren ist", sagte ich.

Ich lächelte, als er bei diesen Worten sofort hellhörig wurde. Wenn es um die Einhaltung des Gesetzes ging, waren die Obosianer lächerlich berechenbar.

„Sie haben meine volle Aufmerksamkeit", sagte Kronos.

„Was wir dir nun mitteilen werden, wird schockierend sein. Bitte hör uns unvoreingenommen an", sagte ich und bereitete mich auf das vor, was folgen würde. „Ein sehr wichtiges Mitglied eurer Gesellschaft, Richter Wuras, ist korrupt geworden und muss gestoppt werden."

Kronos sprang auf, sein *Lumiak* schoss aus seinen Fingerspitzen und elektrische Tentakel krochen um seine Hände, während er uns empört anstarrte. Krieger seiner Spezies konnten diese Energie nach Belieben hervorrufen. Auf einer niedrigeren Stufe konnte sie jemanden wie ein Taser zur Gehorsamkeit zwingen. Aber bei maximaler Stärke konnte sie einen buchstäblich zu Asche verbrennen.

„Du wagst es?", rief Kronos aus.

„Beruhige dich, Kronos", sagte Kayog mit beruhigender Stimme und hob beschwichtigend seine Handfläche.

„Du kannst Seelen sehen. Siehst du irgendeine Täuschung in unseren?", fragte ich in ähnlichem Ton, bevor ich auf seinen Stuhl deutete. „Bitte, setz dich."

Mit zusammengebissenen Zähnen löschte er sein *Lumiak* und setzte sich widerwillig wieder auf seinen Stuhl.

Die nächste halbe Stunde wurde zur ärgerlichsten Erfahrung meines Lebens. Der dumme, starrköpfige Mann lehnte systematisch den Gedanken ab, dass jemand wie er mit einer Verurteilten zusammengebracht werden könnte. Egal, wie oft wir ihm erklärten, dass Malaya hereingelegt worden war, er konnte nicht akzeptieren, dass einer ihrer angesehensten Richter korrupt sein könnte.

Mehr als einmal musste ich Kayog davon abhalten, ihm einen Dropkick zu verpassen. Aber ich wollte ihm auch seine hübschen Augen ausstechen, seine Piercings herausreißen und sie ihm in den Hintern schieben, damit sie dem selbstgerechten Stock Gesellschaft leisteten, den er dort verstaut hatte.

Wie kann dieser wertende Idiot möglicherweise der Seelenverwandte meiner Tochter sein?

„Na gut. Wenn du dich nicht dazu aufraffen kannst, das Leben deiner Seelenverwandten zu retten oder dabei zu helfen, das schreckliche Unrecht, das Unschuldigen angetan wurde, wiedergutzumachen, wird ein anderer mehr Mut zeigen", sagte Kayog schließlich in einem eisigen Ton, der sogar mich erstarren ließ.

„Wie bitte?", sagte Kronos mit ebenso kalter Stimme.

„Du magst damit einverstanden sein, dass ein Unschuldiger mit den übelsten Verbrechern der Galaxis zusammengeworfen wird, aber wir werden Malaya nicht sterben lassen. Zum Glück wird Lord Amreth sie mitnehmen", sagte Kayog in einem verächtlichen Tonfall.

Kronos wich zurück und starrte meinen Gefährten mit einem verblüfften Gesichtsausdruck an.

„Amreth?! Amreth hat einer solchen Verbindung zugestimmt?"

„Wir haben ihn und einige andere angesprochen, von denen wir wussten, dass sie möglicherweise flexibler sein könnten, bevor wir Malaya getroffen haben", sagte ich und mobilisierte meine ganze Willenskraft, um diplomatisch zu bleiben. „Wir wollten sichergehen, dass wir ihr mehrere Optionen anbieten konnten. Aber als wir sie trafen, hatte mein Mann eine Ahnung, dass sie die deine ist. Also haben wir uns nach diesem Gespräch natürlich zuerst an dich gewandt."

Das war nicht ganz richtig, aber nah genug dran.

„Aber da du dich nicht stören lässt...", fügte Kayog hinzu.

„Stell mich nicht auf die Probe, Temern", knurrte Kronos.

„Ich stelle dich nicht auf die Probe, Obosianer", antwortete Kayog in ebenso strengem Ton. „Wir haben keine Zeit, deine inneren Konflikte zu klären. In zwei Tagen wird Malaya zu Dakons Spielplatz geschickt. Du weißt ganz genau, dass sie dort keine Woche überleben wird. Wenn *du* also nicht willst, werde *ich* sie retten."

Diesmal zuckte Kronos zusammen, als er hörte, in welchen Sektor sie geschickt werden sollte. Dakon nahm nur die schlimmsten Übeltäter auf. Die Lebenserwartung seiner Gefangenen betrug selten mehr als ein paar Tage oder Wochen. Malaya dorthin zu schicken, war ein Todesurteil.

„Was bringt es, sie Amreth zu geben, wenn sie keine Seelenverwandten sind?", fragte Kronos herausfordernd. „Ich dachte, du würdest nur perfekte Paarungen zusammenbringen."

„Bisher habe ich das. Aber wenn es der Preis für die Rettung dieser lieben Frau ist, meine perfekte Serie zu brechen, dann zahle ich ihn gerne", sagte Kayog und hob trotzig seinen Schnabel. „Malaya und Amreth mögen keine Seelenverwandten sein, aber ihre Persönlichkeiten passen gut zusammen und sind kompatibel. Sie werden ein glückliches Leben zusammenführen. Im Vergleich zu den anderen ist er die beste Alternative."

„Tharmok, nimm dich und deine Drohungen mit", knurrte Kronos.

In diesem Moment wurde mir klar, dass wir gewonnen hatten. Er brauchte nur noch einen kleinen Anstoß, um die Ziellinie zu überqueren.

„Das sind keine Drohungen, Lord Kronos", sagte ich mit

sanfter Stimme, während ich nach Kayogs Hand griff und sie sanft drückte. „Das ist unsere einzige andere Möglichkeit, Malaya zu retten. Würde es helfen, wenn ich dir sage, dass alle Verbindungen der Match Maker Agentur mit einer sechsmonatigen Probezeit verbunden sind?"

Das weckte sein Interesse. Nach einigem Hin und Her gab er schließlich nach und verzog das Gesicht, als hätte er in etwas Ekliges gebissen.

„Na gut. Sie hat sechs Monate Zeit, um zu beweisen, dass du Recht hast. Aber mögen die Götter sie beschützen, wenn sie sich als falsch erweist", murrte er.

„Das wird sie nicht", sagte Kayog mit triumphierender Zuversicht.

„Wir werden sehen", antwortete Kronos.

M ir wurde schwindelig, als ich mit Tala durch endlose Reihen von Brautkleidern ging, die mich in alle Richtungen zog. Als weibliche Temern hatte ich noch nie Kleidung getragen, daher war mir das Einkaufen nicht besonders vertraut. Die Auswahl an Modellen, Stilen, Größen und dem Grad an Zurückhaltung oder Freizügigkeit überwältigte mich. Und doch war ich entschlossen, meiner Tochter unter den gegebenen Umständen eine möglichst perfekte Hochzeit zu ermöglichen.

Da wir den gesamten Prozess überstürzen mussten, bevor sie in Dakons Sektor geschickt wurde, konnte ihre Familie nicht dabei sein. In Wahrheit konnte Kronos immer noch von dieser Vereinbarung zurücktreten, wenn er am Tag ihrer Ankunft ihre Seele als betrügerisch empfand.

Es war für mich ein schwerer Schlag, dass ich nicht an der Zeremonie teilnehmen konnte. Eine dringende Mission, die ich erledigen musste, war dazwischengekommen. Aber wenn ich schon nicht dabei sein konnte, würde ich alles andere tun, was eine Mutter für den besonderen Tag ihres Kindes tat. Da sie nur mit ihrem Gefängnisoverall bekleidet auf Molvi ankommen würde, wollte ich nicht zulassen, dass sie in einem so abscheulichen Outfit ihr Gelübde ablegte.

Nachdem ich buchstäblich verrückt geworden war, als ich versuchte, mich in der Flut von Optionen zurechtzufinden, wurde mir plötzlich klar, dass ich meine Suche auf etwas beschränken sollte, das für Malaya von Bedeutung war. Aus ihrer Akte ging hervor, dass sie philippinischer Abstammung war und dass sie eine ganze Reihe von Trainings in traditionellen Tänzen absolviert hatte. Das ließ mich vermuten, dass sie vielleicht ein traditionelles Kleid aus ihrer Kultur haben wollte.

Tala zog mich regelrecht zur richtigen Abteilung. Da sie eine ähnliche Größe und Figur wie meine Tochter hatte, bot sie sich gerne als Model an. Obwohl Tala eine dunklere Hautfarbe als meine Tochter hatte, konnte ich mir dennoch gut vorstellen, wie die Kleider auf Malayas hellbrauner Haut aussehen würden.

Ich war sprachlos, als Tala in einem atemberaubenden, modernen Baro't Saya-Kleid aus der Umkleidekabine trat. Das Baro't – das Oberteil des Kleides – war mit wunderschöner Blumenstickerei auf luxuriösem Piña-Stoff verziert. Es bildete ein ziemlich sexy Bustier, das ihren Bauchnabel nicht bedeckte. Die gleiche blumige Spitze zierte die Ränder der übergroßen Schmetterlingsschultern des Baro't.

Der bodenlange Rock – die Saya – war an strategischen Stellen mit derselben Spitze verziert, und ein wahnsinniger Schlitz verlief bis zur Mitte des Oberschenkels. Er war skandalös sexy und unglaublich schmeichelhaft. Ich konnte mir vorstellen, wie atemberaubend Malaya darin aussehen würde.

Tala nahm ein paar Posen ein, die so auffällig und kokett waren, dass ich kichern musste.

„Dein Gesichtsausdruck spiegelt wider, was ich empfinde. Das ist das richtige Kleid", sagte Tala überzeugt.

Ich schnalzte zögernd mit dem Schnabel. Es war in der Tat

ein atemberaubendes Kleid. „Ist es mit dem freizügigen Bauch nicht zu provokativ?", fragte ich vorsichtig.

„Pfft! Machst du Witze? Falls du es noch nicht bemerkt hast, Malayas Körper ist fast so heiß wie meiner, *und* sie hat ein Bauchnabelpiercing!", rief Tala, als wäre das selbstverständlich.

Ich brach in Gelächter aus über ihre spielerische Angeberei, während sie ihre Hüften auf eine Weise bewegte, die an Bauchtänzerinnen erinnerte.

„Ihr obosianischer Freund wird den kleinen Kopf ablutschen wollen, wenn er es sieht. Du weißt ja, wie verrückt die nach Piercings sind. Unser Mädchen muss es unbedingt zur Schau stellen."

„Stimmt", sagte ich und verzog das Gesicht. „Dieses Piercing unterstreicht nur noch mehr, dass sie auch in dieser Hinsicht perfekt zusammenpassen. Trotzdem möchte eine Mutter nicht unbedingt hören, wie Männer ihrer Tochter hinterher sabbern."

Tala schnaubte. „Mädchen, hast du vergessen, dass dein zukünftiger Schwiegersohn ein verdammter Incubus ist? Was glaubst du, wird er mit ihr machen? Du weißt doch, dass ihre Zungen bis zu 30 Zentimeter lang werden können, oder?"

„Schöpfer! Tala!", rief ich und hielt mir die Ohren zu. „Das will ich nicht hören."

Meine Freundin lachte, ihre Augen funkelten unverschämt.

„Das ist nur fair. Glaubst du etwa, ich wäre nicht auch ausgeflippt, als meine beiden Kinder alt genug wurden, um ausgelassen zu werden?" Sie blickte an sich hinunter und strich mit beiden Händen über den Spitzenstoff ihres Rocks. „Der arme Kayog wird ausflippen, wenn er sie bei der Hochzeit sieht. Väter können solche eifersüchtigen Idioten sein."

Ich lachte leise. „Das könnte sein. Aber vielleicht ist er auch einfach nur erleichtert. So oder so, ich nehme lieber einen eifersüchtigen, besitzergreifenden Vater in Kauf als einen Mörder, weil Kronos ein sturer Idiot ist."

„Amen dazu!"

Nachdem das Kleid gesichert war, verbrachten wir die nächsten paar Stunden damit, die perfekten Schuhe, den perfekten Schmuck und all die sexy Unterwäsche, Dessous und Nachthemden zu finden, die Malaya möglicherweise brauchen könnte, um ihren hochnäsigen Seelenverwandten zu verführen. Auf keinen Fall würde ich die schrecklichen Sachen verschicken, die ich in ihren Schubladen gefunden hatte, als ich ein paar Koffer mit dem Nötigsten für sie gepackt hatte. Tala hatte sie „Oma-Unterhosen" genannt, und ich konnte ihr nur zustimmen.

Meine Tochter würde heiraten und stilvoll leben.

KAPITEL 24
KAYOG

Als ich neben Kronos und Isobel auf dem Landeplatz stand und das Shuttle mit Malaya näherkam, musste ich meine ganze Willenskraft aufbringen, um diesen elenden Kerl nicht zu Brei zu schlagen. Nicht zum ersten Mal, seit ich diesen aufgeblasenen Trottel kennengelernt hatte, wünschte ich mir, ich hätte mich geirrt, als ich ihn für den Seelenverwandten meiner Tochter hielt.

Selbst jetzt, als das Shuttle seine Landung beendete, strahlte er lautstark Verachtung und Abscheu aus. Da das Brechen eines Versprechens eine unglaubliche Schande war, fühlte sich dieser Höllenfürst gezwungen, dies durchzuziehen, obwohl er jede Minute davon verabscheute. Es war jedoch klar, dass er ihr Scheitern erwartete, als er ihre Aura genauestens untersuchte.

Obosianer hatten die Fähigkeit, Auren zu lesen und sie sogar durch den stärksten Tarnschild hindurchzusehen. Das machte sie zu den besten Wächtern, da kein Insasse – oder irgendein anderes Lebewesen – irgendeine Kraft oder Technologie einsetzen konnte, um zu entkommen.

Nun, kein Lebewesen außer mir ...

Die letzte Kraft, die sich während meiner frühen Ausbildung

im Forschungszentrum zum ersten Mal manifestiert hatte, entwickelte sich in den folgenden Jahren vollständig. Bei geringer Intensität wirkte sie wie ein psychischer Störsender, der die Ziele, auf die ich sie richtete, daran hinderte, ihre psionischen Fähigkeiten einzusetzen. Bei mittlerer Intensität konnte ich den Geist einer Person so stark stören, dass ihr Gehirn in einer Schleife stecken blieb und sie weder sehen noch hören konnte, was um sie herum geschah. Es war, als stünde die Zeit für sie vorübergehend still. Bei hoher Intensität konnte ich sie bewusstlos schlagen. Und bei maximaler Kraft konnte ich ihr Gehirn braten.

Glücklicherweise musste ich Letzteres nie anwenden, außer in Simulationen. Aber ich hatte alle anderen Stufen bei verdeckten Missionen für die Enforcer eingesetzt, insbesondere in den dunklen Zeiten nach Theas Tod.

Und in diesem Moment wünschte ich mir, ich könnte meine Kräfte voll und ganz gegen diesen Narren einsetzen. Stattdessen konzentrierte ich mich darauf, ihn daran zu hindern, meine wahren Gefühle zu spüren. Obosianer konnten Aggression wahrnehmen. Das Letzte, was ich brauchte, war, die Situation noch zu verschlimmern, indem ich ihm das Gefühl gab, bedroht zu sein, oder ihn glauben ließ, ich könnte ihn angreifen.

Eine Flut von Emotionen überkam mich, als mein Engel aus dem Shuttle stieg. Trotz meiner Wut darüber, dass sie in Ketten und einem Sträflingsanzug war, genoss ich die Perfektion ihres Seelenliedes. Seit ich sie in der Einzelzelle zurückgelassen hatte, fragte ich mich immer wieder, ob ich mir vielleicht tatsächlich eingebildet hatte, dass sie mein Baby war. Vielleicht hatte ich eine psychotische Episode und hörte Dinge, weil ich ihren Verlust nie überwunden hatte. Aber als der Wachmann ihre Fesseln entfernte, beruhigte sich mein Herz. Das war wirklich meine Tochter.

Und dann musste mein dummer zukünftiger Schwiegersohn diesen Moment mit seinen widerlichen Emotionen ruinieren.

„Meine liebe Malaya, endlich bist du da!", rief ich mit warmer und begeisterter Stimme, sobald der Wachmann fertig war und ihr bedeutete, näher zu kommen. „Ich hoffe, du hattest eine gute Reise."

„Die Reise nach Molvi verlief ereignislos. Aber die Fahrt vom Raumhafen hierher war äußerst komfortabel, und die Aussicht war atemberaubend", sagte Malaya, bevor sie Kronos ein dankbares Lächeln schenkte, zweifellos als Dankeschön für das schicke Shuttle, das er geschickt hatte, um sie abzuholen.

Dieses Arschloch reagierte nicht darauf und starrte sie nur mit eisiger Miene an. Schöpfer, wie sehr wollte ich ihn mit dem bösartigsten kinetischen Impuls, den ich aufbringen konnte, in die Luft jagen.

„Das freut mich zu hören", sagte ich und ignorierte weiterhin Kronos' ziemlich unhöfliches Verhalten. „Malaya, darf ich dir Priesterin Isobel Biondi vorstellen, die heute deine Trauung vollziehen wird."

Ich habe immer versucht, meine beste Freundin dazu zu bewegen, mich zu begleiten und meine arrangierten Ehen zu vollziehen, wann immer es ihr Terminkalender zuließ. Dieses Mal hatte Linsea jedoch darauf bestanden, dass Isobel dabei sein sollte, um mich davon abzuhalten, die Beherrschung zu verlieren und Kronos und Malayas Chancen, diese ganze Tortur zu überstehen, irreparabel zu schädigen.

Die beiden Frauen lächelten sich höflich an. Dann wandte ich mich an den Trottel.

„Und das ist Kronos Aramon, dein Verlobter. Kronos, das ist Malaya Velasco, deine Braut."

„Hallo, Kronos", sagte Malaya freundlich, obwohl ihre Nervosität durchschimmerte. „Es ist mir eine Ehre, dich kennenzulernen."

Als Kronos meine Gefühle nicht erwiderte und sich damit begnügte, sie mit hochmütigem Blick von Kopf bis Fuß zu mustern, verlor ich fast die Beherrschung. Malaya verspürte dieselbe Wut. Aber ihre äußerlich zur Schau gestellte Gelassenheit beschämte mich. Wenn sie in einer so schwierigen Situation solche Selbstbeherrschung zeigen konnte, sollte ich das auch besser schaffen.

Um zu verhindern, dass sich die Lage weiter verschlechterte, lenkte ich das Thema um, indem ich mich umdrehte und die große, verzierte Schachtel aufhob, die auf einem kleinen Schwebewagen hinter mir platziert war. Meine Flügel hatten sie vor Malaya verborgen.

„Meine geliebte Linsea lässt dich grüßen und schickt dir dieses kleine Hochzeitsgeschenk", sagte ich und zeigte ihr die schicke Schachtel. „Angesichts der Umstände dachte sie, du würdest dich über etwas freuen, das besser zur Zeremonie passt."

Die Freude und Dankbarkeit, die sie ausstrahlte, überwältigten mich. Was hätte ich dafür gegeben, wenn Linsea das auch hätte genießen können.

Und dann ruinierte Fuckface wieder einmal den Moment.

„Wozu?", murrte Kronos mit empörter Stimme.

Ich warf ihm einen strengen Blick zu. „Du willst doch sicher nicht, dass deine Braut bei deiner Hochzeit die Uniform eines Sträflings trägt?"

Kronos zuckte mit den Schultern, und ein Ausdruck purer Verärgerung legte sich auf sein Gesicht. „Was macht das schon? Das ist nur eine fünfminütige Formalität, um die Vereinbarung verbindlich zu machen. Es besteht kein Bedarf an Kleidern oder sonstigem Unfug."

Die scharfe Antwort, die ich ihm gerade entgegenwerfen wollte, erstarb auf meiner Zunge, als Malaya sich einmischte.

„Es ist in Ordnung", antwortete Malaya mit einem gezwungenen Lächeln. „Er hat recht. Ich bin zwar tief gerührt von dieser Geste, aber unter den gegebenen Umständen ist ein Kleid nicht wichtig. Es macht mir nichts aus, so zu heiraten."

Zu unserer gemeinsamen Überraschung machte Kronos einen bedrohlichen Schritt auf Malaya zu, fletschte die Zähne und seine eisblauen Augen leuchteten. Erschrocken machte Malaya einen Schritt zurück und presste eine Handfläche auf ihre Brust. Hätten seine Emotionen nicht lautstark gezeigt, dass er nicht die Absicht hatte, ihr etwas anzutun, hätte ich eingegriffen.

„Du bist noch keine fünf Minuten hier und schon lügst du?", zischte er.

„Das ist keine Lüge. Das nennt man diplomatisch und rücksichtsvoll sein", gab sie zurück. „Du hast deutlich gemacht, dass meine Anwesenheit hier dir unangenehm ist. Ich versuche, die Belastung, die ich dir auferlege, zu verringern, und habe mich auf deine Seite gestellt, damit du in dieser Situation nicht der Bösewicht bist."

„Du gehst davon aus, dass es mich interessiert, ob die Leute mich als den ‚Bösewicht' betrachten oder dass ich mit Widersprüchen nicht umgehen kann", antwortete er mit ebenso strenger Stimme.

„Ich nehme nicht an. Ich versuche nur, nett zu sein", erwiderte Malaya und ließ sich nicht einschüchtern.

„Du brauchst nicht nett zu sein. Ich will, dass du *ehrlich* bist. Kannst du ehrlich sein, kleiner Mensch?", fragte Kronos in herablassendem Ton.

„Keine Frau möchte wie ein Verbrecher gekleidet sein, besonders wenn sie unschuldig ist und reingelegt wurde", antwortete Malaya mit kontrollierter Stimme. „Kayog braucht mir nicht zu sagen, dass du mich nur ungerne zur Frau haben willst. Die Kälte deines ‚Willkommens' hat deine Gefühle überdeutlich gemacht. Aber ob du mich willst oder nicht, ändert nichts an der Tatsache, dass die Heirat mit dir meine einzige Chance ist, dieses Chaos zu überleben und hoffentlich Gerechtigkeit zu bekommen. Wenn das also bedeutet, dass ich mir ein Bein ausreißen muss, um meine Anwesenheit für dich erträglich zu machen, werde ich das tun. Und dazu gehört auch, dass ich meinen Kindheitstraum aufgeben muss, im traditionellen Kleid meines Volkes zu heiraten."

Mein Herz schwoll vor Stolz auf mein Baby an, das für sich selbst einstand. Kronos musterte sie einige Sekunden lang, bevor er wieder grinsend sagte:

„Nun, das war doch gar nicht so schwer, oder?", fragte er mit spöttischer Stimme.

„Doch, das war es", knurrte Malaya, während ihr wütende Tränen in die Augen stiegen. „Es war extrem hart, und es ist verdammt demütigend. Ich bin vielleicht keine Heilige, aber ich bin auch keine verdammte Kriminelle. Und doch stehe ich hier und muss mich entscheiden: Entweder ich lasse mich von echten Kriminellen in Dakons Sektor abschlachten oder ich heirate einen Mann, der nichts als Verachtung für mich übrighat. Und ich habe keine andere Wahl, als die Misshandlungen mit einem verdammten Lächeln hinzunehmen, wenn ich leben will. Und das alles nur, weil ein korrupter obosianischer Richter die Erlaubnis hat, sein kriminelles Treiben ungestraft fortzusetzen. Ist diese Antwort ehrlich genug für dich?"

Und da geschah endlich die Veränderung, von der ich dachte, dass sie niemals eintreten würde.

Kronos wich zurück und starrte Malaya während ihrer Tirade mit fassungslosem Gesichtsausdruck an. Er musterte ihr Gesicht, dann wurde sein Blick leicht unscharf, als er in ihre Seele blickte. Der Schock, der ihn durchfuhr, fühlte sich an wie ein Erdbeben. Seine aufrichtige Überzeugung, dass sie nur eine verabscheuungswürdige Kriminelle war, die sich ihrer Verantwortung entziehen wollte, brach zusammen. Seine gesamte Weltanschauung, dass sein eigenes Volk zu Verbrechen unfähig sei, ging in Flammen auf.

In diesen wenigen Sekunden durchlief der Höllenfürst die ersten vier Phasen der Trauer, bevor er mich mit einem verblüfften Gesichtsausdruck ansah. Man könnte meinen, er hätte gehofft, ich würde ihn beruhigen, indem ich ihm sagte, er hätte sich geirrt, dass sie in Wirklichkeit die Verbrecherin sei, die er brauchte.

Aber da ich nun einmal charmant und diplomatisch war, hob ich mein Kinn mit dem unverschämtesten selbstgefälligen Ausdruck, den ich aufbringen konnte. Es war fast orgastisch, Kronos dabei zuzusehen, wie er sein Gesicht verzog, während er sich an dem übelsten Stück Demutskuchen im Universum verschluckte.

Trotz allem überkam mich ein tiefes Gefühl der Ruhe und Erleichterung, als er dem Wachmann, der immer noch im Shuttle gewartet hatte, andeutete, zu verschwinden. Malaya strahlte die gleiche Erleichterung aus, als sie erkannte, dass Kronos damit bestätigt hatte, dass er sie behalten würde, anstatt sie in Dakons Sektor zu schicken.

Der Höllenfürst nahm mir die Schachtel ab und wies Malaya an, ihm zu folgen.

„Dann hier entlang", sagte Kronos mit mürrischer Stimme.

Sie starrte seinem sich entfernenden Rücken hinterher, bevor sie mich verwirrt ansah. Ein unermessliches Gefühl väterlichen Stolzes stieg in mir auf. Ich konnte so viel von Linseas Stärke in ihr sehen. Eine Milliarde Worte brannten mir auf der Zunge, aber ich schluckte sie herunter. Stattdessen klatschte ich lautlos Beifall und nickte in Kronos Richtung, um ihr zu bestätigen, ihm zu folgen. Das riss Malaya aus ihrer schockierten Benommenheit und sie eilte ihm hinterher.

Isobel streichelte mir sanft die Schulter, um mich zu trösten, nachdem die beiden im Haus verschwunden waren. Ich lächelte sie an und drückte ihre Hand dankbar. In den folgenden Minuten spürte ich, wie Kronos allmählich eine Veränderung durchlief, als er langsam akzeptierte, dass Malaya wirklich seine Gefährtin und ein unschuldiges Opfer war, das seinen Schutz verdiente.

Auf der Suche nach dem perfekten Ort für die besondere Zeremonie, die Isobel mir für meine Tochter vorbereitet hatte, gingen wir die Rampe hinunter zur Hauptterrasse und wählten einen Platz am atemberaubenden Pool, der sich über die gesamte

Länge des riesigen Balkons erstreckte und einen Blick auf den üppigen Wald von Kronos' Sektor bot.

Die plötzliche Welle der Lust, die kurz bevor sie beide aus dem Haus kamen von Kronos ausging, traf mich hart. Der besitzergreifende und beschützende Vater in mir wollte ihn dafür schlagen. Aber der rationale Heiratsvermittler in mir verstand, dass dies großartig war. Bei jedem anderen Paar lächelte ich immer, wenn dieser erste Funke der Anziehung zwischen beiden entflammte. Als ich sie auf uns zukommen sah, atemberaubend in dem von ihrer Mutter ausgewählten Kleid, erklärte sich alles von selbst.

Die Welle der Freude, die Malaya ausstrahlte, als Isobel den Schleier und die Schnur holte, die bei einer traditionellen philippinischen Hochzeit verwendet wurden, überwältigte mich. Ich konnte hier nicht offiziell als Vater der Braut stehen, aber ich spielte stattdessen stolz die Rolle des Ninong – des Paten der Hochzeit des Paares.

Während der Zeremonie wurde Kronos Malaya gegenüber etwas weicher, als er sich von ihren Emotionen und der Schönheit ihrer Seele anstecken ließ. Als wir fertig waren, hatte er seinen Frieden damit geschlossen und sie als seine Frau akzeptiert. Trotz meiner anhaltenden Verärgerung darüber, dass er sich so lange gewehrt hatte, bevor er die Wahrheit erkannte, erfüllte die wunderschöne Harmonie ihrer Seelen mein Herz mit Freude. Er würde sich um mein Baby kümmern und es beschützen.

„Du hast wirklich schwierige und beängstigende Zeiten durchgemacht. Aber diese Schwierigkeiten hatten einen Sinn, und zwar dich zu diesem Mann zu führen", sagte ich. „Ich habe keinerlei Zweifel daran, dass ihr beide Seelenverwandte seid. Er ist ein guter Mann. Und zusammen werdet ihr Großes erreichen und viele Unschuldige retten."

„Danke. Danke für alles", sagte Malaya mit emotionsgeladener Stimme.

Zu meiner Überraschung warf sich Malaya in meine Arme. Mein Erstaunen wich einer Flutwelle der Liebe, die mich fast überwältigte. Wie sehr hatte ich mich danach gesehnt, mein Baby wieder in die Arme zu schließen. Ich erwiderte ihre Umarmung, schlang meine Flügel um sie und streichelte mit der Seite meines Schnabels ihre Schläfe. Ich wollte sie für immer festhalten, für sie singen und ihr sagen, wie sehr ihr Vater sie liebte. Aber ich zwang mich, sie loszulassen, bevor ich das Geheimnis verriet, das ich ihr niemals erzählen konnte, ohne verrückt zu klingen.

Als wir die letzten Formalitäten erledigten, erfüllte Hoffnung mein Herz. Auch wenn noch ein schwieriger Weg vor uns lag, würden wir diesmal siegen.

~

Natürlich verliefen die Dinge nicht so reibungslos und einfach, wie sie hätten verlaufen sollen. Als ich erfuhr, dass Malaya nur wenige Tage nach ihrer Hochzeit beinahe gestorben wäre, hätte mich das fast in einen mörderischen Amoklauf getrieben. Von allen Dingen, die ich hätte befürchten können, war ein Attentat nie auf meiner Liste aufgetaucht.

Ich wurde fast wahnsinnig, weil ich tatenlos zusehen musste, wie das Leben meines Babys auseinanderbrach. Da die Frist für sie und Kronos, Beweise für das Fehlverhalten von Richter Wuras zu finden, schnell näher rückte und es keine Hinweise gab, begann ich zu planen, sie aus Molvi zu befreien, bevor es zu spät war.

Und dann kam der Durchbruch, an den wir schon nicht mehr zu glauben wagten, ausgerechnet von einer völlig unerwarteten Quelle. Es war alles da: die Schuldigen, das Geschäft und genügend Beweise, um die gesamte Bande hinter diesem riesigen Korruptionsnetzwerk unter der Führung von Richter Wuras' Vater hinter Gitter zu bringen. Nur hatten wir keinen Zugang zu den entscheidenden Elementen, die dafür sorgen würden, dass sie nicht ungestraft davonkommen würden.

Ich lief wütend in meinem Wohnzimmer auf und ab, während Linsea stirnrunzelnd auf den Bildschirm starrte, auf dem Maeve und Tedrick von verschiedenen Orten aus an unserem Videoanruf teilnahmen.

„Es tut mir leid, Kayog", sagte Maeve mit niedergeschlagener Miene. „Die Daten, die wir brauchen, sind zwar da, aber ich kann nicht auf ihre Server zugreifen, ohne entdeckt zu werden. Der einzige Weg, daran zu kommen, wäre ein Verschlüsselungsgerät, das direkt an einem ihrer physischen Server oder Computer angebracht wird. Ihre Sicherheitsprotokolle sind viel zu streng, um sie aus der Ferne zu hacken."

„Weißt du, wo sich diese Server befinden?", fragte ich und blieb mitten im Schritt stehen, um sie auf dem riesigen Bildschirm anzustarren.

„Sie befinden sich an einem hochsicheren Ort. Niemand kann dort einbrechen. Es müsste ein Insider sein, und wir haben dort keine Doppelagenten – zumindest soweit ich weiß", erwiderte Maeve vorsichtig.

„Ich verstehe. Aber weißt du, wo genau sie sich befinden?", hakte ich leicht irritiert nach.

„Ja, aber ..."

„Dann schick mir die Koordinaten und das Gerät, das du installieren musst. Ich kümmere mich darum", unterbrach ich sie.

Sie blinzelte und starrte mich an, als hätte ich den Verstand verloren.

„Kayog ...", sagte Tedrick in einem vernünftigen Tonfall.

„Komm mir nicht mit Kayog", erwiderte ich streng. „Du kanntest von Anfang an meine Position dazu, was ich tun würde, wenn wir Malaya nicht schützen könnten. Die Beweise sind in Reichweite. Ich kann es schaffen, und das weißt du."

„Kayog, du kannst nicht in Komoros Hauptquartier eindringen", sagte Maeve nervös. „Keine Tarnvorrichtung kann ihre Systeme täuschen."

„Mach dir darüber keine Sorgen, Maeve. Mein Mann kann dort unbemerkt ein- und ausgehen. Wir müssen nur wissen, wo sich diese Server befinden und welche Schritte er unternehmen muss, um dein Gerät zu platzieren", entgegnete Linsea in einem sanften, aber bestimmten Ton.

Mein Herz schlug höher für meine Gefährtin. Es war Jahre her, seit ich das letzte Mal an einer Infiltrationsmission teilgenommen hatte. Damals hatte es mir geholfen, den Verlust unserer Tochter zu bewältigen. Dass der Versuch, sie jetzt zu retten, mich zurück auf diesen Weg führte, schien passend, wenn auch nur für ein letztes Mal.

Maeve warf einen Blick auf Tedrick auf dem Bildschirm. Er presste die Lippen zusammen und senkte den Blick, während er die Situation einschätzte. Er wusste zwar von meinen psionischen Störfähigkeiten, aber nur sehr wenige andere Personen waren sich dessen bewusst. Obwohl Maeve zu dem hochrangigen inneren Kreis gehörte, den Tedrick aufgebaut hatte, war sie nicht über das gesamte Spektrum meiner Kräfte informiert. Um diese Mission zu erfüllen, war dies jedoch erforderlich.

Ich hatte keine Bedenken. Ich vertraute ihr nicht nur mein Leben an, sondern hatte auch die Ehre, sie mit ihrem Edocit-Partner Helio zusammenzubringen.

„Selbst wenn wir dir die Sache überlassen wollten, würde deine Anwesenheit Verdacht erregen", argumentierte Tedrick.

„Nicht, wenn er zufällig seine Frau, die Botschafterin ist, auf einer ihrer Geschäftsreisen begleitet", entgegnete Linsea. „Wir arbeiten schon seit einiger Zeit am Damira-Projekt. Einer der Hauptinvestoren hat sein Büro in diesem Gebäude. Es wäre nicht das erste Mal, dass Kayog in einer seiner Freizeitphasen zwischen den Bewerbergesprächen mitkommt. Niemand wird seine Anwesenheit dort hinterfragen."

„Einverstanden", räumte Tedrick ein. „Aber die IPO hat kein Interesse daran, sich an diesem Projekt zu beteiligen."

Linsea zuckte mit den Schultern. „Nicht jede Verhandlung führt zu einer Einigung. Ich halte oft Folgetreffen ab, um zu sehen, ob potenzielle Partner ihre Positionen in einer für uns günstigeren Weise geändert haben."

Tedrick schnaubte. „Habe ich dir schon gesagt, dass ich es mag, wie rücksichtslos du hinter deiner süßen und sanften Fassade sein kannst?"

„Das eine schließt das andere nicht aus", antwortete ich und warf meiner Partnerin einen liebevollen Blick zu. „Sie ist genau das, was sie sein muss, wann immer es nötig ist. Deshalb ist meine Linsea die beste Botschafterin, die du haben kannst."

Sie streckte stolz die Brust heraus und zwinkerte mir zu.

„Warum habe ich irgendwie das Gefühl, gerade über die Geheimnisse der Götter gestolpert worden zu sein?", fragte Maeve und sah uns alle nacheinander an.

„Weil du es getan hast", sagte ich mit einem geheimnisvollen Lächeln.

Zwei Tage später betraten wir das gesicherte Hauptquartier von Komoro, dem Hauptunternehmen, das Wuras als Fassade für seine zwielichtigen Geschäfte nutzte. Niemand stellte unsere Anwesenheit in Frage. Tatsächlich beschlossen einige sogar, mit mir ins Gespräch zu kommen, entweder in der Hoffnung, ich könnte ihrem Liebesleben einen Schub geben, oder um mir von einem Bekannten zu erzählen, der meine Dienste in Anspruch nehmen könnte.

Zu sagen, dass ich unruhig war, wäre eine ziemliche Untertreibung gewesen. Nach langem Hin und Her beschloss ich schließlich, meine Aufgabe kurz vor dem Abendessen zu erledigen, als die Wahrscheinlichkeit, dass die Mitarbeiter durch die Flure streifen würden, geringer wurde, da sie ihre begrenzte Pause genossen. Es wäre schwieriger zu rechtfertigen, wenn ich spät in der Nacht beim Durchstreifen der gesicherten Bereiche der Anlage erwischt worden wäre.

Ich nutzte meine empathischen Fähigkeiten, breitete meine Sinne weit aus und katalogisierte jede Person, deren Bewusstsein ich innerhalb des Gebäudes berühren konnte. Wenn man bedachte, dass dies vor Linseas Eintritt in mein Leben und der damit verbundenen völligen Veränderung unmöglich gewesen wäre, ich hätte dies nie mit solcher Präzision tun können. Ich hätte einfach nur hier gestanden, und hätte mich vor Schmerzen auf dem Boden gewunden. Stattdessen ging ich nun gemächlich auf den Personalaufzug zu und zielte mit einem mittleren, gleichmäßigen Strom psionischer Störungen auf jede Person, die mir wahrscheinlich über den Weg laufen würde.

Ich betrat den Aufzug und legte den Spion, den Maeve mir geschickt hatte, auf das Bedienfeld. Sie konnte mir zwar über meinen Ohrhörer Anweisungen geben und ich konnte mit ihr sprechen, aber wir hatten vereinbart, die Kommunikation auf ein Minimum zu beschränken, um zu vermeiden, dass das Signal abgefangen wurde.

Sobald ich den Snitch aktiviert hatte, blinkte ein rotes Licht darauf, bis es blau wurde. Die Kabine bewegte sich sofort zur untersten Etage, wo sich der Sicherheitskontrollraum befand. Bevor sich die Türen öffneten, überprüfte ich noch einmal die Personen, die ich in der Nähe auf dieser Etage wahrnehmen konnte, und beendete meine Störung bei denen, die mir wahrscheinlich nicht mehr begegnen würden.

Glücklicherweise konnte ich nur drei Personen wahrnehmen, von denen eine so gedämpfte Gehirnwellen hatte, dass offenbar eine feste Wand zwischen uns lag. Um kein Risiko einzugehen, sandte ich ihnen eine kleine Dosis psionischer Wellen, gerade genug, um sie in einen Zustand zu versetzen, in dem sie zu träumen schienen oder zumindest so wirkten. Sobald ich sie wieder losließ, würden sie einfach das fortsetzen, was sie vor dieser Störung getan hatten.

Sekunden bevor ich aus dem Aufzug trat, entfernte ich den Spion aus dem Bedienfeld. Ich atmete erleichtert auf, als sich die Tür zu einem leeren Flur öffnete. Die beiden Personen, die ich beeinflussen müsste, gingen in einem Verbindungsgang zu meiner Rechten. Zu meinem Glück lag mein Ziel direkt vor mir. Ich schlenderte gemächlich durch den makellos weißen Korridor, in dem es nur eine Handvoll Türen gab, abgesehen von einem weiteren Verbindungsgang auf halber Strecke. Zwei Kameras an der Decke sorgten dafür, dass niemand unbemerkt kommen und gehen konnte.

Dass der Alarm nicht ausgelöst worden war, bestätigte, dass Maeve sich über den Spion in ihren Feed eingeschleust hatte. Diese Frau war wirklich ein Genie, wenn es um Technik ging. Ich wusste nicht, wie lange sie sie noch täuschen konnte, aber ich hatte vor, innerhalb der nächsten fünf Minuten verschwunden zu sein.

Obwohl ich damit gerechnet hatte, sank mir das Herz, als ich mich der dritten Tür auf der linken Seite des Hauptflurs näherte, wo sich der Sicherheitskontrollraum befand. Drei Personen befanden sich darin, zwei davon ziemlich nah an der Tür, die dritte weiter hinten. Es gab keine Möglichkeit für mich, hineinzugehen, ohne ihnen zu begegnen.

Als hätte sie meine Gedanken gelesen, sprach Maeve in mein Headset.

„Zwei Wachen, drei Meter entfernt, mit Blick zur Tür. Eine dritte Wache im Hinterzimmer auf neun Uhr. Keine Sichtverbindung. Server auf drei Uhr."

Sie musste nicht weiter ins Detail gehen, sondern beschränkte sich auf das Nötigste, um die Dauer unserer Kommunikation so kurz wie möglich zu halten.

Ich beschoss die beiden Wachen mit einer so starken Störwelle, dass sie buchstäblich erstarrten, und betrat schnell den Raum. Obwohl ich wusste, dass die Wachen an ihrem Schreibtisch saßen, nur drei Meter von der Tür entfernt, erschreckte es mich dennoch, als ich sah, wie sie sich blind anstarrten, mit leeren Augen. Es hatte etwas Unheimliches, Personen zu beobachten, die zu Wachsfiguren erstarrt waren.

Ich ignorierte das flaue Gefühl in meinem Magen und ging schnurstracks auf die hohen Maschinenregale mit blinkenden Lichtern zu, die an der Seitenwand standen. Ich duckte mich hinter einen der massiven Server und befreite die beiden menschlichen Wachen aus meiner psionischen Gewalt. Es wäre zwar sicherer gewesen, sie in diesem erstarrten Zustand zu belassen, bis ich meine Aufgabe erledigt hatte, aber je länger die Störung andauerte, desto größer war die Wahrscheinlichkeit, dass sie merken würden, dass etwas Ungewöhnliches passiert war. Außerdem wollte ich nicht riskieren, dass der dritte Wachmann in den Raum kam und seine Kollegen in diesem Zustand vorfand.

Die beiden Wachen unterhielten sich weiter, als wäre nichts geschehen. Während ich das Störgerät in einen der entsprechenden Steckplätze eines der Server einsteckte, lauschte ich geistesabwesend auf Anzeichen dafür, dass sie mir auf die Spur gekommen sein könnten. Aber einer der Männer sprach über eine Finanzinvestition, die er in Betracht zog.

Mit klopfendem Herzen beobachtete ich die fünf roten Lichter auf dem Gerät. Das erste blinkte und zeigte damit an, dass es zu funktionieren begann. Nach fünfzehn Sekunden – die mir wie zwanzig Jahre vorkamen – leuchtete das erste Licht blau und das zweite rote begann zu blinken.

Mein Herz setzte einen Schlag aus, als der dritte Mann den Hinterraum verließ und sich dem Schreibtisch näherte, an dem seine beiden Kollegen sich unterhielten.

„Ich hole mir etwas zu trinken", sagte eine der Stimmen – vermutlich die des Neuankömmlings. „Wollt ihr auch etwas?"

Beide lehnten ab, und der Mann wollte gerade weggehen, als einer der beiden anderen plötzlich seine Meinung änderte und um einen Schokoriegel bat. Der dritte Wachmann willigte mit einem Grunzen ein und verließ den Raum.

Ich warf einen Blick zurück auf das Gerät und mein Herz schlug höher, als ich vier blaue Lichter sah, während das letzte rote Licht blinkte. Sekunden später wechselte es zu Blau, dann blinkten alle fünf Lichter, bevor sie grün wurden und sich schließlich ausschalteten.

„Alles erledigt", sagte Maeve triumphierend in meinem Ohrhörer. *„Du kannst das Gerät entfernen. Halte durch. Eine Gruppe von sechs Personen steht am Aufzug im Erdgeschoss. Wenn sie sich nicht schnell genug bewegen, werde ich für eine Ablenkung sorgen."*

Als ich den Störsender aussteckte, kämpfte ich gegen den Drang an, Maeve zu sagen, dass eine Ablenkung nicht notwendig sei. Obwohl sie über meine Kräfte informiert war, verstand sie deren Ausmaß nicht vollständig. Aber vielleicht sah sie durch die Kameras etwas, das ich nicht sehen konnte. Jedenfalls war es keine Option, mit den beiden Wachen, die im Raum saßen, zu diskutieren. Ich wollte den Einsatz meiner Störfunktion auf das Notwendige beschränken.

„Los!", sagte Maeve plötzlich.

Sie musste es nicht wiederholen. Ich fror die beiden Wachen ein und eilte aus dem Raum, bevor ich sie sofort wieder freigab. Ich zwang mich, den Flur zurück zum Aufzug in einem Tempo zu überqueren, das schnell genug war, ohne zu schnell zu wirken, um keinen Verdacht zu erregen. Es waren nicht die Personen, die mir Sorgen bereiteten, sondern die Bewegungsmelder, die einen Alarm auslösen konnten, wenn sie ungewöhnliche Aktivitäten registrierten, wie zum Beispiel Leute, die in den gesicherten Bereichen rannten.

Sobald ich in die Kabine trat, wollte ich den Spion auf das Bedienfeld legen, aber die Tür schloss sich sofort und die Kabine flog hinauf zur Lobby. Zuerst befürchtete ich, dass jemand auf einer anderen Etage den Aufzug gerufen hatte, aber ich konnte niemanden in der Nähe spüren, der dies getan haben könnte. Da wurde mir klar, dass Maeve so verdammt schnell gearbeitet hatte, dass sie das Gerät nicht mehr brauchte, um die Aufzüge zu steuern.

Ich trat aus der Kabine heraus und stellte fest, dass der Ort menschenleer war. Als ich mich dem Ende des Flurs näherte, der zu den Personalräumen führte, bemerkte ich eine Gruppe von Anwesenden, die sich um einen Erfrischungstisch versammelt hatten. Ich achtete darauf, keine Aufmerksamkeit auf mich zu lenken, als ich die Haupthalle betrat, und nahm den typischen Ausdruck eines neugierigen Zuschauers an, während ich meinen Hals reckte, um zu sehen, was vor sich ging. Am Fußende des Tisches sammelte sich Wasser, während das Wartungspersonal hektisch versuchte, die Unordnung zu beseitigen.

Einige von ihnen kratzten sich am Kopf, offenbar ratlos, was die Ursache für das Problem sein könnte. Dann entdeckte ich die Brandstelle an der Wand, wo offenbar ein Stromstoß die Steckdose und den Kühltheke-Spender durchgebrannt hatte.

Ich musste nicht fragen, wessen Werk das war.

„Da bist du ja!", rief Linsea hinter mir.

Ich drehte mich um und sah sie mit ihrem gewohnt anmutigen Gang auf mich zukommen. Ein Mensch, den ich nicht kannte, begleitete sie.

„Hier bin ich", sagte ich herzlich und teilte ihr über unsere Verbindung lautstark den erfolgreichen Ausgang unserer Mission mit.

Ihr Lächeln wurde breiter, und sie hakte sich bei mir unter und legte ihre andere Hand auf meinen Oberarm. Für einen zufälligen Beobachter wäre das sanfte Drücken, das sie ihm schenkte, nur eine liebevolle Geste einer Frau gegenüber ihrem Ehemann gewesen. Aber dies war meine Partnerin, die mir zu meiner guten Arbeit gratulierte.

Ich lächelte zurück.

EPILOG
LINSEA

Zwei Tage nach unserem kleinen Einmischungsabenteuer brach das gesamte Wuras-Imperium zusammen. Die Aufnahmen, die Maeve und Tedrick uns großzügigerweise zur Verfügung stellten, von den massiven Razzien gegen die Schein-firmen, Weinberge und Häuser der Richter, waren mehr als orgastisch. Dass meine Tochter vollständig entlastet wurde, die Bedrohung für die Familie ihres Mannes aufgehoben wurde und der korrupte Richter und sein Vater zu einer exemplarischen Strafe verurteilt wurden, war das Tüpfelchen auf dem sprich-wörtlichen i.

In den folgenden Wochen und Monaten hatte ich das Glück, relativ häufig mit Malaya in Kontakt zu kommen. Natürlich wusste sie nichts von unserer Verbindung. Da sie jedoch sowohl für die Enforcer als auch für die obosianische Konklave als investigative Journalistin tätig war, konnten wir bei einigen Gelegenheiten zusammenarbeiten. Natürlich hätte ich auch mit anderen Journalisten zusammenarbeiten können, um über einige der mir zugewiesenen Projekte und Missionen zu berichten. Aber warum sollte ich mir solche kostbaren Momente vorenthalten?

Für sie waren Kayog und ich die Helden, die sie vor dem sicheren Tod bewahrt hatten, indem wir sie mit der Liebe ihres Lebens zusammengebracht hatten. So sehr ich Kronos auch an den Hörnern packen und sein widerwärtiges Gesicht wiederholt gegen die Wand schlagen wollte, jetzt wollte ich ihn nur noch umarmen.

Was Malaya betraf, hatte er eine komplette Kehrtwende vollzogen. Die Liebe – um nicht zu sagen Verehrung –, die er ihr entgegenbrachte, rührte mich immer wieder zutiefst. Mein Baby war glücklich, wirklich glücklich. Und heute feierte sie die Taufe ihres ersten Kindes.

Als sie Kayog und mich bat, die Paten der kleinen Odessa zu werden, weinte ich wie ein Idiot. Ich hatte die Hochzeit meiner Tochter verpasst, aber ich würde auf eine Weise Teil des Lebens meiner Enkelin sein, wie ich es mir nie hätte vorstellen können.

Als ich hier in ihrer atemberaubenden Villa auf Molvi stand, blickte ich liebevoll auf die Personen, die in den letzten drei Jahrzehnten zu Freunden und sogar zur Familie geworden waren. Ich hatte Tedrick dabei zugesehen, wie er sich von einem kleinen Jungen zu einem ehrenwerten Mann entwickelt hatte, genau wie sein Vater Colin. Selbst jetzt unterhielten sie sich angeregt mit Isobel, Amreth und seiner liebenswerten Frau Ciara. Wer hätte gedacht, dass eine zufällige Begegnung während dieses medizinischen Symposiums es meinem Partner ermöglichen würde, diese beiden schönen Seelen zusammenzuführen und eine ganze Spezies vor dem Aussterben zu bewahren?

Wasser spritzte überall hin, als Kaidas drei Kinder sich in dem riesigen Pool jagten, die zukünftigen kleinen Schattenlords und -ladys, die mit ihren wunderschönen goldenen Flügeln ein paar Meter über den Pool flogen, bevor sie wieder hinabstürzten. Ihr Vater Cedros hatte Kayog tief bewegt, als er zum ersten Mal von seinem Zustand hörte. Wie mein Partner hatte Cedros den größten Teil seines Lebens in Isolation verbracht, da die Anwesenheit anderer ihn krank machte, bis seine Ejaya – Kaida – in sein Leben trat. Und nun konnte auch er ein normales Leben genießen und mit Freunden und Familie zusammen sein. Ihn und seine Frau mit meinem Mann plaudern zu sehen, erwärmte mein Herz.

Ich schnaubte, als ich sah, wie Helio und Maeve ihren Sohn dafür zurechtwiesen, dass er seine Veris – die Ranken, die aus seinen Füßen, Armen und Haaren wachsen konnten – benutzt hatte, um Nero zu fesseln. Der Schattenbewohner, der Kaidas Kinder begleitete, war keineswegs hilflos. Tatsächlich war er eine Macht, mit der man rechnen musste, und fungierte als furchtloser Beschützer der jungen Derakeens. Sein Körper war eine schattenhafte Kugel mit zwei riesigen Augen und einem furchterregenden Gebiss, das seinen übergroßen Mund füllte. Um ihn herum wedelten seine schattenhaften Tentakel, als würden sie von einer magischen Brise bewegt.

Ich brach in Gelächter aus, als der kleine Unhold seine Tentakel schützend um Maeves Sohn schlang und mit traurigen Augen andeutete, dass sie ihn nicht zurechtweisen sollte. Offensichtlich war Nero mit der ganzen Sache einverstanden gewesen.

Nachdem ich mein leeres Glas auf einem der Erfrischungstische am Pool abgestellt hatte, ging ich zu einer der Sitzecken, wo Malayas leibliche Eltern und Kronos' Eltern sich um die kleine Odessa kümmerten. Kronos und Malaya sahen stolz zu, wie ihre Tochter verwöhnt wurde. Es wäre gelogen zu sagen, dass ich nicht sehr eifersüchtig war, weil ich nicht auch offiziell Großelternteil war. Und doch konnte ich gegen ihre Eltern keinen Groll hegen.

In den letzten Jahren waren wir uns ziemlich nahegekommen. Für sie waren Kayog und ich einfach ein Geschenk Gottes, das ihnen geholfen hatte, ihre Tochter zu retten und ihr ein glückliches Leben zu ermöglichen. Doch gerade, als ich mich ihnen näherte, nahm Malaya das Baby von ihrem Stiefvater zurück und ging davon. Als sich unsere Blicke trafen, stockte sie. Sie schien zu zögern, dann nickte sie mir zu, ich solle näherkommen. Neugierig tat ich, was sie wollte.

„Meine Kleine scheint Hunger zu haben. Magst du uns begleiten?", fragte Malaya.

„Aber natürlich!", antwortete ich begeistert.

Obwohl sie lächelte, strahlte sie eine seltsame Mischung aus Erleichterung und Sorge aus. Als wir weiter auf die hohen Terrassentüren zugingen, die zum Wohnbereich des Hauses führten, warf Malaya einen Blick über ihre Schulter zu Kronos. Er nickte und schenkte ihr ein Lächeln, das ich nur als ermutigend interpretieren konnte. Sofort zog sich mein Magen zusammen. Die Zeremonie hatte noch nicht stattgefunden. Wollte sie uns sagen, dass Kayog und ich nicht mehr die Paten sein würden?

Sei nicht albern ...

Philipinos hatten oft mehrere Paten für ein einzelnes Kind. Es hätte also keinen Sinn gemacht, uns zu entfernen. Hatte sie Angst, wir könnten beleidigt sein, wenn ein weiteres Paar hinzukäme?

Beleidigt, nein. Aber vielleicht ein wenig verletzt.

Gleichzeitig waren Malaya und Ciara – Amreths Frau – sich ziemlich nahegekommen. Es wäre sinnvoll, wenn Malaya dieses Paar als zweite Pateneltern für ihr Baby hinzufügen würde.

Es war dumm, aber ich wollte etwas von ihr für mich allein beanspruchen können. Wir betraten das Haus und folgten dem Flur links vom Wohnbereich, der zu den Schlafzimmern führte. Sie hatten eines der Gästezimmer in ein riesiges Kinderzimmer umgewandelt, in dem leicht ein halbes Dutzend Kinderbetten Platz fanden. Odessa schlief zwar weiterhin hauptsächlich in ihrem Schlafzimmer, aber dieses Zimmer wurde für den Wickeltisch, das Füttern und verschiedene Spielsachen genutzt.

Malaya legte Odessa auf den Tisch. Das entzückende kleine Mädchen begann sofort, mit ihren winzigen Händen und Füßen zu wackeln. Sie war das Ebenbild ihrer Mutter, hatte aber die graue Hautfarbe ihres Vaters, eine zarte Version seiner Fledermausflügel und vier kleine Hörner, die aus ihrem Kopf ragten. Im Gegensatz zu den meisten Obosianern hatte Odessa nicht ihr silberweißes Haar geerbt, sondern stattdessen eine pechschwarze Mähne.

„Kann ich irgendwie helfen?", bot ich an.

„Könntest du mir bitte ein Handtuch von dort holen?", fragte Malaya und zeigte auf ein Regal zu meiner Rechten. „Wie ich sie kenne, wird sie sich wahrscheinlich überessen und dann die Hälfte davon auf meine Schulter erbrechen."

„Klar", sagte ich amüsiert und marschierte sofort dorthin.

Ich griff gerade nach einem Handtuch, als mich ein lautes Geräusch erschreckte. Ich schaute über meine Schulter und sah, wie Malaya ihre Tochter mit gespielter Strenge anblickte, bevor sie sich bückte, um die Milchflasche aufzuheben, die vom Tisch gefallen war. Es dauerte einen Moment, bis mir klar wurde, dass Malaya sie dorthin gebracht hatte und nach dem Wärmer griff, bevor die Flasche herunterfiel. Zu meinem Entsetzen hatte sie die Flasche kaum wieder auf den Tisch gestellt, als Odessa sie mit einem entschlossenen Schwanzschlag herunterstieß.

Ich schnaubte, als Malaya die Fäuste in die Hüften stemmte und ihre Tochter streng ansah. Odessa kicherte unbeeindruckt und grinste sie dann breit und zahnlos an.

„Jetzt ist nicht die Zeit, sich wie eine Diva zu benehmen, junge Dame! Schon gar nicht vor angesehenen Gästen!", sagte sie.

Ungerührt und unbeeindruckt schwang Odessa langsam ihren Schwanz hin und her, als würde sie ihre Mutter herausfordern, ihr die Flasche noch einmal zu geben.

„Vielleicht hat sie keinen Hunger?", schlug ich vorsichtig vor, als ich mich ihnen näherte.

„Oh nein, sie hat definitiv Hunger. Aber sie ist wählerisch. Sie möchte gestillt werden", sagte Malaya und verdrehte die Augen.

Obwohl ich keine wirkliche Verärgerung bei ihr wahrnahm,

zögerte ich, bevor ich etwas sagte, um nicht aufdringlich oder wertend zu wirken.

„Ist das etwas, was du nicht tust?", fragte ich.

Malaya lächelte beruhigend. „Oh, ich mache das ständig. Aber sie weiß jetzt, dass ich es nicht mache, wenn wir Gäste haben. Manche Spezies reagieren darauf seltsam."

„Verstehe", sagte ich und begriff plötzlich. „Wenn du Privatsphäre willst..."

„Sei nicht albern!", rief sie aus und sah mich an, als hätte ich einen Drink zu viel gehabt. „Ich habe dich doch eingeladen, mitzukommen, weißt du noch? Und ich bezweifle, dass dich etwas so Natürliches wie eine Mutter, die ihr Kind stillt, in Verlegenheit bringen würde."

„Da hast du wieder recht", gab ich zu, obwohl ich immer noch verwirrt war, warum sie es dann nicht tun wollte. „Hast du Angst, dass jemand hereinplatzen könnte?"

„Nein. Ich benutze das nur als Ausrede, um meinen Brustwarzen eine Pause zu gönnen", gab sie verschämt zu. „Odessa ist ein Fass ohne Boden. Und wenn sie sich festsaugt, meint sie es ernst."

Ich fühlte mich fast schuldig, weil ich lachte, aber ihr Gesichtsausdruck und ihre Gefühle verrieten keine Verärgerung.

„Na gut, du kleine Diva", fügte Malaya hinzu, während sie sich wieder ihrer Tochter zuwandte. „Dann wirst du eben gestillt, aber nur, weil heute deine Taufe ist."

Sie beugte sich vor und schmiegte sich an ihre Tochter. Gerade als sie sich wieder aufrichten wollte, griff Odessa mit beiden Händen nach dem Gesicht ihrer Mutter und streichelte ihre Wangen.

„*Oo lee* oo", gurrte das Baby.

Ich schnappte nach Luft, mein Blut gefror zu Eis, als ich unwillkürlich einen Schritt zurücktrat. Malaya hob ruckartig den Kopf, um mich anzusehen, und seltsame Gefühle huschten über ihr Gesicht. Unter anderen Umständen hätte ich die widersprüchlichen Gefühle, die von ihr ausgingen, analysieren wollen, aber ich stand unter zu großem Schock.

Sicherlich hatte ich das falsch verstanden ... oder?

„Was…? Was hat sie gesagt?", fragte ich mit zitternder Stimme.

„Sie sagte ‚coo lee coo‘", antwortete Malaya mit eindringlichem Blick.

Meine Knie gaben fast nach. Ich eilte zu einem Sessel neben dem Tisch, von dem aus sie vermutlich ihr Baby fütterte, während sie durch das große Fenster den atemberaubenden Blick auf die Landschaft von Molvi genoss.

„Linsea, geht es dir gut?", fragte sie und näherte sich mir mit besorgter Miene.

„Ja. Ich … ich … Wo hat sie das gelernt?", fragte ich und sah ihr in die Augen.

Malaya leckte sich nervös die Lippen und schien einen inneren Kampf auszutragen, während sie ihre Worte sorgfältig wählte. Warum zögerte sie, bevor sie eine so einfache Frage beantwortete?

Ein lautes Klopfen an der Tür ersparte ihr die Antwort. Der Neuankömmling wartete nicht auf eine Einladung, und die Tür öffnete sich sofort und gab den Blick auf einen sehr besorgten Kayog frei. Sein Blick richtete sich auf mich.

„Ist alles in Ordnung?", fragte er und eilte zu mir. „Ich habe deine Not gespürt."

„Ja, mir geht es gut", sagte ich, ohne dabei auch nur ansatzweise beruhigend zu klingen.

„Was ist passiert?", hakte er nach und blickte abwechselnd Malaya und mich an.

„Eigentlich ist es gut, dass du hier bist, damit ich die Geschichte nicht zweimal erzählen muss", antwortete Malaya mit einem nervösen Lachen.

Kayog und ich warfen uns einen verwirrten Blick zu, als sie auf die Tür zuging, die mein Mann beim plötzlichen Eintreten offengelassen hatte, und sie vorsichtig schloss, bevor sie sich mit demselben seltsamen Ausdruck zu uns umdrehte.

„Ich fürchte, das Plappern meiner Tochter hat bei Linsea eine starke Reaktion ausgelöst", sagte Malaya und vermied Augenkontakt, während sie zu ihrem Baby zurückging.

„Um was für ein Geplapper handelt es sich denn?", fragte Kayog verwirrt.

„Ein Wort aus einem Lied, das ich ihr oft vorsinge", sagte sie und warf mir einen kurzen Blick zu.

Mein Blut gefror erneut zu Eis, was meinen Mann noch mehr verwirrte, während sich ein unmöglicher Gedanke in meinem Kopf festsetzte.

„Weißt du, ein paar Tage nach Beginn des fünften Monats meiner Schwangerschaft begann ich, einen seltsamen Traum zu haben", sagte Malaya, während sie eine Flasche in den Wärmer stellte, obwohl sie zuvor erklärt hatte, dass sie Odessa stillen würde.

„Inwiefern seltsam?", fragte Kayog mit angespannter Stimme.

„Seltsam insofern, als ich ein Vogelbaby war. Ich glaube, ich war ein Paradiesvogel, obwohl die Farben nicht übereinstimmten", fügte sie mit einem nervösen Lachen hinzu. „Meine Federn waren hellbraun, fast genauso wie meine Hautfarbe jetzt."

Der Schock, der meinen Partner durchfuhr, traf mich hart. In diesem Moment hätte ich alles dafür gegeben, seine Gedanken lesen zu können.

„Und was hast du gemacht?", fragte er mit fast flüsternder Stimme.

Malaya wandte den Blick ab, ihre Augen wurden leicht unscharf, während sie in ihren Erinnerungen kramte. „Das ist schwer zu sagen. Ich glaube, ich war krank, da ich immer nur dalag."

„Du *glaubst,* du warst krank? Du bist dir nicht sicher?", hakte er nach.

„Ich kann mich an keine Schmerzen erinnern, deshalb kann ich nicht mit Sicherheit sagen, dass ich krank war", sagte sie mit einem Achselzucken. „Aber in jedem Traum sangen meine Eltern für mich. Die ersten paar Male habe ich es als seltsame Fantasie abgetan. Aber dann kam der Traum immer wieder, immer detaillierter, intensiver, lebhafter. Ich kann mich fast an das Gefühl der Federn meiner Eltern erinnern, als sie mich hielten."

„Und was ist dann passiert?", fragte ich und schob meine Hand in Kayogs, um Trost zu finden.

„Und dann veränderte sich der Traum. Ich erkannte, dass ich kein Paradiesvogel war, sondern ein Temern. Und in diesem Traum wart ihr beide meine Eltern."

Ein erstickter Laut entfuhr mir, und Tränen stiegen mir in die Augen, als ich Kayogs Hand mit blutunterlaufener Kraft festhielt. Malaya blinzelte schnell und versuchte sichtlich, die Tränen zurückzuhalten, die ihr in die Augen stiegen. Auch sie kämpfte mit starken Emotionen, aber ich war zu überwältigt, um sie richtig zu deuten. Bei Kayog war der Schock einer Mischung aus Frieden, Freude und Staunen gewichen.

„Du hast mich dazu gebracht, so zu tun, als würde ich herumfliegen, weil ich meine eigenen Flügel nicht schlagen konnte. Du hast mit mir gespielt und mir vorgesungen. Dieses Lied verfolgt mich seitdem. Es taucht zu zufälligen Tageszeiten in meinem Kopf auf, und jedes Mal erinnere ich mich daran, wie ich beim Refrain mitgesungen habe. Ich habe den Text nicht verstanden. Aber ich wusste, dass es dich jedes Mal glücklich machte, wenn ich dieses eine Wort aus dem Text sang. Und deine Freude erfüllte mich mit größter Glückseligkeit."

„Und wie lautete dieses Wort?", fragte Kayog mit leicht zitternder Stimme.

„Es klang wie ‚coo lee coo'."

Diesmal fing ich an zu heulen. Malayas Lippen zitterten, und Tränen liefen ihr über die Wangen. Sie umarmte sich selbst, während Kayog sich neben meinen Stuhl hockte, um mich mit seinen Armen und Flügeln zu umarmen.

„Was bedeutet es?", fragte Malaya mit zittriger Stimme.

„Es bedeutet ‚Ich werde dich immer lieben'", antwortete ich.

„Das war doch kein Traum, oder?", fragte Malaya, obwohl es eher wie eine Feststellung klang.

„Was denkst du?", fragte Kayog mit sanfter Stimme.

„Ich glaube, ich würde alles dafür geben, meine Eltern wieder so singen zu hören, wie sie es für mich getan haben, als ich ein krankes Baby war", antwortete sie.

Ohne zu zögern, sang Kayog mit tiefer, voller, kraftvoller Stimme, die durch den Raum hallte. Malaya lehnte sich gegen den Wickeltisch und weinte laut. Odessa blickte mit unverhohlener Neugier abwechselnd zwischen ihrer Mutter und meinem Partner hin und her. Als Obosianerin konnte sie Auren sehen und daraus Emotionen lesen. Obwohl sie verwirrt war über das, was gerade geschah, nahm sie keine tatsächliche Not bei ihrer Mutter wahr. Das waren keine Tränen der Trauer.

Kayog beugte sich vor, rieb seine Schläfe liebevoll an meiner, bevor er seine Hand aus meiner löste. Er ging auf Malaya zu. Als sie ihn kommen sah, stieß sie sich vom Tisch ab und rannte zu ihm. Sie warf sich in seine Arme, und er umarmte sie fest. Er legte seine Wange auf ihren Kopf und sang weiter, während seine Flügel sie umschlossen. Ich brauchte etwas länger, um mich wieder zu fassen und auf die Beine zu kommen.

Ich ging zu ihnen hinüber und stimmte in das Lied ein, meine Stimme harmonierte mit seiner, wie damals, als wir für die kleine Thea sangen. Sobald ich die Distanz zu ihnen überwunden hatte, öffnete Kayog seinen rechten Flügel, um mich an sich zu ziehen. Malaya ließ Kayog sofort mit ihrem linken Arm los, um mich zu umarmen.

Und schon flossen wieder Tränen.

Mein armer Partner musste das Lied schließlich alleine weiter singen, während wir beide seine ganze Brust völlig durchnässten. Als er jedoch den zweiten Refrain anstimmte, gesellte sich eine hohe kleine Stimme dazu, die jedoch völlig aus dem Takt war.

„Oo lee oo!", zwitscherte Odessa hinter Kayog her. *„Oo oo… Oo lee oo!"*

Zwischen zwei Schluchzern brachen wir alle in Gelächter aus. Mit großer Zurückhaltung ließ mein Gefährte uns beide los, nur damit ich Malaya in meine Arme ziehen konnte. Zum ersten Mal konnte ich sie so umarmen, wie es mein Herz sich sehnlichst gewünscht hatte, seit ich herausgefunden hatte, dass sie mein Engel war. Sie erwiderte meine Umarmung und vergrub ihr Gesicht in meiner Nackenbeuge, während ich sie fest an mich drückte.

~

KAYOG

Mein Herz war zum Bersten voll, als ich die beiden wichtigsten Frauen in meinem Leben anblickte, die sich in einer mütterlichen Umarmung verschlungen hatten, die ich nie für möglich gehalten hätte. Malaya strahlte, ihr Gesang schwebte in perfekter Harmonie mit unserem. Keine Geheimnisse mehr, kein Vortäuschen mehr, wir seien nur gute Freunde.

„Danke, dass du mich gerettet hast", sagte Malaya, als Linsea sie endlich losließ.

„Wir haben dich einmal im Stich gelassen. Wir wollten dich nicht ein zweites Mal im Stich lassen", sagte ich.

Zu meiner Überraschung runzelte sie die Stirn, trat von Linsea zurück und stellte sich vor mich hin. Sie griff nach meinen beiden Händen und hielt sie in ihren.

„Ihr habt mich nie im Stich gelassen. Ich litt an einer unheilbaren Erbkrankheit. Ihr habt mir das bestmögliche Leben geschenkt, das ich damals haben konnte. Eure Liebe und das

Glück, das ihr mir gegeben habt, waren so groß, dass ich zurückkommen musste, um es noch einmal zu versuchen. Beide Male habt ihr mir das bestmögliche Leben geschenkt. Deshalb danke ich euch, dass ihr mich wiedergefunden habt, dass ihr für mich gekämpft habt und dass ihr mich mehr liebt, als irgendjemand verdient."

„Wir können dich niemals zu sehr lieben", sagte ich und streichelte ihre Wange.

Plötzlich verzog sie das Gesicht und sah mich seltsam an. „Übrigens, danke, dass du dein Leben riskiert hast, um die Daten zu beschaffen, die zur Festnahme von Wuras geführt haben."

Linsea und ich zuckten gleichzeitig zurück.

„Woher weißt du das?", fragte Linsea.

Sie sah sie verlegen an. „Ich habe Tedrick von diesen seltsamen wiederkehrenden Träumen erzählt. Seine Reaktion darauf war merkwürdig, aber ich habe mir nichts dabei gedacht. Dann, letzte Woche, als er mir weitere Dateien für meine Berichte an das Konklave schickte, hat er *versehentlich* ein paar streng geheime Dateien beigefügt, die unter anderem eine inoffizielle, hochriskante Mission betrafen."

Linsea schnaubte.

„Dieser kleine Scheißer ...", flüsterte ich mit einer Stimme voller Zuneigung und Dankbarkeit. „Wer weiß noch davon?"

„Kronos, aber sonst niemand, abgesehen von denen, denen *du* es vielleicht erzählt hast", antwortete Malaya.

„Wir überlassen es dir, ob du es weiteren Personen mitteilst oder nicht", sagte Linsea liebevoll. „Wir möchten deinen leiblichen Eltern keinen Kummer bereiten oder irgendjemanden in eine unangenehme Lage bringen. Für uns zählt nur, dass wir dir endlich sagen können, dass wir dich lieben."

Ein Klopfen an der Tür unterbrach uns.

„Herein!", rief Malaya.

Ich wollte sie fast loslassen, aber dann wurde mir klar, dass sie seit ihrer Verbindung mit Kronos auch Seelen sehen konnte, wenn auch in geringerem Maße. Sie würde wissen, dass ihr Mann vor der Tür stand.

Kronos trat ein und ließ seinen silberblauen Blick durch den Raum schweifen. Er warf seiner Frau einen zärtlichen Blick zu, bevor er uns gegenüber mit gespielter Strenge die Stirn runzelte.

„Eure kleine Familienzusammenführung ist ja schön und gut, aber ihr müsst eure Freude etwas zügeln, bevor meine Nundars alle massive Verdauungsprobleme bekommen", murrte Kronos spielerisch.

Wir alle lachten. Nundars waren hochintelligente Wesen, die sich einem obosianischen Haushalt anschlossen. Sie erledigten Hausarbeiten, kochten und konnten bei Bedarf sogar Heilung oder Schutz bieten. Tatsächlich waren sie es, die Malaya das Leben retteten, als sie von einem wilden Tier angegriffen wurde, und sie in Sicherheit brachten, bis Kronos eingreifen konnte. Sie ernährten sich von der Energie positiver Emotionen. Und es stand außer Frage, dass die Emotionen, die von diesem Raum ausgingen, göttlich schmecken mussten.

„Du musst gerade von Verdauungsstörungen sprechen", sagte Malaya spöttisch zu ihrem Mann.

„Malaya!", riefen Kronos und Linsea gleichzeitig.

Ich kicherte und sah die drei verlegen an. Auch Obosianer ernährten sich von Emotionen, aber normalerweise während des Sex. Das war einer der Gründe, warum Menschen sie mit Incubi verglichen – abgesehen davon, dass sie einem nicht die Lebenskraft aussaugten.

Malaya verzog das Gesicht und murmelte etwas Unverständliches.

„Wie wäre es, wenn du dich zu unseren Gästen gesellst? Ich werde Odessa füttern", bot Kronos an.

„Das ist lieb von dir", sagte Malaya und hob ihr Gesicht, um den Kuss ihres Mannes zu empfangen.

Er wandte sich dem Baby zu, das vor Freude kicherte, als es seinen Vater sah. In diesem Moment spürte ich dieselbe Liebe zwischen ihnen, die auch zwischen meiner Thea und mir so hell geleuchtet hatte. Als würde er die Intensität meines Blickes spüren, sah Kronos mich an, und ein seltsamer Ausdruck huschte über sein Gesicht.

„Danke, dass du mir Vernunft beigebracht hast, als ich mich wie ein Idiot benommen habe", sagte Kronos.

„Danke, dass du mir erspart hast, die Dinge eskalieren zu lassen, damit du die Wahrheit erkennst", erwiderte ich trocken.

Er schnaubte und senkte den Kopf in Anerkennung.

„Vor allem danke ich dir dafür, dass du mein Baby glücklich gemacht hast", sagte ich, diesmal mit aufrichtiger Dankbarkeit in der Stimme.

„Immer", antwortete er mit ernster Stimme.

Wir verließen den Raum, um uns wieder unter die Gäste zu mischen, mit der Liebe meines Lebens und meinem geliebten Kind an meiner Seite. Als mein Blick über die Anwesenden wanderte – treue Freunde, die für mich mehr wie Familie geworden waren –, wurde mir klar, dass ich meinen unmöglichen Traum verwirklicht hatte.

Ich blickte auf meine wunderschöne Partnerin hinunter und sah, dass sie mich mit unendlicher Liebe anstarrte.

„Danke, dass du mir die Welt geschenkt hast", flüsterte ich.

„Danke, dass du mir dasselbe gegeben hast", sagte sie und streichelte meine Wange. *„Coo lee coo*, Kayog."

„Coo lee coo, meine Taube. In diesem Leben und in jedem anderen, *coo lee coo*."

ENDE

KAYOG & LINSEA

MARES

DARWANDIR

NORDJARIMM

SYLLEN

YINRIC

HORAC

SHAYA

STRAEF

THEA

KRONOS

KRONOS & MALAYA

ZATRUK & RIHANNA

HELIO & MAEVE

CEDROS, KAIDA, NERO & KINDER

AMRETH

AMRETH & CIARA

NUNDAR

Raviks Mercy
Krygors Hope
Kerans Dawn

DIE SCHATTENREICHE
Für Das Gespenst Bestimmt
Für Den Sensenmann Bestimmt
Für Den Lykaner Bestimmt

DER NEBEL
Der Nebelwandler
Der Albtraum

MATCH MAKER AGENTUR
Mein Echsenehemann
Mein Naga Ehemann
Mein Vogel Ehemann
Mein Minotaurus Ehemann
Mein Ehemann Wonjin
Mein Nixen Ehemann
Mein Drachen Ehemann
Mein Biest Ehemann
Mein Ehemann Krogal
Mein Dryade Ehemann
Mein Inkubus Ehemann
Mein Motten Ehemann
Mein Katzen Ehemann
Mein Ehemann Amreth
Mein Ehemann Kayog

VALOS VON SONHADRA
Die Eisstadt
Im Eis Gefangen

DUNKLES MÄRCHEN
Fluch Des Blaubarts
Der Bucklige

BLUTJUNGFRAUEN VON KARTHIA
Meine Thalia

EMPATHEN VON LYRIA
Ein Alien Zu Weihnachten

KHARGALS VON DURAS
Herz Aus Stein

ANDERE BÜCHER
Erwachen Des Aliens
Hart Wie Stahl

ÜBER REGINE

Regine Abel ist ein Fantasy-, Paranormal- und Science-Fiction-Junkie. Alles, was mit ein bisschen Magie, einen Hauch von Ungewöhnlichem und viel Romantik zu tun hat, lässt sie vor Freude springen. Heiße außerirdische Krieger, die auf eine coole Heldin treffen, geben ihr ein warmes, wohliges Gefühl.

Bevor sie sich hauptberuflich dem Schreiben widmete, hat Regine sich der anderen Leidenschaft in ihrem Leben hingegeben: Musik und Videospiele! Nachdem sie ein Jahrzehnt lang als Toningenieurin in der Filmsynchronisation und bei Live-Konzerten gearbeitet hatte, wurde Regine zur professionellen Spieledesignerin und Creative Director, eine Karriere, die sie von ihrer Heimat Kanada in die USA und in verschiedene Länder in Europa und Asien führte.

Facebook
https://www.facebook.com/regine.abel.author/

Website
https://regineabel.com

Regine's Rebellen Lesergruppe
https://www.facebook.com/groups/ReginesRebels/

Newsletter
http://smarturl.it/RA_Newsletter

Goodreads
http://smarturl.it/RA_Goodreads

Bookbub
https://www.bookbub.com/profile/regine-abel

Amazon
http://smarturl.it/AuthorAMS